*Florian F. Marzin*

# Das Voynich-Rätsel

*Thriller*

*Originalausgabe*

FanPro
Band 61002

Titelbild: Times Books

Redaktion: Hans Joachim Alpers
Satz und Layout: Rainer Thieser
Umschlaggestaltung: Ralf Berszuck
Druck und Bindung: Ebner & Spiegel, Ulm


Besuchen Sie unsere Website *http://www.fanpro.com*



Printed in Germany 2005
1 2 3 07 06 05 05
1. Auflage

**ISBN**
**3-89064-541-0**
**9783890645414**

Zu jeder w-widerspruchsfreien rekursiven Klasse k von Formeln gibt es rekursive Klassenzeichen r, so daß weder uGen r noch Neg (uGen r) zu Flg (k) gehört (wobei u die freie Variable aus r ist).

Kurt Gödel

## √-1 Am Rande der Wüste Lut, März 1965

Es war eine sternklare Nacht, die über dem kahlen Gebirge am Rande der Wüste lag und an ihren östlichen Rändern von der beginnenden Morgenröte zerfranst wurde. Zuerst war es nur ein schwacher Schimmer, der die knapp über dem Horizont stehenden Sterne verzehrte und sich unaufhaltsam weiter nach oben schob, gefolgt von einem sanften Violett, das in einen orangeroten Streifen überging und die ersten schwarzen Konturen auf der Hochebene erkennen ließ. Mit der Morgendämmerung kam Wind auf, der anfänglich um die Zeltplanen säuselte und sich irgendwo zwischen den Felsen verlor. Als aber der östliche Horizont in Flammen eines roten Lichtscheins getaucht aufloderte, riß der Wind an den Spannseilen und drückte mit Macht gegen die verblichenen, grünen Stoffbahnen. Der feinkörnige gelbe Sand, den der Wind vor sich hertrieb, knatterte gegen die Zelte und schmirgelte jeden Tag etwas mehr die Wachsbeschichtung herunter. Als sich der Glutball der Sonne gerade über den östlichen Bergrücken erhob, meldete mit dem Rappeln eines Weckers der Mensch seinen Anspruch auf dieses Stück Abgeschiedenheit an. Kurze Zeit später tanzten vereinzelte Lichtflecken über die Zeltwände, Reißverschlüsse öffneten sich zirpend, und verschlafene Stimmen eröffneten das morgendliche Ritual des Aufstehens.

Der Himmel hatte sich inzwischen blaßrosa gefärbt, aber das Camp lag noch im Schatten der umgebenden Hügelkette, als eine Gestalt, dick vermummt gegen die morgendliche Kälte und den schneidenden Wind, vor ein Zelt trat.

Nur vage konnte man gegen den hellen Himmel die Pfosten des Küchenzeltes erkennen, über denen eine Plane gegen die spätestens in drei Stunden unbarmherzig herunterbrennende Sonne gespannt war. Eine Taschenlampe flammte auf, und der trübe Lichtpunkt, gespeist von einer nahezu aufgebrauchten Batterie, suchte sich unsicher seinen Weg über das felsige Geröll. Ein Klappern aus Richtung der Kochstelle half Bernd Heckert dabei, sich in der Dunkelheit zu orientieren. Kurz darauf flammte ein Streichholz auf, beleuchtete erst das bärtige Gesicht von Hachnem Ratschi und setzte dann den Docht einer Petroleumlampe, die der Iraner geschickt mit seinem Körper gegen den Wind abschirmte, in Brand. Als sich das an der Oberkante vom Ruß geschwärzte Glas quietschend über die Flamme senkte, versuchte ein trüber gelber Lichtschein gegen das Dunkel anzukämpfen. Er erhellte praktisch nur das Gestell, auf dem sich der zweiflammige Gaskocher befand.

„Guten Morgen Herr Heckert", wurde der Fünfundzwanzigjährige von dem bestimmt doppelt so alten Mann auf eine verhalten unterwürfige Art, an die er sich noch nicht hatte gewöhnen können, begrüßt. Hachnem, wie er von allen Mitgliedern des Grabungsteams genannt wurde, hatte sämtliche Angebote eines etwas familiäreren Umgangs abgelehnt und sich nicht davon abbringen lassen, einen jeden der fünfköpfigen deutschen Archäologengruppe mit *Herr* anzureden, außer natürlich Sandra Neubert, die einzige Frau der Expedition. Unerklärlicherweise machte er auch beim Leiter des Unternehmens, Professor Heinrich Weigert, keine Ausnahme. Er war für ihn „Herr Weigert", den Professor ließ er geflissentlich weg, etwas, was Heckert, obwohl kurz vor dem Abschluß seines Studiums und Doktorand bei Weigert, sich nicht erlaubt hätte. Noch nicht einmal jetzt, wo sie seit über vier Wochen unter recht primitiven Verhältnissen am Rande der Wüste Lut kampierten.

„Morgen, Hachnem", brummte Heckert verschlafen, „wie wird das Wetter heute?"

Es war ein Scherz, der zur täglichen Routine gehörte, denn seit sie hier angekommen waren, hatte sich das Wetter nie verändert. Sobald die Sonne ein Stück den Himmel hinaufgeklettert war, brannte sie mit sengender Glut auf das Grabungsteam und die einheimischen Arbeiter herab, die im dreiwöchentlichen Wechsel von Bam herüberkamen.

„Oh, wie immer", antwortete Hachnem, wobei er keinen Moment in seinen Bemühungen, trotz des Windes den Gaskocher in Betrieb zu setzen, nachließ, „Sie nehmen besser einen Schirm mit, denn heute nachmittag ist mit starkem Regen zu rechnen."

„Schön wär's", gab der Deutsche zurück und zog aus der Tasche seiner dicken Jacke eine Zahnbürste und Zahnpasta. Aus dem Regal neben dem Gasherd nahm er sich einen Becher, hob dann den Deckel des großen Topfes, unter dem inzwischen die Gasflamme zischte, und schöpfte etwas Wasser heraus.

Allmählich regten sich auch die Bewohner der anderen Zelte, und wie von dem heimeligen Licht angelockt, zog es die übrigen Mitglieder des Teams zur Kochstelle, die wie jeden Morgen die Verheißung nach einer Tasse Kaffee und einem Frühstück ausstrahlte. Die anfängliche Gesprächigkeit, die zu einem Gutteil aus der Aufregung, hier weit weg von den Vorlesungssälen der Universität Freiburg am Puls dessen zu sein, was die Archäologen wohl unter dem wahren Leben verstehen, war mit den Wochen in dem primitiven Lager einem gutmütigen Schweigen gewichen, das jeder akzeptierte, so daß die Gespräche sich bis zum Abend nur auf das Notwendigste beschränkten. Alle hatten mit dem Rücken zum

Wind auf der einen Seite des Tisches Platz genommen und warteten nun darauf, daß das Wasser in dem Topf heiß genug wäre, um damit das Kaffeepulver aufzulösen. Weiter unten, in dem Einschnitt, den das Wadi bildete, hörte man jetzt auch die ersten Geräusche aus dem Lager der iranischen Arbeiter. Vereinzeltes Klappern von Werkzeugen sowie lautes Rufen in ihrer eigenen Sprache, von der die Deutschen nur ein paar unzureichende Worte hervorbringen konnten. Manchmal geriet sogar Hachnem, dessen wichtigste Aufgabe es war, den Kontakt zwischen Grabungsteam und einheimischen Arbeitern zu gewährleisten, angesichts des besonderen Dialekts, der hier gesprochen wurde, in Schwierigkeiten, wie er Professor Weigert einmal offen gestanden hatte. Doch diese nahmen nie eine Dimension an, die das Unternehmen vor ernsthafte Probleme gestellt hätte. Neben seiner Aufgabe als Dolmetscher und Organisator vor Ort mußte Hachnem noch für das leibliche Wohl der Archäologen sorgen, was aber nicht so schwierig war, denn sie hatten sich als ziemlich genügsam erwiesen.

Hachnem Ratschi fuhr einmal pro Woche mit dem alten Fordlaster nach Bam und holte an frischen Lebensmitteln, was er glaubte zu brauchen und was er kriegen konnte, ansonsten fand die Versorgung des Grabungsteams aus den unzähligen Dosen und haltbaren Lebensmitteln statt, die sie aus Teheran mitgebracht hatten. Die Ausflüge nach Bam boten Hachnem darüber hinaus Gelegenheit, ausgiebig dem Polizeichef ganz privat über alles zu berichten, was draußen in dem Lager vorging. Nicht daß man die Deutschen überwachen wollte, der Schah war ein gerngesehener Gast in Deutschland, aber vielleicht fanden sie ja Gold und Edelsteine, wie man von anderen Expeditionen wußte, und da wollte man doch informiert sein, um möglicherweise die kostbaren Gegenstände in Verwahrung zu nehmen, bevor man sie an die entsprechende Stelle in Teheran weiterleitete. Wenn das eine oder andere Stück dabei den richtigen Weg nicht fand, wer sollte das schon feststellen. Und Hachnem Ratschi wußte auch um die Vorzüge einer solchen Verbindung, denn wer entschied schließlich darüber, wer die Fremden betreute und für wenig Arbeit einen fürstlichen Lohn bekam: der Polizeichef.

Doch die Wochen, seit die Gruppe in Bam eingetroffen war, hatten außer ein paar Mauerresten, Tonscherben und als sensationellsten Fund ein total verwittertes Bronzeschwert nichts gebracht. Obwohl Hachnem, wann immer sich die Gelegenheit ergab, die Gespräche der fünf Deutschen untereinander mit gespitzten Ohren verfolgte, hatte er bis zu diesem Zeitpunkt nicht recht begriffen, was sie eigentlich suchten. Wie sollte er auch, oft genug erschien es ihm, als würden sie untereinander nicht ihre Muttersprache sprechen, die er seiner Meinung nach sehr gut beherrschte, sondern irgendein Kauderwelsch, das nur sie verstanden.

Der Polizeichef war ein geduldiger Mann und hörte sich die Nichtneuigkeiten, die ihm Hachnem einmal in der Woche lieferte, an, ohne eine Miene über seinem Teeglas zu verziehen. Er nickte ab und zu, strich dann mit seinem Daumen nachdenklich über seinen graumelierten Schnurrbart und entließ Hachnem mit einer kurzen Handbewegung, die weder Dank noch Freundlichkeit ausdrückte, sondern mehr an eine Bewegung erinnerte, mit der man eine lästige Fliege verscheuchte.

Hachnem spürte den Druck, der sich beständig aufbaute und auf seinen Schultern lastete. Er meinte fast die Erwartung des Polizeichefs greifen zu können, so deutlich spürbar wuchs sie von einem Treffen zum nächsten. Der Polizeichef konnte sich nicht vorstellen, daß jemand den Wüstensand umwühlte, dazu auch noch viel zuviel Geld für Arbeiter ausgab, ohne daß etwas Greifbares dabei herauskam. Und greifbar war für ihn nur der Wert des Geldes, egal in welcher Form. Auch Hachnem wußte nicht, warum sie das taten, aber er war sich absolut sicher, daß ihm nichts entgangen war. Sie hatten sich wie Kinder gebärdet, als sie auf das Stück halbverrotteten Metalls gestoßen waren. Es hätte nur noch gefehlt, daß sie vor Begeisterung Freudentänze aufführten. Hachnem hätte ihre Begeisterung gern geteilt, konnte es aber nicht, da er aufgrund des Geschreis eine viel bessere Nachricht für den Polizeichef erwartet hatte.

„Reich mir doch bitte den Zucker, Klaus“, bat Sandra Neubert den zweiten Studenten in ihrer Gruppe. Klaus Weller hoffte, mit seiner Teilnahme an diesen Ausgrabungen seiner Promotion ein gutes Stück näher zu kommen. Er und Sandra kannten sich schon seit zwei Jahren, denn in dem kleinen Fachbereich in Freiburg blieb man sich nicht lange fremd. Sandra war inzwischen eine Frau Dr. phil. und hing in der sonst so geordneten Gruppe etwas zwischen den Stühlen. Die beiden Studenten waren für sie, die sie erst seit zwei Semestern eine Assistentenstelle am Lehrstuhl für Altertumskunde bei Professor Weigert hatte, noch mehr Kommilitonen denn wissenschaftliches Hilfsvolk, während ihr die Anrede „Kollegin“, die ihr Weigert mehr hoheitsvoll denn wirklich ernst gemeint zuteil werden ließ, eigentlich nicht passend erschien. Eine Position irgendwo dazwischen hatte der noch junge, aber schon renommierte Dr. Michael Gruhn inne, stellvertretender Grabungsleiter und der einzige, der nicht aus Freiburg kam. So hatte Sandra sich einerseits dem formellen Sie, das im Universitätslehrkörper üblich war, angepaßt, ohne das kameradschaftliche Du, daß zwischen ihr und ihren ehemaligen Kommilitonen herrschte, aufzugeben.

Wortlos schob Weller ihr den Zucker mit einer müden Bewegung hinüber. Er hatte diese Nacht wieder ausnehmend schlecht geschlafen, war mehrmals grundlos aufgewacht und hatte dann auf jedes Geräusch gelauscht, ohne mehr als das Rascheln von Heckerts Schlafsack zu vernehmen, wenn dieser sich in dem unbequemen Feldbett bewegte. Er glaubte inzwischen, daß ihm die Stille der nächtlichen Wüste zu schaffen machte. Kein Laut war zu vernehmen, wenn sich der Abendwind nach Einbruch der Dunkelheit gelegt hatte, die Gespräche verstummt und alle Lagergeräusche erstorben waren. So mußte es im Grab sein. Er sehnte sich nach Freiburg zurück, in sein Zimmer, wo er jederzeit das Radio anschalten konnte, um zumindest eine imaginäre Gesellschaft zu haben.

Die Dunkelheit löste sich in lange Schatten auf, die den Tagesanbruch Realität werden ließen. Hachnem, der an dem primitiven Herd hantierte, hatte schon seine dicke Schaffelljacke mit den bunten Stickereien und aufgenähten Pailletten ausgezogen und über einen der Klappstühle geworfen, und alle warteten ungeduldig auf das Frühstück.

Michael Gruhn kam wie jeden Morgen hinter dem Felsvorsprung hervor, wo sich die primitive Toilettengrube befand, die von den Mitgliedern in einer Form von Galgenhumor das „Ritz“ genannt wurde. Er wusch sich in dem dafür vorgesehenen Wassereimer die Hände und setzte sich an den Tisch vor seinen Teller mit gebratenem Büchsenfleisch und der unförmigen Scheibe Fladenbrot, die Hachnem für jeden von ihnen zurechtgemacht hatte. Morgen würde es dann wieder in Fett gebackenes Brot mit Käse geben.

Eine halbe Stunde später, es war gegen acht Uhr, saßen die fünf Archäologen wieder wie üblich am Tisch und alle bis auf Gruhn hielten eine qualmende Zigarette zwischen den Fingern. Weigert hatte den Plan der Grabungsstätte vor ihnen ausgebreitet, und es ging darum, die nächsten Schritte zu besprechen. Der Wind hatte sich mit der ansteigenden Temperatur gelegt, und inzwischen waren alle Beteiligten froh, daß die Plane über ihnen Schutz vor der Sonne bot. Auf den schon stark mitgenommenen Kleidungsstücken zeichneten sich die ersten Schweißflecken ab. Sandra zog nervös an ihrer Zigarette, einem filterlosen Kraut, das Hachnem aus Bam mitbrachte, und sehnte sich nach einer richtigen Zigarette, bei der man nicht das Gefühl hatte, bei jedem Zug würde man ein Reibeisen in den Hals gesteckt bekommen.

„Nun, meine Herren und“, mit einem Seitenblick auf Sandra, „natürlich auch meine Dame, wir haben uns in den letzten Wochen systematisch von hier aus vorgearbeitet.“ Dabei deutete Weigert mit dem Finger auf den durch ein paar nachlässige Schraffierungen angedeuteten

Hang, den sie alle nur zu gut kannten. Es war eine mühselige Arbeit gewesen, dort die Grabungsfenster auszuheben, auch wenn das Gros der Anstrengung bei den einheimischen Arbeitern gelegen hatte. Der Finger des Professors beschrieb einen sich ausweitenden Kreis, während er die seit Ende Februar geleistete Arbeit der Gruppe mit wenigen enttäuschten Worten zusammenfaßte.

„Wir haben noch ungefähr sieben Wochen zur Verfügung. Ab Mitte Mai wird es endgültig zu heiß, um hier noch weiter zu graben. Bis dahin sollten wir etwas gefunden haben. Alle Anzeichen deuten eigentlich daraufhin, daß Krateros hier längere Zeit gelagert haben muß, um dem erschöpften Heer eine dringend notwendige Ruhepause zu gönnen. Die Frage ist nun, warum wir nichts finden. Die wenigen Stücke, die wir bis jetzt zu verzeichnen haben, sind angesichts eines Heerzuges von gut zehntausend Menschen einfach lächerlich. Wir wissen, daß Krateros am unteren Indus in der Nähe der heutigen Stadt Sukkur sich vom Hauptheer Alexanders getrennt hat und über den Bolanpaß nach Kandahar gezogen ist, um dann in einem weiten Bogen über das Gebirge und am Rande der Wüste Lut entlang in dem Gebiet von Bam wieder auf das Hauptheer zu stoßen. Allerdings nur mit einem kläglichen Rest seiner Leute. Leider haben wir kaum Zeugnisse darüber, was ihm widerfahren ist, da sich die Geschichtsschreibung im wesentlichen auf die Gestalt des Alexander konzentrierte, dessen Zug am Golf von Oman entlang auch unter keinem glücklichen Stern stand. Doch soweit wir wissen, kann das Ereignis, und Sie wissen - daß ich von einer Pest oder einer ähnlichen Epidemie ausgehe - erst nach dem Passieren des Gud-i-Sirreh-Sees eingetreten sein. Das heißt, Krateros mußte ein behelfsmäßiges festes Lager errichten, und der günstigste Punkt dafür ist hier." Weigert stieß mit dem Finger auf die neben dem Grabungsplan liegende Karte hinab und markierte dadurch einen Punkt, der mehr oder minder mit ihrem Grabungsort übereinstimmte.

„Entschuldigung", unterbrach Gruhn den Grabungsleiter, „vielleicht ist es besser, wenn wir uns auf die Bereiche hier und hier konzentrieren." Dabei richtete er sich in seinem Klappstuhl auf, beugte sich über die Karte und deutete mit seinem Bleistift auf zwei Stellen ziemlich weit östlich von der Hauptgrabungsstätte.

Weigert schaute ihn erstaunt an. „Was versprechen Sie sich davon, Herr Kollege?" Sein Ton schwankte zwischen unterschwelliger Mißbilligung und wirklichem Interesse. Der junge Wissenschaftler von der Universität Bonn hatte in Fachkreisen mit seiner Dissertation über abweichende Grabstrukturen in späthellenistischer Zeit einige Beachtung gefunden, und darin lag der Grund, warum er in den Genuß der Teilnahme an Weigerts Expedition gekommen war. Der Professor erwartete gemäß seiner Hypothese, hier auf eine Vielzahl von Gräbern zu stoßen, und bei deren Untersuchung glaubte er mit Gruhn den richtigen Mann an der Hand zu haben.

„Nun, in erster Linie Funde", gab Gruhn lapidar zurück und ergänzte dann sofort: „Wenn die Griechen und ihre Verbündeten wirklich mit einer Seuche zu kämpfen hatten, dann werden sie ihre Toten nicht direkt in der Nähe des Lagers bestattet haben, sondern so weit wie möglich entfernt. Verbrennen kam ja in diesem Fall nicht in Frage, da auch damals bei weitem nicht genügend Brennmaterial zur Verfügung stand. Ja, ich gehe sogar davon aus, daß die Soldaten ihr Brennmaterial fast vollständig aus den Bergen mitgebracht haben. Stellen Sie sich ein Lager für zehntausend Menschen vor, kaum Wasser, wenig zu essen. Sie werden in Zelten oder, ohne jeden Schutz vor der Hitze, bestenfalls im Schatten der Felsen hier gelagert haben. Kein Wunder, daß nur gut zweitausend durchgekommen sind. Doch was Krateros zurückgelassen hat, war ja keine befestigte Stadt oder Garnison, sondern bestenfalls Abfall, Kadaver von Tieren, die nicht zu essen waren, und vielleicht ein Paar Brustpanzer und Waffen. Wenn das Lager hier gewesen ist, dann hat es sich von hier", er machte mit dem Bleistift ein kleines Kreuz auf dem Plan, „bis nach hier erstreckt." Gruhn markierte auch den anderen Endpunkt des vermuteten Lagers. „Das heißt, wenn wir Gräber finden wollen, dann hier und vielleicht hier." Er deutete nochmals auf die schon vorher von ihm bezeichneten Stellen.

Die ganze Gruppe war während seiner Ausführungen näher an den Tisch herangerückt und hatte den Weg seines Bleistifts zuerst über die Karte, dann über den groben Plan der Grabungsstätte aufmerksam verfolgt.

Der Professor zog nachdenklich eine Zigarette aus seinem Päckchen, steckte sie an und dachte angestrengt über das, was Gruhn gesagt hatte, nach. Vielleicht sollte man sich doch auf mögliche Gräber konzentrieren. Bevor er etwas dazu sagen konnte, sprach dieser schon weiter.

„Da wir es hier nicht mit einer befestigten Anlage zu tun haben, und Krateros wahrscheinlich alles, was er nicht mehr brauchte oder auch nicht mehr transportieren konnte, einfach liegen ließ, hat der Wind diese Reste in alle Richtungen verweht, und wenn nicht, dann sind sie aufgrund des rauhen Klimas hier schon lange verrottet. Wenn wir etwas finden wollen, dann sind mögliche Grabstätten wahrscheinlich die beste Adresse, denn dort konnten weder der Wind noch das Klima ungehindert einwirken."

Nach Gruhns letzten Worten trat Stille ein, in der nur das Klappern des Geschirrs zu hören war, das Hachnem in einer Blechschüssel spülte und dabei so wenig Wasser wie möglich verwendete. Keiner von den anderen wollte zu Gruhns Überlegungen Stellung nehmen. Die Studenten schielten unsicher zu Professor Weigert, und Sandra starrte andächtig auf die Karte, so als ob sie durch sie hindurch irgendwelche Gräber sehen könnte.

Es war der Professor selbst, der schließlich das Schweigen brach. „Nun, ich glaube, Dr. Gruhn hat da einen Gedanken geäußert, der durchaus erfolgversprechend klingt. Wir sollten zumindest einen Versuch unternehmen. Dr. Neubert, Herr Heckert und ich werden auf jeden Fall noch die nächsten drei Tage die Spur verfolgen, die sich gestern hier aufgetan hat, während Herr Weller und Dr. Gruhn an einem von Ihnen", dabei wandte er sich Michael Gruhn mit einem Lächeln zu, „zu bestimmenden Ort mit einer neuen Grabung beginnen. Ich werde Hachnem anweisen, daß er Ihnen fünf von unseren Arbeitern mitgibt, das heißt, er wird Sie ja wahrscheinlich sowieso mit dem Laster dorthin bringen müssen."

Gruhn nickte und warf einen Blick auf den jungen Weller, um abzuschätzen, ob dieser mit dem Arrangement zufrieden war oder sich dadurch von dem Rest seiner Universitätsgruppe abgesondert fühlte. Doch Wellers Gesichtsausdruck blieb nichtssagend. Nachdem einige weitere Kleinigkeiten geklärt waren und Hachnem offiziell, obwohl kein Zweifel daran bestand, daß er mit seinen für die Gespräche der deutschen Wissenschaftlergruppe immer offenen Ohren alles mitbekommen hatte, von dieser neuen Entwicklung unterrichtet worden war, machten sich die gestandenen und die angehenden Archäologen an ihre staubige und bislang so enttäuschende Arbeit.

Das Lager und der Ausgrabungsort lagen ein paar Kilometer abseits der Straße von Sahidan nach Bam, die nicht mehr als eine schlechte Wüstenpiste war und trotzdem die einzige Verbindung nach Pakistan darstellte. Die Ausläufer des Kuh-Kafut schoben sich in die Wüste Lut hinein, und die Geröllbetten der Wadis verstärkten noch den Eindruck der Unwirtlichkeit. Ob sie jemals Wasser geführt hatten, wußte kein lebender Mensch zu sagen. Das Lager der Archäologen befand sich auf einem steinigen Plateau etwas oberhalb der Grabungsstätte, die man von dort aus gut übersehen konnte. Die einheimischen Arbeiter hatten ihre Zelte ein Stück das Wadi hinauf aufgeschlagen und gingen, wenn sie nicht arbeiteten, den Fremden so weit wie möglich aus dem Weg. Manchmal verschwand Hachnem, nachdem er seine täglichen Pflichten mit dem

Spülen des abendlichen Eßgeschirrs erledigt hatte, in der Dunkelheit, hin zu dem flackernden Lichtschein, der von ihrem Feuer kündete. Niemand bemerkte seinen Fortgang, und noch weniger hörten ihn die Deutschen, wenn er spät in der Nacht den schmalen Trampelpfad zwischen den Felsen zu dem Plateau hochstieg und in seinen auf einem Teppich neben der Kochstelle liegenden Schlafsack kroch. Er versuchte zwar die Fragen, die ihm unten an dem Feuer gestellt wurden, zu beantworten, aber wie sollte er den Männern erklären, daß diese Fremden nach etwas suchten, das in den Augen der Einheimischen völlig wertlos war. Wissen war für sie nichts Greifbares oder Erstrebenswertes, und selbst für Hachnem zählte es nur, wenn es sich, wie möglicherweise beim Polizeichef in Bam, in Geld oder Gunst umwandeln ließ. Das größte Problem stellte selbst jetzt, nach einigen Wochen, die Frau dar. Die Männer hielten sie schlicht für eine Hure, und selbst Hachnem, der schon viel mit Europäern zu tun gehabt hatte, mußte sich immer wieder daran erinnern und es den Männern mit drastischen Worten klarmachen, daß diese unverschleierte blonde Frau, die meist mit bloßen Armen herumlief und sich von den anderen Fremden berühren ließ, nicht für jeden zu haben war. Er sah die Blicke unter den dichten Augenbrauen, sah, wie sich die Lippen der Männer unter den dunklen Bärten verzogen, wenn sich die Frau Doktor in ihren Männerhosen bückte und sich ihr Gesäß deutlich unter dem Stoff abzeichnete.

Sandra war sich dessen seit den ersten Tagen bewußt und bemühte sich, so wenig wie möglich in die Nähe der Arbeiter zu kommen, doch das änderte nichts daran, daß sie beständig die Blicke der Iraner in ihrem Rücken fühlte. Ihr blondes Haar, schon lange struppig und durch die mangelnde Pflege spröde geworden, steckte sie sorgfältig zusammen und verbarg es unter dem breitkrempigen Hut, den alle hier gegen die herabbrennende Sonne trugen, doch wenn sie, und es passierte ihr immer wieder, den Hut abnahm, um sich den Schweiß abzuwischen, hatte sie jedes Mal ein schlechtes Gewissen. Schaute sie dann schnell in Richtung der Arbeiter, dann sah sie meist noch, wie deren Blicke sich hastig von ihr weg wieder den Hacken und Spaten zuwandten. Manchmal, wenn sie abends in ihrem Zelt nicht gleich einschlafen konnte, malte sie sich mit Schrecken aus, daß einer der Arbeiter den Mut aufbringen und in ihr Zelt eindringen könnte, ihr die Hand über den Mund legen, so ihre Schreie ersticken würde und sich das nähme, was diese Leute bestimmt für ihr Recht hielten. In solchen Momenten wäre sie froh gewesen, wenn sie zusammen mit Heckert und Weller das Zelt hätte teilen können, und es hätte ihr auch nichts ausgemacht, doch selbst hier, unter primitiven

Umständen, wäre ein solcher Bruch mitteleuropäischer Anstandsregeln nicht möglich gewesen. Lieber noch hätte sie das Zelt mit dem schweigsamen, in sich gekehrten Michael Gruhn geteilt, der ihr nicht hätte die Hand über den Mund legen müssen, doch dieser war, selbst als sie ihm ein paar verstohlene Zeichen gegeben hatte, immer freundlich, aber auch reserviert geblieben. Sie wußte allerdings aus den Vorbesprechungen und der Planungsphase, daß er verheiratet war und einen siebenjährigen Sohn hatte.

Sandra zog das schon feuchte Taschentuch aus der Brusttasche ihres grünen Baumwollhemds und wischte sich, ohne den Hut zu lüften, den Schweiß von der Stirn. Sie war ein paar hundert Meter in die Ebene hinausgewandert, um von dort die Grabungsstätte insgesamt in Augenschein zu nehmen. Rechts, wo das Wadi sich zur Wüste hin öffnete, war eine Gruppe dabei, die Stelle näher zu untersuchen, wo man in drei Meter Tiefe deutliche Spuren von Feuerstellen gefunden hatte. Ein Mann beugte sich über die schräg in die Erde getriebene Grube und hob die Körbe mit dem losen Sand und dem Geröll nach oben, wo sie vorsichtig auf einen Haufen gekippt wurden. Davor kniete Heckert und schippte mit einer Maurerkelle den Abraum über ein Sieb, immer darauf hoffend, daß einmal mehr als ein großer Stein oder eine aussagelose Tonscherbe hängen bliebe.

Ihr Blick wanderte um den Fuß des Abhangs, der zu ihrem Lager hinaufführte, in den Einschnitt zwischen den beiden Hügeln, an dessen Ende sie ein natürliches Wasserreservoir gefunden hatte, das aber jetzt ausgetrocknet war. Hinten, wo die Hügelflanken immer dichter zusammenliefen, bis sie sich schließlich trafen, war die meiste Zeit des Tages, die späten Nachmittagsstunden ausgenommen, Schatten, und die Männer, die dort mit den Grabungen beschäftigt waren, hatten es etwas leichter als die, die den ganzen Tag in der prallen Sonne standen. An der nach Norden sich erstreckenden Hügelflanke waren einige Erdaufwürfe zu sehen, an denen aber zur Zeit nicht gearbeitet wurde. Professor Weigert hatte schon recht, überlegte sie - wenn die Grundprämisse stimmte, schränkte sie ihre Zustimmung aber gleich wieder ein. Wenn Krateros vom Gud-i-Sirreh-See nach Süden gezogen war, dann gab es keinen anderen Weg. Er mußte praktisch dem Weg gefolgt sein, den die heutige Nationalstraße Acht nahm. Sie führte über die einzigen begehbaren Pässen der nördlichen Gebirge an dem Kuh-i-Malik vorbei nach Salidan. Danach hätte er sich selbstverständlich am südöstlichen Rand der Wüste gehalten, und wenn er schon ein festes Lager einrichten mußte, dann war dies hier der beste Ort. Vielleicht hatte die natürliche Zisterne ja damals

Wasser gehabt. Doch wenn nicht? Wenn die Diskussion diesen Punkt berührte, war Michael Gruhn, das war Sandra nicht entgangen, immer sehr schweigsam gewesen, und heute hatte er, wenn auch geschickt verpackt, den Professor zum ersten Mal mit einer etwas anderen Interpretation der Situation konfrontiert. Natürlich war die Sache mit den Gräbern ein gutes Argument, auch wenn man in Betracht zog, daß die Griechen ihre Toten normalerweise verbrannten, doch auch das hatte Gruhn gut gelöst. Im Prinzip holte er sich damit die Erlaubnis, an einer ganz anderen Stelle zu graben. Sie verstand nicht, warum und wie er darauf gekommen war. Wußte Gruhn vielleicht etwas über den Heerzug des Krateros, das Professor Weigert nicht bekannt war? Sie nahm sich vor, es herauszufinden.

Das Schlimmste war die nur begrenzte Verfügbarkeit von Wasser. Sie brauchten zwar keinen Durst zu leiden, aber die Körperhygiene kam nach mitteleuropäischen Maßstäben mehr als zu kurz. Hachnem brachte von seinen wöchentlichen Fahrten nach Bam jeweils zwei Fässer mit gut 200 Litern mit, doch Duschen war und blieb ein Luxus, den sich das Grabungsteam nur alle drei Tage leisten konnte. Etwas abseits vom Lager hatte man ein Duschzelt errichtet, nicht mehr als ein Gestänge, das mit Zeltplanen abgehängt war und eine galgenähnliche Vorrichtung hatte, an die man den Wassersack mit knapp fünfzehn Liter Fassungsvermögen hängen konnte, die jedem Mitglied zum Duschen zugestanden wurden. Ansonsten beschränkte sich die tägliche Körperpflege auf Zähneputzen und flüchtiges Waschen, zu dem jeder von ihnen eine Schüssel mit einer Handbreit Wasser darin erhielt. Sandra hatte anfänglich geglaubt, es würde ihr nichts ausmachen, doch inzwischen wäre sie bereit gewesen, ziemlich viel für einen langen Nachmittag in einer gefüllten Badewanne zu geben. Auch störte es sie, daß es die Männer aus ihrer Gruppe so einfach hatten. Sie stellten sich einfach in die Abendsonne und wuschen sich, während sie sich dazu immer in das enge Duschzelt begeben mußte, in dem sich die Hitze des Tages auch am Abend noch staute. Meistens schwitzte sie dabei mehr Flüssigkeit aus, als sich in der Waschschüssel befand, und hatte dazu noch das Gefühl, schmutziger herauszukommen, als sie hineingegangen war.

Die Nacht war hereingebrochen, und Sandra, die etwas abseits am Kopf des nach unten führenden Pfades stand, verlor sich in der Betrachtung des jeden Abend aufs neue überwältigenden Sternenhimmels über der Wüste. Die klare, jetzt schon merklich kühlere Luft ließ die Lichtpunkte, die in der Heimat meist durch den Dunst nur verschwommen zu erkennen waren, greifbar nahe erscheinen, und die Gedanken der jungen

Frau begaben sich auf Wanderschaft durch die Zeit, wobei sie sich vorstellte, wie vor über zweitausend Jahren die Soldaten unter Krateros diesen Ort empfunden haben mochten. Schon bald war sie so vollständig in dieser selbstgeschaffenen Welt versunken, daß sie die Schritte hinter sich gar nicht bemerkte.

„Faszinierend, wenn man bedenkt, daß es hier zwischen der Zeit, in der wir leben, und der Zeit, nach der wir suchen, kaum Veränderungen gegeben haben dürfte."

Sie zuckte zusammen und ein kalter Schauder rann ihr den Rücken hinunter. Michael Gruhn hatte genau die Gedanken ausgesprochen, die auch ihr durch den Kopf gegangen waren. Sie drehte sich zu ihm um und bemerkte, daß alle anderen anscheinend schon schlafen gegangen waren und unter dem Zeltdach über der Kochstelle und ihrem improvisierten Speisesaal nur noch eine einsame Petroleumlampe gegen die Dunkelheit ankämpfte.

Gruhn, der zwei Schritte seitlich hinter ihr stand, war nur ein dunkler Schatten. Sie war im ersten Moment verlegen und steckte sich, um ihre Unsicherheit zu verbergen, eine Zigarette an. Im Lichtschein des Feuerzeugs sah sie, daß er sein Notizbuch unter den Arm geklemmt hatte, in das er jeden Abend nach dem Essen sorgfältig Eintragungen machte.

„Nun, fertig mit dem Arbeitsprotokoll?" fragte sie und deutete mit der Glut der Zigarette in Richtung des Notizbuches.

„Arbeitsprotokoll?" wiederholte er erstaunt und begriff dann, daß sie seine Notizen meinte. „Nein, nichts Offizielles. Es sind mehr meine privaten Aufzeichnungen, ein Tagebuch, wenn Sie so wollen."

„Ach so", meinte sie, und es klang kläglich. Wieso stellte sie sich nur an wie eine vierzehnjährige Klosterschülerin, wenn sie mit Gruhn alleine war, doch eigentlich wußte sie es. Die Zigarette in ihrer Hand sollte sie nicht nur beruhigen, sondern sie auch davon abhalten, unter Umständen etwas Dummes zu tun. Um auf sicheren Boden zurückzufinden, versuchte sie vorsichtig, das Gespräch in fachliche Bahnen zu lenken.

„Meinen Sie, daß wir noch etwas Relevantes finden werden?" Mein Gott, dachte sie, wie sich das anhört. So redete man doch nicht miteinander, wenn man seit über fünf Wochen Seite an Seite im Dreck gescharrt hatte. „Ich meine, machen Sie sich noch Hoffnungen, an der neuen Grabungsstelle etwas zu finden?"

„Nun", ein Zögern lag in seiner Stimme, „vom Erfolg sind wir alle ja nicht gerade verwöhnt, aber wer immer strebend sich bemüht ..."

Aha, dachte sie, Schleifspuren der klassischen Bildung. „Ich spreche aber eher aus der Totengruft der Verzweiflung heraus." Sie freute sich, zu einem lockeren Ton gefunden zu haben. „Ich meine, der Professor wird nicht besonders gut dastehen, wenn wir nur mit dem nach Hause kommen, was wir bis jetzt in den Händen haben. Eigentlich paßt es ja in eine Hand."

„Man muß Geduld haben. Mein Doktorvater hat einmal zu mir gesagt: Archäologie ist zu neunzig Prozent Geduld, zu neun Prozent Glück, und der Rest ist Wissenschaft. Klammern wir uns also an unsere Geduld und hoffen auf das Glück."

„Wie sieht es bei Ihnen wirklich aus?" überrumpelte sie ihren Kollegen, und während der merklich an seiner Antwort arbeitete, trat sie einen Schritt zur Seite und setzte sich auf einen der herumliegenden Felsblöcke.

Gruhn folgte ihr und nahm neben ihr Platz, den Rücken gegen eine Felsplatte gelehnt. Seine Füße scharrten auf dem Geröllboden, und sein Blick mied den hellen Fleck ihres Gesichts.

„Sehen wir es einmal so ... In den drei Tagen, seit ich mit Weller an der neuen Fundstelle arbeite, konnte wir nicht mehr als gerade mal den Boden ankratzen. Also brauche ich nicht zu deprimiert zu sein, wenn sich noch kein greifbarer Erfolg eingestellt hat. Aber eigentlich ..."

Sie wartete darauf, daß er weiterreden würde, doch die Pause dehnte sich.

„Was eigentlich?" wollte sie schließlich wissen und steckte sich eine weitere Zigarette an.

„Eigentlich", begann er, „bin ich von der ganzen Sache nicht überzeugt."

„Was meinen Sie damit?"

„Ach, vergessen Sie es", wiegelte er auf einmal unwirsch ab und wollte aufstehen. Sandra legte ihm mit einer unbewußten Bewegung die Hand auf die Schulter und drückte ihn in eine sitzende Haltung zurück.

„Ich vergesse es nicht. Ich habe schon seit einiger Zeit gemerkt, daß Sie ihre eigenen Theorien haben, und die möchte ich jetzt hören."

„Und ich möchte nicht unbedingt eine Auseinandersetzung mit dem Professor", gab Gruhn immer noch reserviert zurück. Er spürte ihren Körper an seiner Seite, der jetzt bei den schnell absinkenden Temperaturen leicht zu zittern begann. Er wollte schon den Arm um sie legen, überlegte es sich dann aber anders.

„Haben Sie Angst?" fragte Sandra erstaunt, und der Mann neben ihr, dessen Körperwärme sie an der schmalen Berührungslinie an ihrer Seite deutlich und angenehm spürte, erahnte ihren eher ungläubigen Gesichtsausdruck.

„Nein, keine Angst aber es wäre schon ein Affront gegen den Professor. Und was besonders peinlich ist, ich habe keine Beweise."

„Beweise wofür?"

„Für meine Theorie, was mit dem Heer des Krateros passiert ist", lenkte Gruhn ein und war eigentlich schon weiter gegangen, als er wollte.

„Nun erzähl aber die ganze Geschichte", forderte sie ihn auf und schob ihren Arm unter den seinen. „Ich werde dich schon nicht verpetzen."

Michael Gruhn akzeptierte kommentarlos, daß sich von einem Augenblick zum nächsten etwas in ihrem Verhältnis verändert hatte, zog nun seinerseits den Arm zwischen ihren beiden Körpern hervor und legte ihn um Sandras Rücken. Sie ließ ihren Kopf an seine Schulter sinken, schloß die Augen für einen Moment, und eigentlich war jetzt vollkommen unwichtig, was Michael ihr mitzuteilen hatte. In diesem Moment waren die hinter ihr liegenden Strapazen vergessen, und die noch kommenden konnte sie besser ertragen. Als er zu reden begann, sprach er nicht zu ihr, sondern irgendwo in die vor ihnen liegende Wüste hinein.

„Wir wissen nicht viel darüber, wie Krateros seine Abteilung, nachdem er sich vom Hauptheer getrennt hatte, über Arachosien, die Drangiane nach Karmanien im Westen geführt hat. Wir wissen aber, daß er nicht sehr hoch in der Gunst Alexanders stand. Nun stellen wir uns einmal vor: Krateros muß ungefähr zehntausend Mann, wobei es sich dabei nicht nur um Männer, sondern auch um Teile des Trosses handelte, also auch Frauen, wahrscheinlich auch eine erhebliche Zahl Verwundeter, über das Gebirge, an der Wüste vorbei in die Gegend des heutigen Bam führen. Keine leichte Aufgabe, aber Alexander hat schließlich das ganze Heer durch Persien bis an den Indus gebracht. Immerhin mußte Krateros fast zweitausend Kilometer in unwegsamem Gelände hinter sich bringen. Er mußte über den Bolanpaß, den Kodjakpaß, und erst ab Kandahar konnte er dem Hilmend bis zu den Seen folgen. Dann ging es nochmals in die Berge, über das Kaien-Gebirge und dann hinab in die Wüste Lut, wo wir jetzt sind."

Sandra bewegte sich an seiner Seite. Sie hob ihren Kopf und strich sich die blonden Haare aus dem Gesicht. „Nun, das ist ja nicht so unbekannt. Davon geht Weigert ja aus. Ich sehe da kein Problem."

„Nun, das war sozusagen auch nur, um mich warm zu reden. Schau dir doch die Gegend hier an", er machte eine unbestimmte Bewegung mit dem Kopf, „wie sollte man hier ein Heer von dieser Größe ernähren?

Auch wenn in Anbetracht der Umstände dies hier noch ein relativ guter Lagerplatz ist, halte ich es für absolut unwahrscheinlich, hier ein festes Lager für mindestens sieben- bis achttausend Menschen zu errichten. Wenn wir mal voraussetzen, daß zu diesem Zeitpunkt das Heer durch die Strapazen und Unfälle schon dezimiert war."

„Da hast du nicht unrecht", stimmte Sandra zu, während sie sich eine weitere Zigarette anzündete. „Wenn man in Deutschland diese Theorien wälzt, dann hat man wohl zu sehr die mitteleuropäischen Verhältnisse im Kopf, und als ich dann hier war, war ich die ersten Wochen viel zu aufgeregt und begeistert, um mir diese Fragen zu stellen. Aber worauf willst du hinaus?"

Michael stand auf und ging ein paar Schritte auf und ab, da ihm die Kälte langsam in die Beine kroch. Sie tat es ihm gleich. Dann sprach er weiter.

„Wir wissen wenig über Krateros und noch weniger über dieses Unternehmen. Einige Quellen, die in ihrer Gesamtheit glaubhaft erscheinen, berichten unabhängig voneinander, daß Krateros fast seine gesamte Streitmacht verloren hat, doch niemand weiß warum. Nur eine einzige Quelle, sein persönlicher Geschichtsschreiber, also jemand, der dem Krateros mehr als verpflichtet war, erzählt uns von der unbekannten Seuche, die die Leute dahingerafft hätte. Recht eigenartig, oder?"

„Wieso?" Sandra hatte inzwischen ihre Zigarette ausgedrückt und stand jetzt, die Arme um Michaels Taille geschlungen, eng an ihn geschmiegt da.

„Kurz und gut, ich glaube nicht an die Geschichte mit der Seuche, für die es außer diesem einen Bericht keinen Anhaltspunkt gibt, und auch keiner der offiziellen Geschichtsschreiber, die mit Alexander zogen, berichtet davon, was eigentlich nahegelegen hätte. Warum wurde Krateros nach seiner Wiedervereinigung mit dem Hauptheer auf einmal in Alexanders engsten Beraterkreis aufgenommen? Warum kam er zu hohen militärischen Ehren, er, der während des ganzen Feldzuges meist hinterherreiten durfte, ein für einen stolzen griechischen Heerführer niederschmetternder, wenn nicht sogar ehrenrühriger Zustand? Warum war Krateros nach dem Tod Alexanders eich genug, um in die Diadochenkämpfe einzugreifen, wo er doch nie Gelegenheit hatte, Beute zu machen? Siehst du, das sind alles Fragen, die ich mir gestellt habe und deren Antworten keinesfalls in das Bild passen, das uns Professor Weigert hier von einem festen Lager zur Pflege der Kranken verkaufen will."

„Aber er hat schon mehrere Aufsätze darüber veröffentlicht und seine These so begründet, daß ihm bis jetzt niemand widersprochen hat", warf sie mit einem Zittern in der Stimme ein, das nicht nur von der Kälte kam.

„Genau, deshalb kann ich als einfacher Promovierter nicht daherkommen und alles in Frage stellen. Ich brauche Beweise, aber ob ich die unter diesen Umständen finden kann?"

„Beweise für was?"

„Für meine Theorie, warum Krateros seine Leute verloren hat."

„Und die wäre?"

Michael starrte einige sich dehnende Minuten in den Nachthimmel, löste sich dann von Sandra und trat einen Schritt vor. Sie wagte nicht, sich zu bewegen oder etwas zu sagen.

Dann drehte er sich um, und man merkte deutlich, daß er immer noch mit sich kämpfte. Er legte seine Hände auf ihre Schultern und begann zu sprechen.

„Ich möchte nicht, daß etwas von dem, was ich dir jetzt sage, jemand außer uns beiden erfährt."

Sie nickte und brachte ein Krächzen hervor, das man als Zustimmung interpretieren konnte.

„Die These, die Professor Weigert vertritt, hat viele Schwachstellen; einige habe ich eben genannt. Daß ihm bis jetzt noch niemand widersprochen hat, hängt vielleicht einfach damit zusammen, daß seine Artikel nicht von den richtigen Leuten gelesen wurden, oder, was mir sogar noch wahrscheinlicher erscheint, Krateros und alles, was mit ihm zusammenhängt, für die Wissenschaft einfach zu unwichtig ist. Es gibt augenscheinlich keinen einleuchtenden Grund, einen Teil des Heeres auf die unwirtliche, nördliche Route zu schicken, und zwar zu dem Zeitpunkt, an dem Alexander seine Hauptstreitmacht schon wieder nach Westen, also zurück, führte. Es muß irgend etwas zwischen dem Gud-i-Sirreh-See und der Gegend um Bam gegeben haben, was diese Entscheidung rechtfertigte. Möglicherweise hat Krateros auch einen Vorstoß in die Wüste Lut unternommen. Ich glaube allerdings nicht, daß seine Truppen einer Seuche zum Opfer gefallen sind. Sie wurden angegriffen oder, besser gesagt, es muß zu einer riesigen Schlacht gekommen sein, anders kann ich mir die Dezimierung um zwei Drittel der Stärke nicht erklären."

Selbst in dem trüben Licht der Sterne glaubte Michael das ungläubige Gesicht der jungen Frau erkennen zu können.

„Eine Schlacht? Gegen wen? Hier gibt es nichts. Ein Volk, das die Fähigkeit besessen hätte, eine solche Armee zu dezimieren, von dem wüßte man. Alexander hat über alle großen Schlachten und Völker, die er unterworfen hat, peinlich genau Buch führen lassen. Nein, das ist unmöglich."

„Verstehst du jetzt, warum ich meine Überlegungen lieber für mich behalte?"

„Also auf den ersten Blick erscheint mir deine Theorie genauso wahrscheinlich oder unwahrscheinlich wie die von Weigert."

Damit hatte sie Michael allerdings bei seiner Wissenschaftlerehre gepackt, und er begann jetzt weitschweifig seine Theorie zu untermauern. Alles lief darauf hinaus, daß Krateros von Alexander den geheimen, zumindest aber heute unbekannten Auftrag erhalten hatte, hier etwas zu suchen, von dem Alexander möglicherweise berichtet worden war. Er hielt das zumindest für so wichtig, daß er Krateros zehntausend Mann mitgab. Alles schien darauf hinzudeuten, daß Krateros erfolgreich war, die Dinge sich aber anders entwickelten, als er oder Alexander im Vertrauen auf die eigene Unbesiegbarkeit es sich gedacht hatten. Krateros wurde von wem auch immer vernichtend geschlagen und konnte sich nur mit knapp einem Drittel seines Heeres retten. Und es mußte sich hier in der Nähe ereignet haben, weil, davon war Michael Gruhn überzeugt, der Geschichtsschreiber des Krateros wohl die Rahmenbedingungen geändert hatte, aber nicht den Ort.

„Unterstellen wir einmal, es hätte eine Schlacht gegeben", meinte Sandra schließlich, „was glaubst du dann anderes von Krateros´ Heer zu finden, als wenn Weigerts These zutrifft?"

„Ich suche nicht nach Resten von Krateros Heer. Ich suche nach dem, was ihn besiegt hat."

Sie starrte Michael einen Moment lang sprachlos an, und dann hatte sie begriffen. „Jetzt verstehe ich. Na klar, das wäre wirklich eine Entdeckung. Da könnte Weigert mit allem einpacken." Nach dem Begreifen dessen, was Michael ihr eben gesagt hatte, dauerte es nur wenige Sekunden, bis sie hellauf begeistert war. Michael hielt ihr einen winzigen Zipfel dessen, was man in der Wissenschaft Unsterblichkeit nennt, vor die Nase. Wenn seine Vermutung stimmte und sie Beweise dafür fänden, dann würden ihnen jede Professur auf der Welt offenstehen. Sie war in diesem Moment bereit, ihre Seele an ihn zu verkaufen - und nicht nur die Seele, wie sie im stillen hinzufügte.

„Du behältst das für dich", erinnerte er sie noch einmal eindringlich und riß sie damit aus ihren Träumen vom Ruhm.

Sie nickte, schlang die Arme um seinen Hals und küßte ihn. Michael erwiderte den Kuß, und dann gingen sie eng umschlungen zu dem trüben Lichtfleck, den die Petroleumlampe auf den Tisch unter der Zeltplane warf, zurück. Michael löschte die Lampe und wünschte Sandra eine gute Nacht.

Sie blieb einen Moment lang unentschlossen stehen, und wenn Michael jetzt Anstalten gemacht hätte, mit in ihr Zelt zu kommen, dann hätte er sich keinen Korb geholt, doch er unternahm nichts dergleichen. Enttäuscht, aber andererseits auch glücklich aufgeregt, drehte sie sich um und ging allein mit langsamen Schritten davon, immer noch hoffend, er würde ihr folgen. Tief in ihren Schlafsack verkrochen, wartete sie auf den Schlaf und fieberte dem Morgen entgegen, für den sie schon ein paar Pläne gemacht hatte.

## √-1 Ein Sonntag am Ende des Jahrtausends

Der September neigte sich seinem Ende zu, und der Sommer bäumte sich vielleicht zum letzten Mal in diesem Jahr auf. Der kurze Weg vom Theaterplatz, wo er aus der U-Bahn gestiegen war, bis zur Kirche hatte Peter Gruhn schon den Schweiß aus allen Poren getrieben. Das weiße Hemd klebte unter dem dunkelblauen Anzugjackett feucht an seinem Körper, und von seiner Stirn perlten ungehindert die Schweißtropfen herab. Es war kein angenehmes Gefühl, aber nicht zu ändern, denn der Anzug war das einzige Kleidungsstück, was ihm angemessen erschienen war.

An einem milden Frühlingsabend, Gabi Lautners Bauch paßte schon nicht mehr in ihre sonst übliche Konfektionsgröße achtunddreißig, hatten sie und ihr Mann ihn gefragt, ob er, Thomas Peter Gruhn, für das, was die beiden in Gabis Bauch angerichtet hatten und was seitdem beständig wuchs, der Taufpate sein wollte. Zuerst hatte er die beiden nur erstaunt angesehen und das Ganze für einen nicht besonders guten Scherz gehalten, doch schon nach ein paar weiteren Worten war ihm klar geworden, daß sie es ernst meinten.

Wie sie denn auf ihn gekommen seien, hatte Peter sofort gefragt, und der nächste Gedanke war, das Ansinnen rundweg abzulehnen. Peter wußte nicht viel über die Pflichten eines Taufpaten, konnte sich auch nur noch schwach daran erinnern, selbst einen gehabt zu haben, der ihm in den ersten bewußten Jahren seines Lebens Süßigkeiten zugesteckt hatte und später dann Geld. Ein Markstück hier, bei besonderen Gelegenheiten auch zwei Mark. Für Eis oder was immer Erwachsene glaubten, was Kinder mit den eigentlich für die Sparbüchse bestimmten Zuwendungen machten. Jetzt sollte Peter also selbst zu einem solchen Onkel werden, nicht gleich, aber immerhin in absehbarer Zeit. Und schon in diesem Augenblick hatte Peter gewußt, daß er beim Zustecken von Geld keine gute Figur abgeben würde.

Er sei schließlich einer ihrer besten Freunde, und sie würden es ihm zutrauen. Es klang, als ob er das Bundesverdienstkreuz erhalten sollte.

„Muß ich dann auch in die Kirche?“ war Peters entsetzte Frage, während er verwirrt nach einem guten Grund suchte, das Ansinnen und die damit verbundenen Verpflichtungen möglichst ohne Mißstimmung von sich zu weisen.

„Natürlich. Wo glaubst du denn, werden Kinder getauft“, gab Gabi mit einem Anflug ihres unvergleichlichen Lachens zurück.

Zwei Stunden später waren alle Einwände Peters aus dem Weg geräumt oder zumindest so weit eingeebnet, daß er schließlich sein Einverständnis gab und die ganze Sache ziemlich schnell wieder vergaß.

Der Sommer kam und mit ihm all die Leichtlebigkeit der warmen Jahreszeit. Peter hatte viel zu tun und ärgerte sich jeden Tag mehr über das entsetzlich trockene Buch über die Entstehung und Verbreitung neutestamentarischen Gedankengutes im vorderen Orient, das er übersetzen mußte; aber der Verlag zahlte gut, sehr gut sogar, da man das Werk noch zur Buchmesse herausbringen wollte. Für Peter hieß das allerdings, jeden Tag zehn bis zwölf Stunden vor dem Computer zu sitzen und zu schwitzen. Die Meteorologen nannten es einen Jahrhundertsommer. Gabi und Thomas hatte er nur ein paar Mal in irgendeinem überfüllten Biergarten im Kreis gemeinsamer Freunde getroffen, wo sie sich aber meist dann verabschiedeten, wenn er gerade eingetroffen war.

Ohne sich weiter darüber Gedanken zu machen, war ihm aufgefallen, daß Gabis schlanke Figur mehr und mehr einem Wasserball mit Anhängseln ähnelte und Thomas in seinem gluckenhaften Verhalten immer besorgter um sie wurde. Je weiter der Sommer voranschritt, desto mehr machte Gabi ihr Zustand zu schaffen. Sie fühlte sich in Gesellschaft von Menschen nicht mehr wohl, haderte mit ihrem Aussehen und gestand Peters Freundin Monika, als sie sich Mitte August das letzte Mal vor der Geburt getroffen hatten, daß es ihr langsam zu viel wurde und sie froh wäre, wenn es endlich vorbei sei.

Am achten September war es dann soweit. Peter und Monika waren, nachdem sie ausgiebig den Scheck des Verlages gefeiert hatten, erst nach Mitternacht in Peters Wohnung zurückgekehrt und dort von dem blinkenden Lämpchen des Anrufbeantworters empfangen worden. Während Monika die Fenster öffnete, um die höchstens ein paar Grad kühlere Nachtluft hereinzulassen, spulte Peter das Band zurück.

„Ich bin's, Thomas", quäkte es aus dem Apparat, „heute Abend um sechs, ich bin gerade zurück. Alles in Ordnung. Warum bist du nicht zu Hause?" - „Bist du zu Hause?" Es war wieder Thomas. „Es ist ein Mädchen. Alles ist gut verlaufen. Komm vorbei, wir trinken einen, Patenonkel." - „Ich bin's noch mal, Thomas. Rufe dich morgen wieder an. Wenn du Zeit hast, dann melde dich bei mir, Patenonkel."

Schon beim ersten „Patenonkel" war Peter zusammengezuckt, und dann wurde ihm langsam bewußt, auf was er sich eingelassen hatte. Als sie ihn gefragt hatten, war alles noch so akademisch gewesen. Das Kind, das in Gabis Bauch heranwuchs, etwas Abstraktes, nichts Reales gewesen, genauso wie seine Einwilligung, die Patenschaft zu übernehmen.

Monika hatte inzwischen alle Fenster geöffnet, doch die Luft in der Wohnung bewegte sich kein bißchen. Peter ging zum Schreibtisch, schob die Computertastatur zur Seite und steckte sich eine Zigarette an. Seine Freundin, die inzwischen ihr Kleid ausgezogen hatte und nur mit einem Schlüpfer bekleidet in Peters Lieblingssessel saß, brachte es auf den Punkt.

„Jetzt heißt es Verantwortung übernehmen, mein Lieber."

Die Taufe war zwei Wochen später angesetzt; der Tag, an dem es für Peter wirklich ernst wurde. Ilona-Maria sollte das Objekt der Begierde zukünftiger Geschlechtsgenossen heißen - ihm war es recht oder vielmehr egal, da er, obwohl Taufpate, bei der Namensgebung kein Mitspracherecht gehabt hatte. Thomas erwartete Peter an der Kirchentür und führte ihn an der Seite des Hauptschiffes entlang nach hinten in einen Nebenraum der Sakristei, wo Pfarrer Gölden zusammen mit Gabi und dem Baby auf sie wartete. Es dauerte nur ein paar Minuten, dann waren die Formalitäten erledigt, und der Pfarrer bat sie, in der Kirche Platz zu nehmen.

Im stillen hoffte Peter, daß Monika nicht rechtzeitig von ihrer Besprechung in Hamburg zurückgekommen war, um ihn bei der ganzen Prozedur zu beobachten. Sie hatte zwar versprochen, die Frühmaschine von Hamburg nach Frankfurt zu nehmen, aber Peter bezweifelte sehr stark, daß sie es schaffen würde. Wenn Werbeleute unter sich waren, dann wurden, wie er schon bei einigen Gelegenheiten mitbekommen hatte, die Nächte meistens lang.

Kurze Zeit darauf saßen das Elternpaar mit dem Täufling und der leicht nervöse Taufpate in der ersten Reihe einer stattlichen Anzahl von Holzbänken.

Hinter ihnen hatte sich der Rest der Verwandtschaft niedergelassen, und noch weiter hinten, im Halbdunkel des Kirchenschiffs, saßen ein paar ältere Gemeindemitglieder. Auch Monika Geldern war da. Sie trug ein buntes Sommerkleid, das vielleicht einen Tick zu auffällig war. Ganz offensichtlich hatte sie den Frühflieger bekommen.

Frisch wie der junge Tag sah sie allerdings nicht aus, stellte Peter fest, als er sich kurz zu ihr umdrehte und ihr aufmunternd zunickte, wobei er derjenige gewesen wäre, der eine Aufmunterung gebraucht hätte. Mit feuchten Händen und einem ungewohnten Anfall von Lampenfieber verfolgte er genau, was sich vor dem Altar abspielte. Pfarrer Gölden hatte in dem kurzen Gespräch einen vernünftigen Eindruck auf ihn gemacht, doch kaum im Ornat, bekam seine Stimme diesen salbungsvollen Ton, mit dem sich Peter nie hatte anfreunden können.

Nach einer kurzen Ansprache forderte Pfarrer Gölden die Eltern und Peter, den Taufpaten, auf, vorzutreten. Peter war noch in Gedanken versunken und bemerkte erst als ihn Thomas am Jackettärmel zog, daß nun der Moment gekommen war. Peter hoffte inständig, daß die Kleine nicht gerade im entscheidenden Augenblick anfangen würde, loszubrüllen, und hielt Ilona-Marias Kopf mit der linken Hand etwas ungelenk über das mit Wasser gefüllte Becken. Doch diese nahm die ganze Angelegenheit mit kindlicher Gelassenheit hin. Pfarrer Gölden spritzte etwas Wasser über das Kind, schlug das Kreuz und betete irgendeine kirchliche Formel herunter, der zu folgen sich Peter nicht die Mühe machte. Er konzentrierte sich ganz darauf, Ilona-Maria so ruhig wie möglich zu halten, damit nicht etwa eine unbedachte Bewegung sie verstören würde. Aber die Kleine schaute nur mit wachen Augen zu ihm herauf und schien der ganzen Prozedur keinerlei Aufmerksamkeit zu widmen. Peter blickte in das kleine, zerknitterte Gesicht hinab, das er zum erstenmal richtig sah. In den zwei Wochen zwischen der Geburt und dem heutigen Tag hatte er bei seinen Besuchen, die zur Planung der Taufe nötig waren, immer nur einen kurzen Blick auf das meist unter einem Berg von Decken verborgene Kind geworfen. Vielleicht war dies ein letzter uneingestandener Versuch gewesen, die Patenschaft doch noch leugnen zu können.

Aus dem weißen Taufkleid und dem rosigen Gesicht stachen Ilona-Marias dunkle Augen hervor, deren Pupillen wie polierte Flächen wirkten, in denen sich die bunten Kirchenfenster spiegelten. Sie schienen Peter wie in einem Strudel zu sich hinabzuziehen. Schließlich zwinkerte er kurz und erreichte wieder die Oberfläche, doch auf einmal schien sich der Boden unter seinen Füßen zu drehen. Er merkte, wie seine Knie weich wurden, und brachte es gerade noch fertig, das Kind hastig der erstaunten Gabi in die Arme zu drücken und sich selbst unauffällig, so hoffte er zumindest, am Taufbecken abzustützen. Peter spürte, wie sich auf seiner Stirn kalte Schweißtropfen bildeten. Er schloß noch einmal kurz die Augen und konzentrierte sich. Als er sie wieder öffnete, war der Anfall vorbei.

Dann war die ganze Sache auch schon überstanden. Peter fand sich unversehens im Kreis der beiden Familien wieder, die nun Bilder ohne Ende schossen, und natürlich fehlte auch eine Videokamera nicht. Schließlich wurde es ihm zuviel, und er flüsterte Gabi zu, daß er vor der Kirche auf sie warten würde.

Er ging das Kirchenschiff hinunter zu Monika, die süffisant lächelnd etwas weiter hinten im Mittelgang neben ihrem kleinen Reisekoffer stand.

„Na, einen guten Flug gehabt?“ fragte Peter seine aus der Nähe doch ziemlich übernächtigt aussehende Freundin.

„Der Flug war okay, aber bis ich erst einmal in der Maschine war ... Wir hatten Nebel in Hamburg, und in Frankfurt war der Flughafen überlastet. Na ja, zumindest habe ich es ja noch pünktlich zu deinem großen Auftritt geschafft."

„Gehen wir raus", er machte eine Handbewegung auf das Portal zu, „ich brauche eine Zigarette." Peter schaute noch einmal zu der immer noch um das Taufbecken versammelten Gruppe, die kein Ende finden wollte, das Ereignis auf die unterschiedlichsten Filme zu bannen.

„Und wie war es in Hamburg?" nahm er das Gespräch vor der Kirche wieder auf, nachdem er die ersten Züge hastig inhaliert hatte.

„Nun, wie soll es schon gewesen sein? Das Übliche halt. Viel Gerede, die Umsatzzahlen für das erste Halbjahr, die angespannte Wirtschaftslage, das Brainstorming, wo wir noch welchen Etat an Land ziehen könnten, und die übliche Hitliste von Thompson & Alley europaweit. Rainer meinte am Abend, man könne sich das wirklich schenken, und der Ansicht bin ich auch."

„Rainer?" Peter schaute sie fragend an.

„Rainer Bollmann, unser Art-Direktor. Er war mit in Hamburg. Ich habe ihn dir doch auf der letzten Agenturfeier vorgestellt. Erinnerst du dich nicht?"

„Doch, doch", wiegelte Peter ab. Bestimmt hatte ihm Monika den Mann vorgestellt, allerdings erschienen ihm diese Werbeleute alle zu überdreht, und einer sah wie der andere aus. Voll durchgestylt von Armani bis Zuffenhausen. Insgeheim fragte sich Peter manchmal, wie Monika es mit den Typen den ganzen Tag aushielt oder, andersherum, was sie eigentlich an ihm fand.

Sie hatten sich vor gut eineinhalb Jahren auf Lanzarote kennengelernt, wo Peter nach der Fertigstellung einer Übersetzung und Monika nach dem Ausfall eines Auftrags für zwei Wochen mit einem Last-Minute-Angebot in einem halbverlassenen Hotel gestrandet waren. Es war Mitte Februar gewesen, nicht besonders kühl, aber zum Baden im Meer noch eindeutig zu kalt, so daß sich die Urlauber um den geheizten Schwimmingpool des Hotels und die verschiedenen Bars gedrängt hatten. Man sah sich morgens beim Frühstück und spätestens abends wieder beim Buffet, danach wogte man mit dem Großteil der Gäste in die Hauptbar, auf deren Tanzfläche jeden Abend eine Gruppe von jungen einheimischen Entertainern eine Unterhaltungsshow präsentierte.

Peter nutzte die Zeit am Schwimmingpool, um sich schon einmal in den amerikanischen Thriller einzulesen, den er als nächstes übersetzen mußte, als ihn Monika eines Tages auf Englisch ansprach. Sie hatte fälschlicherweise vom Buch auf die Nationalität des Lesers geschlossen.

„Dein Englisch ist gut", hatte er ihr auf Deutsch geantwortet, worauf sie einen Moment verblüfft war, dann aber lachte. Das war am dritten Tag seines Aufenthalts gewesen. Am Abend dieses Tages hatte er sich mit einem kameradschaftlichen Kuß von ihr verabschiedet. Am nächsten Tag lagen sie zusammen in einer windgeschützten Ecke am Schwimmingpool und lästerten über die anderen Gäste, die sich in ihr Blickfeld wagten. Zwei Tage später sagte sie zu ihm, als er sie zum Frühstück abholen wollte: „Komm doch rein." Das war der Morgen, an dem sie kein Frühstück mehr bekommen hatten.

Eine Stunde vor Frankfurt gestand sie ihm dann, ein Problem zu haben. Sie wollte eigentlich nur einen Urlaubsflirt, ganz ohne Verpflichtungen, und hatte gehofft, er würde nicht gerade um die Ecke wohnen. Andererseits konnte und wollte sie aber auch nicht so einfach auf Wiedersehen sagen. „Ich werde darüber nachdenken und dich anrufen", versprach sie damals.

Es hatte drei Wochen gedauert, die ihm anfänglich schlaflose Nächte, feuchte Hände und große Schwierigkeiten, sich auf seine Arbeit zu konzentrieren, bereitet hatten. Ein paar Mal war er kurz davor gewesen, sie anzurufen, hatte aber immer, bevor die letzte Ziffer ihrer Telefonnummer gewählt war, den Hörer wieder aufgelegt. Als sie sich schließlich meldete, war er schon fast über die Sache hinweg gewesen.

Sie verabredete sich mit ihm in einem Lokal im Westend, in denen junge, aufstrebende Bankangestellte und andere Erfolgsmenschen ihren Feierabend begannen. Er trug, was er auch auf Lanzarote getragen hatte, Jeans, ein dunkelkariertes Baumwollhemd und eine Jacke, die er in den vielen Jahren, seitdem sie aus der Mode gekommen war, immer lieber gewonnen hatte.

Als er dort eintraf, schaute er sich unsicher in dem Ensemble aus Chrom, Plastik und Leder um, und glücklicherweise winkte ihm jemand zu. Von alleine hätte er seine Urlaubsbekanntschaft nicht so ohne weiteres wiedererkannt. Sie war nicht mehr Monika, sondern viel eher Frau Geldern, erfolgreiche Kontakterin der Werbeagentur Thompson & Alley. Ihr schwarzer Bubikopf war ordentlich frisiert, von ihrem rechten Ohrläppchen baumelte ein wertvolles, aber vielleicht etwas zu auffälliges Gehänge herab, ihre Füße, an denen er bis dahin nur Sandalen oder Badeschlappen gesehen hatte, steckten in grauen Pumps, und der Rest ihres Körpers, der ihm auf Lanzarote in einem Pulli und ein paar ausgewaschenen Jeans immer perfekt angezogen erschienen war, wurde von einem grauen Kleid, das wie angegossen an ihrem Körper lag, verhüllt. Über ihren Schultern lag ein dunkelblaues Satinjackett.

„Hallo", begrüßte sie ihn, und alles, was sich Peter in den drei Wochen, besonders aber in der Zeit zwischen ihrem Anruf und diesem Moment, zurechtgelegt hatte, war auf einmal wie weggewischt.

Wir passen im richtigen Leben so gut zusammen wie Dr. Jekyll und Mr. Hyde, ging es ihm durch den Kopf. Wir hätten uns in Frankfurt stundenlang gegenübersitzen können und doch nicht Notiz voneinander genommen; nur die egalisierende Wirkung des Badeanzuges hatte das zustande gebracht.

„Hallo", antwortete er mit einem Zittern in der Stimme, zu dem eigentlich kein Anlaß bestand, und setzte sich ihr gegenüber an den kleinen Tisch, der in die Kategorie Designermöbel fiel.

„Peter, bitte entschuldige, daß ich mich für die Holzhammermethode entschieden habe, aber du sollst gleich wissen, worauf du dich einläßt, wenn du jetzt ja sagst", erklärte sie, während der Adressat ihrer Worte sich sichtlich nervös eine Zigarette ansteckte.

Er schaute sie fragend an, obwohl er genau wußte, was damit gemeint war, und seine Antwort eigentlich auch klar war. Monika hatte schon auf Lanzarote blendend ausgesehen, doch jetzt, hier in dieser Umgebung, die Frisur betonte noch ihr schlankes Gesicht, das Make-up war perfekt, genauso wie jede ihrer Gesten, während das sanfte Schaben der Nylons an sein Ohr drang, als sie die Beine übereinander schlug, war diese Frau einfach umwerfend.

„Stell dich nicht so an", fuhr sie auf seinen fragenden Blick hin fort, „du weißt genau, um was es geht."

„Ich denke schon", gab er zurück.

„Nun?"

„Ein Engel kommt nach Babylon."

Nun war es an ihr, Unverständnis zu zeigen, und dabei nippte sie an ihrem Getränk, das wie ein exotischer Cocktail aussah.

„Das ist die Geschichte von einem wunderschönen Mädchen, das einem armen Bettler zur Frau gegeben werden soll", erklärte er ihr stark verkürzt den Inhalt des Stückes von Dürrenmatt, das er irgendwann im Laufe seines Literaturstudiums gelesen hatte.

„Und du bist der Bettler?"

„So ähnlich. Aber jetzt mal im Ernst. Glaubst du, das geht gut mit uns beiden? Ich bin immer noch ich, derselbe wie auf Lanzarote. Du bist allerdings vom Aschenputtel zur Prinzessin geworden."

„Nur äußerlich", warf sie ein.

Er quittierte ihre Bemerkung mit einem erstaunten Stirnrunzeln. Er war auf dem besten Wege, alles zu ruinieren, wo er noch vor ein paar Minuten bereit gewesen war, ohne jeden Vorbehalt ja zu sagen. Doch jetzt war er knapp davor, alles kaputtzumachen, und käme vielleicht gar nicht mehr dazu, irgend etwas zu bejahen. Er blickte in ihre Augen mit dem leicht grünblauen Lidschatten, der exakt zu ihrer Augenfarbe paßte, und zündete sich die nächste Zigarette an.

„Am besten sprichst du erst einmal aus, was du mich fragen willst", forderte er sie auf.

„Kannst du dir das nicht denken? Und außerdem, so wie du das jetzt hinstellst, kommt mir die Situation wirklich blöd vor. So hatte ich mir das nicht gedacht."

Peter war am Verzweifeln. Alles lief irgendwie falsch. Nachdem sie eine heftig verliebte Woche auf Lanzarote verbracht hatten, saß er Monika hier gegenüber und hatte das Gefühl, auf einer Bank über einen Kredit zu verhandeln. Sie schaute ihn durch den Zigarettenqualm hindurch an und versuchte, in seinen Gedanken zu lesen. Er mußte etwas sagen. Wenn er weiter stumm bliebe, wäre die Sache binnen kurzem erledigt.

„Ich glaube, das hier war kein so guter Gedanke. Vielleicht hat der Holzhammer besser gewirkt, als du erwartet hast." Und dann beugte er sich zu ihr hinüber, bis sein Mund dicht an ihrem Ohr war. „Ich denke, ich habe eine gute Idee. Wir gehen jetzt zu mir, und dann entferne ich erst einmal alles, was mich an dir irritiert."

Als er sich wieder zurücklehnte, huschte ein Lächeln über ihr Gesicht, und sie fragte: „Alles?"

Er nickte.

Der nächste Tag war ein Samstag, und als sich die beiden am späten Morgen ausgeschlafen in Peters Bett rekelten, begannen sie, ihre Beziehung zu planen.

Mit einem quengelnden Ton forderte Monikas Handy Aufmerksamkeit. Sie trat ein paar Schritte zur Seite, in den Schatten des Kirchenportals, und meldete sich mit einem knappen „Hallo".

Peter wollte nicht den Anschein erwecken mitzuhören, obwohl es ihn schon interessierte, wer seine Freundin so früh am Morgen anrief. Normalerweise lagen sie um diese Zeit noch im Bett und waren am Wochenende mit wichtigeren Dingen beschäftigt, als Telefonanrufe zu beantworten. Während er sich eine weitere Zigarette aus der Packung nahm, hörte er den Namen Rainer und bemerkte auch das Lächeln in ihrer Stimme. Es war kurz nach halb zwölf, und die Bahnhofsgegend erwachte aus ihrem morgendlichen Schlaf. Die ersten Huren klapperten um die Ecken, Penner hatten sich von ihren Platten aufgerappelt und streunten zur Kaiser- und Moselstraße, während die Gemeinde der Junkies Richtung Taunusanlage unterwegs war. Peter blieb müde und von der Hitze fast gelähmt an der Kirchenwand gelehnt stehen. Schließlich zog er sein Jackett aus. Auf dem Hemd zeichneten sich unter den Achseln große Schweißflecken ab. Er legte das Jackett über die Steinbalustrade und zog das Hemd vorsichtig ein Stück vom Körper weg, damit die Luft besser zirkulieren konnte.

Die übrigen Taufgäste verließen in diesem Augenblick die Kirche. Monika beendete mit ein paar knappen Worten ihr Telefonat, und die beiden schlossen sich wieder der aufgeregt durcheinanderredenden Gesellschaft an, die sich auf den Weg in das Restaurant machte, in dem man das Mittagessen einnehmen würde.

Nach dem Essen, man wartete noch auf den Nachtisch, ärgerte sich Peter zunehmend über Pfarrer Gölden, der die vergangenen zwei Stunden das Gespräch an dem Tischkarree dominiert hatte. Natürlich ging es um die Kirche und wie wichtig ihre Stellung gerade in der heutigen Zeit sei. Hin und wieder fühlte sich der Mann Gottes genötigt, halbernste Ermahnungen an den Taufpaten einzustreuen, die dieser zunehmend bissig kommentierte. Ansonsten versuchte Peter dem Gespräch so weit wie möglich auszuweichen, was aber nicht sehr leicht war.

„Was Gabi und Thomas nur an dem Mann gefunden haben", flüsterte Peter Monika ins Ohr. „Eigentlich hatte ich nie den Eindruck, daß Gabi so religiös ist."

„Ich weiß es ganz bestimmt nicht", gab Monika genauso leise zurück. „Schließlich ist es deine Freundin. Du mußt doch wissen, wie sie es mit der Religion hält."

„Das kommt bestimmt von Thomas", meinte er resignierend und nahm einen Schluck Rotwein.

Die Tischgesellschaft schaute sich unschlüssig an. Keiner wußte so recht, was er sagen sollte, bis Pfarrer Gölden erneut anhob, über die Religion zu sprechen. Peter hielt es nicht mehr aus. Er mußte einfach raus aus dem kleinen Kolleg, in dem sich die Hitze staute. Die Toilette war die beste Alternative, die ihm einfiel. Vorsichtig machte er einen Bogen um den Stuhl, auf dem Ilona-Marias Tragekörbchen neben Gabis Platz stand, und schaute im Vorbeigehen kurz hinein. Wieder traf ihn ein Blick aus diesen dunklen Augen, die immer noch amüsiert über die ganze Angelegenheit zu sein schienen. Ohne es zu wollen, breitete sich ein verschwörerisches Lächeln auf seinem Gesicht aus, so als sei dieses gerade mal zwei Wochen alte Kind ein Verwandter im Geiste. Als er sich abwandte, wurden seine Schritte leicht, und er glaubte zu schweben. Es dauerte aber nicht lange, da wollte er wieder auf die Erde zurück, doch es klappte nicht. Er mußte sich an der Wand abstützen, um nicht den Boden unter den Füßen zu verlieren, und ihm blieb nichts anderes übrig, als sich den Gang entlang zur Toilettentür vorzutasten. Er schob es auf die Hitze. Nachdem er den Inhalt seiner Blase der Kanalisation zugeführt hatte, ging es ihm so weit besser, daß er sich auf dem Weg zurück an der Theke ein Bier mitnahm.

Monika war inzwischen auf seinen Platz neben Gabi gerutscht, und Peter konnte sich gut vorstellen, über was die beiden sprachen. Allzu deutlich glitten ihre Blicke, wie er aus dem Augenwinkel bemerkte, immer wieder in den Tragekorb zu Ilona-Maria, als daß nicht das Kind oder das Kinderkriegen Gegenstand ihrer Unterhaltung hätten sein können. Er blieb hinter beiden stehen und hörte einen Moment ihrem Gespräch zu. Natürlich ging es um Kinder.

„Ich dachte früher auch einmal wie du", sagte Gabi gerade, „und du weißt ja, zum Schluß war es eine ganz schöne Plagerei, aber jetzt muß ich zugeben, es ist ein irgendwie schönes Gefühl."

„Na ja", meinte Monika spöttisch, „das wird ja auch noch ein paar Jahre anhalten, in denen du kaum an etwas anderes wirst denken können. Also für mich wäre das nichts. Wenn ich mir nur vorstelle: Windeln wechseln, den Hintern abputzen, Essen kochen und was alles sonst noch dazugehört ... Nein danke. Da bleibe ich im Bett lieber unfallfrei."

„Was soll das denn heißen?"

Auf Monikas Gesicht zeichnete sich Erstaunen ab. „Kein Unfall? So richtig gewollt? Mit voller Absicht?" Sie klang, als ob man ihr gerade versucht hätte, den Eiffelturm zu verkaufen. „Ihr habt das wirklich so geplant?"

Gabi antwortete nicht sofort, und sie zupfte sich mit einer Peter nur zu vertrauten Bewegung nervös am Ohrläppchen. Dann legte sie Monika die Hand auf den Arm und sagte bestimmt: „Ich glaube, das ist etwas, was nur mich und den Vater von Ilona-Maria angeht." Die Schärfe in ihrer leisen Stimme strafte das Lächeln, mit dem sie Monika bedachte, Lügen.

„Schon gut", wiegelte Monika ab.

Das war das letzte, was Peter von dem etwas peinlichen Gespräch mitbekam. Er kannte Monikas Einstellung zu Kindern zur Genüge. Er ging zurück an die Theke im Gastraum, um sein inzwischen leeres Bierglas füllen zu lassen. Als er dort auf sein Bier wartete, kam Thomas auf dem Weg zur Toilette vorbei.

„Na, alles in Ordnung?" fragte dieser und wartete gar nicht erst auf die Antwort, sondern ging weiter den Gang hinunter.

„Klar, solange das Bier kalt ist", rief ihm Peter hinterher und nahm sein Glas entgegen. Er beschloß, noch eine Weile an der Theke stehenzubleiben, bevor er sich wieder den endlosen Gesprächen über Kinder, deren Geburt und Erziehung aussetzen wollte. Dann schob sich auf einmal Gabi durch die halb geöffnete Schiebetür, die die Taufgesellschaft von dem Rest des Lokals trennte.

„Willst du nicht wieder reinkommen?" Sie stand direkt vor ihm und versuchte mit ausgebreiteten Armen etwas Luft zwischen den Stoff ihres Kleides und ihren schweißfeuchten Körper zu bekommen.

„Ganz schön heiß da drinnen, wie?" stellte er fest, als er ihr dabei zusah. „Ich trinke nur noch aus, und dann stelle ich mich wieder meinen Pflichten", versicherte er ihr mit einem lakonischen Lächeln.

„Sag mal, was war denn in der Kirche los?"

„Was soll los gewesen sein?"

„Ich meine, als du mir Ilona-Maria in den Arm gedrückt hast", wollte sie wissen und musterte ihn genau.

„Mir ist plötzlich schwindelig geworden. Ich hatte das Gefühl, ich würde gleich umfallen. Da hielt ich es für besser, das Kind so schnell wie möglich loszuwerden. Nur um sicherzugehen."

„Wenn das immer so schnell ginge", meinte sie mit einem seltsamen Lächeln. „Geht's dir wieder gut?"

„Ja", gab er zurück und hob demonstrativ sein Glas, das fast leer war.

„Wirklich? Dir steht ja der Schweiß auf der Stirn." Dabei hob sie die Hand und strich mit dem Zeigefinger vorsichtig über seine Stirn. Doch bevor sie die begonnene Bewegung vollenden hatte, zuckte ihre Hand zurück.

„Na, ihr beiden, hat sich die Gesellschaft schon aufgelöst?" Thomas war aus der Toilette gekommen und trat neben die beiden an die Theke.

„Nein, ich warte nur auf mein Bier", erklärte Peter schnell, stellte das inzwischen leere Glas auf das Abtropfblech neben dem Zapfhahn und gab dem Wirt ein Zeichen, es zu füllen. „Geht schon einmal vor, ich komme gleich nach."

Gabi legte den Arm um Thomas und schob ihn wieder zurück in den Nebenraum. Bevor sie zwischen den Türflügeln verschwanden, drehte sie sich noch einmal zu Peter um, doch der stand mit dem Rücken zu ihr und wartete auf sein Bier.

Als er sich wieder zu den anderen gesellte, breitete sich schon Aufbruchsstimmung aus. Er setzte sich auf seinen Platz neben Gabi, die Ilona-Maria aus ihrem Korb genommen hatte und in ihren Armen sanft schaukelte. Plötzlich stand Gabis Mutter neben ihrer Tochter, beugte sich zu deren Ohr hinunter und flüsterte etwas hinein. Gabi nickte, stand auf und blickte zu Thomas hinüber, der sie aber nicht beachtete. Dann meinte sie zu ihrer Mutter: „Moment mal."

Bevor Peter etwas sagen konnte, hatte ihm Gabi schon Ilona-Maria in die Arme gedrückt und gesagt: „Halt das Kind bitte mal einen Augenblick, ich muß schnell etwas mit meiner Mutter erledigen."

Er konnte nur noch das Bündel in Empfang nehmen und aufpassen, daß er es nicht fallen ließ. Sein Blick war starr geradeaus gerichtet, und er bemühte sich, das kleine Wesen in seinen Armen nicht zu beachten. Er hielt es nicht lange aus. Sein Blick suchte das rosige Gesicht, und gerade als er sicher war, daß die Kleine schlief, öffnete sie die Augen. Peter riß instinktiv den Kopf hoch und schaute auf die um ihn herum versammelten Personen. Für einen kaum merklichen Augenblick erschien ihm die gesamte Gesellschaft wie ein Abziehbild, eine Seite aus einem schrecklich realistischen Comic-Heft. Alle waren in der Bewegung erstarrt, mit offenen Mündern, denen nur noch die Sprechblasen fehlten. Er wollte etwas sagen, doch die Worte schienen auf dem Weg zu seinem Mund irgendwo in seinem Körper zu verschwinden. Von links und rechts drückte die Nacht sein Gesichtsfeld zusammen.

Das Poltern, als er vom Stuhl kippte, und das daraufhin sofort einsetzende Schreien von Ilona-Maria, die mit ihm zu Boden fiel, ließ die Menschen in dem Raum zusammenzucken.

Peters Ohnmacht, später behauptete er allerdings, es sei nur ein kurzes Schwindelgefühl gewesen, setzte den dramatischen Schlußpunkt der Taufe. Mit dem einsetzenden Gebrüll des Kindes war Thomas förmlich über die Tische gesprungen, um seine Tochter, vor was auch immer, zu retten. Monika hatte im ersten Moment gar nicht recht mitbekommen, was eigentlich geschehen war, da ihre Sicht auf Peter durch den Pfarrer verdeckt gewesen war, und erst als dieser sich über den am Boden Liegenden beugte, konnte sie erahnen, was passiert war. Binnen Sekunden kam Gabi aus dem Restaurant, wohin sie mit ihrer Mutter verschwunden war, nahm von ihrem Mann das Kind entgegen und versuchte, es zu beruhigen. Als Monika sich neben Peter hinkniete, schlug dieser schon wieder die Augen auf und blickte sie verstört an. Man half ihm auf einen Stuhl, und nach ein paar Minuten hatte er die Anwesenden davon überzeugt, daß alles wieder in Ordnung sei. Den Vorschlag, ihn ins Krankenhaus oder zumindest zum ärztlichen Notdienst zu fahren, lehnte er mit der Begründung, es ginge ihm schon wieder bestens, rundweg ab. Die zweifelnden Blicke, besonders von Gabi, ignorierte er demonstrativ.

Monika brachte ihn mit einem Taxi nach Hause. Als sie die ausgetretenen Stufen hinaufstiegen, jede ein Zeugnis ehemals honorigen Bürgertums, die Pfosten des Treppengeländers mit ziselierten Holzknäufen versehen, mußte er doch zweimal auf einem Treppenabsatz eine kurze Pause einlegen. Unter dem Dach des vierstöckigen Gebäudes angekommen, dort, wo in den besseren Tagen die Dienstboten logiert hatten, schob sie ihn in seine Wohnung. Er erweckte nicht den Eindruck, in Ordnung zu sein. Ihre Andeutung, daß vielleicht der Alkohol schuld daran sein könnte, schob er mit einer mürrischen Bewegung beiseite. Dann kroch er ohne weitere Worte ins Bett.

Monika ging noch eine Zeitlang unschlüssig in der Wohnung herum, nicht sicher, ob sie sich um ihn kümmern oder ihn in Ruhe lassen sollte. Als dann aber aus dem Schlafzimmer regelmäßige Atemzüge erklangen, nahm sie ein Taxi zu sich nach Hause. Auch sie war von dem ausgiebigen Essen und dem Wein richtig müde und sehnte sich nach ihrem Bett, um den fehlenden Schlaf der letzten Nacht nachzuholen. Schon am nächsten Morgen mußte sie für eine Woche nach Paris, um dort eine europaweite Kampagne zu koordinieren.

Am Abend versuchte sie mehrmals, Peter anzurufen, doch es meldete sich nur sein Anrufbeantworter. Das erste Mal hinterließ sie eine Nachricht und teilte ihm zur Sicherheit nochmals mit, daß sie nach Paris fliegen würde. Die nächsten Male legte sie mit gemischten Gefühlen gleich wieder auf.

## Am Rande der Wüste Lut, April 1965

Sandra hatte in den Tagen nach ihrem abendlichen Gespräch mit Michael systematisch darauf hingearbeitet, Klaus Weller bei der neuen Grabungsstelle zu ersetzen. Es war nicht einfach gewesen, Weigert dazu zu bringen, sie mit Michael zusammenzuarbeiten zu lassen. Auf den ersten Blick hätte es den Anschein erwecken können, daß hinter den von Weigert immer noch etwas belächelten Aktivitäten von Michael Gruhn doch mehr steckte, als der Professor selbst zugeben wollte. Dieser Eindruck mußte auf jeden Fall vermieden werden. Sandra bekundete häufiger vor den anderen ihr Interesse an der Arbeit Gruhns, fragte Weller aus, wie es ihm gefiel, mit dem Doktor aus Bonn zu arbeiten, und bereitete so generalstabsmäßig ihren entscheidenden Schachzug vor.

Als es soweit war, gelang es ihr sogar noch, den Anschein zu erwecken, nicht besonders begeistert zu sein, mit Dr. Gruhn jeden Morgen die zwanzig Kilometer zu seiner Grabungstätte hin und abends wieder zurück auf dem klapprigen Lastwagen zu fahren. Nachdem Michael Gruhn nun schon seit zehn Tagen draußen am Rande der Wüste mit wenig Erfolg den Boden aufgeschürft hatte, sprach man unter den Wissenschaftlern nur noch von seiner Grabungsstätte. Zu seinem Leidwesen schwang dabei immer auch ein Hauch von Sarkasmus mit, besonders wenn Professor Weigert das Ganze als Gruhns Versuch, in die Geschichte der Archäologie einzugehen, bezeichnete. An sich störte es Michael nicht, doch in dieser Spur Sarkasmus lag auch immer, wahrscheinlich nur für ihn vernehmbar, die Androhung, dieses unsinnige Unternehmen zu beenden. Bis jetzt konnte Michael nichts vorweisen, was dieser Einschätzung widersprochen hätte. Eigentlich hatte er, bevor die ihm zugeteilten Arbeiter den ersten Spatenstich machten, eine genaue Vorstellung davon gehabt, wie er vorgehen wollte, doch seine Pläne waren anhand der tatsächlichen Gegebenheiten zerbröckelt wie die Schollen festgebackenen Sandes, die die Arbeiter aus der Gruben schaufelten. Die Ungeduld stand Michael ins Gesicht geschrieben. Inzwischen war es Mitte April, und sie hatten bestenfalls noch vier, höchstens fünf Wochen vor Ort. Aus diesem Grund hatte er die Grabungstiefe schon von zwei Meter auf eineinhalb Meter reduziert. Erreichten die Arbeiter diese Marke und deuteten keinerlei Anzeichen auf irgendwelche Funde oder Unregelmäßigkeiten hin, dann führte Michael sie zu einer anderen Stelle, und das Ganze begann von neuem. Er war froh, daß er den kehligen Dialekt der Einheimischen nicht verstand, in dem sie sich während der Arbeit miteinander verständigten. Manchmal, wenn er sie zu einer neuen Stelle führte, nachdem sie gerade wieder ein Loch in der Wüste verlassen hatten, sah er ihre Mundwinkel verdächtig zucken und Reste eines Grinsens zwischen ihren Barthaaren verschwinden.

Sandra hatte es schließlich geschafft, hier draußen in der unbarmherzigen Sonne zusammen mit Michael einer vagen Vermutung nachzujagen, die dieser lieber nicht laut ausgesprochen hätte. An der neuen Grabungsstätte war es noch schlimmer als in der Nähe des Lagers. Eine einzige, zwei mal drei Meter große Zeltplane, die zwischen ein Pfostenkarree gespannt war, gab ein wenig Schatten. Schon nach wenigen Stunden hatte das Trinkwasser, das sie in einem Metallkanister jeden Morgen vom Lager mitnahmen, fast den Siedepunkt erreicht, und an Essen war überhaupt nicht zu denken. Außer trockenen Keksen und ein bißchen Obst hielt sich in der prallen Sonne, die die Temperatur in den Stunden des frühen Nachmittags bis in die Nähe der Fünfzig-Grad-Marke hinauftrieb, nichts. Aber das Unangenehmste waren die plötzlich aufkommenden Winde, nicht heftig, doch schlimm genug, daß der feinkörnige Sand, der in einer dünnen Schicht den Geröllboden bedeckte, aufgewirbelt wurde und in jede Körperöffnung drang. Kein vor das Gesicht gebundenes Tuch, nicht einmal, wenn man es anfeuchtete, half dagegen. Sandra hatte den Eindruck, daß die Sandkörner durch die Nase bis ins Gehirn hinaufkrochen und dort das Räderwerk ihres gut geschulten Geistes zum Knirschen brachten. Wie sonst hätte es dazu kommen können, daß sie diesem Phantasiegebilde, das Michael in jener Nacht entworfen hatte, hinterherrannte und schon von ihren Kollegen aus Freiburg belächelt wurde, zwar nicht offen, doch sie meinte es deutlich zu spüren.

Deutlich gespürt, wenn auch erst spät, hatte sie allerdings die Reserviertheit von Michael, der am nächsten Morgen so getan hatte, als wäre nichts passiert, als hätte man sich nicht im Arm gehalten und mit dem Vornamen angeredet. Am nächsten Morgen, noch ehe sie etwas sagen konnte - zugegebenermaßen hatte sie es so lange wie möglich hinausgezögert, ihr Zelt zu verlassen -, war ihm das 'Sie' und 'Frau Doktor Neubert' genauso selbstverständlich über die Lippen gekommen, wie er am Abend vorher seinen Arm um sie gelegt hatte. Sie hatte ein paar halbherzige Versuche unternommen, mit ihm alleine zu reden, doch er hatte es geschickt verstanden, ihr genau im richtigen Moment auszuweichen, bis sie es dann endlich geschafft hatte, seiner Grabungsstelle zugeteilt zu werden. Doch zu diesem Zeitpunkt hatte Sandra schon nicht mehr das Bedürfnis, über den Abend, den sie an ihn geschmiegt verbracht hatte, zu sprechen, eher schon über sein kaum merkliches, amüsiertes Lächeln, mit dem er ihre Zielstrebigkeit, Weller auszubooten und an seine Stelle zu treten, verfolgt hatte. Michael selbst hatte nichts zu ihrer Unterstützung unternommen, aber auch nichts, um sie davon abzuhalten, obwohl es ihm eigentlich lieber gewesen wäre, weiter mit Weller zu arbeiten. Sandra war nicht nur für die einheimischen Arbeiter eine Herausforderung. Nicht, daß sie eine umwerfende Schönheit gewesen wäre, auch hatten die inzwischen sieben Wochen in der Wüste ihren Tribut gefordert, ihr langes blondes Haar war stumpf und meist wie das aller anderen vom grauen Sand getönt, ihr Gesicht wies die typischen roten Flecken von zu intensiver Sonneneinstrahlung auf, gegen die man sich in diesen Breiten nie ganz schützen konnte, ihre Hände waren rissig und die Fingernägel abgebrochen. Das alles änderte aber nichts daran, daß ihre schlanke, wohlproportionierte Figur und die etwas kantigen, aber ansprechenden Gesichtszüge nicht ohne Wirkung auf Michael waren. Ändern durfte sich, und dies war Michael nur zu bewußt, auch nichts an dem filigranen Beziehungsgeflecht der Gruppe, das nach den vergangenen Wochen deutlich vor seinem geistigen Auge ausgebreitet lag. Er war immer noch der Fremdling, jetzt, da er weitab von den anderen grub, um so deutlicher spürbar. Er konnte nicht eines Morgens aus seinem Zelt spazieren und die Assistentin des Grabungsleiters mit einem Kuß begrüßen und wohlmöglich noch Arm in Arm mit ihr zur Grabungsstätte schlendern, obwohl das keine unangenehme Vorstellung war, wie er sich selbst eingestehen mußte. Die Nähe ihres Körpers hatte an jenem Abend nicht nur die Sehnsucht nach seiner Frau Renate geweckt, die in Bonn saß und sich um ihren Sohn Peter kümmerte, sondern er wäre nur zu gern bereit gewesen, Sandra mehr als nur in seine Arme zu schließen, doch glücklicherweise war er noch zum rechten Moment zur Besinnung gekommen. An den nächsten Abenden - Michael hatte gemerkt, daß Sandra darauf lauerte, mit ihm ein paar private Worte wechseln zu können - war er, Müdigkeit und die Anstrengungen des Tages vorschützend, immer früh in sein Zelt gekrochen.

Beide standen jetzt mit deutlichem Abstand vor einem ungefähr drei Meter langen und einen halben Meter breiten Graben, den die Arbeiter am Vormittag ausgehoben hatten, und starrten enttäuscht in die knapp zwei Meter hinabreichende Tiefe. Geröll und Sand, dazwischen ein paar kegelkugelgroße graue Steine. Die zwei Arbeiter auf der Sohle des Grabens schauten mit gleichgültiger Miene zu ihnen hinauf und warteten.

„Also, wenn ich ehrlich sein soll", knirschte Michael deprimiert, „ich weiß nicht mehr weiter. Es ist auch so aussichtslos. Man weiß nicht, wo man anfangen soll."

Sandra warf einen letzten Blick in den Graben, wandte sich dann dem neben ihr stehenden Michael zu und legte den Kopf in den Nacken, um dem gut zwanzig Zentimeter größeren Mann ins Gesicht sehen zu können. Einige ihrer blonden Haarsträhnen waren unter dem Hut hervorgerutscht, und sie steckte sie zurück.

„Da haben Sie leider recht." Enttäuschung und Mißmut lag in ihrer Stimme. „Selbst wenn Ihre Vermutung zutrifft, wie sollen wir hier", sie machte eine Geste, die nicht nur die gesamte Wüste Lut, sondern auch das weit im Osten liegende Indien zu umschließen schien, „ein Schlachtfeld finden? Und Gräber gibt es doch nicht." Sie schaute ihn herausfordernd an.

„Natürlich gibt es keine Gräber", meinte er unwirsch. „Wenn meine Theorie ..."

„Vage Vermutung", fiel sie ihm ins Wort.

„Gut, Vermutung", lenkte er unwirsch ein und wünschte sich einmal mehr, Weller würde mit ihm zusammenarbeiten. Dann beendete er den angefangenen Satz. „... zutrifft, dann war bestimmt niemand da, um die Toten zu bestatten. Sie sind einfach liegengeblieben, als die Griechen flohen, oder zurückgetrieben wurden, oder was immer auch passierte. Sie wissen genau, daß die Gräber nur ein Vorwand für Professor Weigert waren."

„Ich weiß inzwischen nicht mehr, warum ich Ihnen an jenem Abend so bereitwillig geglaubt habe." Sie versuchte, eine deutliche Spur von Verachtung in ihre Stimme zu legen.

Michael fühlte sich in Sandras Gesellschaft zunehmend unwohl. Ihre Aggressivität war deutlich spürbar. Er konnte nicht mit letzter Gewissheit beurteilen, ob sie nur auf sein Verhalten ihr gegenüber zurückzuführen war. Vielleicht resultierte sie auch daraus, daß ihrem anfänglichen Enthusiasmus für seine Idee von einer Schlacht die deprimierende Erfolgslosigkeit, diese zu beweisen, folgte. Für die Arbeit war der Zustand jedenfalls untragbar. Ihre Ablehnung ihm gegenüber, die sie wie eine Flagge vor sich hertrug, drückte seine Stimmung in ein beständiges Tief.

Sie gingen stumm und niedergeschlagen zu dem kleinen Schattenfleck, den die aufgespannte Zeltplane warf, und setzten sich auf die einfachen Hocker. Aus der Proviantkiste suchten sie sich ein paar Kekse und Feigen heraus und kauten mißmutig schweigend vor sich hin.

Sandra rauchte, wobei der Schweiß auf ihrer Oberlippe bei jedem Zug die Zigarette anfeuchtete, so daß sie schon bald zwischen ihren Fingern auseinanderfiel. Mit einem Fluch schleuderte sie den Rest auf den

Boden. Michael nippte an dem brühwarmen Wasser und starrte an den vereinzelten Felsbrocken, in deren kaum wahrnehmbaren Schatten sich die fünf Arbeiter niedergelassen hatten, vorbei in die Wüste. Die Iraner schienen sich weder um die beiden Deutschen zu kümmern noch von der Hitze beeindruckt zu sein. Sie hatten ihre Mahlzeit aus Fladenbrot und einer undefinierbaren grünbraunen Paste beendet und dösten, bis die größte Hitze vorbei wäre, mit den Rücken an die Felsen gelehnt vor sich hin.

Auch die beiden Deutschen dösten in ihren Klappstühlen und hingen ihren Gedanken nach, die sich, wenn eine Begegnung im Reich der Gedanken möglich wäre, an dem einen oder anderen Ort getroffen hätten. Auf der Straße zum Ruhm, die sie beide heimlich in Gedanken beschritten, oder in der Ratlosigkeit, wie sie sich zueinander verhalten sollten, denn nicht nur Michael empfand die Situation als belastend. Sandra überlegte, wie sie am elegantesten aus der Sackgasse herauskommen könnte, in die sie sich hineingebracht hatte. Sie saß hier mit Michael fest, zumindest für den Rest der Grabung. Sie sah einfach keinen Weg, wie sie Klaus Weller oder auch Bernd Heckert dazu bewegen könnte, ihre Stelle an der Seite des Archäologen aus Bonn einzunehmen, ganz zu schweigen davon, was Professor Weigert davon halten würde.

„Eigentlich", nahm Michael auf einmal das Gespräch übergangslos wieder auf, „suche ich auch nicht nach einem Schlachtfeld ..." Der Satz verklang unvollendet, während Sandra den Kopf in seine Richtung drehte. Sie blickte ihn erwartungsvoll, allerdings mit einem spöttischen Lächeln im Mundwinkel, an und zog eine weitere Zigarette aus dem zerknautschten Päckchen.

Er schien auf irgend etwas zu warten, denn auch nachdem sie sich umständlich die Zigarette angesteckt hatte, sprach er nicht weiter, sondern blickte sie stumm an.

„Und weiter", forderte sie ihn betont gelangweilt auf. „Was suchen Sie denn sonst? Den großen Bazar, die Pforten des Himmels oder das versunkene Atlantis?" Sie merkte, wie ihr Spott Michael noch mehr verunsicherte, doch dann glätteten sich plötzlich seine schmerzlich verzerrten Gesichtszüge und ein vorher nie von ihr bemerkter harter Ausdruck ließ sein Gesicht abweisend und streng erscheinen. Es war, als ob eine Maske von ihm abgefallen wäre und er jetzt wie der Rote Tod sein wahres Gesicht zeigte.

„Geschätzte Frau Dr. Neubert", sagte er und fixierte sie mit einem Blick, so daß Sandra instinktiv zurückzuckte, „ich glaube, es ist an der Zeit, daß wir etwas klarstellen. Wir arbeiten hier an einem Forschungsprojekt, das von der Universität finanziert wird, und Sie sind nicht wegen Ihrer schönen grünen Augen hier, sondern weil Sie als Wissenschaftlerin qualifiziert sind. Woran mir allerdings in den letzten Tagen Zweifel gekommen sind. Zur Wissenschaft gehört auch, daß man mit Kollegen kooperiert, woran es bei Ihnen wohl etwas hapert. Wenn Sie auf persönlicher Ebene Schwierigkeiten haben, mit mir zusammenzuarbeiten, dann werde ich heute abend Professor Weigert bitten, mir wieder Weller zuzuteilen. Unter den momentanen Umständen halte ich unsere Beziehung für so belastend, daß wir beide, und ich betone, beide, nicht in der Lage sind, vernünftige Arbeit zu leisten."

Sie war wie vor dem Kopf gestoßen und begriff im ersten Moment nicht richtig, doch dann, nach und nach, während er auf eine Antwort wartete, wurde ihr nur allzu klar, worauf die Sache hinauslief. Er war in die Offensive gegangen und hatte die weitaus besseren Karten. Nicht nur, daß die Welt der Archäologie eine absolut männliche war - als sie promoviert wurde, war sie die einzige Frau, die innerhalb der letzten fünf Jahre in diesem Fach einen Doktortitel errungen hatte -, auch das ganze Umfeld war auf die männlichen Bedürfnisse ausgerichtet, indem einfach geleugnet wurde, daß es Frauen in diesem Fach gab. Niemand hatte sie je gefragt, welche kleinen, leicht herzustellende Annehmlichkeiten sie vielleicht für den Aufenthalt im Lager begrüßen würde. Und jetzt der Ausfall von Michael Gruhn, der ihr mehr als deutlich zu verstehen gab, wo ihre Stellung im Grabungsteam war, eher auf einer Ebene mit den Studenten als in den höheren Sphären bei ihm und Professor Weigert. Recht geschieht dir, dachte sie sich, warum hast du dich auch so angebiedert, als er dir von seiner fixen Idee einer riesigen Schlacht erzählt hat. Jetzt kannst du nicht mehr zurück. Wenn er Weigert bat, sie durch Weller zu ersetzen, dann gute Nacht. Wie würde sie dann dastehen? Er war ein Schwein.

Diese Erkenntnis machte sie noch wütender, besonders in Anbetracht des immer noch nicht ganz verdrängten Eindrucks der einen Nacht, als sie den Sternenhimmel betrachtet hatte und er ihr seine heimlichen Gedanken mitgeteilt hatte. Sie sprang von ihrem Hocker auf, holte Luft und wollte schon losbrüllen, als sie sich im letzten Moment noch so weit zusammennahm, nicht aus der Haut zu fahren.

„Herr Doktor Gruhn", setzte sie trotzdem nicht minder aggressiv an, besann sich aber eines Besseren, denn es hatte wenig Sinn, die Situation zu verschlimmern. „Können wir nicht wie vernünftige Menschen miteinander reden?" sagte sie schließlich und setzte sich wieder. Mit zitternden Händen steckte sie sich eine neue Zigarette an.

Er musterte sie von oben herab und wartete darauf, daß sie weitersprechen würde, doch sie blieb stumm. Irgendwie tat sie ihm leid, doch er zwang sich, dem einmal eingeschlagenen Weg zu folgen.

„Nun, genau der Meinung bin ich auch, warum also feinden Sie mich die ganze Zeit an?"

„Ich feinde Sie nicht an", gab sie müde zurück. „Es ist nur ... Diese Hitze hier macht mich langsam fertig. Hinzu kommt die Erfolglosigkeit unserer Grabungen. Ich weiß auch nicht, was mit mir los ist." Sie versuchte, die Lage zu beruhigen, indem sie einen Anflug von weiblicher Schwäche in ihre Antwort legte.

Erstaunlicherweise ging er darauf ein und schlug ebenfalls einen verbindlicheren Tonfall an, der aber nicht darüber hinwegtäuschen konnte, daß sie im Umgang mit ihm ab sofort höchste Vorsicht walten lassen sollte. Das weitere Gespräch bewegte sich in weniger verfänglichen Gefilden, die hauptsächlich die technische Durchführung der weiteren Grabungen betraf.

Schon nach kurzer Zeit konnte Sandra den ihr gegenübersitzenden Michael Gruhn mit seiner sanften Stimme und der etwas unsicheren Sprechweise nicht mehr mit dem Menschen in Einklang bringen, der sie so hart und kompromißlos zurechtgewiesen hatte.

Nach dem Abendessen eines weiteren deprimierenden Tages saß Michael über sein Notizbuch gebeugt, auf das der trübe Schein einer Petroleumlampe fiel, und wußte nicht recht, was er schreiben sollte. Zu Beginn der Grabungen waren seine Eintragungen noch ausführlich und voller Begeisterung gewesen, jedes noch so kleine und unwichtige Fundstück wurde ausgiebig gewürdigt, doch in den letzten Tagen beschränkte er sich hauptsächlich auf die lapidare Feststellung, daß nichts Neues zu vermelden war. Jetzt brütete er nur über dem Buch, um nicht an dem Gespräch der anderen teilnehmen zu müssen. Er versuchte sich daran zu erinnern, was an diesem Nachmittag zwischen ihm und Sandra vorgefallen war. Ihr Verhalten ihm gegenüber hatte sich deutlich verändert, doch nicht unbedingt zum Besseren. Sie war jetzt nicht mehr so abweisend wie in den letzten Tagen, doch ihre zur Schau getragene Kollegialität ihm gegenüber wirkte wie eine dünne Tünche über kalter Verachtung. Vergeblich versuchte er, den Nachmittag in Gedanken zu rekonstruieren, hatte manchmal das Gefühl, er wäre etwas Greifbarem auf der Spur, ohne jedoch zum Ziel zu gelangen. Es war wie das Flimmern der Luft über der glühenden Wüste. Vielleicht waren sie alle schon zu lange hier und begannen Gespenster zu sehen.

„Herr Gruhn, darf ich Sie einen Moment stören?"

Michael blickte auf und sah Sandra, die ihm gegenüber an der anderen Seite des Tisches stand. Gleichzeitig bemerkte er, daß sie alleine waren, eine Situation, die er eigentlich unbedingt hatte vermeiden wollen, aber die anderen waren wohl schon wieder in ihre Zelte verschwunden, ohne daß er es bei seinen Grübeleien bemerkt hatte.

Er nickte ihr zu, und sie zog sich den am nächsten stehenden Stuhl heran.

„Ich habe über Ihre Theorie nachgedacht, und da sind mir ein paar grundsätzliche Dinge aufgefallen, die ich gerne mit Ihnen besprechen möchte, denn wenn meine Bedenken zutreffen, dann können wir uns vielleicht die weitere Arbeit an ihrer Grabungsstelle schenken."

Er ahnte fast, was jetzt kommen würde; eigentlich hatte er schon viel früher damit gerechnet.

Er wußte genau, wo die Lücken in seiner Theorie waren, und da er ihr damals nicht die ganze Wahrheit gesagt hatte, waren diese Schwachstellen in seinen Überlegungen eigentlich Leuchtfeuer für einen wissenschaftlich geschulten Kopf. Er gab ihr durch eine Geste zu verstehen, daß sie weiterreden sollte.

„Gehen wir einmal davon aus, daß Krateros' Heer wirklich einem Angriff zum Opfer fiel", begann sie mit gedämpfter Stimme, was er als Hinweis nahm, daß sie ihn nicht, noch nicht, ans Messer liefern wollte, „dann muß der Gegner, wer immer es war, über eine beeindruckende Streitmacht verfügt haben, um fast achttausend kampferprobte Männer aufzureiben. Wo sollen die hergekommen sein? Wo sollen die gelebt haben? In Zelten, als Nomaden? Und dann über eine perfekte Kampftechnik verfügt haben? Das alles erscheint mir ziemlich unwahrscheinlich. Zudem gibt es nirgendwo ein Zeugnis von einem solchem Volk, das bestimmt weithin bekannt gewesen sein müßte. Wenn Sie recht haben, dann würde das bedeuten, aus dem Nichts heraus erscheint eine riesige Armee, bringt den Griechen eine vernichtende Niederlage bei und verschwindet wieder wie vom Erdboden verschluckt. Das alles erscheint mir sehr unwahrscheinlich. Ich halte die Suche nach einem Schlachtfeld für aussichtslos."

Er nickte. Sandra hatte den Finger in die Wunde gelegt, haarscharf den Grund erkannt, warum er sich bis jetzt nie getraut hatte, seine Theorie, mehr eine löchrige Hypothese, mit anderen zu diskutieren. Er hatte inständig darauf gehofft, hier Beweise zu finden.

„Ich suche auch kein Schlachtfeld", entgegnete er langsam, „sondern eine Stadt. Nun ja, was davon übrig ist."

Sie schaute ihn entgeistert an. „Eine Stadt, hier?" Dann schüttelte sie ungläubig den Kopf.

„Ja, eine Stadt", wiederholte Michael mit mehr Überzeugung, als er im Moment selbst aufbrachte. „Eine Stadt, die Krateros im Auftrag von Alexander angreifen und erobern sollte, was ihm wahrscheinlich unter immensen Verlusten auch gelungen ist. Und das war der Grund für seinen Aufstieg, nachdem er den Rest seiner Leute wieder mit dem Hauptheer vereinigt hat. Wahrscheinlich hat er einen jener sagenhaften Schätze des Alexander, die nie jemand zu Gesicht bekommen hat, aus dieser Stadt mitgebracht und seinem Herrn übergeben. Etwas, das so wertvoll war, daß der Verlust von achttausend Mann demgegenüber keine Rolle spielte."

„Das sind doch Märchen", platzte es aus Sandra heraus. „Sie wollen doch nicht behaupten, daß sich Ihre ganze Theorie auf ein solches Märchen aufbaut? Daß Sie keinerlei wissenschaftliche Anhaltspunkte haben?"

„Was ist in unserem Feld schon Wissenschaft. Professor Weigert geht genauso von Vermutungen aus, einer Annahme, die nur in seinen Augen wahrscheinlicher ist als die meine. Aber das haben wir ja schon durchdiskutiert."

„Nun, ich halte es inzwischen wirklich für wahrscheinlicher, daß eine Seuche ausgebrochen ist, auch wenn nicht gerade viel dafür spricht. Ob es nun gerade hier zur Katastrophe gekommen ist, möchte ich nicht unbedingt unterschreiben. Vielleicht ist das Weigerts Hauptirrtum." Damit lehnte sie sich in ihrem Stuhl zurück und musterte Michaels Gesicht, das sich als heller Fleck gegen die Nacht abzeichnete. Resignierend, wie es ihr schien, hatte er während ihres Redeflusses den Kopf mit einer Hand abgestützt.

„Ich gebe ja zu", begann er sich zu rechtfertigen, „ich habe für meine Vermutung keinen Beweis in der Hand, aber die Geschichte hat uns gelehrt, daß es immer wieder Hinweise aus der frühen Literatur oder den Mythen gibt, die sich schließlich als wahr erwiesen haben. Denken Sie nur an Troja, jeder hat über Schliemann gelacht, die Quellen des Nil, die Viktoriafälle, Thule, das nach Pytheas eine Insel sein soll, nach Tacitus ebenfalls, und nach Prokop ist damit Skandinavien gemeint, und und und."

„Und Atlantis, Eldorado, Camelot, der Turmbau zu Babel", führte sie seine Auflistung nicht ganz in seinem Sinne weiter. „Sehen Sie denn nicht, daß Sie einem Hirngespinst nachlaufen?"

„Vielleicht ist es ein Hirngespinst, aber viele große Entdeckungen wurden zuvor als Hirngespinste abgetan. Das hier ist vielleicht die einzige Chance, die ich in meinem Leben bekomme, etwas Wichtiges herauszufinden, also muß ich sie ergreifen. Vielleicht ist es auch die Ihre."

Sandra sah ihn zweifelnd an. Sie hatte ihn in der Tasche. Wenn sie damit zu Weigert gehen würde, dann wäre Michael Gruhns Privatgrabung gestorben und er darüber hinaus als ernsthafter Vertreter seines Faches erledigt. Sie merkte, wie sich ihre Stimmung unter den neuen Bedingungen merklich besserte. Ja, dachte sie, ich habe ihn in der Hand. Laut fragte sie: „Wie kommen Sie denn überhaupt darauf, daß hier eine Stadt existieren könnte?"

„Nun, das ist wie üblich eine lange Geschichte, die aus vielen kleinen Puzzlestücken und noch mehr Lücken dazwischen besteht."

„Ich bin ganz Ohr", versicherte sie ihm und steckte sich eine Zigarette an.

„Trotzdem will ich es kurz machen", erklärte Michael und nahm den letzten Schluck aus der Tasse, die neben ihm stand. Der Rest des Tees, der sich darin befand, schmeckte bitter. „Es gibt einige Quellen, und glauben Sie mir, diese Quellen sind gesichert, die von einer prunkvollen Stadt mit Tempelanlagen und mächtigen Bauwerken berichten. Sie soll irgendwo zwischen Karmanien und Arachosien gelegen haben, doch nie ist jemand dorthin gelangt, oder besser gesagt, nie ist jemand von dort nach draußen gelangt. Natürlich kam sofort die Mär von unermeßlichen Reichtümern auf, das kennt man ja zur Genüge, denen einige der benachbarten Herrscher nicht widerstehen konnten. Eine Expedition ist verbürgt, eine weitere ziemlich wahrscheinlich. Die erste hat der Perserkönig Kyros der Zweite um 530 vor Christus veranlaßt und selbst daran teilgenommen.

Er ist in Ostpersien, also hier, angeblich bei Kämpfen gegen die Massageten ums Leben gekommen. Seine Streitmacht, eine der mächtigsten der damaligen Zeit, wurde aufgerieben, sein Leichnam nie gefunden. Der zweite nicht so gesicherte Kontakt mit dieser Zivilisation bezieht sich auf die Gestalt des Gaumata, einem Magier, Schwarzkünstler, Priester, so genau kann man das heute nicht sagen, der vier Jahre nach dem Tod des Kyros in Persepolis aufgetaucht ist und in der Gestalt des Bardija einen Aufstand gegen den rechtmäßigen Herrscher Kambyses angezettelt hat.

Es heißt, als dieser Aufstand fehlschlug, wäre er in die geheimnisvolle Stadt in der Wüste geflohen, wohin ihm niemand, auch gegen eine noch so hohe Belohnung nicht, folgen wollte. Ich brauche gar nicht die ganzen Berichte über Alexanders geheimnisvolle Schätze anführen, die nie jemand zu Gesicht bekommen hat. Diese Berichte sind alle erst Jahrzehnte nach seinem Tod aufgekommen und wohl zum großen Teil Phantastereien, aber ganz aus der Luft gegriffen sind sie nicht. Ich glaube, dass Alexander nicht nur hinter Gold her war, sondern auch hinter Wissen und Kenntnissen. Ich glaube, daß ein Großteil seiner sogenannten Schätze geheimes Wissen war. Mit der Zeit sind daraus dann in den Köpfen einfach denkender Leute Gold und Juwelen geworden. Der letzte Hinweis auf eine Stadt oder einen Volksstamm stammt aus dem siebzehnten Jahrhundert von dem italienischen Gelehrten Pietro Pan-chine, der Legenden über die geheimnisvolle Stadt in Bagdad gehört hatte und dann in dieses Gebiet aufgebrochen ist. Nach seinem Bericht haben ihm Karawanenführer in Sahidan von einem Ort erzählt, den es nicht gibt, vor dem sie sich aber fürchten, und zum Beweis haben sie ihm Bruchstücke von Tontafeln gezeigt, die mit unentzifferbaren Schriftzeichen bedeckt waren."

„Damals waren auch die Hieroglyphen unentzifferbar, so wie es heute noch die Majaschrift ist", warf Sandra ein, der bei Michael eindringlicher Rede ab und zu ein kalter Schauder über den Rücken gelaufen war. Sie schob es auf die einsetzende Nachtkälte.

„Nein, Panchine hatte Hieroglyphen gesehen, er wußte, daß auf den Tontafeln keine bekannte Schrift war. Alles das deutet darauf hin, daß diese Stadt hier gelegen haben muß, und ich vermute, daß sie durch Krateros zerstört wurde."

Michaels Gesichtsausdruck war während seiner Rede immer angespannter geworden, und nun, da er geendet hatte, lehnte er sich kraftlos in seinem Stuhl zurück. Er wartete geduldig auf eine Antwort von Sandra, die sich umständlich eine Zigarette aus dem Päckchen nahm und ansteckte.

„Das klingt alles zuviel nach Tausendundeiner Nacht", meinte sie schließlich und stieß heftig den Rauch aus. „Aber ich mache Ihnen einen Vorschlag. Wir haben sowieso nur noch knapp drei Wochen, und ich persönlich glaube nicht, daß Weigert bei seinen Grabungen etwas findet, also machen wir weiter, obwohl mir das genauso aussichtslos erscheint. Ich werde niemandem von Ihren weit hergeholten Theorien erzählen. Sollten wir aber entgegen aller Wahrscheinlichkeit Glück haben, dann ist es *unsere* Entdeckung."

Sie schaute den Mann auf der anderen Seite des Tisches an. Michael war erstaunt.

Sehr zielstrebig, dachte er sich, so kommt man zu Ruhm. Wenn sich der Zipfel des Schicksals zeigt, dann packe zu, auch wenn die Chance, ihn zu halten, noch so gering ist. Würden sie die Stadt finden, dann wäre nicht nur sein Name mit der Entdeckung verbunden, sondern auch der ihre.

„In Ordnung", willigte er ein.

„Gut, dann ist ja alles klar. Gute Nacht." Sie erhob sich, warf die Zigarette auf den Boden und trat sie aus. Danach ging sie mit zielstrebigen Schritten auf ihr Zelt zu.

Michael blieb noch über sein Notizbuch gebeugt sitzen. Sie hatte ihm die Pistole auf die Brust gesetzt, ihn nahezu erpreßt. Entweder teilte er seine Entdeckung mit ihr, eine Entdeckung, die einen Sturm im Wasserglas der Archäologie auslösen würde, oder sie würde verhindern, daß es überhaupt dazu kam.

Wenn er allerdings nüchtern darüber nachdachte, und nach inzwischen über acht ergebnislosen Wochen war er mehr als bereit dazu, dann war das der letzte Strohhalm, an den er sich klammern konnte. Es würde sicher noch Jahre dauern, bis eine neue Seite im Lehrbuch der Archäologie aufgeschlagen würde, und dann wahrscheinlich weder von ihm noch von Sandra Neubert.

Genau zwei Tage später waren Sandra und Michael der Unsterblichkeit näher, als sie es sich jemals erträumt hätten, und Hachnem Ratschi hatte endlich dem Polizeichef von Bam etwas zu berichten.

Der Polizeichef saß an dem gewohnten Tisch im Kaffeehaus, ein Glas mit grünem Tee vor sich, in der Hand eine Zigarette, obwohl man nicht mit Bestimmtheit sagen konnte, ob er wirklich rauchte oder nur eine Zigarette nach der anderen aus purer Langeweile zwischen den Fingern verglimmen ließ, wobei er die Asche von Zeit zu Zeit an der Kante des Tisches abstreifte und, wenn das mattweiße Stäbchen bis auf einen Zentimeter herabgebrannt war, die Kippe in einem hohen Bogen über die Terrasse auf die Straße schnippte. Die Schirmmütze, die mit irgendwelchen nichtssagenden Litzen verziert war, hatte er ein Stück in den Nacken geschoben, auf der Stirn bildeten sich in regelmäßigen Abständen kleine Schweißperlen, die er, wenn er sich ihrer bewußt wurde oder auch nur aus Gewohnheit, mit einem fleckigen Taschentuch abwischte, das er mit einer automatischen Bewegung aus seiner Hosentasche zog. Manchmal folgte sein Blick einem der Vorbeigehenden, aber nicht lange genug, als daß sich dieser wirklich beobachtet fühlen konnte. Immer wenn sein Teeglas bis auf einen Fingerbreit geleert war, kam der Wirt aus dem Hintergrund des Lokals hervor, stellte wortlos ein neues, dampfendes Glas vor den Polizeichef, worauf dieser ohne Hast den verbleibenden Rest aus seinem Glas austrank und es dem Wirt mit einem kurzen Nicken reichte. Es folgte eine angedeutete Verbeugung des Wirtes, und dann war der jähe Ausbruch von Betriebsamkeit auch schon beendet.

Niemand, schon gar nicht Hachnem Ratschi, hatte je ergründet, was hinter der unbeweglichen Gesichtsmaske des Polizeichefs vorging, warum er mehrere Stunden des Tages auf dem wackligen Holzstuhl sitzend im Kaffeehaus zubrachte oder nach welchem System er diese Stunden außerhalb der Polizeistation auswählte. Sprach man ihn an, kam die Antwort einsilbig mit der unterschwelligen Drohung, so meinten jedenfalls die, die es gewagt hatten, daß man bei einem weiteren Wort mit einer Verhaftung zu rechnen hätte. Hachnem Ratschi war der einzige, dem an diesem Ort Audienz gewährt wurde, und obwohl er nie eine Verabredung mit dem Polizeichef traf, saß dieser immer auf seinem Platz, auf den sich, seit er ihn vor fast zehn Jahren zum erstenmal mit Beschlag belegt hatte, nie ein anderer niedergelassen hatte. Im Unterschied zu den Tagen, an denen Hachnem ohne wirkliche Neuigkeiten in die Stadt kam, fuhr er heute mit dem alten Laster direkt vor das Kaffeehaus, sprang aus dem Führerhaus, kaum daß der Motor mit einem letzten unwilligen Keuchen zum Stillstand gekommen war, und stürmte zwischen den Tischen und Stühlen auf der Terrasse hindurch auf den Polizeichef zu. Doch er hatte kaum die Hälfte der Strecke hinter sich gebracht, als ihn eine befremdliche Handbewegung des dort Sitzenden zum Stehen brachte. Der fragende Ausdruck auf Hachnem Ratschis Gesicht wurde nur durch die Wiederholung der Handbewegung von dem Polizeichef kommentiert. Hachnem Ratschi verstand. Er ging zurück zu dem Laster und fuhr ihn fünfzig Meter weiter nach vorne, so daß er nicht mehr im Gesichtsfeld des uniformierten Mannes stand. Diesmal ließ er sich ein wenig mehr Zeit und ging gemessenen Schrittes, der Wichtigkeit seiner Botschaft bewußt, zurück zum Kaffeehaus.

„Sie haben etwas gefunden", platzte Hachnem schließlich heraus, noch eher er richtig saß.

Scheinbar gelangweilt zog der Polizeichef eine Augenbraue nach oben.

„Sie wissen zwar noch nicht genau was, doch wie sich die Deutschen anstellen, muß es etwas Wichtiges sein. Der Doktor Gruhn und die Frau sind darauf gestoßen. Die Grabungstelle, die etwas abseits liegt. Jedenfalls viel mehr, als sie bis vor kurzem aus der Erde geholt haben. Sie sind alle ganz aufgeregt, nur der Professor scheint nicht ganz glücklich zu sein, aber ich weiß nicht, was dahintersteckt." Hachnem brach ab und wartete, bis der Wirt das unaufgefordert gebrachte Glas Raki vor ihm abgestellt hatte. Kaum war der Wirt wieder im hinteren Teil des Lokals verschwunden, holte Hachnem tief Luft und begann hastig weiterzureden. Aus dem Augenwinkel sah er, wie sich einige der anderen Gäste für ihr Gespräch interessierten und unverhohlen zum Tisch des Polizeichefs herüberblickten. Dem schien das nichts auszumachen, so wie sich die Hirten in ihrem Gespräch nicht durch die Anwesenheit ihrer Ziegen stören ließen.

Hachnem Ratschi berichtete, wie er eines Nachmittags, als er die Arbeiter und die beiden deutschen Archäologen abholen wollte, diese mit strahlenden Gesichtern am Rand einer Grube vorgefunden hatte. Nichts war für die Abfahrt vorbereitet, die Werkzeuge lagen herum, und die Arbeiter waren immer noch am Boden der Grube beschäftigt. Erst hatte er gar nicht aussteigen wollen und ein paar Mal gehupt, doch das heftige Winken der beiden Deutschen hatte ihn schließlich doch dazu gebracht, den Motor abzustellen und in der Hitze die gut hundert Meter durch die Geröllhalde zur Grube hinüberzugehen. Das Loch, an dessen Rand die beiden Deutschen und zwei der Arbeiter standen, war ungefähr vier mal drei Meter groß und gut zwei Meter tief. An der einen Schmalseite war eine Steinplatte fast zur Hälfte freigelegt. Sie lag flach auf dem Grubenboden, und wie es aussah, erstreckte sie sich noch ein ganzes Stück in das Erdreich hinein. Auf ihrer Oberfläche waren deutliche Anzeichen von Bearbeitung zu sehen, die aber noch nicht völlig vom Geröll- und Erdresten freigelegt waren. Dr. Gruhn gab ihm sofort den Auftrag, ins Lager zu fahren und den Professor zu verständigen. An diesem Abend hatte sich die in der letzten Zeit ziemlich niedergedrückte Stimmung im Grabungscamp völlig geändert, und am nächsten Tag wurden alle verfügbaren Kräfte an diese Grabungsstätte beordert, so daß er dreimal mit dem Laster fahren mußte, bis er alles und jeden dort abgeliefert hatte.

Bis zu diesem Punkt des hastigen Berichts hatte der Polizeichef keine Miene verzogen, und Hachnem Ratschi war sichtlich enttäuscht, daß seine Neuigkeiten scheinbar auf so wenig Interesse stießen. Er wußte zwar selbst nicht genau, was er sich davon versprochen hatte, aber auf jeden Fall mehr. Nachdem er seinen zweiten Raki vor sich stehen hatte und der Polizeichef ein volles Glas Tee, fuhr er etwas ruhiger fort.

„Die Grube wurde unter dem Einsatz aller verfügbaren Arbeiter schnell vergrößert, und nach einem Tag war die Platte ganz freigelegt und Reste von Mauerwerk dazu. Allah ist mein Zeuge“, dabei warf Hachnem einen Blick an die rußgeschwärzte Decke des Kaffeehauses, „sie haben geschuftet wie die Tiere. Während die Arbeiter im Schatten die Mittagshitze abwarteten, haben die Deutschen, allen voran Doktor Gruhn und die Frau, in der sengenden Sonne immer weiter in dem Loch herumgewühlt. Inzwischen ist die Grube gut fünf Meter im Quadrat und fast drei Meter tief. Mauerreste, viele Scherben“, ein verschwörerischer Blick zum Polizeichef, den dieser aber nicht beachtete, „aber nichts Wertvolles. Kein Gold, keine Steine, nichts dergleichen.“

Hachnem Ratschi lehnte sich zurück und beobachtete den Polizeichef, der in Gedanken versunken dasaß.

„Und was weiter." Es war mehr eine Aufforderung denn eine Frage aus dem Mund des Polizeichefs.

„Nun", begann Hachnem langsam und wollte den Moment des Triumphes so lange wie möglich auskosten, „es stellte sich heraus, daß die Platte, auf die sie gestoßen sind, wahrscheinlich der Eingang zu einer unterirdischen Anlage ist. Heute wollen sie versuchen, sie von dem Eingang wegzubewegen. Das schien mir wichtig genug, um gleich hierherzukommen. Vielleicht finden sie ja hinter der Platte Sachen von Wert."

Der Polizeichef nickte nachdenklich und zeigte zum erstenmal während des Berichts von Hachnem Ratschi eine Reaktion. Dann warf er die heruntergebrannte Zigarettenkippe auf die Straße und trank das noch fast volle Glas Tee mit einem Zug leer. Ohne ein weiteres Wort zog er seine Mütze in die Stirn und wollte sich von seinem Stuhl erheben. Hachnem Ratschi war enttäuscht, daß sein Treffen mit dem Polizeichef so unspektakulär enden sollte. Er hatte mit irgend etwas gerechnet, einem Lob, einer Andeutung künftiger Gunstbeweise oder auch nur der Einbeziehung in ein mögliches Komplott, dessen Kopf der Polizeichef selbst wäre, doch dessen Reaktion war kaum von seinem Verhalten an all den Tagen, an denen es nichts zu berichten gegeben hatte, zu unterscheiden. Er entschloß sich, der Polizeichef stand schon zum Weggehen bereit, noch eine Information preiszugeben, die er eigentlich hatte in Reserve behalten wollen.

„Übrigens", meinte er mit einem anzüglichen Grinsen, „ich glaube, der Doktor Gruhn treibt's mit der Frau." Dazu machte er eine eindeutige Geste mit den Fingern.

Michael trieb es zwar nicht mit Sandra, aber Hachnem hatte schon richtig beobachtet, daß das Verhältnis der beiden mit dem Erfolg der Grabung wesentlich herzlicher geworden war. Die Spannungen, die sich angesichts des anfänglichen Mißerfolgs von Michaels Unterfangen, zusammen mit seinen in Sandra Augen jeden Tag abstruser klingenden Theorien, aufgebaut hatten, waren in dem Moment verschwunden, als die Steinplatte freigelegt worden war. Für Michael war in diesem Moment alles andere vergessen; er dachte nur noch an seine geheimen Vermutungen, die er allerdings jetzt nach und nach in unverfänglichen Stücken, gerade so weit, wie es der Stand der Grabung vertretbar erscheinen ließ, den anderen preisgab, und natürlich auch ein bißchen an den Ruhm, der auf ihn wartete. Die Tage der ergebnislosen Schufterei hatten im Licht des Erfolges zwischen ihm und Sandra ein Verhältnis geschaffen, von dem sich die anderen Expeditionsteilnehmer ausgeschlossen fühlten. Die beiden steckten, wenn immer es möglich war, die Köpfe zusammen, saßen noch lange im Schein der Petroleumlampe am Tisch und diskutierten mit leiser Stimme Theorien, die bei Professor Weigert bestimmt auf heftige Ablehnung gestoßen wären. Manchmal während dieser Gespräche glitt ein Blick über das Gesicht des anderen, der mehr ein Streicheln war, und so manche gegenseitige Berührung war von keiner weiteren Notwendigkeit geprägt als eben dem Verlangen nach körperlichen Kontakt. An dem Abend, bevor am nächsten Morgen die Platte bewegt werden würde, lag Sandra alleine auf ihrem Feldbett, und es war ihr unmöglich, nicht an Michael zu denken. Besonders die Vorstellung, ihn jetzt neben sich liegen zu haben, schlug sie in den Bann.

Während Hachnem Ratschi in Bam an einem Kaffeehaustisch hektisch auf den Polizeichef einredete, standen die fünf deutschen Archäologen am Rand einer durchaus imposante Grube, in deren Mitte, zwischen Mauerresten aus sorgfältig gebrannten Ziegeln, sich eine massive Steinplatte befand, an der sich mit Stemmeisen und Pickeln mehrere Arbeiter abmühten. Stück für Stück bewegte sich die Platte mit einem knirschenden Geräusch zur Seite.

„Ich weiß nicht, ob das richtig ist", gab Professor Weigert halbherzig zu bedenken. „Wir könnten durch diese Aktion immerhin die Platte beschädigen."

„Wenn Carter genauso gedacht hätte, dann wäre noch heute das Grab des Tutanchamun ungeöffnet", entgegnete Michael Gruhn unwirsch und nahm im Hochgefühl seiner Entdeckung keine Rücksicht auf die übergeordnete Stellung von Weigert. Der verzog unwillig das Gesicht, sagte aber nichts mehr dazu.

Schließlich kippte die Platte über die eine Längskante des einen halben Meter hohen Sockels ab und enthüllte ein schwarzes Viereck von drei Metern Länge und zwei Metern Breite. Von der Position der fünf Deutschen aus war nichts zu erkennen. Nacheinander kletterten sie hastig die an der Grubenwand lehnende Leiter hinunter. Die Luft dort unten war noch heißer und stickiger als am Rand des Grabungsfensters. Die Arbeiter waren ein paar Schritte zurückgetreten. Michael hielt die anderen zurück und machte mit seiner Kamera erst ein paar Fotos von dem jetzt geöffneten Eingang.

Beim Nähertreten erkannten sie eine schräg nach unten führende Stufenflucht, die einen extremen Neigungswinkel hatte. Das Sonnenlicht erhellte kaum mehr als die ersten paar Meter, und ein Ende der

Treppe war nicht abzusehen. Die fünf Archäologen schauten sich ratlos an. Dann waren alle Augen auf Michael gerichtet.

„Nun, gehen wir hinein", schlug er nach einer langen Pause vor, in der man nur das Rascheln von den Abdeckplanen im leichten Wind, der über die Grubenkante nach unten fiel, hörte. Er hatte mit Begeisterung gerechnet, doch jetzt schien es eher so, als ob die Neugierde seiner Kollegen aus unerfindlichen Gründen einen Dämpfer erhalten hatte. Professor Weigert war der erste, der die Sprache wiederfand.

„Natürlich gebührt Ihnen die Ehre, als erster archäologisches Neuland zu beschreiten", meinte er und trat demonstrativ einen Schritt zurück. Michael warf einen Blick auf Sandra. Sie nickte ihm aufmunternd zu, machte aber selbst keine Anstalten, den vor ihnen liegenden Gang in die Tiefe zu betreten.

„Gut, ich gehe voran." Michael legte mehr Festigkeit in seine Stimme, als er eigentlich empfand. Er nahm sich eine Taschenlampe aus der Gerätekiste und betrat nach kurzem Zögern die erste Stufe der Treppenflucht. Die anderen folgten ihm interessiert bis zum Eingang und beobachteten, wie er zuerst noch im Sonnenlicht Stufe für Stufe vorsichtig nach unten stieg. An den Wänden befanden sich reliefartige Darstellungen von Naturszenen, unterbrochen von Ornamenten, die sich durch eine ungewöhnliche achteckige Grundstruktur von jeder bekannten Ornamentik unterschieden. Michael warf nur einen kurzen Blick darauf. Ihn zog es, jetzt, nachdem er einmal den ersten Schritt getan hatte, unwiderstehlich nach unten. Als er an der Kante des einfallenden Sonnenlichts stand und den Lichtkegel der Lampe in die Dunkelheit unter sich fallen ließ, konnte er nur erkennen, daß der Gang noch über die Reichweite der Taschenlampe hinaus in die Tiefe führte. Er machte die ersten zögernden Schritte, die ihn unwiderruflich aus der Tagwelt des Sonnenlichts hinaus in nicht nur archäologisches Neuland brachten. Ein Geräusch hinter ihm ließ ihn herumfahren, und gegen das helle Viereck sah er eine dunkle Silhouette.

„Michael, sei vorsichtig", hörte er Sandra rufen und wunderte sich nur kurz, daß sie die Anrede benutzte, die sonst ihren abendlichen Stunden, wenn alle anderen sich schon in ihre Zelte begeben hatten, vorbehalten war. Sie folgte ihm nicht weiter, als das Sonnenlicht reichte.

Vorsichtig setzte er einen Fuß vor den anderen und behielt mit seiner linken Hand immer Kontakt zur Wand. Seine Finger glitten über den Bilderfries, und er bemerkte im Licht der Taschenlampe, wie die Naturdarstellungen sich wandelten und zu fremden Landschaften wurden, für die er in seinem Geist keine Entsprechung fand. Er hatte es schon lange aufgegeben, die Stufen zu zählen, als der Lichtkegel auf ein sich vor ihm ausbreitendes Mosaik fiel. Er ließ die Taschenlampe kreisen und stellte fest, daß er sich in einem achteckigen Raum von etwa sieben Metern Durchmesser befand. Der Mosaikboden war in einem dunklen Blau gehalten, das das Licht der Lampe fast zu verschlingen schien. Von den Wänden zur Mitte hin wanden sich die achteckigen Ornamente und umschlangen eine im Kreuzpunkt der Diagonalen eingelassene Tafel. Sie ragte etwa fünf Zentimeter über das Niveau des Bodens heraus, und in dem weißen Marmor, jedenfalls nahm Michael nach einer flüchtigen Inaugenscheinnahme der Platte das an, waren mit Gold ausgelegte Zeichen eingemeißelt. Zuerst hielt er es für eine Schrift, doch bei näherem Hinsehen konnte er keine ihm bekannten Buchstaben erkennen. Es waren seltsam verschlungene Symbole, manchmal durch Oberlängen verbunden, andere wieder standen völlig vereinzelt da. Er konnte einzelne Gruppen identifizieren, doch was sonst für eine Schrift typisch ist, Gruppenwiederholungen, also gleiche Worte, konnte er überhaupt nicht entdecken. Damit würde man sich später beschäftigen. Michael wandte sich von der Platte ab und ließ den Strahl der Taschenlampe über die Wände gleiten. Im trüben Licht sah er, daß sie gänzlich mit Reliefs verziert waren, doch die Darstellungen ergaben bei flüchtiger Betrachtung keinen Sinn. Sie setzten sich auch auf der Decke fort, die eine Höhe von weit über drei Metern hatte. In jeder Wand befand sich genau in der Mitte eine viereckige Öffnung in der Art wie die, durch die er den Raum betreten hatte. Michael zögerte und versuchte sich zu erinnern, durch welche er eingetreten war.

Eine Stunde war inzwischen vergangen, und immer noch warteten Professor Weigert und der Rest der Grabungsmannschaft auf die Rückkehr von Michael Gruhn. Mehrmals schon hatten sie in den dunklen Schacht hinuntergerufen und keine Antwort erhalten, doch keiner von ihnen hatte sich bis jetzt dazu entschließen können, dem Doktor aus Bonn in die Unterwelt zu folgen. Die iranischen Arbeiter saßen unbeteiligt am Rande der Grubensohle im Schatten und warteten ab, was man von ihnen verlangen oder auch nicht verlangen würde.

„Ich geh' jetzt hinein“, tat Sandra entschlossen kund und ging zur Gerätekiste hinüber, um sich eine Taschenlampe zu holen.

„Ich komme mit“, erklärte Heckert mit einer Spur Trotz in der Stimme, woraufhin sich ihnen auch Weller anschloß. Wenig später stand Professor Weigert ganz alleine über den Eingang gebeugt da und blickte seinem Grabungsteam hinterher, das jetzt vollzählig in der Dunkelheit, in der sich nach ein paar Metern die Stufenflucht verlor, verschwunden war. Lange mußte er allerdings nicht warten, dann erschienen sie alle vollzählig mit einem aufgeregt erzählenden Michael Gruhn in ihrer Mitte aus der Unterwelt.

„Tut mir leid", entschuldigte er sich überflüssigerweise bei Weigert, der ihn vorwurfsvoll ansah, „aber meine Uhr ist stehengeblieben." Zum Beweis reckte er dem Professor sein Handgelenk mit der Uhr entgegen. „Ich glaubte, es wären erst ein paar Minuten vergangen."

Professor Weigert warf einen indignierten Blick auf die Uhr, über deren Zifferblatt der Sekundenzeiger beständig seine Kreise zog. „Aber Ihre Uhr geht doch!"

„So?" Michael Gruhn schaute erstaunt nach. „Tatsächlich, jetzt geht sie wieder, aber sehen sie", wieder hielt er dem Grabungsleiter seine Uhr unter die Nase, „bei mir ist es erst zehn nach drei, während die Kollegen es schon weit nach halb fünf haben."

Michael gab einen kurzen Bericht über die Treppe und den Raum, in dem ihn die anderen gefunden hatten. Sandra steuerte noch einiges dazu bei, eigentlich mehr aus dem Grund, von Anfang an ihre Teilhaberschaft an dieser Entdeckung deutlich zu machen, als daß sie den Ausführungen von Michael wirklich etwas Wesentliches hätte hinzufügen können.

„Wir müssen sofort wieder nach unten. Wir stehen hier vor der wichtigsten Entdeckung der Archäologie seit dem Tal der Könige. Es ist so, als ob wir Noahs Arche gefunden oder die Schrift der Inkas entziffert hätten. Das hier ist größer als die Pyramiden und rätselhafter als Atlantis ..." Michael verstummte, als er in das verkniffene Gesicht von Weigert blickte.

„Nun mal langsam, Herr Kollege." Weigerts Stimme hatte den fatalen Tonfall eines Vaters, der seinen übermütigen Sohn zurechtwies. „Es ist heute schon zu spät, um noch einmal hinunterzugehen. Hachnem wird gleich kommen und die ganze Mannschaft zurück ins Lager bringen. Wir wollen schließlich hier draußen nicht von der Dunkelheit überrascht werden."

Wie zur Bestätigung erklang ein Motorengeräusch, das sich langsam näherte und bald schon von einem Gerumpel begleitet wurde, das entstand, wenn ein alter Laster über eine Wüstenpiste holperte.

„Und", fuhr Weigert fort, „was Ihre Einschätzung der Relevanz dieser Grabung betrifft, so muß ich Sie doch um etwas mehr Zurückhaltung bitten. Man hat ja den Eindruck, wir hätten das achte Weltwunder entdeckt. Bis jetzt haben wir nur ein paar Mauerreste und eine Stufenflucht, die zu einem unterirdischen Raum führt."

Michael war bei dem „wir“ von Weigert wie elektrisiert zusammengezuckt. Das alte Schlitzohr, dachte er, versucht jetzt frühzeitig die Verteilung der Lorbeeren zu arrangieren. Wir? Weigert ja wohl nicht. Er mußte aufpassen, daß es ihm nicht so erging wie vielen anderen aus dem zweiten akademischen Glied, deren Entdeckungen und Forschungsergebnisse auf Nimmerwiedersehen verschwanden und ohne jegliche Anerkennung blieben. Höchstens ein kurzer Hinweis, verbunden mit einem allgemeinen Dank im Vorwort eines Werkes, das die Wissenschaft revolutionierte, aber auf ewig mit dem Namen des Professors verbunden war. Er wollte sich nicht um die Anerkennung bringen lassen.

„Hören Sie, Herr Professor.“ Sein Ton war so aggressiv, wie der von Weigert väterlich überheblich gewesen war. „Das hier ist kein befestigtes Lager, wie Sie vermutet haben. Diese Fundamente“, er machte eine ausholende Bewegung, „zeugen von einer Stadt, einer großen Stadt, und es ist sehr wahrscheinlich, daß sich vor den Mauern dieser Stadt das Schicksal von Krateros' Heer erfüllt hat. Er sollte im Auftrag von Alexander diese Stadt erobern, was ihm aller Wahrscheinlichkeit nach auch unter großen Verlusten gelungen ist. Und wir haben hier ohne Zweifel die Überreste dieser Stadt vor uns. Vielleicht sogar die Stadt selbst, wenn sie relativ unbeschädigt in den Jahrhunderten verschüttet worden ist.“

Professor Weigert zog eine Augenbraue in die Höhe und wollte zu einer Erwiderung ansetzen, doch da mischte sich Sandra in die Auseinandersetzung ein.

„Es stimmt, Herr Professor.“ Bei ihr klang das wesentlich respektvoller als bei Michael. „Da unten sind wir, soweit ich das bei meinem kurzen Aufenthalt in dem ersten Raum beurteilen kann, mit einer völlig neuen, unbekannten Kultur konfrontiert. Ich habe keine Übereinstimmungen mit den bekannten Kulturen des vorderasiatischen Raumes feststellen können.“ Sie blickte erwartungsvoll zu Weigert und ergänzte dann, es klang fast wie eine Entschuldigung: „Natürlich müssen wir das alles erst genauer untersuchen.“

„Gut“, meinte der Grabungsleiter, „die Arbeiter sollen die Platte wieder über den Eingang schieben, und morgen machen wir uns alle gemeinsam an die Arbeit.“

Michael wollte protestieren, doch Sandra legte ihm für einen kurzen Moment die Hand auf den Arm und gab ihm mit einem Blick zu verstehen, es für diesen Moment gut sein zu lassen. Ihr war mehr als Michael bewußt, wie sehr die Situation mit Professor Weigert auf der Kippe stand.

Sobald die Grabungsgruppe wieder im Lager war und am Tisch beim Essen saß, wurde heftig diskutiert, wie diese Entdeckung einzuordnen sei. Hachnem Ratschi bemühte sich angestrengt, so unauffällig wie möglich soviel er konnte mitzubekommen, um den Polizeichef weiter mit Neuigkeiten aus erster Hand versorgen zu können. Doch durch das Klappern von Geschirr und Bestecken hindurch nahm er nur das Kauderwelsch wissenschaftlicher Begriffe wahr, mit denen er nichts anfangen konnte.

Nach dem Essen versuchte er so leise wie möglich abzuwaschen, um ja kein Wort der Unterhaltung, die hinter ihm an dem Tisch ohne Unterlaß weiterging, zu verpassen. Bald war ihm klar, daß dieser Doktor Gruhn den Schacht betreten hatte und eine Stunden darin verschollen war, bis ihn die anderen herausgeholt hatten. Er war der einzige, der wissen mußte, ob sich wertvolle Sachen dort unten befanden, wobei für Hachnem nur Gold und Edelsteine zählten.

Sollte sich die Möglichkeit ergeben, wollte Hachnem ihn unverfänglich danach fragen.

Während die anderen noch das Vorgehen am nächsten Tag diskutierten, saß Michael etwas abseits am Tisch über sein Notizbuch gebeugt und schrieb Seite für Seite voll. Ihm war egal, was sie beratschlagten oder beschlossen - er wußte genau, was er tun würde. Einer nach dem anderen verabschiedeten sie sich für die Nacht, und schließlich blieben wie an den anderen Abenden nur noch Sandra und er zurück. Sie nahm ihren Stuhl und setzte sich neben ihn. Michael schlug hastig sein Notizbuch zu.

„Dir scheint ja auf einmal egal zu sein, wie wir vorgehen", begann sie.

Er schaute sie irritiert an und spürte die Wärme ihres Körpers, als sie sich an ihn lehnte. Er wußte, was sie eigentlich wollte. Aber nicht heute Abend. Es war zu früh. Morgen vielleicht, wenn alles gut lief, morgen bestimmt.

„Es ist nicht wichtig, was Weigert will. Er versucht nur das übliche Spiel, sich den Ruhm für meine Entdeckung zu sichern. Aber es wird ihm nicht gelingen."

„Unsere Entdeckung", warf sie ein. „Du weißt, wir haben eine Absprache."

„Entschuldigung, unsere Entdeckung", lenkte er ein, ohne zu meinen, was er sagte.

„Morgen wird ein großer Tag", versuchte sie das Gespräch in Gang zu halten, während sie ihren Arm um seine Schultern legte und an etwas anderes als den nächsten Morgen dachte.

„Ganz bestimmt", pflichtete er ihr bei und strich ihr mit der Hand übers Haar.

Nachdem sie eine Weile stumm nebeneinander gesessen hatten, fragte Sandra: „Bleibst du noch lange auf?"

„Ich muß noch ein paar Notizen machen und über etwas nachdenken", gab er zurück und hoffte, sie würde endlich in ihr Zelt gehen.

„Ich geh dann auch ins Bett. Morgen wird es bestimmt anstrengend", erklärte sie schließlich, gab ihm noch ein paar Minuten, darauf zu reagieren, was er aber nicht tat, und ging dann in ihr Zelt, wo sie wach in ihrem Feldbett lag und darauf hoffte, daß die Zeltplane zurückgeschlagen würde und Michael endlich ihre schon fast unsittlich direkten Angebote annehmen würde.

Nachdem Sandra gegangen war, saß Michael bewegungslos auf seinen Stuhl und spielte mit dem Bleistift, als ihn Hachnem aus seinen Gedanken schreckte.

„Herr Gruhn, darf ich Sie stören?"

„Natürlich, Hachnem, ich habe damit gerechnet."

Hachnem schaute ihn erstaunt an und setzte sich auf den Stuhl, den Sandra erst vor ein paar Minuten verlassen hatte. Michael lächelte ihn an.

„Mir ist nicht verborgen geblieben, daß du während der ganzen Zeit mit großen Ohren herumgelaufen bist."

„Großen Ohren?" Hachnem heuchelte Nichtverstehen.

„Du hast uns belauscht", sagte Michael ihm direkt auf den Kopf zu.

Hachnem wußte sofort, wann es zwecklos war zu leugnen.

„Also, was interessiert dich so sehr?" Michael wandte sich Hachnem zu, damit er jede Regung in dessen Gesicht verfolgen konnte.

„Gibt es da unten Schätze? Sie müssen es doch wissen."

Michael lächelte. Er hatte es gewußt. Es ging ganz augenscheinlich um ein kleines Privatgeschäft, aber der gute Hachnem war nur an Edelmetallen interessiert. Michael hätte ihm sagen können, daß man auch aus unscheinbaren Tonscherben, wenn sie nur das richtige Alter hatten, einen schönen Profit schlagen konnte, doch warum sich die Mühe machen.

Er wusste, wie man Hachnem ködern konnte, und er brauchte ihn in dieser Nacht.

„Da unten liegen unbeschreibliche Schätze", fiel er in eine typisch orientalische Übertreibung, die eigentlich keine war, doch nicht das meinte, was sein Gegenüber sich darunter vorstellte. „Wir beide können reich werden, noch in dieser Nacht."

Hachnems Gesicht verzog sich zu einer Grimasse der Ungläubigkeit und der Gier.

„Wir fahren jetzt zusammen zum Grabungsort und suchen uns die besten Stücke aus. Außer mir war noch niemand in der unterirdischen Anlage, also weiß niemand, was dort ist.“ Michael spielte dem Iraner seine eigene Gier nach Reichtum überzeugend vor, aber trotz aller Verlockung hatte Hachnem doch noch Bedenken.

„Wie sollen wir dort hinkommen? Wenn ich den Laster starte, wacht das ganze Lager auf. Und zum Laufen ist es zu weit.“

Michael Gruhn legte ihm beruhigend die Hand auf die Schulter. „Glaube mir, niemand wird aufwachen. Sie schlafen alle fest, und in ein paar Stunden sind wir zurück, so als ob nichts gewesen wäre.“

Hachnem schüttelte zweifelnd den Kopf, aber Michaels Augen hielten ihn gebannt fest, so daß er keinen Fragen mehr stellte. Sie löschten die letzte noch verbliebene Petroleumlampe und schlichen sich den Pfad vom Plateau hinab zu dem alten Laster.

Keuchend sprang der Motor an, und in Hachnems Ohren mußte das Dröhnen der alten Zylinder bis nach Bam durch die stille Nacht zu hören sein. Jeden Moment rechnete er damit, oben im Lager eine Taschenlampe aufflammen zu sehen, doch nur Sandra vernahm einen Laut, den sie aber in ihren Traum einbaute, in dem Michael eine nicht unwichtige Rolle spielte.

Die Nacht war wie immer sternenklar, und das Licht ließ die Steine im Sand wie poliert glänzen. Die trüben Scheinwerfer des Lasters richteten nicht viel gegen die verbleibende Dunkelheit aus, aber Hachnem kannte die Strecke zur Grabungsstelle von seinen täglichen Fahrten ganz genau. Kein Schatten konnte ihn irritieren, keine in der Dunkelheit seltsam fremdartig aussehende Felsformation täuschen. Sicher gelangten sie mit dem Wagen bis an den Rand der Grube. Noch bevor sie die Leiter hinabkletterten, wurde Hachnem klar, warum ihr Plan zum Scheitern verurteilt war. Wie sollten sie die Platte von dem Sockel bewegen? Dazu waren sechs Arbeiter notwendig gewesen, die sie Zentimeter für Zentimeter zur Seite geschoben hatten. Als sie auf der Grubensohle angekommen waren, machte Hachnem seiner Enttäuschung Luft.

„Wir können die Platte nicht von dem Sockel bekommen“, teilte er Michael mit.

„Mach dir darüber keine Sorgen, Hachnem. Oder glaubst du wirklich, ich hätte nicht daran gedacht?“

Hachnem schaute den Deutschen verwundert an. Gab es irgendeinen Trick?

Nach ein paar Schritten standen sie vor dem Eingang zur Unterwelt, und Hachnem war wirklich gespannt, wie sein Begleiter das Problem lösen würde. Michael ging einmal um den Sockel herum, dann schien er gefunden zu haben, wonach er gesucht hatte. Seine Hände griffen an einer der Schmalseiten in die Fuge zwischen der Platte und dem Sockel und schoben die Platte mit einer fließenden Bewegung zur Seite. Vor ihnen erstreckte sich die Stufenflucht nach unten, von wo ein helles Licht heraufschien.

„Guten Tag, hier spricht James, der automatische Anrufbeantworter von Peter Gruhn. Mein Gebieter ist zur Zeit nicht zu Hause, ich werde aber jede Mitteilung getreulich ausrichten, wenn Sie nach dem Piepton sprechen."

„Hallo, hier Monika. Was ist denn los? Ich versuche seit drei Tagen, dich zu erreichen. Melde dich. Ruf mich über mein Handy oder hier im Hotel an. Ende der Durchsage." Resignierend legte sie das kleine Gerät zur Seite und starrte vor sich hin. Seit Montagabend versuchte sie, Peter in Frankfurt zu erreichen. Sie hatte schon drei Nachrichten und die Nummer des Hotels auf sein Band gesprochen, falls er sie nicht über ihr Handy erreichte, doch weder hatte er zurückgerufen noch irgendeine Nachricht an der Rezeption für sie hinterlassen. Monika trennte die Verbindung und rief die Nummer von Gabi und Thomas Lautner aus dem Speicher ab. Es knackte in der Leitung, dann hörte sie das Klingelzeichen am anderen Ende.

„Lautner", meldete sich Thomas, und sofort bemerkte Monika das Schreien des Babys im Hintergrund.

„Ich bin's, Monika."

„Hallo Monika, wie geht's?" klang ihr Thomas' Stimme aus dem Hörer entgegen.

„Hör zu, ich bin hier in Paris ..."

„In Paris?" unterbrach er sie überrascht und vielleicht, so glaubte sie herauszuhören, auch etwas neidisch.

„Ja, in Paris." Sie fühlte sich genötigt hinzuzufügen: „Beruflich. Sag mal, habt ihr etwas von Peter gehört? Ich versuche ihn schon seit drei Tagen zu erreichen, aber ich kriege immer nur seinen Anrufbeantworter, und auf meine Nachrichten reagiert er nicht."

„Peter!?" Thomas' Stimme klang erstaunt, als ob nichts unwahrscheinlicher wäre als ein Anruf des frischgebackenen Taufpaten. „Jetzt, wo du es sagst ... Stimmt, wir hätten uns wohl nach ihm erkundigen müssen. Wie geht es ihm?"

„Heißt das, daß Peter sich nicht bei euch gemeldet hat?"

„Nein. Zumindest weiß ich nichts davon."

Es trat eine Pause ein, in der sich Monikas Gedanken überschlugen, und ohne es zu wollen, stiegen am Horizont ihres wohlgeordneten Weltbildes, das weder Krankheit noch Tod kannte, beängstigende Vorstellungen eben dieser Möglichkeiten auf.

„Bist du noch dran?“ war Thomas’ Stimme zu vernehmen.

„Ja, Entschuldigung, ich bin etwas verwirrt. Mich beunruhigt, daß ihr nichts von Peter gehört habt. Als ich ihn am Sonntag in seine Wohnung gebracht habe, ging es ihm gar nicht gut, und seitdem versuche ich vergeblich, ihn zu erreichen. Er war ziemlich fertig. Ich glaube, er hat sich eine ganz üble Sommergrippe oder vielleicht sogar etwas Schlimmeres eingefangen.“

„Er hat am Sonntag doch gesagt, es ginge ihm schon wieder gut.“ Thomas klang nicht besonders beunruhigt, und es schien, als ob er Monikas Besorgnis in keiner Weise teilen würde.

„Jetzt paß mal auf“, meinte sie etwas ungehalten. „Ihr kennt ihn doch gut genug, um zu wissen, wie er ist. Ich mache mir wirklich Sorgen.“

„Du hast schon recht, und ich habe jetzt auch ein schlechtes Gewissen. Warte mal, vielleicht hat er ja Gabi angerufen.“

Monika konnte gedämpft, wahrscheinlich durch die Hand, die Thomas über den Hörer gelegt hatte, hören, wie dieser nach seiner Frau rief. Es folgte eine kurze, anscheinend quer durch die Wohnung geführte Unterhaltung. Dann war wieder Thomas’ Stimme laut und deutlich an ihrem Ohr.

„Nein, Gabi hat auch nichts von ihm gehört, meint aber, daß sei bei ihm nichts Besonderes. Wenn er mal krank ist, dann will er niemanden sehen. Er ist wie ein verwundetes Tier, meint sie, und sie kennt ihn ja schon lange genug.“

„Wenn sie meint“, gab Monika zweifelnd zurück, war aber in keiner Weise beruhigt.

„Hör zu, Thomas. Ich mach’ mir wirklich Sorgen. Ihr habt ihn ja am Sonntag nicht mehr gesehen. Er sah ziemlich schrecklich aus und hat sich gleich ins Bett gelegt. Es ist wirklich seltsam, daß er nicht ans Telefon geht und auch nicht zurückruft. Versucht ihr doch mal anzurufen, und wenn das nicht klappt, fahr einfach mal vorbei und schau nach. Das ist doch nicht zuviel verlangt, oder?“

„Klar, kein Problem. Aber glaub’ mir, es gibt bestimmt eine ganz einfache Erklärung dafür. Du mußt dir keine Sorgen machen.“ Doch auch seine Stimme klang jetzt etwas unsicher.

„Geht doch einfach mal vorbei, dann wissen wir, was los ist“, meinte sie ungeduldig. „Ich muß jetzt Schluß machen, weil ich noch zum Essen verabredet bin. Ruft mich bitte sofort an, wenn ihr etwas erfahren habt, aber auf jeden Fall versuche ich es morgen abend noch einmal.“

„Geht schon in Ordnung“, lenkte Thomas am anderen Ende der Leitung ein, nachdem ihm Gabi wohl etwas zugerufen hatte, was Monika allerdings nicht verstehen konnte, und das Geschrei Ilona-Marias nicht verstummen wollte. „Mach's gut. Wir hören voneinander."

„Grüß Gabi von mir", konnte Monika gerade noch sagen, und dann hatte Thomas aufgelegt.

Der Freitag kam und mit ihm die Aussicht auf das Wochenende, und als Thomas sich von seinen Arbeitskollegen verabschiedete, freute er sich schon darauf, all den Schlaf nachzuholen, den ihn seine Tochter inzwischen gekostet hatte. Er hatte am Abend zuvor, nach dem Anruf von Monika, ein paar Mal versucht, Peter zu erreichen, doch jedesmal nur dessen Anrufbeantworter in der Leitung gehabt. Langsam begann auch er sich Sorgen zu machen.

Der Feierabendverkehr hatte eingesetzt, im Auto war es drückend heiß, und auf der halbstündigen Fahrt vom Kaiserlei-Kreisel bis in die Wittelsbacherallee verfluchte Thomas Peter mehrmals. Wenn es nicht wegen Gabi und natürlich auch Monika gewesen wäre, die sich beide ernstlich Sorgen zu machen schienen, dann hätte er die ganze Sache sein gelassen und wäre am Ostpark nach Hause abgebogen. Die Parkplatzsuche dauerte noch einmal zwanzig nervenaufreibende Minuten, und er verstand, warum Peter auf einen Wagen verzichtete.

Wenig später drückte er ungeduldig immer wieder auf den obersten Klingelknopf und wollte schon aufgeben, als endlich doch das Schnarren des Türöffners erklang.

Schnell trat er einen Schritt vor und drückt die Tür auf, bevor das Geräusch wieder verstummen konnte. Er stieg die vier Stockwerke hinauf und trat durch die nur angelehnte Wohnungstür ein. Peter saß an seinem Schreibtisch.

„Hallo Peter", begrüßte Thomas ihn nach ein paar tiefen Atemzügen, während derer er ihn stumm gemustert hatte. Peter wirkte gedankenverloren, eine Zigarette qualmte im Aschenbecher, aber er sah nicht halb so schlecht aus, wie Thomas nach Monikas Anruf befürchtet hatte.

„Hallo", gab Peter zurück, und es klang abwesend und müde.

„Sag mal, was ist denn mit dir los? Monika versucht dich schon seit Tagen aus Paris anzurufen, aber du gehst nicht dran und beantwortest auch nicht ihre Nachrichten. Ich habe es gestern abend und heute morgen auch ein paarmal versucht."

„Ach so." Peter zog eine Augenbraue in die Höhe. „Ich habe gearbeitet und mich gar nicht um das Telefon gekümmert." Wie zur Entschuldigung deutete er auf seinen von Büchern und Papieren überhäuften Schreibtisch.

Thomas warf nur einen kurzen Blick darauf. „Und wie geht es dir?"

Peter zuckte nur mit den Achseln, so als ob er nicht wüßte, warum der andere diese Frage überhaupt stellte.

„Monika meinte, dir wäre es am Sonntagabend nicht gut gegangen", fühlte sich Thomas genötigt zu erklären.

„War nicht so schlimm. Einfach eine Sommergrippe. So etwas kommt schnell und ist auch schnell wieder vorbei", meinte Peter und zog sich mit seinem Stuhl wieder an den Schreibtisch heran.

„Und deine Ohnmachtsanfälle?" wollte Thomas weiter wissen.

„Mann, ich habe keine Ohnmachtsanfälle", gab er verärgert zurück und schüttelte dabei heftig den Kopf.

Thomas winkte beschwichtigend ab und kam zu der Überzeugung, daß wirklich alles soweit in Ordnung war. Das andere, warum Peter die Anrufe von Monika nicht beantwortet hatte, sollten die beiden unter sich ausmachen. Das ging ihn nichts an. Zumindest konnte er Monika mit der Auskunft beruhigen, daß ihr Freund noch unter den Lebenden weilte und dies wahrscheinlich auch bis zu ihrer Rückkehr aus Paris noch so bleiben würde.

„Gut, dann geh' ich mal wieder", meinte er nach einer Weile, während der sich beide stumm angesehen hatten. „Und vergiß nicht, Monika anzurufen oder zumindest ans Telefon zu gehen, wenn sie anruft."

„In Ordnung. Werde ich ganz bestimmt. Grüße Gabi von mir. Und es tut mir leid."

Thomas blieb auf seinem Weg zur Tür wie angewurzelt stehen und drehte sich um. „Was meinst du damit?"

„Na, es tut mir leid wegen Sonntag. Ich weiß nicht, was mit mir los war. Ich meine, daß ich Ilona-Maria fallengelassen habe."

Thomas war davon so überrascht, daß er im ersten Moment nicht wußte, was er sagen sollte.

Peter schaute ihn schuldbewußt an. „Mach dir darüber keine Sorgen. Es ist ja nichts passiert, und du hast es ja nicht absichtlich gemacht, oder", versuchte Thomas einen Scherz zu machen.

„Natürlich nicht." Ein seltsamer Unterton lag in Peters Stimme, den sein Gegenüber aber nicht bemerkte. „Ich glaube, es war einfach diese Sommergrippe, die Hitze und was sonst noch alles."

Vielleicht der Alkohol, aber das dachte Thomas nur.

„Aber jetzt geht es mir wieder gut", fügte Peter einen Moment später noch hinzu.

Thomas schaute ihn noch einmal eindringlich an und hatte da seine Zweifel. Peters Gesicht war bleich, seine Augen waren gerötet, als ob er seit Sonntag kaum Schlaf bekommen hätte, und Schweißperlen standen auf seiner Stirn. Nicht nur zu seiner Beruhigung schlug er ihm vor: „Vielleicht solltest du doch einmal zum Arzt gehen."

„Ach was, nicht nötig. Alles in Ordnung."

„Na denn. Ich muß jetzt aber wirklich. Gabi wartet schon auf mich. Meldet euch, wenn Monika wieder aus Paris zurück ist."

„Woher zurück ist?" flüsterte Peter hinter ihm her, allerdings so leise, daß es Thomas, als er den Flur durchquerte und die Wohnungstür hinter sich zuzog, nicht mehr hörte.

„Guten Tag, hier spricht James, der automatische Anrufbeantworter von Peter Gruhn. Mein Gebieter ist zur Zeit nicht zu Hause, ich werde aber jede Mitteilung getreulich ausrichten, wenn Sie nach dem Piepton sprechen."

Wütend unterbrach Monika die Verbindung und legte das Handy auf den kleinen Tisch vor sich. Sie saß in einem Straßencafé gegenüber von Saint Germain des Pres. Die Abendsonne schickte ihre letzten flachen Strahlen über den Boulevard Saint Germain, bevor sie endgültig hinter dem Häusermeer verschwinden würde. Heute waren sie etwas früher fertig geworden, und da bis zum abschließenden Abendessen noch gut zwei Stunden Zeit waren, hatte sie beschlossen, zu ihrem Hotel zu laufen, um zumindest etwas mehr von Paris gesehen zu haben als die sterilen Büros der Agentur und irgendwelche Restaurants.

Ein freier Tisch in einem Straßencafé war dann viel mehr gewesen als nur eine Verlockung, sich zu setzen. Zuerst wollte sie einen Espresso bestellen, doch während sie noch auf den Kellner wartete, wurde ihr so richtig bewußt, daß die Arbeit getan war und die restlichen Stunden in Paris der Entspannung gehörten. Sie bestellte sich einen Pernod. Obwohl sie das Getränk eigentlich nicht besonders mochte, hatte sie in diesem Moment das Gefühl, es paßte einfach hier auf den kleinen, runden Marmortisch. Mehrmals hatte sie versucht, Peter in Deutschland zu erreichen, war jedoch immer nur bei diesem verdammten James gelandet. Zwischen die eng gefalteten Schichten ihrer Wut auf den Anrufbeantworter, auf Peter, der nicht zurückrief, auf Thomas, der auch nichts von sich hören ließ, und den Pernod, der ihr schon nach dem zweiten Schluck überhaupt nicht mehr schmeckte, schob sich langsam, aber immer deutlicher die Angst, in Frankfurt könnte etwas Ernstes passiert sein.

Sie nahm ihr Handy und ließ es die Nummer von Thomas und Gabi wählen. Ein kurzer Signalton zeigte an, daß die Verbindung zustande gekommen war. Sie hielt sich das Gerät ans Ohr und lauschte dem Klingeln am anderen Ende der Leitung.

„Lautner." Diesmal war Gabi am Telefon.

„Hallo, hier Monika."

„Ach hallo, wie geht's? Bist du immer noch in Paris?"

„Ja. Ich sitze hier im Quartier in einem Straßencafé, trinke einen Pernod und lasse das Leben an mir vorbeiziehen", plauderte sie leichthin drauflos.

„Na, du hast es vielleicht gut. Du wirst mir doch bestimmt nicht erzählen wollen, daß du das Arbeit nennst."

„Im Moment würde ich dir recht geben, aber ich habe auch fünf harte Tage hinter mir. Doch weswegen ich anrufe: Ich kann Peter immer noch nicht erreichen. Habt ihr inzwischen mehr Glück gehabt?"

„Ja, Thomas war heute nachmittag bei ihm. Bleib dran, ich rufe ihn, dann kann er dir alles selbst erzählen."

Monika hörte, vermischt mit dem Straßenlärm des Boulevard Saint Germain, aus Deutschland Gabis Stimme herüberklingen, die durch eine Wohnung in Frankfurt nach ihrem Mann rief. Schließlich meldete sich Thomas.

„Bon Jour, Mademoiselle Geldern." Er versuchte, Monikas Namen mit französischem Akzent auszusprechen, was ihm tatsächlich so gut gelang, daß sie kaum einen Unterschied dazu feststellte, wie sie ihn in den letzten Tagen von ihren französischen Kollegen häufig gehört hatte.

„Was ist mit Peter los? Ich habe ihn immer noch nicht erreichen können", wollte sie sofort wissen, ohne auf Thomas' eigentlich nette Geste einzugehen.

Thomas schilderte ihr in ein paar kurzen Sätzen, daß auch er ergebnislos versucht hatte, Peter anzurufen, dann zu ihm gefahren war und dort, einschließlich Peter, alles in Ordnung vorgefunden hatte. Er versicherte ihr, daß es Peter besser gehe, er zwar nicht wie das blühende Leben aussehe, aber verneine, krank zu sein. Dann gab er noch Peters Erklärung weiter, daß er die ganze Zeit gearbeitet und nicht auf das Telefon geachtet hätte.

„Wieso gearbeitet?" fragte sie erstaunt. „Er hat doch zur Zeit keinen Auftrag."

„Da darfst du mich nicht fragen. Sein Schreibtisch war zumindest mit Büchern und Papieren überhäuft. Vielleicht hat er ja irgend so einen Eilauftrag erhalten, als du schon in Paris warst. Wann kommst du eigentlich zurück?"

„Morgen, mit der Maschine um halb elf oder so", erklärte sie geistesabwesend. „Hast du ihm gesagt, daß er mich anrufen oder zumindest ans Telefon gehen soll?"

„Natürlich, aber ich kann mich nicht neben ihn stellen und warten, bist du anrufst", meinte Thomas leicht vorwurfsvoll.

„Ist schon gut", lenkte sie ein. „Jetzt weiß ich zumindest, daß alles in Ordnung ist. Und vielen Dank auch, daß du hingefahren bist."

„Ist schon in Ordnung", meinte er jovial, und dann folgten noch ein paar Allgemeinplätze, bis sich Monika verabschiedete und die Verbindung trennte.

In Frankfurt legte Thomas den Hörer auf und ging zurück ins Wohnzimmer, wo Gabi mit Ilona-Maria beschäftigt war. Nachdenklich setzte er sich seiner Frau gegenüber in den Sessel und beobachtete, wie diese ihre Tochter anstrahlte und dabei versuchte, eine Reaktion im Gesicht des Kindes zu provozieren.

„Merkwürdig ist das schon", sinnierte er schließlich so leise, daß seine Frau den Kopf hob und meinte: „Was hast du eben gesagt?"

„Nichts Wichtiges. Ich habe mir nur überlegt, daß die ganze Angelegenheit mit Peter doch schon etwas merkwürdig ist, oder was meinst du?"

Gabi antwortete nicht gleich. Ihr Gesicht nahm einen abwesenden Ausdruck an, und sie zupfte sich gedankenverloren am Ohrläppchen.

„Ich weiß auch nicht recht", begann sie dann zögernd, „aber sein Verhalten ist schon eigenartig."

Sie schüttelte leicht den Kopf. „Vielleicht haben die beiden auch Krach miteinander und wollen es nicht nach außen tragen. Was weißt du, was die beiden vor der Kirche gesprochen haben? Monika war ja unterwegs, vielleicht ist da etwas vorgefallen. Wir werden sehen; warten wir es einfach ab."

Damit widmete sie ihre ganze Aufmerksamkeit wieder ihrer Tochter, die allerdings inzwischen auf ihrem Arm eingeschlafen war. Gabi stand vorsichtig auf und brachte Ilona-Maria ins Nebenzimmer, wo sie sie in das kleine Bett legte. Als sie die Tür bis auf einen Spalt zuzog, warf sie noch einen letzten Blick auf ihre Tochter und ging dann zu ihrem Mann zurück ins Wohnzimmer.

Thomas hatte die Balkontür geöffnet und schaute aus dem vierten Stock des Wohnblocks hinab auf den Kinderspielplatz, der zwischen den Häusern angelegt war. Wenn Ilona-Maria erst einmal größer wäre, dann könnte man sie von hier oben gut im Auge behalten, dachte er und verwarf den Gedanken gleich wieder. Nein, bis dahin würden sie aus Frankfurt weggezogen sein und ein Haus am Taunusrand haben. Seine Tochter sollte nicht in der Großstadt aufwachsen, auch wenn man hier am Rande von Bergen-Enkheim eigentlich nicht viel davon merkte.

„An was denkst du?"

Er zuckte kurz zusammen, als seine Frau ihn so abrupt aus seinen Gedanken riß. Sie war neben ihn auf den Balkon getreten und blinzelte in die untergehende Sonne.

„Ich plane unsere Zukunft."

„So, was planst du denn da?" fragte sie interessiert.

Er legte den Arm um seine Frau, die sich zärtlich an ihn schmiegte und ihre Hand in eine der Gesäßtaschen seiner Jeans schob. „Wir sollten von hier wegziehen. Die Stadt ist nicht gut für Kinder. Wir sollten so schnell wie möglich irgendwo in den Taunus ziehen."

„Was soll das denn jetzt?" Sie schaute ihn verständnislos an.

„Ich denke schon, daß wir uns ein Haus im Grünen leisten können. Vielleicht auch kaufen. Ich möchte nicht, daß Ilona-Maria und ihre Geschwister in der Großstadt aufwachsen."

„Ihre Geschwister?" Sie löste sich etwas von ihm und schaute ihn nachdenklich an. Die Sonne schien ihr ins Gesicht, und sie mußte die Augen zusammenkneifen. Er meinte es ernst. „Mal langsam, mein Lieber." Sie traf nicht ganz den spöttischen Ton, den sie beabsichtigt hatte. „Ich habe gerade erst eine Schwangerschaft hinter mir, und du planst schon die nächste. Laß mir wenigstens soviel Zeit, mich erst wieder einmal als Frau und nicht als Muttertier zu fühlen."

„So war das nicht gemeint", versuchte er sie zu beschwichtigen. „Ich bin nur der Meinung, wir sind jetzt eine Familie und müssen unser Leben planen. Es kann nicht jeder so in den Tag hineinleben wie dein Freund Peter."

„Was soll das denn schon wieder hießen?"

Er machte einen Rückzieher. „War nicht so gemeint. Aber er lebt doch nun wirklich in den Tag hinein. Ich frage mich, ob es ein guter Gedanke war, ihn zum Taufpaten zu machen."

„Jetzt hör mal. Darüber waren wir uns doch einig, oder?"

„Es war deine Entscheidung. Du kennst ihn ja schließlich viel länger als ich. Mein Bruder ..."

„Thomas!"

Er kannte diesen Ton nur zu gut und setzte sofort ein beschwichtigendes Lächeln auf. Wenn Gabi in dieser Weise seinen Namen aussprach, hielt man besser den Mund. Er wollte sich den schönen Sommerabend nicht verderben lassen und schon gar nicht von einer Diskussion über Peter. Er zog Gabi wieder sanft an sich und gab ihr einen zärtlichen Mutter-meiner-Tochter-Kuß. Sie warteten, bis die Sonne endgültig hinter den Bäumen verschwunden war, und gingen dann zurück in die Wohnung.

„Hast du eigentlich etwas von deiner richtigen Mutter gehört?" wollte Thomas wissen und damit vermeiden, daß man irgendwie wieder auf das vorherige Thema zurückkam.

Augenblicklich verfinsterte sich Gabis Miene, und statt einer Antwort erhielt er nur einen strafenden Blick.

„Ich meine ja nur", versuchte er sie zu beschwichtigen. „Du hast ihr doch eine Geburtsanzeige geschickt, oder?"

Gabi nickte und meinte dann: „Aber das bereue ich eigentlich schon wieder und erwarte auch keine Reaktion von ihr. Sie wird ihr Enkelkind genauso wenig sehen wollen wie mich."

Er zuckte mit den Schultern und ärgerte sich, das Gespräch auf ihre Mutter gebracht zu haben. Auch zu ihrer Hochzeit vor zwei Jahren hatte sie nichts von sich hören lassen, geschweige denn, daß sie selbst gekommen wäre.

# √-1 Am Rande der Wüste Lut, der Sturm

Auf dem Weg aus dem Schlaf hinüber zum Erwachen bemerkte Sandra als erstes das heftige Schlagen einer abgerissenen Spannleine gegen die Zeltleinwand. Es dauerte einige Zeit, bis sie das Geräusch richtig identifiziert hatte und in der sie umgebenden Dunkelheit auch einordnen konnte. Nun völlig wach, wurde ihr das Heulen des Sturms bewußt, der um die Zelte tobte, und sie hörte auch die Stimmen der anderen, die anscheinend schon auf den Beinen waren, um die Zelte gegen die heftigen Windböen abzusichern. Sandra knipste die Taschenlampe an und war gerade dabei, sich die vor Dreck starrenden Hosen überzuziehen, als sie Wellers Stimme vor dem Zelt vernahm.

„Sandra! Wach auf!“ brüllte er gegen den Sturm an und schlug gegen ihre Zeltplane, als ob er sie damit wecken könnte, wenn sie nicht schon ohnehin von den viel lauteren Geräuschen des Sturms aufgewacht wäre. „Schläfst du etwa noch?“ rief er und steckte seinen Kopf gerade in dem Moment durch eine Lücke in der Verschnürung der vorderen Plane, als Sandra Neubert mit dem Verschluß ihres BHs kämpfte. „Entschuldigung“, murmelte er und zog seinen Kopf zurück.

„Schon gut, Klaus, ich bin gleich soweit. Was ist denn eigentlich los?“ wollte sie wissen und hatte endlich die Ösen für die BH-Haken gefunden.

„Es ist ein entsetzlicher Sturm aufgekommen. Er reißt fast die Zelte aus den Verankerungen, und wir müssen das Sonnensegel abbauen“, erklärte er gegen das Heulen des Windes mit krächzender Stimme.

„Ich bin sofort fertig“, gab sie zurück, und zog sich ein grobes Baumwollhemd über. Nachdem sie so gut es ging ihre Schuhe angezogen und mit steifen Fingern zugebunden hatte, die Augen noch vom Schlaf getrübt, schlug sie die Zeltplane zurück und wollte nach draußen gehen. Doch sie blickte in eine Wand aus Staub und Sand, die ihr fast den Atem raubte.

Sofort machte sie wieder kehrt, holte das Tuch, das sie bei den Grabungen normalerweise um den Hals geschlungen trug, band es sich vor Nase und Mund und unternahm einen zweiten Versuch. Doch in dem Moment, als sie die Zeltplane zurückschlagen wollte, verlor sie den Boden unter den Füßen. Instinktiv griff sie nach dem Zeltpfosten, aber vergeblich. Sie fiel rückwärts neben ihr Feldbett, das wie in Zeitlupe auf sie kippte. Zwei, drei heftige Erdstöße ließen den Boden erzittern. Sie hatte das Gefühl, auf dem Deckel einer Blechdose zu liegen, der sich nach oben wölbte und dann blitzartig in seine eigentliche Lage zurückschnellte. Das Ganze hatte aber nur ein paar Sekunden gedauert.

Sandra schob das Feldbett zur Seite und richtete sich mühsam auf. Eine der Holzstreben des Bettes hatte sich in ihren rechten Oberarm gebohrt, und sie massierte sich die schmerzende Stelle. Sie verschwendete nur einen flüchtigen Gedanken an den blauen Fleck, der sich dort bilden würde. Sie blickte sich um, ob noch mehr passiert war, aber nichts war so dringend, als daß es nicht Wichtigeres zu tun gab.

Im Lager ging alles drunter und drüber. Im bleichen Morgenlicht waren durch den Staubschleier hindurch nur schemenhaft Gestalten zu erkennen, die planlos herumzulaufen schienen. Sie glaubte, Professor Weigert zu erkennen, der am Küchenzelt heftig gestikulierend auf jemanden einschrie, den das aber unbeteiligt ließ. Neben ihr stand Weller und brüllte ihr etwas ins Ohr, das sie zuerst nicht verstand. Das Zelt der beiden Studenten war fast völlig aus der Verankerung gerissen, und Heckert versucht es mit zusätzlichen Heringen wieder zu vertäuen, was aber angesichts des harten Bodens ein eher aussichtsloses Unterfangen war.

„Wir müssen zuerst versuchen, dein Zelt zu sichern!" Wellers Botschaft war endlich zu ihr vorgedrungen. Er drückte ihr einige Zeltnägel in die Hand, dann kniete er sich hin und versuchte, einen davon in den Boden zu schlagen. Kaum war der Nagel ein paar Zentimeter tief eingedrungen, knickte er unter den Schlägen des Hammers ab und sprang wieder hinaus. Sandra schüttelte hilflos den Kopf. Sie schaute sich um und wußte in dem allgemeinen Tohuwabohu nicht, was sie machen sollte. Weller zupfte unten an ihrem Hosenbein, damit sie ihm einen neuen Zeltnagel geben sollte. Sie kam der Aufforderung unbeteiligt nach. Das Sonnendach bei der Küche war vom Wind abgerissen und irgendwohin die Felsen hinunter verschwunden, und das Klappern und Scheppern deutete darauf hin, daß der Sturm auch in den Küchenutensilien sein Unwesen trieb. Sie ließ die Zeltnägel einfach neben den erstaunt aufblickenden Weller fallen und kämpfte sich mit zu Schlitzen zusammengepreßten Augen zu den Resten des Küchenzeltes hinüber. Weigert schrie auf den apathisch dastehenden Hachnem Ratschi ein, der entgegen seiner sonstigen Art nur nickte, sich aber keinen Meter weit bewegte. Das Kochgestell war umgefallen, Töpfe und Pfannen lagen auf dem Boden, Scherben von Tellern und Tassen waren um die umgestürzten Stühle herum verstreut, und die Vorräte an Mehl, Kaffee, Brot und Zucker waren schon längst ein Opfer des Sturms geworden.

Sandra versuchte durch das Zwielicht hindurch festzustellen, ob die Sonne schon aufgegangen war, konnte aber beim besten Willen nicht entscheiden, ob die blaßrosa Schwaden im Osten als Anzeichen für den anbrechenden Tag zu werten seien. Sie bemühte sich, etwas Nützliches zu tun, und sammelte die auf dem Boden liegende Bestecke ein, rettete die noch unzerbrochenen Teller und Tassen vor der endgültigen Zerstörung, bis sie sich der Sinnlosigkeit ihres Tuns bewußt wurde. Weigert hatte inzwischen alle Versuche, Hachnem Ratschi zu irgendwelchen sinnvollen Tätigkeiten zu veranlassen, aufgegeben, da der Iraner wie unter Schock dastand und auf alles, was der Professor sagte, nur getreulich nickte. Sandra stellte mühsam, da der Wind sich immer wieder in der Tuchbespannung verfing, einen der Stühle auf, drehte die Lehne gegen den Wind und setzte sich. Sie versuchte, sich die Augen zu reiben, gab es aber sofort wieder auf, da der Sand, der inzwischen ihr Gesicht oberhalb des umgebundenen Tuches bedeckte, die Wirkung von Schmirgelpapier hatte. Weller und Heckert waren weiter damit beschäftigt, die Zelte gegen den Sturm zu sichern, und allem Anschein nach erzielten sie bei ihren Bemühungen zumindest einen Teilerfolg. Sandra fühlte sich hilflos, wußte nicht, womit sie anfangen sollte oder wie sie den anderen helfen konnte, und malte sich aus, daß sie nach dem Sturm mindestens einen Arbeitstag benötigen würden, das Lager wieder in einen bewohnbaren Zustand zu versetzen. Dabei wartete die unterirdische Anlage auf sie.

Bei diesem Gedanken fuhr sie wie elektrisiert hoch und ließ ihren Blick über die nur schemenhaft zu erkennenden Gestalten gleiten. Weller und Heckert an den Zelten, Professor Weigert, der versuchte, so viel wie möglich von der Küche zu retten - doch wo war Michael? Es konnte schlecht sein, daß er immer noch in seinem Zelt lag und schlief. Wo war er? Sie warf einen Blick auf Hachnem Ratschi und wollte ihn schon nach dem Verbleib Michaels fragen, doch dessen abwesende Haltung machte ihr wenig Hoffnung auf eine Antwort. Was mit Hachnem los war, konnte sie später klären. Wichtiger war im Moment, wo Michael steckte. Sie stand auf, klappte den Stuhl zusammen und legte ihn in der Hoffnung auf den Boden, daß er so nicht weggeweht würde. Dann ging sie zu Weigert hinüber.

„Haben Sie Gruhn gesehen?"

Er schien sie nicht gehört zu haben. Sie beugte sich zu dem Knienden hinunter und wiederholte die Frage dicht an dessen Ohr. Weigert richtete sich auf, verlor dabei durch die plötzliche Angriffsfläche, die er dem Sturm bot, fast das Gleichgewicht und brüllte gegen den Wind an.

„Ich habe ihn aus seinem Zelt kommen sehen, aber dann mußte ich mich um andere Sache kümmern. Ist er denn nicht hier?" Dabei blickte sich der Professor suchend um.

Als hätte Michael es gehört, trat er hinter dem Felsen hervor, hinter dem das Ritz lag. Ungläubig schüttelte Sandra den Kopf. Michael schlenderte in dem Sandsturm herum, als ob er sich in Travemünde an einem milden Sommernachmittag auf der Uferpromenade befände. Hatte er vielleicht auch noch Zeit für seinen allmorgendlichen Toilettengang gefunden? Sie stand auf und ging, gegen den Wind gestemmt, zu ihm hinüber.

„Alles in Ordnung?" nuschelte sie durch das vor den Mund gebundene Tuch und hielt dabei den Kopf gesenkt, um nicht mehr Staub als nötig in die Augen zu bekommen.

„Wieso?" gab Michael erstaunt zurück, als ob dieser Sturm für ihn das Natürlichste auf der Welt wäre. Er wollte schon einen Schritt an ihr vorbei machen, doch sie hielt ihn am Ärmel zurück. Jetzt hob sie auch den Kopf und blickte ihm ins Gesicht. Im ersten Moment glaubte sie, er würde schlafwandeln, wenn so etwas unter diesen Bedingungen überhaupt möglich wäre. Michael schien in die Ferne zu starren und sie gar nicht wahrzunehmen. Er blickte an ihr vorbei, die Augen weit aufgerissen, als ob der Sturm nicht wie ein Sandstrahlgebläse jedes freie Stückchen Haut bearbeiten würde. Sie schüttelte seinen Arm, in den sich ihre Hand ungewollt verkrampft hatte.

„Michael! Michael, was ist los? Bist du bei dir? Siehst du, was hier vorgeht?" Es erfolgte keine Reaktion. „Komm schon, sag was!"

Endlich schien er sie zu bemerken und wandte den Kopf in ihre Richtung. Seine Augen waren jetzt zusammengekniffen, und Sandra merkte, wie sich die Muskeln in seinem Oberarm unter ihrem Griff spannten. Sie glaubte, den Ansatz einer Bewegung zu sehen, die, wenn sie ausgeführt würde, in einem Schlag in ihr Gesicht enden mußte. Doch es blieb ein Ansatz, und sie merkte, wie sich seine Muskeln wieder entspannten.

„Was regt ihr euch denn so auf, es ist doch nur ein ganz normaler Sturm", beruhigte er sie, als ob irgend jemand daran gezweifelt hätte.

„Ja, aber das ganze Lager fliegt auseinander", gab sie aufgebracht über seine stoische Ruhe zurück. „Die Zelte brechen zusammen, unsere Ausrüstung wird davongeblasen, ganz zu schweigen von den Aufzeichnungen und unseren Lebensmitteln, die schon überall verstreut sind. Hilf mir, wenigstens den Rest davon noch zu retten."

Doch Michael blieb wie angewurzelt stehen, und Sandra war sich fast sicher, daß er unter Schock stand. Alles, was sie darüber gehört hatte, schien hier zuzutreffen, und doch konnte sie es nicht glauben. Auf der Suche nach Gewißheit für ihre Vermutung musterte sie ihn genau. Sein Gesicht war immer noch ausdruckslos zur Wüste gewandt, von wo der

Sturm herantobte. Für einen Augenblick glaubte sie in den zusammengekniffenen Augen, die sie aus der Maske seines Gesichts anstarrten, einen Schimmer der Unendlichkeit zu erkennen, der aber verschwand, als er blinzelte und sich seine Lider wie ein Bühnenvorhang über die letzte Szene eines Stückes senkten.

„Gut", erklärte er schließlich, „retten wir, was nicht zu retten ist." Und alle Lethargie war auf einmal von ihm abgefallen. Sandra blickte ihn, über die seltsame Bemerkung erstaunt, kurz an. Michael war inzwischen schon auf dem Weg zu Professor Weigert, der, immer noch auf den Knien, versuchte, die Küchenausstattung wieder einzusammeln. Sandra schaute ihm hinterher und stellte dabei fest, daß Hachnem Ratschi teilnahmslos zwischen den Resten seiner Küche stand - wie zuvor Michael, ging es ihr durch den Kopf. Doch dann war keine Zeit mehr, darüber nachzudenken, denn Weller und Heckert kämpften um das Zelt des Professors, das inzwischen fast völlig aus den Verankerungen gerissen war, und sie mußte den beiden helfen. Im Zelt des Professors befanden sich die Unterlagen der Expedition, die Grabungsberichte, Skizzen, das Fundverzeichnis und alle anderen Papiere. Sie konnten nicht zulassen, daß diese eine Beute des Sturms und über die Geröllfelder verteilt wurden. Obwohl, dachte Sandra amüsiert, als sie eine Zeltleine festhielt, bis Weller einen zusätzlichen Hering eingeschlagen hatte, ein großer Verlust wäre es nicht. Sie hatten ja immer noch, und nur das war wichtig, Michaels Entdeckung. Ihre gemeinsame Entdeckung, korrigierte sie sich sofort in Gedanken.

„Ich glaube, das hält jetzt", erklärte Weller, als er den letzten Hering eingeschlagen und eine weitere Sicherungsleine daran festgebunden hatte. Die Seitenfläche des Zeltes beulte sich zwar immer noch beängstigend unter dem Druck des Windes, doch die zusätzlichen Heringe, die wesentlich tiefer in den Boden getrieben waren als die ursprünglichen, bewegten sich unter dem Zug der Leinen keinen Millimeter. „So, schauen wir mal, wie es mit Gruhns Zelt aussieht", meinte er und richtete sich aus der Hocke auf.

Sandra warf einen Blick zu Michaels Zelt, das an einer Seite bedenklich aufgebauscht war. Ganz automatisch blickte sie zum Eßplatz hinüber, wo sie Michael vermutete, und da stand er auch und redete auf den apathisch dastehenden Hachnem Ratschi ein. Als er geendet hatte, trat im Verhalten des Iraners eine Veränderung ein, und er begann sich sofort an den Rettungsaktionen zu beteiligen. Michael schien mit seinem Erfolg zufrieden zu sein und half Professor Weigert dabei, die verstreuten Stühle einzusammeln. Sandra ging mit den beiden Studenten zum Zelt des stellvertretenden Grabungsleiters hinüber. Weller schlug die Eingangsplane zurück, um im Zelt nachzusehen, ob alles in Ordnung wäre. Drinnen herrschte ein ziemliches Durcheinander, alles war mit Staub überzogen, doch auf den ersten Blick waren keine Risse in dem Stoff zu entdecken.

„Was schnüffeln Sie in meinen Sachen herum?"

Sandra und Heckert fuhren herum, während Weller hastig versuchte, seinen Oberkörper aus dem Zelt zu bringen. Sandra schaute Michael, der plötzlich neben ihnen aufgetaucht war, erstaunt an. Nach zwei Monaten gemeinsamer Grabungen gab es so gut wie kein Privatleben mehr im Lager, und auch Privateigentum war auf die wenigen persönlichen Sachen beschränkt, die aber im Laufe der Zeit schon so häufig untereinander ausgeliehen worden waren, daß man schon eher von Gemeinbesitz sprechen mußte. Wertsachen gab es sowieso nicht und auch keine Geheimnisse. Um so unverständlicher war Michaels Reaktion, der jetzt Weller am Gürtel gepackt hatte und ihn aus dem Zelt zog.

„Von Schnüffeln kann hier wohl kaum die Rede sein", hielt Sandra Michael aufgebracht entgegen. „Wir wollen nur dein Zelt gegen den Sturm sichern."

Weller, der inzwischen wieder aus dem Zelt heraus war und Michael sprachlos anstarrte, fehlten deutlich die Worte, um auf diese Unterstellung zwischen Kollegen zu antworten. Dankbar überließ er es Sandra, sich mit dem fremden Wissenschaftler, denn als solchen sah Weller den Archäologen der Universität Bonn insgeheim immer noch an, auseinanderzusetzen.

„Was soll das überhaupt? Hast du da drinnen den Schatz des Priamos versteckt, oder was?" Sandra war wirklich aufgebracht und wollte gegenüber Michael keinen Fußbreit Boden aufgeben.

„Ich habe es nicht gern, wenn man in meinen Sachen herumwühlt. Wenn etwas weg ist, dann will es wieder keiner gewesen sein", entgegnete er mit immer noch schneidender Stimme. „Das Zelt wird das schon aushalten."

„Wir können es uns nicht leisten, ein Zelt zu verlieren, nur weil du auf deine Privatsphäre pochst", beharrte sie und gab den beiden Studenten mit einer Handbewegung zu verstehen, daß sie damit beginnen sollten, zusätzliche Leinen anzubringen. „Zum Teufel, was ist nur mit dir los?" wollte sie von Michael wissen und schob ihn ein paar Schritte von den beiden Studenten weg, die die Unterhaltung nicht hören sollten.

Michael fuhr sich mit der Hand über das Gesicht und schüttelte dann den Kopf, als ob er eine kurze Benommenheit verscheuchen wollte.

„Ist dir nicht gut?" Von einem zum nächsten Augenblick war die Aggressivität aus ihrer Stimme gewichen und hatte Besorgnis Platz gemacht.

„Schon gut", lenkte auch er in einem versöhnlicheren Ton ein. „Es ist nichts. Wahrscheinlich nur der Sturm, der mich so nervös macht." Und nach einer Pause, während der er wieder an ihr vorbei in die Wüste hinausblickte, meinte er dann: „Nichts passiert. Ich bin einfach gereizt. Ich habe das nicht so gemeint. Entschuldigst du mich bitte bei Weller und Heckert? Ich will wieder zu Weigert und Hachnem und sehen, was noch zu retten ist." Er drehte sich um und ging wie ein Schlafwandler, so schien es zumindest Sandra, wieder zu den beiden anderen zurück, die am Eßplatz gegen die Unbilden des Sturmes ankämpften.

Obwohl Sandras Handflächen von den Grabungsarbeiten schon mit Schwielen bedeckt waren, rissen ihr die rauhen Hanfstricke, die sie als Zeltleinen benutzten, die Haut auf, wenn es ihr nicht gelang, sie festzuhalten, und das passierte nach einiger Zeit immer öfter. In die abgeschürften Stellen setzte sich sofort der feinkörnige Staub und ließ die an sich nicht schlimmen Wunden brennen, als ob jemand mit einer Lötlampe ihre Hände bearbeiten würde.

Die Wissenschaftler entwickelten mit zunehmender Dauer ihres Kampfes gegen den Sturm einiges Geschick darin, ihm zu trotzen. Die verstreuten Gegenstände wurden nach und nach eingesammelt und in Kisten und Säcke verstaut. Man brachte die Stühle und den Tisch in den Windschatten hinter einem großen Felsblock, die Zelte waren gesichert worden, und als durch den sich mit abnehmenden Wind legenden Sand und Staub die glutrote Scheibe der Sonne verschwommen zu erkennen war, hatte man alles im Griff. Jetzt kamen auch die ersten Gedanken über ein mögliches Frühstück auf, denn keiner hatte bis zu diesem Zeitpunkt die Zeit gehabt, auch nur einen Schluck zu trinken, von essen ganz zu schweigen.

Plötzlich, als ob irgendwo in der Wüste jemand den Stecker aus dem Gebläse gezogen hätte, brach der Sturm in einer letzten, schwachen Böe zusammen. Zwar stand immer noch der Staub in der Luft, aber das beständige, unangenehme Gefühl der auf der Haut raspelnden Partikel war verschwunden. Zuerst sahen sich die hinter dem Felsen stehenden Männer und die Frau erstaunt an, wußten nicht gleich, was passiert war, bis Michael lapidar feststellte: „Der Wind hat sich gelegt."

Einer nach dem anderen, erstaunlicherweise der wortkarge Hachnem Ratschi zuletzt, kamen die Männer, gefolgt von Sandra, hinter dem Felsen hervor. Wie vom Nebel war die Luft immer noch getrübt, und man konnte kaum weiter als ein paar Meter sehen, was aber für das kleine

Camp ausreichte. Hachnem Ratschi murmelte ein paar Worte, die wohl erklären sollten, daß er zuerst zum Lager der Arbeiter gehen und nachsehen wollte, wie diese den Sturm überstanden hätten. Dann war er auch schon den Pfad zum Wadi hinunter verschwunden.

„Na, dann werden wir mal versuchen, so etwas wie ein Frühstück zu bekommen“, meinte Weller und warf dabei einen Blick auf seine Armbanduhr. „Das kann wohl nicht sein. Meine Uhr zeigt halb sieben. Sie muß stehengeblieben sein, oder der Sturm hat ihr den Rest gegeben.“

Professor Weigert zog mit einer behäbigen Bewegung seine Taschenuhr aus der Hosentasche, öffnete den Deckel und verkündete dann: „Kurz vor zehn. Reichlich spät frühstücken wir heute, und es ist noch nicht einmal Sonntag.“

Es hatte ein Scherz sein sollen, doch keiner von den anderen brachte mehr heraus als ein krächzendes Hüsteln, das man bei aller Gutwilligkeit noch nicht einmal als höfliches Lachen interpretieren konnte. Weigerts Uhr verschwand wieder in der Tasche, und die Gruppe schlurfte müde zur Kochstelle hinüber. Sandra, immer noch beunruhigt durch das eigenartige Verhalten von Michael, warf einen verstohlenen Blick in dessen Richtung, doch im Moment konnte sie nichts Ungewöhnliches bemerken. Müde und erschöpft wie alle anderen schleppte er sich dort hin, wo sich vor dem Sturm die Kochstelle befunden hatte, und begann Weller und Heckert zu helfen, diese zumindest notdürftig wieder herzurichten. Sandra und Professor Weigert stellten in der Zwischenzeit den Tisch und die Stühle wieder auf.

Nachdem es den beiden Studenten gelungen war, den Gaskocher wieder in Betrieb zu nehmen, Wasser heiß zu machen und aus den kläglichen Resten, die der Sturm von ihren Vorräten übriggelassen hatte, ein Frühstück zusammenzustellen, begann für die fünf Deutschen der Kampf gegen die jetzt bei absoluter Windstille beständig herabsinkenden Staubpartikel. Die Oberfläche des Kaffees wirkte binnen kurzer Zeit wie gepudert und machte das Getränk ungenießbar. Wenn man nicht schützend ein Stück Tuch über das Brot legte, knirschte es bei jedem Bissen bedenklich, und bei jedem Atemzug mußte man gegen den Hustenreiz ankämpfen.

Hachnem Ratschi kam nach gut einer Stunde zurück und erklärte einsilbig und auch nur nach wiederholter Aufforderung von Weigert, daß der Sturm im Lager der Arbeiter weit weniger Verwüstungen angerichtet hatte als hier oben. Da der größte Teil der Vorräte und auch einiges der Kochausrüstung verlorengegangen war, erteilte der Professor Hachnem den Auftrag, sofort nach Bam zu fahren und Ersatz zu besorgen. Hachnem Ratschi hörte teilnahmslos zu, nickte zur Bestätigung, warf dann einen Blick in Michaels Richtung, den Sandra erstaunt bemerkte, und als dieser durch ein fast unmerkliches Zucken des Mundwinkels so etwas wie Zustimmung signalisierte, machte sich Hachnem Ratschi auf den Weg.

Sandras erster Gedanke war in diesem Moment die Grabungsstätte und wie sie dort hinkommen könnten, wenn Hachnem mit dem Lastwagen unterwegs wäre.

Dann erst dachte sie über den merkwürdig ungewohnten Blickkontakt zwischen Michael und dem Iraner nach. Seltsam, ging es ihr durch den Kopf, beide schienen auf dieselbe Art und Weise weggetreten, mit ihren Gedanken irgendwo anders zu sein und nur, wenn man sie direkt ansprach, die Welt um sich herum wahrzunehmen und ihr ein Mindestmaß an Beachtung zu schenken.

„Nun, liebe Leute", begann Weigert in einem ungewohnt jovialen Ton, der vielleicht das Resultat der gemeinsam überstandenen Unbill war, „wir müßten uns eigentlich um die Grabungsstelle von Dr. Gruhn kümmern. Ich hoffe, der Sandsturm und das kurze Beben haben nicht zuviel Schaden angerichtet. Sobald Hachnem wieder aus Bam zurück ist, werden wir sie in Augenschein nehmen, wenn das Licht noch reicht. Wenn nicht, dann müssen wir es auf morgen verschieben. Was meinen Sie dazu, Herr Kollege?"

Michael reagiert im ersten Moment nicht, blickte dann kurz von seiner Kaffeetasse, auf die er zum Schutz vor dem herabsinkenden Staub sein Notizbuch gelegt hatte, auf und nickte. Als niemand auf sein Nicken etwas sagte, wurde ihm klar, daß es mit dieser Kopfbewegung wohl nicht getan war. „Nun, ich bin der gleichen Meinung wie Sie, Herr Professor. Aber ich glaube nicht, daß es viel Zweck haben wird. Der Sturm, zusammen mit dem Beben, hat bestimmt die Grabungsstelle einbrechen lassen, wenn nicht noch Schlimmeres passiert ist."

„Nun dann müssen wir halt das Grabungsfenster neu anlegen, das ist ja auch nicht die Welt. Ein Tag intensiver Arbeit, mehr nicht", warf Sandra ein, die sich nicht von Michaels Pessimismus anstecken lassen wollte. Was war nur mit dem Mann passiert? Wie konnte er seiner epochemachenden Entdeckung auf einmal so uninteressiert gegenüberstehen?

„Ich würde nicht so schwarz sehen", meinte jetzt auch Professor Weigert, „allzu großen Schaden kann der Sturm nicht angerichtet haben. Hoffentlich. Hachnem wird wohl in drei bis vier Stunden zurück sein. Dann ist es ..." Er zog erneut seine Uhr aus der Tasche und warf einen kurzen Blick darauf. „... gegen vier. Bleiben uns noch zwei Stunden, um die Grabungsstätte in Augenschein zu nehmen. Das müßte für einen ersten Überblick reichen."

„Na ja, wir werden sehen", war Michaels einziger, recht uninteressiert klingender Kommentar.

„Vielleicht können wir uns ja einen groben Eindruck verschaffen, was uns erwartet, wenn wir zunächst einmal die näher gelegenen Grabungsstellen inspizieren", schlug Sandra vor und warf einen kurzen Seitenblick auf Michael.

„Gut", stimmte ihr Weigert zu, und mit einem abschätzenden Blick auf das Lager ergänzte er dann: „Hier können wir sowieso nicht mehr viel tun."

Die beiden Studenten standen sofort auf, um sich fertig zu machen. Kurz darauf erhob sich auch Weigert.

„Wenn es Ihnen nichts ausmacht, Herr Professor", es war das erste Mal an diesem Tag, daß Michael von sich aus das Wort ergriff, „dann würde ich lieber hierbleiben und meine Aufzeichnungen vervollständigen. Durch die Ereignisse der letzten Tage bin ich etwas ins Hintertreffen geraten. Ich möchte gerne meine Eindrücke über unsere Entdeckungen so frisch wie möglich zu Papier bringen."

Der Professor zögerte einen Moment, meinte aber dann: „Ich glaube, dem steht nichts entgegen. Die ganze Sache ist auch mehr eine Beschäftigungstherapie, wirklich zu tun gibt es dort unten ja nichts." Dabei zwinkerte er Michael und Sandra zu, als wollte er ihnen bedeutet, diese letzten Worte nicht gegenüber den beiden Studenten zu erwähnen.

Kaum war Weigert in seinem Zelt verschwunden, beugte sich Sandra zu Michael hinüber und fragte mit gedämpfter Stimme: „Was ist denn los mit dir? Du bist ja wie ausgewechselt. Die Grabungsstätte scheint dir auf einmal ganz egal zu sein."

Michaels Kopf fuhr mit einem Ruck hoch. Die eben noch von Sandra unterstellte Lethargie schien von ihm abzufallen, und wieder trat ein Schimmern in seine Augen, das sie nicht zu deuten wußte. Es schien von weither zu kommen und seine Pupillen zu Toren werden zu lassen, von denen sie hoffte, die niemals durchschreiten zu müssen. Kaum war sie sich darüber klar geworden, senkte sich schon wieder ein Schleier zwischen der Unendlichkeit hinter diesen Augen und der Welt, auf die sie blickten.

„Ich bin einfach müde", erklärte Michael etwas unwirsch, milderte seinen Ton aber sofort. „Es war eine harte Nacht, Sandra. Der anstrengende Tag, dann der Sturm, unser Lager so gut wie dem Erdboden gleichgemacht. Noch nicht einmal ein ordentliches Frühstück, ich bin einfach ausgepumpt. Ich brauche etwas Ruhe, etwas Zeit, wieder zu mir selbst zu finden, und das kann ich am besten, wenn ich meine Aufzeichnungen mache. Dieser Lokaltermin bei den alten Grabungsstätten ist doch wirklich überflüssig, oder?“

Sie nickte, und auf einmal erschien ihr Michael wirklich müde und ausgepumpt, am Ende seiner Kräfte. Sein Gesicht hatte eine aschfahle Farbe, was nicht nur von dem Staub kam, und seine Bewegungen waren die eines alten Mannes. Hatte sie sich vielleicht ihn ihm getäuscht? War er doch nicht so selbstsicher und stark, wie sie immer angenommen hatte? Bevor sie noch einmal auf seine Interesselosigkeit gegenüber seiner Grabung zurückkommen konnte, standen Weigert und die beiden Studenten schon wieder am Tisch. Sie wollte diesen Punkt nicht in deren Anwesenheit erörtern. Sie erhob sich, ging schnell zu ihrem Zelt, um sich ihren Hut zu holen, denn inzwischen brannte die Sonne schon wieder unerbittlich vom Himmel herab, und kaum fünf Minuten später war die Gruppe den Pfad hügelabwärts verschwunden.

Als sie außer Sichtweite waren, fiel alle Lethargie von Michael ab. Er nahm sich einen Lappen, reinigte ein weiteres Mal die verstaubte Tischplatte, schlug sein Notizbuch auf und begann langsam und überlegt mit seinen Aufzeichnungen. In seiner schnörkellosen, manchmal die Endungen egalisierenden Schrift hielt er fest, wie er mit Hachnem Ratschi am Abend zuvor in den alten Lastwagen gestiegen war.

Genau dieser Lastwagen stand jetzt an seinem üblichen Platz in Bam, ein paar Meter die Straße hinunter, nicht direkt vor dem Kaffeehaus, in dem Hachnem Ratschi dem Polizeichef gegenübersaß. Hachnem hatte die notwendigen Einkäufe getätigt und so ziemlich alles bekommen, um die Lücken, die der Sturm gerissen hatte, auffüllen zu können. Während er dem Polizeichef einen eher gelangweilten Bericht über den Kampf der Deutschen gegen den plötzlich aufgekommenen Sturm geliefert hatte, waren die Gesichtszüge des Polizeichefs wie üblich unbeweglich geblieben. Hachnem hatte sogar das Gefühl gehabt, sein Gegenüber würde gar nicht zuhören, sondern ihn nur eindringlich mustern. Aber wer konnte schon sagen, auf was die hinter der dunklen Brille verborgenen Augen gerichtet waren. Hachnem drehte sein zweites Glas Raki, das inzwischen schon längst geleert war, unschlüssig zwischen den Fingern. Er wartete auf eine Geste des Polizeichefs, die ihn entlassen würde, aber dieser schien noch mehr Informationen aus dem Lager der Archäologen zu erwarten. Hachnem zuckte ein weiteres Mal mit den Schultern, um noch einmal zu bestätigen, daß es seit dem letzten Mal nichts Wesentliches zu berichten gab. Er mußte zurück ins Lager, denn diesmal würden sie ihn bestimmt vermissen, wenn er zu lange wegbliebe. Es war schon fast halb drei, und der Professor wollte ja noch an die Grabungsstätte von Gruhn, also wurde es Zeit, daß er sich aufmachte, ob es dem Polizeichef nun paßte oder nicht. Er unternahm den vorsichtigen Versuch aufzustehen, jederzeit gewärtig, durch ein Wort oder eine Geste zurückgehalten zu werden. Doch nichts dergleichen geschah. Der Polizeichef schien jegliches Interesse an ihm verloren zu haben. Mit einem letzten Blick in dessen Richtung vergewisserte sich Hachnem Ratschi zum wiederholten Mal, daß er wirklich gehen konnte, und verschwand mit schnellen Schritten. Kurz darauf rumpelte er, so schnell es das altersschwache Gefährt zuließ, über die ausgefahrene Piste zurück zum Lager, wo er von den Deutschen schon sehnsüchtig erwartet wurde.

Mit Hilfe einiger Arbeiter, die inzwischen ihr Camp am Rande des Wadis wieder völlig in Ordnung gebracht hatten, wurden der Lastwagen entladen und die Vorräte und Gerätschaften den schmalen Pfad hinauf ins Lager der Wissenschaftler gebracht. Hachnem Ratschi wollte sich gerade an den Wiederaufbau seiner Küche machen, als Professor Weigert erklärte, trotz der vorgerückten Stunde noch zur Grabungsstelle fahren zu wollen.

Es war zwar schon kurz vor fünf, aber eineinhalb Stunden Tageslicht hätten sie noch, und wenn sie erst im Dunklen zurück wäre, würde das auch nicht viel ausmachen.

Hachnem Ratschi fand eine Reihe durchaus berechtigter Argumente dagegen, und es war offensichtlich, daß er keine Lust hatte, die zwanzig Kilometer in die Wüste hinauszufahren. Weigert konnte sich den Argumenten Hachnems anschließen oder in dieser Pattsituation auf seine Entscheidungsgewalt pochen. Bei ihm und den anderen, mit Ausnahme von Michael vielleicht, dessen Verhalten auch den Grabungsleiter zunehmend irritierte, hatte sich in den Stunden des Wartens die Neugierde, in welchem Zustand sich die Grabungsstelle wohl nach dem heutigen Morgen befinden würde, zu einer Woge aufgetürmt, die entweder bei einem Verharren hier im Lager in Unmut zusammenbrechen oder bei der Besichtigung der Örtlichkeiten sanft ausrollen würde.

„Wir fahren, Hachnem“, erklärte der Professor in einem Ton, von dem er meinte, daß damit alle weiteren Erörterungen des Themas hinfällig geworden wären, doch er hatte sich getäuscht. Hachnem berief sich auf die Gefährlichkeit, bei Dunkelheit in der Wüste umherzufahren, verwies noch einmal mit orientalischer Beredsamkeit auf die Pflichten, die er hier im Lager hätte, und es hätte nicht viel gefehlt, dann hätte er wohl Allah um Beistand gegen die verbohrten Ungläubigen angefleht, doch dazu kam es nicht.

Überraschenderweise war es Michael, der die Diskussion beendete. Er schaute Hachnem an und sagte dann ohne weitere Erklärung: „Hachnem, wir fahren."

Als ob das gesamte Wortgefecht zwischen dem Iraner und dem Professor nicht stattgefunden hätte, ging Hachnem mit gesenktem Kopf den Pfad hinunter, wo am Ausgang des Wadis der Laster wartete. Erstaunte Blicke untereinander austauschend und zu Michael hinüberschielend, folgte ihm die Gruppe der fünf Wissenschaftler, die, als wäre es ein Tabu, kein weiteres Wort über den Vorfall verloren.

Um so heftiger diskutierten sie drei Stunden später im Schein der Petroleumlampe über ihrem kärglichen Abendessen, das sich vor ihnen auf den neu gekauften Blechtellern befand.

Bohnen aus der Büchse, zwei Hühner, mager und schon in ihre Bestandteile zerlegt, wobei unerheblich war, ob man Brust oder Keule erhielt, denn beide Teile waren mehr oder weniger ungenießbar, und Reis, von dem es zumindest genug gab. Nur widerwillig waren sie überhaupt ins Camp zurückgekommen, aber die Einsicht, keine Chance zu haben, auch nur das geringste Anzeichen ihrer Grabungsstätte zu finden, nachdem sich die Schwärze der Nacht über die Wüste herabgesenkt hatte, war schließlich der Grund dafür, daß Hachnem Ratschi den Laster wieder Richtung Lager lenken durfte. Während der gut halbstündigen Fahrt hatten sie verbissen geschwiegen, Sandra und Professor Weigert im Führerhaus, weil sie in Gedanken und Selbstvorwürfen versunken waren, die anderen drei hinten auf der Ladefläche, einfach aus Notwendigkeit, um nicht schon wieder wie heute morgen unentwegt den Wüstenstaub schlucken zu müssen. Zudem machte sich bei allen die Müdigkeit bemerkbar, und Michael war der einzige der drei auf der Ladefläche, dem nicht die Augen zufielen. Wäre man nicht von der Dunkelheit eingehüllt gewesen, hätte man vielleicht feststellen können, daß sich der Schleier vor seinen Augen wieder gehoben hatte und in seinen Augen eine Weite lag, gegen die noch nicht einmal das endlose, sternenübersäte nächtliche Firmament ankam.

Doch kaum war das Lager erreicht, brach sich die Enttäuschung Bahn in den unmöglichsten Vorschlägen, wie die letzte Nacht entstandene Situation zu bewältigen war, und einer Reihe von klugen Anmerkungen, was man hätte vorher tun können. Eines war zumindest klar: Die Grabungsstätte, die nicht nur den Eingang zu einer unterirdischen Anlage, sondern auch der Anfang ihres Weges zum Ruhm und einem Ehrenplatz in den Archiven der Archäologie darstellte, war wie vom Erdboden verschwunden.

Es hatte damit begonnen, daß die Fahrspur schon kurz nach dem Lager nicht mehr auffindbar war und Hachnem sich an groben Landmarken orientieren mußte. Mal blieb er rechts von einem Felsen, dann fuhr er zwischen zwei großen Steinen hindurch, doch was vor einem Tag noch eine weithin sichtbare Piste gewesen war, stellte sich jetzt als ein gleichförmiger Ozean dar, in dem das Grabungsteam verzweifelt einen Punkt von fünf mal zehn Metern suchte. Besonders Sandra bemühte sich fast schon verzweifelt, Anhaltspunkte aus ihrem Gehirn zu klauben, die ihr helfen könnten, den Weg zur Grabungsstätte wiederzufinden. In den letzten Wochen war sie mit Michael jeden Morgen auf dem Laster in die Wüste geholpert, und es war so selbstverständlich gewesen, jedesmal am Ziel anzukommen, daß sie schon bald nicht mehr auf die Strecke geachtet hatte. Wieso auch, es gab ja absolut nichts zu sehen als den immer gleichen Sand und die vereinzelten Felsbrocken, nach denen sie aber jetzt vergeblich Ausschau hielt. Alle waren davon überzeugt, wenn sie erst einmal am richtigen Ort oder zumindest in unmittelbarer Nähe wären, dann hätten sie keine Probleme, auch die Grabungsstätte selbst wiederzufinden. Zunächst hatte man noch auf die Ortskenntnis von Hachnem Ratschi vertraut, doch dies erwies sich schon allzubald als Fehler. Hachnem fuhr zwar zügig über den losen Sandteppich, der sich über den harten Untergrund gebreitet hatte, aber es war mehr Ausdruck seiner Gleichgültigkeit gegenüber den Geschehnissen um ihn herum als ein Zeichen dafür, daß er auch nur im entferntesten wußte, wohin er zu fahren hatte.

Es dauerte einige Zeit, bis Professor Weigert, der im Führerhaus angestrengt durch die Windschutzscheibe blickte und dessen Fragen, ob man denn in die richtige Richtung führe, Hachnem mit einem unspezifischen Brummen, das alles bedeuten konnte, beantwortete, schließlich zu der Überzeugung kam, daß Hachnem einfach hinter dem Steuer saß und drauflos fuhr. Als Weigert sich deutlicher in die Richtungswahl einschaltete und dem Fahrer genaue Anweisungen gab, wurde es auch nicht besser, sondern der glatte Sand der Wüste wurde mit einem konfusen Muster von Radspuren überzogen, das die Orientierungslosigkeit nur noch deutlicher zum Ausdruck brachte.

Michael und die beiden Studenten standen auf der Ladefläche, die Hände fest um die über dem Führerhaus verlaufende Querstange geklammert, und hielten von ihrer erhöhten Position Ausschau nach Geländeunebenheiten, die auf die Grabungsstätte hindeuten könnten.

Zweimal glaubten sie fündig geworden zu sein, doch als sie die jeweilige Stelle erreicht hatten, war schnell klar gewesen, daß es sich noch nicht einmal lohnte, die Schaufeln und anderen Werkzeuge abzuladen, denn die mittlerweile tiefstehende Sonne hatte ihrer Wahrnehmung nur einen weiteren Streich gespielt. Als sich schließlich die Dämmerung herabsenkte und entgegen allem Hoffen ein Rest von Vernunft die Entscheidung traf, zumindest für diesen Tag die Suche abzubrechen, war die einzige Sorge gewesen, daß Hachnem Ratschi wenigstens den Weg zum Lager zurück finden möge, was dann aber ohne größere Probleme der Fall gewesen war.

„Wir hätten die Stelle besser sichern müssen", meinte Sandra zum wiederholten Mal und starrte verbittert auf ihren Teller, auf dem sie die Bohnen und den Reis in immer neuen Mustern um die zähe Hähnchenkeule arrangierte.

Weigert schob seinen halbleer gegessenen Teller ein Stück von sich und sagte dann: „Das hilft auch nicht weiter - wenn und aber und hätten wir nur. Wer konnte denn mit einem solchen Sturm rechnen. Um diese Jahreszeit ist das mehr als ungewöhnlich, oder, Hachnem?"

Dabei warf er Hachnem Ratschi, der an der Kochstelle herumhantierte, einen auffordernden Blick zu, um seine Einschätzung bestätigt zu bekommen. Im ersten Moment schien der Iraner gar nicht zu reagieren, doch dann drehte er sich zum Tisch um, an dem die Deutschen saßen, warf einen kurzen Blick auf Michael, den aber nur Sandra bemerkte, und nickte.

„Ja, sehr ungewöhnlich für diese Zeit", meinte er dann bedächtig und fügte nach einer Pause noch hinzu, „und so heftig."

„Es müßte doch mit dem Teufel zugehen, wenn wir unsere Grabungsstelle nicht finden, Doktor Gruhn. Sie müssen doch genaue Aufzeichnungen haben, als sie sich entschieden haben, dort zu graben. Sie haben sich diesen Punkt in der Wüste ausgesucht, also müssen Sie ihn doch auch wiederfinden."

In Heckerts Stimme lag Hoffnung und vielleicht auch ein kleiner Vorwurf, daß der Archäologe von der Universität Bonn, der ihre Suche dort draußen in der Wüste mehr beobachtet denn aktiv unterstützt hatte, nicht in der Lage sein sollte, eine Grabungsstätte, die von ihm selbst festgelegt worden war, zu lokalisieren.

„Genau", schaltete sich sofort Professor Weigert ein, „Sie haben den Punkt ausgesucht, also müssen Sie auch in der Lage sein, ihn wiederzufinden."

Alle blickten auf Michael, dessen Gesicht oberhalb des Lampenscheins im Dunkeln lag. Nur seine neben dem Teller liegenden Hände wurden von der Petroleumlampe angestrahlt.

„Nun, ich habe natürlich Aufzeichnungen darüber“, begann er zögerlich, „aber ob die uns weiterhelfen können ...“

„Natürlich“, fiel Sandra ein. „Dein Buch. Das Notizbuch. Da ist doch alles vermerkt. Ich habe doch gesehen, wie du Skizzen und Lagepläne hineingezeichnet hast, und heute mittag noch hast du deine Notizen auf den neuesten Stand gebracht.“

Michael fühlte sich deutlich unbehaglich bei der Wendung, die das Gespräch genommen hatte, und versuchte den Enthusiasmus der anderen zu bremsen.

„Als ich die Grabungsstätte ausgewählt habe, war es ziemlich egal, wo wir anfingen, und nach ein paar Tagen sind wir immer nur wieder an die bekannte Stelle gefahren und haben uns von dort aus weiterbewegt. Ich glaube nicht, daß meine Aufzeichnungen präzise genug sind, um die Stelle wiederzufinden, wenn sogar Hachnem versagt hat.“

Sandra glaubte ihren Ohren nicht zu trauen. Michael hatte die Entdeckung des Jahrhunderts gemacht, die Bestätigung für seine, wie sie immer noch meinte, ziemlich seltsamen Theorien gefunden, und nun schien es ihm offensichtlich völlig egal zu sein, daß der Sandsturm seine Bemühungen zunichte gemacht hatte. Ihr war es jedenfalls nicht egal.

„Wir müssen morgen einfach systematisch mit der Suche beginnen. Wir haben noch knapp drei Wochen, und die müßten doch reichen, um unsere Grabungsstätte wiederzufinden.“

Die anderen in der Runde nickten ihr bestätigend zu, und auch Michael schien einverstanden zu sein. Hachnem Ratschi hatte die Kochstelle inzwischen aufgeräumt und sammelte die dreckigen Teller ein, auf denen sich noch der größere Teil des Abendessens befand, um sie in dem Bottich mit Brauchwasser abzuspülen, während sich das Gespräch der fünf Deutschen sich weiter im Kreise drehte. Wann immer ein paar Sätze in eine andere Richtung führten, verliefen sie im Sande, und man kehrte zu dem alles beherrschenden Thema der verschütteten Grabungsstätte zurück.

Es war ein harter, langer Tag gewesen und als erste begaben sich die beiden Studenten in ihr Zelt. Professor Weigert versuchte noch eine Zeitlang, ein akademisches Gespräch in dem kleiner gewordenen Kreis aufrechtzuerhalten, doch es scheiterte an der Einsilbigkeit von Michael und Sandra. Schließlich wünschte er eine gute Nacht und ließ die beiden im Schein der trüben Lampe und des hellen Sternenhimmels am Tisch zurück. Hachnem Ratschi war, nachdem er seine Arbeiten erledigt hatte, wie ein Schatten den Pfad hinunter in das Lager der Arbeiter verschwunden.

Als Sandra sicher sein konnte, daß der Professor und auch die beiden Studenten in ihren Feldbetten lagen und auch dort bleiben würden, stand sie auf, nahm ihren Stuhl, trug ihn um den Tisch herum und stellte ihn dicht neben Michael.

„Sag mal, was ist los mir dir?" fragte sie ihn mit gedämpfter Stimme und legte einen Arm um seine Schulter.

„Ich weiß nicht, was du meinst", gab er zurück und starrte weiter auf sein Notizbuch, das wie gewöhnlich vor ihm auf dem Tisch lag.

„Nun hör mal, mir kannst du nichts vormachen. Du verhältst dich doch nicht normal. Wenn es nach mir gegangen wäre, dann hätte ich die ganze Nacht, notfalls mit bloßen Händen, dort draußen im Sand herumgewühlt, nur um unsere Grabung wiederzufinden. Und du tust so, als ob dir das alles egal wäre."

Michael zuckte mit den Schultern, drehte sich dann um und schaute Sandra direkt ins Gesicht. Unwillkürlich zuckte sie zusammen, ohne aber zu wissen, warum. Er schien in den letzten vierundzwanzig Stunden um Jahre gealtert, die Müdigkeit stand ihm wie mit Leuchtschrift ins Gesicht geschrieben, und ohne darüber nachzudenken strich sie ihm mit der Hand zärtlich über das Haar.

„Ich weiß nicht", begann er, „wie ich es erklären soll. Alles erscheint mir so unwichtig. Was spielt das noch für eine Rolle, ob wir den Eingang wiederfinden oder nicht. Wir sollten uns um wichtigere Dinge kümmern. Es gibt soviel zu tun, und außerdem haben wir ja unsere Aufzeichnungen." Dabei legte er die Hand auf sein Notizbuch.

„Was hast du da heute mittag eigentlich geschrieben. Soviel Wichtiges gab es doch gar nicht. Laß mich mal sehen." Sie streckte die Hand nach dem Buch aus.

Mit einer schnellen Bewegung deckte Michael es mit seinen Händen zu. „Das ist privat, das geht niemanden etwas an."

„Schon gut", besänftigte sie ihn und zog ihre Hand zurück.

Michaels Blick war immer noch auf Sandra gerichtet, doch die Müdigkeit schien mehr und mehr daraus zu weichen, seine Haltung straffte sich, und Sandra hatte wie schon einmal zuvor den Eindruck, von seinen Augen würde sich ein Schleier heben und den Blick auf etwas, das weit dahinter lag, freigeben. Sie musterte ihr Gegenüber genau, doch während sie noch versuchte, sich auf etwas zu konzentrieren, was sie mehr erahnte denn wirklich wahrnahm, wurden sie und Michael plötzlich in Dunkelheit gehüllt. Ohne daß sie die Bewegung wahrgenommen hatte, hatte er den Doch der Petroleumlampe heruntergedreht, und die Flamme war erstorben. Es dauerte nur ein kurzes Blinzeln lang, dann hatten sich ihre Augen an das Sternenlicht gewöhnt, in dem allerdings kaum mehr als Konturen und der helle Fleck von Michaels Gesicht zu erkennen waren. Sie spürte, wie seine Hand ihren Oberarm berührte. Die Berührung war sanft, während sie ihren Arm entlang nach unten glitt und schließlich ihre Hand umschloß. Sandra zögerte. Schon zu oft hatte sie sich in den letzten Wochen eine solche Berührung vorgestellt, doch jetzt, als es tatsächlich geschah, wußte sie gar nicht mehr so genau, wie sie darauf reagieren sollte. Seine Finger glitten zwischen die ihren, und der helle Fleck seines Gesichts kam näher. Dort, wo sich die Augen befinden mußten, glänzten zwei schwarze, abgrundtiefe Flecken, in denen sich die blassen Sterne zu spiegeln schienen, doch bevor sich dieser Eindruck bei Sandra einprägen konnte, berührten seine Lippen die ihren, und sie schloß in einem Reflex die Augen. Einen kurzen Augenblick lang überlegte sie noch, ob sie das jetzt in diesem Moment wollte, doch dann war die Tatsache der Erfüllung ihrer Träume schon übermächtig, und sie erwiderte den Kuß. Sie spürte, wie sich seine Finger aus den ihren lösten und seine Hand zärtlich über ihren Rücken glitt, wobei er sich auf seinem Stuhl, der seitlich von dem ihren stand, ziemlich verrenken mußte. Gleichzeitig schob sie ihre Hand, die bis dahin auf seiner Schulter gelegen hatte, in seine Haare und strich ihm sanft über den Kopf. In der stillen Nacht waren eine Zeitlang nur das Knarren der Stoffbespannung der Stühle und die schweren Atemzüge von Michael und Sandra zu vernehmen. Als sich ihre Münder schließlich doch voneinander lösten, mußte Sandra erst einmal tief Luft holen. Michaels Gesicht schwebte dabei nur wenige Zentimeter vor dem ihren.

„Michael“, flüsterte sie, aber bevor sie noch ein weiteres Wort hervorbringen konnte, legten sich schon wieder seine Lippen über die ihren, was sie davon befreite weiterzusprechen, wobei sie ohnehin nicht wußte, was sie eigentlich sagen sollte. Sie spürte, wie ihr Körper, in dem sich die Anspannung immer mehr löste, auf die Berührungen von Michael reagierte. Sie hatte nicht allzu viele Erfahrungen mit Männern, trotzdem war ihr bewußt, daß jetzt zwar der Augenblick gekommen war, den sie mehr als einmal herbeigesehnt hatte, aber gleichzeitig auch der erste Schritt in eine Einbahnstraße getan war, an deren Ende nur eines stehen konnte. Während ihr Körper immer leidenschaftlicher auf Michaels Küsse reagierte und dessen Hände inzwischen schon sanft durch das Baumwollhemd und den BH hindurch ihre Brust streichelten, war ihr klar, daß sie auf diese Situation eigentlich so gut wie gar nicht vorbereitet war. In ihrem bisherigen Leben hatte es zwar ein paar Männer gegeben, keinen davon konnte man allerdings als ernsthaften Bewerber bezeichnen. Auch hatte sie ihre Jungfräulichkeit schon vor einiger Zeit verloren, doch mehr zufällig und auf so unangenehme Weise, daß es nur zu sehr wenigen Wiederholungen dieses in ihrer Erinnerung noch immer unangenehmen Ereignisses gekommen war, und Michael war ein verheirateter Mann, der bestimmt einige Erfahrung von einer Partnerin erwartete. Die Unsicherheit ließ Sandra für einen Augenblick erstarren und mit dem Gedanken spielen, das einmal Begonnene, koste es was es wolle, auf jeden Fall noch abzubrechen, doch dann war der Augenblick vorbei, und sie setzte dem, was kommen würde, keinen inneren Widerstand mehr entgegen.

Michael war inzwischen zielstrebig vorgegangen. Seine Lippen waren von Sandras Mund hinunter zum Hals geglitten, und er versuchte nun, sie zärtlich in den Nacken zu beißen. Er merkte, wie die junge Frau auf seine Zärtlichkeiten reagierte, und stellte zufrieden fest, daß sie ihrerseits aktiver wurde. Sie drehte ihren Kopf zur Seite, so daß er besser an ihren Hals und den Nacken kam, den er mit Küssen bedeckte. Feine Schweißperlen bildeten sich auf ihrer Haut. Er ließ seine Hände an ihrem Rücken entlanggleiten, umfaßte ihre Taille und führte die Hände dann in einer fließenden Bewegung bis zu ihren Brüsten nach oben. Mit geübten Fingern öffnete er die Knöpfe ihres verschwitzten Hemdes und zog es aus vollständig aus der Hose. In der Lücke zwischen den beiden offenen Hemdteilen schimmerte weiß ein BH. Inzwischen hatte sie seinen Kopf von ihrem Nacken weggezogen, und sie küßten sich wieder, während er seltsam verrenkt am Verschluß des Büstenhalters herumnestelte.

Ohne sich von seinen Lippen zu lösen, griff Sandra mit geübten Fingern nach hinten und öffnete ihren BH.

Kurz darauf lagen sie beide auf den staubigen Boden und dachten nicht mehr an etwaige Skorpione oder Spinnen. Sandra verschwendete auch keinen Gedanken daran, was wohl passieren würde, wenn Hachnem Ratschi in diesem Augenblick aus dem Camp der Arbeiter heraufkäme. Sie war vollauf damit beschäftigt, Michael dabei zu helfen, seine Hosen auszuziehen. Sie selbst hatte schon längst nichts mehr an, aber anders als bei anderen Gelegenheiten spürte sie die kühle Nachtluft diesmal nicht.

Michael hatte Schwierigkeiten, die Hose über die schweren Stiefel zu bekommen, und schließlich verzichtete er darauf, ließ sie einfach um die Knöchel baumeln und kniete sich zwischen Sandras Beine.

Sandra blickte in Michaels Gesicht, und einen kurzen Augenblick lang schien es ihr, als würden sich in den dunklen Flecken, die seine Augen waren, Szenen unglaublicher Fremdheit abspielen, doch dann wurde ihre Aufmerksamkeit durch etwas viel Näherliegendes gefesselt. Es war nicht bedrohlich, doch auch nicht so, wie sie sich zu erinnern glaubte, und ihre Hände schlossen sich fast wie von selbst um das, was aus Michaels Körpermitte so begehrlich herausragte, und zeigte ihm den Weg zu der Stelle, wo es erwartet wurde. Als er in sie eindrang, spürte Sandra im ersten Moment gar nichts, doch dann breitete sich von ihrem Unterleib ein Gefühl aus, das ihr fast die Luft nahm. Sie versuchte so gut wie möglich auf Michaels Bewegungen zu reagieren, der seine Hände unter ihr Becken geschoben hatte und es leicht anhob, so daß er tief in sie eindringen konnte. Sein Kopf war auf Sandras Schulter gesunken, und das Vor und Zurück seines Beckens hatte einen Rhythmus gefunden.

Sandra hatte das Gefühl, es würde endlos dauern, und hoffte gleichzeitig, daß es so wäre, bis sich Michael endlich mit einem rauhen Stöhnen aufbäumte, und sie spürte, wie etwas aus seinem Glied heraus und in sie hinein schoß, und nur Augenblicke später hatte sie das Gefühl einer entsetzlichen Kälte in ihrem Unterleib. So als ob ihr jemand Eiswürfel in die Vagina gefüllt hätte. Von dort breitete sich das Gefühl mit rasender Schnelle in ihrem gesamten Körper aus, und sie bekam eine Gänsehaut. Nie zuvor hatte sie davon gehört, daß der Samen der Männer so kalt wäre, und wenn sie an die wenigen Male ihrer eigenen Erfahrung zurückdachte, hatte sie es auch nicht so empfunden.

Als er sich nach ein paar Minuten, in denen er sie zärtlich geküßt und gewartet hatte, bis sein Glied ganz erschlafft aus ihrer Scheide herausgerutscht war, umständlich mit seinen um die Knöchel hängenden Hose aufrichtete, krampfte sich in Sandras Unterleib noch alles zusammen. Noch am Boden liegend, knöpfte sie als erstes ihr Hemd wieder zu und zog sich dann ihren Schlüpfer und danach ihre Hose an. Beide vermieden es, sich in die Augen zu sehen. Schließlich umarmten sie sich fest, ein letzter Kuß, ein zärtliches Streicheln, und dann verschwanden sie in ihren Zelten, wo Michael sofort in einen, wie er glaubte, traumlosen Schlaf fiel und Sandra sich zusammengerollt eine Decke gegen den Unterleib preßte, um das Kältegefühl, das dort immer noch rumorte, zu bekämpfen.

## Die Warnung an die Welt

Nachdem Monika das Gespräch mit Thomas beendet hatte, ließ sie den restlichen Pernod stehen und ging zum Hotel. Viel Sinn machte das, was sie durch Thomas über Peter erfahren hatte, nicht, aber zumindest wußte sie jetzt, daß nichts Schlimmeres passiert war. Im Hotel angekommen, versuchte sie noch zweimal erfolglos, Peter zu erreichen. Dann gab sie es auf und ging wütend unter die Dusche. Als das Wasser auf sie herabprasselte, kam ihr ganz unvermittelt der Gedanke, daß es für Peters Verhalten eine ganz einfache Erklärung geben konnte, die sie bis jetzt überhaupt nicht in Betracht gezogen hatte: eine andere Frau.

Unwillkürlich, während die Bewegungen, mit denen sie ihr Haar wusch, immer langsamer wurden, ging sie die Frauen durch, die dafür in Frage kommen könnten, zumindest die, von denen sie wußte. Peters Bekanntenkreis, nun auch schon seit einiger Zeit der ihre, hatte kaum weiße Flecken, wo sich unbemerkt von ihr etwas anbahnen konnte. Es gab ein paar ehemalige Studienkolleginnen, die aber während ihrer Beziehung zu Peter immer gesichtslos geblieben waren. Da war eine Mechthild, die schon ein paar Mal angerufen hatte, wenn sie bei Peter gewesen war, doch er hatte nie besonders begeistert geklungen, und die Telefonate waren meist auch sehr kurz gewesen. Aber, so ging es ihr durch den Kopf, vielleicht gerade deshalb, weil sie anwesend war. Ein Grinsen zog sich bei diesem Gedanken über ihr Gesicht. Sie begann schon wie eine eifersüchtige Ehefrau um vier Ecken zu denken, nach dem Motto, gerade offen zur Schau getragene Gleichgültigkeit ist das beste Schuldeingeständnis. Und Gabi, ging es ihr ganz unvermittelt durch den Kopf. Gabi war wohl der Mensch, den Peter am längsten kannte. Monika war sie als gute Freundin aus der Studienzeit vorgestellt worden, und außerdem war sie mit Thomas verheiratet und Mutter. Monika schüttelte den Kopf und verwarf den Gedanken gleich wieder. Nein, eine Frau war bestimmt nicht im Spiel. Das paßte so gar nicht zu Peter. Inzwischen hatte Monika das Shampoo wieder aus ihrem Haar gespült und ging, sich abtrocknend, aus dem Bad ins Zimmer zurück. Sie warf einen unmutigen Blick auf ihr Handy, das einfach nicht klingeln wollte.

Eine Stunde später machte sie sich keine Gedanken mehr über Peter, sondern genoß den Abend mit den französischen Kollegen, die sich zum Abschied für ihre drei deutschen Besucher etwas ganz Besonderes hatten einfallen lassen. Die französische Agentur hatte ein kleines Lokal in der Rue Mouffetard, der Gastraum war kaum größer als ein mittleres Wohnzimmer, komplett gemietet. Über dem Eingang prangte ein in Stein gehauener Baum, und auf Monikas Frage hin wurde ihr gesagt, daß das Restaurant Le Vieux Chene hieße. Der Abend verging bei einem vorzüglichen Essen und etwas zuviel Wein wie im Fluge, und beim Abschied mußte Monika all ihr Geschick und ihre diplomatischen Fähigkeiten darauf verwenden, einem ihrer französischen Kollegen höflich klarzumachen, daß sie nicht bereit war, die Agentur die Miete für ihr Hotelzimmer umsonst bezahlen zu lassen. Mit Nonchalance nahm er den Korb in Empfang und verabschiedete sich nicht weniger herzlich, als sie endlich mit ihren beiden deutschen Kollegen ein Taxi bestieg.

Die Nacht war zu kurz gewesen, der Morgen zog kaum wahrnehmbar an Monika vorüber, und auch im Flugzeug, wo sie das späte Frühstück dankend ablehnte, vergrub sie sich mit geschlossenen Augen in ihrem Fenstersitz, bis ihr das Dröhnen der Triebwerke und das Rattern des Fahrgestells die Landung in Frankfurt verkündeten.

Als das Taxi vor dem modernen Wohnhaus hielt, das in der Elkenbachstraße auf dem Gelände eines Gewerbehofes erst vor ein paar Jahren entstanden war, stieg Monika schwerfällig aus und schleppte sich mit dem Kleidersack beladen in ihre Dreizimmerwohnung im dritten Stock.

Kaum hatte sie die Wohnungstür hinter sich geschlossen, wurde sie in der stickigen, abgestandenen Luft von einer erschöpfungsgleichen Müdigkeit übermannt. Sie ließ ihren Kleidersack und die Handtasche einfach auf den Boden fallen, schlich ins Schlafzimmer, wo sie das Fenster aufriß und sich aufs Bett fallen ließ. Ihr letzter Gedanke vor dem Einschlafen war, Peter anzurufen und ihm zu sagen, daß sie zurück sei, aber auch das hatte Zeit.

Die Sonne saß auf den Hausdächern, als Monika nach ein paar Stunden Schlaf und einer ausgiebigen Dusche, die ihre Lebensgeister wieder geweckt hatten, am Fenster ihrer Wohnung stand. Hinter ihr im Zimmer bemühte sich der Fernseher, den sie aus Gewohnheit eingeschaltet hatte, um Aufmerksamkeit, die ihm aber nicht gegönnt wurde. Unter ihr schlängelten sich in der Einbahnstraße ein paar Autos zwischen den geparkten Wagen hindurch, und vereinzelte Motorräder brummten wie bösartige Hummeln zwischen den Reihen alter Bürgerhäuser umher. Sie drehte sich um und stellte das beschlagene Glas mit Mineralwasser auf einen kleinen Tisch neben dem Fenster. Jetzt endlich wollte sie Peter anrufen. Ohne genau zu wissen, warum, hatte sie es seit dem Aufstehen vor sich her geschoben und bis jetzt einen großen Bogen um das Telefon gemacht. Immer noch unschlüssig steckte sie die Hände in die Taschen der Jeans, zog die Schultern hoch, gab sich einen Ruck und ging ins Arbeitszimmer. Wahrscheinlich würde er genausowenig jetzt ans Telefon gehen wie in den Tagen, an denen sie es aus Paris versucht hatte.

Das erste, was ihr auffiel, war die blinkende Lampe am Anrufbeantworter. Sie konnte es nicht mit Gewißheit sagen, war sich aber ziemlich sicher, daß bei ihrer Rückkehr noch keine Nachricht auf dem Band gewesen war. Sie wunderte sich, daß sie von dem Klingeln nicht aufgewacht war, erinnerte sich dann aber daran, vor ihrer Abreise den Klingelton ganz leise gestellt zu haben. Sie spulte das Band zurück und hörte es ab. Vielleicht, so hoffte sie für einen Moment, war es ja eine Nachricht von Peter.

Nach dem Sprechton trat eine kurze Pause ein, als ob der Teilnehmer am anderen Ende erst überlegen würde, was er sagen wollte, dann erklang eine wohlakzentuierte männliche Stimme, die keine Spur einer Dialekteinfärbung erkennen ließ.

„Entschuldigen Sie bitte die Störung, Frau Geldern", erklang es knarrend aus dem kleinen Lautsprecher des Geräts, „aber leider erfordern die Umstände, daß ich Ihnen unbedingt diese Mitteilung mache. Es gibt viele Welten, und manchmal tun sich Türen auf, wo man sie nicht vermutet. Hüten Sie sich davor, eine davon zu durchschreiten."

Monika saß wie versteinert da. Dann schüttelte sie irritiert den Kopf und spulte das Band zurück. Wieder erklang die präzise modulierte Stimme und wiederholte ihre Nachricht. Auch nach dem dritten Mal war sie noch ratlos, wie das zu verstehen sei, und glaubte an einen Scherz, aber so sehr sie sich auch bemühte, die Stimme gab ihr keinen Hinweis auf eine bekannte Person. Vielleicht hatte sich jemand verwählt und, ohne weiter auf die Ansage zu achten, einfach seine Nachricht auf Band gesprochen, eine Nachricht, die gar nicht für sie bestimmt war. Doch diesen Gedanken verwarf sie sofort wieder. Der Anrufer hatte sie direkt mit Namen angesprochen, sie war also eindeutig gemeint. Gleichzeitig erschien vor ihrem geistigen Auge ein letzter Strohhalm, an den sie sich nur zu gern klammern wollte. Sie nahm das Frankfurter Telefonbuch aus dem Bücherregal und blätterte hastig zum Buchstaben G. Vielleicht gab es ja noch eine Monika Geldern. Sie wurde enttäuscht. Außer ihrem gab es keinen weiteren Anschluß unter diesem Namen.

Das aufgeschlagene Telefonbuch auf den Knien, saß sie noch eine Zeitlang unbeweglich da und dachte nach. Ihre Gedanken zogen immer weitere Kreise, bewegten sich dabei in höchst unwahrscheinliche Gefilde und kehrten schließlich in den sicheren Hafen ihres eigentlichen Vorhabens, Peter anzurufen, zurück. Sie nahm die portable Einheit von der Ablage, drückte die Kurzwahl für Peters Anschluß, und während sie noch das leise Klickern vernahm, als das Gerät die Nummer wählte, lief sie unruhig wieder ins Wohnzimmer zurück.

Als sie auf das Klingeln am anderen Ende hörte, legte sie sich in Gedanken schon eine Mitteilung zurecht, die sie James hinterlassen wollte, doch zu ihrer Überraschung meldete sich Peter persönlich.

„Hallo", brachte sie mühsam hervor, und als sie sich wieder gefangen hatte, schickte sie hinterher: „Ich bin's, Monika. Ich bin wieder aus Paris zurück."

„Schön", erklang es nicht besonders enthusiastisch am anderen Ende, dann trat Stille ein.

„Ich bin heute mittag angekommen und habe mich danach erst einmal ins Bett gelegt. Ich war so müde. Ich bin fast im Stehen eingeschlafen. Wie geht es dir?"

„Gut."

Monika wußte mit seiner Einsilbigkeit nichts anzufangen und bekam ganz plötzlich ein schlechtes Gewissen, obwohl sie keinen Grund dazu hatte. Eher war es wohl an ihm, etwas Schuldbewußtsein zu zeigen. Er hatte schließlich nichts von sich hören lassen.

„Sag mal, ist etwas nicht in Ordnung?"

„Nein, nein. Alles ist bestens. Ich war nur gerade in Gedanken und habe überhaupt nicht mit deinem Anruf gerechnet."

„Und wie geht es dir?"

„Gut, danke. Soll ich bei dir vorbeikommen?"

Die Frage überraschte sie, obwohl sie ihm eigentlich den gleichen Vorschlag hatte machen wollen. Bei ihm klang es allerdings so, als ob es ihm völlig egal sei, ob sie ja sagen oder ablehnen würde.

„Wenn du willst", versuchte sie mit einer eher unbestimmten Antwort Zeit zu gewinnen und fügte dann an: „Ich kann aber auch zu dir kommen."

„Was hältst du davon, wenn wir uns in einer Stunde beim Spanier treffen? Ich habe seit dem Frühstück noch nichts gegessen. Dich kann das ja wahrscheinlich nicht reizen, wenn man die letzten Tage nur in den feinsten Lokalen von Paris gespeist hat, aber vielleicht reicht ja heute auch mal Hausmannskost", versuchte er zu scherzen, aber seiner Stimme fehlte der lockere Ton.

Sie stimmte zu, obwohl sie sich auf einmal nicht mehr so sicher war, ob sie Peter heute abend wirklich treffen wollte, aber die Alternative, alleine mit dieser Stimme auf ihrem Anrufbeantworter zu Hause zu sein, war ihr noch unangenehmer.

„Und dir geht es wirklich wieder gut?" fragte sie noch einmal nach.

„Na klar“, gab er unwirsch zurück. „Jetzt mach doch aus der ganzen Sache keine große Aktion.“

„Ich meine, du nimmst das alles zu leicht. Hast du noch einen deiner Blackouts gehabt?“

„Nein“, knurrte er kurz angebunden in den Hörer und verschwieg dabei, daß er an die letzte Woche nur sehr unvollständige Erinnerungen hatte.

„Na ja, ich werde mich dann ja bald selbst von deinem Zustand überzeugen können“, lenkte sie ein.

„Gut, dann bis um acht. Ich komm' vorher nicht bei dir vorbei, wir treffen uns gleich im Dali“, fügte er noch hinzu, als sie die Verbindung fast schon getrennt hatte.

Viertel vor acht ging sie ins Schlafzimmer, um sich fertig zu machen. Sie begann wahllos Schränke und Kommoden durchzuwühlen und konnte sich nicht entscheiden, was sie anziehen sollte. Das Telefon hatte schon viermal geklingelt, als der Anrufbeantworter ansprang. Sie hatte nicht darauf geachtet, erst als eine fremde Stimme in ihrer Wohnung erklang, horchte sie auf und ging zum Arbeitszimmer, um mitzuhören.

„... leider erfordern die Umstände, daß ich Ihnen unbedingt diese Mitteilung mache. Es gibt viele Welten, und manchmal tun sich Türen auf, wo man sie nicht vermutet. Hüten Sie sich davor, eine davon zu durchschreiten.“

Monika schien das Blut zu gefrieren. Auch wenn sie den Anfang der Nachricht nicht mitbekommen hatte, zweifelte sie keinen Augenblick daran, daß es dieselbe Stimme und derselbe Wortlaut war. Sie stürzte zum Telefon, doch als sie sich meldete, hörte sie nur das Freizeichen. Mit fliegenden Händen spulte sie das Band ganz zurück und drückte dann die Wiedergabetaste.

Die gleiche Warnung, Mitteilung, Nachricht oder was immer es war erklang. Völlig unterschiedslos, der gleiche Wortlaut, die gleiche unspezifische Stimme und kein Hinweis auf den Sprecher. Kein Name, keine Telefonnummer wurden genannt. Fast könnte man meinen, auch diese Nachricht wäre eine Bandaufnahme. Mit feuchten Händen nahm sie das Band aus dem Anrufbeantworter und legte ein anderes ein. Sie wollte nicht das Risiko eingehen, daß diese Aufnahme aus Versehen gelöscht würde. Nachdenklich und ziemlich verstört ging sie ins Schlafzimmer zurück, und es war ihr nun egal, was sie anzog.

Das spanische Restaurant *Bei Dali* lag nicht weit von ihrer Wohnung entfernt. Normalerweise machte ihr der kurze Weg dorthin zu Fuß nichts aus, doch in der Abenddämmerung dieses letzten Septembertages waren ihre Schritte hastig, und ihr Blick zuckte unruhig über ihre Schultern in Hausecken und auf den gegenüberliegenden Bürgersteig, ob nicht irgendwo jemand lauerte oder sie verfolgt wurde.

Als sie kurze Zeit später erleichtert die vier Stufen zum Eingang des Lokals hinaufstieg, fuhr sie sich instinktiv mit der Hand noch einmal durch die Haare. Die Tür stand offen, und sie schob den Vorhang aus geflochtenem Kokosbast, der in der Tür hing, entschlossen zur Seite. Das Dali war ein kleines Lokal, und sie sah Peter sofort im hinteren Teil des Gastraums vor einem schon halbgeleerten Weizenbierglas sitzen.

„Na, wie war es in Paris?" fragte Peter, dessen Laune sich anscheinend seit dem Telefonat etwas gebessert hatte.

Sie winkte ab, eine Geste, die er inzwischen hinlänglich kannte und die bedeutete, daß sie jetzt nicht über ihre Arbeit sprechen wollte.

„Sag mir lieber, warum du mich nicht angerufen hast. Ich habe auf deinem Anrufbeantworter mindestens drei Nachrichten hinterlassen", brach es aus ihr heraus.

Er hob seine Schultern auf eine Art, die ihr die Wahl ließ, ob sie es als Entschuldigung oder als Ausdruck von Interesselosigkeit auffassen wollte. Inzwischen war die Bedienung gekommen. Monika bestellte ein Glas trockenen spanischen Navarra und verneinte die Frage, ob sie schon gewählt hätten. Nach einem kurzen Blick in die Speisekarte hatten sich die beiden auf das Übliche geeinigt. Die Bedienung verschwand, und der Vorhang der Geräusche schloß sich wieder um den kleinen Tisch.

Peter meinte nun endlich doch, ihre Frage beantworten zu müssen. „Ich glaube, mit James ist etwas nicht in Ordnung. Ich habe jedenfalls keine Nachricht von dir erhalten."

„Und wieso hast du nicht abgenommen?" wollte sie wissen.

„Da muß ich wohl nicht zu Hause gewesen sein. Oder darf ich die Wohnung jetzt nicht mehr verlassen, wenn du unterwegs bist?" Ein ironisch schuldbewußtes Lächeln huschte über sein Gesicht, und Monika schüttelte ebenfalls grinsend den Kopf.

„Schon gut", meinte sie dann, „ich höre schon auf, die Eifersüchtige zu spielen, aber ich habe mir Sorgen gemacht. Dir ging es ja am Sonntag nicht gerade gut."

„Ach, es war wahrscheinlich nur eine Sommergrippe, und die ist schnell vorbeigegangen. Jetzt ist alles wieder in Ordnung."

„Und beim Arzt bist du sicher auch nicht gewesen", meinte sie mit einem resignierenden Achselzucken und nahm sich Zeit, Peter genau zu mustern. Nach ihrem Gespräch mit Thomas hatte sie Schlimmeres erwartet. Peters Gesicht war längst nicht mehr so bleich wie am letzten

Sonntag, und er saß entspannt da, in der einen Hand eine qualmende Zigarette, die andere um den Fuß des Weizenbierglases gelegt. Das einzige, was sie immer noch irritierte, war seine nicht greifbare Abwesenheit.

Peter ersparte sich und ihr eine Antwort, da in diesem Moment die Bedienung Monikas Weißwein brachte.

„Ich verstehe dich nicht", erklärte sie, „Du kannst das nicht so auf die leichte Schulter nehmen. Du hättest dich einmal sehen sollen."

Er schien von den Vorhaltungen nicht begeistert zu sein, sagte aber nichts dazu. Sie nahm seine Hand in die ihre, ließ dann ihre Finger an seinem Arm hinab bis zu dem auf dem Tisch abgestützten Ellenbogen gleiten und beugte sich vor, um ihn zu küssen.

Er kam ihr entgegen, und ihre Lippen berührten sich über der Mitte des Tisches. Die andere Hand legte er sanft um ihren Nacken, von wo er dann aufwärts durch ihr dichtes Haar strich. Als sie sich wieder voneinander lösten, wunderte sie sich, wie kühl seine Lippen gewesen waren, doch das kam bestimmt von dem Bier, dessen Geschmack sich auf ihren Lippen mit dem des Weißweins vermischten. Kurz darauf wurde ihr Essen gebracht, was eine Unterhaltung fürs erste überflüssig machte.

Peter ließ sich kaum Zeit, sondern stopfte, so war zumindest Monikas Eindruck, die Brocken mit einem wahren Heißhunger in sich hinein.

„Findest du nicht auch, daß sich Gabi verändert hat?" fragte Monika, als beide ihren Hunger gestillt hatten.

„Wieso?"

„Na ja, sie wirkt so", Monika suchte nach einem Wort, „so gluckenhaft, seit sie das Kind hat."

Er schaute sie an, sagte aber nichts dazu.

„Ich meine, sie macht jetzt mit ihrem Mann in typische Familie. Ich habe den Eindruck, in den neun Monaten ist sie mindestens zehn Jahre älter geworden."

„Sie hat jetzt schließlich ein Kind", gab Peter zu bedenken.

„Ja, aber diese Tatsache muß sie doch nicht wie ein Mutterschaftskreuz vor sich hertragen", meinte Monika heftiger als sie beabsichtigt hatte. „Ich kann das nicht verstehen. Und dann scheint es ja wirklich ein Wunschkind zu sein ..." Sie ließ den Satz ausklingen und hoffte, daß Peter vielleicht aufgrund seiner langjährigen Freundschaft etwas Genaueres wußte, wurde aber enttäuscht.

Er zuckte nur mit den Schultern und lächelte sie eigenartig an.

„Laß gut sein, Monika. Nicht jeder Mensch ist wie du. Manche Leute wollen Kinder bekommen und nicht Karriere machen."

Sie nahm noch einen Schluck von ihrem Weißwein und versuchte mit dem Schweigen, das nach seinen letzten Worten eingekehrt war, fertig zu werden. Sie überlegte, ob aus seiner Bemerkung ein Vorwurf herauszuhören war, aber er würde sie nicht im Ernst mit Kindern in Verbindung bringen. Das hatten sie schon vor einiger Zeit geklärt. Und auf einmal war da wieder die Stimme auf dem Anrufbeantworter, die durch ihren Kopf geisterte. Der Gedanke daran ließ sie unruhig werden.

Peter bemerkte die Veränderung in seiner Freundin und machte sich seine eigenen Gedanken. „Ist etwas nicht in Ordnung?" fragte er schließlich.

Sie schaute ihn erschrocken an. „Nein, alles in Ordnung", gab sie zurück und schlug nach einem kurzen Moment des Schweigens vor: „Wollen wir nicht zu mir gehen? Hier ist es mir zu heiß und zu laut. Ich fühle mich nicht wohl. Vielleicht steckt mir auch noch die harte Woche in Paris in den Knochen." Die Lüge kam ihr unanständig glatt über die Lippen, denn sie wußte ganz genau, dass ihr nicht Paris zu schaffen machte, sondern die unerklärliche Warnung.

Sie zahlten, und als sie durch die verlassenen Straßen gingen, drückte sich Monika nicht nur aus dem Bedürfnis, Peters Nähe zu spüren, fest an ihn. Es war nicht direkt Angst, eher ein unheimliches Gefühl, das sie beschlich und die vertrauten Konturen der Häuser und die Straßen seltsam unwirklich im Mondlicht erscheinen ließ.

Die Luft in der Wohnung war trotz der gekippten Fenster warm und stickig. Kaum hatte Monika die Tür hinter sich geschlossen, drückte sie sich mit den schlimmsten Befürchtungen an Peter vorbei in ihr Arbeitszimmer, doch zu ihrer Erleichterung war das rote Auge des Anrufbeantworters erloschen geblieben. Keine Nachrichten für sie, und keine weiteren Warnungen vor was auch immer. Peter ging ins Wohnzimmer, öffnete die breiten, bis zum Boden reichenden Fensterflügel und ließ sich dann auf die Couch fallen. Monika war inzwischen auf der Toilette gewesen, hatte ihre Hose und die Bluse mit einem weiten T-Shirt vertauscht, das ihr bis fast auf die Knie hing, und steckte jetzt den Kopf zur Tür herein.

„Willst du noch etwas trinken?"

„Mach mal ein Angebot", gab er leichthin zurück.

„Nun, ich glaube, ich habe noch Apfelwein und Bier im Kühlschrank."

„Dann lieber Bier", erklärte er. Als sie mit dem Bier und einer Flasche Mineralwasser zurückkam, suchte er in den CDs nach etwas Passendem. Bevor er eine Wahl treffen konnte, hatte Monika den CD-Player schon angestellt, und aus den Boxen klang der sanfte Ton eines wehmütig klagenden Saxophons.

Sie setzte sich neben ihn auf die Couch und schaute durch das geöffnete Fenster auf die Lichter der Stadt, die wie Sterne am Himmel zu schweben schienen. Am Rande ihres Bewußtseins, das gerade einen Freiflug irgendwo zwischen den Sternen absolvierte, hörte sie, wie Peter sein Glas auf dem Tisch abstellte und etwas sagte.

„He, bist du schon eingeschlafen?"

Sie schüttelte den Kopf und fand sich wieder in ihrer Wohnung auf dem dritten Planeten des Sonnensystems ein.

„Ich habe nur nachgedacht", entschuldigte sie sich. „Was meintest du?"

„Nichts Wichtiges", wiegelte er ab und nahm einen Schluck aus seinem Glas.

Monikas Gedanken waren einmal mehr weit entfernt und doch ganz konkret bei dem ominösen Anruf gewesen, der ihr einfach nicht aus dem Kopf ging. Sie schwankte zwischen den beiden Möglichkeiten, ihn entweder einfach nicht zu beachten oder Peter davon zu erzählen. Wenn sich jemand nur einen Scherz mit ihr erlaubt hatte, dann wollte sie nicht den Eindruck erwecken, sich wie eine hysterische Ziege zu gebärden, doch irgendwie glaubte sie nicht daran. Sie trank einen Schluck Mineralwasser und schaute Peter lange an.

Er hielt ihrem Blick eine Zeitlang stumm stand, dann beugte er sich zu ihr hinüber und gab ihr einen Kuß, in dem unschwer der Wunsch nach mehr zu spüren war. Sie antwortete nach einem kurzen Zögern. Ihre Lippen öffneten sich weit genug, damit seine Zunge ungehindert ihren Weg fand, und während sie einen Arm um seinen Hals legte, sank sie gegen die Lehne der Couch zurück. In den ersten paar Minuten reagierte sie rein mechanisch auf seine Zärtlichkeiten, während eine Stimme weit im Hintergrund ihres Bewußtseins immer wieder einen Satz wiederholte. Doch die Stimme blieb nicht da, wo man sie ohne große Mühe überhören konnte. Sie drängte sich nach vorne, während Peters Hand an ihren bloßen Oberschenkeln entlang unter ihr weites T-Shirt glitt. Es war die Warnung. Es war diese unspezifische Stimme, die höflich, aber bestimmt jetzt in ihrem Kopf ein Chaos anrichtete, das sie nicht mehr unter Kontrolle bekam. Sie richtete sich aus ihrer halb liegenden Haltung so ruckartig auf, daß Peter erstaunt zurückzuckte. Sie zog ihre Beine auf die Couch, schlang ihre Arme um die Unterschenkel und preßte ihren Oberkörper gegen ihre Beine. Sie wußte, daß er sie erstaunt ansah, reagierte aber erst, als er sie in einem vorwurfsvollen und bangen Tonfall fragte, was los wäre.

Monika nahm sich Zeit zu antworten, und in den Minuten, die bis dahin verstrichen, entstand bei Peter der vage Verdacht, der schließlich zur Gewißheit wurde, daß jetzt der Moment gekommen war, in dem der Engel Babylon verließe. Irgendwie hatte er immer damit gerechnet, auch wenn Monika ihn wieder und wieder davon zu überzeugen versucht hatte, daß seine Anflüge von Eifersucht völlig unbegründet seien. Diesmal, in Paris, war es wohl passiert.

„Tut mir leid", begann sie schließlich und hob den Kopf von ihren Oberschenkeln, zwischen die sie ihn vergraben hatte, „aber ich muß dir erst etwas erzählen. Es geht mir nicht aus dem Kopf." Als sie mit einem Seitenblick seinen Gesichtsausdruck sah, hätte sie fast losgelacht, zu eindeutig war darin zu erkennen, was er dachte. Sie beugte sich vor, gab ihm einen Kuß und meinte: „Nicht was du denkst. Ich habe nichts mit einem anderen Mann." Sie spürte fast körperlich seine Erleichterung.

„Was ist es dann?" wollte er wissen.

„Als ich heute nach Hause gekommen bin, habe ich mich ein paar Stunden hingelegt. Ich war todmüde. Als ich wieder aufgewacht bin, war eine seltsame Mitteilung auf meinem Anrufbeantworter."

„So?"

Täuschte sie sich, oder lag da ein leichtes Zittern in seiner Stimme? Sie achtete nicht weiter darauf.

„Ja. Ganz merkwürdig. Ich werde nicht schlau daraus. Später hat der Mann noch einmal angerufen und wieder die gleiche Mitteilung hinterlassen. Haargenau derselbe Wortlaut. So als ob er sie abgelesen hätte."

„Und was war das für eine Mitteilung?" Er musterte sie mit einem langen Blick.

„Am besten hörst du sie dir selbst an." Sie stand auf und ging ins Arbeitszimmer. Peter folgte ihr langsam, blieb kurz stehen, um sich eine Zigarette anzuzünden und den Aschenbecher mitzunehmen.

„Hör dir das an", meinte sie, „und sage mir dann, was du davon hältst."

Zuerst vernahm man Monikas Stimme, die den Anrufer aufforderte, eine Nachricht zu hinterlassen, gefolgt von dem obligaten Piepston. Dann erklang die unpersönliche Stimme.

„Entschuldigen Sie bitte die Störung, Frau Geldern, aber leider erfordern die Umstände, daß ich Ihnen unbedingt diese Mitteilung mache. Es gibt viele Welten, und manchmal tun sich Türen auf, wo man sie nicht vermutet. Hüten Sie sich davor, eine davon zu durchschreiten."

Schon nach den ersten Worten lief es Peter eiskalt den Rücken herunter. Er warf einen kurzen Blick auf Monika, die wie gebannt auf das Gerät starrte. Er nahm einen nervösen Zug an der Zigarette und hatte kaum

Zeit, sich etwas zu überlegen, dann hatte sich das Band wieder abgeschaltet. Er kannte die Stimme. Natürlich wußte er nicht, zu welcher Person sie gehörte, aber es war zweifellos die gleiche, die auch auf seinem Anrufbeantworter mehrere Nachrichten, vielleicht auch Warnungen, so genau wagte Peter es nicht zu beurteilen, hinterlassen hatte. Er hatte schon gar nicht mehr sein Gerät abgehört, was auch der Grund war, daß Monikas Anrufe unbeantwortet geblieben waren.

Monika schaute ihn erwartungsvoll an. Er räusperte sich.

„Und?" fragte sie, als ob er alle Antworten wüßte.

Peter zauderte noch einen Augenblick, dann sagte er so leise, daß Monika im ersten Moment glaubte, sie hätte sich verhört. „Ich kenne diese Stimme."

„Du kennst ...", keuchte sie fassungslos. „Wer ist es? Wer erlaubt sich da einen üblen Scherz?" Hatte sie beim erneuten Anhören der Warnung noch diese eigentümliche Furcht verspürt, so war diese nach Peters Eröffnung blitzschnell in Wut umgeschlagen.

„Langsam, langsam", versuchte er sie zu beruhigen und hob die Hände zu einer beschwichtigenden Geste. „Ich kenne die Stimme, aber nicht den Menschen, dem sie gehört."

Sie schaute ihn ratlos an.

„Ich habe auch eine Nachricht von dieser Stimme auf meinem Anrufbeantworter bekommen. Sogar mehrere. Die ganze Angelegenheit ist mehr als seltsam."

„Du hast die gleiche Warnung bekommen?" vergewisserte sie sich.

„So ziemlich", gab er zurück. „Im Wortlaut nicht ganz genau. Ich weiß nicht mehr, ich habe sie sofort gelöscht. Es war auch etwas mit Türen, die man nicht durchschreiten soll." Er schüttelte den Kopf, als ob er sich beim besten Willen nicht erinnern könnte.

„Ist das nur ein schlechter Scherz, oder was soll das?" Monika war inzwischen wirklich wütend, wußte aber nicht genau, auf wen oder was eigentlich.

Peter dagegen zuckte resignierend mit den Schultern und drückte die fast bis auf den Filter heruntergebrannte Zigarette im Aschenbecher aus. Schließlich sagte er in die sich immer länger dehnende Stille hinein, über der aus dem Wohnzimmer kommend das Saxophon von Lester Young zu schweben schien: „Eigentlich ist es ja eine ziemlich blödsinnige Warnung, meinst du nicht? Was soll uns denn schon passieren? Als ob es Türen zwischen Welten gäbe, durch die man hindurchgehen kann."

Sie redeten noch eine Weile, und es gelang ihnen, sich gegenseitig zu versichern, daß man es hier wohl mit einem Scherzbold aus ihrem Bekanntenkreis zu tun hatte, der einen absonderlichen Humor habe. Etwas beunruhigend allerdings war, daß ihnen niemand einfallen wollte, dem ein solches Verhalten zuzutrauen wäre.

Als sie schließlich müde und ratlos ins Bett gingen, machte keiner von beiden mehr den Versuch, dort fortzufahren, wo sie auf der Couch aufgehört hatten. Monika atmete schon bald neben Peter mit den regelmäßigen Zügen des Schlafes, während dieser auf dem Weg in das Reich des kleinen Todes noch einige Ehrenrunden drehte.

Am nächsten Morgen erwachte Monika, wie sie es liebte. Ganz langsam meldete sich ihr Bewußtsein zurück, nicht ohne dazwischen immer wieder einmal in die ruhigen Gefilde des Schlafes hinabzutauchen. Dann folgte das erste Blinzeln, mit dem sie die Helligkeit des Tages in der Beruhigung wahrnahm, daß nichts dieses langsame Erwachen unterbrechen oder gar beschleunigen würde. Sie drehte sich um, sah die hellen Rechtecke der beiden Fenster kaum zwei Meter entfernt und schob den rechten Arm unter dem Körper hindurch, so daß sie mit zum Fenster gedrehtem Kopf auf dem Bauch zu liegen kam. So trieb sie noch eine Zeitlang auf einem breiten Strom zwischen den beiden Ufern Wachen und Schlafen gemächlich dahin, während sich ihr Empfinden unmerklich an einen gewissen Punkt in ihrem Unterleib verlagerte. Als ihr Geist schließlich am Ufer des Erwachens festgemacht hatte, hob sie den Kopf und schaute zu Peter hinüber, der in seiner Decke eingewickelt auf der anderen Seite des Bettes lag und regelmäßig atmete. Sie schlug ihre Decke zurück und schlüpfte unter die von Peter. Erschrocken fuhr der aus dem Schlaf.

„Keine Angst“, flüsterte sie in sein Ohr. „Ich bin’s nur. Eine Frau.“

Er drehte sich zu ihr um, legte einen Arm um sie, und sie ließ den Kopf auf seine Brust sinken. Seine Hand strich zärtlich ihren Rücken hinunter.

„Na, ausgeruht?“ fragte er.

„Und wie“, gab sie zurück. Sie rückte von seiner Brust ab und gab ihm einen Kuß. Seine Hände glitten über ihren Rücken nach unten, bis sie an dem Saum des T-Shirts angelangt waren. Währenddessen waren ihre Küsse heftiger geworden, und Monika hatte ein Bein über Peters Bauch geschoben und dabei bemerkt, daß seine kurze Boxershorts bis zum Zerreißen von etwas gespannt waren, das sie heute morgen restlos klein kriegen wollte. Seine Hand glitt unter dem T-Shirt an ihren Beinen entlang nach oben zu ihrer rasierten Scham. Die Stoppeln kratzten schon wieder, wie sie deutlich spüren und hören konnte. Er ergriff jetzt auch mit der anderen Hand das Hemd und zog es ihr ungeduldig über den Kopf. Sie richtete sich halb auf, damit es einfacher ging. Als das T-Shirt in Richtung eines der Stühle flog, kniete sie sich neben Peter hin und schob vorsichtig den Bund der Boxershorts über den hart geschwollenen Widerhaken, der sich ihr darbot. Sie zog das Kleidungsstück mit ungeduldigen Bewegungen über Peters Füße und ließ es dem Hemd folgen. Monika verharrte einen Moment, ließ ihre Hände dann wieder an Peters Beinen nach oben gleiten und folgte mit ihrem ganzen Körper, bis sie schließlich auf ihm lag und ihre Lippen auf die seinen preßte. Ihre Zunge glitt in seinen Mund, und sie zuckte nur etwas zusammen, als seine kalten Hände über ihren Rücken strichen. Er bemerkte es und sah sie mit einem entschuldigenden Blick an, während seine Finger sich in ihre Gesäßbacken gruben.

Als sich schließlich die Spannung in ihr zu einem fast festen Knoten in ihrem Unterleib zusammenballte, zog sie Peters Kopf aus ihrem Schoß nach oben und lud ihn mit weit gespreizten Beinen ein, doch endlich in sie einzudringen. Er schlug das Angebot nicht aus, und gemeinsam erledigten sie den Rest. Als er kam, zuckte sie mit einer kurzen Verzögerung zusammen und stöhnte keuchend auf. Ihr Blick drückte Erstaunen und Überraschung aus, was Peter allerdings nicht bemerkte, da sein Kopf in dem Moment, als sich die Spannung mit der befreienden Explosion aus seiner Eichel heraus gelöst hatte, neben ihrer Schulter auf das Bett gesunken war.

„Was war das denn?“ hörte er sie von weither fragen.

Er hob den Kopf und bemerkte ihren seltsamen Gesichtsausdruck. „Was war was?“ wollte er noch außer Atem wissen.

Monika schob sich unter ihm hervor. Irritiert rückte er zur Seite, als sein Glied noch halb steif durch ihre mehr unbewußte Muskelkontraktion aus ihrer Scheide glitt.

„Das war ja, als ob mir jemand Eiswürfel hineingesteckt hätte“, meinte sie ratlos und musterte Peter von oben bis unten. „Hast du das nicht bemerkt?“

Er schüttelte den Kopf.

„Als du gekommen bist, war es eiskalt. So als ob dein Samen direkt aus dem Gefrierfach kommt“, erklärte sie dem immer noch verwundert dreinschauenden Peter. „So muß man sich wohl bei einer künstlichen Befruchtung fühlen“, fügte sie dann mit einem Anflug von Humor hinzu.

„Ich habe nichts gemerkt“, meinte er betroffen. „Bei mir war es wie immer.“

„Wart mal“, forderte sie ihn auf und steckte dann vorsichtig einen Finger tief in ihre Scheide. „Es ist immer noch kühl. Fühl mal selbst.“ Sie lehnte sich zurück und spreizte ihre Beine jetzt zu einem Unternehmen, das mehr einer medizinischen Untersuchung glich. Und genauso empfand es auch Peter, den ein seltsames Gefühl dabei beschlich, obwohl er noch kurz vorher seine Finger eben dort mit Vergnügen betätigt hatte. Trotzdem tat er Monika den Gefallen.

„Ich spüre es auch“, erklärte er, als er damit fertig war. „Ist es sehr schlimm?“

„Nein. Es war mehr die Überraschung, plötzlich ein Tiefkühlfach da unten zu haben. Das habe ich noch nie erlebt. Das widerspricht bestimmt jedem Lehrbuch von was auch immer.“

Peter begegnete hilflos ihrem Blick und zuckte mit den Achseln.

„Hast du das früher schon mal gehabt? Ich meine, bei einer anderen Frau?“

„Nein, zumindest hat keine mir gegenüber etwas erwähnt“, gab er grübelnd zurück.

Ihr Blick fiel auf sein noch feucht schimmerndes Glied, und sie nahm es in die Hand, um festzustellen, ob die Flüssigkeit darauf auch kalt wäre. Davon konnte sie nichts bemerken, doch etwas anderes war überdeutlich. Schon bald ragte sein Glied ein gutes Stück über ihre locker geschlossene Hand heraus.

„Na“, meinte sie, „das ist ja ein erfreulicher Anblick.“

Peter machte eine zustimmende Grimasse und zog sie an sich heran. Nach einiger Zeit löste sich Monika von ihm, drehte sich langsam um. Ihr Becken lag einladend auf seiner Brust, während die letzten Worte, die er für die nächsten paar Minuten hörte, waren: „Jetzt will ich es aber genau wissen.“ Danach schlossen sich ihre Lippen um das Stück Fleisch, das in seiner Körpermitte prall aufragte, während seine Zunge über die Stoppeln ihrer Schambehaarung glitt.

„Eiskalt“, meinte Monika wenig später. „Wirklich eiskalt.“

## √-1 Am Rande der Wüste Lut, das Ende

Lange bevor der Morgen dämmerte, erwachte Sandra aus ihrem unruhigen Schlaf. Im ersten Moment glaubte sie, die Ereignisse des letzten Abends nur geträumt zu haben oder den Vorgaukelungen des halbbewußten Zustandes zwischen Wachen und Schlafen aufgesessen zu sein, doch je mehr sich ihr Geist aus den Fesseln der Nacht löste, desto deutliche kristallisierte sich heraus, daß die Erinnerung an Michaels Berührungen nicht mit einem enttäuschten Atemzug verfliegen würden. Diesmal war es wirklich passiert. Unwillkürlich glitt ihre Hand in ihren Schlüpfer und zwischen ihre Beine, wo sie die getrockneten Reste von Michaels Samen fühlte. Ein Königreich für eine Dusche, dachte sie und überlegte sich, wie sie sich am besten waschen könnte. Männer, seufzte sie, habe es wirklich in jeder Beziehung leichter. Sie ließ ihre Hand, wo sie war, und mit den befremdlich zufriedenen Gedanken an den Abend zog sich ihre Geist wieder zur Ruhe zurück, aus der sie ein paar Stunden später durch das infernalische Klingeln von Professor Weigerts Wecker hochgeschreckt wurde.

Wie an den meisten Tagen, die seltenen Gelegenheiten ausgenommen, wenn sie schon vorher wach war, traf sie das Geräusch wie ein Keulenschlag, und für einige Sekunden war sie hellwach, doch sobald der Professor den Wecker abgestellt hatte, fiel sie förmlich in sich zusammen und mußte erst einmal ihre Kräfte wieder sammeln. Während dieser kaum mehr als fünf Minuten langen Periode lag sie auf dem Rücken in ihrem Feldbett und lauschte auf die unterschiedlichen Geräusche aus den anderen Zelten. Sie hörte, wie sich zuerst Weller im Zelt, das die beiden Studenten teilten, von seinem Lager erhob, und erst nachdem er über den Lagerplatz in Richtung des Ritz schlurfte, bequemte sich auch Heckert aufzustehen, aber vielleicht lag das nur einfach daran, daß sich in dem engen Zelt nicht zwei Personen gleichzeitig anziehen konnten. Aus Weigerts Zelt drang meist nur das verhaltene Rascheln von Kleidung, und Sandra vermutete, daß der Professor wohl jeden Abend seine Kleidungsstücke sorgfältig ablegte und so arrangierte, daß er am Morgen keine Schwierigkeiten hatte, sie in der exakt richtigen Reihenfolge wieder anzulegen. Vielleicht keine schlechte Idee, gestand sie sich mit einem unmerklichen Lächeln ein, denn sie mußte jeden Morgen erst herumwühlen, bis sie zumindest soweit angezogen war, daß sie sich am Frühstückstisch sehen lassen konnte. Michaels Aktivitäten waren fast unhörbar; er schien sich und seine Bekleidung nahezu lautlos zu bewegen, und das erste, was man am Morgen von ihm deutlich hörte, war das Zurückschlagen der Zeltplane, wenn er seinen ersten Schritt in den Tag machte.

Sandra schwang ihre Beine aus dem Bett heraus auf den Boden und richtete sich in eine gebückte Haltung auf, da das Zelt zu niedrig war, als daß selbst sie hätte aufrecht darin stehen können. Normalerweise hätte sie jetzt die weite Baumwollhose übergestreift und einen Pullover angezogen und wäre zur Kochstelle gegangen, um sich erst einmal einen Kaffee zu holen, doch nachdem sie ihren Schlüpfer ausgezogen und im trüben Licht der Morgendämmerung so gut wie möglich in Augenschein genommen und auch sich selbst noch mal eingehender betrachtet hatte, war sie fest entschlossen, heute morgen eine außerplanmäßige Dusche durchzusetzen. Oder zumindest sich ausgiebig zu waschen, schränkte sie dann gleich wieder ein. Aber das hatte Zeit bis nach dem Frühstück. Sie steckte den Schlüpfer in ihren Beutel mit der Schmutzwäsche, der sich in den letzten Wochen immer weiter aufgebläht hatte, und suchte nach einem anderen, zwar nicht sauberen, aber zumindest ohne die Spuren von Michael darin, den sie erst einmal anziehen konnte, bis sie sich gewaschen hatte. Beim nächsten Mal würden sie halt besser aufpassen müssen, und überhaupt müßte er sich rechtzeitig zurückziehen, denn sie wollte ja schließlich nicht schwanger werden. Als Sandra klar wurde, was sie da dachte, hielt sie einen Moment erstaunt inne und schüttelte den Kopf. Wieso glaubst du, daß es noch mal passieren wird, fuhr es ihr durch den Kopf. Michael ist verheiratet. Das war er auch gestern abend. Aber er wird doch nicht seine Frau und sein Kind wegen dir aufgeben. Das ist in Deutschland, und Deutschland ist so weit weg, beruhigte sie sich und machte sich zum erstenmal Gedanken, wie sie ihm heute morgen gegenübertreten sollte. Es war klar, sie konnten keinesfalls ihr Verhältnis - war es denn überhaupt eines, überlegte sie zweifelnd - öffentlich machen, und gleichzeitig hoffte Sandra, daß niemand, besonders nicht Hachnem Ratschi, der gut irgendwo hinter den Felsen versteckt ihnen zugesehen haben konnte, gestern abend etwas bemerkt hatte. Der Gedanke daran ließ sie, die schon den Eingang ihres Zeltes geöffnet hatte, einen Moment zögern, doch jetzt war nichts mehr daran zu ändern, und sie schob sich gebückt zwischen den beiden Zeltplanen hindurch nach draußen.

Anders als am Morgen vorher war die Luft klar und kühl, am Himmel schafften es gerade noch die hellsten Sterne, gegen das bleiche Morgenlicht anzukämpfen und ihren Platz am Firmament wenigstens noch für ein paar Minuten gegen den Tag zu behaupten. Im Osten zeigte sich schon der blaßrosafarbene Schimmer des beginnenden Tages, auch wenn das Lager noch im Dunkeln lag. Sandra Neubert streckte sich und achtete zunächst gar nicht auf die Gespräche, die von der Kochstelle zu ihr herüberdrangen. Als sie schließlich ein letztes Mal herzhaft gegähnt hatte und bereit war, sich den Herausforderungen des neuen Tages, die in der mühseligen Suche nach ihrer Grabungsstätte bestehen würde, zu stellen, wurde ihr plötzlich bewußt, daß etwas nicht stimmte. Sie blickte sich um. Alle bis auf Michael waren um die Kochstelle versammelt, aber das war nichts Ungewöhnliches, da Michael morgens meist der letzte war, und heute, dachte sie amüsiert, hatte er ja vielleicht einen besonderen Grund dafür. Die Zelte standen noch dort, wo sie hingehörten, alles schien in bester Ordnung, doch auf einmal fiel es ihr wie Schuppen von den Augen. Es waren die Stimmen, die von der Kochstelle her teils gegeneinander, teils sich ergänzend an ihr Ohr drangen, ohne daß sie im Schattendunkel des neuen Sonnendaches die einzelnen Gestalten hätte genau ausmachen können. Wo sonst morgendliche Stille herrschte, nur durch einen kurzen Gruß und das Geklapper von Tassen und Tellern gestört, fand etwas statt, was in Anbetracht der sonstigen Wortkargheit als hitzige Diskussion angesehen werden mußte, auch wenn nur sehr schleppend Meinungen ausgetauscht wurden.

„Woher soll ich denn wissen, wo Hachnem ist?“ verteidigte sich Weller zu Professor Weigert gewandt, der versuchte, eine Petroleumlampe anzuzünden, während ihm Heckert mit der Taschenlampe leuchtete.

„Nun, ich dachte, Sie wären gestern noch länger aufgeblieben und wüßten, ob Hachnem wieder ins Lager gekommen ist“, gab Weigert deutlich gereizt, da er den Docht nicht zum Brennen brachte, zurück.

Weller schüttelte den Kopf und hantierte mit den Tassen und dem Pulverkaffee im Dunklen herum. Neben dem Gasbrenner, auf dem sich der Wasserkessel befand, lag seine Taschenlampe, deren Strahl nur einen matten Schimmer auf die Kochstelle warf.

„Als ich mit Klaus schlafen gegangen bin“, schaltete sich jetzt Heckert ein, „war Hachnem noch nicht zurück, aber vielleicht wissen ja Sandra oder Dr. Gruhn mehr. Die waren die letzten, die schlafen gegangen sind. Ich habe sie erst sehr viel später in ihre Zelte kriechen gehört.“

Sandra, die inzwischen von den anderen unbemerkt die Gruppe erreicht hatte, zuckte zusammen, als sie das hörte, und überlegte sofort, wieviel Heckert wohl mitbekommen hatte. Sie beschloß, ihm keine Gelegenheit zu geben, irgendwelche Vermutungen oder Anspielungen zu äußern.

„Als ich zu Bett gegangen bin, war Hachnem noch nicht wieder zurück“, erklärte sie, und die Köpfe der drei Männer drehten sich überrascht in ihre Richtung. „Es sei denn“, ergänzte sie eigentlich überflüssig und nur um zu zeigen, daß sie nichts zu verbergen hatte, „er hat sich völlig lautlos an Doktor Gruhn und mir vorbeigeschlichen."

„Vielleicht hat er ja unten bei den Arbeitern geschlafen. Möglicherweise haben die nach dem überstandenen Sturm noch gefeiert, und jetzt kommt er nicht aus den Federn", meinte Weller. „Wir werden es wohl schaffen, uns einmal selbst zu versorgen, oder?"

Auf dem Tisch brannte mittlerweile die Petroleumlampe, Sandra leuchtete mit einer Taschenlampe Weller, der aus den Vorratskisten Geschirr und Lebensmittel zusammensuchte, Professor Weigert hatte sich auf einen der Stühle gesetzt, und Heckert versuchte sich so gut wie möglich nützlich zu machen.

Er ging um den kleinen Tisch, auf dem der Kocher stand, herum und schaute in den Kessel, ob das Wasser schon kochte, dann gab er in jede der aufgereihten Tassen einen Löffel Pulverkaffee und goß ihn mit heißem Wasser auf. Während Sandra und Weller Teller und Bestecke, Margarine und Marmelade, ein Stück Käse und das restliche Brot auf den Tisch stellten, ging Heckert herum und reichte jedem eine Tasse heißen, dampfenden Kaffee.

Sandra stand mit dem Rücken zu den Zelten, die Hände um die Tasse gelegt, um die in der Morgenkühle steifen Finger zu wärmen, als sie hörte, wie jemand aus seinem Zelt kroch. Das konnte nur Michael sein. Nun war es soweit, dachte sie sich, nur ruhig bleiben, es wird schon alles gutgehen. So sehr sie es sich eigentlich wünschte, von ihm mit einer Umarmung begrüßt zu werden, versuchte sie sich doch, während sie auf seine näher kommenden Schritte ängstlich lauschte, damit zu beruhigen, daß er ganz bestimmt nicht der Typ dazu war. Die Schritte kamen näher und brachen dann ab. Sandra stand wie angewurzelt, zu keiner Bewegung fähig, da. Sie wagte nicht, sich umzudrehen, und ihre Nerven waren zum Zerreißen gespannt. Ihre Hände zitterten, und sie nahm schnell einen Schluck von dem noch zu heißen Kaffee, nur um irgend etwas zu tun.

„Guten Morgen allerseits." Nichts in Michaels Stimme deutete auf etwas Ungewöhnliches hin. „Ich bin doch nicht zu spät, oder? Aber heute morgen kam ich einfach nicht aus dem Bett. Das muß an dem anstrengenden Tag gestern gelegen haben."

Ein Lächeln huschte über Sandras Gesicht. Sie wartete, bis es binnen Sekunden verflogen war, drehte sich dann um und stimmte in das allgemeine Gemurmel, das den Gruß erwidern sollte, ein.

„Nun, dann werde ich mir mal eine Tasse Kaffee nehmen", erklärte Michael und kam um den Tisch herum genau auf Sandra zu. Sie wich ein Stück zur Seite, ohne den Blick von ihm abzuwenden. Michael, so stellte sie fest, verzog keine Miene, als sich ihre Blicke trafen, oder war das kurze Zucken seines Mundwinkels ein geheimes Zeichen der Komplizenschaft? Sandra ging zum Tisch und setzte sich neben Professor Weigert. Als sie sich ein Stück Brot mit Margarine bestrich, merkte sie, daß ihre Hand zitterte. Zum Glück war es noch so dunkel, daß man schon genau hinsehen mußte, um es zu bemerkten, doch der Professor hatte andere Sorgen, als auf solche Kleinigkeiten zu achten.

„Haben Sie gestern abend Hachnem Ratschi gesehen?“ fragte er Michael, kaum daß dieser sich mit seiner Tasse Kaffee an den Tisch gesetzt hatte.

Michael schaute den Grabungsleiter erstaunt an. „Wieso?“ meinte er ganz unbefangen.

„Weil er nicht da ist.“

„Stimmt, jetzt, wo Sie es sagen, fällt mir es auch auf“, stellte Michael fest, ohne daß in seiner Stimme ein Hauch von Beunruhigung zu hören gewesen wäre. „Er wird schon wieder auftauchen. Wahrscheinlich treibt er sich bei den Arbeitern herum.“

„Sie haben ihn gestern abend nicht mehr zurückkommen gesehen?“ insistierte Weigert.

Michael warf Sandra einen Blick zu, und sie schüttelte unmerklich den Kopf, eine Bewegung, die allen anderen entgangen sein mußte, dessen war sie sich sicher, aber genauso sicher war sie sich, daß Michael sie bemerkt hatte und richtig interpretieren würde.

„Nein, jedenfalls nicht, solange ich hier noch mit Sandra gesessen habe. Und auch nicht“, ergänzte er, „als ich in meinem Bett lag. Ich habe nicht gleich einschlafen können, deshalb bin ich mir sicher, daß er keinesfalls vor“, er zuckte mit den Schultern, „na, sagen wir halb elf, wenn überhaupt, hiergewesen sein kann.“

Inzwischen hatte sich das rote Leuchten am östlichen Horizont schon so weit über die Berge geschoben, daß alle Sterne am Himmel endgültig verblaßt und die müden Gesichter der um den Tisch Versammelten deutlich zu erkennen waren.

Aus den Augenwinkeln heraus beobachtete Sandra Michael, wie der an seiner zweiten Tasse Kaffee nippte und von Zeit zu Zeit einen Bissen von seinem mit Käse belegten Brot nahm. Ihre Nerven hatten sich beruhigt.

Es bestand augenscheinlich keine Gefahr, daß er irgend etwas sagen oder tun würde, was den anderen einen Hinweis darauf geben könnte, was gestern zwischen ihnen passiert war.

„Sie scheinen zu Hachnem ja seit gestern ein engeres Verhältnis als wir zu haben", begann Professor Weigert erneut und schaute zu Michael hinüber.

„Wie kommen Sie darauf?" fragte der erstaunt und stellte die Tasse ab, die er gerade zum Munde führen wollte.

„Nun ja, wenn ich richtig beobachtet habe, dann hat ein Wort von Ihnen genügt, und er hat widerspruchslos gemacht, wogegen er sich noch kurz zuvor vehement gewehrt hatte."

Michael machte eine wegwerfende Handbewegung. „Das hat nichts zu bedeuten. Vielleicht hat er es sich nur gerade in dem Moment anders überlegt oder einfach eingesehen, daß wir hier bestimmen, was gemacht wird."

Oder du, ging es Sandra in diesem Moment durch den Kopf. Seit du deine Grabung durchgesetzt hast, machen wir alle doch nur noch, was du willst. Sie schaute ihm jetzt offen ins Gesicht.

„Nun, wie dem auch sei", lenkte Weigert ein, „wir haben heute viel zu tun. Zuerst müssen wir Hachnem auftreiben. Er kann sich ja nicht in Luft aufgelöst haben. Und dann müssen wir systematisch nach der verschütteten Grabungsstelle suchen." Dabei sah er auffordernd in die Runde und ergänzte: „Für diesbezügliche konstruktive Vorschläge wäre ich dankbar."

Weller und Heckert nickten zustimmend, bezogen aber anscheinend die letzte Aufforderung des Professors nicht auf sich.

„Glauben Sie wirklich, das hat Sinn?" wollte Michael vom Professor wissen.

Sowohl der Professor als auch Sandra schauten ihn erstaunt an. In diesem Moment bemerkte Sandra wieder diesen eigenartigen Effekt in Michaels Augen. Es war, als ob sich ein Vorhang hob, der den Blick in ein anderes Universum freigab. Es war, als würde man in diese Augen eingesogen, einem weit entfernten Glitzern entgegen, von dem es kein Zurück gab. Doch bevor sie sich darauf konzentrieren konnte, um einen genaueren Eindruck davon zu erhalten, hatte sich der Vorhang schon wieder gesenkt, und alles war wie zuvor. Zum Glück, dachte sie mit leichtem Schaudern.

„Was wollen Sie damit sagen?" fragte Weigert nach.

„Nun, seien wir doch mal ehrlich, Herr Professor", es klang, als ob Michael Gruhn zu einem uneinsichtigen kleinen Kind spräche, „wir haben es, um es deutlich auszudrücken, vermasselt. Das Beben und der Sandsturm haben meine Grabungsstätte völlig eingeebnet. Wir werden sie nicht wiederfinden, ob mit oder ohne Hachnem. Wir hätten sie richtig sichern sollen, aber egal, jetzt ist das Kind in den Brunnen gefallen. Die Entdeckung ist futsch, weg, perdu, oder was man sonst noch sagen kann. Bestenfalls haben wir ein paar Fotos, um zu beweisen, daß da wirklich mal etwas war. Mehr nicht."

Es war deutlich zu sehen, daß Professor Weigert erst einmal tief Luft holte und dann mit deutlicher Verstimmtheit entgegnete: „Zuerst, Herr Kollege, sollten wir uns doch an die allgemeinen Gepflogenheiten halten. Es ist *unsere* Grabungsstätte, und ich bin immer noch der Leiter dieser Grabung, und als solcher, das ist das zweite, werde ich entscheiden, ob wir die Suche aufgeben und wann. Offen gesagt kann ich Ihr Desinteresse nach Ihrem Enthusiasmus nicht so recht verstehen. Sie gehen auf eine bloße Vermutung hin dort hinaus und graben tagelang in der glühenden Hitze, ohne die Spur eines Erfolges zu haben, und wenn er sich überraschenderweise einstellt, Ihnen dann aber wieder aus den Händen gleitet, kümmert Sie das nicht mehr, als ob ...", der Redefluß des Professors kam ins Stocken, als er verzweifelt nach einem passenden Vergleich suchte, „als ob Sie ein Buch verlegt hätten."

Sandra nickte zustimmend, während die beiden Studenten sich heraushielten. Professor Weigert war zwar ihr Doktorvater, aber wenn sie die Grabungsstelle wiederfinden würden, dann könnte Michael Gruhn zu der wichtigsten Adresse in der Archäologie der nächsten zwanzig Jahre werden, und sie würden zumindest dort zur Untermiete wohnen können.

„Ich versteh' dich einfach nicht", schaltete sich jetzt Sandra in das Gespräch ein. „Dir muß es doch auf den Nägeln brennen, noch mal in diese unterirdischen Katakomben zu gehen. Wir haben sie doch so gut wie überhaupt noch nicht erforscht. Wie kannst du nur so einfach aufgeben? Wir müssen einfach alles daransetzen, unsere Grabungsstätte wiederzufinden."

Sie blickte sich um, und alle bis auf Michael nickten zustimmend. Der aber lehnte sich auf seinem Stuhl zurück und schien an ihnen vorbei irgendwo in die Berge zu sehen, hinter denen sich bald die Sonnenscheibe erheben mußte.

Sandra glaubte für einen Moment, einen spöttisch abfälligen Ausdruck in seinem Gesicht zu erkennen, doch sie konnte sich auch getäuscht haben.

„Machen wir uns doch nichts vor", begann Michael und ließ seinen Blick in der Runde schweifen, „wir werden die Stelle nicht mehr finden. Aber darüber können wir uns später noch Gedanken machen. Zuerst sollten wir Hachnem Ratschi auftreiben und vielleicht auch mal nachsehen, was die Arbeiter machen. Ohne die können wir die ganze Sache sowieso vergessen."

„Ganz richtig", stimmte Weigert zu. „Zuerst kümmern wir uns um Hachnem und die Arbeiter, und dann sehen wir weiter."

Nacheinander erhoben sich die fünf Deutschen, stellten das Geschirr zusammen, räumten die Lebensmittel wieder in die Vorratskiste und gingen dann ihren allmorgendlichen Tätigkeiten nach, die nach einer halben Stunde ihren Abschluß darin finden würden, daß alle für die Aufgaben des Tages bereit sich wieder am Tisch versammelten. Sandra unterbrach an diesem Tag ihre tägliche Routine, indem sie sich aus dem Faß mit Trinkwasser einen halben Eimer abfüllte und damit, nachdem sie ihr Waschzeug aus dem Zelt geholt hatte, hinter den Felsen im Duschzelt verschwand. Das Wasser war eiskalt, aber wenigstens konnte sie sich notdürftig säubern. Eine gründliche Reinigung mußte bis zum nächsten Duschtermin warten, aber nachdem sie fertig war, fühlte sie sich viel besser und schüttete das Restwasser mit einem großen Schwung zwischen die Felsen. Ihre Bewegung war etwas zu schwungvoll gewesen, denn der Eimer glitt ihr aus den Händen und polterte den Hang hinunter, wobei er bei jedem Auftreffen auf einen Stein ein lautes, blechernes Scheppern von sich gab. Erschrocken hielt sich Sandra die Hand vor den Mund und schaute dem Eimer hinterher, bis er zwischen zwei Felsen ihrem Blick entschwand und augenscheinlich nach kurzer Zeit irgendwo zum Liegen kam.

„Verdammt", fluchte sie leise, und als Weller, den Mund wie ein tollwütiges Tier von Zahnpasta umschäumt, mit schnellen Schritten angelaufen kam, wiederholte sie noch einmal lauter: „Verdammter Mist."

Wellers fragender Blick, ungeachtet, daß er mit der Zahnbürste in der einen und einem Wasserbecher in der anderen ein zu komisches Bild abgab, forderte eine Erklärung.

„Nichts passiert", beruhigte sie ihn, „mir ist nur der Wascheimer aus der Hand gerutscht und den Hang hinuntergerollt. Ich hole ihn gleich. Kein Grund, sich nicht die Zähne weiterzuputzen." Während der letzten Worte hatte sie sich schon umgedreht und war den Pfad in Richtung des Arbeiterlagers hinuntergestiegen, um den Blecheimer, falls er überhaupt noch brauchbar wäre, zu holen. Mit schaumgefüllten Mund murmelte ihr Weller noch etwas hinterher, das sie aber nicht verstand und wahrscheinlich auch nicht besonders wichtig gewesen war.

Das Handtuch um den Hals gelegt, ihren Waschzeugbeutel in der linken Hand, ging Sandra den Weg entlang und suchte dabei den Hang nach dem Eimer ab. Als sie an die Stelle kam, wo er ihrem Blick entschwunden war, stieg sie vorsichtig über die Felsen und versuchte die Bahn nachzuvollziehen, die er genommen haben konnte.

„Blödes Ding“, murmelte sie und richtete sich auf einem kleinen Steinblock stehend auf, um eine bessere Übersicht zu haben. „Irgendwo muß das Ding doch sein“, meinte sie kopfschüttelnd und stieg von dem Stein herunter.

Sandra kletterte vorsichtig zwischen den Felsen und dem Geröll herum. Die Sonne hatte sich inzwischen über den Bergen erhoben und brannte auf ihren ungeschützten Kopf herab. Du wirst dir noch einen Sonnenstich wegen dieses blöden Eimers holen, ging es ihr durch den Kopf. Trotzdem suchte sie weiter, bis sie etwas ganz anderes fand. Sie hatte einen weiten Bogen geschlagen und war jetzt schon wieder fast an dem Pfad angelangt, der zum Lager der Archäologen hinaufführte, als sie den Körper des Mannes in einer solch verdrehten Haltung liegen sah, daß kein Zweifel daran bestehen konnte, daß er tot war. Unwillkürlich holte sie tief Luft und konnte den Schrei, der sich von den Stimmbändern schon auf dem Weg zu ihren Lippen befand, gerade noch rechtzeitig unterdrücken. Keinesfalls wollte sie hier die ganze Gegend zusammenbrüllen und sich damit das Prädikat einer hysterischen Ziege verdienen, obwohl ein solcher Schrei nur zu verständlich gewesen wäre. Während sie versuchte, ihre Atmung wieder in den Griff zu bekommen, merkte sie, wie sich ihre Haut mit Schweiß überzog und ihr schwindlig wurde. Sie warf einen genaueren Blick auf die ungefähr vier Meter entfernt liegende Leiche. Der Körper lag mit dem Gesicht nach unten auf dem Bauch, und die dunkle Stelle, die sich unter der Brust hervor ausgebreitet hatte, mußte wohl Blut sein. Jetzt, da sie ihre nüchterne Überlegung zum Teil wiedergefunden hatte, musterte sie die Kleidung des Toten genauer, scheute sich aber immer noch, näher heranzutreten. Ohne Zweifel war der Tote Hachnem Ratschi. Sie entschied, für den Moment genug Mut und Selbstbeherrschung gezeigt zu haben, und eilte den Weg hinauf ins Lager zu den anderen.

Die Nachricht von ihrem grausigen Fund löste bei ihren Kollegen Bestürzung und Ratlosigkeit aus. Darauf folgten sofort Vermutungen darüber, was wohl passiert sein konnte. In der Nacht auf dem dunklen Pfad abgestürzt. Vielleicht hatte er auch zuviel Raki getrunken, so mutmaßte Heckert, dem wie auch allen anderen Hachnems Vorliebe für alkoholische Getränke nicht verborgen geblieben war. All das passierte in den wenigen Minuten, bis sich die Mitglieder der Expedition um den Tisch versammelt hatten und sich dann von Sandra zu der Leiche des bemitleidenswerten Iraners führen ließen.

Kurz darauf umringten Weigert, Michael, Sandra, die sich so eng wie möglich, ohne daß es auffällig wirkte, neben Michael gestellt hatte, und die beiden Studenten den Körper des toten Hachnem. Sandra wünschte, sie könnte in diesem Moment in die Arme von Michael fliehen oder sich zumindest an ihn anlehnen, anstatt verloren und ratlos wie die anderen auf die Leiche zu starren.

„Eindeutig Hachnem", stellte der Professor fest, als ob daran noch ein Zweifel bestanden hätte.

„Wir sollten ihn vielleicht ins Lager bringen", schlug Heckert vor.

Der Professor nickte zustimmend. „Aber wie? Haben wir eine Tragbahre?"

Während sich die anderen noch hilflos umblickten, kletterte Michael die kaum zwei Meter vom Weg hinunter und trat an den Toten heran. Er bückte sich und drehte ihn mit einiger Mühe um. Sandra hielt automatisch die Luft an, um ihren Stimmbänder keine Gelegenheit zu geben, den vorhin unterdrückten Schrei jetzt loszuwerden. Sie hatte schon viel von den starren Augen von Toten gehört und war auf das Schlimmste gefaßt. Aber anstatt sich dem totenstarren Blick Hachnems ausgesetzt zu sehen, erwartete sie etwas, das ihr alle Berechtigung gab, den lange zurückgehaltenen Schrei nun endlich auszustoßen.

Auch Michael zuckte zurück, als der Leichnam, den er unter viel Mühe angehoben und auf die Seite gedreht hatte, schließlich auf den Rücken kippte. Hinter sich vernahm er den Aufschrei von Sandra und das heftige Ausatmen der Männer. Die ersten Fliegen hatten sich schon auf dem Toten eingefunden, wie man jetzt sehen konnte, doch das war es nicht, was das Entsetzen heraufbeschwor. Hachnem Ratschi war eindeutig nicht durch einen Unfall ums Leben gekommen. Kein noch so großer Zufall konnte das, was die fünf Deutschen hier in grausiger Deutlichkeit vor sich sahen, bewirkt haben.

Als der Schrei aus ihr herausgebrochen war, hatte Sandra instinktiv die Augen geschlossen. Danach war sie bemüht gewesen, ruhig zu atmen und nicht in einen hysterischen Anfall zu verfallen, doch irgendwann, so sagte sie sich, mußte sie die Augen wieder aufmachen, also warum nicht gleich. Auch beim zweiten Blick auf Hachnem Ratschi mußte sie noch keuchen, doch inzwischen hatte sie sich so weit im Griff, daß nur ein dumpfes Stöhnen aus ihrer Kehle drang. Ihm waren die Augen ausgestochen worden, in den blutigen Höhlen hingen noch die Reste der Augäpfel, und die Augenflüssigkeit war zusammen mit dem Blut das Gesicht hinunter auf sein Hemd und die Jacke gelaufen und dort eingetrocknet. Man mußte ihm das Messer, oder welchen Gegenstand wer auch immer dazu benutzt hatte, bis tief ins Gehirn getrieben haben, denn in den blutigen Höhlen klebten Reste von eitrig gelber Gehirnmasse. Jetzt erst bemerkte sie die kurzen, dünnen Holzstöcke, die man ihm in die Ohren und durch die Trommelfelle hindurch in den Kopf gestoßen hatte. Wo der Körper gelegen hatte, befand sich eine große dunkle Stelle getrockneten Blutes. Er mußte schon tot gewesen sein, als man ihn so mißhandelt hatte, ging es ihr durch den Kopf, sonst hätten sie seine Schreie bestimmt gehört.

„Wer hat das nur getan?“ keuchte Weller, und das Zittern in seiner Stimme deutete auf seine Angst hin.

Professor Weigert schüttelte ratlos den Kopf. „Wie konnte das nur passieren?“ brachte er hervor und schaute hilfesuchend zu Michael.

Endlich fand auch Sandra die Sprache wieder. „Gibt es hier Banditen, die das Lager überfallen könnten? Sind wir etwa in Gefahr, genauso zu enden?“ Ihre Stimme zitterte wie die von Weller.

Michael richtete sich langsam auf und schüttelte den Kopf. Dabei wurde nicht klar, welche der vielen Fragen er damit verneinen wollte oder ob er überhaupt auf die Ängste der anderen reagierte.

„Warum haben wir ihn nicht schreien gehört?“ stellte Heckert die Frage, die Sandra für sich schon beantwortet hatte. „Das müssen doch fürchterliche Schmerzen gewesen sein. Oder war er sofort tot?“

„Er war bestimmt sofort tot“, versuchte der Professor sich und die anderen zu beruhigen. „Sonst hätten wir bestimmt etwas gehört, wenn er hier auf dem Weg zum Lager umgebracht worden ist.“

„Aber von wem?“ wollte Sandra mit verzweifelter Stimme wissen. „Wer tut denn so was Schreckliches?“

„Wahrscheinlich die Arbeiter.“

Alle starrten wie auf Kommando zu Michael, der fast geistesabwesend, immer noch den Leichnam zu seinen Füßen musternd, diese Erklärung angeboten hatte, und es klang nicht so als, ob es nur eine vage Vermutung wäre.

„Die Arbeiter?“ Heckert drückte das Erstaunen aller aus.

„Ja. Wer denn sonst? Hier ist doch weit und breit niemand, und wenn jemand gekommen wäre, dann hätten wir und auch sie es bestimmt bemerkt. Ein Fremder hätte sich hier nicht unbemerkt anschleichen können. Also, wenn es keiner von uns war, dann müssen es wohl die Arbeiter gewesen sein. Und noch etwas: Hachnem war keinesfalls tot, als ihm die Gehörgänge durchstoßen und die Augen ausgestochen wurden. Sehen Sie hier“, er deutete mit der Fußspitze zum Hals des Toten, „man hat ihm vorher den Kehlkopf durchstoßen, damit er nicht schreien konnte.

Er hat sogar noch gelebt, als man ihn hier abgelegt hat, sonst gäbe es keine solche Blutlache."

Während Michael gesprochen hatte, waren die Gesichter der Umstehenden immer bleicher geworden, und Heckert gab jetzt mit einem würgenden Geräusch sein Frühstück von sich. Als Sandra dies sah, mußte auch sie würgen, konnte aber mit äußerster Willensanstrengung noch das Schlimmste verhindern.

„Sie meinen also die Arbeiter ...", Professor Weigert ließ den Satz unvollendet verklingen, um dann erneut die Frage zu stellen, die auch allen anderen auf der Seele brannte. „Aber warum diese Grausamkeit?"

Alle blickten auf Michael, als ob dieser eine Reinkarnation von Sherlock Holmes wäre. Er blickte zu den anderen hinauf, die einen Meter über ihm auf dem Weg standen, während er sich immer noch neben dem schrecklich mißhandelten Körper von Hachnem zwischen den Felsen befand. Er warf einen letzten Blick darauf und stieg über die Gesteinsbrocken auf den Weg hoch.

„Ein Ritualmord, daran besteht kein Zweifel. Sie wollten ihn nicht nur töten, sondern auch etwas in ihm vernichten, das nicht so einfach umzubringen war wie sein menschlicher Körper."

„Sie scheinen sich ja gut auszukennen", meinte Weigert nach einer Pause, in der allen der gleiche unangenehme Gedanken gekommen war, daß dieser Michael Gruhn viel mehr zu wissen schien, als er bisher preisgegeben hatte.

„Nun, was würden Sie denn sonst vermuten?" ging Michael spöttisch auf die Bemerkung des Professors ein. „Vielleicht, daß Hachnem zweimal unglücklich in einen Meißel gefallen ist und sich selbst dabei die Augen ausgestochen hat, danach zur Seite in zwei Holzstöcke gekippt ist und sich dann, damit er das Lager mit seinen Schreien nicht weckt, ein Messer durch den Kehlkopf gestoßen hat?"

Sandra hatte Michael beobachtet, wie er teilnahmslos und zynisch über das schreckliche Ende des Iraners gesprochen hatte. Und wenn es auch nur war, um Professor Weigert dessen Unfähigkeit und seine eigene Überlegenheit vor Augen zu führen - sie konnte nicht verstehen, wie man so gefühllos den Leiden gegenüberstehen konnte, die Hachnem in seinen letzten Stunden hatte erdulden müssen.

„Nun, Professor, was meinen Sie?" ließ Michael nicht locker.

„Sie haben wohl recht", lenkte dieser ein.

„Und was machen wir jetzt?" wollte Weller wissen, der sich immer noch mit seinem Taschentuch den Mund abwischte, obwohl dort keine Spuren von seiner Unpäßlichkeit mehr zu sehen waren.

„Wir gehen ins Lager der Arbeiter und sehen nach, was los ist“, schlug Michael in beiläufigem Ton vor.

Die anderen starrten ihn an, als ob er gerade vorgeschlagen hätte, sie sollten ihre Seele dem Teufel persönlich verkaufen. Unwillkürlich wichen sie einen Schritt von ihm zurück. Sandra war die erste, die ihre Sprache wiederfand.

„Nein. Kommt nicht in Frage.“

Heckert und Weller stimmten ihr heftig nickend zu, und auch Professor Weigerts Miene ließ keinen Zweifel darüber entstehen, daß er nicht gewillt war, diese Möglichkeit auch nur in Betracht zu ziehen.

Michael musterte die entsetzt dreinschauende Gruppe und lachte dann laut los.

„Ein wirklich schöner Anblick“, meinte er, nachdem er sich wieder beruhigt hatte. „Wovor habt ihr denn Angst? Vor den Arbeitern? Das kann doch nicht wahr sein. Denkt doch einmal nach. Wenn die uns hätten umbringen wollen, dann wäre in der Nacht genügend Zeit gewesen, und wir würden schon längst hier neben Hachnem liegen. Und selbst wenn sie uns jetzt noch umbringen wollten, dann hätten wir weder in dem Lager da oben noch sonstwo ihnen etwas entgegenzusetzen. Warum also sollten wir nicht nachsehen, was los ist?“

Eigentlich hatte er recht, überlegte Sandra. Was er sagte, machte Sinn. Wenn es die Arbeiter auf sie abgesehen hatten, dann hätten sie ihr schreckliches Vorhaben auch schon gut gestern nacht in die Tat umsetzen können, zumal sie damit rechnen mußten, daß die Deutschen mit dem Fund der Leiche gewarnt wären. Nach diesen Überlegungen nickte sie langsam und schaute Michael direkt ins Gesicht. Wieder hatte sie den Eindruck, als würden sich hinter seinen Augen unendliche Räume auftun, doch jetzt schienen diese Weiten von Haß und Wut erfüllt zu sein, und gleichzeitig schien eine unvorstellbare Macht dahinter zitternd darauf zu warten herauszutreten.

„Wenn man es so sieht“, überlegte Weigert laut, „haben Sie vielleicht nicht einmal Unrecht. Irgendwas müssen wir ja unternehmen. Wir müssen diesen Mord natürlich den Behörden melden. Wer soll jetzt nach Bam fahren? Niemand von uns spricht Persisch.“

„Eines nach dem anderen“, beruhigte Michael den Grabungsleiter. „Irgendeine Lösung werden wir schon finden. Jetzt gehen wir erst einmal nachsehen, was mit den Arbeitern los ist.“

Als die fünf Deutschen, sich ihres eigenen Mutes nicht so sicher, langsam den Pfad hinunterschlichen, sprachen sie kein Wort. Ihre schon kurz gewordenen Schatten tanzten vor ihnen auf dem Weg und verschwanden ganz, als sie das im Schatten des Hügelrückens befindliche Wadi erreichten. Im Lager der Arbeiter war auf den ersten Blick nichts Ungewöhnliches zu entdecken, bis auf den Umstand, daß es verlassen war. Die Werkzeuge lagen ordentlich gestapelt, die Zelte und die Kochstelle waren aufgeräumt, und nur die persönlichen Habseligkeiten waren mit den Leuten zusammen verschwunden. Nichts war dazu angetan, den fünf Deutschen Furcht einzujagen, und doch türmte sich das alles, zusammen mit der Stille, die ihnen mehr und mehr bewußt wurde, zu einer riesigen Woge der Bedrohlichkeit auf. Die wenigen Worte, die man untereinander wechselte, wurden aus unverständlichen Gründen nur geflüstert, und schließlich stand man ratlos zwischen den Zelten und wußte nicht weiter.

„Nun, wie es aussieht, haben sie sich verdrückt", stellte Weigert lapidar fest.

„Und zwar mit dem Lastwagen."

„Was sollen wir jetzt machen?" fragte Weller mit einem Blick auf den Professor.

„Irgendwie müssen wir nach Bam kommen. Wir müssen die Behörden informieren. Wir können Hachnem nicht einfach begraben, und ich wage mir nicht auszumalen, was passieren wird, wenn er nur einen Tag in dieser Hitze liegt."

„Bam liegt über dreißig Kilometer entfernt. Wie sollen wir dahin kommen ohne Auto?" gab Sandra zu bedenken. „Und auch bis zur Hauptstraße sind es einige Kilometer. Selbst wenn wir dort einen Wagen anhalten können, ist es immer noch ziemlich gefährlich."

Michael kam zwischen den Zelten hervor, wo er anscheinend nach etwas gesucht hatte. Es hatte nicht den Anschein, als ob er fündig geworden wäre.

„Sie haben sich alle aus dem Staub gemacht", stellte er überflüssigerweise fest. „Nun, hier gibt es nicht mehr viel zu tun. Gehen wir wieder ins Lager."

Da niemand etwas dagegen sagte, setzte er sich mit festen Schritten in Bewegung, und die restlichen vier folgten ihm mit gesenkten Köpfen. Als sie wieder an der Leiche von Hachnem vorbeikamen, bemühten sich alle bis auf Michael, woandershin zu blicken und nach Möglichkeit erst einmal die drängenden Probleme, die mit dem toten Iraner verbunden waren, zu ignorieren. Es würde nicht lange dauern, höchstens noch ein paar Stunden in der mörderischen Hitze, dann würde die Leiche bestialisch zu stinken beginnen, und keiner von ihnen glaubte, daß sie in ihrem nur knapp hundert Meter entfernten Lager davon verschont bleiben würden. Wahrscheinlich blieb ihnen gar nichts anderes übrig, als sie zumindest vorläufig zu begraben. Die Polizei würde davon nicht begeistert sein, wenn es um die Aufklärung dieses bestialischen Mordes ging. Michael studierte im Vorbeigehen die Leiche Hachnems noch einmal ganz genau, was aber den anderen in ihrem Bemühen wegzusehen entging.

Nach zwei Stunden, die sie in der brütenden Hitze unter dem Sonnensegel zugebracht hatten, waren sie einer Lösung ihrer Probleme keinen Schritt näher gekommen. Man konnte die Vorschläge, die dazu gemacht wurden, in zwei Klassen einteilen, solche, die nicht durchführbar waren, und solche, die absolut nicht durchführbar waren. Sandra stand zum wiederholten Male von ihrem Stuhl auf und ging zum Wasserbehälter, um sich einen Bechervoll der lauwarmen Flüssigkeit zu holen.

„Ich denke, das vordringlichste Problem ist die Leiche. Wenn wir sie dort unten noch länger liegen lassen, dann wird es nur unangenehmer, wenn wir sie schließlich doch begraben müssen. Polizei hin oder her, es geht nicht anders. Das werden die dann auch einsehen." Heckert hatte sich während der Diskussion immer mehr zu jemandem entwickelt, der die ganze Sache rein pragmatisch sah. Wie weit diese Einstellung allerdings Bestand hätte, wenn er Hand an die verwesenden Überreste von Hachnem legen sollte, mußte sich erst noch zeigen.

„Das bringt uns wieder zu dem Punkt, wie wir am besten mit den Behörden Kontakt aufnehmen", erinnerte Professor Weigert die anderen. Auch dazu waren schon einige Vorschläge gemacht worden, und es würde wohl nichts anderes übrigbleiben, als daß sich zwei aus der Gruppe auf den beschwerlichen und keinesfalls ungefährlichen Fußmarsch zu Straße machten. Dort konnten sie dann mit etwas Glück nach nicht allzulangem Warten einen Wagen anhalten und weiter nach Bam fahren. Das Problem war natürlich die Sprache. Keiner von ihnen war des Persischen so weit mächtig, um sich auch nur in groben Zügen verständlich zu machen. Darin waren sie vollständig von Hachnem Ratschi abhängig gewesen. Doch noch etwas anderes hatte Professor Weigert bemerkt, als er diesen Punkt ansprach: Keiner aus der Gruppe schien es besonders eilig zu haben, die Polizei in Bam zu informieren, und er konnte es ihnen noch nicht einmal übelnehmen, denn auch er war sich ziemlich sicher, daß damit erst die wirklichen Schwierigkeiten beginnen würden. Sie hatten nichts als eine Leiche, waren dazu fünf Fremde, die behaupteten, nichts von dem Mord bemerkt zu haben, und jene, die man als Täter ansah, waren bestimmt, im wahrsten Sinne des Wortes, über alle Berge. Der Grabungsleiter wagte sich die Konsequenzen und Verwicklungen gar nicht auszumalen. Doch all das half keinen Schritt weiter. Sie konnten sich hier schließlich nicht verstecken, und endlos weiter zu diskutieren hatte auch wenig Zweck.

Der Schatten des Sonnensegels kroch in einem weitem Bogen nach Osten, die Erörterung aller Möglichkeiten, von denen einige überhaupt keine waren, war in ein resigniertes Schweigen übergegangen, das nur von Zeit zu Zeit durch eine Bemerkung unterbrochen wurde. Sandra drehte die qualmende Zigarette nervös zwischen den Fingern, und die Anzahl der unter ihrem Stuhl verstreuten Kippen sprach eine deutliche Sprache.

Nur Michael schien die ganze Situation wenig zu beeindrucken. Schon nach kurzer Zeit hatte er sich aus der Diskussion zurückgezogen, sich ans andere Ende des Tisches gesetzt und damit begonnen, konzentriert irgendwelche Eintragungen in sein Notizbuch zu machen.

Als Sandra einmal, ganz unauffällig, wie sie meinte, hinter seinem Rücken vorbeigegangen war und versucht hatte, einen Blick auf das Geschriebene zu werfen, hatte er sofort die aufgeschlagenen Seiten wie zufällig, aber sie war sicher, daß Absicht dahinter stand, mit den Händen bedeckt.

„Also jetzt muß endlich etwas passieren. So kann es nicht weitergehen", durchbrach Heckert das Schweigen und stand entschlossen auf. „Ich habe zwar noch keine Geier gesehen, aber irgendwelche Tiere gibt es hier bestimmt, die sich an der Leiche zu schaffen machen werden. Also, wer kommt mit?"

„Was hast du denn vor?" wollte Weller wissen.

„Ich gehe jetzt runter zum Lager der Arbeiter und besorge erst einmal eine Plane, in die wir ihn wickeln können. Dann müssen wir mal sehen, was wir am besten machen. Vielleicht bedecken wir ihn einfach mit einer Sandschicht, bis die Polizei aus Bam Gelegenheit hat, den Körper zu untersuchen."

„Keine schlechte Idee", gab Weller zu und stand ebenfalls auf. „Ich helfe dir."

„Wir sollten vielleicht erst noch ein paar Fotos machen, bevor wir die Leiche bewegen. Die könnten für die Polizei hilfreich sein. Eigentlich soll man ja nichts verändern", schlug Professor Weigert vor.

„In Ordnung. Zuerst machen wir ein paar Fotos, und dann kümmern wir uns um die Leiche", erklärte Heckert mit Bestimmtheit, der man anmerkte, daß er die ganze Sache endgültig hinter sich bringen wollte. „Wer kommt mit?" fragte er noch einmal.

Professor Weigert erhob sich langsam und schaute dabei auffordernd zu Michael hinüber, doch der zeigte sich nicht im mindesten davon beeindruckt und tat, als hätte er nichts mitbekommen. Der Grabungsleiter wollte schon etwas sagen, überlegte es sich dann anders und schloß sich den beiden Studenten an. Sandra hatte den fragenden Blick, den ihr Weller zugeworfen hatte, mit einem Kopfschütteln beantwortet, dabei die Lippen fest aufeinandergepreßt, und ihre Augen flehten ihn an, sie bitte gar nicht erst zu fragen.

Einen Moment lang standen die drei Männer noch unschlüssig herum, bis schließlich Professor Weigert sich der Notwendigkeit beugte, endgültig die Initiative zu ergreifen.

„Gehen wir, sonst ist es dunkel, und wir sind immer noch keinen Schritt weiter. Nachher legen wir dann fest, wie wir morgen vorgehen."

Mit zögernden Schritten gingen die Männer den Pfad zum verlassenen Lager der Arbeiter hinunter. Als sie sich der Stelle näherten, an der die Leiche von Hachnem Ratschi lag, beschleunigte sich wie in stiller Übereinkunft ihr Gang, und mit Entsetzen sahen sie, wie vom Gesicht des Toten Schwärme von Fliegen aufstiegen. Heckert, der oben im Lager noch so vehement dafür eingetreten war, die Leiche zu bestatten, kamen bei dem Anblick die ersten Zweifel, ob er das durchhalten würde. Dann waren sie an der Stelle vorbei, doch der Verwesungsgeruch schien sie bis hinunter ins Lager zu verfolgen. Weller mußte schon wieder würgen und war froh, daß er seit dem Frühstück, das er gleich erbrochen hatte, nichts mehr gegessen hatte.

Heckert ging zu den Werkzeugen hinüber und kramte eine Spitzhacke und zwei Schaufeln heraus, während Weller im Materialzelt nach einer Plane suchte und Weigert, unschlüssig darüber, was seine Aufgabe bei dem Unternehmen sein könnte, die beiden beobachtete. Schließlich kroch Weller schweißüberströmt aus dem Zelt hervor und zog eine der schmutzigen Planen, die sie als Siebunterlage benutzten, hinter sich her. Er breitete sie aus, begutachtete noch einmal die Größe, die, wie er meinte, mehr als ausreichend sein sollte, und rollte sie dann zusammen.

„Ich denke, das Beste wird sein, wir bringen ihn hier herunter und legen ihn dort drüben hin", schlug Heckert vor und deutete auf eine sandige Stelle nicht weit von dem Punkt entfernt, wo der Pfad den Hügel hinunter auf das Wadi traf. „Dort können wir ihn dann unter einer Sandschicht begraben, bis die Polizei hier ist."

Die beiden anderen nickten zustimmend.

„Ich hole eine Schubkarre", sagte Weller und lief wieder in Richtung des Materialzeltes davon, hinter dem einige abenteuerlich aussehende Gefährte standen, die diesen Namen kaum verdienten, ihnen bei den Grabungen aber schon gute Dienste geleistet hatten.

„Gute Idee“, meinte Professor Weigert, der sich eigentlich keine weiteren Gedanken gemacht hatte und froh war, daß seine beiden Studenten die Initiative ergriffen hatten. Seine Gedanken hatten sich schon vor einiger Zeit von diesem Ort verabschiedet und waren längst wieder an der Universität Freiburg. Mit Grausen zog er das Fazit seiner sorgfältig geplanten und gut organisierten Grabung im Iran. Das Ergebnis war deprimierend wie die ganze Situation hier. Er hatte absolut nichts gefunden, was des Vorzeigens wert wäre, und von der wirklichen Sensation dieser Expedition gab es nicht mehr als ein paar Fotos. Gedankenverloren drehte der Professor die Exakta Spiegelreflex in seinen Händen. Die letzten Bilder würden eine schrecklich entstellte Leiche zeigen, die mehr als alles andere das Desaster symbolisierte, in dem sein Griff nach Ruhm enden sollte. Er war Realist genug, um sich darüber im klaren zu sein, daß dies das Ende ihrer Grabungen war. Daß sie Gruhns Grabungsstätte nicht mehr lokalisieren konnten, war im Licht der Ereignisse mehr als unerheblich. Selbst wenn sie offen vor ihnen gelegen hätte, wäre an eine Fortführung ihrer Arbeit nicht mehr zu denken, sobald sie die Behörden in Bam unterrichtet hätten. Doch mußten sie gleich morgen nach Bam laufen? Konnte man nicht wenigstens noch einen Versuch unternehmen, die Grabungsstelle zu finden? Aussichtslos, belehrte er sich sogleich selbst. Der Lastwagen und die Arbeiter waren weg. Sie konnten nicht orientierungslos in der Wüste herumlaufen und hoffen, über ihre Grabungsstätte zu stolpern. Es war vorbei.

„Dann wollen wir mal.“ Weller schob den Schubkarren zum Fuß des Hügels, und die beiden anderen trotteten hinter ihm her. Es stellte sich heraus, daß es ziemlich anstrengend war, die Karre die vierhundert Meter bis zu Hachnem Ratschis Leiche den holprigen, schmalen Pfad hinaufzuschieben.

Heckert löste Weller nach der halben Strecke ab, während Weigert immer noch in nutzlosen Gedanken versunken hinter ihnen herschlich. Als sie die Stelle erreicht hatten, waren alle in Schweiß gebadet und mußten sich erst einmal einen Moment ausruhen. Weigert nahm die Kamera und machte unwillig drei, vier Bilder.

Weller bezweifelte, daß man viel darauf würde erkennen können, als er sah, wie der Professor davor zurückscheute, nah genug an die Leiche heranzugehen. „Ich gehe mal schnell ins Lager und hole uns etwas zu trinken“, sagte er und machte Anstalten loszugehen, aber der Grabungsleiter hielt ihn zurück.

„Nehmen Sie gleich die Kamera mit, damit ihr nicht noch was passiert.“

Der Professor und Heckert setzten sich auf zwei größere Felsbrocken und warteten, bis Weller mit einer Feldflasche voll lauwarmen Wassers zurückkommen würde.

Das Geräusch lag schon lange in der Luft, bevor die beiden auf dem Stein sitzenden Männer es wahrnahmen. Es war ein dunkles Brummen, das von Zeit zu Zeit um eine Oktave nach oben hüpfte, um danach wieder gleichmäßig von irgendwoher hinter den Biegungen des Wadis zu erklingen. Fast gleichzeitig hoben die beiden die Köpfe und sahen sich nach einem Moment stummen Lauschens verwirrt an.

„Was ist das?" rätselte Heckert, woraufhin Weigert mit den Schultern zuckte.

„Ich habe keine Ahnung", meinte er dann. „Vielleicht ein Flugzeug?"

„Ein Flugzeug?" Ungläubig schüttelte Heckert den Kopf und stand auf. Er legte den Kopf schief wie ein Hund, der auf ein Geräusch lauschte, und ging dann ein paar Schritte den Pfad entlang in Richtung des Wadis.

„Es hört sich mehr wie ein Wagen an. Ab und zu scheint der Motor aufzuheulen."

„Hört ihr das auch?" fragte Weller, der gerade mit der Feldflasche vom Lager zurückkam.

„Ja", gab der Professor kurz angebunden zurück.

„Das sind eindeutig Autos", erklärte Heckert jetzt bestimmt. „Was hat das zu bedeuten?"

Die drei Männer schauten sich ratlos an.

„Ob die Arbeiter zurückkommen?" versuchte Weller es mit einer Erklärung.

„Kaum anzunehmen", gab Heckert zurück. „Die ganze Sache gefällt mir überhaupt nicht. Vielleicht sind das ja die Leute, die Hachnem Ratschi getötet haben, möglicherweise auch die Arbeiter, und wir haben sie nur noch nicht bemerkt. Wir hätten die Umgebung des Lagers viel besser absuchen müssen."

Das Brummen war immer deutlicher zu hören, und es bestand kein Zweifel mehr, daß es Motorengeräusche von mehr als einem Wagen waren. Mit jeder Minute konnte man besser drei unterschiedliche Tonhöhen unterscheiden, die auf drei Fahrzeuge hindeuteten. Hachnem Ratschis Leiche war vergessen. Die drei Deutschen starrten wie gebannt auf den Ausgang des Wadis, um dessen Felsnase die Fahrzeuge irgendwann biegen mußten.

Zwischen Befürchtungen und Hoffnung schwankend, regten sich die Männer nicht von der Stelle. Gab es hier räuberische Stämme, von denen sie nichts wussten, und die jetzt die Arbeit der letzten Nacht beenden wollten? Unsinnigerweise dachte Weigert jetzt zum ersten Mal an Sandra Neubert als Frau. Sie hätten keine Chance, sie zu verteidigen. Sie besaßen keine Waffen, von ihren Taschenmessern einmal abgesehen. Was diese Männer mit ihr anstellen würden, konnte er sich zu seinem Leidwesen nur zu gut ausmalen, wenn er an die begehrlichen Blicke dachte, die die in der Nacht verschwundenen Iraner in die Richtung der jungen Frau geschickt hatten. Er unterdrückte den Impuls, auf der Stelle kehrtzumachen und hinauf ins Lager zu laufen, um die Frau zu warnen. Vielleicht sollten sie besser nach unten gehen und den Fremden dort entgegentreten. Mit etwas Glück würden diese das Lager auf dem Plateau dann gar nicht finden. Er trat einen Schritt vor und forderte die beiden Studenten mit einer Handbewegung auf, ihm zu folgen.

„Vielleicht ist es besser, wir treten unserem Besuch unten im Lager gegenüber." Er versuchte unbeschwert zu klingen, so als ob er eine Abordnung des iranischen archäologischen Büros erwartete, doch das Zittern in seiner Stimme blieb Weller und Heckert nicht verborgen.

Als sie wieder das Lager der Arbeiter erreicht hatten, bog der erste Wagen um die Felsnase und hielt genau auf sie zu. Es war ein amerikanischer Armeejeep, offen, selbst die Windschutzscheibe war wegen des Steinschlages auf die Motorhaube abgeklappt. Trotz des unebenen Bodens legte er ein ganz beachtliches Tempo vor und rollte dann langsam vor den drei Deutschen aus. In einigem Abstand folgte ihm ein großer Armeelaster, wie es aussah, ebenfalls amerikanischer Bauart, und dahinter, keiner der drei Männer wollte es so richtig glauben, kam als letztes Fahrzeug ihr alter Laster, mit dem Hachnem sie während der ganzen Zeit herumkutschiert hatte.

Vom Beifahrersitz des Jeeps erhob sich, nachdem sich die Staubwolke etwas verzogen hatte, ein Mann in Uniform und kam gemessenen Schrittes auf Professor Weigert und die beiden Studenten zu. Als er sie fast erreicht hatte, legte er seine Hand mit einer kurzen Bewegung lässig an den Mützenschirm und meinte dann in gebrochenem Englisch: „Ist einer von Ihnen der Professor Weigert?"

Weigert trat einen Schritt vor und bestätigte, daß er der Gesuchte sei. Ohne ein weiteres Wort zu sagen, musterte ihn der Mann von oben bis unten. Seine Augen schienen sich auf der Suche nach etwas, das wohl nur er in der Lage war zu erkennen, in die des Grabungsleiters zu bohren. Dann studierte er in der gleichen Weise die beiden Studenten, die inzwischen neben den Professor getreten waren. Schließlich schien er zufrieden, ohne daß jemand außer ihm selbst hätte sagen können, warum.

„Professor, Sie müssen sofort diesen Ort hier verlassen.“ Als er sah, wie sich blankes Erstaunen im Gesicht des Deutschen ausbreitete, fügte er hinzu: „Ich bin der Polizeichef von Bam und autorisiert, solche Anweisungen zu geben.“

„Aber“, begann der Professor, „unsere Arbeit ...“

„Keine Arbeit“, unterbrach ihn der Polizeichef. „Es gibt nichts mehr zu arbeiten. Sie sind fertig.“

„Wir sind noch lange nicht fertig“, versuchte Weigert mit dem Vertreter der Behörden zu argumentieren, doch der ließ sich auf nichts ein.

Der Armeelastwagen und der kleine Laster der Grabungsgruppe waren inzwischen neben dem Jeep zum Stehen gekommen. Von der Pritsche des kleineren Wagens kletterten ein paar Männer herunter, in denen Weller, der die Szene ungeachtet des Disputs zwischen dem Professor und dem Polizeichef genau beobachtet hatte, einige ihrer Arbeiter wiedererkannte. In diesem Moment lief ihm ein kalter Schauder den Rücken hinunter.

„Herr Professor“, der Polizeichef hörte sich an wie ein besorgter Vater, der seinem uneinsichtigen Kind ein absolut notwendiges Verbot zu erklären versuchte, „Sie müssen diesen Ort hier verlassen. Ich habe einen Wagen und Arbeiter mitgebracht, die ihnen dabei helfen werden, ihr Lager noch heute abzubrechen, alles einzupacken und mit mir nach Bam zu kommen. Verstanden?“

Dieses letzte Wort, ziemlich heftig ausgestoßen, ließ keinen Zweifel daran, daß hier nicht der Ort war, an dem Meinungen diskutiert wurden. Professor Weigert fügte sich deutlich eingeschüchtert in das Unabänderliche, und ihm kam noch nicht einmal in den Sinn zu erwähnen, daß dort oben eine ziemlich übel aussehende Leiche neben dem Weg lag.

Der Polizeichef gab den drei ebenfalls uniformierten Männern im Jeep ein Zeichen, worauf diese ausstiegen und zwei davon sich mit geschulterten Gewehren den Deutschen in Begleitung ihres Vorgesetzten anschlossen. Von diesem martialischen Auftreten eingeschüchtert, wagte keiner der drei, noch etwas zu sagen, sondern sie fügten sich mit hängenden Köpfen in das, was auch immer ihr Schicksal sein sollte. Als sie die ersten Meter den Pfad hinaufstiegen, warf Weller noch einen Blick zurück zu den Fahrzeugen, wo sich die Arbeiter im Schatten des großen Armeelastwagens niedergelassen hatten. Dann stieg er mit müden Schritten hinter dem Professor und seiner Eskorte den Weg hinauf.

Die Archäologen hatten nicht viel Zeit, darüber nachzudenken, was passieren würde, wenn die Polizisten die Leiche von Hachnem Ratschi entdeckten. Professor Weigert überlegte angestrengt, wie er den Polizeichef auf den Fund vorbereiten könnte, doch bevor er sich zu einem Vorgehen entschlossen hatte, war die Stelle schon erreicht. Die drei Archäologen standen mit gesenkten Köpfen da, als ob sie den Mord begangen hätten. Der Polizeichef warf einen Blick auf Hachnem Ratschi oder zumindest das, was von ihm noch übrig war, und schien nicht im mindesten erstaunt, die Leiche hier vorzufinden. Er knurrte seinen beiden Leuten einen kurzen Befehl zu, worauf diese über die Felsbrocken zu dem Toten hinunterstiegen. Als sie dort angelangt waren, stoben Wolken von Fliegen auf, und die Hitze des Tages hatte auch schon gute Arbeit geleistet. Der Verwesungsgeruch war nur schwer zu ertragen, und Heckert, der vor einiger Zeit noch mutig für die Beseitigung der Leiche plädiert hatte, zog ein Taschentuch hervor und drückte es sich vor Mund und Nase.

Die beiden Polizisten hoben den Körper an und zogen ihn mit vereinten Kräften die kurze Strecke bis zum Weg hinauf. Ohne eine Miene zu verziehen, ließen sie ihn vor dem Polizeichef auf den Boden fallen. Weller sah jetzt zum ersten Mal, genauso wie die beiden anderen Deutschen, wie entsetzlich die Mörder gewütet hatten. Weigert wandte sich ab, und es war deutlich, daß er sämtliche Beherrschung aufbieten mußte, um seinen Mageninhalt dort zu behalten, wo er hingehörte.

„Hachnem Ratschi?" Es war schwer zu entscheiden, ob es eine Frage oder eine Feststellung war, mit der der Polizeichef das offensichtliche Verbrechen kommentierte. „Haben Sie ihn so gefunden?"

Die drei Deutschen nickten wie Marionetten, die an einem einzigen Faden hingen, und Weigert fand endlich Gelegenheit, etwas dazu zu sagen: „Wir haben nichts damit zu tun. Wir haben ihn heute morgen so vorgefunden, und wenn die Arbeiter nicht mit dem Lastwagen verschwunden wären, dann hätten wir Sie bestimmt schon informiert. Gleich morgen wollten wir uns auf den Weg nach Bam machen."

Der Polizeichef machte eine wegwerfende Handbewegung, so als ob ihn das alles nicht interessieren würde, und hockte sich neben den Toten hin. Weller fragte sich, wie der Mann den Gestank ertragen konnte, ohne eine Miene zu verziehen. Die Fliegen ließen sich davon auch nicht stören und kamen in Schwärmen zurück, um sich auf dem zerstörten Gesicht des Toten niederzulassen. Der Polizeichef wedelte mit einer Hand über dem Körper, um die Fliegen zu verscheuchen. Weller konnte sich beim besten Willen nicht vorstellen, wonach der Iraner Ausschau hielt. Der Polizeichef erhob sich wieder und drehte mit der Stiefelspitze den Leichnam um. Im Stehen musterte er noch einmal kurz den Rücken und wandte sich dann an Professor Weigert.

„Alles in Ordnung“, meinte er und gab seinen Leuten wieder ein paar knappe Anweisungen auf Persisch, worauf diese die Leiche auf die Schubkarre luden und den Weg hinunter zu den wartenden Lastwagen einschlugen.

„Ich hege keinen Zweifel“, der Polizeichef bemühte sich anscheinend, ausgesucht höflich zu den Deutschen zu sein, „daß Sie mit dem Tod des Mannes nichts zu tun haben, doch ändert das nichts daran, daß sie noch heute von hier aufbrechen müssen.“

„Was hat das alles zu bedeuten? Wieso ist Hachnem Ratschi umgebracht worden und von wem?“ platzte es auf einmal aus Weller hervor.

Der Polizeichef schaute den jungen Mann erstaunt an, und sein Gesichtsausdruck hätte nicht rätselhafter sein können, als er ihm antwortete: „Nun, ich glaube, das ist, da Sie ohnehin diesen Ort bald verlassen werden, nicht so wichtig. Wir wissen, was mit dem Mann passiert ist, und kennen auch die Hintergründe. Sie sollten sich darüber keine Gedanken machen. Bis jetzt hat für Sie keine Gefahr bestanden und das wird auch so bleiben, wenn Sie meinen Anweisungen Folge leisten. Verstanden?“ Wieder kam dieses letzte Wort wie ein Peitschenhieb, und Weller und die beiden anderen Deutschen hatten das sichere Gefühl, daß die ganze Höflichkeit des Iraners nur eine Fassade war, die jederzeit zusammenbrechen konnte. Was dahinter lag und welche Konsequenzen es für sie haben konnte, wollten sie gar nicht erfahren.

Was den Polizeichef betraf, schien alles gesagt zu sein, und er ging den Weg weiter hinauf zum Lager des Grabungsteams. Ohne einen Grund dafür zu haben, schlichen die drei Männer schuldbewußt hinter ihm her. Als sie das kleine Plateau erreichten, ging der Polizeichef sofort zu Sandra hinüber, die verlassen auf ihrem Stuhl im Schatten des Sonnensegels saß und rauchte. Der Iraner trat vor sie und machte die Andeutung einer militärischen Ehrenbezeugung. Sandra schaute an ihm vorbei zu Professor Weigert. Sie hatte einen Teil der Geschehnisse von hier oben verfolgen können, hatte die Ankunft der Fahrzeuge beobachtet, die aufgrund der Entfernung an einen Stummfilm gemahnende Begrüßung unten im Lager der Arbeiter und war dann auf ihr schattiges Plätzchen zurückgekehrt, als die Männer ihren Blicken auf ihrem Weg den Pfad hinauf entschwunden waren.

Danach hatte sie, nervös eine Zigarette nach der anderen rauchend, darauf gewartet, daß sie im Lager ankämen. Kurz nur war ihr der Gedanke gekommen, hinunter zum Leichnam Hachnems zu gehen, wo die Männer sich ohne Zweifel aufhalten würden, doch einerseits konnte sie auf den Anblick des mißhandelten Körpers gut verzichten, und andererseits wollte sie sich von dem Ärger, der ohne Zweifel bevorstand, so lange wie möglich fernhalten.

„Guten Tag, ich bin der Polizeichef von Bam", stellte sich der Uniformierte noch einmal vor. „Ich habe dem Professor schon mitgeteilt, daß Sie noch heute Ihr Lager verlassen müssen. Es tut mir leid, meine Dame, Ihnen solche Ungelegenheiten bereiten zu müssen."

Ganz Kavalier dachte Sandra, die etwas Schwierigkeiten hatte, das Englisch des Iraners zu verstehen. Unter dem durchdringenden Blick des Mannes fühlte sie sich zunehmend unwohl und griff instinktiv an ihren Hals, um zu überprüfen, ob sie auch eine genügende Anzahl von Knöpfen wieder geschlossen hatte, nachdem Michael die Abwesenheit der anderen erst zu einer zärtlichen Umarmung und dann, als sie sich schon nicht mehr wehren konnte und es auch nicht wollte, zu einer hastigen Wiederholung ihres gestrigen Abenteuers genutzt hatte. Und wie gestern spürte sie noch die Kälte, die sein Eindringen in ihrem Unterleib hinterlassen hatte. Hinter den dunklen Gläsern der Sonnenbrille war nicht genau zu erkennen, was an ihr das Interesse des Polizeichefs erregte, doch aus einem unbestimmten Gefühl heraus war sie sicher, daß es nicht die Körperpartien waren, denen die begehrlichen Blicke der Arbeiter gegolten hatten. Eher schon hatte sie den Eindruck, daß sich seine hinter den Brillengläsern versteckten Augen in die ihren bohren würden.

„Wo ist eigentlich Kollege Gruhn?" riß sie Weigerts Stimme aus ihrer Versunkenheit.

„In seinem Zelt", gab sie zurück.

Der Polizeichef wandte den Kopf mit einem Ruck zu den Zelten. Der Professor ging gemessenen Schrittes, um sich in Anbetracht der Situation soviel Würde wie möglich zu geben, zu Michael Gruhns Zelt. Noch bevor er dort angekommen war, rief er mit verhaltener, aber nachdrücklicher Stimme: „Herr Gruhn, kommen Sie doch bitte heraus. Hier ist ein Vertreter der Behörden."

Zuerst bewegten sich nur die Zeltwände, man hörte ein Rascheln und dann auch Michaels Stimme. „Einen Moment, ich komme gleich."

Kurz darauf wurde die Eingangsplane zurückgeschlagen, und Michael kam aus dem Zelt. Er trat mit einem schnellen Schritt neben den Professor und fragte mit einem Blick auf den immer noch bei Sandra stehenden Iraner: „Gibt es Schwierigkeiten?"

„Nein." Weigert hatte instinktiv die Stimme gedämpft. „Es scheint auf eigentümliche Weise alles in Ordnung zu sein. Wir müssen nur sofort von hier weg."

Michael schaute ihn erstaunt an.

„Ich habe keine Ahnung, was los ist. Er hat uns praktisch befohlen, sofort alles zusammenzupacken und noch heute aufzubrechen. Wir haben also keine Zeit zu verlieren", erklärte der Professor, ohne damit wirklich etwas zu erklären.

„Und keine Begründung, warum?" fragte Michael nach.

Der Professor schüttelte den Kopf und zog seinen Mitarbeiter in Richtung des Polizeichefs. Diesmal wollte er sich nicht wieder das Heft aus der Hand nehmen lassen wie bei Sandra Neubert und stellte, kaum daß sie bei dem Iraner angekommen waren, Michael Gruhn vor.

„Das ist Dr. Gruhn, mein Stellvertreter", erklärte er so offiziell, wie es ihm nach den nervenaufreibenden Ereignissen noch möglich war, „und das ist der Polizeichef von Bam, der uns von hier wegbringen wird."

Der Polizeichef musterte auch Michael genau und forderte ihn dann auf, die Sonnenbrille abzunehmen. Erst in diesem Augenblick fiel es Sandra auf, daß Michael wohl zum ersten Mal während ihres Aufenthaltes eine Sonnenbrille trug.

„Warum?" wollte Michael wissen, und man merkte deutlich, wie sich seine Haltung versteifte.

„Weil ich es Ihnen sage."

„Warum nehme Sie Ihre nicht ab?"

„Zum letzten Mal, nehmen Sie die Sonnenbrille ab." War der Ton des Mannes schon bei der ersten Aufforderung bedrohlich gewesen, dann war diese zweite eine unverhüllte Kampfansage. Professor Weigert lief es dabei eiskalt den Rücken hinunter, und er versuchte auf den sich unverständlicherweise weigernden Michael einzuwirken: „Nun setzen Sie doch schon endlich diese blöde Brille ab."

Michael machte keinerlei Anstalten, der Forderung des Polizeichefs oder der des Professor nachzukommen.

Die Hand des Iraners wanderte zu dem an seinem Gürtel befestigten Pistolenhalfter, und mit einer geübten Bewegung löste er die lederne Sicherungsschlaufe über dem Hahn. Einen Moment lang standen sich die beiden Männer regungslos gegenüber, dann machte der Polizeichef eine blitzschnelle Bewegung nach vorn und riß Michael die Sonnenbrille vom Gesicht, während er mit der anderen Hand die Pistole aus dem Halfter zog. Professor Weigert, die beiden Studenten und Sandra, die auf ihrem Stuhl direkt daneben saß, verfolgten wie versteinert, was in den nächsten Sekunden, die sich zu Stunden zu dehnen schienen, geschah.

Zuerst waren da wieder diese abgrundtiefen Augen, die förmlich aus Michaels Gesicht herauszutreten schienen. Aus ihnen loderte ein glühender Haß, als sich sein ganzer Körper spannte. Als nächstes dröhnte ein Schuß, abgefeuert aus der Waffe des Iraners. Die Kugel drang in die rechte Augenhöhle des Deutschen ein und riß bei ihrem Austreten am Hinterkopf ein Stück der Schädeldecke weg. Noch während der Körper von Michael zusammensank, trat der Polizeichef auf ihn zu und feuerte aus nächster Nähe einen zweiten Schuß durch die andere Augenhöhle, der die restliche Schädeldecke wegriß und die Gehirnmasse in weitem Bogen verspritzte. Danach trat der Iraner zurück und steckte die Waffe mit einer wie selbstverständlich wirkenden Bewegung wieder in das Halfter.

Eine Woche später befanden sich die vier Archäologen der Universität Freiburg in der Obhut der deutschen Botschaft in Teheran. Man hatte sie in ein komfortables, aber abseits gelegenes Hotel einquartiert und versuchte sie so gut es ging zu beruhigen. Es war nicht einfach, besonders die Frau machte erhebliche Schwierigkeiten und wollte einfach nicht begreifen, daß den diplomatischen Vertretern mehr oder minder die Hände gebunden waren. Man konnte nachfragen, hie und da auch protestieren, aber schon nach kurzer Zeit hatte sich herausgestellt, daß man bei den zuständigen iranischen Behörden auf taube Ohren stieß. Auch ließ sich aus den Aussagen der Deutschen nicht in der gewünschten Klarheit rekonstruieren, was sich dort in der Nähe der Provinzhauptstadt Bam am Rande der Wüste Lut zugetragen hatte.

Nicht daß sich die unmittelbar Beteiligten widersprochen hätten, bis auf kleinere Unstimmigkeiten deckten sich ihre Aussagen, aber die Ereignisse, die nach einem nächtlichen Sandsturm stattgefunden hatten, klangen für die in der westlich anmutenden Hauptstadt des Pfauenthronreiches lebenden Diplomaten doch sehr nach Tausendundeiner Nacht. Zuerst eine unauffindbare Grabungsstätte, die die archäologische Entdeckung dieses Jahrhunderts sein sollte und die spurlos verschwunden war, dann über Nacht das rätselhafte Verschwinden der iranischen Arbeiter und der grauenhafte Fund der Leiche ihres iranischen Vorarbeiters, was im übrigen von den Behörden in Bam heftig bestritten wurde. Nach ihren Angaben gab es keine Leiche, bis auf die des deutschen Wissenschaftlers Dr. Michael Gruhn, der nach Aussage des Polizeichefs von Bam ihn bei seinem Auftauchen im Lager völlig unmotiviert angegriffen hatte und Opfer eines tragischen Unglücks wurde, als der Polizeichef zur Selbstverteidigung seine Waffe zog, um den Mann abzuschrecken, und sich aus dieser unbeabsichtigt ein Schuß löste, der den Deutschen leider auf der Stelle tötete. Die zuständigen Regierungsstellen bedauerten diesen tragischen Unglücksfall zutiefst, wiesen aber jede Schuld eines ihrer Beamten zurück. Mehrmals, als die Botschaft insistierte, wurde darauf hingewiesen, daß die deutschen Archäologen gern gesehene Gäste wären, aber eben nur Gäste.

Demgegenüber lasen sich die Darstellungen der vier Mitglieder der Expedition ganz anders. Danach wäre an ihrem Vorarbeiter ein Ritualmord verübt worden, und der Polizeichef hätte ohne Grund ihren Kollegen mit zwei Schüssen in die Augen des Wehrlosen förmlich hingerichtet. Anschließend hätte man die durch den Vorfall halb benommenen Wissenschaftler sofort nach Bam gebracht und drei Tage lang, bis ihre Ausrüstung dort eingetroffen sei, im Gefängnis festgehalten. Ihre Forderungen nach einer Erklärung wären unbeachtet geblieben. Schließlich habe man sie auf einem Militärlaster nach Teheran geschafft, wo sie der Botschaft übergeben worden waren. Mit dem offiziellen Protokoll der Vorfälle konfrontiert, das der Polizeichef von Bam ausgefertigt hatte, schüttelten sie ungläubig die Köpfe und bekräftigten noch einmal ihre Darstellung. Sie forderten eine gerichtsmedizinische Untersuchung der Leiche, die ja zeigen würde, daß ihre Darstellung die richtige war, doch leider war das nicht mehr möglich, da die sterblichen Überreste von Michael Gruhn, kurz nachdem die Gruppe Bam verlassen hatte, eingeäschert worden waren. Die Urne war inzwischen der deutschen Botschaft ausgehändigt worden. Auch dafür hatten die iranischen Behörden eine mehr als einleuchtende Erklärung. Die kleine Provinzhauptstadt Bam verfügte nicht über die Möglichkeiten, eine Leiche, besonders bei der herrschenden Hitze, längere Zeit aufzubewahren. So hatte man nur die Möglichkeit gehabt, sie dort zu bestatten oder einzuäschern, damit sie nach Deutschland gebracht werden konnte. Man war in Bam davon ausgegangen, daß die Wissenschaftler ihren toten Kollegen, der ja in Deutschland Familie hatte, mit zurücknehmen wollten. Und im übrigen hatte der zuständige Arzt in Bam die Version des Polizeichefs voll und ganz bestätigt. Der Tod war durch eine Kugel eingetreten, die in das Herz des Deutschen eingedrungen war.

Sandra fiel es am schwersten, sich mit dem uneinreißbaren Gebäude aus Lügen abzufinden. Nicht nur die schrecklichen Ereignisse hinterließen ihre Spuren, nach einiger Zeit kam ihr auch wieder zu Bewußtsein, daß damit endgültig das Tor zum Ruhm verschlossen war. Sie nicht und wahrscheinlich auch kein anderes Grabungsteam würden eine Gelegenheit erhalten, noch einmal nach dem Eingang zu der unterirdischen Anlage zu suchen. Sie war verschüttet, nicht nur unter dem Sand, sondern auch unter der Asche von Michael Gruhn. Kurz nach den Vorfällen, noch im Gefängnis von Bam, hatte sie in der Beintasche ihrer Hose Michaels Notizbuch gefunden, das sie wohl, ohne lange nachzudenken, in der anfänglichen Verwirrung nach dem Mord eingesteckt haben mußte. Instinktiv hielt sie diesen Fund vor ihren Kollegen geheim und warf erst im Hotel in Teheran, als sie ihre eigenen vier Wände um sich hatte, einen Blick hinein. Sie hatte gehofft, dort vielleicht auf Informationen zu stoßen, mit denen es ihr später einmal, wie und wann, davon hatte sie keine Vorstellung, möglich sein würde, die unterbrochenen Ausgrabungen fortzuführen. Sie blätterte hastig durch die Notizen und Skizzen der ersten Grabungswochen, bis sie zu dem Teil kam, der sich mit ihrer Entdeckung beschäftigte. Doch zu ihrem Erstaunen und Entsetzen mußte sie feststellen, daß die letzten wohl gut zehn Blätter, die die Eintragungen am Tag nach dem Sturm enthalten haben mußten, herausgerissen waren. Sie mußten bei Michaels persönlichem Gepäck sein, das sich in einer versiegelten Kiste am Teheraner Flughafen befand, zum dem sie sich, zusammen mit dem Professor und den beiden Studenten, in ein paar Stunden begeben würde, um den Rückflug nach Deutschland anzutreten.

## $\sqrt{-1}$ Das Palimpsest eines Lebens

Die Erinnerungen von Gabi Manke, inzwischen verheiratete Lautner, an ihre Kindheit wiesen einige unangenehme weiße Flecken auf, die sie nur zu gerne von der Landkarte ihres Lebens entfernt hätte. Zwar hatte sie in den letzten acht Jahren schon eine Reihe von Bruchstücken zusammenfügen können, doch irgendwie verschwamm das Bild immer noch vor ihren Augen, ohne daß sie konkret hätte sagen können, woran das lag. Sie konnte sich noch blaß an den Kindergarten und die Schule in dem kleinen Ort bei Darmstadt erinnern, viel genauer an das Gymnasium in Darmstadt selbst, daß sie von der fünften Klasse bis zum Abitur besucht hatte, und natürlich auch an die Freunde aus den Tagen ihrer Kindheit und Jugend. Doch es gab in ihrem Gedächtnis auch Bilder, die sich nicht so recht einordnen ließen. Ein Ehepaar, deutlich älter als ihre Eltern, das vor der Tür des kleinen Reihenhauses auftauchte und abgewiesen wurde. Der daran sich anschließende Streit ihrer Eltern, den diese nicht gut genug verbargen, als daß die kleine Gabi nichts mitbekommen hätte. Sicher hatte sie damals, sie war kaum älter als fünf oder sechs Jahre gewesen, wie sie heute glaubte rekonstruieren zu können, auch das eine oder andere Wort aufgeschnappt, aber dessen Bedeutung nicht verstanden, und fast zwanzig Jahre später waren diese Wörter ihrem Gedächtnis gänzlich entfallen. Sie erinnerte sich auch daran, von eben diesem Ehepaar - oder war es ein anderes? - einmal, als sie im Kreise ihrer Freundinnen einem jener Jungmädchenspiele nachging, die man nur verstand, wenn man selbst dazugehörte, angesprochen worden zu sein und ein paar Worte gewechselt zu haben, doch über den Inhalt dieser kurzen Unterhaltung herrschte Leere in ihrem Kopf. Als sie davon zu Hause erzählt hatte, war ihr bestimmt und nachhaltig klargemacht worden, daß sie in Zukunft nicht mehr mit Fremden zu sprechen hätte, ja ihnen noch nicht einmal guten Tag sagen dürfte.

Solange sie an Osterhasen, den Nikolaus und das Christkind geglaubt und sich keine Gedanken gemacht hatte, wer denn wirklich für die Geschenke, die sie wie alle anderen Kinder an den Festtagen ungeduldig erwartete, verantwortlich sei, war es für ihre Eltern nicht schwer gewesen, die Päckchen, die regelmäßig zu solchen Anlässen ins Haus geliefert wurden, unauffällig neben die anderen Geschenke zu legen, deren Herkunft nicht verschleiert werden mußte. Als Gabi älter wurde und man dem Christkind nur noch augenzwinkernd die Ehre des noblen Spenders überließ, wurden die Eltern schon häufiger mit einem fragenden

Blick bedacht, wenn ihre Tochter ein Päckchen auspackte, in dem sich etwas befand, das so gar nicht ihrem Geschmack entsprach. Der Blick sagte dann, wie konntet ihr nur so etwas kaufen. Ihre Mutter lächelte entschuldigend, so als ob sie alle Schuld auf sich nehmen würde, doch ihr Vater schickte meist einen bösen Blick zur Zimmerdecke und schwieg, während Gabi, als sie mit zehn Jahren die prinzipiellen Mechanismen des Warenaustauschs begriffen hatte, lernen mußte, daß bei diesen Geschenken immer der Kassenzettel verschwunden war oder das Geschenk von ihrem Vater aus einer weit entfernten Stadt mitgebracht worden war, wo er keinesfalls in nächster Zeit wieder hinkommen würde. Nicht daß an diesen Gaben prinzipiell etwas auszusetzen war, nein, man konnte nicht behaupten, sie wären von minderer Qualität oder gar in einem Ramschladen gekauft, nur, so stellte Gabi zum erstenmal bewußt im Alter von elf Jahren fest, schien ihre Mutter sich nicht genug für sie zu interessieren. Damals, und daran erinnerte sie sich noch wie heute, war sie in ihrer roten Phase. Sie aß nur rote Marmelade, trank nur rote Getränke, hatte rote Jeans und Pullis, eine rote Jacke, und wenn ihre Mutter ihr nicht mit absolut drohender Ernsthaftigkeit verboten hätte, sich die Haare färben zu lassen, dann wären rote Haare auch noch dazu gekommen. Als sie dann Geburtstag hatte und wieder ein großes Paket, für das niemand so recht die Verantwortung übernehmen wollte, auf ihrem Geburtstagstisch lag, war sie, nachdem sie es ausgepackt hatte, in verzweifelte Tränen ausgebrochen. Vor ihr lag ein Pullover ihrer Lieblingsmarke, eines jener Kleidungsstücke, das ihr die neidvollen Blicke ihrer Freundinnen eingebracht hätte, aber er war blau. Im ersten Moment hatte sie ihre Eltern entgeistert angesehen und gleichzeitig gewußt, daß es wieder eines jener Geschenke war, die aus dem Nichts zu kommen schienen. Nicht von den Eltern, obwohl diese so taten, als wären sie verantwortlich. Nicht von den Großeltern, denen so etwas nie passieren würde, und auch nicht von Tanten und Onkeln, die sich immer genau informierten, was ihre Nichte gerade mochte. Ein halbes Jahr lang lag der Pullover unbeachtet im Schrank, und niemand brachte Gabi dazu, ihn anzuziehen. Dann wurde er einer ihrer Cousinen geschenkt.

Später, als sie etwas älter war, erhielt sie Musikkassetten und Schallplatten von Gruppen, die sie nicht mochte oder gar nicht kannte. Manchmal auch Schmuck, der immer teuer aussah, aber häufig nicht ihrem Geschmack entsprach. Doch nicht immer haderte sie mit den Geschenken, die auf diese Art über sie kamen. Als sie 1980 konfirmiert wurde, kam zwei Tage später ein Speditionslastwagen vorgefahren und lud ein funkelnagelneues Mofa vor dem Haus ab, und das, obwohl ihre Eltern immer wieder beteuert hatten, ein Mofa wäre ein etwas zu großes Geschenk für eine Konfirmation. Diesmal spielte die Farbe keine Rolle, und ihre Mutter nahm etwas verschüchtert und unwillig den Dank ihrer überglücklichen Tochter entgegen, und auch Gabis Vater brummte nur ein „Ist ja schon gut".

In diese Zeit, so glaubte die erwachsene Gabi, aber Erinnerungen sind Teile eines Puzzles, die auf viele Weisen zusammenpassen, fiel auch eine Unterhaltung, die sie zwischen ihren Eltern und den Großeltern belauscht hatte. Meist waren die Gespräche der Erwachsenen eher langweilig, aber Gabi hatte ein Gespür dafür entwickelt, wann ihre Eltern über etwas redeten, was sie betraf. So hatte sie, von irgend etwas geweckt, barfuß im Nachthemd oben an der Treppe gestanden und auf die Worte gelauscht, die gebrochen und nur schwer verständlich aus dem Wohnzimmer zu ihr heraufdrangen. Am besten war die dunkle Stimme ihres Vaters zu verstehen gewesen, der, immer wieder von der Aufforderung ihrer Mutter, doch leiser zu sprechen, unterbrochen, von Geschenken für sie, einer unerträglichen Situation, die ein Ende haben müßte, und Konsequenzen sprach. Später glaubte Gabi das alles nur geträumt zu haben.

Auch waren da noch die seltsamen Telefonanrufe, bei denen ihre Eltern ganz entgegen ihrer sonstigen Art sehr einsilbig wurden und Sätze fielen wie „Das Kind steht gerade neben mir", „Nicht jetzt, rufen Sie später an" oder auch, etwas heftiger, „Lassen Sie uns doch bitte in Ruhe". Gabi wurde dann nie mitgeteilt, wer am anderen Ende der Leitung gewesen war oder was es mit diesen Anrufen auf sich hatte. Als sie älter wurde, bildeten sich auf diesem Fundament Gebäude exotischster Vorstellungen von Liebhabern und Geliebten ihrer Elternteile, die ein heimliches Doppelleben führten wie in den Filmen, die sie inzwischen sehen durfte, oder auch den Büchern, die sie heimlich, irgendwo im Gras sitzend, las und ganz hinten in ihrem Schrank versteckte. Es waren die Romane über große Romanzen sich ewig Liebender, die allen Gefahren trotzten und sich schließlich doch am Ende immer in die Arme schließen durften. Es war ein Leben, das sie für sich erträumte, und selbst wenn es ihre Eltern führen würden, so wäre sie doch ein Teil davon.

Mit dem ersten Kuß, den sie an einem heißen Sommernachmittag auf dem Weg vom Schwimmbad hinter einem Busch mit einem ihrer Schulkameraden im Alter von vierzehn Jahren austauschte - anschließend konnten sich beide nicht in die Augen sehen, so verschüchtert waren sie -, erlosch Gabis Interesse an diesen Schmökern, und es dauerte nicht mehr lange, da waren Verabredungen mit Jungs das absolut Wichtigste in ihrem Leben. Diese Verschiebung ihrer Interessen und die sich häufenden Auseinandersetzungen mit ihren Eltern über die Einschätzung deren Wichtigkeit überdeckten die Tatsache, daß zu Weihnachten oder zu ihrem Geburtstag keine unpassenden Geschenke mehr kamen.

„Sagt mal, welche Blutgruppe habt ihr eigentlich?" Es war diese harmlose Frage, die ein Jahr vor dem Abitur Gabis Leben veränderte. Sie war im Biologie-Leistungskurs und hatte im Schullabor im Rahmen der Vererbungslehre Blutgruppenbestimmungen durchgeführt.

Ihre Eltern schauten sie erstaunt an und wußten mit der Frage nicht viel anzufangen.

„Ich glaube, ich habe AB", antwortete ihre Mutter als erste zögernd.

„Und du?" Sie blickte ihren Vater auffordernd an.

„Keine Ahnung. Ich war mal beim Roten Kreuz Blut spenden, da haben die die Blutgruppe bestimmt. Ich denke, sie sagten damals B."

Gabi dachte einen Moment nach und erklärte dann bestimmt: „Das kann nicht sein. Wir haben heute in der Schule unsere Blutgruppen bestimmt, und ich habe Null. Dann könnt ihr nicht AB und B sein. Das geht nach den Vererbungsgesetzen nicht."

Noch völlig arglos, mit der Selbstsicherheit ihres in der Schule gelernten Wissens, schaute sie ihre Eltern an. Ihr Vater war auf einmal bleich geworden, ihrer Mutter schossen die Tränen in die Augen, und sie stürzte aus dem Zimmer. Ganz langsam, so als ob sich die Erkenntnis erst durch einen riesigen Wattebausch hindurchquälen müßte, begann Gabi zu begreifen. Begann die schreckliche Konsequenz dessen, was ihre Eltern eben gesagt hatten, ihr bewußt zu werden.

„Ihr seid nicht meine Eltern." Es war ein Flüstern, fast unhörbar.

Ihr Vater schüttelte den Kopf, räusperte sich und meinte: „Blödsinn. Ich habe mich mit der Blutgruppe sicher geirrt, oder deine Mutter. Du bist unsere Tochter."

Doch Gabi wußte es besser. Die Reaktion ihrer Mutter - sie stockte unwillkürlich bei dem Gedanken, sie war ja nicht ihre Mutter, oder vielleicht doch? - war überdeutlich gewesen. War sie das Ergebnis eines Fehltritts ihrer Mutter, und nur ihr Vater war nicht ihr Vater? Jedenfalls zeigte das Verhalten ihrer Mutter - Gabi entschloß sich, diese Bezeichnung beizubehalten, bis die Sache endgültig geklärt wäre -, daß etwas ganz und gar nicht stimmte. Sie stand vom Tisch auf, ging nach oben in ihr Zimmer und schloß die Tür hinter sich ab. Etwas, das sie schon seit langer Zeit nicht mehr gemacht hatte. Es noch nicht einmal tat, wenn sie und ihr Freund Werner darin weit mehr taten, als sich nur zu befummeln, wie wohl ihre Eltern glaubten. Sie waren in dieser Beziehung sehr zurückhaltend, fragten nicht und verzichteten auch auf andere Spielchen, die einige ihrer Freundinnen von ihren Eltern zu erdulden hatten, wenn ihre Freunde zu Besuch waren.

Gabi setzte sich an ihren Schreibtisch und schaute aus dem Fenster. Es dauerte nicht lange, dann hatte sie alle möglichen Varianten, die auf ihre Situation zutreffen konnten, durchdacht. Viele waren es ja nicht. Entweder war ihre Mutter nicht ihre Mutter, oder ihr Vater war nicht ihr Vater, oder beide hatten nichts mit ihr zu tun. Sie nahm ein Blatt Papier und schrieb sich unter Zuhilfenahme ihres Biologiebuches eine Vererbungstabelle auf. Wenn ihre Mutter AB hatte und ihr Vater B, welche möglichen Kombinationen gab es da? Ganz sicher konnte aus dieser Verbindung nicht ihre Blutgruppe entstehen. Aber war es zumindest möglich, daß einer ihrer Elternteile an ihrer Zeugung beteiligt war? Sie vertiefte sich wieder in die Schaubilder und Tabellen und mußte feststellen, daß, wenn überhaupt, es nur ihr Vater gewesen sein konnte. Eher unwahrscheinlich. Das Kind, also sie, wäre dann doch sicher bei der Mutter geblieben. Wenn diese aber tot war? Wenn ihr Vater kurz danach ihre Mutter - die Frau, die sie die ganze Zeit für ihre Mutter gehalten hatte, korrigierte sich Gabi wütend - geheiratet hatte, dann wäre ihre Mutter zu Recht ihre Mutter. Gabi warf den Bleistift auf das Buch und vergrub den Kopf in den Händen. Aus dem Wohnzimmer drangen Stimmen zu ihr herauf, die leise sein wollten, es aber nicht konnten.

Es dämmerte schon, und ein leichter Nieselregen fiel aus den dunklen Frühjahrswolken, als Gabi endlich eine Entscheidung getroffen hatte. Sie packte ein paar Kleidungsstücke in eine Tasche, nahm ihren Rucksack mit den Schulsachen und schloß vorsichtig ihre Tür auf. Dann horchte sie die Treppe hinunter. Im Wohnzimmer redeten immer noch ihre Eltern, doch die Tür war geschlossen, so daß nichts zu verstehen war. Ganz leise stieg sie die Treppe hinab und schlüpfte ungehört durch die Haustür nach draußen. Sie nahm ihr Fahrrad und schob es die Garageneinfahrt hinunter. In dem Moment, als sie sich auf den Sattel schwang, ging die Haustür auf und ihr Vater rief ihr hinterher, wo sie denn hinwolle.

„Zu Werner. Ich rufe euch an." Sie hatte die Entscheidung binnen weniger Minuten getroffen. Viele Möglichkeiten gab es auch nicht. Die Eltern ihrer Freundin würden zu viele Fragen stellen, wenn sie über Nacht bleiben wollte. Sie hatte keine Zeit, sich eine passende Lüge auszudenken. Bei Werner war das anders. Seine Eltern ließen ihn praktisch sein eigenes Leben führen, und sie hatte schon mehrmals bei ihm übernachtet. Ihre eigenen Eltern waren davon nie so begeistert gewesen, hatten aber nach dem zweiten Mal darauf verzichtet, ihr Vorwürfe zu machen.

Trotzdem war es immer die große Ausnahme geblieben. Heute aber hatte sie jedes Recht zu einem solchen Schritt.

Glücklicherweise waren die Eltern ihres Freundes nicht zu Hause gewesen, als sie beim ihm ankam. Sie gingen, nachdem sie ihr Fahrrad in der Garage untergestellt hatte, in die Einliegerwohnung, die er bewohnte, und saßen sich jetzt in seinem Zimmer gegenüber. Vor ihr stand ein Becher mit Kaffee, der über ihrem Bericht der Ereignisse schon längst kalt geworden war.

„Ich finde, du solltest deinen Eltern eine Chance geben", meinte Werner und beugte sich vor, um Gabis Hände in die seinen zu nehmen.

„Meinen Eltern?" gab sie zweifelnd und deutlich aggressiv zurück.

„Ja, deinen Eltern. Sie haben dich schließlich großgezogen, oder kannst du dich an jemand anderen erinnern?"

Sie schaute ihn stumm an. Das war die Frage, mit der sie sich auch schon gequält hatte. Es gab Fetzen von Erinnerungen, die nicht zusammenzupassen schienen, jetzt vielleicht einen Sinn ergaben, doch wenn sie ehrlich zu sich selbst war, dann waren ihre Eltern immer ihre Eltern gewesen.

„Na bitte", meinte ihr Freund und stand auf. Langsam ging er um den Tisch herum und legte ihr die Hände sanft auf die Schultern.

„Ich weiß nicht, was ich machen soll", preßte Gabi zwischen fast geschlossenen Lippen hervor. „Es gibt so vieles, was nicht zusammenpaßt."

Sie hörten, wie die Haustür geöffnet und dann geschlossen wurde. Gabi erstarrte. Werners Eltern waren zurückgekommen. Sie mußte ihnen zumindest guten Tag sagen, fühlte sich aber nicht dazu in der Lage. Eine Zeitlang verharrten beide unbeweglich.

„Ich sage Bescheid, daß du hier bist. Du brauchst nicht mitzukommen, ich werde einfach sagen, wir hätten Ärger und wollten das in Ruhe ausdiskutieren, dann lassen sie uns in Ruhe. Ist das in Ordnung?"

Gabi nickte dankbar. Während er zu seinen Eltern ging, packte sie die Tasche aus, in die sie das Notwendigste hineingestopft hatte. Sie zog jetzt ihre vom Radfahren noch feuchten Jeans aus, ging ins Bad und trocknete sich ab. Dann legte sie die Hosen über die Heizung und setzte sich wieder in den Sessel. Als ihr zu kühl wurde, zog sie die Decke vom Bett, das an der Wand unter dem Fenster stand, und hüllte sich darin ein. So fand sie Werner, als er von seinen Eltern zurückkam.

„Ich hoffe, es ist nichts Ernstes und nichts, was wir wissen müßten", imitierte er die immer etwas sarkastisch klingende Stimme seines Vaters, bei dem Gabi nie wußte, ob er nun wirklich freundlich und nett, was sie eigentlich annahm, oder einfach nur gleichgültig gegenüber dem Treiben seines Sohnes war. „Ich habe ihm versichert, daß er der erste ist, der erfährt, wenn du schwanger bist, aber dies jetzt noch nicht der Fall sei und daß sie sich keine Sorgen machen müßten. Mutter bringt uns dann eine Pizza, die sie gerade in den Ofen geschoben hat. Sie meinte, wir müßten schließlich etwas essen."

Gabi nickte automatisch. Werners Mutter war in Ordnung. Sie erinnerte sich noch, wie sie das erste Mal hier übernachtet hatte und sich am Morgen, es war ein Sonntag, heimlich wegschleichen wollte. Werner hatte darauf bestanden, daß sie zum Frühstück bliebe, und als sie mit mehr als gemischten Gefühlen das Eßzimmer betreten hatte, war es Rita, wie Gabi Wernes Mutter inzwischen nannte, gewesen, die ihr mit ihrer einfühlsamen Selbstverständlichkeit alle Unsicherheit und für kurze Zeit sogar die Angst genommen hatte, daß ihre Eltern ob ihres Ausbleibens bei der Freundin anrufen würden, bei der Gabi eigentlich die Nacht hätte verbringen sollen. Als sie schließlich viel zu spät am Morgen nach Hause kam, war genau dies eingetroffen. Noch während sich zwischen Gabi und ihren Eltern in der ersten Verbitterung heftige Vorwürfe und eisiges Schweigen die Waage gehalten hatten, hatte das Telefon geklingelt, und Rita hatte sich ganz selbstverständlich danach erkundigt, ob die nette junge Dame auch gut nach Hause gekommen wäre. Das kurze Gespräch zwischen ihr und Gabis Vater hatte Wunder bewirkt.

„Wie du so dasitzt, könnte man wirklich glauben, wir hätten Krach", stellte Werner mit einem Anflug von Humor fest, den Gabi nicht teilen konnte.

„Ist schon gut, war nur ein Versuch", lenkte er ein und setzte sich an seinen Schreibtisch.

Als die beiden am nächsten Morgen auf Werners Motorrad in die kurze Stichstraße einbogen, in der sich das Gymnasium befand, sah Gabi schon den Wagen ihres Vaters am Straßenrand parken. Plötzlich hatte sie ein schlechtes Gewissen, beruhigte sich aber damit, daß ihre Eltern ja gewußt hatten, wo sie gewesen war. Unwillkürlich mußte sie lächeln, als sie an die letzte Nacht dachte. Sie war nicht zu Werner gegangen, um mit ihm zu schlafen, hätte auch nicht geglaubt, daß sie, nach allem, was passiert war, überhaupt dazu Lust haben würde, doch es hatte sich herausgestellt, daß Gelegenheit Diebe machte und es nicht viel Anstrengung von Werners Seite bedurft hatte, sie auf andere Gedanken als die ihrer Abstammung zu bringen.

Auch Werner hatte den Opel ihres Vaters erkannt und hielt neben der Fahrertür an. Gabi kletterte vom Motorrad, während ihre Eltern - ihre Mutter saß, wie sie jetzt erst sehen konnte, auf dem Beifahrersitz - aus dem Auto stiegen. Man sah ihren Gesichtern an, daß sie letzte Nacht auch nicht viel Schlaf bekommen hatten.

„Hör zu, Gabi“, begann ihr Vater mit einem unsicheren Seitenblick auf Werner, der ihn unter dem hochgeklappten Visier des Helmes anlächelte. „Wir können das alles erklären. Es ist nicht so, wie du denkst.“

Gabi bemerkte die Traurigkeit in seiner Stimme und blickte über das Autodach hinüber zu ihrer Mutter, in deren Augen die gleiche Niedergeschlagenheit Ausdruck fand.

„So, was denke ich denn?“ Es klang abweisender, als sie es beabsichtigt hatte.

Ihr Vater zuckte hilflos mit den Schultern. „Kommst du heute abend nach Hause? Dann können wir reden.“

Gabi dachte einen Moment nach. Aus den Augenwinkeln sah sie, daß eine Reihe von Mitschülern schon auf die merkwürdige Gruppe, die sich da am Bordstein gebildet hatte, aufmerksam geworden war. Was sie jetzt am wenigsten wollte, war, den Nährboden für alle möglichen Gerüchte zu liefern. „Gut, ich komme heute abend. Ich rufe aber vorher noch einmal an.“ Sie wollte sich einen Rückzugsweg offenhalten, bis sie sich ganz sicher war. Dann glaubte sie, ihre Eltern doch beruhigen zu müssen. „Ihr wißt ja, wo ich bin.“

Der Tag in der Schule quälte sich dahin, und Gabis Gedanken zogen ihre eigenen Kreise. Nachmittags saß sie mit Werner in dessen Zimmer und schwankte beständig zwischen einer wütenden Trennung von den beiden Menschen, die sie nach achtzehn Jahren nicht mehr ihre Eltern nennen wollte, und dem Zureden ihres Freundes, ihnen gerade wegen dieser achtzehn Jahre, die, so gestand Gabi bereitwillig ein, nicht die schlechtesten gewesen waren, eine Chance zu geben.

Als sie dann doch im elterlichen Wohnzimmer saß und versuchte, die deutlich geröteten Augen ihrer Mutter und die traurige Miene ihres Vater nicht zu beachten, verschwand Gabis Selbstsicherheit immer mehr, und ihre Stimmung paßte sich der im Raum herrschenden Niedergeschlagenheit an.

„Nun“, durchbrach sie die angespannte Stille, die auf die kurze Begrüßung gefolgt war.

Ihre Eltern sahen sich an, als ob ein jeder dem anderen gerne bei den jetzt folgenden Eröffnungen den Vortritt lassen wollte. Schließlich beugte sich Gabis Vater vor, legte die Hände aneinander und begann zu sprechen.

„Ich weiß nicht, was du dir denkst und warum du uns auf einmal mit solcher Verachtung strafst. Wir haben uns, um das gleich zu sagen, nichts vorzuwerfen. Wir sind immer gute Eltern gewesen, haben dir deine Freiheiten gelassen, auch wenn es uns manchmal wirklich schwergefallen ist. Haben dir eine gute Schulbildung zukommen lassen, und natürlich kannst du auch studieren, wie du es vorgehabt hast. Ich sehe eigentlich keinen Grund, daß du dich uns gegenüber so verhältst."

„Außer, daß ihr nicht meine Eltern seid, zumindest nicht beide zusammen", gab Gabi patzig zurück.

„Was soll denn das heißen?" fuhr ihre Mutter ungewohnt heftig auf.

„Nun, nach der Vererbungslehre kann höchstens einer von euch mein natürliches Elternteil sein", erklärte Gabi eine Spur zu altklug.

Ihr Vater schüttelte den Kopf. „Was hast du dir da nur zusammengereimt. Manchmal möchte ich wirklich wissen, was in deinem Kopf vorgeht. Das Leben besteht doch nicht nur aus Vererbungslehre."

Gabi blieb äußerlich unbeeindruckt von dem Vorwurf.

„Nun, es ist ganz anders", setzte ihr Vater erneut an. „Um bei deiner geliebten Vererbungslehre zu bleiben: Erst einmal muß man in der Lage sein, etwas zu vererben. Und das ist auch schon der Punkt. Deine Mutter", er bemerkte sofort den harten Ausdruck, den Gabis Gesicht annahm, „ja, deine Mutter. Schließlich war sie achtzehn Jahre lang auch für dich deine Mutter. Kannst du dir überhaupt vorstellen, wie hart sie dein Verhalten getroffen hat? Ob sie dich nun wirklich geboren hat, spielt keine Rolle. Seit du ein Baby warst, hat sie sich um dich gekümmert."

„Laß nur, das spielt doch jetzt keine Rolle mehr", meinte Gabis Mutter, und ihrer Stimme merkte man deutlich an, daß sie den Tränen nahe war.

„Gut, ist ja auch egal. Vielleicht habt ihr in der Schule auch gelernt, daß manche Leute keine Kinder bekommen können. Dazu gehören deine Mutter und ich. Es hat einige Zeit gedauert, aber dann stand es fest. Trotzdem wollten wir ein Kind haben, also haben wir uns darum bemüht, eines zu adoptieren."

Gabi blickte irritiert von einem zum anderen. Diese Möglichkeit war ihr überhaupt nicht in den Sinn gekommen. Sie hatte sich die phantastischsten Umstände ausgemalt, Intrigen, Entführung, Betrug, aber daran hatte sie nicht gedacht.

Ihr Vater hatte ihren veränderten Gesichtsausdruck bemerkt. „Was hast du denn gedacht? Glaubst du etwa, wir haben dich entführt?"

Stumm schüttelte Gabi den Kopf, obwohl sie insgeheim auch schon daran gedacht hatte.

„Ein Kind zu adoptieren ist mindestens genauso schwer, wie eins zu bekommen, nur dauert es länger. Damals, Mitte der sechziger Jahre, war es zudem ein ziemlich ungewöhnlicher Wunsch, und du kannst uns glauben, wir sind dabei fast verzweifelt. Einerseits waren da die Berichte über Waisenhäuser und das armselige Leben, das die Kinder dort führten, andererseits hat man uns nur Steine in den Weg gelegt. Aber das ist ja jetzt unwichtig. Eines Tages bekamen wir dann die Nachricht, daß wir ein Kind adoptieren könnten. Ein Mädchen, drei Wochen alt, das von seiner Mutter zur Adoption freigegeben worden war, ohne rechtliche Vorbehalte. Wir waren überglücklich."

Bei diesen Worten wurde Gabi auf einmal klar, daß diese beiden Menschen hier wirklich ihre Eltern waren, während ihre richtigen Eltern sie einfach verstoßen hatte. Ausgesetzt. Ein paar Jahrhunderte früher, und sie wäre einfach irgendwo in den Wald geschafft oder bestenfalls vor die Pforte eines Klosters gelegt worden. Ein Schauder lief ihr den Rücken hinunter.

„Wir haben dich umsorgt, dich gehegt und gepflegt und mit der Zeit fast ganz vergessen, daß du nicht unser eigenes Kind bist ..."

„Wer sind meine Eltern?" stellte Gabi die Frage, die ihr auf einmal auf der Zunge brannte.

„Das wissen wir nicht. Weder erfährt die Mutter, die ihr Kind weggibt, den Namen der Adoptiveltern, noch erfahren diese, wer die leiblichen Eltern sind."

Eine bleierne Stille breitete sich nach diesen Worten im Raum aus. Gabi schaute von ihrer Mutter zu ihrem Vater und wußte sofort, daß etwas nicht stimmte. Auf einmal fielen ihr Dinge aus ihrer Kindheit ein, die sie lange schon vergessen hatte und die auf einmal Bedeutung gewannen. Aber alles ging viel zu schnell, und sie bemühte sich vergeblich, Ordnung in das Chaos ihrer Gedanken zu bringen.

„So war das auch bei uns. Zumindest eine Zeitlang", fuhr jetzt ihre Mutter fort. „Doch dann kam eines Tages ein Brief, sehr höflich und zurückhaltend, aber mit der Mitteilung, daß die Absender deine Großeltern seien und ihr Enkelkind gerne sehen würden."

Das Ehepaar und die geheimnisvollen Telefonanrufe, fuhr es Gabi sofort durch den Kopf. Sie nickte bedächtig.

„Wir fielen aus allen Wolken und wußten im ersten Moment nicht, was wir machen sollten. Du warst damals sechs oder sieben Jahre alt. Wir wollten einfach nicht das Risiko eingehen, daß du erfährst, daß wir nicht deine richtigen Eltern sind. Du mußt wissen, kurz nachdem wir dich adoptiert haben, sind wir umgezogen, und wo wir dann wohnten, wußte niemand davon. Nur unsere besten Freunde waren eingeweiht, und auf die konnten wir uns verlassen. Doch da war nun auf einmal dieser Brief."

Gabis Vater nickte bestätigend und übernahm die Aufgabe weiterzuerzählen. „Wir wußten also nicht, was wir tun sollten und reagierten zuerst einmal überhaupt nicht. Es dauerte keine zwei Wochen, und dann kam der nächste Brief. Der gleiche höfliche Ton, verbunden mit der Bitte, doch die Enkeltochter einmal besuchen zu dürfen. Dazu machten sie gleich noch Vorschläge, wie man das alles unauffällig arrangieren könnte. Sie könnten als alte Freunde der Familie auftreten, die man schon lange nicht mehr gesehen hatte, als Arbeitskollegen oder was sonst uns immer angenehm wäre. Sie würden sich ganz nach unseren Wünschen richten."

„Und?" wollte Gabi jetzt interessiert wissen.

„Nun, wir überlegten, beantworteten auch diesen zweiten Brief nicht und hofften irgendwie, daß dieser Kelch an uns vorbeigehen würde. Und wirklich, es dauerte über ein halbes Jahr, bis wir von den Leuten wieder etwas hörten. Diesmal war das Schreiben bei weitem nicht so höflich. Im Prinzip wiederholten sie nur die Bitten, dich sehen zu dürfen, deuteten aber gleichzeitig an, daß sie auch bereit waren, die Adoption anzufechten, wenn wir ihnen weiterhin keine Möglichkeit geben würden, ihre Enkelin zu sehen. Wir gingen zu einem Anwalt, der uns beruhigte und den Leuten einen geharnischten Brief mit der Androhung aller möglicher Prozesse schrieb. Danach glaubten wir, Ruhe zu haben."

„Aber das war nicht so", stellte Gabi aus den Fragmenten ihrer Erinnerung, die sich langsam zusammensetzten, fest.

„Richtig", bestätigte ihre Mutter. „Es dauerte allerdings einige Zeit, bis wir dahinter kamen. Irgendwann einmal fiel uns das ältere Ehepaar auf, das uns häufiger über den Weg lief oder an deinem Schulweg stand, wenn ich dich abholte. Manchmal spazierte es auch an unserem Haus vorbei oder saß auf einer Bank an dem Spielplatz, wo du mit deinen Freundinnen warst. Eines Tages klingelte es bei uns, und die beiden standen vor der Tür. Sie erklärten ganz unverblümt, daß sie deine Großeltern wären. Dein Vater war außer sich und drängte sie sofort von unserem Haus weg. Sie baten ihn, sich doch mit ihnen zu treffen, um alles in Ruhe zu besprechen. Sie wollten dich uns doch gar nicht wegnehmen. Sie wollten nur ein bißchen an dir teilhaben."

„An dir teilhaben!" warf ihr Vater verächtlich ein. „Sie wollten dich uns wegnehmen. Alles andere war Lüge, und wenn wir ihnen entgegengekommen wären, wer weiß, was dann geschehen wäre."

„Ich glaube, sie waren einfach nur einsame, alte Leute", widersprach seine Frau. „Aber auch ich war nicht bereit, sie direkt zu dir zu lassen. Versteh das bitte", dabei sah sie Gabi flehend an, „wir haben alles getan, damit du für Außenstehende unsere Tochter bist. Du warst damals noch klein. Eine Welt wäre für dich zusammengebrochen. Und außerdem hatten wir uns fest vorgenommen, dir die Wahrheit zu sagen, sobald du alt genug wärest."

„Und wann sollte das sein?" wollte Gabi wissen. „Bis jetzt habt ihr kein Wort zu mir gesagt. Glaubt ihr etwa, ich wäre immer noch zu jung? Ich bin schließlich schon volljährig."

„Wir hatten vorgehabt, es dir nach deinem Abitur zu sagen", erklärte ihr Vater. „Dann wärst du auf die Universität gegangen, hättest einen neuen Freundeskreis gefunden und praktisch neu angefangen, als Adoptivkind deiner Eltern. Du hättest nicht unbedingt deine langjährigen Freunde und Schulkameraden belügen und so gut wie niemandem mitteilen müssen, daß du selbst dein Leben lang in einem Irrtum groß geworden bist."

Gabi kam nicht umhin einzugestehen, daß das, was ihr Vater sagte, viel Sinn ergab. Dieser nickte bedächtig, als sich in ihrem Gesicht ein zustimmendes Lächeln zeigte.

„Nun, wir haben uns mit ihnen getroffen", fuhr jetzt ihre Mutter fort, „und erfahren, wie das mit der Adoption zustande gekommen war. Eines Tages war ihre Tochter zu Hause bei ihnen aufgetaucht und hatte ihnen mitgeteilt, daß sie schwanger sei. Das war schon schlimm genug, aber sie war auch nicht bereit, den Namen des Vaters zu nennen und schon gar nicht, ihn zu heiraten. Es muß eine ziemlich unschöne Auseinandersetzung gewesen sein, denn die Tochter verließ noch am gleichen Tag das Haus ihrer Eltern. Es war ein endgültiger Bruch. Später erfuhren sie dann, daß ihre Tochter Mutter eines Mädchens geworden war und das Kind zur Adoption freigegeben hatte, aber das war erst zwei Jahre später. Kurz nach der Geburt war ihre Tochter nach Amerika gegangen, und erst Jahre später haben sie von dort eine Nachricht von ihr erhalten. Es hat lange gedauert, bis sie herausgefunden haben, was aus ihrer Enkelin geworden ist, und sie versuchten dann, Kontakt zu uns aufzunehmen. Nun, den Rest haben wir dir schon erzählt."

„Es stimmt schon", ergänzte ihr Vater, „die alten Leute waren ziemlich niedergeschlagen. Sie hätten ihre Enkelin selbst aufgezogen, wenn sie gewußt hätten, daß ihre Tochter ihr Kind zur Adoption freigibt. Aber es ist halt ganz anders gekommen."

„Und wißt ihr, wer meine Mutter ist?" fragte Gabi, und ihre Hände waren schweißfeucht.

Ihre Eltern schauten sich stumm an. Dann meinte ihre Mutter mit einem Achselzucken: „Ja und nein."

Bevor Gabi etwas darauf sagen konnte, sprach ihr Vater weiter. „Jetzt hör dir erst die ganze Geschichte an. Deine Großeltern, nicht unsere Eltern, die für dich immer Opa und Oma waren, und ich hoffe, es auch weiter bleiben werden, denn sie würde es noch härter treffen als uns, wenn du verstehst, was ich meine. Also, deine leiblichen Großeltern baten uns, dir Geschenke schicken zu dürfen, ohne Absender natürlich, nur damit sie das Gefühl hatten, etwas für ihre Enkelin zu tun. Wir stimmten zu und dachten, daß da nicht viel passieren kann. Aber du weißt ja selbst, daß es manchmal ziemlich schiefging."

„Erinnerst du dich noch an den blauen Pullover in deiner roten Zeit?" warf ihre Mutter ein.

Gabi nickte, sie erinnerte sich nur zu gut und verstand jetzt im nachhinein vieles, was ihr lange Zeit ein Rätsel gewesen war.

„Es lief natürlich nicht so reibungslos, wie wir gedacht hatten", fuhr ihr Vater fort. „Eine Zeitlang kamen einfach die Geschenke, dann lagen Karten dabei, die wir nicht weitergeben konnten. Es folgten Telefonanrufe und später dann auch wieder der Wunsch, dich kennenzulernen. Sie tauchten sogar noch zweimal hier auf, aber wir hatten immer Glück, daß du gerade nicht da warst. Einmal war es ganz knapp. Ich hatte sie gerade ziemlich unhöflich von der Tür gewiesen, doch sie liefen immer noch die Straße auf und ab. Sie schienen entschlossen zu sein, dich anzusprechen. Da habe ich mich ins Auto gesetzt und bin zur Turnhalle gefahren, wo du gerade Sport hattest, und habe dich danach in die Eisdiele geschleppt, bis ich sicher sein konnte, daß sie weg wären. Deine Mutter hat mich dort angerufen, als die Luft endlich rein war."

Es fiel Gabi nicht schwer, sich an den seltsamen Juniabend zu erinnern. Sie war damals zwölf Jahre alt gewesen und, wie sie glaubte, schon längst kein kleines Mädchen mehr. Sie hatte sich gewundert, als ihr Vater sie im Auto um halb acht an der Turnhalle vom Volleyballtraining abgeholt hatte und mit ihr in die Eisdiele gegangen war, wo sie sich einen Eisbecher nach dem anderen bestellen durfte, ganz ohne besonderen Grund, bis sie wirklich nicht mehr konnte. Aber auch dann hatte ihr Vater immer noch gefragt, ob sie nicht eine Schokomilch oder ein weiteres Eis haben wollte, bis er zum Telefon gerufen worden war. Sie hatte sich danach oft nach der geheimen Bedeutung dieses Abends gefragt, die sie heute endlich erfuhr.

„Nun, gut drei Jahre später hat sich die Sache auf recht tragische Weise gelöst", erklärte Gabis Vater und blickte dabei versonnen an die Zimmerdecke. „Das Mofa war übrigens ihr letztes Geschenk. Ein Abschiedsgeschenk, ohne daß sie es wußten." Er hielt inne und schaute seine Frau an, die ihm aufmunternd zunickte. Wenn schon der Zeitpunkt gekommen war, dann mußte auch alles gesagt werden. „Dieses Geschenk hat mich am meisten geärgert. Nicht nur, daß du zu diesem Zeitpunkt noch kein Mofa haben solltest, sondern ich schmücke mich auch nicht gerne mit fremden Feder. Aber es war nicht mehr zu verhindern gewesen. Also mußte ich gute Miene zum bösen Spiel machen. Aber egal. Einige Zeit später bekamen wir einen Brief von einem ihrer Freunde. Die beiden waren bei einem Autounfall ums Leben gekommen. Unter ihren Sachen befand sich ein Kuvert, das an unsere Adresse geschickt werden sollte, was er damit auch getan hätte. Mehr nicht. In dem Umschlag befanden sich ein Brief und ein zweiter Umschlag. In dem Brief wurden wir gebeten, dir den Umschlag auszuhändigen, wann immer wir dir die Wahrheit über deine Herkunft sagen würden. Nun, wir haben ihn nicht geöffnet, und hier ist er."

Ihr Vater nahm den schmalen, schon etwas verblichenen Umschlag vom Tisch, der schon die ganze Zeit dort gelegen, dem Gabi aber bis zu diesem Moment keine Beachtung geschenkt hatte. Mit zitternden Fingern nahm sie das Kuvert entgegen. Sie fühlte sich auf einmal wie eine Tafel, die gerade leer gewischt worden war und neu beschrieben werden sollte. Einen Moment lang war sie sich unschlüssig, dann riß sie den Umschlag auf. Darin befanden sich ein Briefbogen, auf dem mit Schreibmaschine einige Zeilen standen, und eine verblichene Schwarzweißfotografie. Sie schaute zuerst das Bild an. Darauf war eine Gruppe von vier Leuten abgelichtet. Drei Männer und eine Frau. Das Bild war aus einer Entfernung gemacht worden, die nicht zuließ, daß man die Gesichtszüge genau erkannte. Es waren eher helle Flecken, die angespannt dem Fotografen entgegenblickten. Gabi faltete den Briefbogen auseinander.

Liebe Enkelin,

*wenn Du diesen Brief liest, ist es uns leider verwehrt geblieben, Dich persönlich kennenzulernen. Deine Eltern werden Dir sicher erklärt haben, was es mit dem Brief auf sich hat. Also bleibt uns nur noch wenig zu sagen. Eigentlich wäre so viel zu sagen, aber es ist jetzt zu spät. Wir haben uns Deiner Mutter gegenüber nicht richtig verhalten und bedauern es mehr, als wir sagen können. Sie wollte nie mehr etwas von uns wissen. Sie wollte auch nie, daß wir sie besuchen. Sie hat es uns direkt verboten, und deshalb haben wir schweren Herzens darauf verzichtet. Sie hat uns wie Fremde behandelt, wie Hau-*

*sierer, denen man die Tür weist, und das alles nur wegen dem, was damals in der Hitze des ersten Augenblicks passiert ist. Eine Zeitlang haben wir es noch mit Briefen versucht, doch wenn überhaupt einmal eine Antwort kam, dann bestand diese in der Aufforderung, sie in Ruhe zu lassen. Schließlich war es für uns nur noch eine Quälerei, und wir haben es aufgegeben. Von Dir wollte sie überhaupt nichts wissen. Obwohl wir versprochen haben, Dir nie mitzuteilen, wer Deine Mutter ist, fühlen wir uns nicht an das Versprechen gebunden. Deshalb ist hier ihre letzte uns bekannte Adresse:*

Mrs. S. N. Swanwick
1367, Beluga Drive
Bradshore/New Haven,
Conn. 06520

In dem Brief findest Du auch eines der letzten Bilder, das wir von ihr haben.

In Liebe,
Deine Großeltern

Gabi reichte den Brief ihrem Vater. Er überflog ihn kurz und gab ihn dann seiner Frau weiter, während Gabi intensiv das Foto studierte. Sie suchte nach Ähnlichkeiten in den Gesichtszügen, konnte aber beim besten Willen keine Verbindung zwischen sich und der jungen Frau herstellen, die da in einem dunklen Rock und einem hellen Rollkragenpullover mit hochtoupierten Haaren zwischen den drei Männern auf der breiten Treppe eines Gebäudes stand.

## √-1 Freiburg im Breisgau, Sommer 1965

Anfang Mai waren die deutschen Archäologen total übermüdet morgens auf dem Frankfurter Flughafen angekommen und gleich von den übrigen Passagieren in der Lufthansamaschine getrennt worden. Kurze Zeit später saßen sie in einem abgeschiedenen Raum irgendwo in dem weitläufigen Flughafengebäude vier Herren gegenüber, die sich als Beamte des Auswärtigen Amtes vorgestellt hatten. Die übermüdeten Reisenden wurden höflich und zuvorkommend behandelt, aber genauso unerbittlich gebeten, ihre in der deutschen Botschaft in Teheran abgegebene Schilderung der Ereignisse zu wiederholen. Zunächst gemeinsam, dann wurde jeder von ihnen aufgefordert, schriftlich alles noch einmal zusammenzufassen.

Die ganze Prozedur dauerte bis zum Mittagessen, das sie gemeinsam mit den Männern aus Bonn einnahmen.

„Erklären Sie mir doch bitte endlich einmal genau, was das hier soll." Professor Weigert stellte diese Frage, nachdem der Tisch wieder abgeräumt war. Er tat es nicht zum erstenmal, ohne allerdings bis zu diesem Zeitpunkt mehr als eine ausweichende Antwort erhalten zu haben.

Der Wortführer der Beamten, der sich unter dem Namen Schneider vorgestellt hatte, rührte in aller Ruhe seinen Kaffee um und meinte dann in nie nachlassender Verbindlichkeit, wobei er in die Runde lächelte: „Herr Professor, das habe ich Ihnen und Ihren Kollegen und natürlich auch Ihrer Kollegin", befleißigte er sich mit einem besonders höflichen Lächeln in Sandras Richtung hinzuzufügen, „doch schon erklärt. Sie haben in der Botschaft in Teheran die iranischen Sicherheitsbehörden beschuldigt, einen deutschen Staatsbürger kaltblütig ermordet zu haben. Eine ziemlich schwerwiegende Anklage, wie Sie zugeben müssen." Der Mann führte bedächtig seine Kaffeetasse zum Mund, blies über das dampfende Getränk und nahm dann vorsichtig einen Schluck, ohne dabei Professor Weigert über den Tassenrand hinweg aus den Augen zu lassen.

„Ich dachte, das hätten wir schon längst geklärt", nutzte Weigert die entstandene Pause. „Ich weiß nicht, warum wir hier ein derartiges Verhör über uns ergehen lassen müssen."

Schneider stellte die Tasse ab und hob dann beschwichtigend die Hände. „Lieber Herr Professor, Sie werden doch nicht verhört. Wir wollen lediglich erfahren, was sich dort in der Wüste wirklich abgespielt hat. Wir ..."

„Das müssen Sie doch inzwischen schon auswendig wissen“, unterbrach ihn Sandra und stützte den Kopf müde auf die Hände, wobei die Ellenbogen dicht nebeneinander auf der Tischplatte vor ihr ruhten. Ihre langen blonden Haare fielen nach vorne und hingen in verzottelten Strähnen auf den Tisch. Ein paar Sekunden, in denen kein Wort fiel, verharrte sie in dieser Stellung, um dann ihren Gegenübern wieder direkt in die Augen zu blicken. „Also“, ihre Stimme war so fest, wie es ihr nach einer Nacht im Flugzeug und einem halben Tag in diesem Zimmer noch möglich war, „was soll das Ganze? Verkaufen Sie uns doch nicht für dumm. Um was geht es hier eigentlich?“

Doch Schneider, wenn er denn wirklich so hieß, ließ sich nicht aus der Ruhe bringen. „Liebes Fräulein Neubert, ich verstehe, daß sie erschöpft sind, doch wir wollten die nötigen Informationen sofort bekommen, sozusagen direkt und ohne Verzögerung. Später hätten Sie vielleicht das eine oder andere, was wichtig sein kann, vergessen.“

„Das liebe Fräulein können Sie sich schenken“, gab Sandra aufgebracht zurück und ignorierte den mißbilligenden Blick von Weigert. „Hier noch einmal in Kurzform und zum Mitschreiben: Wir fanden unseren Vorarbeiter Hachnem Ratschi grausam ermordet. Über Nacht waren unsere Arbeiter verschwunden. Am Nachmittag kam der Polizeichef von Bam, holte die Leiche von Hachnem Ratschi ab und erschoß ohne Grund Doktor Gruhn.

Danach wurden wir alle nach Bam gebracht und von dort nach Teheran. Nach drei Tagen durften oder mußten wir das Land verlassen. Doktor Gruhn war inzwischen eingeäschert, und die Behörden verbreiteten über seinen Tod eine Version, die Ihnen bestimmt auch bekannt ist, aber nicht der Wahrheit entspricht. Ist das jetzt endlich klar?“ Sie ließ sich erschöpft auf ihrem Stuhl zurücksinken.

„Herr Weller“, wandte sich einer der anderen Männer an den Studenten, „ist das auch ihre Einschätzung der Ereignisse?“

Weller rutschte auf seinem Stuhl nach vorne und legte seine Hände nachdenklich vor sich auf den Tisch. Dann nickte er langsam.

„Sie stimmen also völlig mit dem überein, was Doktor Neubert gerade gesagt hat?“ fragte Schneider noch einmal nach.

Weller nickte wieder.

„Von seiten des verstorbenen Doktor Gruhn ...“

„Ermordeten Doktor Gruhn“, warf Sandra müde ein.

„Nun, darum geht es hier ja gerade. Also, Herr Weller, von seiten des Doktor Gruhn gab es keine Handlung, die man vielleicht als Provokation auslegen könnte, ist das so?“

„Natürlich nicht", schaltete sich jetzt Heckert ein. „Was soll die Frage?"

„Sehen Sie", ergriff jetzt ein anderer der Männer das Wort, „wenn wir in dieser Sache etwas unternehmen sollen, dann müssen wir völlig sicher sein, daß wir von Tatsachen ausgehen und uns die andere Seite nicht nachweisen kann, daß wir nicht völlig im Bilde sind. Deshalb ist jede Einzelheit wichtig. In diesem Fall besonders wichtig, da es keinerlei andere Beweise als Ihre Aussagen gibt. Verstehen Sie bitte, wie entscheidend das für uns ist. Es liegt doch bestimmt auch in Ihrem Interesse, daß der Tod Ihres Kollegen restlos aufgeklärt wird."

Irgendwo weit entfernt läutete bei Sandra eine Alarmglocke, doch sie war zu müde, um sich Gedanken darüber zu machen.

„Nun, es gab da etwas", meldete sich Professor Weigert nachdenklich zu Wort. Die anderen drei des Grabungsteams blickten erstaunt auf. „Doktor Gruhn und der Polizeichef haben sich wegen einer Sonnenbrille gestritten, aber deswegen tötet man doch keinen Menschen ..."

„Erzählen Sie das bitte genau", forderte Schneider den Professor auf.

„Es war nichts", antwortete Sandra, bevor Weigert weitersprechen konnte.

„Nichts?"

„Nichts!"

„Herr Professor, sind Sie auch dieser Meinung?" wandte sich der Mann vom Auswärtigen Amt wieder an Weigert.

„Nun", begann Weigert zögernd, „es ging eigentlich darum, daß der Polizeichef Gruhn aufforderte, die Sonnenbrille abzusetzen. Dieser weigerte sich anfänglich, doch dann habe ich eingegriffen, und er hat sie abgesetzt. Also nichts von Bedeutung."

„Wenn ich das richtig verstehe, dann hat Doktor Gruhn sich den Anordnungen des Polizeichefs widersetzt. Ist es nicht so?" Schneider blickte in die Runde der Wissenschaftler, die ihm allerdings mit einem gemeinschaftlichen Kopfschütteln widersprachen.

„Gab es möglicherweise noch andere Vorfälle dieser Art, bevor es zu dem tragischen Zwischenfall gekommen ist?" fragte einer der anderen Männer nach.

Weigert, die beiden Studenten und Sandra starrten ausdruckslos vor sich hin. Die drei Männer zermarterten sich den Kopf, während Sandra Neubert endlich das Läuten der Alarmglocke in ihrem Kopf deutlich vernahm. Es dauerte noch ein paar Augenblicke, dann erkannte sie glasklar, auf was die Sache hinauslaufen sollte.

„Merkt denn keiner, was hier gespielt wird?" brach es aus ihr heraus.

Die Gesichter aller Anwesenden ruckten in ihre Richtung. Die der Regierungsbeamten wirkten starr, wie in Stein gemeißelt, in denen ihrer Kollegen stand Unverständnis.

„Von wegen, sie wollen alles wissen, damit sie den Fall untersuchen können. Genau das Gegenteil ist der Fall. Sie suchen in unseren Aussagen doch nur Schwachstellen, damit sie alles vertuschen können. Damit sie unsere Darstellung widerlegen können, und ihr", dabei schaute sie mit wütendem Blick von Weigert zu den beiden Studenten und wieder zurück, bis Weigert sich unter ihren funkelnden Augen abwandte, „helft denen auch noch dabei. Wenn ihr so weitermacht, dann läuft es schließlich darauf hinaus, daß Michael den Polizeioffizier angegriffen und dieser in Notwehr gehandelt hat. Habt ihr denn total den Verstand verloren?" Atemlos, erschöpft und der Müdigkeit Tribut zollend brach sie schluchzend zusammen.

Alles, was danach geschah, bis sie schließlich wohlbehalten in ihrer kleinen Wohnung in Freiburg war, erlebte Sandra in einem Zustand, der eher einem unruhigen Schlaf denn einem Wachzustand glich. Sie wurde auf die Erste-Hilfe-Station des Flughafens gebracht und erhielt eine Beruhigungsspritze. Danach fand sie sich in einer großen Limousine wieder, in der sie gemeinsam mit Heckert nach Freiburg gefahren wurde. Dort brachte man sie gleich ins Krankenhaus, wo sie am nächsten Morgen endgültig erwachte. Der Arzt erklärte ihr, daß sie aus Übermüdung und Überanstrengung auf dem Flughafen zusammengebrochen sei und man, nachdem sie von ihren Kollegen hergebracht worden sei, entschieden hätte, sie diese eine Nacht zur Beobachtung, nur um sicherzugehen, hier zu behalten. Sie bräuchte sich keine Sorgen zu machen, das wäre nichts Bedenkliches nach all dem, was passiert sei. Sandras erstaunten Blick, der ihre Verwunderung darüber ausdrückte, wie gut der Mann informiert war, hatte der Arzt nicht bemerkt.

Mittags wurde sie von Heckert abgeholt und mit einem Taxi sowie besten Genesungswünschen von Professor Weigert und Weller nach Hause gebracht.

Die nächsten Wochen waren hektisch, immer in Gefahr, in einem heillosen Chaos zu versinken, und ein ewiger Kampf der drei Expeditionsteilnehmer, nicht den Überblick zu verlieren, während Professor Weigert den unterschiedlichsten Gremien Bericht erstatten mußte. Sie sortierten ihre Ausrüstung und redeten immer wieder über die Vorfälle am Grabungsort.

„Ich kann einfach nicht begreifen, was dort passiert ist. Inzwischen erscheint mir das Ganze schon wie ein Traum", erklärte Weller, schenkte sich eine weitere Tasse Kaffee ein und fügte dann hinzu: „Wenn das nicht wäre." Dabei deutete er auf die Kiste mit Michael Gruhns Sachen.

„Was geschieht eigentlich damit?" wollte Heckert wissen.

Achselzucken der anderen beiden war die Antwort.

„Das wird man wohl seiner Frau schicken", mutmaßte Sandra.

„Seiner Witwe", stellte Weller fest.

Heckert und Sandra, die ihm gegenüber an dem staubigen Tisch, auf dem die Fundstücke ausgebreitet waren, saßen, schauten ihn betreten an.

„Stimmt doch, oder? Was habt ihr? Er ist nun mal tot, daran ist nichts zu ändern. Außerdem war er schon ein komischer Kauz. Warum hat er die Sonnenbrille denn nicht abgesetzt?" meinte Weller halb entschuldigend, halb vorwurfsvoll.

„Du spinnst ja wohl", fuhr ihn Sandra an. „Jetzt redest du schon wie die Kerle am Flughafen. Willst du nun Michael auch noch für seinen eigenen Tod verantwortlich machen?"

Heckert und Weller wechselten einen kurzen, von ihrer Kollegin unbeachteten Blick. Mehr und mehr reifte in ihnen die Überzeugung, daß Sandras Eintreten für den toten Michael Gruhn und sein Andenken von tieferen Gründen getrieben wurde als nur der Verpflichtung der Wahrheit gegenüber.

„Beruhige dich", beschwichtigte Heckert die junge Frau, „Klaus hat das nicht so gemeint. Aber wir alle suchen schließlich nach einem Grund, warum dieser Kerl ihn umgebracht hat."

„Da sollen sie mal diesen Kerl fragen, anstatt mit unseren Aussagen Haarspaltereien zu treiben", sagte sie erbost und stellte ihre Tasse mit einem deutlich vernehmbaren Klirren ab. „Was die da für Märchen erzählen, das paßt doch hinten und vorne nicht. Die lügen doch wie gedruckt. Schön haben die sich das mit der Einäscherung und allem ausgedacht, wirklich clever."

„Das hat doch keinen Zweck, Sandra. Wir können hier nichts machen. Die Regierung wird den Fall schon weiterverfolgen. Wir werden ja sehen, was bei der Untersuchung herauskommt." Ein leichter Anflug von Überdruß schlich sich in die Stimme von Weller ein, denn immer, wenn das Gespräch auf Michael Gruhns Tod kam, reagierte Sandra völlig irrational.

Sicher, es war traurig, aber schließlich hatte man ihn kaum gekannt. Er war erst drei Monate vor der Abreise zu ihnen gestoßen und hatte sich eigentlich auch nie viel Mühe gegeben, ein gutes Verhältnis zu ihnen aufzubauen. Bis sie in den Iran gereist waren, hatte er fast nur mit dem Professor zusammengearbeitet und sowohl Sandra als auch die beiden

Studenten, was Weller besonders geärgert hatte, fast völlig übersehen. Erst am Grabungsort war das Verhältnis etwas entspannter gewesen, doch längst nicht so, daß Weller der Tod von Michael Gruhn besonders betroffen gemacht hätte. Ganz anders lag der Fall anscheinend bei Sandra. Hatten die beiden etwas miteinander gehabt? Kaum ging ihm das durch den Kopf, als er es auch schon als unmöglich abtat. Bei der Enge des Lagers hätte sich das nicht verbergen lassen, und er hatte nicht das geringste Anzeichen für ein Verhältnis zwischen den beiden bemerkt. Außerdem war Gruhn ja verheiratet gewesen. Doch irgendwie war Sandras Verhalten eigenartig.

„Die Untersuchung kann ich mir schon vorstellen", ereiferte sie sich, als ob das nicht schon mehrmals in allen Einzelheiten zwischen ihnen diskutiert worden wäre. „Die führt doch zu nichts. Es bleibt wahrscheinlich nur ein Achselzucken des Bedauerns."

„Und was können wir daran ändern?" wollte Heckert wissen.

„Bei denen anrufen. Fragen, was los ist, damit die nicht glauben, wir hätten die Sache vergessen."

„Eigentlich will ich die Sache aber vergessen", warf Weller ein.

Heckert nickte zögernd. „Vielleicht hat er sogar recht. Vergessen wir die Sache. Gruhn ist tot, und wir machen ihn nicht wieder lebendig. Wer weiß, wie nahe auch wir dem Tod waren. Wenn ich daran denke, wird mir jetzt noch flau im Magen. Der Kerl hätte genausogut uns alle erschießen können."

Sandra schaute den Studenten entsetzt an. „Und was ist mit der Gerechtigkeit? Soll dieser Mord ungesühnt bleiben? Kann dieser Kerl jeden, der ihm nicht paßt, umbringen, weil wir alle den Mund halten?"

Schweigen breitete sich aus. Die beiden Studenten saßen bewegungslos an dem Tisch, und Sandra ließ ihren Blick von einem zum anderen gleiten, bis beide wegsahen.

„Gut", meinte sie mit brüchiger Stimme, „machen wir uns wieder an die Arbeit. Sortieren wir noch diese Kiste hier, und dann ist Schluß für heute."

Die nächsten beiden Stunden waren von einer bedrückenden Einsilbigkeit geprägt, und die beiden Studenten waren heilfroh, als sie es geschafft hatten und endlich nach Hause gehen konnten. Sandra Neubert setzte sich an den Tisch, auf dem die Funde aus der Kiste jetzt säuberlich sortiert lagen. Ein paar Tonscherben, Reste von Bronzewerkzeugen, die eine Reihe von Interpretationen ihrer ehemaligen Bestimmung zuließen.

Zusammengesunken, den Kopf in die Hände gestützt, horchte sie in sich hinein. Zuerst hatte sie es noch auf die Aufregung, die Klimaumstellung und andere Umstände mehr, an die man sich in solchen Fällen gerne klammerte, geschoben, doch mit jedem Tag, an dem ihre längst überfällige Monatsblutung länger ausblieb, erhielt die Furcht, daß sie schwanger sei, mehr Gewissheit. Es würde ihr nichts anderes übrigbleiben, als zum Arzt zu gehen. Wenn sich dann ihre Befürchtungen bewahrheiten würden ... Doch darüber wollte sie sich keine Gedanken machen, solange noch die geringste Chance bestand, daß es sich doch nur um eine Fehlfunktion ihres Körpers handeln könnte.

Sandra hob den Kopf und schaute sich in dem kleinen, vollgepackten Raum um. Unwillkürlich fiel ihr Blick auf die Kiste mit Michael Gruhns Sachen. Sie konnte ihn noch nicht einmal als Vater angeben. Das war unmöglich. Das konnte sie seiner Frau nicht antun. Erst verlor sie ihren Mann auf solch schreckliche Weise, und dann ... Dabei fiel Sandra ein, daß sie keine Ahnung hatte, was man Frau Gruhn über den Tod ihres Mannes eigentlich gesagt hatte. Alle drei waren mehr als dankbar gewesen, daß diese Angelegenheit von Professor Weigert erledigt worden war, und hatten sich nicht weiter darum gekümmert. Sie setzte ihren Gedankengang fort. Und dann kam sie an und behauptete, von Michael schwanger zu sein. Nein, das war schlichtweg unmöglich. Dieses Kind, wenn es denn der Tribut sein sollte, den sie für diese Nacht zu zahlen hatte, wäre ausschließlich ihr Problem. Ganz entfernt und noch immer ein bißchen wehmütig, dachte sie an die kurze Zeit, da sie sich schon in die Ruhmeshallen der Archäologie aufgenommen sah. Die Entdeckung dieses unterirdischen ... was immer es auch war, und dann die Enttäuschung, als sie die Grabungsstelle nach dem Sandsturm und den Erdstößen nicht mehr lokalisieren konnten. Sie hatte Michaels Notizbuch von vorne bis hinten und von hinten bis vorne durchgelesen, immer und immer wieder, doch die Seiten, die er am letzten Tag seines Lebens geschrieben hatte, fehlten. Herausgerissen. Seine Aufzeichnungen brachen mitten im Satz, den Sandra inzwischen auswendig konnte, ab: 'Ich wage mich nicht ...' Was? Was folgte? Er war am weitesten in die unterirdische Anlage eingedrungen. Vielleicht hatte er einen Hinweis gefunden, der zu dieser Anlage zurückführte. Nein, sagte sie sich wie schon so oft zuvor, dann hätte er sie ja dort hinführen können. Aber möglicherweise wollte er auch die Lorbeeren für seine Entdeckung alleine einheimsen und dann mit einem eigenen Grabungsteam zurückkommen.

Sandra schüttelte den Kopf. Wo konnte er nur diese Seiten versteckt haben? Ihr Blick fiel wieder auf die Kiste, und nachdem sie ihre Bedenken beiseite geschoben hatte, nahm sie einen großen Schraubenzieher aus dem Werkzeugschrank und brach das Vorhängeschloß auf, mit dem sie verschlossen war. Es mußte sein, redete sie sich ein, denn niemand wußte, wann diese Kiste an die Universität Bonn überstellt werden würde. Es ging hier um ein möglicherweise epochemachendes Kapitel in der Wissenschaft, und sie hatte schließlich bei den Ausgrabungen mit Michael ihren Teil dazu beigetragen. Es war ihr Erbe sozusagen, nicht das von irgend jemandem in Bonn, der vielleicht in der Lage war, die Aufzeichnungen richtig zu deuten. Warum hatte sie sich nicht schon eher dazu entschlossen, wunderte sie sich, während sie das kaputte Schloß zur Seite legte und den Deckel öffnete.

Ganz oben lag der Schlafsack, den sie vorsichtig herauszog und zur Seite legte. Darunter befanden sich seine persönlichen Sachen, Kleidung, Bücher, ein Bild seiner Frau und seines Sohnes, das sie nie bemerkt hatte. Er mußte es wohl sorgsam in seinem Zelt vor den Blicken der anderen verborgen haben. An der einen Seite der Kiste sah sie jetzt eine Mappe stehen. Ihre Hände begannen zu zittern, als sie die beiden Schnallen auf der Vorderseite öffnete. Ungeduldig schüttete Sandra den Inhalt einfach auf den Boden und wühlte darin herum. Diagramme, Aufzeichnungen, Pläne des Grabungsortes, aber schon nach einer oberflächlichen Untersuchen war klar, daß sich die vermißten linierten Blätter aus Michaels Notizbuch nicht darunter befanden. Sandra richtete sich aus ihrer gebeugten Haltung auf und überlegte, wo sich die Blätter sonst befinden könnten. Vielleicht in einem der Bücher? Sie nahm sich das erste vor. Rücksichtslos packte sie es an den Buchdeckeln und schüttelte es heftig. Vor ihren Augen leuchtete der weiße Aufkleber mit der Signatur der Universitätsbücherei Bonn. Aber so sehr sie auch anstrengte, nichts fiel zwischen den Seiten heraus. Sie legte den Band achtlos auf den Boden.

„Fräulein Doktor Neubert!“

Sandra erstarrte.

„Was machen Sie denn da?“

Ihr Kopf ruckte hoch, und sie sah direkt in Professor Weigerts Gesicht, das kaum einen halben Meter von ihr entfernt über ihr und der Kiste schwebte.

„Wie kommen Sie denn dazu ...?“

Sie richtete sich wie benommen auf, stricht sich den Rock glatt und versuchte, eine plausible Antwort angesichts des Schlachtfeldes, das sich rund um die Kiste mit Michaels Sachen ausbreitete, zu finden.

„Was haben Sie sich denn dabei gedacht?“ schoß der Professor eine neue Frage in Sandras Richtung ab, die aber immer noch die gleiche Antwort erforderte, die sie nicht geben hatte. „Haben Sie etwa das Schloß aufgebrochen?“

Sie nickte und versuchte verzweifelt, den Kloß in ihrer Kehle irgendwie loszuwerden.

„So etwas ist mir noch nicht untergekommen. Wollen Sie unser ganzes Institut in Verruf bringen?"

Sandra ging mit unsicheren Schritten zu dem nächsten Stuhl und sank darauf. Der Professor betrachtete jetzt die um die Kiste verstreuten Gegenstände, hob ein paar davon auf und legte sie wieder in die Kiste zurück, bis er merkte, daß man die Sachen wesentlich sorgfältiger einräumen musste, als er es tat, damit sie in die Kiste hineinpassen würden.

„Nun, Fräulein Neubert, haben sie nichts dazu zu sagen?"

„Ich", sie räusperte sich, „habe etwas gesucht."

Weigert zog mißbilligend die Augenbrauen zusammen.

„Ich habe nach ..." Sie wollte sagen, daß sie nach den restlichen Blättern des Notizbuches gesucht hatte, als ihr gerade noch rechtzeitig einfiel: Damit würde sie alles nur noch schlimmer machen, weil sie damit zugab, das Notizbuch auf unredliche Weise an sich gebracht zu haben.

„Was haben Sie?" fragte Weigert in die durch Sandras Verstummen entstandene Pause nach.

„Nach Fundstücken gesucht", vollendete sie nun endlich den Satz.

„Nach Fundstücken?" Man merkte dem Professor an, daß er Sandra nicht glaubte. „Wieso sollen in den privaten Sachen von Doktor Gruhn Fundstücke sein? Können Sie mir das erklären?"

„Nein", lenkte sie zerknirscht ein, ohne die Kraft aufzubringen, sich eine neue Lüge auszudenken.

„Was ist nur in Sie gefahren? Ich weiß, es war etwas viel in den letzten Wochen, aber deswegen dürfen wir uns doch nicht so gehenlassen."

Sie nickte wie ein Schulmädchen, das man beim Schwänzen erwischt hatte.

„Fräulein Neubert, ich frage Sie jetzt auf Ehre und Gewissen, haben Sie aus dieser Kiste etwas entwendet?"

Sandra schüttelte den Kopf und murmelte bestätigend: „Nein."

„Nun gut. Sie räumen jetzt die Sachen wieder ordentlich ein, und dann verlassen Sie das Gebäude. Sie brauchen morgen nicht zu kommen. Nehmen Sie sich ein paar Tage mit meinem Einverständnis frei, die Semesterferien stehen ohnehin vor der Tür. Ich werde Weller und Heckert davon unterrichten, daß Sie überarbeitet sind und etwas Erholung brauchen. In der Zwischenzeit bleibt die Sache unter uns, bis ich mir überlegt habe, was da am besten zu tun ist."

Sandra verstand nur die Hälfte von dem, was Weigert ihr im Tonfall eines streng mahnenden, aber auch Strafe in Aussicht stellenden Vaters sagte. Wie eine Marionette an den Fäden des Professors räumte sie die Kiste wieder ein. Zu ihrem Erstaunen, wenn sie in diesem Moment dazu fähig gewesen wäre, schaffte sie beim ersten Mal, alles wieder so hineinzulegen, daß der Deckel auf Anhieb zuging. Sie nahm ihre leichte Sommerjacke von dem Haken an der Wand neben der Tür, die seit Weigerts Erscheinen immer noch offenstand, und als sie mit gesenktem Kopf den Raum verließ, hörte sie doch noch die leisen Worte, die der Professor ihr hinterherschickte: „Ich bin sehr von Ihnen enttäuscht, Doktor Neubert."

Zwei Wochen später, Sandra wartete noch auf das Ergebnis ihres Schwangerschaftstestes, saß sie zusammen mit Heckert auf einer Bank am Ufer des kleinen Sees im Stadtgarten. Nach der Mitteilung ihres durch Überanstrengung bedingten Fernbleibens von der Universität hatte sie der Student gleich am Abend noch angerufen und nachgefragt, wie es ihr ginge. Sie hatte noch nicht einmal lügen müssen, als sie ihm sagte, daß sie völlig fertig sei und Ruhe bräuchte. In den Tagen danach war sie ein Spielball zwischen Verzweiflung und Niedergeschlagenheit. Je länger sie darüber nachdachte, welche Konsequenzen das Aufbrechen der Kiste für sie haben konnte, desto deutlicher wurde ihr bewußt, daß sie Weigert völlig ausgeliefert war. Ihre akademische Karriere, zumindest in Freiburg, näherte sich dem Ende, bevor sie überhaupt richtig begonnen hatte. Das andere, was sie nicht schlafen ließ, war das Damoklesschwert der möglichen Schwangerschaft. Der Besuch bei ihrem Frauenarzt war dann auch so verlaufen, wie sie es sich vorgestellt hatte. Als sie dem Arzt ihr Ansinnen mitteilte, wanderte ein spontanes Lächeln über sein Gesicht, das von der Feststellung begleitet wurde, er habe ja gar nicht gewußt, daß sie geheiratet hätte und wie sie denn jetzt hieße. Dieses Lächeln war verschwunden, als sie diese Tatsache verneinte und auf seine interessiert unverschämte Frage, wann man es denn nachholen wollte, nicht reagierte. Der Rest war eine kurze Prozedur, die der Arzt betont unhöflich gestaltete.

Sandra schaute auf den See und beobachtete die Enten, während sie darauf wartete, daß Heckert endlich mit dem herausrückte, was er am Telefon so geheimnisvoll angedeutet hatte.

„Geht es dir inzwischen besser?" Die Frage war eigentlich überflüssig. Sandras herbe Gesichtszüge hatten sich noch tiefer eingegraben, sie hatte bestimmt, so schätzte Heckert, zehn Pfund an Gewicht verloren, und ihre langen, blonden Haare waren nachlässig zu einem Pferdeschwanz zusammengebunden.

„Sieht man das nicht?“ gab sie ihm auch gleich die passende Antwort.

„Was ist eigentlich los? Ich meine, mit Weigert und dir.“

„Nichts. Oder was sagt er denn?“ gab sie zurück.

Die Ellenbogen auf die Oberschenkel gestützt, schaute sie Heckert, der sich auf der Bank zurückgelegt hat, von unten herauf an. „Nichts“, gab er lakonisch zurück. „Aber mir könnt ihr doch nichts vormachen. Da ist doch was vorgefallen. Dein Krankheitsurlaub sieht ganz nach einer Zwangsbeurlaubung aus. Hast du silberne Löffel geklaut?“

Sie zuckte zusammen, was Heckert aber nicht bemerkte.

„Sag mir doch einfach, um was es geht“, bat sie ihn dann.

„Gut, da du nicht sehr gesprächig bist, mache ich es kurz. Ich habe Weigerts Abschlußbericht gesehen, der an die Fakultät, den Präsidenten und, jetzt halte dich fest, an das Auswärtige Amt nach Bonn geht.“

Sie schaute ihn erstaunt an. „Wie bist du denn da herangekommen?“

„Gute Beziehungen zum Sekretariat“, meinte er geheimnisvoll.

Sandra wußte, daß Heckert keine Gelegenheit verstreichen ließ, sich bei der Sekretärin, Frau Tosmann, beliebt zu machen. Auch sie selbst hatte ein gutes Verhältnis zu der älteren Dame, die von den meisten im Fachbereich schon liebevoll und durchaus mit Bewunderung zum Inventar gezählt wurde. Allerdings war Sandra Frau Tosmann immer als überaus korrekt erschienen, und es hatte wohl schon einer Überdosis von Heckerts Überredungskunst bedurft, ihr diese Informationen abzuschwatzen.

„Und weiter? Was steht darin?“ wollte sie ungeduldig wissen.

„Das meiste ist allgemeines Blabla. Wie erfolgreich die Expedition war. Wichtige Aufschlüsse über die Vorgehensweise von Krateros, alles ziemlich schwammig und im Zweifelsfall nicht zu überprüfen. Interessant ist aber, daß alles so angelegt ist, daß unsere frühe Abreise leider die entscheidenden Entdeckungen verhindert hat.“

„Das war wohl zu erwarten gewesen, oder?“ warf Sandra ein.

„Nun, ich denke schon“, stimmte er zu. „Aber dann kommt es, oder vielmehr nicht. Kein Wort über unseren Fund. Nichts über den Eingang in die unterirdische Stadt oder Tempelanlage oder was es auch immer war. Michael Gruhn wird als Quertreiber und inkompetent hingestellt ...“

„Wie bitte?“

„Na ja, nicht so direkt, aber du weißt doch, wie so etwas funktioniert.“

„Nein, weiß ich nicht“, hielt sie ihm aufgebracht entgegen.

Heckert schüttelte mit gespieltem Mitleid den Kopf, worauf sich Sandras Blick noch mehr verfinsterte.

„Jetzt stell dich nicht dümmer an, als du bist. Ein paar Bemerkungen über eine andere Auffassung hier, ein paar Erwähnungen von falscher Fundbehandlung da, alles nicht unwahr, aber halt unter einem besonderen Blickwinkel gesehen. Die Sondergrabung erscheint auf einmal als Idee von Weigert, der dem jungen Kollegen eine Chance geben wollte, obwohl, wie sich dann ja auch herausstellte, alles nichts gebracht hat. Das Ganze noch im Ton von professoraler Güte abgefaßt, und schon ist ein vernichtendes Urteil gefällt."

Michael hatte mit seiner Einschätzung von Professor Weigert und vielleicht dem ganzen akademischen Troß recht gehabt, zuckte es Sandra durch den Kopf, und auf einmal stand die Unterhaltung, die sie eines Abends mit Michael in der Wüste Lut über seine Theorie geführt hatte, wie eine Flammenschrift vor ihrem geistigen Auge. Er hatte es gewußt. Er hatte die Spielregeln viel besser gekannt als sie.

„Und weiter, was steht noch darin?"

„Das ist nun wirklich der Hammer", sagte er. „Als ich das gelesen habe, sind mir fast die Blätter aus der Hand gefallen. Es muß einen Bericht aus dem Auswärtigen Amt in der Sache geben, wahrscheinlich von den vier Leuten, die uns in Frankfurt verhört haben ..."

„Und was steht darin?" fragte sie ungeduldig.

„Weiß ich nicht, aber Weigert schreibt, daß er mit diesem Bericht übereinstimmt und nach ruhiger Überlegung nicht ausschließen will, daß der junge, manchmal etwas unbeherrschte Kollege aus Bonn sich möglicherweise doch provozierend dem Polizeichef gegenüber verhalten hat. Natürlich kommt Weigert wieder mit der Sache mit der Sonnenbrille und wie er Gruhn erst auffordern mußte, sie abzusetzen."

Sandra schaute Heckert entgeistert an und stieß dann heftig die Luft aus.

„Was sagst du nun?" wollte er wissen.

Sie schüttelte stumm den Kopf und konnte es nicht begreifen. „Das kann doch nicht wahr sein. Bist du sicher, daß dies der endgültige Bericht ist?"

Bernd Heckert zuckte mit den Achseln. „Ich würde sagen, so ziemlich. Die Tosmann hat mir gesagt, dies sei die dritte Fassung und würde vom Professor nur noch einmal gegengelesen."

„Und wir haben gar kein Mitspracherecht? Wir waren doch auch dabei. Uns fragt wohl niemand?" stieß Sandra mit rauher Stimme hervor.

„Scheinbar nicht."

„Und was können wir dagegen unternehmen?"

„Nichts."

„Ich gehe morgen zu Weigert und stelle ihn zur Rede", kündigte sie wütend an.

Heckert zuckte zusammen. „Das wirst du schön bleiben lassen", meinte er dann.

„Und warum? Ich brauche keine Angst zu haben. Ich bin kein Student mehr, der bei ihm Prüfung machen muß." Dabei warf sie einen Seitenblick auf Heckert, der sich inzwischen aus seiner entspannten Haltung aufgerichtet hatte.

„Hör zu, Sandra, mach jetzt keinen Mist", redete Heckert beschwörend auf die erboste Frau ein. „Nehmen wir einmal an, du gehst morgen zu Weigert und stellst ihn zur Rede. Das erste, was er dich fragen wird, ist, woher du seinen Bericht kennst. Dann sagst du natürlich, von Heckert, und der hat es der Tosmann aus den Rippen geleiert. Damit kann ich mir eine andere Uni suchen, falls mich irgendein Professor überhaupt noch annimmt, und die Tosmann eine neue Stelle, und du, überleg mal, was mit dir passiert. Du bist schließlich seine Assistentin ..."

Im ersten Moment wollte Sandra heftig protestieren, hatte schon die passenden Worte auf den Lippen, doch dann war die Erkenntnis über die Richtigkeit dessen, was Heckert ihr gesagt hatte, durch den Filter ihrer ungezügelten Wut bis hinunter in ihren Verstand gesickert. Dort fiel sie auf einen Nährboden, der die Samen der hilflosen Resignation keimen ließ, bis diese in unglaublicher Geschwindigkeit zu einem harten Stamm grenzenloser Hilflosigkeit ausgewachsen waren.

Heckert hatte stumm mit angesehen, wie sich in wenigen Augenblicken diese Entwicklung in Sandras verhärmtem Gesicht abzeichnete. Seine Hand zuckt ein Stück vor, um die zusammengesunkene Frau neben sich in den Arm zu nehmen. Doch bevor er die Bewegung noch vollenden konnte, hatte sie sich aufgerichtet und schaute ihm mit ihren grünen Augen fest ins Gesicht. Er wich ihrem Blick nicht aus.

„Du hast recht. Man kann nichts dagegen machen."

Drei Tage später saß Sandra mit zusammengepreßten Lippen und unbeweglich wie eine aus Stein gehauene Mégaira auf einem unbequemen Stuhl im Wartezimmer ihres Frauenarztes. Während der Woche, die sie auf den Befund hatte warten müssen, hatte sie es immer wieder mit heißen Bädern versucht, doch ihr Körper ließ sich nicht dazu bringen, das sonst so lästige, in diesem Fall aber sehnlichst erwünschte Blut abzusondern. Ihre Vernunft hatte schon längst vor den offensichtlichen Anzeichen die Segel gestrichen, doch jenseits davon blieb Sandra immer noch ein Funken Hoffnung, der ihrer Verzweiflung Einhalt gebot.

„Fräulein Dr. Neubert bitte."

Eben noch unbeweglich wie eine Statue, fuhr Sandra abrupt hoch, als ihr Name von der Sprechstundenhilfe unpersönlich durch die halboffene Tür in das Wartezimmer gerufen wurde, hielt dann aber inne und schaute sich verwirrt um, als ob sie erwartete, daß noch eine Person gleichen Namens anwesend wäre. Sie zögerte, und der Wunsch, einfach wegzulaufen, den sie durch ihre starre Haltung während des Wartens mit aller Kraft unterdrückt hatte, wurde fast übermächtig. Nach wenigen Augenblicken straffte sich ihr Körper, und sie ging mit festen Schritten auf die Tür zu.

„Gehen Sie gleich durch, der Doktor wartet schon auf Sie", forderte sie die knapp zwanzigjährige Sprechstundenhilfe auf, die schon wieder hinter dem Schreibtisch des Vorzimmers Platz genommen hatte, und deutete dabei auf die Tür zum Behandlungszimmer, die nur angelehnt war.

Sandra nickte und begab sich auf das letzte Stück des Weges, der ihr wie der Gang zu ihrer Hinrichtung erschien.

„So, Fräulein Neubert", sagte der Arzt, als Sandra ihm gegenüber Platz genommen hatte, „wir haben jetzt das Ergebnis Ihrer Schwangerschaftsuntersuchung." Er machte eine Pause, um verschiedene Blätter auf seinem Schreibtisch zu ordnen.

Sandra glaubte aus seiner Anrede, die noch einmal betonte, daß sie unverheiratet war, einen Vorwurf, wenn nicht sogar eine Spur von Häme herauszuhören. Mußte er es so spannend machen, dachte sie. Konnte er nicht einfach ja oder nein sagen?

„Sie sind ohne Zweifel guter Hoffnung."

So, das war es also. Die Gewißheit, die sie anfänglich noch herbeigesehnt hatte. Sandra schaute den Arzt mit versteinerter Miene an.

„Ich brauche jetzt noch ein paar Angaben von Ihnen. Wir wollen doch sicher wissen, wann das Kleine kommt."

Jetzt schaute sie den Arzt entgeistert an. Natürlich, ging es ihr da durch den Kopf, sie war nicht nur schwanger, sondern irgendwann hätte sie dann folgerichtig auch ein Kind.

„Zuerst einmal muß ich wissen, wann Sie das letzte Mal Ihre Monatsblutung hatten." Als er den fragenden Blick in den Augen seiner Patientin sah, ergänzte er: „Um den Geburtstermin zu errechnen."

Sandra nickte und begann im Kopf nachzurechnen. Das war bei der Ausgrabung gewesen, doch das lag schon so weit zurück, als ob es in einem anderen Leben passiert wäre.

„So Anfang April", antwortete sie dann.

Jetzt war es an dem Arzt, erstaunt dreinzublicken, und nach einer minimalen Denkpause meinte er: „Dann sind wir ja schon im dritten Monat. Da haben Sie aber lange gewartet. Na ja, unter den Umständen ..."

Sie verstand die Anspielung nicht sofort, aber die nächsten Worte des Arztes gaben ihr einen deutlichen Eindruck, was sie hier im erzkatholischen Bischofssitz Freiburg als unverheiratete Mutter zu erwarten hatte.

„Nun, der Geburtstermin, soweit ich das jetzt sagen kann, wird so um den zwanzigsten Januar herum liegen. Da haben Sie ja noch genug Zeit, Ihre persönliche Situation in Ordnung zu bringen. Sie sollten aber vielleicht nicht zu lange damit warten, denn ab dem fünften Monat läßt sich der kleine Frühstart, der Ihnen und Ihrem Zukünftigen da passiert ist, nicht mehr so ohne weiteres verbergen, und die Kirche hat es auch nicht gern, wenn man der Braut allzu deutlich ihren leider etwas zu frühen gottgewollten Zustand ansieht. Wer ist denn eigentlich der glückliche Vater?"

Sandra war sich nach dieser Litanei im ersten Moment nicht sicher, ob sie das alles wirklich aus dem Munde des Arztes gehört hatte oder ob ihre bis zum Zerreißen gespannten Nerven ihr das alles nur vorgespiegelt hatten, doch ein Blick in das Gesicht des Arztes, der sich mit einem, wie er meinte, wohlwollenden Lächeln der jungen Frau entgegenbeugte, bewies ihr, daß sie sich das nicht eingebildet hatte. Sie schüttelte auf die letzte Frage des Arztes hin stumm den Kopf.

„Nun", gab er mit deutlich enttäuschtem Tonfall zurück, „das ist ja auch Ihre Sache." Nach einer kurzen Pause, in der er wieder die Papiere vor sich ordnete, fügte er hinzu: „Würden Sie sich jetzt bitte freimachen."

Sie schaute ihn entgeistert an und brachte weder ein Wort hervor, noch machte sie irgendwelche Anstalten, der Aufforderung nachzukommen. Daraufhin wiederholte der Arzt seine Aufforderung.

„Ich muß Sie doch schließlich untersuchen - jetzt, wo Sie schwanger sind, wollen wir doch, daß das Kind gesund und sicher zur Welt kommt, oder?" fügte er hinzu, als er Sandras erneutes Zögern bemerkte, und ging zum Waschbecken, während sie sich endlich von dem Stuhl erhob und wie in Trance begann, ihren Rock auszuziehen.

Als eine Stunde später das warme Wasser in der Badewanne Sandra das Gefühl gegeben hatte, sich von den Berührungen des Arztes gereinigt zu haben, stieg sie aus dem Bad, hüllte sich in ein Handtuch und ging in ihre kleine Küche, um sich einen Kaffee zu machen. Sie wußte selbst nicht, warum sie bei der Untersuchung die Zähne hatte zusammenbeißen müssen, um nicht laut aufzuschreien. Bis zu diesem Zeitpunkt hatte sie beim Frauenarzt nie solche Probleme gehabt, aber diesmal war es ihr fast wie eine Vergewaltigung vorgekommen. Nicht daß dem Mann das kleinste Abweichen seiner untersuchenden Hände von den durch die medizinischen Lehrbücher vorgeschriebenen Pfaden vorzuwerfen wäre, aber sie hatte zum erstenmal das Gefühl gehabt, daß er die Sache genoß. Sie schüttelte den Kopf, während sie Wasser auf den Filter nachgoß. Sicher hatte das nur etwas mit seiner anmaßenden Ansprache und dem Gefühl zu tun gehabt, daß ihm ihre unangenehme Lage - daß es in Wahrheit eine verzweifelte Lage war, konnte er allerdings beim besten Willen nicht wissen - Freude bereitete.

Als der letzte Rest Flüssigkeit durchgelaufen war, nahm Sandra den Filter von der Kaffeekanne, stellte ihn in die Spüle und ging mit der Kanne und einer Tasse bewaffnet in das Wohnzimmer. Ihr Bett war immer noch ungemacht, auf dem Schreibtisch türmten sich Bücher als stumme Mahnmale ihrer vergeblichen Versuche, etwas zu arbeiten, und bevor sie sich auf den Stuhl an dem kleinen Eßtisch setzen konnte, mußte sie erst einmal die Kleidungsstücke, die sie bei dem Arzttermin getragen und sich, kaum wieder zu Hause, förmlich vom Leib gerissen hatte, wegräumen.

Ihre Handtasche baumelte von der Stuhllehne. Darin befand sich, ordnungsgemäß ausgestellt, das, was ihr Schicksal besiegelte. Sie zog mit spitzen Fingern den Mutterschaftspaß und das vom Arzt unterschriebene Formular für ihren Arbeitgeber heraus. Auf ihre Frage, was das solle, hatte ihr der Arzt erklärt, daß sie jetzt unter das Mutterschutzgesetz falle und der Arbeitgeber, in ihrem Falle die Universität Freiburg, unverzüglich davon unterrichtet werden müßte.

Damit war ihre Karriere dahin. Mutterschaftsschutz hin oder her, wenn an der Universität bekannt würde, daß sie schwanger war und den Vater verheimlichte, war das schon schlimm genug, aber anzunehmen, die Leute könnten nicht rechnen, wäre noch schlimmer. Natürlich würden sich die Kollegen irgendwann einmal fragen, was auf der Expedition passiert war, besonders aber, wer der Vater war. Bernd Heckert? Klaus Weller? Oder vielleicht sogar der Professor? Es brauchte nicht viel Phantasie, um sich die Sache vorzustellen. Das würde auch Weigert noch schaffen und sich seine eigenen Gedanken machen, so wie sie es jetzt tat, als sie, in das Badetuch gehüllt, einen Schluck aus der Kaffeetasse nahm. Wenn auch nur ansatzweise in dem erzkatholischen Freiburg das Gerücht laut würde, bei seinen Grabungsunternehmungen würden lose Sitten herrschen und mitreisende Frauen schwanger werden, dann war das Ende seiner Karriere nahe.

Dazu mußte nicht einmal hinter vorgehaltener Hand die Vermutung die Runde machen, er selbst könnte möglicherweise in den einsamen Nächten den Reizen seiner Assistentin erlegen sein. Sandra setzte die Tasse hart auf den Tisch.

Bevor es so weit käme, würde Weigert schon dafür sorgen, daß sie von der Bildfläche verschwände, dessen war sich Sandra sicher. Sie überlegte, wie lange sie die Abgabe dieses schrecklichen Formulars, das ihr Schicksal besiegeln sollte, hinauszögern konnte. Sie beschloß, gleich morgen in die Universität zu gehen und den Stier bei den Hörnern zu packen. Bei dieser Vorstellung in Verbindung mit Weigert zuckten ihre Mundwinkel fast wie bei einem Schmunzeln nach oben.

Mit Bedacht war Sandra am nächsten Tag kurz vor der Mittagspause bei Frau Tosmann im Sekretariat erschienen. Zu diesem Zeitpunkt war kaum jemand dort, und sie konnte hoffen, das diskreditierende Stück Papier ohne Zeugen abzugeben. Danach wollte sie zu Professor Weigert gehen und auch ihn in Kenntnis setzen. Dazu hatte sie sich viel Mühe mit ihrem Aussehen gegeben. Ihr Haar war ordentlich frisiert, nicht einfach zu einem Pferdeschwanz zusammengebunden, sie hatte einen beigefarbenen Rock und eine weiße Bluse an, trug trotz der sommerlichen Temperaturen ein neues Paar Nylons und hatte die dunkelblaue Strickweste ihres Twinsets locker über die Schultern gelegt. Als sie eintrat und sah, daß Frau Tosmann alleine war, zog sie kurz entschlossen das Formular aus ihrer Handtasche.

„Guten Tag Frau Tosmann", begrüßte sie die ältere Frau, und es gelang ihr wirklich, das Zittern ihrer Hände nicht auf ihre Stimme übergreifen zu lassen.

„Ah, das Fräulein Doktor", gab die Frau zurück und schaute von der alten Schreibmaschine, auf der sie gerade etwas tippte, hoch. „Geht es Ihnen wieder besser?"

„Nun, sieht man das nicht?" Es sollte keck klingen, doch Sandra traf den Ton nicht ganz.

Emilie Tosmann musterte die junge Frau, die mitten im Raum stehengeblieben war und in der einen, halb vorgestreckten Hand ein Blatt Papier hielt.

„Ich bin eben am Büro des Professors vorbeigegangen - er ist nicht da?" Halb Frage, halb Feststellung, war es für Emilie Tosmann ein weiteres Anzeichen, daß etwas nicht stimmte.

„Nein, er ist heute den ganzen Tag unterwegs. Zuerst war er beim Dekan, von dort hat er mich dann angerufen und gesagt, daß er mit dem Präsidenten essen wird, und danach hat er noch einen Termin beim Kanzler. Es kann also dauern. Ist es etwas Dringendes?“

„Nein“, meinte Sandra nachdenklich, „ich wollte ihm nur etwas mitteilen und Ihnen das hier abgeben.“ Dabei trat sie zwei Schritte vor, bis sie direkt vor dem Schreibtisch der Sekretärin stand, und reichte ihr das Formular hinüber. Emilie Tosmann nahm das Blatt Papier mit einem verwunderten Ausdruck und warf einen flüchtigen Blick darauf, so als erwartete sie nur den üblichen internen Kram. Nach einem zweiten, längeren Blick holte sie deutlich hörbar Luft.

„Was ist denn das?“ brach es aus ihr heraus, obwohl sie natürlich erkannt hatte, daß es sich um eine Mutterschaftsmitteilung handelte.

Sandra zuckte mit den Schultern. „Sieht man das nicht?“

„Wie ist denn das passiert, Fräulein Doktor?“

Anders als bei dem Arzt schwang in Emilie Tosmanns Frage deutlich der Ton mütterlicher Fürsorge mit, so daß Sandra bereit war zu antworten.

„So etwas soll passieren“, gab sie dennoch vorsichtig zurück.

Emilie Tosmann warf einen noch genaueren Blick auf das Blatt, dachte dann kurz nach und schüttelte den Kopf. „Ich glaube, Sie haben da ein Problem“, meinte sie dann nachdenklich. „Das wird dem Professor gar nicht gefallen.“

„Deswegen wollte ich ja mit ihm reden“, erklärte Sandra.

„War er es?“ Die Stimme der Sekretärin war nur noch ein Flüstern.

„Wer war was?“ fragte Sandra irritiert zurück.

„Na das“, und sie deutete mit einer kurzen Bewegung auf Sandras Bauch. „War das unser Professor?“

Einen Augenblick lang begriff Sandra immer noch nicht, dann lachte sie trocken auf. „Nein, Frau Tosmann, keine Angst, so groß ist der Skandal nun auch wieder nicht.“ Sandra spürte fast körperlich, wie der Frau ein Stein vom Herzen fiel.

„Hören Sie, Fräulein Doktor, ich glaube, wir sollten uns einmal unterhalten. Haben Sie Lust, einen Kaffee zu trinken?“

Einen Moment lang war Sandra unschlüssig, dann willigte sie ein.

Während sie die Universität verließen und zu einer etwas weiter entfernt gelegenen Konditorei gingen, vermieden beide, das heikle Thema anzuschneiden.

Sandra war froh darum, gewann sie dadurch doch Zeit, sich zu überlegen, wieviel sie Frau Tosmann sagen konnte. In dem Café dann, nach mehreren Tassen Kaffee und einem Stück Käsekuchen, hatte Sandra Emilie Tosmann in groben Zügen eingeweiht und sie schwören lassen, nie, nicht einmal unter der Folter der Inquisition, preiszugeben, daß der Bonner Kollege Vater ihres Kindes sei. Frau Tosmann war sichtlich erleichtert, daß es weder der Professor noch einer der beiden Studenten gewesen war, und hatte geschworen.

„Und was wollen Sie jetzt machen?"

Sandra zuckte mit den Schultern.

„Wissen Sie überhaupt, was da auf Sie zukommt, wenn Sie keinen Mann finden, der sich Ihrer annimmt?"

Sandra schaute die Sekretärin irritiert an. „Was soll das denn bedeuten?"

„Na, Fräulein Doktor, haben Sie keinen Freund, der Sie gerne zum Traualtar führen würde? Es hat doch schon viele Frühgeburten gegeben." Sie zwinkerte Sandra verschwörerisch zu.

„Nein." Sandra begriff und schüttelte heftig den Kopf.

Emilie Tosmann versank in Nachdenken, dann schien sie einen Entschluß gefaßt zu haben. „Als ledige Mutter werden Sie es schwer haben. Was wollen Sie sagen, wenn sie auf dem Standesamt den Namen des Vaters angeben müssen?"

„Unbekannt", gab Sandra trotzig zurück. „Irgendein Arbeiter bei unseren Ausgrabungen im Iran, dessen Namen ich noch nicht einmal erfahren habe."

„Kindchen, Kindchen", meinte Emilie Tosmann und schüttelte bedächtig den Kopf, „Sie wählen aber den ganz harten Weg. Glauben Sie, das können Sie durchhalten? Sie haben wahrscheinlich keine Ahnung, wie schnell diese Sache an die Öffentlichkeit dringen wird. Eine Angestellte der Universität, Doktorin und Assistentin von Professor Weigert, läßt sich mit einem Araber ein und bekommt ein Kind von ihm. Das ist ein gefundenes Fressen. Glauben Sie doch nicht, daß dies geheim bleiben wird. Freiburg ist in dieser Beziehung ein Dorf."

Sandra war bei dem, was Emilie Tosmann mit leiser Stimme gesagt hat, immer bleicher geworden und starrte sie, nachdem sie geendet hatte, entsetzt an.

„Was ich Ihnen jetzt sagen", fuhr die Frau fort, als Sandra keine Anstalten machte, sich dazu zu äußern, „bleibt genauso unter uns wie der Name des Vaters Ihres Kindes. Ich muß mich darauf verlassen können, denn wenn das bekannt würde, wäre ich meine Arbeitsstelle los. Ich habe den Abschlußbericht des Professors über die Expedition getippt, und Ihr Bonner Kollege kommt dabei übrigens nicht sehr gut weg."

Sandra gab vor, interessiert zuzuhören, obwohl Frau Tosmann im großen und ganzen nur wiederholte, was Heckert ihr schon erzählt hatte. Ein paar Einzelheiten mehr, ein paar Informationen, wie sich das Dokument über die verschiedenen Fassungen hin verändert hatte. Wie der Professor bestimmte Details mit der Universitätsleitung abgesprochen hatte und andere Kleinigkeiten.

Sandra erhielt eine ausführliche Darstellung, die die Flamme unter ihrer Wut wieder hochdrehte und den Topf in gefährliche Nähe des Überkochens brachte. Dies geschah schließlich durch etwas, das Heckert ihr verschwiegen hatte.

„Glauben Sie, daß der Professor etwas von Ihrem Verhältnis bemerkt hat?" fragte Emilie Tosmann.

„Frau Tosmann", sagte Sandra in einem Tonfall, mit dem man auf unvernünftige Kinder einredet. „Es war kein Verhältnis. Wir haben gar nicht die Zeit dazu gehabt. Die Sache ist am letzten Abend wie aus heiterem Himmel passiert. Ich weiß auch nicht so recht, was da über mich gekommen ist." Sandra verschwieg wohlweislich, daß sie sich damals nicht gegen ein Verhältnis gesträubt hätte. Sie hielt es auch für überflüssig, der älteren Frau von dem zweiten Mal zu erzählen, das würde schließlich auch nichts ändern. „Noch nicht einmal vierundzwanzig Stunden später war Michael tot. Erschossen von diesem Barbaren."

„Ich habe das nicht gefragt", Emilie Tosmanns Stimme klang entschuldigend, „weil ich irgendwelche pikanten Einzelheiten wissen wollte, Gott bewahre, aber ich verstehe nicht, warum der Professor, der ja noch nichts von dieser Sache weiß, Sie zusammen mit dem Doktor Gruhn in die Pfanne zu hauen versucht. Was haben Sie ihm denn getan?"

„Wie bitte?" Sandra glaubte, nicht richtig gehört zu haben.

„Ja, wenn man zwischen den Zeilen lesen kann, und so hat er es bestimmt auch gedacht, dann sind Sie ebenso schlimm wie der Doktor Gruhn."

„Das kann doch nicht sein. Was steht denn da genau?"

„Es ist nicht direkt, was da steht, sondern wie es da steht und was nicht dort steht", sagte Emilie Tosmann. „Glauben Sie mir, Fräulein Doktor, ich habe zwar nicht studiert und bin bei weitem nicht so klug wie Sie oder die Professoren, aber ich bin jetzt schon zehn Jahre als Sekretärin an der Fakultät und habe so ziemlich alles für die Herren geschrieben - ich weiß schon, was die sagen wollen, auch wenn sie es nicht tun."

„Und was steht da zum Beispiel über mich?" Sandra hatte ihre Hände um die Serviette gekrampft, und ihre Lippen zitterten.

„Wie ich schon sagte, nichts Direktes, nichts, was man angreifen und widerlegen könnte. Da steht zum Beispiel, daß Sie auf eigenen Wunsch mit dem Doktor Gruhn an dessen Grabungsstätte gegangen sind. Nichts Schlimmes, aber im Zusammenhang heißt das, Sie haben seine schlechte Arbeit und seltsamen Ansichten unterstützt. Aber fragen Sie mich nicht nach Einzelheiten, die kann man nicht festmachen, der Gesamteindruck ist jedenfalls der, und da können Sie sich leider auf meine Erfahrung verlassen, daß das Fräulein Doktor Neubert kein Ruhmesblatt für die Wissenschaft ist."

Sandra war wie vor den Kopf gestoßen. So wollte Weigert das also machen. Sie kaltstellen. Und in zwei Jahren, wenn ihr Assistenzvertrag ausgelaufen wäre, würde sie wahrscheinlich durch Weller oder Heckert ersetzt werden. Bis dahin wäre ihre Hauptaufgabe, das Archiv zu ordnen. Keine Möglichkeit zu publizieren. Das ging als Anfänger ohne die Unterstützung des Professors nicht. Keine Gemeinschaftspublikation mit ihm über ihre Grabungen. Sie brauchte nicht weiterzudenken. Es war voraussehbar in aller Konsequenz und unabwendbar.

„Dieses Schwein", preßte Sandra zwischen den Lippen hervor. „Dieses gemeine Schwein."

Emilie Tosmann musterte die junge verzweifelte Frau mitfühlend.

Für Sandra standen zwei Dinge unumstößlich fest: Sie war schwanger, und sie mußte unbedingt aus Freiburg verschwinden. Das eine war nicht zu ändern, obwohl sie schon einmal flüchtig an eine Abtreibung gedacht hatte. Aber sie hätte überhaupt nicht gewußt, wie sie das anstellen sollte. Schließlich war zumindest hier in Deutschland so etwas strafbar. Und das andere mußte sie jetzt schnell und systematisch in Angriff nehmen. Nachdem sie Frau Tosmann zurück zur Universität begleitet hatte, war sie wie benommen durch die Stadt gelaufen, deren Straßen jetzt in den Semesterferien wie ausgestorben wirkten, und hatte dann den Bus hinaus nach Herdern genommen. Als sie endlich wieder in ihrer kleinen Einzimmerwohnung war, begann sie über ihre nächsten Schritte nachzudenken, doch immer wieder fielen ihre Gedanken auf dem Weg in ihre Zukunft in das Loch, das der Haß auf Professor Weigert in ihr gegraben hatte. Dieser Haß hinderte sie, sinnvolle Pläne zu schmieden. Die Welt schien sich gegen sie gewandt zu haben, doch dann war es gerade dieser Haß, der ihr den Weg zeigte.

Am nächsten Tag saß Sandra, scheinbar gelöst und bester Laune, Professor Weigert in seinem Arbeitszimmer an dem kleinen, niedrigen Tisch, der vor einer Ledercouch stand, in dem dazu passenden Sessel gegenüber. Der Professor hatte sie mit zurückhaltender Höflichkeit begrüßt, und sie hätte wetten können, daß Frau Tosmann ihm noch nichts von den neuesten Entwicklungen in der kleinen Abteilung erzählt hatte. Andererseits war ihm auch in keiner Weise anzumerken, daß er ihr gegenüber vielleicht wegen seines Berichtes ein schlechtes Gewissen hätte. Sandra hatte sich zurechtgelegt, wie sie vorgehen wollte. Sie mußte nur genau darauf achten, keine der Informationen preiszugeben, die sie eigentlich nicht haben konnte.

„Herr Professor, mein Arzt hat mich darauf hingewiesen, daß ich Ihnen als meinem Vorgesetzten umgehend davon Mitteilung machen muß, daß ich schwanger bin." Sie beobachtete ihr Gegenüber genau, doch der Professor zeigte nicht die gewünschte Reaktion.

Noch konnte er sich ja in Sicherheit wiegen, fiel es Sandra ein. Er wußte ja noch nicht, wie lange sie schon schwanger war.

„Der Geburtstermin liegt Mitte Januar", fuhr sie fort, „wie Sie aus den Unterlagen, die ich gestern Frau Tosmann gegeben habe, ersehen können. Das heißt, nur damit darüber keine Zweifel aufkommen, es ist während Ihrer Expedition im Iran passiert."

Jetzt reagierte der Professor. Seine beherrschte Haltung schien etwas zu bröckeln, dann meinte er in einem abfälligen Tonfall: „Wie konnten Sie nur!"

Sandra war wie vor den Kopf gestoßen, obwohl sie sich gut auf die Auseinandersetzung, die es zweifellos werden würde, vorbereitet glaubte. Er gab ihr persönlich die Schuld daran, so als ob sie schon damals vorgehabt hätte, ihm eins auszuwischen. Es dauerte nur ein paar Sekunden, dann hatte sie ihre Beherrschung wiedergefunden.

„Verehrter Herr Professor, Sie werden doch zustimmen, daß man so etwas schlecht alleine machen kann."

„Richtig. Also, wer ist der Vater?"

„Das ist doch wohl meine Privatsache", gab sie patzig zurück.

„Wenn Sie meinen." Professor Weigert lehnte sich entspannt zurück, und dann herrschte Stille in dem Raum.

Es dauerte ein paar Augenblicke, in denen Sandras Gedanken sich überschlugen und sie erkannte, was in Weigert vorging. Er sah ohne Zweifel in ihrer Schwangerschaft ein weiteres Mosaiksteinchen, eher schon ein ganzes Bild, mit dem er sie loswerden konnte. Vielleicht rechnete er sogar damit, daß sie als Mutter sich freiwillig aus der Universität zurückziehen würde. Ihr Gesicht verzog sich zu einer bösartigen Grimasse, und dann führte sie Professor Weigert vor Augen, mit welchen Konsequenzen er wirklich zu rechnen hatte. Es wäre einer mittelalterlichen Ablaßpredigt würdig gewesen. Sie malte ihm aus, wie die konservativen Kreise der Universitätsleitung und der Kollegen darauf reagieren würden, wenn sie erführen, daß das weibliche Mitglied seiner Grabungsgruppe schwanger von der Expedition zurückgekommen war, sich weigerte, den Vater des Kindes zu benennen, und keinesfalls bereit wäre, von sich aus ihren Beruf aufzugeben.

Diesmal konnte Sandra die knöchernen Strukturen der alten Universitätsstadt für sich ausnutzen. Sie verstand es, deutlich vor dem Professor das Gespenst eines langsamen Abgleitens in die Ächtung entstehen zu lassen, jenes Prozesses, der keinen Anfang hat, nie an irgendwelchen konkreten Dingen festmachbar ist, doch nur ein unausweichliches Ende kennt, die Isolation. Zuerst würde man ihm nach außen hin noch mit Worten den Rücken stärken, ihm versichern, daß er keine Schuld an den Vorfällen hätte, dann aber, spätestens bei der Wiederbesetzung der universitären Gremien, in denen er vertreten war, würde sich keine Mehrheit mehr für ihn finden, bis er schließlich in spätestens ein, zwei Jahren in Freiburg nichts anderes mehr zu tun hätte, als die Einführungsvorlesungen für die Erstsemester zu halten. Sandra war mit ihrer wohlüberlegten Ansprache zufrieden, denn sie hatte beobachten können, wie Weigert anfänglich noch gelächelt hatte, ihm später ob ihrer unverhohlenen Drohung jedoch die Zornesröte ins Gesicht gestiegen war. Mehrmals hatte er angesetzt, sie zu unterbrechen, doch jedes Mal hatte sie es mit einer herrischen Bewegung ihrer Hände nicht dazu kommen lassen. Am Ende hatte er nur noch zugehört und sie fast entgeistert angesehen. Sie selbst spürte, wie ihr der Schweiß kalt den Rücken hinunterlief und Schweißperlen auf ihrer Stirn und der Oberlippe entstanden waren.

„Und, Herr Professor, Sie wissen genausogut wie ich, daß, wenn Sie hier in Freiburg auf dem Abstellgleis sind, Sie zumindest in ganz Deutschland keine Professur mehr bekommen", fügte Sandra nach einer kurzen Pause noch hinzu.

„Was bezwecken Sie damit, Fräulein Neubert?" fragte Weigert mit zittriger Stimme. „Glauben Sie wirklich, daß Sie damit durchkommen?"

„Ich würde es zumindest probieren", gab sie zurück und fügte dann wie zur Bestätigung an: „Denn ich habe nichts zu verlieren."

Professor Weigert nickte bedächtig. „Sie haben mir das doch nicht alles nur gesagt, um mir Angst zu machen. Was wollen sie also?"

Sandra zollte dem Professor im stillen Beifall. Sie hätte nicht gedacht, daß er so schnell auf den Punkt kommen würde, um den es ihr ging. Sie räusperte sich, denn jetzt kam es darauf an. Als sie sich gestern abend die Sache zurechtgelegt hatte, war alles so einfach und problemlos erschienen, aber würde es auch in der Wirklichkeit und nicht nur in ihren Überlegungen klappen?

„Ich habe hier", begann sie vorsichtig, „keine Zukunft mehr. Ich will hier weg, und ich glaube, das ist für alle Beteiligten auch das beste. Aber", und dabei beobachtete sie Weigert genau, „ich will die letzten zehn Jahre meines Lebens auch nicht einfach in den Wind schreiben. Schließlich habe ich hart gearbeitet, bis ich das alles erreicht hatte. Sie haben doch Beziehungen. Ich möchte, daß Sie mir eine Stelle oder zumindest ein Stipendium an einer ausländischen Universität besorgen. Das dürfte doch kein so großes Problem sein. Dafür garantiere ich Ihnen, daß die ganze Sache unauffällig geregelt wird und kein schlechtes Licht auf Sie fällt."

„Wie stellen Sie sich das vor?" wollte Weigert mit einem ungläubigen Gesichtsausdruck von Sandra wissen. „Ich verfüge nicht über die Möglichkeit, Stipendien zu vergeben, geschweige denn, Ihnen eine Stelle zu vermitteln. Wo denken Sie denn hin, junge Frau."

Sie hatte mit einer solchen Reaktion gerechnet und ließ sich dadurch nicht beirren. „Herr Professor, offiziell natürlich nicht, aber Sie können mit den richtigen Leuten sprechen, und dann läßt sich bestimmt etwas arrangieren."

Professor Weigert erhob sich langsam von der Couch und ging zu seinem Schreibtisch. Schwer ließ er sich in den Sessel dahinter fallen, schaute durch das rechts neben ihm befindliche Fenster über die Grünanlage, die sich zwischen den einzelnen Universitätsgebäuden erstreckte. Dann wandte er sich wieder Sandra zu, die sich auf ihrem Sessel halb gedreht und stumm zugesehen hatte. Weigert legte langsam seine Hände an den Fingerspitzen zusammen.

„Es wird nicht einfach sein, als ledige Mutter irgendwo neu anzufangen. Haben Sie sich das überlegt?"

„Nett, daß Sie sich auf einmal so viele Gedanken um mich machen", gab Sandra zurück, „aber ich werde nicht als ledige Mutter irgendwo anfangen. Ich gebe das Kind zur Adoption frei. Je weiter weg ich komme, desto besser. Niemand wird fragen, was ich vorher gemacht habe. Am besten wäre Amerika."

Professor Weigert nickte und meinte dann: „Wenn ich Ihnen etwas nach Ihren Vorstellungen besorgen könnte - wie wollen Sie verhindern, daß es einen Skandal gibt?"

In diesem Moment wußte Sandra, daß sie gewonnen hatte. Zumindest waren die Anzeichen dafür nicht allzu schlecht, wie sie gleich vorsichtig einschränkte. „Sobald ich die Stelle fest habe, werde ich hier kündigen. Sie können mich ja dann sofort freistellen, meinetwegen aus gesundheitlichen Gründen. Ich werden dann einfach behaupten, meine Schwangerschaft sei ein Produkt der Wiedersehensfeier mit meinem Freund ..."

„Sie haben einen Freund?" hakte der Professor sofort nach.

Sandra schüttelte unwirsch den Kopf. „Natürlich nicht, aber was macht das schon. Niemand wird es nachprüfen und schon gar nicht, wenn ich die Universität wirklich verlasse. Ich bringe mein Kind zur Welt, und damit hat sich die Sache. Ich werde Sie nicht weiter belästigen."

„Sie wissen, daß man so etwas Erpressung nennt?" fragte Professor Weigert, ohne wirklich eine Antwort zu erwarten.

„Sie zwingen mich dazu", gab sie zurück und fügte nach einer kleinen Pause hinzu: „Sie wissen das ganz genau, und ich weiß es auch, also reden wir nicht darüber."

Der Professor sah die junge Frau in dem Sessel, die sich während des ganzen Gesprächs kaum bewegt hatte, fragend an. Sie schüttelte den Kopf und stand auf.

„Wir brauchen das nicht zu vertiefen. Nichts ist so fein gesponnen, Herr Professor, daß es nicht ans Licht kommt. Das sollten Sie sich merken. Also, wie ist Ihre Entscheidung?"

Weigert dachte einen Moment nach und kam zu dem Schluß, daß er im Augenblick keine Wahl hatte. Es ging um seine Karriere, und er wußte nur zu genau, wie die Kollegen und das Universitätspräsidium reagieren würden, falls die junge Frau ihre Drohung wahrmachen sollte.

„Ich werde sehen, was ich tun kann, Fräulein Doktor. Sie hören von mir."

Nichts war schlimmer als zu warten, besonders nach den Ereignissen der letzten Wochen. Heckert hatte noch ein paar Mal angerufen, doch da Sandra immer betont distanziert geblieben und seinen Fragen stets ausgewichen war, hatte er seine Versuche, die Verbindung mit ihr aufrechtzuerhalten, schließlich aufgegeben. Wirklich schlimm war der Besuch bei ihren Eltern in Braunschweig gewesen. Natürlich hatten sie sich, als Sandra ihr Kommen ankündigte, gefreut, doch schon auf der sich endlos hinziehenden Bahnfahrt über Frankfurt, Kassel und Göttingen hatte Sandra den Entschluß, ihre Eltern in die ganze Sache einzuweihen, bereut. Je näher sie Braunschweig kam, desto deutlicher zeichnete sich in ihrem Kopf ein Bild dessen ab, was dann auch wirklich passierte. Sie kam gar nicht dazu, all die sinnvollen Erklärungen, die sie sich zurechtgelegt hatte, abzugeben. Das Schlimmste war nicht, daß sie ein Kind bekommen würde, nein, es war natürlich der Umstand, daß sie unverheiratet war und es auch bleiben würde und noch nicht einmal ihre Eltern in das Geheimnis der Vaterschaft einweihen wollte. Im stillen hatte Sandra gehofft, das Kind vielleicht bei ihren Eltern unterbringen zu können, aber so weit war das Gespräch, das hauptsächlich aus vorwurfsvollen Feststellungen der einen oder anderen Seite mit langen bedeutsamen Schweigepausen dazwischen bestand, nicht gekommen.

Drei Tage hatte Sandra bei ihren Eltern bleiben wollen, doch nach einer durchwachten Nacht war sie gleich am nächsten Morgen wieder zum Bahnhof aufgebrochen und hatte die Rückfahrt nach Freiburg angetreten. Mit einem Kind im Bauch, dessen Vater ermordet worden war, wie sie verzweifelt Bilanz zog, und keinen eigenen Eltern mehr. Nichts hielt sie mehr hier außer dem Umstand, daß Weigert bis jetzt noch nichts hatte von sich hören lassen.

Den größten Teil der Semesterferien verbrachte Sandra mit verbissenem Nachdenken und wenig Gesellschaft. Professor Weigert hatte ihr die Adresse eines Kollegen und Freundes, wie er am Telefon extra betont hatte, gegeben, eines Arztes, der sie nach einem kaum dreiminütigen Besuch in seiner Praxis gleich für drei Wochen krankgeschrieben hatte. Sandra hatte keinen Zweifel daran, daß er von Weigert entsprechend instruiert worden war, besonders als nach Ablauf der drei Wochen ohne ihr Zutun mit der Post eine weitere Krankschreibung für die nächsten drei Wochen eintraf. Das Institut war während der Semesterferien wie ausgestorben. Sandras Schritte hallten durch die hohen, steingefliesten Korridore, als sie die erneute Krankschreibung persönlich im Sekretariat bei Frau Tosmann abgeben wollte. Sie hatte sich nach langem Überlegen dazu entschlossen, diesen unangenehmen Gang anzutreten, einzig aus dem Grund, möglicherweise von der Sekretärin etwas Neues zu erfahren. Es dauerte einige Zeit, bis ihr bewußt wurde, daß die Melodie ihrer eigenen Schritte durch ein zweites Geräusch kontrapunktiert wurde. Unwillkürlich hob sie den Kopf und schaute Klaus Weller direkt ins Gesicht, der ihr entgegenkam und kaum fünf Meter mehr von ihr entfernt war. Augenscheinlich hatte er vorgehabt, grußlos an ihr vorbeizugehen, was Sandra vielleicht akzeptiert hätte, doch bevor sie sich darüber noch Gedanken machen konnte, hatte sie ihm schon einen Gruß entgegengemurmelt.

„Hallo“, gab Weller gepreßt zurück, und nur allzu deutlich konnte man spüren, wie unangenehm ihm die Situation war. „Wie geht es dir?“

„Gut“, entgegnete sie, instinktiv ihre persönlichen Probleme hinter einer Maske versteckend. Dann fiel ihr ein, daß sie ja offiziell als krank galt, und verbesserte sich schnell. „Nun, zumindest besser, aber es wird schon werden. Der Arzt hat mich allerdings noch einmal für drei Wochen aus dem Verkehr gezogen. Und dir?"

„Es geht so", wich er aus. „Ich bereite mit Bernd den akademischen Abschlußbericht über unsere Grabung vor." Dann fügte er nach kurzem Zögern hinzu: „Viel ist es ja nicht."

Sandra zuckte mit den Schultern, und dann standen sich die beiden wortlos gegenüber, bis einer den Mut fand, der Begegnung ein Ende zu bereiten.

„Ich muß jetzt weiter. Und gute Besserung", erklärte Weller, und bevor sie noch etwas sagen konnte, war er auch schon an ihr vorbei und verschwand wie gehetzt in der Bibliothek.

Das war's also, dachte sie sich. Nach so kurzer Zeit war sie schon zu einem Fremdkörper geworden. Kaum zu glauben, daß man vor ein paar Monaten noch gemeinsam die Unbilden des Grabungslagers geteilt hatte, ganz zu schweigen von dem, was danach kam. Noch nicht einmal die Aufforderung, auf eine Tasse Kaffee im Asservatenraum vorbeizukommen, wo sie häufig gesessen, Fundstücke sortiert und dabei von ihren Karrieren geträumt hatten. Weigert, stellte sie verbittert fest, hatte in so kurzer Zeit anscheinend perfekte Arbeit geleistet, und zum erstenmal durchfuhr sie der Gedanke, daß ihr tollkühner Plan, den Professor um eine Stelle zu erpressen, nicht klappen könnte.

Sie ging mit schnellen Schritten die letzten Meter zum Fakultätssekretariat, in der Hoffnung, etwas von Emilie Tosmann zu erfahren. Sie war erstaunt, als eine wildfremde junge Frau hinter dem Schreibtisch saß, der ihr immer fast als ein persönliches Eigentum von Frau Tosmann erschienen war. Die Neue blickte bei Sandras Eintritt auf, und deren Gesichtsausdruck mußte wohl so eindeutig verwundert gewesen sein, daß sofort eine Erklärung von seiten der jungen Frau erfolgte.

„Guten Tag", begrüßte sie Sandra, „ich bin die Urlaubsvertretung für Frau Tosmann."

Sandra schluckte zweimal, dann war sie in der Lage zu antworten. „Ich bin Dr. Neubert, Assistentin von Professor Weigert." Sie war sich nicht ganz sicher, ob das letztere überhaupt noch von Bedeutung war. „Ich wußte gar nicht, daß Frau Tosmann in Urlaub geht."

Die junge Frau hinter dem Schreibtisch schaute sie mit seltsamem Erstaunen an.

„Na ja", fuhr Sandra fort und versuchte, einen beiläufig lockeren Tonfall zu finden, „ich war ja auch krankgeschrieben." Als ob sie sich gerade in diesem Moment daran erinnern würde, fügte sie hinzu: „Deshalb bin ich übrigens hier." Sie ihre Handtasche auf und zog die erneute Krankschreibung hervor. „Der Arzt hat mich noch weitere drei Wochen krankgeschrieben." Sie hielt der Vertretung von Frau Tosmann über den Schreibtisch hinweg den Zettel hin.

Die junge Frau studierte erst die Krankschreibung und schaute dann Sandra mit einem zweifelnden Blick, doch ohne ein Wort zu sagen an. Sandra wußte genau, was die andere dachte. Wie konnte jemand, der doch anscheinend völlig gesund vor ihr stand, krankgeschrieben sein? Sie ließ die Gedanken der jungen Frau nicht allzuweit abgleiten, indem sie sagte: „Sie informieren bitte auch Professor Weigert." Ein knappes „Auf Wiedersehen" hinzufügend, drehte sie sich schnell um und verließ das Sekretariat.

## $\sqrt{-1}$ Der Tod ist ein Fenster

Ende Oktober, die Hitze des Septembers war längst vergessen und einem kühlen Regenwetter gewichen, erfreute sich Ilona-Maria nun schon seit fast sieben Wochen ihres irdischen Daseins. Ihre Eltern waren, wie konnte es anders sein, stolz darauf, angesichts so mancher schlaflosen Nacht nicht die Nerven verloren zu haben, und Peter Gruhns Mutter war gestorben.

Diese Tatsache war für Peter nicht gleich ersichtlich, als er den Brief von der Bonner Polizei öffnete, in dem er gebeten wurde, sich mit ihr in Verbindung zu setzen.

Nachdem sich ein gelangweilt klingender Beamter unter der angegebenen Nummer gemeldet hatte, sagte Peter mit etwas unsicher klingender Stimme: „Gruhn. Ich habe ein Schreiben von Ihnen erhalten, in dem steht, daß ich mich bei ihnen melden soll."

„Wie war Ihr Name?" kam es unbeeindruckt zurück.

„Gruhn, Peter Gruhn."

„Moment bitte."

Peter hörte oder glaubte zu hören, wie sich eine Hand über den Telefonhörer legte.

Einen Augenblick später war die Stimme wieder da.

„Nennen Sie mir bitte das Aktenzeichen."

„Aktenzeichen?" wiederholte Peter fragend und strich den Briefbogen, der vor ihm auf dem Schreibtisch lag, glatt.

„Ja, rechts oben ist ein Aktenzeichen vermerkt", klang es uninteressiert aus dem Hörer, so als ob der Teilnehmer am anderen Ende diese Prozedur schon unzählige Male durchgemacht hätte.

Peter gab die Zahlen- und Buchstabenkombination, die sich an der angegebenen Stelle befand, durch.

„Moment, ich verbinde Sie weiter. Der Fall wird von einem Kollegen bearbeitet." Während Peter mit der einen Hand den Telefonhörer weiter an sein Ohr hielt und dem metallischen Gedudel, das irgend etwas zwischen ‚Für Elise' und ‚An der schönen blauen Donau war', lauschte, griff er mit der anderen nach seiner im Aschenbecher vor sich hinglimmenden Zigarette.

„Kommissariat Vier, Blanke. Herr Gruhn?" Es war halb Frage, halb Feststellung.

„Ja, Peter Gruhn." Er betete noch einmal die Geschichte mit dem Brief herunter und ließ die Frage folgen, was denn eigentlich los wäre.

„Nun, Herr Gruhn“, und Peter hörte wie der Mann am anderen Ende tief Luft holte, „ich muß Ihnen leider eine traurige Mitteilung machen. Ihre Mutter ist gestorben ...“

„Wann?“

„Schon am dreißigsten September, aber es hat etwas gedauert, bis wir Sie ausfindig machen konnten“, erklärte Blanke.

„Wieso?“

„Ihre Mutter ist in ihrer Wohnung verbrannt. Alles ist verbrannt, und da hatten wir Schwierigkeiten, die Angehörigen zu ermitteln.“

„Verbrannt?“ fragte Peter ungläubig. „Wie konnte denn das passieren?“

„Es ist wohl das beste, wenn Sie so bald wie möglich hier zu uns nach Bonn kommen“, schlug Blanke vor. „Dann kann ich Ihnen auch weitere Auskünfte geben. Außerdem brauche ich noch ein paar Informationen von Ihnen. Sie müssen ja auch alles regeln.“

„Regeln?“

„Na ja, die Beerdigung und so.“

„Ja, stimmt“, war alles, was Peter herausbrachte. Nach ein paar belanglosen Sätzen verabschiedete er sich von Blanke und versprach, so schnell wie möglich nach Bonn zu kommen.

Nach ein paar weiteren Telefongesprächen und einem Abend, an dem er sich mit Monika beraten hatte, saß Peter am nächsten Morgen im Intercity nach Bonn. Einundsechzig Jahre war seine Mutter alt geworden, eine Frau, die mit der Zeit immer sonderlicher geworden war und wohl den frühen Tod seines Vaters, Peter konnte sich kaum noch an ihn erinnern, nie so recht überwunden hatte. Peter erinnerte sich aber noch gut an die traurigen Besuche auf dem Friedhof, seine Mutter verbittert und er selbst ohne die geringste Einsicht, welche Beziehung zwischen der grauen Marmorplatte und seinem Vater, der verschwunden war, bestand. Als er älter wurde, verstand er diese Beziehung, doch sie sagte ihm nichts, und es dauerte nicht mehr lange, bis er sich erfolgreich gegen die gemeinsamen Besuche am Grab zur Wehr gesetzt hatte.

Im Oktober 1965, mit dem neuen Schulhalbjahr, hatte seine Mutter wieder ihre Arbeit als Grundschullehrerin aufgenommen. Es dauerte trotzdem noch lange, bis man das Leben der beiden wieder als einigermaßen normal bezeichnen konnte, und selbst später, als Peter kurz vor dem Abitur stand, traf er seine Mutter, wenn er abends nach Hause kam, manchmal starr vor sich hinblickend im Wohnzimmer an. Die feuchten Spuren in ihrem Gesicht zeigten ihm dann, daß sie wieder Tränen um ihren verstorbenen Mann vergossen hatte. Nicht einmal die flüchtigste Spur eines anderen Mannes hatte es in ihrem Leben gegeben. Sie war für sich allein geblieben, hatte so gut wie keine Freunde und nur wenige Arbeitskollegen, mit denen sie sich manchmal traf.

Als Peter nach seiner Bundeswehrzeit begann, an der Universität Bonn Germanistik und Anglistik zu studieren, in der Hoffnung, wie seine Mutter Lehrer werden zu können, trennten sich ihre Wege immer mehr. Er wohnte zwar noch zu Hause, nicht zuletzt, weil es das Bequemste war, aber schnell stellte sich heraus, daß die Tageseinteilung der beiden zu unterschiedlich war, um noch große Gemeinsamkeiten entstehen zu lassen.

Als Peter 1982 seiner zweiten großen Liebe, einer Jurastudentin, nach Frankfurt folgte, war die Auseinandersetzung, die er eigentlich befürchtet hatte, ausgeblieben. Seine Mutter hatte nur genickt, als er ihr seine Entscheidung mitteilte. Seine Freundin war bei ihrer Wohnungssuche erfolgreich gewesen und hatte eine kleine, aber günstige Altbauwohnung in der Wittelsbacher Allee ergattern können. Damit war klar, man schrieb Mitte September, daß er sich umgehend in Frankfurt einschreiben und in den nächsten Wochen umziehen mußte. Als er sich dann drei Wochen später von seiner Mutter verabschiedete, umarmte sie ihn auf ihre steife, ungelenke Art und murmelte in sein Ohr: „Nun gehst du auch an eine süddeutsche Universität. Das bringt dir kein Glück." Peter sah erstaunt auf seine Mutter herab, versuchte zu begreifen, was sie gemeint hatte, aber es war zu rätselhaft. Bevor er sie fragen konnte, hatte sie sich schon wieder von ihm gelöst und ging aus dem leeren Zimmer, in dem der Nachhall ihrer Schritte zwischen den Wänden gefangen war.

Von den ersten hektischen Wochen abgesehen, rief Peter bis zu den Weihnachtsferien nahezu jeden zweiten Tag bei seiner Mutter an. Doch schon als er noch bei ihr in Bonn gelebt hatte, hatten sie sich wenig zu sagen gehabt, und bald, nachdem er all das Neue von der Universität in Frankfurt und seinen ersten Erfahrungen in der Großstadt ihr schon mindestens zweimal geschildert hatte, war ihnen der Gesprächsstoff ausgegangen. Es folgte ein tristes Weihnachtsfest. Peter hatte den Eindruck, daß seine Mutter in dem Vierteljahr seiner Abwesenheit förmlich in sich zusammengefallen war, ohne daß dies körperlich festzumachen war. Sie besaß immer noch die kräftige Statur, die sie, wie auf Fotos von ihr und ihm aus den Jahren nach dem Tod seines Vaters festgehalten war, in den ersten Jahren ihres Alleinseins entwickelt hatte. Es war eher, als ob ihre Seele implodiert wäre, als ob sich tief in ihr drinnen ein Vakuum aufgetan hätte, in das der Rest ihrer Lebenskraft hineingesogen worden war. Beim Weihnachtsessen saßen sie sich schweigend gegenüber, und nur um etwas zu sagen, hatte Peter seine Mutter nach ihren seltsamen Abschiedsworten, die ihm plötzlich wieder in den Sinn gekommen waren, gefragt.

Sie hatte ihn erstaunt angeblickt und getan, als ob sie sich nicht erinnern könnte. Durch den Rauch seiner Zigarette hindurch wiederholte er noch einmal sinngemäß, was er glaubte, damals gehört zu haben. Ihre Antwort bestand in einem Kopfschütteln, doch dann zuckte sie mit den Achseln und meinte: „Dein Vater, du erinnerst dich doch an ihn?" Und Peter wußte aus den Jahren des Zusammenlebens, daß er diese Frage zu bejahen hatte, auch wenn das Bild seines Vaters sich in seiner Erinnerung längst zu einem Nebelschleier hinter einer Milchglasscheibe verflüchtigt hatte. Er nickte.

„Also, dein Vater ist damals auch nach Süddeutschland an diese Universität gegangen ..."

„Mutter", warf Peter ein, „Frankfurt ist nicht Süddeutschland."

„Es ist südlich von hier, fast schon in Bayern." Renate Gruhn ließ sich nicht beirren. „Und dann habe ich deinen Vater nicht mehr lebend wiedergesehen."

„Aber das stimmt doch nicht. Und du weißt es, Mutter. Vater ist im Iran umgekommen, auf einer Expedition." Bevor es Peter verhindern konnte, trieb das Gespräch mit seiner Mutter auf jenen See hin, dessen Wasser Trauer und dessen Ufer Anklage hießen.

„Ja, aber wer war dafür verantwortlich?" Auch das hatte Peter schon allzu oft gehört. „Verantwortlich war der Freiburger Professor, der ihn mit allen möglichen Versprechungen geködert hat, meinen armen Mann."

Peter schüttelte ungeduldig den Kopf und hoffte, daß diese Bewegung seiner Mutter verborgen blieb. Sie hatte den frühen Tod ihres Mannes nie ganz verwunden, obwohl nur ihr Sohn, und das auch nur in Momenten wie diesem, das ganze Ausmaß ihrer Trauer erahnen konnte. „Mutter", unternahm er einen Versuch, von dem er von vornherein wußte, daß er vergeblich sein würde, „du weißt doch genau, daß es nicht so war. Du hast mir doch selbst erzählt, daß Vater überglücklich gewesen ist, an dieser Expedition teilnehmen zu können. Es war ein Unglücksfall, für den niemand etwas konnte. Das hast du mir oft genug erzählt."

„Ein recht seltsamer Unglücksfall", fuhr die in sich gekehrte Frau auf einmal hoch und holte tief Luft. „Ein wirklich merkwürdiger Unglücksfall", wiederholte sie nochmals, und Peter sah sie erstaunt an. Er wartete einen Moment, ob sie weitersprechen würde, doch dann schien etwas ihre Lippen wieder zu versiegeln. Sie schob ihr Glas mit der einen Hand zur Seite, um es dann mit der anderen an eben jenen Platz zurückzusetzen. Wieder hatte Peter den Eindruck, sie wollte ihm etwas sagen, und er beobachtete sie stumm. Sie hatte es damals nach dem Tod seines Vaters bestimmt nicht einfach gehabt, einem siebenjährigen Jungen klarzumachen, daß sein Vater nicht mehr wiederkäme. Was sie ihm damals erzählt hatte, daran konnte er sich beim besten Willen nicht mehr erinnern; erst als er älter war, hatte sie ihm auf seine Fragen hin Genaueres über den Tod seines Vaters erzählt. Im fernen Asien war sein Vater am Rande einer schrecklichen Wüste von einer Felskante gestürzt und so zu Tode gekommen. Nie hatte Peter Grund gehabt, daran zu zweifeln, doch in diesem Moment, als er seiner Mutter gegenübersaß, streifte ihn einen Wimpernschlag lang der Gedanke, es könnte irgend etwas nicht stimmen. Aber der Weihnachtsabend verging und auch die Erinnerung daran.

Dreizehn Jahre später trat Peter Gruhn durch das weiträumige Portal auf den Bahnhofsplatz in Bonn hinaus. Wenig später setzte ihn ein Taxi am Polizeipräsidium ab. Mit gemischten Gefühlen betrat er das Gebäude und mußte mehrere Frage- und Antwortspiele, Identitätsnachweise und Begründungen seines Hierseins über sich ergehen lassen, bevor er endlich in einem Büro dem Manne gegenübersaß, mit dem er am Tag zuvor telefoniert hatte.

„Herr Gruhn, zuerst möchte ich Ihnen noch einmal persönlich mein Beileid aussprechen und Ihnen danken, daß Sie so schnell gekommen sind."

Peter lächelte unsicher. „Es wäre schön", erklärte er, „wenn Sie mir erst einmal sagen könnten, was genau passiert ist. Bis jetzt weiß ich kaum mehr, als daß meine Mutter tot ist."

Der Kriminalbeamte suchte in einer Schublade des Schreibtisches und legte dann einen dünnen Aktenordner vor sich auf den Tisch, ohne ihn aufzuklappen. Er starrte eine Weile auf die Buchstaben und Ziffern, die mit schwarzem Filzstift darauf vermerkt waren, lehnte sich dann in seinem Schreibtischsessel zurück und blickte Peter, der rechts neben dem Tisch auf einem einfachen Holzstuhl Platz genommen hatte, nachdenklich an.

„Gut", begann der Kommissar, doch dann folgte erst einmal der Griff nach dem Aktenordner, den er aufschlug. „Die Sache ist leider etwas kompliziert. Also, am dreißigsten September wurde die Feuerwehr zu einem Brand in die Waasemer Straße gerufen, zu dem Haus, in dem Ihre Mutter lebte. Eine Wohnung ist vollständig ausgebrannt, zwei andere sind stark in Mitleidenschaft gezogen, aber glücklicherweise konnten sich die anderen Bewohner alle in Sicherheit bringen. Die Wohnung ihrer Mutter wurde allerdings völlig zerstört und, lassen Sie mich es so sagen, wir hatten große Schwierigkeiten, Frau Gruhn zu identifizieren. Natürlich gingen wir davon aus, daß es sich um Ihre Mutter handelte, aber da sie wohl sehr zurückgezogen lebte, war es schwer, Sie als nächsten Angehörigen ausfindig zu machen."

„Ein Brand?" unterbrach Peter. „Wie ist es denn dazu gekommen?"

„Nach dem Bericht des Experten der Feuerwehr müssen wir davon ausgehen, daß der Brand gelegt wurde", eröffnete der Kommissar ihm vorsichtig. „Viel ist nicht mehr übriggeblieben in der Wohnung. Wir können anhand der Zeugenaussagen und des Brandverlaufs mit absoluter Gewißheit rekonstruieren, daß das Feuer in der Wohnung ihrer Mutter ausgebrochen ist und von dort aus auf die danebenliegenden Wohnungen übergegriffen hat."

Peter beugte sich, bei den letzten Worten von Blanke hellhörig geworden, vor. „Der Brand ist gelegt worden? Was heißt das?"

Der Beamte zuckte mit den Schultern. „Es handelt sich offensichtlich um Brandstiftung."

„Und ..." Ein einziges Wort, das aber einen gesamten Fragenkatalog auf Peters Seite beinhaltete.

Blanke war für sein Gefühl viel zu früh an den Punkt gelangt, den er lieber noch ein bißchen vor sich hergeschoben hätte.

„Nun, wie ich schon sagte, die Leiche Ihrer Mutter ist sehr stark verkohlt." Er schluckte und dachte daran, wie er in den noch rauchenden Resten der Wohnung vor dem zusammengeschrumpften Torso gestanden hatte. „Glücklicherweise können wir es Ihnen ersparen, die Leiche zu identifizieren. Es wäre sinnlos, und wir haben inzwischen auch eine positive Gebißidentifizierung von ihrem Zahnarzt."

Peter merkte, wie der Kommissar versuchte, um irgend etwas herumzureden. Er konnte sich nicht vorstellen, was es war. Stand seine Mutter in dem Verdacht, ihre Wohnung selbst angesteckt zu haben? Warum sollte sie so etwas tun?

Peter wartete ungeduldig ab. Irgendwann mußte der Beamte ja mit der Sache herausrücken.

Blanke schluckte und beugte sich dann über den Aktenordner, der vor ihm auf dem Schreibtisch lag. „Wir haben Grund zu der Annahme, daß Ihre Mutter das Opfer eines Verbrechens wurde."

„Sie meinen, jemand hat absichtlich die Wohnung angesteckt, um meine Mutter umzubringen?" Peter schüttelte ungläubig den Kopf.

„Nein, Ihre Mutter war definitiv tot, als der Brand ausbrach.“ Jetzt mußte die Frage kommen, vor der sich Blanke am meisten fürchtete. Wie sollte man einem Sohn schonend beibringen, daß seine Mutter erstochen worden war? Und nicht einfach nur erstochen, sondern ... Bei der Vorstellung wurde ihm wieder genauso mulmig wie damals, als er es zum erstenmal vom Gerichtsmediziner gehört hatte. Nach dem Brand waren zwei halbgeschmolzene, verkohlte Metallstricknadeln zurückgeblieben, die durch beide Augenhöhlen in das Gehirn getrieben worden waren. Über das, was sich danach abgespielt hatte und wie lange die arme Frau mit diesen Verletzungen noch gelebt hatte, konnte man nur Vermutungen anstellen. Der Brand hatte darüber den Mantel des Schweigens gehüllt, und auch der Gerichtsmediziner wusste keinen Rat. In den wenigen Sekunden, die sich Blanke Bedenkzeit genommen hatte, war seine Entscheidung gefallen.

„Ihre Mutter ist erstochen worden“, gab er dann preis und war entschlossen, wenn irgend möglich die schrecklichen Details außen vor zu lassen. „Es ist deshalb gut möglich, daß der oder die Täter den Brand gelegt haben, um die Tat zu vertuschen.“ Dabei beobachtete er die Reaktion seines Gegenübers genau. Peter Gruhn nickte nachdenklich. „Ziemlich dilettantisch. So etwas funktioniert nicht, das sollte sich inzwischen herumgesprochen haben“, fügte Blanke noch hinzu.

Peter machte aus seiner Ratlosigkeit keinen Hehl. Natürlich wollte der Kriminalbeamte von ihm Hinweise haben. Peter erzählte die hinlänglich bekannte Geschichte von einem Sohn, der mit zunehmendem Alter seine eigenen Wege gegangen war, besonders als er vor fast dreizehn Jahren nach Frankfurt gezogen war. Angerufen habe er seine Mutter das letzte Mal kurz nach der Geburt seines Patenkindes, um ihr von seiner bevorstehenden Weihe zum Taufpaten zu berichten, und er verneinte auch gleich die Frage, ob ihm etwas Außergewöhnliches aufgefallen sei. Zuletzt gesehen habe er seine Mutter am sechsten Juli, ihrem Geburtstag, wo er für einen Tag nach Bonn gekommen war. Und natürlich hatte er auch bei diesem Besuch nichts Ungewöhnliches an ihr bemerkt.

„Hatte sie Feinde oder Neider?“ fragte der Kommissar, und als er die Frage ausgesprochen hatte, merkte er selbst, wie abseitig sie war. Wie sollte eine kurz vor der Pensionierung stehende Lehrerin schon zu Feinden kommen, die ohne Skrupel bereit waren, ihr Stricknadeln durch die Augen ins Gehirn zu treiben?

„Herr Kommissar“, meinte Peter dann auch mit einem eher hilflosen Grinsen, „das halte ich für absolut ausgeschlossen. Oder glauben Sie etwa, es wäre die späte Rache eines Schülers?“

Der Kriminalbeamte schaute von dem Aktenordner, in dem er versunken geblättert hatte, hoch. „Nun, vielleicht haben Sie recht", lenkte Blanke ein, „aber damit wird die Sache für uns nicht einfacher. Oder haben Sie einen Vorschlag, was dahinterstecken könnte?"

„Raubmord?"

„Gab es etwas zu rauben?" wollte Blanke interessiert wissen.

„Viel bestimmt nicht", gab Peter zurück. „Ich glaube nicht, daß meine Mutter viel besessen hat. Aber ehrlich gesagt habe ich mir nie darüber Gedanken gemacht. Und wenn jetzt alles verbrannt ist ..." Er ließ den Satz unvollendet ausklingen.

„Gibt es noch andere Angehörige?"

Peter dachte nach. Die Großeltern väterlicherseits waren Ende der siebziger Jahre kurz hintereinander verstorben. Erst sein Großvater an Prostatakrebs, und kaum zwei Jahre später war seine Großmutter morgens einfach nicht mehr aufgewacht. Ein schöner Tod, so hatte er damals gedacht. Die Eltern seiner Mutter waren beide im Zweiten Weltkrieg umgekommen. Ihr Vater war wohl etwas Höheres bei der Reichswehr gewesen. Ihn hatte es schon ziemlich früh in Frankreich erwischt, und seine Frau und die ältere Schwester seiner Mutter waren bei der Bombardierung des Ruhrgebietes im letzten Kriegsjahr umgekommen. Peter schüttelte den Kopf.

„Nun, dann sind Sie ja wohl der einzige Hinterbliebene", bemerkte der Kommissar auf das Kopfschütteln hin. „Wir haben die Leiche inzwischen freigegeben, Sie können sie also jederzeit abholen lassen. Auch in der Wohnung sind wir fertig", ergänzte er mit einem Achselzucken und fügte noch hinzu: „Viel war da ja sowieso nicht zu machen."

Langsam sickerte in Peters Bewußtsein eine Ahnung dessen, um was er sich alles kümmern mußte, ohne die geringste Vorstellung zu haben, wie er was in welcher Reihenfolge zu erledigen hätte.

Blanke bemerkte den unsicheren Blick, den ihm Peter zuwarf und deutete ihn richtig.

„Ihr erster Todesfall?" fragte er mitfühlend.

Peter nickte bedächtig.

„Am besten wenden Sie sich an ein Beerdigungsinstitut, die regeln das alles für Sie. Wo soll Ihre Mutter denn begraben werden?"

„Hier in Bonn. Mein Vater ist hier schon beerdigt", gab Peter hastig zurück.

„Nun, dann dürfte es ja nicht so kompliziert werden", beruhigte ihn der Kriminalbeamte.

„Wüßten Sie nicht ..."

„Nein, tut mir leid, aber da kann und darf ich Ihnen nicht weiterhelfen. Schauen Sie doch einfach ins Telefonbuch. Wissen Sie eigentlich schon, wo Sie bleiben?“

Peter nickte und gab die Adresse eines Freundes aus der Studienzeit an, den er am Abend vorher mit seinem Anruf und der Frage, ob er eine Nacht bei ihm bleiben könne, da seine Mutter gestorben sei, überfallen und ihm eigentlich keine Chance gelassen hatte abzulehnen. Blanke nickte und notierte sich die Adresse und auch die Telefonnummer.

„Wir haben die Wohnung versiegelt und ein Vorhängeschloß angebracht. Wenn Sie hineinwollen, hier sind die Schlüssel.“ Während er das sagte, zog er eine Schublade des Schreibtischs auf und reichte Peter einen Schlüsselring mit zwei Schlüsseln daran. Peter steckte die Schlüssel geistesabwesend in die Jackentasche.

„Denken Sie bitte noch einmal nach, ob es nicht doch etwas gibt, das uns weiterhelfen könnte“, meinte Blanke, als er sich von Peter auf dem Flur verabschiedete.

Eine halbe Stunde später saß Peter in einem Eiscafé, hatte die zweite Tasse Kaffee vor sich und wußte immer noch nicht, wie er die ganze Sache anpacken sollte, hatte aber das merkwürdige Gefühl, daß die Auskünfte, die ihm der Kriminalbeamte gegeben hatte, ziemlich nichtssagend gewesen waren. Immerhin war seine Mutter ermordet worden, aber es hatte nicht den Anschein, als ob sich die Polizei intensiv bemühen würde, dieses Verbrechen aufzuklären. Peter blickte durch die großen Fensterscheiben auf die Fußgängerzone hinaus. Der trübe Herbsthimmel war nicht dazu angetan, seine Stimmung zu heben. Ein Blick auf die Uhr sprach seinem Zeitgefühl Hohn. Halb drei. Andreas hatte ihm am Telefon gesagt, daß er gegen vier Uhr von der Arbeit käme, vielleicht, schließlich war es ein Freitag, auch etwas früher. Peter überlegte, wie er die restliche Zeit totschlagen könne. Um die Beerdigung würde er sich erst kümmern, wenn er bei Andreas war. Er beschloß, zur Wohnung seiner Mutter zu fahren.

Schon von außen waren die Brandspuren im zweiten Stock deutlich zu sehen. Die Fenster der Wohnung und auch der danebenliegenden waren mit Plastikplanen abgedeckt, breite Rußstreifen, wo wahrscheinlich die Flammen hochgeschlagen waren, wiesen an der Außenwand zum Dach hinauf. Der kleine Vorgarten war völlig zertrampelt, und von den Fenstern nach unten führten deutlich sichtbar Wasserspuren. Er ging durch das Gartentor, das nur noch an einer Angel hing, über den Plattenweg zur Eingangstür. Als er sie aufdrücken wollte, stellte er fest, daß sie verschlossen war. Nach einigem Grübeln und schon fast bereit, wieder fortzugehen, entschloß er sich, bei einer der Wohnungen im Erdgeschoß zu klingeln. Nach dem zweiten Klingeln öffnete sich ein Fenster zu seiner Linken, und eine ältere Frau fragte vorsichtig, was er wolle.

Sie war nicht begeistert, als er ihr erklärt hatte, wer er sei und was er wolle. Deutlich war zu spüren, daß sie seine Mutter, ungeachtet der Tatsache, daß diese bei dem Brand umgekommen war, für all das Chaos hier verantwortlich machte. Die Frage, wer den entstandenen Schaden wohl bezahlen würde, klang in ihr wie eine Glocke zum Weihnachtsfest. Peter konnte nur mit den Schultern zucken. Schließlich hatte er die Frau abgeschüttelt, das Vorhängeschloß, das notdürftig an der Tür angebracht worden war, aufgesperrt und die Wohnung betreten. Wie die Frau schon gesagt hatte, hätte er sich den Weg sparen können. Die Wohnung war völlig ausgebrannt, und alles, was beweglich war, hatten die Feuerwehrleute bei den Löscharbeiten durch die Fenster nach draußen in den Garten geworfen. Peter fand nur noch Reste der Einbauküche, Metallklumpen, die einmal die Spüle, der Herd und die kleineren wohl Töpfe gewesen waren, und verkohlte Reste des Teppichfußbodens. Einige der Wände wiesen tiefe Risse auf, wo die Mauersteine aufgrund der mörderischen Hitze geplatzt waren. Es roch noch immer beißend nach Rauch, und Peter trat ans Fenster und zog die Plastikplane so weit wie möglich zurück, um frische Luft zu schnappen. Flüchtig schaute er sich in den vier Zimmern um, die er zusammen mit seiner Mutter gut zwanzig Jahre lang bewohnt hatte. Nichts von ihrem Leben war nach diesem Unglück zurückgeblieben. Er dachte an seine Sachen, die noch in dem Zimmer gewesen waren, das er damals verlassen hatte. Sie waren zu unwichtig gewesen, um sie beim Umzug mitzunehmen, und auch in den Jahren danach zu belanglos, um einen Gedanken daran zu verschwenden. Jetzt wurden sie auf einmal durch die Unumkehrbarkeit der plötzlich entstandenen Tatsachen wichtig. Ordentlich in Alben eingeklebte Fotos von ihm und seiner Mutter aus den wenigen Urlauben, die sie gemeinsam verbracht hatten. Jugendbücher von ihm und wahrscheinlich auch alle Zeugnisse von seinem Vater, die sie in einer Kommode gehortet hatte. Er blickte sich um. Die Wohnung war ihr Eigentum. Kurz bevor sein Vater umgekommen war, hatten sie sie noch gekauft, als Übergang, bis sie sich ein eigenes Haus leisten konnten, wozu es nie gekommen war. Ein schiefes Grinsen zeichnete sich auf seinem Gesicht ab, als er die verbrannten Wände betrachtete.

Nun, die Wohnung war wohl sicher nichts mehr wert, und die Feuerversicherung würde wahrscheinlich komplett für die Schadensbehebung draufgehen.

Mit gesenktem Kopf verließ er den Unglücksort, schlich das Treppenhaus hinunter, um keinesfalls einem der Nachbarn zu begegnen, und war froh, als er die nächste Querstraße erreicht hatte. Von einer Telefonzelle aus rief er sich ein Taxi, das ihn zu Andreas Knapp bringen sollte.

Ein Berg ist auch nur ein Berg, solange man davor steht, und das stellte auch Peter Gruhn fest. Nachdem er mit gemischten Gefühlen an Andreas' Tür geklingelt hatte, schließlich lag das letzte Treffen der beiden über vier Jahre zurück, schien mit dem Öffnen der Tür die Zeit stillzustehen. Es war wie in den Tagen, als sie beide die Kneipen von Bonn unsicher gemacht hatten. Aber, was noch wichtiger war, Andreas schien sich mit allem, was mit einer Beerdigung einherging, bestens auszukennen. Er telefonierte mit einer Pietät und vereinbarte einen Termin für den Samstagmorgen, während Peter sich mit Andreas' Lebensgefährtin Uschi bekannt machte. Andreas versicherte ihm, daß sich das Beerdigungsunternehmen um alle Formalitäten kümmern würde, und brachte dann auch gleich das Thema Geld zur Sprache. Peter schaute Andreas ziemlich überrascht an, als dieser ihm eröffnete, daß er mit einem Betrag zwischen dreitausend und unendlich rechnen mußte. Eher viertausend, wie er nach kurzem Nachdenken hinterherschickte.

Auf die Frage, ob ihm seine Mutter etwas hinterlassen hätte, konnte Peter nur mit den Schultern zucken und erklären, daß alle Unterlagen wohl verbrannt seien. Das würde die Sache zwar etwas komplizierter machen, meinte Andreas mit einem Achselzucken, aber sie würden es schon hinbekommen. Für den Chef des Beerdigungsunternehmens schien das nichts Ungewöhnliches zu sein, wie sich am nächsten Morgen herausstellte. Er versprach, alles Notwendige in die Wege zu leiten, mit dem Pfarrer und der Friedhofsverwaltung Kontakt aufzunehmen, was Peter nach dem Treffen aber auch selbst tat, um zu seinem Erstaunen festzustellen, daß seine Mutter dem Pfarrer wohlbekannt war. Die Beerdigung wurde auf den folgenden Donnerstag festgesetzt, was Peter genügend Zeit ließe, mit der Pietät alles zu regeln. Da es Samstag war, blieb sonst nichts zu tun. Alles weitere, so versicherte Andreas seinem Freund, mußte bis Montag warten. Dabei legte er gleich einen Terminplan für Montag fest. Es erwies sich mehr als hilfreich, daß Andreas Rechtswissenschaften studiert hatte und jetzt als Versicherungsjurist arbeitete. Todesfälle, so hatte er mit einem Lächeln gemeint, wären sein Lebensunterhalt. Obwohl zum Bleiben übers Wochenende aufgefordert, beschloß Peter, nachdem er mit Monika telefoniert und sie über alles informiert hatte, doch zurück nach Frankfurt zu fahren und am Sonntagabend wiederzukommen.

Eine knappe Woche später, am 2. November, hatte sich um das Grab von Michael Gruhn zur Überraschung seines Sohnes eine Reihe von Menschen versammelt, die er nicht kannte. Monika war am Abend vorher mit ihrem Wagen aus Frankfurt gekommen, und die vier hatten ungeachtet des traurigen Anlasses einen netten Abend in einem italienischen Restaurant verbracht. Peter war erstaunt gewesen, als er in Begleitung von Andreas und im Besitz der notwendigen Papiere am späten Montagnachmittag bei der Filiale der Dresdner Bank, wo seine Mutter, wie er sich erinnerte, ihre Konten hatte, angekommen war und nach einigen Verhandlungen und mehrmaligem Prüfen seiner Unterlagen erfuhr, daß diese über die Jahre hinweg einiges angespart hatte. Das Bankguthaben, ein kleineres Aktienpaket sowie Sparbriefe beliefen sich zusammen auf knapp zweihunderttausend Mark. In einem Schließfach, das seine Mutter ebenfalls bei der Bank hatte, befanden sich eine Reihe von persönlichen Unterlagen und Tafelgeld, das noch einmal fast hunderttausend ausmachte. Die Unterlagen hatte er nur flüchtig durchgesehen, und auf den ersten Blick waren es wohl Sachen von seinem Vater. Seine Neugierde gegenüber den verblichenen Blättern und Fotografien hielt sich in Grenzen. Denen wollte er sich später widmen.

Der Gang zum Beerdigungsinstitut war ihm damit schon viel leichter gefallen, und er war bereit gewesen, seiner Mutter etwas von dem zu gönnen, was sie sich während ihres Lebens zusammengespart hatte. Vielleicht hatte sie ja reisen oder einem anderen Luxus frönen wollen, wozu es jetzt nicht mehr kommen würde.

Er hätte gerne auch Trauerkarten verschickt, doch als er darüber nachdachte, an wen, wurde ihm einmal mehr bewußt, wie wenig er von dem Leben seiner Mutter in den letzten zehn Jahren eigentlich mitbekommen hatte. Er setzte eine Todesanzeige in den *Bonner Anzeiger* und hoffte, daß die Leute, denen er hätte schreiben müssen, sie zu Gesicht bekommen würden. Am Dienstag war er noch mal bei Blanke gewesen, doch auch dieses Gespräch hatte nichts Neues über den Tod seiner Mutter zutage gefördert. Eigentlich wollte der Kommissar nur wissen, ob seine Mutter Geld auf der Bank gehabt hatte, was Peter guten Gewissens bejahen konnte. Blanke schloß damit etwas resignierend Raubmord aus. Im stillen hatte er darauf gehofft, daß die Ermordete ihre Barschaft in der Wohnung versteckt hatte, was ein mögliches Motiv für den Mord hätte gewesen sein können.

Der Grabstein war entfernt worden, damit die Arbeiter die Grube ausheben konnten, in die Michael Gruhn vor dreißig Jahren gebettet worden war. Der Pfarrer sprach den abschließenden Segen, und Peter nahm die Beileidswünsche der wohl dreißig Personen entgegen. Monika hielt sich im Hintergrund bei Uschi und Andreas.

„Mein Beileid“, kam es leise über die Lippen eines älteren Herrn, der dann noch ergänzte: „Ich war ein Kollege Ihrer Mutter.“

Peter nickte. Die meisten Leute waren so klug, mit ihren Beileidsbekundungen auch Aufschluß über das Verhältnis zu geben, in dem sie zu seiner Mutter gestanden hatte. Es waren fast ausschließlich Lehrer, dazu noch ein zwei Freundinnen. Inzwischen wurden von den Arbeitern die Kränze und Blumensträuße auf den frisch aufgeworfenen Erdhügel am oberen Ende des Grabes gelegt.

Als Peter alle Hände geschüttelt hatte und gerade in Richtung der Kapelle, vor deren Eingang Monika, Uschi und Andreas warteten, gehen wollte, trat ein älterer Mann auf ihn zu. Er hielt einen schwarzen Homburg unschlüssig in den Händen. Schließlich löste er eine Hand und streckte sie Peter entgegen.

Dieser schreckte ob der plötzlichen Bewegung auf und musterte sein Gegenüber. Der Mann war fast genauso groß wie er, etwa Mitte Fünfzig und fast kahl. Sein Gesicht war von tiefen Falten durchzogen und wettergebräunt. Er trug einen langen, schwarzen Mantel, aus dessen Kragen heraus der dünne Strich eines grünlichen Jacketts schimmerte. Das weiße Hemd und die perfekt geknotete Krawatte erweckten zusammen mit den anderen Kleidungsstücken den Eindruck einer unüberwindlichen Festung der Ehrbarkeit.

„Herzliches Beileid, ich war ein Kollege ...“

Peter ergriff automatisch die ausgestreckte Hand, nickte und dachte sich: noch einer von den Lehrern. Einen anderen Umgang hatte seine Mutter wohl überhaupt nicht gehabt. Er wollte die Hand schon wieder loslassen, als er bei den letzten Worten des Mannes erstarrte.

„... Ihres Vaters. Mein Name ist Heckert, Bernd Heckert. Ich lehre an der hiesigen Universität Altertumskunde.“

Peter brauchte einen Moment, in dem man ihm sein Erstaunen mehr als deutlich ansah. Der Mann gegenüber blickte ihn interessiert an und zog dann langsam seine Hand aus Peters Griff.

„Und sie kannten meine Mutter?“ wollte Peter von ihm wissen.

„Flüchtig. Es ist schon lange her, seit ich sie zum letztenmal gesehen habe. Der Tod Ihres Vater hat sie schwer getroffen. Ich habe damals nicht geglaubt, daß sie darüber hinwegkäme. Aber sie hatte ja Sie.“

Peter beschlich ein eigenartiges Gefühl, während er den Mann, der ihm gegenüberstand, immer noch von oben bis unten musterte. Doch dieser lächelte ihn jetzt an und meinte: „Ein tragischer Unglücksfall, das mit Ihrer Mutter. Sie war eine so starke Frau."

„Es war kein Unglücksfall", platzte es aus Peter heraus, bevor er sich dessen richtig bewußt war.

„So?" Heckert zog erstaunt eine Augenbraue nach oben, was seinem Gesicht einen krähenhaften Ausdruck verlieh.

„Nun", versuchte Peter, sich herauszuwinden, „die Polizei ist sich nicht ganz sicher. Es gibt da mehrere Möglichkeiten, vielleicht muß man auch davon ausgehen..." Er verhedderte sich immer mehr und brach schließlich ab.

„Ein Verbrechen?" Das Interesse in Heckerts Stimme konnte selbst der sichtlich verwirrte Peter nicht überhören.

„Die Polizei weiß es nicht", log er so beiläufig wie möglich.

„Nun, Sie werden es erfahren", zog sich Heckert zurück, doch war ihm anzumerken, daß er es aus der Sicherheit heraus tat, über Quellen zu verfügen, die Peter verschlossen waren. „Es ist nett, Sie kennengelernt zu haben, auch wenn es ein trauriger Anlaß ist."

Noch bevor Peter etwas darauf antworten konnte, hatte der Mann seinen Hut wieder aufgesetzt, sich umgedreht und ging mit festen Schritten dem Friedhofstor entgegen, das der Kapelle, wo Peters Freunde und der Pfarrer auf ihn warteten, gegenüberlag.

„Auf Wiedersehen, Herr ..." Er hatte den Namen schon wieder vergessen, und die Worte waren dem Mann so leise über die Lippen gekommen, daß niemand außer den beiden sie überhaupt vernommen haben konnte.

Gegen Abend waren Peter und Monika wieder in Frankfurt, nachdem sie bei der Fahrt über den Taunus die ersten vorwinterlichen Schneeschauer erlebt hatten. Die Bäume waren jetzt endgültig kahl, und die früh hereinbrechende Dunkelheit legte sich nicht nur über eine trostlose Landschaft, sondern auch auf das Gemüt eines Menschen, der gerade seinen letzten Verwandten begraben hatte. Während der ganzen Fahrt war Peter sehr schweigsam geblieben, doch auch Monika hatte nicht viel zur Unterhaltung beitragen können. Das anfängliche Dämmerlicht war bald der Nacht gewichen, und Monika hatte sich auf das Fahren konzentrieren müssen.

Sie war froh, als die westlichen Vororte von Frankfurt auftauchten und nach kurzer Zeit die Autobahn in den Alleenring einmündete, wo helle Bogenlampen ihr diffuses Licht durch die trübe Luft auf die Straße warfen.

„Wohin?“ war ihre lakonische Frage an Peter.

„Zu mir“, gab er so bestimmt wie kurz zurück.

„Da müssen wir aber wieder endlos einen Parkplatz suchen“, hielt sie dagegen.

„Du kannst mich ja absetzen und dann weiterfahren“, entzog er einer möglichen Diskussion jegliche Grundlage.

„Willst du allein sein?“ Monika war sich nicht sicher, ob ihn der Tod seiner Mutter, besonders das Begräbnis, wirklich so mitgenommen hatte, wie es den Anschein erweckte. Sie hatte nie den Eindruck gehabt, Peter würde seine Mutter viel bedeuten. Wenige Besuche, gelegentliche Telefonate.

Sie hatte in den eineinhalb Jahren ihrer Beziehung ihre Eltern weit häufiger besucht.

„Ich weiß nicht.“

Sie ahnte sein Achselzucken im Licht der Verkehrsampel mehr, als daß sie es wirklich sah.

„Dann ist es vielleicht wirklich besser, ich setze dich ab und fahr dann zu mir“, meinte sie patzig, gab Gas und wechselte auf die linke Spur, vorbei an der Friedberger Landstraße, wo sie sonst hätte rechts zu ihrer Wohnung hin abbiegen müssen. Gleichzeitig hoffte etwas in ihr auf Widerspruch, auf eine Äußerung von Peter, die sein Verhalten erklärte oder doch zumindest ihr die Möglichkeit eröffnete, nach einem Wortwechsel einzulenken und bei ihm zu bleiben. Sie hatten sich in den Wochen nach der Taufe nur selten gesehen. Sie war von ihrem Beruf herumgehetzt worden, er hatte die Buchmesse dazu benutzt, die Tage, an denen sie sich hätten sehen können, mit eigenen Verpflichtungen, wie er es nannte, jeglicher Gemeinsamkeit zu entziehen. Dann der Tod seiner Mutter. Als sie das letzte Mal miteinander geschlafen hatten, waren sie danach noch in Schweiß gebadet gewesen. In jenem heißen Sommer, der jetzt genauso wie das Gefühl, Peter in sich zu spüren, nur noch ein Stück Erinnerung war, dachte Monika lakonisch, als sie in die Wittelsbacher Allee einbog. Wahrscheinlich war sie schon vertrocknet wie eine alte Jungfer. Ihre Zunge glitt bei diesem Gedanken wie von selbst über ihre von der Autoheizung spröden Lippen. Sie warf einen kurzen Blick zu Peter auf dem Beifahrersitz, doch der starrte nur teilnahmslos nach vorne durch die Windschutzscheibe, auf der sich in immer enger werdenden Abständen Regentropfen niederließen, die allerdings kaum Zeit hatten, es sich dort gemütlich zu machen, bevor die ratschende Bewegung des Scheibenwischers sie zu einem dünnen Rinnsal zusammenpreßte, das am Rand der Scheibe hinunterlief.

Monika nutzte eine Einfahrt und fuhr auf den sonst mit scharfen Betonleisten gegen Parker gesicherten Fahrradweg.

„Willst du noch mit hochkommen?"

Sie war von der Frage überrascht. Zu spät, dachte sie und schüttelte den Kopf.

„Kommst du morgen nach der Arbeit vorbei?"

„Klar." Diesmal nickte sie und fügte hinzu: „Und denke mal darüber nach, warum ich die Pille nehme." Sie mußte das einfach sagen.

„Ich verstehe schon", gab er mit einem hilflosen Lächeln zurück. „Tut mir leid, es war ein bißchen viel in letzter Zeit."

„Schon gut." Jetzt lächelte sie ebenfalls, und Peter schloß die Tür. Er ging um den Wagen herum zum Kofferraum, nahm seine Reisetasche und den Pappkarton heraus, in dem sich die Sachen aus dem Bankfach befanden, und lief dann, so schnell es sein Gepäck zuließ, zum Eingang des alten Bürgerhauses in der Wittelsbacher Allee.

Eine halbe Stunde später betrat Monika erschöpft ihre Wohnung. Wie üblich warf sie als erstes einen Blick ins Arbeitszimmer, wo die Lampe des Anrufbeantworters glühte. Sie hatte auch nichts anders erwartet. Ein Tag überraschender Urlaub bedeutete jede Menge Fragen, Vorschläge, Bitten und Aufträge, die nicht warten konnten, bis sie morgen wieder in der Firma wäre. Sie gönnte sich erst noch die Ruhe, die Heizung aufzudrehen, sich auszuziehen, auf die Toilette zu gehen und dann in einer bequemen Hose und in einen dicken, weiten Wollpulli gehüllt, einen Gin Tonic in der Hand, den sie sich nach den Anstrengungen der letzten zwei Tage redlich verdient hatte, das Band zurückzuspulen und abzuspielen.

Der erste Nachricht stammte, wie Monika schon befürchtet hatte, von Rainer Bollmann, der ihr mitteilte, daß sie beide morgen mit der Zehn-Uhr-Maschine nach Hamburg müßten und sie auf jeden Fall vorher noch in der Agentur vorbeikommen sollte. Monika fluchte. Sie fluchte auch noch, als schon die Nachricht ihrer Mutter fast durchgelaufen war. Sie spulte zurück und hörte sich an, was ihre Mutter zu sagen hatte. Das Übliche mit dem ewigen cetero censeo, doch bald wieder zu Besuch zu kommen.

„Leider muß ich Sie noch einmal belästigen, Frau Geldern." Es dauerte kaum einen Wimpernschlag, dann hatte Monika die Stimme, die sie zwar nicht vergessen, aber zumindest erfolgreich verdrängt hatte, wiedererkannt. „Es gibt viele Welten, und manchmal steht eine Tür zwischen ihnen offen, die geschlossen werden muß. Hüten Sie sich davor, eine solche Tür zu sein."

Mit zitternden Fingern stellte sie ihr Glas auf den Schreibtisch. Dann lehnte sie sich zurück und bedeckte mit den Händen das Gesicht. Aus dem Anrufbeantworter quäckten noch zwei weitere Anrufer. Sie achtete nicht darauf. Als sie schließlich merkte, daß das Band zu Ende war, spulte sie es zurück und hörte sich die Nachricht noch einmal an. Ohne Zweifel dieselbe Stimme, unspezifisch, fast körperlos.

Monika nahm die portable Einheit ihres schnurlosen Telefons und drückte die Kurzwahl für Peters Anschluß. Nach dreimaligem Klingel wurde abgenommen.

„Geldern."

„Wie bitte?"

„Hier Geldern", wiederholte eine weibliche Stimme.

„Mutti?"

„Bist du das, Kind?" fragte die weibliche Stimme zurück, in der Monika jetzt die ihrer Mutter erkannte.

„Verdammt", stöhnte Monika. Sie hatte statt der Vier die Eins gedrückt, wo die Nummer ihrer Eltern abgespeichert war.

„Was ist denn los, Kind?" wollte ihre Mutter mit einem Anflug von Besorgnis wissen. Monika holte tief Luft.

„Entschuldigung, Mutti, aber dich wollte ich eigentlich nicht anrufen." Sie fügte hinzu: „Ich habe mich verwählt."

„Das ist doch nicht so schlimm. Ich wollte sowieso wieder einmal mit dir plaudern. Ich habe gestern auf deinen Anrufbeantworter gesprochen."

„Ja, ich habe es gehört, und ich hätte dich auch noch angerufen, aber jetzt wollte ich mit Peter sprechen."

„Macht ja nichts. Den kannst du ja später noch anrufen. Wie geht es dir? Alles in Ordnung? Du klingst so seltsam."

„Nichts, Mutti. Nur die Beerdigung, von der ich dir erzählt habe, und die schreckliche Fahrt von Bonn hierher. Es war ein saumäßiges Wetter. Ich bin einfach nur müde." Sie versuchte, das Gespräch mit ihrer Mutter so schnell wie möglich zu beenden, doch aus Erfahrung wußte sie, daß das schwer werden würde.

„Wie war denn die Beerdigung?" wollte ihre Mutter dann auch gleich wissen, um das Gespräch in Gang zu halten.

„Mutti", Monika ging gar nicht auf die Frage ihrer Mutter ein, „ich muß jetzt wirklich dringend mit Peter sprechen. Ich rufe dich ganz bestimmt später noch einmal an, ja?"

„Nun gut, aber ich verlasse mich darauf", meinte ihre Mutter resignierend und wollte schon auflegen, als ihre Tochter aufgeregt eine Frage hinterherschickte.

„Halt, einen Moment. Wann hast du gestern angerufen?"

„Hmm, es muß so gegen halb zehn gewesen sein. Ich hatte ganz vergessen, daß du unterwegs warst."

„Danke." Monika unterbrach die Verbindung, um gleich darauf die richtige Taste mit Peters gespeicherter Nummer zu drücken. Während sie darauf wartete, daß die Verbindung zustande käme, rechnete sie fieberhaft nach.

Ihre Mutter hatte um halb zehn angerufen, der nächste gespeicherte Anruf war eindeutig vom nächsten Tag, also heute. Der anonyme Anrufer mußte also irgendwann spät abends oder in der Nacht die Nachricht auf Band gesprochen haben.

Nachdem das Telefon schon mehrmals geklingelt hatte, drückte Peter seine Zigarette aus und nahm den Hörer ab.

„Gruhn", meldete er sich zaghaft.

„Ich bin's, Mo", klang es aufgeregt aus dem Hörer.

„Ja?"

„Er hat wieder angerufen. Auf meinem Band war eine neue Mitteilung. Wieder eine Warnung ..."

„Was für eine Warnung?" unterbrach er sie.

„Du weißt schon. Diese Stimme, die von verschiedenen Welten erzählt und den Türen, die es dazwischen gibt. Erinnere dich doch bitte. Damals, als ich aus Paris zurückgekommen bin."

„Ach, dieser Verrückte. Hat er wieder angerufen?"

„Das versuche ich dir ja zu sagen. Ich weiß nicht, was ich machen soll. Langsam wird mir die Sache unheimlich."

„Was hat er denn genau gesagt?" wollte Peter wissen.

„Warte, ich spiele es dir vor."

Peter verfolgte, zumindest akustisch nachvollziehbar anhand einiger Knack- und Raschelgeräusche, wie Monika den Hörer an den Anrufbeantworter hielt und schließlich die Abspieltaste drückte. Undeutlich, aber noch verständlich drang die fremde Stimme zu ihm durch. Nachdem die Nachricht zu Ende war, meldete sich wieder Monika.

„Und?"

„Was und?"

„Na, was hältst du davon?"

„Du sagst, es ist dieselbe Stimme?"

„Ja, ganz eindeutig. Die Nachricht hat auch fast den gleichen Inhalt wie beim ersten Mal", bestätigte sie.

„Ich weiß jetzt nicht, was ich dazu sagen soll", gab er zurück. „Können wir nicht morgen darüber sprechen?"

„Ich habe Angst", erklärte sie, wobei ihre Stimme sehr nahe an einem Schluchzen war.

„Du brauchst doch keine Angst zu haben", versuchte er, sie zu beruhigen. „Das ist bestimmt nur so ein Scherzbold. Bring morgen abend das Band mit, dann hören wir es uns noch einmal genau an. Du brauchst dir bestimmt keine Sorgen zu machen."

„Wenn du meinst." Sie schien nicht überzeugt. „Übrigens muß ich morgen nach Hamburg."

„So?"

„Ich bin aber abends wieder zurück", kam es beschwichtigend vom anderen Ende der Leitung. „Es kann allerdings etwas später werden."

„Kann man nicht ändern", stellte er betont reserviert fest und fügte dann noch hinzu: „Vielleicht verträgt sich dein Job ja nicht mit der Pille."

„Danke, das hat mir jetzt noch gefehlt", kam es bissig zurück. „Gute Nacht."

Bevor Peter darauf etwas antworten konnte, war die Leitung schon unterbrochen. Er legte den Hörer auf und setzte sich nachdenklich auf seinen Schreibtischsessel. Er zog eine Zigarette aus dem fast leeren Päckchen und jonglierte sie zwischen den Fingern, bevor er sich entschloß, sie anzuzünden. Nach den ersten Zügen strecke er die Hand aus und drückte auf den Abspielknopf seines Anrufbeantworters.

„Leider muß ich Sie noch einmal belästigen, Herr Gruhn. Es gibt viele Welten, und Türen tun sich manchmal auf. Sie gehören nicht zu denen, die sie durchschreiten dürfen."

## Freiburg im Breisgau, November 1965

Professor Weigert wartete nun schon über einen Monat ungeduldig auf den Rückruf eines Kollegen der Universität Berlin. Der stellte wirklich seine letzte Chance dar, das Problem Sandra Neubert zu lösen. Nachdem seine Empörung über ihre unverblümte Erpressung abgeklungen war und sich damit das nüchterne Abwägen der Situation eingestellt hatte, war er alle Möglichkeiten durchgegangen. Wie sie selbst gesagt hatte, war es am sichersten, wenn er es schaffte, sie irgendwo im Ausland unterzubringen. Doch das war nicht so einfach, wie es sich seine noch Noch-Assistentin vorstellte, mußte Weigert nach einer Reihe von erfolglosen Versuchen einsehen. Ein paar Mal war er kurz davor, die Frau zu sich zu bestellen und ihr zu sagen, daß sie Unmögliches von ihm verlangte, er sich redlich bemüht hätte, aber in so kurzer Zeit einfach nichts zu machen wäre. Er zweifelte jedoch nicht daran, daß sie dann sofort mit ihrer Verleumdungskampagne gegen ihn beginnen würde, also spielte er auf Zeit, zumal ihm nichts anderes übrigblieb. Paul Lennert, Professor für Neuere Geschichte in Berlin, war ihm aus gemeinsamen Studienjahren noch einen Gefallen schuldig, den Weigert, und dafür haßte er Sandra wirklich, sehr nachdrücklich hatte bei dem Kollegen einfordern müssen.

Anfänglich hatten die Bemühungen, eine Stelle für Sandra zu finden, sich sogar ganz gut angelassen, und Weigert glaubte, die Angelegenheit bald vergessen zu können, doch dann war der Zeitraum, in dem gehandelt werden mußte, zunehmend zum Problem geworden. Die akademischen Mühlen waren in dieser Beziehung durchaus mit denen Gottes vergleichbar. Zweimal scheiterte die Möglichkeit eines Tausches - gibst du mir deinen Assistenten, bekommst du meinen - daran, daß der ausgewählte Kandidat nicht nach Freiburg wollte. Eine Möglichkeit, Sandra ein Wissenschaftsstipendium an die Sorbonne in Paris zu vermitteln, scheiterte nach Rücksprache mit ihr an ihren unzureichenden Französischkenntnissen.

Weigert schwenkte mit seinem Schreibtischsessel zum Fenster hin und beobachtete, wie der Regen die letzten, gelbroten Blätter von den Ahornbäumen, die die Straße säumten, schlug. Die Dämmerung war schon hereingebrochen, und vereinzelt tasteten sich die Scheinwerfer von Autos die Straße des stillen Villenviertels entlang. Er saß in seinem Arbeitszimmer im ersten Stock einer ansehnlichen Villa aus den dreißiger Jahren und hatte die neueste Ausgabe des *Scientific American* vor sich liegen. Eigentlich hatte er einen Artikel über Keramikfunde in Peru lesen wollen, nicht genau sein Fachgebiet, aber es war nicht schlecht, auch über andere Bereiche informiert zu sein, doch dann waren seine Gedanken wie immer, wenn er sich nicht völlig konzentrierte, zu dem wichtigsten Problem seines Lebens abgeglitten: Sandra Neubert.

Wenn er keine Lösung finden würde, dann wären seine Kenntnisse über Keramik auch nicht weiter von Bedeutung. Als das Telefon auf seinem Schreibtisch klingelte, schreckte er hoch. Er wartete ein weiteres Klingeln ab und nahm dann den Hörer von der Gabel. Er hoffte, daß Paul Lennert am Apparat wäre.

„Sandra Neubert", meldete sich die hinlänglich bekannte und von Weigert inzwischen gefürchtete Stimme.

„Ja", gab er zögernd zurück.

„Wie sieht es nun aus, Herr Professor?"

„Wie soll was aussehen", entgegnete Weigert nur Grade von einer deutlichen Ungehaltenheit entfernt.

„Ich sollte Sie heute abend anrufen, wegen meiner Stelle."

Weigert erinnerte sich, Sandra beim letzten ihrer inzwischen immer häufigeren Telefonate genau das gesagt zu haben.

„Ich habe noch keine Nachricht", teilte er ihr mit und fügte hinzu: „Tut mir leid." Letzteres stimmte einerseits, soweit die Sache ihn betraf, war andererseits aber eine glatte Lüge. Hätte sie ihm nur ein bißchen mehr Zeit gelassen, dann hätte er sie an der Universität bald so unmöglich gemacht, daß ihre Aktion ins Leere gelaufen wäre.

„Ich habe nicht mehr viel Zeit, Herr Professor", klang die spröde, etwas rauhe Stimme an sein Ohr. „Wir haben uns ja eine Weile nicht gesehen ..."

Das war mehr als eine Untertreibung, denn nach den Semesterferien war Sandra nicht mehr an der Universität gewesen und hatte die neuen Krankschreibungen immer mit der Post geschickt. „... aber seien Sie versichert, wenn ich dort auftauche, wird man meinen Bauch bestimmt nicht für den Ausdruck plötzlicher Freßlust halten."

„Hören Sie, Fräulein Neubert", Weigert konnte sich nicht dagegen wehren, daß ein flehender Unterton sich in seine Stimme schlich, „ich warte in dieser Angelegenheit dringend auf einen Anruf aus Berlin. Es ist ein Angebot, das Ihnen bestimmt zusagen und Ihnen sehr entgegenkommen wird. Sobald ich etwas erfahre, rufe ich Sie an. Ich erreiche Sie doch zu Hause?"

„Wo sonst?" meinte Sandra lakonisch. „Mein Freundeskreis beschränkt sich in letzter Zeit auf Bücher und Schallplatten. Nicht zuletzt wegen Ihrer Intrigen."

„Hören Sie mal ...“, setzte der Professor an, freute sich aber, daß seine Aktivitäten, Sandra zumindest im kleinen Kreis zur persona non grata zu machen, augenscheinlich Erfolg gehabt hatten.

„Ach, vergessen Sie's. Rufen Sie mich einfach an, wenn sich die Sache geklärt hat.“ Dann fragte sie noch: „Was für eine Stelle ist das eigentlich?“

„Darüber möchte ich erst sprechen, wenn die Sache sicher ist“, erklärte er.

„Auch gut“, gab sie auf einmal erschreckend teilnahmslos zurück und legte dann ohne ein weiteres Wort auf.

Weigert bemerkte es im ersten Moment nicht, wollte weitersprechen, hörte aber nur das Echo der eigenen Stimme im Hörer und knallte diesen wütend auf die Gabel. Dann nahm er sich wieder den *Scientific American* vor, schlug die Zeitschrift aber, nachdem er ein paar Sätze gelesen hatte, immer noch wütend zu und starrte wieder nach draußen, wo es schnell dunkel wurde. Inzwischen waren die gelblich schimmernden Neonlampen angesprungen und tauchten die Straße in ein gespenstisches Licht. Schließlich wählte er zuerst Lennerts Anschluß an der Universität, ließ es klingeln, bis das Freizeichen durch das Besetztzeichen abgelöst wurde, und wiederholte die Prozedur mit dem gleichen Mißerfolg mit Lennerts Privatnummer. Weigert schüttelte einmal mehr mißmutig den Kopf und ging nach unten, wo seine Frau erstaunt von ihrem Buch aufblickte, als er sich schließlich mit einem tiefen Seufzer in einen Sessel sinken ließ.

„Schon wieder die Neubert?“ fragte seine Frau und legte das Buch beiseite.

Er nickte stumm.

„Kannst du denn gar nichts dagegen machen?“

Ihr Mann schüttelte wortlos den Kopf.

„Das kann doch wohl nicht sein, daß dieses ...“, sie schien nach einem abwertenden Wort für Sandra zu suchen und es schließlich auch zu finden, „dieses Flittchen dein, unser Leben ruiniert.“

Weigert legte erschöpft die Hände hinter dem Kopf zusammen und ließ ihn auf die Rücklehne des Sessels sinken. Seine Augen waren starr zur Decke gerichtet.

„Und du gedenkst nichts dagegen zu tun?!“ Halb war es eine Frage, halb ein Vorwurf.

Er senkte den Kopf und blickte seine Frau an. „Was soll ich denn tun?“ Es klang hilflos.

„Irgend etwas muß es doch geben, was du machen kannst.“

„Nein", war seine kategorische Antwort. „Und das habe ich dir schon ausführlich erklärt. Die ganzen traurigen Umstände der Grabung, der Tod von Dr. Gruhn und nicht zuletzt der mangelnde wissenschaftliche Erfolg dieses Unternehmens haben meine Reputation nicht gerade gefördert. Eine Universität möchte nicht auf diese Weise ins Gerede kommen. Wenn die Neubert jetzt noch ihre Schwangerschaft und die Umstände, wie es dazu kam, an die große Glocke hängt, dann bin ich geliefert. Dann halte ich Einführungsvorlesungen für Anfänger. Es hat keinen Zweck ..." Er brach ab. Zu oft war er das Thema schon mit seiner Frau durchgegangen, die nicht verstehen konnte oder wollte, wie ein paar Gerüchte, ohne daß diese je bewiesen werden mußten, seiner Karriere ein Ende setzen konnten. Er schaute auf die Uhr.

„Wann müssen wir bei den Müllers sein?" fragte er seine Frau, die ihn immer noch mit unverändert starrer Miene musterte.

„Um acht Uhr."

Seine Frau nahm wieder ihr Buch und suchte die Seite, bei der sie aufgehört hatte zu lesen, während Weigert in dumpfes Brüten versank, aus dem er durch das Klingeln des Telefon aufgeschreckt wurde. Nach dem zweiten Klingeln sprang er auf und eilte auf den Flur, wo der Apparat des Untergeschosses stand.

„Weigert", meldete er sich, von den paar Schritten und seiner Anspannung fast außer Atem.

„Na, mein Lieber, wie geht's euch in Freiburg", war Lennerts Stimme zu vernehmen. „Was muß das schön sein an einer Provinz-Uni. Die Studenten lernwillig und die Studentinnen ... was man so aus berufenem Mund hört ..."

Weigert hatte sonst nichts gegen den lockeren Ton seines Studienkollegen einzuwenden, fand ihn meistens sogar erfrischend gegenüber dem steifen Verhalten der Professorenschaft in Freiburg, doch im Moment wäre es ihm lieber gewesen, er hätte sich auf das Wesentliche beschränkt. Weigert unternahm einen mühevollen Versuch, auf Lennerts Tonfall einzugehen.

„Na, du wolltest es ja nicht anders. Der Reiz der Lichter der Großstadt, besonders der roten, und vielleicht sogar einmal eine barbusige Schöne als Skandal am Wannsee ..." Er warf unwillkürlich einen Blick durch die geöffnete Schiebetür ins Wohnzimmer, wo seine Frau, einen Finger zwischen die Seiten des Buches gelegt, offensichtlich seinem Gespräch lauschte und ihm ob seiner letzten Worte einen irritierten Blick zuwarf. Er drehte ihr den Rücken zu und achtete kaum auf das, was Lennert am anderen Ende der Leitung sagte.

„Entschuldigung, ich habe nicht zugehört", meinte er, als er sich wieder auf das Gespräch konzentrierte.

„Ich sagte, ich habe möglicherweise eine Lösung für dein Problem."

Weigert merkte, wie sich sein Herzschlag beschleunigte. „Ja?" gab er hoffnungsvoll zurück.

„Es ist nicht ganz einfach, aber es könnte klappen", versuchte Lennert den Enthusiasmus, den er in der Stimme des anderen bemerkt hatte, zu dämpfen.

„Wie sicher ist die Sache?" Weigerts Stimme war um mehrere Nuancen abgefallen.

„Es ist ein Post-Doc-Stipendium des Board of Education in Colorado. Es würde am ersten März nächsten Jahres beginnen ..."

„Das ist doch geradezu perfekt", fiel ihm Weigert ins Wort.

„Langsam, langsam", dämpfte Lennert die Freude seines Studienkollegen. „Zuerst einmal, wie gut kann deine Assistentin Englisch?"

Weigert dachte kurz nach. „Ich glaube, ziemlich gut, jedenfalls besser als ich", räumte er ein.

„Das besagt bei deiner Sprachbegabung gar nichts", meinte Lennert und fiel wieder in den lockeren Tonfall vom Beginn des Gesprächs.

„Weiter, was noch?" Weigert war begierig, Genaueres zu hören.

„Die Sache ist die, der jetzige Inhaber des Stipendiums, einer meiner Promovierten, kann es aus persönlichen Gründen nicht antreten. Du weiß ja, wie lange so eine Bewerbung sich hinzieht. Ich habe mit den zuständigen Stellen in Deutschland schon abgeklärt, daß ich kurzfristig einen Ersatzkandidaten benennen kann. Aber es muß gleichwertiger Ersatz sein, und hier wird die Sache kompliziert. Die Stelle ist für jemanden ausgewiesen, der sich auf europäische Geschichte des ausgehenden Mittelalters und der frühen Neuzeit spezialisiert hat. Nicht gerade deine Ausrichtung, und wenn es deine Assistentin ist, bestimmt auch nicht die ihre."

Weigert sah, wie sich die Tür zu einer Lösung seiner Probleme, die ihm schon weit offen erschien, mit bedenklicher Geschwindigkeit wieder schloß. „Nun", kommentierte er bissig, „rufst du mich nur an, um mir erst Hoffnung zu machen und sie mir im gleichen Atemzug zu nehmen?"

„Nicht so hastig - wenn dem so wäre, hätte ich es kürzer machen können", beschwichtigte ihn Lennert. „Deine Frau Neubert hat ja wohl ordentlich studiert, also auch Seminare in diesem Bereich belegen müssen. Wenn wir es so hinkriegen, daß sie eigentlich während ihres Studiums den Schwerpunkt Spätes Mittelalter hatte und sich erst später auf die Griechen spezialisiert hat, dann sehe ich da durchaus eine Chance. Sie muß sich sowieso bei mir vorstellen. Ich kann niemanden dorthin empfehlen, den ich nie gesehen habe. Und du bist gefragt. Das ist dir doch klar."

Weigert verstand nicht gleich und fragte zurück: „Wieso ich?"

„Na hör mal, sie braucht doch Gutachten. Du mußt ihr bestätigen, daß sie eine Spezialistin für den gewünschten Bereich ist. Wer denn sonst bitte?" Weigert wußte nicht, ob in der Stimme Lennerts nur gespielte Empörung oder auch etwas echte Häme lag. Wie sollte er das mit dem Gutachten hinbekommen, war sein erster Gedanke. Sandra Neubert war schließlich seine Assistentin geworden, weil ihr Spezialgebiet die Hellenistische Zeit war und nicht das ausgehende Mittelalter. Sie hatte bestenfalls ein paar unwichtige Scheine darin gemacht. Es würde auf einen erstklassigen Betrug hinauslaufen.

Und das Schlimmste war, Lennert würde davon wissen. Die Wut über Sandra, die mehr und mehr von ihm Besitz ergriff, ließ seine Hand mit dem Telefonhörer zittern.

„Hallo, bist du noch dran?" erklang Lennerts Stimme aus dem Hörer.

„Ja, ja", Weigerts Stimme zitterte. „Ich bin noch dran. Und weiter. Was ist noch nötig?"

„Natürlich ein zweites Gutachten."

Weigert stöhnte deutlich hörbar auf.

„Fall nicht gleich in Ohnmacht wie eine Klosterschülerin", kam es barsch vom anderen Ende der Leitung. „Beim zweiten Gutachten genügt es, wenn allgemein ihre intellektuellen Fähigkeiten gelobt werden, ihre akademischen Leistungen, das übliche Blabla halt. Mach dir mal keine Sorgen - da kaum noch Zeit ist, wird man sich die ganzen Unterlagen nicht allzu genau ansehen. Und dann gibt es ja auch noch meine Befürwortung ..."

Weigert wußte genau, wie er dieses bedeutungsvolle Ausklingen des Satzes zu verstehen hatte. Nicht nur er selbst würde für diese Sache einiges riskieren, auch Paul Lennert mußte seinen Kopf ganz schön weit aus dem Fenster hängen. Irgendwie tat er ihm leid, aber es ging nun einmal nicht anders.

„So", hörte er Lennert weitersprechen, „das waren die Voraussetzungen, nun zum Zeitplan. Eigentlich gibt es keinen. Alles muß sofort und gleich passieren. Die Gutachten brauche ich bis Ende nächster Woche. Dazu noch alle anderen Unterlagen." Er zählte eine fast endlos erscheinende Liste auf, die sich Weigert auf dem Block neben dem Telefon hastig notierte. Trotzdem mußte sie sein Gesprächspartner teilweise zweimal herunterbeten. „Sobald ich alles habe, mache ich einen Termin mit ihr aus. Dann muß sie hier nach Berlin kommen. Geht das? Du hast gesagt, sie sei schwanger?"

„Das geht schon", gab Weigert bestimmt zurück.

„Dann ist ja alles bestens", meinte Lennert. „Ich hoffe, die Sache klappt, und du wirst sie los."

„Das hoffe ich auch", seufzte Weigert in den Hörer. Dann, er wollte eigentlich schon auflegen, fiel ihm noch etwas ein: „An welcher Universität ist dieses Stipendium eigentlich?"

„Ach so, habe ich es noch nicht erwähnt? Es ist die University of Colorado in Boulder."

„Wo liegt denn das?"

„In den Rockys, ganz in der Nähe von Denver. Idyllisches Fleckchen", meinte Lennert ohne jeden Sarkasmus, und nachdem Weigert ihm nochmals gedankt und sich verabschiedet hatte, fügte Lennert noch hinzu: „Und mit der Schwangerschaft hast du wirklich nichts zu tun?"

Nachdem Weigert seiner Frau sichtlich erleichtert eine Zusammenfassung des Gespräches gegeben hatte, wobei er seine nicht unriskante Rolle in dem akademischen Schmierentheater tunlichst verschwieg, hellte sich auch ihre Miene auf.

„Dann rufe jetzt gleich dieses Fräulein an, damit wir endlich Ruhe haben", forderte sie ihn auf.

„Nein." Weigert schüttelte entschieden den Kopf. „Heute ist Samstag. Nichts von dem, was getan werden muß, kann vor Montag erledigt werden. Es reicht, wenn ich sie morgen abend anrufe. Dieser zusätzliche Tag der Unsicherheit für sie ist wirklich nur ein kleiner Ausgleich für das, was sie uns angetan hat." Dabei legte er einen Arm um die Schultern seiner Frau und zog sie an sich. Eine Zeitlang sannen beide bewegungslos vor sich hin, dann hob Beate Weigert den Kopf von der Brust ihres Mannes und schaute ihn von unten herauf an.

„In bezug auf dieses Kind von der Neubert ..." Sie machte eine bedeutungsvolle Pause. „Da verheimlichst du mir doch wirklich nichts, oder?"

Er musterte seine Frau, unsicher, was sie damit meinte. Dann begriff er langsam, auf was sie anspielte.

„Ich bitte dich, Beate, das meinst du doch nicht ernst!" Er brauchte sich nicht anzustrengen, entrüstet zu klingen.

Seine Frau hatte sich jetzt ganz von ihm gelöst und war von der Couch aufgestanden. Sie ging langsam und nachdenklich zwischen den beiden einander gegenüberstehenden Sofas auf und ab. Die Augen ihres Mannes folgten ihrer Bewegung.

„Ich meine nur", setzte sie dann zögernd an, „wenn da etwas ist, was ich wissen sollte, dann sage es mir. Und zwar jetzt."

„Was soll da sein?" platzte es heftiger aus ihm heraus, als er beabsichtigt hatte.

„Nun, wenn ich dich richtig verstanden habe, dann soll wohl der erschossene Kollege aus Bonn der Vater sein. Eine bequeme Lösung, findest du nicht?"

„Du sprichst in Rätseln", entgegnete er, den Unwissenden spielend, obwohl ihm nur zu klar war, worauf seine Frau hinauswollte.

„Du könntest auch der Vater sein und mit der Neubert gemeinsame Sache machen, oder sie erpreßt dich, aber anders, als du mir es erzählt hast, und droht, dich als Vater zu nennen, wenn du ihr nicht aus Freiburg weghilfst."

Weigert und seine Frau standen sich bewegungslos gegenüber. Beate blickte ihrem Mann fest ins Gesicht, dem mehr und mehr die Tragweite dessen aufging, auf was seine Frau anspielte. Er schüttelte verständnislos und stumm den Kopf.

„Ist das so weit von der Hand zu weisen? Wer weiß, was da in zwei Monaten so alles passieren kann. Eine Frau und vier Männer alleine in der Wüste ..."

„Du spinnst!" fuhr er seine Frau barsch an und wiederholte dann noch einmal: „Du spinnst total."

Beate Weigert wandte sich abrupt ab, um ihn nicht sehen zu lassen, wie sich ihre Augen mit Tränen füllten, doch er hörte es an ihrer erstickten Stimme, als sie mit dem Rücken zu ihm zur Wand sprach: „Ich kann einfach nicht glauben, daß du dich so für dieses Flittchen einsetzt, deinen Ruf und deine Karriere aufs Spiel setzt, dich vielleicht schon lächerlich gemacht hast, ohne daß mehr dahinter steckt, als du mir erzählt hast."

Er legte seiner Frau die Hände auf die Schultern und drehte sie langsam zu sich hin. Er brachte sein Gesicht ganz nah an das ihre und redete besänftigend auf sie ein, während sich erste, vereinzelte Tränen langsam zu einem Weinkrampf steigerten

Zehn Tage nach seinem Telefonat mit Weigert hatte Lennert alle Unterlagen von Sandra Neubert wieder vor sich auf dem Schreibtisch in Historischen Institut der Freien Universität ausgebreitet. Es hatte nicht so schlecht ausgesehen, wie zu befürchten gewesen war. Sehr hilfreich würde sein, daß Sandra Neubert, aus welchen Gründen auch immer, als Mitverfasserin eines Artikels über die geistesgeschichtliche Entwicklung in der Renaissance genannt wurde. Wahrscheinlich, und da war Lennert ganz sicher, hatte sie nur das Material des in der Renaissance adaptierten Hellenismus geliefert, aber immerhin. Alles andere war in Ordnung, das Gutachten von Weigert konnte sich sehen lassen, und Lennert mußte seinem Studienkollegen insgeheim Anerkennung zollen. Es war schlichtweg perfekt, nicht offensichtlich übertrieben, sondern akademisch ausgewogen, was immer gut ankam, und schon, genauso wie das Zweitgutachten, ins Englische übersetzt. Auf den Lebenslauf von Sandra hatte Lennert nur einen kurzen Blick geworfen, das Paßbild in dreifacher Ausfertigung war nichtssagend, wie nicht anders zu erwarten. Helle Haare, nach der Mode der Zeit hochtoupiert, wobei vor den Ohren kürzere Strähnen gelockt herunterhingen, die Farbe der Augen war auf dem kleinen Schwarzweißbild nicht zu identifizieren, Lennert tippte unwillkürlich auf Braun, dafür kamen aber die herben Gesichtszüge auf dem Bild deutlich heraus.

Keine Schönheit hat er sich da ausgesucht, war Lennerts erster Gedanke, aber wenn man monatelang so abgeschnitten in der Wüste lebt, dann relativiert sich das schnell. Für Lennert stand irgendwie fest, was Beate Weigert nur vermutete. Der gute Heinrich hatte sich einen Fehltritt mit Folgen geleistet, und ihm brannte jetzt der Boden unter den Füßen. Wahrscheinlich setzte ihn die Kleine ganz schön unter Druck. Nun, wie es sich anließ, würde er ihm helfen können.

Er schob die Papiere wieder ordentlich zusammen und schaute auf die Uhr. Wenn sie pünktlich wäre, und das setzte er als selbstverständlich voraus, dann blieben ihm noch zehn Minuten.

Paul Lennert stand bedächtig vom Schreibtisch auf. Aus dem hageren Mittzwanziger, der kurz nach Kriegsende aus britischer Kriegsgefangenschaft entlassen worden war und zuerst die zerstörte Universität und dann seine akademische Karriere aufgebaut hatte, war in den letzten Jahren ein behäbiger Mann geworden, der die Bequemlichkeiten und die angenehmen Seiten des Lebens zu schätzen wußte. Gedankenverloren ging er um den Schreibtisch herum, zog eine Zigarette aus dem stets griffbereit liegenden Päckchen und zündete sie an. In dem Spiegel, der sich über dem Waschbecken gleich neben der Tür befand, richtete er seine streng gemusterte, dunkle Krawatte, steckte sein Hemd ordentlich in die Hose und zog sein Jackett über. Er hatte sich noch nicht wieder an den Schreibtisch gesetzt, als es energisch an der Tür klopfte.

Paul Lennert drehte sich um und war mit drei schnellen Schritten an der Tür. Er holte tief Luft und öffnete.

Auf dem Flur stand eine junge Frau mit einem Bubikopf von kurzen blonden Haaren und einem unsicheren Blick in den grünen Augen. Sein

Blick glitt vom Kopf abwärts an ihrem Körper entlang, wo die Wölbung ihres Bauches auch unter dem weiten, dunklen Wintermantel nicht zu übersehen war.

„Fräulein Dr. Neubert?" fragte er überflüssigerweise, da ihm sofort klar gewesen war, um wen es sich handeln mußte.

Sandra nickte. „Herr Professor Lennert?" Mehr eine Feststellung denn eine Frage.

„Kommen Sie herein." Lennert trat einen Schritt zurück, damit die junge Frau an ihm vorbei ins Zimmer treten konnte. Ein kurzer Blick zeigte Sandra, daß sich die Büros in den Universitäten, ob nun Freiburg oder Berlin, bis in den Details glichen. An den Wänden die obligaten Bücherregale aus Metall, auf denen sich wissenschaftliche Werke, Fachzeitschriften und Lexika stapelten. Ein Waschbecken, drei Kleiderhaken, an denen Bügel hingen. Ein überladener Schreibtisch und drei altersschwache Cocktailsessel, die sich um einen niedrigen, viereckigen Tisch gruppierten. Ein übervoller Aschenbecher auf dem Schreibtisch, ein weiterer auf dem Tisch bei den Sesseln. Sandra machte zwei Schritte in den Raum hinein und blieb dann stehen, während Lennert um sie herumkam.

„Legen Sie doch bitte ab." Er streckte ihr auffordernd die Hände entgegen.

Sandra stellte ihre schmale Reisetasche auf den Boden und knöpfte bedächtig ihren Mantel auf. Unbeholfen schälte sie sich heraus, wobei die Hände von Lennert bei dem Versuch, ihr zu helfen, eher hinderlich waren.

„Nehmen Sie doch bitte Platz", forderte er sie auf, während er noch damit beschäftigt war, den Mantel aufzuhängen.

Sandra schaute sich um. Die niedrigen Sessel waren eine zu unangenehme Sitzgelegenheit in ihrem Zustand. Sie suchte nach einem einfachen Stuhl und entdeckte einen in der Ecke am Fenster, auf dem sich allerdings Zeitungen stapelten.

„Bitte", meinte Lennert, von der notdürftigen Garderobe kommend, und deutete auf die Sesselgruppe.

„Es wäre mir lieber, wenn ich einen Stuhl hätte", gab sie zurück und ärgerte sich, diese Bitte aussprechen zu müssen. Ihre Stimme klang seltsam rauh in ihren Ohren, denn sie hatte auf der Bahnfahrt und bis hier zu ihrem Eintreffen so wenig wie möglich getrunken. Eine volle Blase war so ziemlich das Unangenehmste, was ihr passieren konnte. Das Kind in ihrem Bauch drückte darauf, und sie wollte bei diesem Gespräch auf keinen Fall dauernd zur Toilette laufen.

Lennert schaute sich, von Sandras Bitte überrascht, im Raum um, als wollte er sich selbst erst noch vergewissern, ob ein solches Möbelstück vorhanden wäre.

„Es ist in meinem Zustand bequemer“, fügte sie derweil entschuldigend hinzu und deutete auf die Wölbung ihres Bauches, die sich durch das blaue Kleid, dessen Saum weit über ihre Knie reichte, abzeichnete.

Nach ein paar Minuten saß sie dann auf dem eilends freigemachten und mit einem Lappen abgewischten Stuhl Lennert gegenüber, der wieder hinter seinem Schreibtisch Platz genommen hatte.

Jetzt endlich hatte Lennert Muße, sein Gegenüber zu mustern, während er einige unverfängliche Fragen über die Reise von Freiburg mit dem Zug und den Weg durch die Großstadt zur Universität stellte. Ihre grünen Augen waren ihm sofort aufgefallen. Jetzt mußte er jedoch anerkennen, daß ihr nicht nur die kurzgeschnittenen Haare besser standen, weil sie dem Gesicht einen Großteil der Strenge nahmen. Auch dadurch, daß eben ihre Proportionen der flachen Oberfläche des Fotos enthoben waren, konnte man sie durchaus als hübsch bezeichnen. Mit einem unsichtbaren Lächeln leistete er Weigert und dessen Geschmack in bezug auf Frauen Abbitte. Unauffällig, zumindest glaubte er das, während Sandra auf dem Stuhl ihm gegenüber seine belanglosen Fragen beantwortete und das ungute Gefühl hatte, mit den Augen ausgezogen zu werden, versuchte Lennert, unter dem Kordsamtkleid, das sich steif über ihrem vorgewölbten Bauch bauschte, die Konturen ihres Körpers zu erahnen, wie er sich wohl vor der Schwangerschaft dargestellt hatte. Als Sandra sich in eine bequemere oder auch nur einfach andere Position setzte, spannte das Kleid kurz über ihren schweren, von der Endphase der Schwangerschaft schon unförmig gewordenen Brüsten, was Paul Lennert nicht entging. Er kam zu dem Schluß, daß Weigerts Assistentin durchaus die Sünde wert war, die er seinem Studienkollegen unterstellte. Und damit hätte sie eigentlich wieder gehen können, denn für ihr Hiersein gab es keinen anderen Grund als Lennerts Neugierde. Wenn er Weigert schon aus der Patsche helfen mußte, dann wollte er den Grund dafür zumindest einmal persönlich kennenlernen. Vielleicht, so überlegte er, während er in lang geübter Routine die Bedingungen und Anforderungen des Stipendiums herunterbetete und es sogar schaffte, jede Zwischenfrage Sandras zu beantworten, könnte ich ja einen Versuch wagen, doch ein Blick auf den behäbigen Körper der Frau ihm gegenüber ließ ihn davon wieder Abstand nehmen. Es wäre kein Vergnügen.

„Nun, ich weiß nicht, wie weit Sie von Professor Weigert aufgeklärt worden sind.“ Dabei huschte ein Grinsen über Lennerts Gesicht, das

Sandra nicht entging. Ihre Nerven waren bis zum Zerreißen gespannt, und ihre Sinne wären wohl in der Lage gewesen, das sprichwörtliche Gras im nahe gelegenen Botanischen Garten wachsen zu hören und mit dem Blick Wände durchdringen zu können. Damit war für sie endgültig klar, was der Mann hinter dem Schreibtisch über sie dachte, und es war ihr egal, solange sie dieses Stipendium bekam.

„Nur allgemein", gab sie unverfänglich zurück.

„Nun, die Stelle ist eigentlich für einen ausgewiesenen Mittelalterspezialisten gedacht, wobei die besonderen Umstände", er konnte es sich nicht verkneifen, einen bezeichnenden Blick auf ihren Bauch zu werfen, „sie nun in die Gunst dieser Förderung gelangen lassen. Wir haben unser Bestes getan, und sowohl Professor Weigert als auch ich gehen ein großes Risiko ein, wenn wir Ihre ... nennen wir es einmal Bewerbung unterstützen. Deshalb liegt es nun an Ihnen, Ihren Beitrag zu leisten. Ich erwarte von Ihnen, daß Sie in der bis März verbleibenden Zeit ungeachtet von dem da", er deutete mit dem Kugelschreiber, mit dem er den Anschein erweckt hatte, sich Notizen zu machen, in Richtung von Sandras Körpermitte, „noch von dem, was Sie sonst noch alles zu erledigen und zu arrangieren haben, davon abhalten lassen, sich zumindest auf den Kenntnisstand eines Hauptseminarstudenten in der Geschichte des ausgehenden Mittelalters zu bringen."

Während Lennert gesprochen hatte, war seine Stimme immer kälter und unpersönlicher geworden. Seine Augen hatten den anfänglich wohlwollenden, sanften Blick, mit dem er die körperlichen Vorzüge der jungen Frau taxiert hatte, gänzlich verloren. In Sandra hatte sich alles zusammengekrampft, und das Kind drückte auf ihre Blase, in der sich eigentlich kaum Flüssigkeit befinden konnte, die ihr aber trotzdem das kaum zu unterdrückende Gefühl vermittelte, auf die Toilette zu müssen und keine Minute länger warten zu können. Sie nickte ergeben, denn bei dem Versuch zu sprechen war nur ein kaum hörbares Krächzen aus ihrer Kehle gekommen.

„Das habe ich nicht anders erwartet." Lennerts Stimme klang jetzt mehrere Nuancen freundlicher. „Deshalb ist hier eine Auflistung der wichtigsten Publikationen, Periodika und Wissenschaftler in diesem Bereich, mit Angabe ihrer letzten Veröffentlichungen. Sie sollten sie, sobald Sie wieder in Freiburg sind, mit Professor Weigert durchgehen. Er kann Ihnen sicher noch ein paar hilfreiche Hinweise geben."

„Vielen Dank", brachte sie jetzt endlich hervor und beugte sich mühsam den über den Schreibtisch gereichten zusammengehefteten Schreibmaschinenbögen entgegen. Sie blätterte sie, Interesse heuchelnd, aber insgeheim die Schenkel mit aller Kraft zusammenpressend und hoffend, daß kein Unglück passieren würde, schnell durch. Die Liste der wichtigsten zu lesenden Bücher umfaßte mindestens fünfzig Titel. Sie stöhnte innerlich auf.

„Wir sind uns doch auch darüber einig", fuhr Lennert inzwischen fort, „daß Sie ohne Kind in Boulder antreten. Erstens hätten Sie dort nur Schwierigkeiten, denn auch in Amerika, besonders in ländlichen Gegenden hinter dem Bibel Belt, hält man nicht viel von ledigen Müttern, und zweitens hätte ich diesen Umstand mitteilen müssen, wodurch sich die Vergabe des Stipendiums an Sie von selbst erledigt hätte. Aber Professor Weigert hat mir ja gesagt, daß sie das Kind weggeben wollen."

Sie nickte, und auf einmal wurde ihr der Umstand, sich von ihrem Kind trennen zu müssen, das in den letzten Wochen schon als eigenes, aber mit ihr aufs engste verbundenes Wesen spürbar geworden war, erst richtig bewußt.

„Fahren Sie heute noch nach Freiburg zurück?" wechselte Lennert abrupt das Thema.

„Nein", gab Sandra zurück und warf automatisch einen Blick auf ihre Reisetasche, die sie auf einem der Cocktailsessel abgestellt hatte. „Ich habe mir ein Zimmer in einer Pension hier ganz in der Nähe genommen. Es ist eine zu lange Fahrt."

Lennert warf einen Blick aus dem Fenster. Draußen war es inzwischen dunkel geworden, und die Lichter aus den Fenstern der anderen Universitätsgebäude schimmerten durch einen nebeltrüben Novemberabend nur schwach herüber. War das eine ungeahnte Gelegenheit, die sich ihm da bot? Sollte er ihr anbieten, sie heute abend zum Essen auszuführen?

„Entschuldigen Sie bitte, Herr Professor."

Lennert schreckte aus seinen Gedanken hoch.

„Aber ich muß unbedingt auf die Toilette." Sandra hatte es einfach nicht mehr aushalten können und saß jetzt mit angespannter Miene und deutlich gerötetem Gesicht auf der vordersten Stuhlkante. „Wo ist die bitte?"

„Wie?", entfuhr es ihm, dann verstand er. „Ach ja. Natürlich. Links den Gang hinunter, dann rechts durch die Glastür, und direkt dahinter finden Sie die Toiletten."

Sie zwang sich, nicht aufzuspringen, sondern mit nicht allzu hastigen Schritten erst zur Tür und dann den Gang hinunterzugehen. Als sie schließlich die Kabinentür hinter sich schloß, zitterte sie am ganzen Körper.

Während Sandra auf der Toilette war, hatte Lennert genügend Zeit, darüber nachzudenken, ob er sie zum Abendessen einladen sollte. Gleichzeitig versuchte er sich vorzustellen, wie es wohl wäre, wenn er wirklich ans Ziel seiner Wünsche gelangen würde. Ihren von der Mutterschaft gezeichneten Körper nackt vor sich und möglicherweise die Abscheu ihm gegenüber in ihrem Gesicht, die ihm deutlich zu verstehen geben würde, daß sie zu allem bereit war, wenn es ihr die Möglichkeit eröffnete, aus Freiburg wegzukommen. Diese Gedanken machten ihm die Entscheidung leicht.

Sandra betrat nach nicht allzu langer Zeit sichtlich entspannter wieder das Zimmer des Professors, der, so schien es, bewegungslos auf seinem Platz verharrt hatte.

„Ich glaube", begann er, als die junge Frau wieder ihm gegenüber Platz genommen hatte, „wir sollten mit Rücksicht auf Ihren Zustand langsam zum Ende kommen. Ich erkläre Ihnen nur noch kurz, wie die ganze Sache jetzt weitergeht. Ihre Unterlagen gehen nach Amerika. Von dort bekommen Sie dann den endgültigen Bescheid, wobei ich da keine Schwierigkeiten sehe. Außerdem erhalten Sie vom Board of Education so etwas wie eine befristete Arbeitserlaubnis, mit der Sie dann Ihr Visum für die USA beantragen können. Gleich noch eines ..." Lennerts Stimme nahm wieder den unangenehmen Klang an. „Falls diese Unterlagen vor Ihrer Entbindung kommen, dann warten Sie mit dem Visumantrag, bis alles vorbei ist. Es gibt da ein paar Fragen, die Sie in Schwierigkeiten bringen können, wenn Sie Ihr Kind noch nicht weggegeben haben."

Sandra nickte ergeben.

„Gleichzeitig wird sich auch Ihre Gastuniversität, die University of Colorado in Boulder, mit Ihnen in Verbindung setzen. Wenn sich da Fragen ergeben, dann rufen Sie mich an", erklärte er weiter und fügte wie in Gedanken hinzu: „Sie können auch gerne noch einmal hier nach Berlin kommen. Die Reise wird ja dann nicht so beschwerlich sein."

Sie bedankte sich, und nach ein paar weiteren belanglosen Sätzen stand sie auf, um sich zu verabschieden.

Auch Professor Lennert erhob sich von seinem Sessel und kam um den Schreibtisch herum. Er blieb so nahe vor ihr stehen, daß sein nicht unbeträchtlicher Bauch fast den ihren berührte. Sandra trat instinktiv einen Schritt zurück und stieß gegen den Stuhl, auf dem sie gesessen hatte. Lennerts Hand schoß nach vorne und schloß sich um ihren rechten Arm, damit sie nicht stürzte.

„Vorsicht, fallen Sie nicht", warnte er und zog sie wieder zu sich heran.

„Danke ... danke", murmelte sie und entwand sich mit einem Schritt zur Seite seinem Griff. Er ging zur Garderobe und holte ihren Mantel, in den er ihr hinein half und sich dabei wesentlich geschickter als beim Ablegen anstellte. Schon an der Tür seines Arbeitszimmers, fiel Sandra gerade noch rechtzeitig ein, ihn nach dem Weg zu ihrer Pension zu fragen. „Können Sie mir sagen, wie ich in die Rohlfsstraße komme?"

Lennert dachte einen Moment nach und meinte dann: „Am besten nehmen Sie die U-Bahn, wie Sie gekommen sind, und fahren bis zur Podbielskiallee. Von dort gehen Sie auf der Schorlemerallee Richtung Innenstadt, bis rechts die Rohlfsstraße abgeht."

„Danke", sagte sie, obwohl sie sich nicht sicher war, nach dieser Beschreibung den Weg zu finden, aber wenig Lust hatte, noch einmal nachzufragen. Entschlossen streckte sie dem Professor die Hand hin. „Auf Wiedersehen."

Lennert war durch die plötzliche Geste so überrascht, daß er instinktiv die Hand, die sich ihm aus dem Ärmel des dunklen Mantels entgegenstreckte, ergriff, sie zweimal heftig schüttelte und wie in Gedanken „Auf Wiedersehen" murmelte. Dann war Sandra aus der Tür hinaus, die er nachdenklich hinter ihr schloß.

Die Uhr auf der U-Bahn-Station Thielplatz zeigte viertel vor sieben, und Sandra wartete schon seit zehn Minuten auf die Bahn Richtung Wittenbergplatz, um die zwei Stationen - sonst eine Entfernung, die sie sich nicht gescheut hätte zu laufen, aber die anstrengende Reise, die durch ihre aufgezwungene Behäbigkeit nicht einfacher geworden war, forderte ihren Tribut - bis zur Podbielskiallee zu fahren. Sie fühlte sich entsetzlich müde. Kein Wunder, sagte sie sich, schließlich hatte sie heute morgen um halb fünf den Zug in Freiburg bestiegen.

Sie beobachtete die Studenten, die jetzt in dichten Trauben auf den Bahnsteig drängten, und nahm es als ein sicheres Zeichen, daß in absehbarer Zeit eine Bahn kommen würde. Sandra hoffte nur, daß der Weg von der U-Bahn-Station Podbielskiallee zu der Pension nicht allzu weit sein würde, denn ihr fielen schon die Augen zu, und auf den Innenseiten der dunklen Lider erschienen lang vergessene Bilder. Schwach waren ihre Erinnerungen, und die meisten stammten wohl von Bildern, die ihre Eltern ihr in den Jahren nach dem Krieg mit ihren wehmütigen Erzählungen von dem Leben in Berlin eingepflanzt hatten. Genau glaubte sie sich aber noch an die letzten friedlichen Sommer zu erinnern, die sie am Strand des Tegeler Sees zugebracht hatte, glaubte noch das Kratzen des wollenen Badeanzugs auf ihrer Haut zu spüren, wie er langsam an ihrem kleinen, schmächtigen Körper trocknete. Der Krieg tobte irgendwo im Westen weit weg von Berlin, und ihr Vater, der als Maschinenbauingenieur in den Borsigwerken arbeitete, kam noch jeden Tag nach Hause. Sie lebten in einer geräumigen Wohnung, die Sandra als kleines Mädchen, das sie damals war, noch größer erschien. Die Decken mit den Stuckverzierungen schwebten weit über ihr, und das Fehlen ganzer Generationen von jungen Männern war ihr nicht aufgefallen. Einerseits noch zu jung, um das, was geschah, wirklich mitzubekommen oder gar begreifen zu können, war sie andererseits schon alt genug gewesen, um von der sich verknappenden Milch nicht wirklich betroffen gewesen zu sein. Es waren unbeschwerte Tage gewesen in der Siedlung für die Borsigangehörigen jenseits der Bernauer Straße, wo das akademische Personal des riesigen Unternehmens wohnte. Verwischte Bilder von ihrer Freundin Sofia, einem quirligen Etwas mit kurzen, schwarzen Zöpfen, kleinen Jungs mit staksigen Beinen, die bis weit in den November hinein in kurzen Hosen steckten, einem Spielplatz, auf dem sie herumtollte, während die Mütter tuschelnd auf den Bänken saßen, konkretisierten sich zu der deutlichen Erinnerung, wie die Mienen ihrer Eltern, je älter sie selbst wurde, immer verschlossener und ängstlicher wurden. Dann kam der Tag, an dem ihre Mutter weinte und die leise Unterhaltung im elterlichen Schlafzimmer die ganze Nacht nicht verstummte. Sandra glaubte sich daran zu erinnern, daß es im Sommer gewesen sei, doch ihre Eltern hatten sie Jahre später, nachdem der Krieg vorbei und ihr Vater als ein fremder Mann wieder bei ihnen eingezogen war, davon überzeugt, daß es im April 1943 gewesen war, als nach den katastrophalen Niederlagen im Osten auch die Arbeit in einem kriegswichtigen Unternehmen nicht mehr davor schützte, zu einem letzten, vergeblichen und unnützen Aufgebot von Opfern herangezogen zu werden. Danach waren die unbeschwerten Tage für Sandra vorbei. Was sie damals noch nicht ahnen konnte war, daß mit diesem Tag im April ihre Kindheit geendet hatte. Immer häufiger traf sie ihre Mutter auf einem Stuhl sitzend an, die Augen waren in die Ferne gerichtet, und sie schien zu träumen. Das waren noch die besseren Augenblicke. Schlimm war es, wenn ihre Augen vom Weinen gerötet waren, sie aber schon längst keine Tränen mehr hatte. Nichts war von den unbeschwerten Spielen geblieben, denen sie sich mit ihrer Mutter an den heißen Sommertagen am Strand des Sees hingegeben hatte, oder an den langen Abenden, wenn sie auf dem Balkon das ‚Mensch ärgere dich nicht'-Brett auf den Tisch gelegt und die Würfel hatten rollen lassen, bis die hellen Bogenlampen klar von der Bernauer Straße herüberschienen. Nach unendlich langer Zeit, so schien es Sandra damals, kam ihr Vater zurück.

Nachdem sie sich an den seltsam aussehenden Mann, der nicht mehr lachen, sondern nur noch müde und teilnahmslos die Lippen zu einem Lächeln verziehen konnte, gewöhnt hatte, war sie überglücklich, daß er wieder da war. Nicht für sich, sondern weil sich die zunehmend fremder werdende Frau binnen weniger Tage wieder in ihre Mutter verwandelte. Doch die kurze Zeit des Glücks forderte einen schrecklichen Tribut. Es folgte eine weitere Nacht, in der im Schlafzimmer der Eltern getuschelt wurde, unterbrochen vom verzweifelten Schluchzen der Mutter, und als Sandra endlich eingeschlafen war, stahl sich ihr Vater irgendwann aus dem Haus. Sie war enttäuscht, ihn am Morgen nicht mehr vorzufinden, sondern nur ihre Mutter, die so wirkte, als hätten die letzten zwei Wochen nicht existiert. Es war eher noch schlimmer. Sandra drängte sich auf ihren Schoß, in den schmalen Spalt zwischen ihrem gebeugten Oberkörper und der Kante des Tisches, wobei ihr die Mutter keinen Zentimeter Platz machte. Sandra vergaß den Vater so schnell wieder, wie sie sich an seine Rückkehr gewöhnt hatte.

Die Dinge hielten sich in einem merkwürdigen Gleichgewicht. Ihre Mutter erhielt Briefe, die sie immer und immer wieder las, schrieb selbst mit kleiner Schrift zahllose Bogen voll, von denen sie die Hälfte nach dem Schreiben wieder zerriß, und Sandra ging zur Schule. Auch außerhalb der Wohnung waren jetzt schon Veränderungen zu bemerken. Nur ganz selten fuhr noch ein Auto durch die Straßen, alle Menschen hasteten mit gesenkten Köpfen auf den Bürgersteigen entlang, und wenn eines der Kinder lachte, dann erntete es strafende Blick von den Erwachsenen. Es gab ohnehin nicht viel zu lachen, und es gab auch nicht viel zu reden, wie Sandra glaubte festzustellen. Traf sie ihre Mutter mit einer anderen Frau auf dem Hof oder im Treppenhaus, dann standen sie sich schweigend gegenüber, doch irgend etwas sagte dem kleinen Mädchen, daß es selbst der Grund für dieses Schweigen war. Abends mußten die Fenster zugezogen werden, und die stickige Sommerhitze in der Wohnung ließ einem kaum Luft zum Atmen. Manchmal heulten Sirenen so infernalisch, daß Sandra sich die Hände auf die Ohren preßte und sie gar nicht mehr wegnehmen wollte. Dann kamen die Sommerferien, und alles wurde anders. Als Sandra am letzten Schultag nach Hause kam, standen zwei gepackte Koffer im Wohnzimmer, und ihre Mutter, schon reisefertig angezogen, eröffnete ihr: „Wir fahren zu Oma und Opa nach Uelzen." Sandra wollte protestieren, doch bevor sie etwas sagen konnte, hatte ihre Mutter ihr schon den Ranzen abgenommen, ihr den kleinen, diesmal besonders schweren Koffer in die Hand gedrückt, nahm selbst die beiden großen und drängte sie aus der Wohnungstür. Sie folgte ihrer

Mutter wie in Trance die Treppen hinunter auf die Straße. Dann ging es mit dem Bus zum Bahnhof, und danach verschwamm alles in dem gleichmäßigen Rattern der Wagons über die Schienen und dem Kreischen der metallenen Räder, wenn der Zug bremste. Ein Kreischen, das Sandra jetzt noch deutlich zu hören glaubte. So deutlich, daß sich die Leinwand ihrer Erinnerung plötzlich hob und sie feststellte, daß sich die Wartenden auf dem U-Bahnsteig schon durch die geöffneten Türen in den Zug drängten. Sie stand schnell auf, nahm ihre Reisetasche und stellte sich hinten an einer der Menschentrauben vor der Zugtür an. Sie dankte dem jungen Mann, der sie, als sie schon aufgeben und auf die nächste Bahn warten wollte, noch in den Wagen zog und gleichzeitig mit seinem Rücken die anderen Fahrgäste zur Seite drängte, damit sie einigermaßen bequem stehen konnte. Diesmal war ihr Bauch hilfreich. Als die Leute ihren Zustand bemerkten, machten sie bereitwillig noch etwas mehr Platz, und dann huschten die Tunnelwände kaum einen halben Meter vor Sandras Gesicht vorbei. Nie mehr, bis zu dem heutigen Tag, war das kleine, doch mit der Zeit erwachsen werdende Mädchen nach Berlin zurückgekehrt. Hier war ihre viel zu kurze Kindheit zuerst unter Trümmern und dann unter dem Mythos der Frontstadt begraben worden.

## $\sqrt{-1}$ Klothos Fäden werden sichtbar

„Ich kann mir einfach nicht erklären, was das Ganze soll“, gab Monika zum wiederholten Male ihrer Verwirrung Ausdruck. Seit gut einer Stunde rätselten Peter und sie schon gemeinsam an der Sache herum, die Monika auch während des ganzen Tages bei dem Kunden in Hamburg keine Ruhe gelassen hatte. Bollmann hatte ihr mehrfach tadelnde Blicke zugeworfen, wenn sie nachfragen mußte, was gerade gesagt worden war. In der Maschine zurück nach Frankfurt hatte sie sich dann entschuldigt und gemeint, sie hätte sich wohl eine Grippe oder irgendeinen Virus eingefangen. Bollmann war mit einem nachlässigen Nicken darüber hinweggegangen und hatte ihr empfohlen, sich übers Wochenende ins Bett zu legen, denn die nächste Woche würde hart werden. Monika hatte es geschluckt und nichts dazu gesagt. Sie konnte sich in der letzten Zeit an keine Woche erinnern, die leicht gewesen war.

„Ich habe auch keine Ahnung“, meinte Peter resignierend, „es ergibt einfach keinen Sinn, dieses Gerede von Türen und verschiedenen Welten.“

„Aber irgendwie bedrohlich klingt es schon“, fügte sie deprimiert hinzu. „Der Mann scheint allerdings keinen Wert darauf zu legen, seine Botschaft persönlich loszuwerden. Immer nur auf Band.“

Peter nickte abwesend und meinte: „Ja, seltsam.“

„Die Polizei können wir auch nicht einschalten, die halten uns glatt für verrückt“, sinnierte sie und schaute ihn, auf Widerspruch hoffend, an. Er schüttelte nur den Kopf und nahm sich eine weitere Zigarette aus dem frisch angebrochenen Päckchen. Als er sie anstecken wollte, rutschte ihm das Feuerzeug durch die Finger und fiel auf den Boden. Er bückte sich und tastete, ohne hinzusehen, unter dem Sessel auf dem Boden herum.

„Die Anrufe sind dir ebenfalls unheimlich“, sagte sie. „Du glaubst auch nicht an einen Scherz, oder?“

Peter hatte inzwischen zwei tiefe Züge genommen und stieß den Rauch nach einem dritten heftig in Richtung der hohen Decke aus.

„Blödsinn. Was soll es denn sonst sein?“ gab er barsch zurück.

„Deine Reaktion ist doch wohl der beste Beweis“, stellte sie lakonisch fest.

Er brütete stumm vor sich hin und zog verbissen an seiner Zigarette, an deren Spitze sich ein langer Glutkegel bildete. „Vielleicht hast du recht“, lenkte er dann ein. „So ganz unbeeindruckt läßt mich die Sache nicht.

Ich kann mir einfach nicht erklären, was das soll. Aber was kann man machen?"

Monika fiel darauf nichts ein, und sie wechselte das Thema. „Hast du dir eigentlich die Sachen von deinem Vater noch einmal angesehen?"

„Ja, ich habe heute alles mal genauer in Augenschein genommen. Ziemlich seltsames Zeug." Er stand auf und holte die Pappschachtel, die auf dem Schreibtisch stand. Er begann darin herumzuwühlen und reichte ihr mehrere Fotografien.

„Ein paar alte Fotos von meinem Vater und irgendwelchen anderen Leuten. Eines trägt das Datum 19. Februar 1965 auf der Rückseite. Mein Vater ist darauf mit drei anderen Personen zu sehen. Ich nehme an, es handelt sich dabei um die Forschergruppe, mit der er in den Iran war. Wahrscheinlich das letzte Bild von ihm. Es gibt noch andere Bilder, die aber alle früher aufgenommen worden sind. Allerdings", so fügte er nach kurzem Überlegen hinzu, „scheinen die darauf abgebildeten Personen mit denen dieses Bildes", er deutete auf das Foto, das Monika nachdenklich betrachtete, „identisch zu sein."

„Weißt du, wo das aufgenommen ist?", wollte sie wissen.

„Nein, aber ich nehme an, in Freiburg."

„Was war sonst noch darin?"

Peter wühlte in der Schachtel herum und brachte einen Packen zusammengeschnürter Briefe zum Vorschein. „Briefe aus dem Iran an meine Mutter. Ziemlich uninteressant. Er schreibt über seine Arbeit und das Leben im Lager. Die ganze Sache muß wohl nicht besonders erfolgreich gewesen sein. Andeutungsweise berichtet er auch von Unstimmigkeiten im Grabungsteam. Später hat er dann seine eigene Grabungsstelle, aber ich weiß nicht, warum und wozu. Die Briefe sind halt an jemanden gerichtet, der sich in der Arbeit meines Vater gut auskannte. Er muß alles mit meiner Mutter besprochen haben. Für mich ergibt das keinen Sinn. Der letzte Brief trägt als Datum den 14. April. Er ist wahrscheinlich sogar erst nach seinem Tod in Deutschland angekommen."

„Das muß für deine Mutter alles sehr schlimm gewesen sein", meinte Monika mitfühlend für eine Person, die jetzt auch schon begraben war.

„Ich kann kaum etwas dazu sagen", meinte Peter. „Mutter hat immer viel über Vater gesprochen, aber wenn ich es so recht bedenke, dann weiß ich eigentlich so gut wie nichts über ihn oder seine Arbeit."

Monika legte das Foto vor sich auf den Tisch und warf dann einen kurzen Blick auf die anderen. Peter hatte recht, darauf waren ohne Zweifel dieselben Leute abgebildet.

„Hier ist etwas ganz Merkwürdiges", erklärte er und nahm einen braunen, verknitterten Umschlag aus der Schachtel.

Monika schaute ihn interessiert an. „Was soll das sein?"

„Ich habe keine Ahnung." Peter zog ein Bündel in der Mitte gefalteter DIN-A-5-Blätter aus dem Umschlag. Es waren linierte, ehemals weiße Bögen, die allerdings schon stark verblichen waren. Undeutlich konnte man die geschwungenen Linien einer Schrift erkennen.

Sie streckte die Hand aus, doch er zögerte.

„Vorsichtig", mahnte er. „Das Papier ist schon ganz brüchig. Ich habe sie mir heute nachmittag genau angesehen, aber mir ist völlig unklar, was das sein soll."

„Ein Tagebuch?" meinte Monika zweifelnd.

„Nein. Es sieht eher aus wie wissenschaftliche Aufzeichnungen, und sie sind ganz offensichtlich aus einem größeren Zusammenhang herausgerissen worden." Dabei deutete er auf die unregelmäßige Kante, die alle Blätter an der einen Längsseite aufwiesen. Danach breitete er die zehn Blätter vorsichtig auf dem Tisch aus, so daß Monika einen genauen Blick darauf werfen konnte.

Nach einer Weile stummen Betrachtens meinte sie: „Sieht aus wie Arabisch." Sie deutete auf die verschnörkelten Schriftzeichen, die sehr sorgfältig ausgeführt wirkten, so als ob jemand sie akribisch zu Papier gebracht hätte.

Peter schüttelte den Kopf. „Nein, Arabisch ist es nicht."

Sie schaute ihn ob seiner bestimmten Verneinung erstaunt an und wartete deutlich sichtbar auf eine Erklärung.

„Das habe ich zuerst auch gedacht", sagte er und zuckte entschuldigend mit den Achseln, „aber dann habe ich mir die arabische Schrift im Lexikon angesehen, und es gibt keine Übereinstimmung. Dann habe ich überlegt, ob es Thailändisch oder sonst eine asiatische Sprache sein könnte, aber ich habe einfach zu wenig Ahnung davon. Was übrigens auch für meinen Vater galt." Nach kurzem Zögern fügte er hinzu: „Soweit ich weiß."

„Ich habe keinen blassen Schimmer", gestand sie ein und drehte eines der Blätter unschlüssig in den Händen. „Aber da sind ja auch deutsche Passagen dazwischen." Sie beugte sich über das Blatt, um die Worte entziffern zu können.

„Das habe ich auch schon gesehen", räumte er ein. „Es klingt teilweise wie eine Ortsbeschreibung. Der Anfang, wenn er das ist, könnte gut ein Arbeitsprotokoll sein. Mein Vater, wenn das von ihm stammt, hat darin festgehalten, was sie gemacht haben."

Peter zog ein Blatt vorsichtig unter den anderen hervor. „Das müßte die erste Seite sein. Hör zu, es beginnt mitten im Satz: '... zu beurteilen, was wir gefunden haben, doch wenn es das ist, was ich glaube und hoffe, dann brauche ich mir keine Sorgen mehr machen. Der Eingang ist freigelegt, und die Steinplatte werden wir auch noch wegbekommen. Notfalls müssen wir sie mit dem Laster wegziehen. Eigentlich habe ich selbst nicht daran geglaubt.

Nach der sinnlosen Schufterei der letzten Wochen, den mitleidigen Blicken der anderen und dem Gehabe dieser Frau waren meine Hoffnung und meine Kraft schon fast aufgezehrt. Doch morgen wird der wichtigste Tag in meinem Leben.' Danach bricht der deutsche Text ab", erklärte Peter mit einem Blick zu Monika, die ihm ein Zeichen gab weiterzureden, „und es folgen die Seiten mit den seltsamen Schriftzeichen und den unverständlichen deutschen Passagen."

Sie warf noch einen Blick auf das vor ihr liegende Blatt und grübelte. Schließlich meinte sie: „An einigen Stellen könnte man meinen, jemand hätte Vokabeln aufgeschrieben. Hier", sie deutete auf das Blatt, „und hier."

Peter beugte sich vor und nahm die Stelle in Augenschein. Mit etwas Phantasie konnte man zu dieser Annahme gelangen. Mehreren Schriftzeichen in der unbekannten Schrift folgten deutsche Wörter, die untereinander keinen Zusammenhang bildeten. Da standen Substantive wie 'Mensch', 'Weg', 'Kraft', aber es gab auch Verben wie 'gehen', 'aufblicken', 'herabsteigen'.

„Es gibt keinen Sinn, solange wir nicht wissen, welche Sprache es ist", brachte Peter alle Überlegungen und Vermutungen auf den Punkt. „Ich werde mich mal an der Uni umhören. Ich habe da noch ein paar Kontakte. Vielleicht kann mir da jemand weiterhelfen."

Sie lehnte sich zurück und gähnte, während er sorgfältig die Papiere wieder in die Schachtel sortierte. Nur das Foto seines Vaters, mit dem Datum vom Februar 1965, stellte er an einige Bücher gelehnt auf das Regal neben seinem Schreibtisch.

„Ein Ehrenplatz für den unbekannten Toten?" fragte Monika.

„Vielleicht", gab er nachdenklich zurück.

„Komm, laß uns ins Bett gehen. Es war ein harter Tag, und ich bin ziemlich müde", meinte sie und begann, als sie von der Couch aufstand, ihre lachsfarbene Bluse aufzuknöpfen. Während sie sie von den Schultern streifte, war sie schon auf dem Weg ins Schlafzimmer. Sie nahm sich einen Bügel und entledigte sich ihrer Hose, dann vertauschte sie die Unterwäsche mit dem T-Shirt, das sie zum Schlafen trug, und schlüpfte unter die Decke. Im ersten Moment fröstelte sie etwas, doch noch bevor

Peter ihr folgte, wurde es bereits angenehm warm im Bett. Sie drehte sich auf die Seite zum Fenster hin, die sie zum Einschlafen bevorzugte, und spürte nur noch im Halbschlaf Peters Arm, der sich unter der Decke um ihre Hüfte legte.

„Also, ich finde, du solltest mal zum Arzt gehen", meinte sie, als sie am nächsten Morgen mit ihm beim Frühstück saß und inzwischen wieder wußte, warum sie die Pille nahm. Doch so ganz ungetrübt war ihre Freude nicht gewesen. Sie hatte schon fast vergessen gehabt, daß sich mit Peters Samen eine Kältewelle in ihren Körper ergoß, und war richtig erschrocken, als es auch diesmal so war. Als sie unter der Dusche darüber nachdachte, während er Brötchen holte, waren ihr einige beunruhigende Gedanken gekommen.

„Wieso?" wollte er erstaunt wissen.

„Frag nicht so dumm. Das ist doch nicht natürlich, daß dein Zeug so eiskalt ist, oder?"

„Ich merke aber nichts davon. Vielleicht empfindest du es nur so", versuchte er abzuwiegeln und fügte dann mit einem Grinsen hinzu: „Vielleicht bist du frigide."

„So, meinst du." Monikas Gesichtsausdruck zeigte, daß sie es gar nicht lustig fand.

„Entschuldigung, war nicht so gemeint." Peter beugte sich vor und versuchte, Monika an der Brötchenhälfte in ihrer Hand vorbei zu küssen. Sie wich ihm aus.

„Ich meine das wirklich ernst", sagte sie mit Nachdruck. „Das ist nicht normal, und an irgend etwas muß es schließlich liegen. Hast du dir was eingefangen?"

„Was eingefangen?" Er begriff nicht, was sie meinte.

Sie stöhnte theatralisch auf. „Na, bist du fremdgegangen?"

„Du spinnst. Wie kommst du darauf? Du bist doch diejenige, die dauernd mit Topleuten, jung, schön und reich, zusammen ist."

Monika verspürte wenig Lust, darauf einzugehen, und war sich eigentlich auch sicher, daß Peter sie nicht hintergehen würde. Der Grund mußte woanders liegen. Vielleicht war die Sache damals bei der Taufe doch nicht nur eine einfache Sommergrippe gewesen. „Also, was ist? Gehst du jetzt zum Arzt?"

„Und was soll ich dem sagen?" wollte er unmutig wissen. „Herr Doktor, meiner Freundin ist mein Samen zu kalt. Was machen wir denn da? Die Antwort kann ich mir schon vorstellen. Lieber Herr Gruhn, dann versuchen Sie es doch mal mit einer heißen Liebesnacht."

Monika warf ihm das halbe Brötchen mit Erdbeermarmelade, von dem sie gerade abbeißen wollte, ins Gesicht. „Ich finde das gar nicht lustig“, zischte sie mit schneidender Stimme, während Peter sich die Marmelade aus dem Gesicht wischte und das Brötchen vom Boden aufhob. „Für dich ist die Sache erledigt, wenn du das Zeug los bist, aber in mir ist es schließlich drin, und außerdem ist es kein angenehmes Gefühl.“

Peter stand auf und ging ins Badezimmer, nachdem er mit der Papierserviette die klebrige Masse in seinem Gesicht nur verschmiert hatte. Sie nahm wütend einen Schluck Kaffee und schmierte sich ein neues Brötchen. Als er zurückkam, blieb er hinter ihr stehen und legte ihr sanft die Hände auf die Schultern. Sie unterdrückte den Impuls, sie wegzustoßen.

„Tut mir leid“, murmelte er und strich ihr durchs Haar. „Aber das Ganze kommt mir so blöd vor.“

„Blöd oder nicht“, gab sie zurück, „so geht es aber nicht weiter. Dann müssen wir halt Kondome benutzen.“

„Meinst du wirklich? Das hat uns doch beiden keinen Spaß gemacht, und wir waren froh, als die Zeit vorüber war.“

„Nun, entweder oder“, erklärte sie bestimmt, aber auch schon wieder versöhnlich.

„Du meinst das ernst.“

„Ja. Geh einfach zum Arzt, und damit ist die Sache erledigt.“

„Mal sehen“, gab er unschlüssig zurück und war immer noch davon überzeugt, daß Monika übertrieb.

„Wann kommt denn das glückliche Elternpaar mit deinem Patenkind?“ wechselte sie das Thema.

„Heute nachmittag, so gegen halb vier.“

„Gut, dann mache ich mich mal nach Hause auf und bin so gegen drei wieder hier.“

Auf Gabis Gesicht deutete sich erst ein Lächeln an, das langsam zum Grinsen wurde, bis sie schließlich lauthals lachte. Auch Thomas schmunzelte vor sich hin, nur Monika saß mit unbewegter Miene da und fragte sich einmal mehr, wieso erwachsene Menschen in Kontakt mit Kindern sich zu kompletten Idioten machten. Nun, zumindest bei Peter, der im Mittelpunkt der ganzen Aktion stand, schien es nicht ganz so zu sein. Er war mehr oder minder genötigt worden, Ilona-Maria in den Arm zu nehmen und sich so als Patenonkel ablichten zu lassen. Ein Bild, da war sich Monika sicher, das keinen bevorzugten Platz in Peters Ahnengalerie bekäme. Mit der einen Hand den Kopf des Babys stützend, die andere hilflos irgendwo an dem kleinen Körper plaziert, schaute Peter gequält geradeaus und vermied, der Kleinen ins Gesicht zu blicken. Er hoffte inständig, daß der Verschluß der Kamera endlich sein erlösendes Klicken von sich geben würde. Schließlich flammte das Blitzlicht auf, und die Sache war ausgestanden. Er reichte sein Patenkind wieder zu dessen Mutter hinüber, wobei es den Anschein hatte, als würde er eine heiße Kartoffel weitergeben. Gabi nahm ihr Kind in Empfang und begann sofort mit beruhigenden Lauten der Babysprache auf es einzusprechen. Nach einer Weile legte sie Ilona-Maria in den Tragekorb, wo sie gleich einzuschlafen schien.

Doch kaum eine Stunde später war es dann soweit. Ein leises Nölen wurde beständig lauter, irritierte zuerst nur Gabi, dann aber auch die anderen, und wuchs sich schließlich zu einem unbändig fordernden Schreien aus.

„Es hilft nichts", meinte Gabi und nahm Ilona-Maria aus dem Tragekorb, „sie hat Hunger. Ich gehe mal ins Schlafzimmer, Ilona-Maria füttern." Sie erhob sich mit dem Kind im Arm.

„Brauchst du irgendwas?" erkundigte sich Peter.

„Nein. Ich schaff' das schon. Inzwischen bin ich ganz routiniert darin. Aber sie beißt mir schon ordentlich die Brustwarzen kaputt."

„Keine angenehme Vorstellung", meinte Monika und schüttelte sich etwas übertrieben. „Na ja, wem's gefällt. Wenn ich mal wirklich Kinder haben sollte, dann käme das für mich nicht in Frage."

Gabi warf ihr einen Blick zu, wollte etwas sagen, überlegte es sich dann aber doch anders und ging ins Nebenzimmer.

„Seltsam, wie sich Menschen verändern, wenn sie Kinder haben", sagte Monika, und es war als deutliche Provokation gegen Thomas gerichtet, die dieser aber nicht bemerkte und ganz ernsthaft antwortete.

„Das ist doch nur natürlich. Es bedeutet, wirklich erwachsen zu sein. Man übernimmt die Verantwortung für einen anderen Menschen. Das ist etwas Schönes und Wichtiges."

„Na ja, ich habe schon Verantwortung genug", erklärte Monika mit einem Anflug von Arroganz, der ihr nicht schwerfiel. „Gestern erst habe ich die Verantwortung für einen Zwei-Millionen-Werbetat übernommen. Wieviel macht das in Kindern?"

Bevor Thomas etwas antworten konnte, fuhr Peter dazwischen. „Monika, alle wissen hier, daß du eine Topfrau der Werbung bist. Du brauchst es uns nicht noch einmal deutlich zu sagen. Außerdem wissen wir, daß du nichts mit Kindern anfangen kannst, und das ist wahrscheinlich auch ein Segen für die Kinder."

„Du etwa?" Sie schaute ihn herausfordernd an.

Peter spürte, ohne hinzusehen, Thomas' interessierten Blick auf sich ruhen. Monika hatte ihn eiskalt erwischt, und er suchte, während er an seiner Zigarette zog, nach einer Antwort.

„Na, sag schon", trieb sie das Spiel noch weiter.

„Ich versuche es wenigstens", war die zögerliche Antwort. „Ich werde mich wohl daran gewöhnen müssen, jetzt nachdem ich Patenonkel geworden bin." Er zuckte mit den Schultern und wunderte sich, daß ihm das Wort Patenonkel so problemlos über die Lippen gekommen war.

„Na dann viel Spaß."

„Wie war eigentlich die Beerdigung?" versuchte Thomas von dem Thema Kinder abzulenken, zu dem er auch noch einiges hätte sagen können.

„Wie Beerdigungen halt sind. Ziemlich nervenaufreibend, bis man alles erledigt hat. Dann kam ja noch dazu, daß alles verbrannt ist ..."

„Ja", unterbrach ihn Thomas, „Gabi hat mir so etwas erzählt und daß die Umstände des Todes deiner Mutter noch ungeklärt sind. Stimmt das?"

Peter berichtete, was er in Bonn erfahren hatte und welche Überraschung es gewesen sei festzustellen, daß er jetzt, zumindest für seine Verhältnisse, ein reicher Erbe war. Er meinte auch, es bestünde wenig Hoffnung, die Täter jemals zu fassen, aber man wüßte ja nie, fügte er mit einem Achselzucken hinzu.

Inzwischen war Gabi wieder aus dem Schlafzimmer zurück. Ilona-Maria lag an ihrer Brust, den Kopf auf ihrer Schulter, während sie zwischen Schreibtisch und Tür hin und her lief, um das unabdingbare 'Bäuerchen' zu beschleunigen.

Plötzlich blieb sie vor dem Regal neben dem Schreibtisch stehen. Mit der einen Hand ihre Tochter festhaltend, griff sie mit der anderen etwas ungelenk nach der verblichenen Fotografie, die da an ein paar Bücher gelehnt stand. Nach einiger Zeit, in der sie intensiv das Bild studiert hatte, legte sie es auf den Schreibtisch und wandte sich an Thomas: „Nimmst du bitte mal das Kind?"

Nicht nur er bemerkte, wie ihre Hände zitterten, als sie ihm Ilona-Maria in die Arme legte. Dann drehte sie sich wieder um, nahm das Bild vom Schreibtisch, hielt es deutlich sichtbar vor sich und fragte Peter: „Wo hast du das her?"

Peter war von der Härte in ihrer Stimme überrascht. Es klang fast so, als ob er kein Recht hätte, dieses Bild zu besitzen.

„Es war im Nachlaß meiner Mutter", meinte er reserviert und ergänzte dann: „Eigentlich war es mehr oder minder der einzige Nachlaß."

„Und wo hat sie es her?" fuhr Gabis Stimme durch die nachmittägliche Gemütlichkeit wie ein eisiger Windhauch von jenseits des Grabes.

Bevor Peter antworten konnte, ging Thomas dazwischen. „Gabi, ich glaube, diese Frage ist etwas unverschämt. Schließlich ist Peters Mutter gerade mal drei Tage unter der Erde. Findest du nicht?“ Diese letzten drei Worte bedeuteten auf ihrer innerehelichen Kommunikationsskala eine ernste Warnung, doch diesmal schien Gabi nicht darauf zu reagieren. „Findest du nicht?“ wiederholte Thomas, eine Nuance lauter und schärfer.

Gabi entspannte sich.

„Keine Ahnung, aber es scheint das letzte Bild von meinem Vater zu sein. Hinten steht ein Datum drauf. Neunzehnter Februar neunzehnhundertfünfundsechzig, und aufgenommen ist es sehr wahrscheinlich in Freiburg. Das ist alles, was ich weiß.“

Nachdenklich, doch ohne ein Wort zu sagen, starrte Gabi weiter auf das Bild. Sie drehte es langsam um und studierte ausgiebig das mit blauer, inzwischen schon verblaßter Tinte dort vermerkte Datum. Eine Ortsangabe fehlte. Mit einer schnellen Bewegung reichte sie das Bild ihrem Mann.

„Und warum willst du das wissen?“ durchbrach Peter das Schweigen.

Thomas betrachtete das Foto, schüttelte dann ungläubig den Kopf und gab das Bild seiner Frau zurück. „Entschuldige“, meinte er, immer noch zur Seite auf Ilona-Maria schielend und auf ihr ‘Bäuerchen’ wartend. „Wenn ich das gewußt hätte ...“

„Vielleicht kann mir mal jemand sagen, um was es hier überhaupt geht?“ meldete sich jetzt Monika zu Wort, die mit verständnislosem Gesichtsausdruck die ganze Sache verfolgt hatte und nun einen Schluck Cognac aus ihrem Glas nahm.

„Es geht um dieses Bild“, antwortete Gabi und konnte ihren Blick nicht von dem Foto abwenden.

„Und was ist damit?“ wollte Peter ungeduldig wissen.

„Du sagst, dein Vater wäre darauf“, setzte Gabi jetzt wieder an. „Welcher ist es?“

Sie reichte ihm das Foto über den Tisch hinweg.

Peter nahm das Bild, hielt es mit dem Rücken zu sich und deutete mit seinem Finger auf die Gestalt, die in der Gruppe von vier Personen die äußerste rechte Position einnahm. Alle vier standen auf einer ausladenden Treppe vor dem Portal eines Gebäudes und schauten kritisch in die Kamera.

„Und die Frau ist meine Mutter“, ergänzte Gabi.

„Welche Frau?“ fragte Peter überflüssigerweise, da nur eine junge Frau in einem dunklen Rock mit Rollkragenpullover und toupierten Haaren auf dem Bild war. Sie stand links neben dem Mann in der Mitte, der den Anschein erweckte, deutlich älter als die anderen drei zu sein.

„Es ist nur eine auf dem Bild", meinte Gabi lakonisch.

Peter drehte das Foto um und studierte das Bild eingehend. Dann meinte er: „Ich wußte gar nicht, daß deine Mutter an der Universität Freiburg war."

„War sie auch nicht, aber wen du für meine Mutter hältst, ist nicht meine Mutter." Während sich auf Monikas und Peters Gesicht Erstaunen und Ungläubigkeit breit machten, warf Gabi einen flehenden Blick zu Thomas. Er antwortete mit einer Geste, die wohl bedeuten sollte, wenn du schon einmal so weit gegangen bist, kannst du auch weitermachen, was sie dann auch tat.

„... und in diesem Brief, der mich lange nach dem Tod meiner leiblichen Großeltern erreichte, befand sich das gleiche Foto wie das hier. Es soll angeblich auch das letzte Bild sein, das meine Großeltern von meiner Mutter hatten", schloß sie den kurzen Bericht über ihr Leben, das sich vor über zehn Jahren auf einmal in einem ganz anderen Licht gezeigt hatte.

Peter nickte bedächtig und meinte dann: „Es ist schon seltsam, daß sich mein Vater und deine leibliche Mutter anscheinend gekannt haben. Was weißt du von ihr? War sie auch Archäologin? Was hatte sie mit der Expedition zu tun? Lebt sie noch und wenn ja, wo?"

Gabi hob die Hände gegen dieses Bombardement von Fragen und schüttelte fast abwehrend den Kopf. Dann besann sie sich anders. „Zuerst einmal habe ich meinen Adoptiveltern verziehen", fuhr sie mit ihrem Bericht fort, als hätte sie Peters Fragen gar nicht mitbekommen. „Im ersten Moment war ich natürlich ziemlich sauer. Ich bin noch ein paar Tage bei meinem Freund geblieben, doch der hat das Ganze nur in anderer Beziehung ausgenutzt - nicht daß ich etwas dagegen gehabt hätte, aber irgendwann brauchte ich dann doch einmal Zeit, um nachzudenken. Also ging ich wieder zu meinen Eltern zurück. Ich habe mir überlegt, was man von einer Mutter halten könnte, die mich zur Adoption freigegeben hatte, nie etwas von sich hat hören lassen und anscheinend auch nicht gerade nett mit ihren eigenen Eltern umgesprungen war. Dagegen waren meine Adoptiveltern, die Mankes, immer fürsorglich und halt wie richtige Eltern zu mir gewesen. Nicht zuletzt deswegen habe ich dann beschlossen, die Fassade aufrechtzuerhalten und niemandem - na ja einigen schon, zum Beispiel weiß natürlich Thomas Bescheid - zu sagen, daß ich nicht das Kind der Leute bin, die als meine Eltern gelten. Das Ganze ging auch nicht so schnell. Ich habe mich bestimmt ein halbes

Jahr mit der Sache rumgequält. Das Schwierigste war, meinen damaligen Freund Werner dazu zu bringen, seinen Mund zu halten."

„In Ordnung", meinte Peter ungeduldig, „aber was ist mit deiner leiblichen Mutter?"

„Nun, sie lebt in den USA", antwortete Gabi unsicher.

„Und weiter? Wie ist sie?"

„Keine Ahnung", erklärte Gabi abwehrend.

Jetzt blickte auch Monika erstaunt in Gabis Gesicht, in dem man deutlich Unsicherheit und Zurückhaltung lesen konnte. Ilona-Maria hatte inzwischen vernehmbar ihre Verdauungsfunktionen geregelt, und Thomas hatte, während seine Frau Auskunft über Dinge gab, die ihm schon lange bekannt waren, die Kleine sanft im Arm gewiegt, bis sie schließlich eingeschlafen und von ihm wieder in den Tragekorb gelegt worden war.

„Sag mal, du hast keine Ahnung, wer deine Mutter ist?" fragte Monika jetzt ungläubig.

Gabi preßte die Lippen aufeinander und blickte stumm vor sich hin.

„Ich finde, jetzt mußt du schon alles erzählen", forderte ihr Mann sie auf, während er sich noch eine Tasse Kaffee einschenkte.

Gabi nickte mit noch immer verschlossener Miene, und Monika füllte ihren Cognacschwenker nach. Auf eine Geste von Thomas hin stand sie auf, holte ein Glas und schenkte auch ihm einen ein. Er bedankte sich mit einem Nicken. Alle Augen waren auf Gabi gerichtet.

„Das ist eine noch längere Geschichte", begann sie schließlich, brach aber gleich ab, um sich aus Peters Päckchen eine Zigarette zu nehmen und sich von ihm Feuer geben zu lassen. Auf den mißbilligenden Blick von Thomas hin meinte sie: „Ich weiß, ich habe mir mit der Schwangerschaft das Rauchen abgewöhnt, und ich will nicht wieder anfangen, aber ich brauche jetzt einfach eine." Nach ein paar hastigen Zügen nahm sie den Faden wieder auf.

„Nachdem ich mir ein paar Monate später über alles klar geworden war, nahm ich meinen Mut zusammen und schrieb einen Brief an die angegebene Adresse. Es dauerte fast ein halbes Jahr, bis ich Antwort bekam. Ich hatte natürlich den Brief auf Deutsch geschrieben. Wenn es meine Mutter war, dann mußte sie ja wohl in der Lage sein, ihn zu lesen. Ich war ziemlich erstaunt, als ich einen Brief in Englisch zurückbekam. Noch mehr allerdings über den Inhalt." Gabi hatte sich inzwischen eine weitere Zigarette von Peter geben lassen, an der sie jetzt heftig zog und den Rauch, kaum eingeatmet, sofort wieder ausstieß. Peter hatte sich auf der Couch zurückgelehnt und starrte abwesend auf die in seiner eigenen Hand glimmende Zigarette. Er spürte auf einmal wieder, wie der Rand seines Gesichtsfeldes verschwamm und nur die in Gabis Mund aufglimmende Zigarette deutlich zu sehen blieb. Einen Augenblick später war alles vorbei, und das Zimmer lag in aller Deutlichkeit wieder vor ihm. Monika nahm fast synchron mit Thomas einen Schluck aus ihrem Glas.

„Kurz und gut", sprach Gabi weiter, „diese unbekannte Frau, die meine Mutter sein sollte, leugnete es rundweg ab und bezichtigte mich einer unglaublichen Frechheit. Sie gab zu, um die Zeit meines Geburtsdatums in Freiburg gelebt zu haben und auch schwanger gewesen zu sein, aber sie hätte ihr Kind bei der Geburt verloren. Wie ich dazu kommen würde, mich für ihre Tochter zu halten, und so weiter. Im ersten Moment war ich wie vor den Kopf gestoßen. Ich wußte nicht mehr, was ich glauben sollte."

Genauso ging es Peter und Monika, die ungläubig in Gabis ausdrucksloses Gesicht starrten. Diese drückte die erst halb gerauchte Zigarette im Aschenbecher aus und fuhr mit brüchiger Stimme fort.

„Zuerst hatte ich ein wirklich schlechtes Gewissen. Ich glaubte fest, daß ich eine Unbeteiligte belästigt und alte Wunden bei ihr aufgerissen hatte, aber dann dachte ich nach und gab den Brief meinen Eltern zu lesen, das heißt, ich übersetzte ihn für sie. Auch sie waren entsetzt, konnten aber natürlich nicht ausschließen, daß es sich wirklich so verhielt, wie diese Frau Swanwick behauptete. Meine Eltern trugen alle Informationen, die sie über meine leiblichen Großeltern hatten, zusammen, und wir verfaßten einen zweiten Brief, der diese Informationen enthielt, legten eine Fotokopie des Schreibens meiner Großeltern bei sowie eine Reproduktion des Fotos. Dann warteten wir ab."

Der einzige Mensch, der nicht wie gebannt an Gabis Lippen hing, war Ilona-Maria, die selig in ihrem Tragekorb schlief und nur ab und zu ein Schnaufen von sich gab. Thomas war entgegen seiner Gewohnheit, tagsüber keinen Alkohol zu trinken, schon beim zweiten Cognac angelangt, und auch Peter hatte sich einen Schluck in seine Kaffeetasse gefüllt.

„Diesmal dauerte es keine zwei Monate, dann war eine Antwort da. Allerdings wieder auf Englisch, obwohl ich völlig sicher bin, daß meine Mutter durchaus auch hätte auf Deutsch schreiben können. Der Brief war wie der erste kurz gehalten. Sie gab zu, daß ich möglicherweise ihre Tochter sein könnte, die sie damals zur Adoption freigegeben hatte. Mit keinen Wort ging sie auf ihre Lüge im ersten Brief ein, keine Entschuldigung, nichts. Sie würde seit dieser Zeit in den USA leben und hätte jeden Kontakt mit Deutschland abgebrochen. Sie wäre seit über fünfzehn Jahren glücklich verheiratet, hätte eigene Kinder", Gabi schüttelte den Kopf,

„als ob ich nicht auch ihr eigenes Kind wäre, und wollte keinesfalls einen Kontakt zu mir. Sie würde auch auf keine weiteren Briefe mehr antworten. Und sozusagen als Schlußsatz erklärte sie noch kategorisch, daß sie mich mit Beendigung dieses Briefes nicht mehr kennen würde."

Gabi verstummte. Auch die anderen wußten im ersten Moment nicht, was sie dazu sagen sollten. Schließlich fand Monika als erste die Sprache wieder.

„Und das war es dann?" wollte sie wissen.

„Nicht ganz. Zweimal habe ich ihr noch geschrieben, aber wie sie angekündigt hatte, reagierte sie auf keinen meiner Briefe. Und auch ich hatte dann die Nase voll."

„Du weißt also gar nichts über sie", warf Peter niedergeschlagen ein.

„Ein bißchen schon", ließ Gabi Hoffnung in Peter aufkeimen. „Ich wußte ja, daß sie in Freiburg entbunden hatte, also habe ich ein paar Erkundigungen eingeholt. Viel ist es allerdings nicht. Man kann bestimmt mehr herausbekommen, wenn man Zutritt zu den richtigen Stellen hat. Ich habe herausgefunden, daß es für den vierzehnten Januar 1966 nur fünf Einträge ins Geburtsregister gibt. Ohne Zweifel bin ich das Kind einer Frau Doktor Sandra Neubert, Name Gabriele, Vater unbekannt."

„Das hört sich aber ganz schön hart an", meinte Monika. „Muß damals nicht einfach für eine Frau gewesen sein. Nicht nur ein uneheliches Kind, auch noch Vater unbekannt."

„Nun, ich habe während meines Studiums einen Kommilitonen aus Freiburg kennengelernt oder besser gesagt, als ich erfuhr, daß der Typ aus Freiburg kommt und dort auch ein paar Semester studiert hat, habe ich mich an ihn herangemacht ..."

„Sieh an, sieh an", warf Peter ein, „das hätte ich dir aber nicht zugetraut."

„Nicht wie du meinst, aber ich habe ihn gebeten, ein paar Nachforschungen an der Universität dort anzustellen. Viel kam nicht dabei heraus, aber zumindest habe ich erfahren, daß meine angebliche Mutter dort im Fachbereich Altertumskunde über irgendwas bei den Griechen promoviert hat. Also war sie Archäologin, wie dein Vater."

Peter nickte nachdenklich.

„Aber das war's auch schon", stellte Gabi resigniert fest. „Alle weiteren Nachforschungen verliefen im Sande." Sie steckte sich eine neue Zigarette an und ergänzte: „Viele Möglichkeiten standen mir allerdings auch nicht offen."

„Unglaublich", stöhnte Peter, „da kennen wir uns nun schon so lange, und dann stellt sich heraus, daß sich hinter der alltäglichen Fassade ein so merkwürdiges Schicksal verbirgt. Ich muß schon sagen, du hast deine Rolle gut gespielt. Ich hätte nie geglaubt, daß deine Eltern nicht deine Eltern sind und das alles." Versonnen schüttelte er den Kopf und murmelte dann noch einmal: „Unglaublich."

„Ja und was weiter?" wollte Monika wissen und fuhr sich mit beiden Händen durch ihre kurzen schwarzen Haare.

„Wie weiter?" fragte Thomas.

„Na, ich meine, hier haben wir es doch mit einer erstklassigen Story zu tun. Das kann man doch nicht so einfach auf sich beruhen lassen, oder?" Die letzten Worte aus Monikas Mund klangen allerdings schon etwas unsicher.

Thomas schaute nachdenklich auf das Poster, das ihm gegenüber über Peter an der Wand hing. Der Kopf der Ente war leicht nach links oben gerichtet, und sie schaute, soweit man das unter der dunklen Sonnenbrille beurteilen konnte, auf zwei Einschußlöcher, die sich wohl überraschend neben ihr aufgetan hatten. Irgendwie glitten die beiden Bilder übereinander. Peter und die gezeichnete Ente wurden zu einer Figur, die erstaunt zur Zielscheibe geworden war.

„Also, ich habe die Sache eigentlich abgehakt", erklärte Gabi in das Schweigen hinein. „Ich bin glücklich, so wie ich lebe, obwohl ..." Sie brach ab, um nach einem Zug an ihrer Zigarette den Gedanken wieder aufzunehmen, „ich meine Mutter schon gerne einmal sehen würde, nicht nur auf diesem verwaschenen, uralten Foto."

„Das haben wir doch schon ausdiskutiert", fuhr Thomas unerwartet heftig dazwischen. Gabis Kopf fuhr herum, und ihre halblangen braunen Haare flogen wie ein Vorhang vor ihr Gesicht. Sie strich sie mit einer heftigen Bewegung zurück, und ihre grünen Augen blitzten wütend.

„Ja, das haben wir. Das heißt aber nicht, daß ich nicht immer noch den Wunsch habe, meine leibliche", dabei betonte sie das Wort überdeutlich, „Mutter einmal kennenzulernen. Vielleicht habe ich nicht mehr viel Zeit. Sie muß jetzt ungefähr sechzig oder noch älter sein. Manche Menschen sterben viel jünger."

„Schon gut", beschwichtigte Thomas. „Was ist eigentlich mit deinem Vater, Peter?" versuchte er das Gespräch in eine andere Richtung zu lenken.

„Die ganze Sache ist nach dem Tod meiner Mutter etwas seltsam geworden", erklärte Peter nachdenklich. „Eigentlich war für mich alles ganz klar. Mein Vater ist jung durch einen Unfall gestorben, und meine Mutter ist nicht darüber hinweggekommen, und das war's. Jetzt aber findet sich in einem Bankschließfach ein Bild meines Vaters, das ich nie zuvor gesehen habe, dazu gibt es noch ein paar Seiten mit unverständlichem Gekritzel, das wohl von ihm stammt. Keine Erklärung, nichts. Wenn es etwas gegeben hat, was mir helfen könnte, die ganze Angelegenheit zu verstehen, dann ist es bei dem Brand zerstört worden."

„Was für Gekritzel?" fragte Gabi interessiert und drehte nervös mit den Fingern der rechten Hand ihre Haare zu Strähnen zusammen.

„Wohl Notizen, die er bei seiner letzten Expedition gemacht hat. Aufzeichnungen über die Ausgrabungen. Aber auch lange Passagen in einer völlig fremden Schrift. Monika und ich haben gestern darüber gerätselt, aber keine Erklärung gefunden. Ich will nächste Woche mal mit ein paar Leuten sprechen, die ich noch an der Uni kennen, vielleicht sagt denen das etwas."

„Kann ich mal sehen?" fragte Thomas.

„Sicher."

Peter stand auf und holte den Umschlag mit den Blättern aus seinem Schreibtisch. Thomas und dann auch Gabi betrachteten sie eingehen, auch Monika studierte sie noch einmal genau. Es wurden etliche Vermutungen geäußert, aber keine brachte sie ein Stück weiter. Schließlich steckte Peter sie wieder in das Kuvert und legte es auf den Schreibtisch. Kurze Zeit später machte sich Ilona-Maria auf eine Art bemerkbar, aus der Gabi mit der Sicherheit einer Mutter schloß, daß es jetzt Zeit wäre, nach Hause zu fahren, das Kind zu baden und dann ins Bett zu bringen. Thomas ging vor, um den Wagen zu holen, denn inzwischen hatte ein heftiger Regen eingesetzt.

Als wenig später unten vor dem Haus ein kurzes Hupen ertönte, nahm Peter den Tragekorb mit Ilona-Maria, Gabi griff die Tasche mit den restlichen Utensilien, die man neben seinem Kind als Eltern beständig mit sich führen mußte, verabschiedete sich an der Wohnungstür von Monika und ging dann in Begleitung von Peter die vier Stockwerke nach unten.

Unten im letzten Treppenflur angekommen, stellte Peter den Tragekorb mit dem Baby kurz ab, nahm Gabi in den Arm und meinte zu ihr: „Mal sehen, was wir in der Sache herausbekommen können."

Als er sich von ihr lösen wollte, schlang sie die Arme um seinen Nacken und legte den Kopf an seine Brust, wo sie einen weiteren Augenblick verharrte. Ilona-Marias weit geöffnete Augen strahlten wie zwei nachtschwarze Opale aus dem Tragekorb zu ihnen hinauf. Dann war der Moment vorbei. Gabi löste sich von Peter, der mit einer Hand schon die Haustür aufmachte. Als Thomas seine Frau aus dem Haus kommen sah, stieß er die Beifahrertür weit auf, Gabi lief zum Wagen, hinter ihr Peter mit dem Tragekorb.

## √-1 Boulder, Colorado, Sommer 1966

Nicht nur die ersten Monate an der Universität von Boulder waren für Sandra hart gewesen, sondern auch die letzten Monate ihres Aufenthalts in Deutschland.

Die Nachricht von der Bewilligung ihres Stipendiums an der University of Colorado hatte sie Anfang Januar erhalten. Es waren jene letzten Tage vor dem Geburtstermin, in denen sie nur noch darum gebetet hatte, daß es endlich soweit wäre. Ihre Vermieterin hatte sich schon während der Schwangerschaft rührend um sie gekümmert und war in den letzten Tagen, bevor Sandra am vierzehnten Januar dann endlich in die Klinik mußte, nicht mehr von ihrer Seite gewichen. Entsetzt war sie allerdings von Sandras Entschluß gewesen, ihr Kind zur Adoption freizugeben. Ihre Eltern hatte Sandra mit einem knapp gefaßten Brief von dieser Tatsache unterrichtet und ihnen gleichzeitig mitgeteilt, daß sie Anfang März für ein Jahr nach Amerika gehen würde. Es folgten eine Reihe von Anrufen ihrer Eltern, besonders ihrer Mutter, die Sandra aber brüsk abwies, und schließlich ein langer Brief, der an ihrer Entscheidung nichts mehr ändern konnte.

Wie versprochen hatte sie, als die Zusage des Board of Education bei ihr eingetroffen war, ihre Assistentenstelle bei Professor Weigert zum Ende des Wintersemesters gekündigt. Es war ein kurzer Abschied von Weigert und dem Institut geworden, ein noch kürzerer von Weller und Heckert, wobei Sandra den Eindruck hatte, dem letzteren tat es vielleicht doch ein bißchen leid, daß sie wegging, aber darüber machte sie sich keine großen Gedanken. Sie hatte auch keine Zeit dazu. Es gab soviel zu erledigen, wobei ganz oben auf der Liste die Adoptionspapiere standen und ganz unten die dem Professor in Berlin versprochene Lektüre der Fachbücher. Dazwischen mußte sie die wenigen Möbel, mit denen sie ihre kleine Wohnung ausgestattet hatte, loswerden, das Visum für die USA besorgen und viele andere Kleinigkeiten erledigen, die aber wichtig und unabdingbar waren. Zeit zum Lesen, so dachte sie sich, würde sie in Boulder noch genug haben. Offiziell begann ihr Stipendium zwar erst am ersten April, doch die Universität hatte sie gebeten, nach Möglichkeit schon Mitte März anzureisen, damit sie zu Beginn des Sommertrimesters mit den wichtigsten Dingen vertraut wäre. Sandra hatte einen Riesenstapel mit Unterlagen erhalten und feststellen müssen, daß ihr Englisch nicht so gut war, wie sie immer geglaubt hatte. Anfang Februar, es waren kaum noch sechs Wochen bis zu ihrem Abflug, hatte sich vor ihr ein Berg aufgetürmt, der unüberwindlich schien, und sie war kurz davor, verzweifelt aufzugeben. Dann aber kam als erstes die Nachricht, daß für ihr Kind Adoptiveltern gefunden seien, deren Namen sie natürlich nicht erfahren durfte, dann kam ihr Paß mit dem Visum von der amerikanischen Botschaft zurück, und einer nach dem anderen wurden die Fäden, die sie in Deutschland hielten, durchtrennt. Sie war noch hier und doch schon weg. Die meiste Zeit verbrachte sie im Lesesaal der Universitätsbibliothek und kämpfte sich durch das ausgehende Mittelalter. Ein Teil ihres Aufenthalts in Boulder wurde durch das Stipendium finanziert, den Rest mußte sie abarbeiten, wie sie es insgeheim für sich bezeichnete. An der Historischen Fakultät der University of Colorado hatte sie Kurse über die europäische Geschichte des ausgehenden Mittelalters zu halten und das in Englisch. Dieser Umstand ließ, wann immer sie daran dachte, ihre Handflächen schweißnaß werden, aber die Sache war schon so weit gediehen, daß sie nicht mehr zurück konnte, was Sandra eigentümlicherweise eher beruhigte als verunsicherte.

Ihr Flug mit der Pan Am ging am sechzehnten März um halb elf vom Rhein-Main-Flughafen in Frankfurt und sollte gegen vier Uhr nachmittags Ortszeit in New York La Guardia ankommen. Als Sandra knapp ein Jahr nach ihrer Rückkehr aus Teheran wieder die Halle des Frankfurter Flughafens betrat, beschlich sie ein beklemmendes Gefühl. Die Erinnerung daran war schon fast verblaßt und doch auf einmal wieder so präsent, als ob es erst gestern gewesen wäre. Der Flug nach Teheran war der erste ihres Lebens gewesen, und sie hätte nicht geglaubt, binnen so kurzer Zeit schon wieder in einem Flugzeug zu sitzen. Dazu führte sie die Reise diesmal in ein noch entfernteres Land, nach Amerika. Ein Ziel, von dem viele Menschen nur träumen konnten, und Sandras Gefühle fuhren Achterbahn, als sie zum Schalter der Pan Am ging. Dort lieferte sie ihre drei Koffer, in denen sich der Inhalt eines ganzen Lebens auf knapp sechzig Kilogramm zusammendrängte, ab, nahm ihre Bordkarte in Empfang und reiste, von den vier Düsen der Boing 707 angetrieben, einem neuen Leben entgegen.

Die Nacht verbrachte sie in einem Hotel ganz in der Nähe von La Guardia, den Blick aus dem Fenster sehnsüchtig auf die Lichter von New York gerichtet, die jenseits des East River herüberleuchteten. Es war eine unruhige Nacht, Sandra konnte vor Aufregung, was der nächste Tag bringen würde, kaum schlafen, gleichzeitig plagten sie einmal mehr die Zweifel, ob das, was sie getan hatte, wirklich richtig war. Denn ihr war völlig klar, daß zumindest Weigert, wenn nicht auch sein Kollege Lennert in Berlin, ihre Abwesenheit dazu benutzen würden, ihr jede Möglichkeit einer Rückkehr nach Deutschland zu verbauen. Irgendwie mußten sie sich für diese Erpressung, wie Weigert es unverhüllt genannt hatten, rächen. Verzweifelt war Sandra vielleicht, aber nicht dumm. In diesem Moment, wo sie mit einem Fuß schon in Amerika war, zumindest auf Long Island, fragte sie sich zum wiederholten Male, ob es richtig gewesen war, ihr Kind wegzugeben. Sie schaute auf die Lichter, die herüberschimmerten, und dachte an das kleine Stückchen Mensch, das in ihr gewachsen und schließlich von ihr abgenabelt worden war. Zuerst hatte sie ihre Tochter gar nicht sehen wollen, doch dann war sie ihr in den fünf Tagen, die sie zusammen mit ihr im Krankenhaus zugebracht hatte, doch ans Herz gewachsen.

Sandra zog die Vorhänge zu und setzte sich aufs Bett. Mit dem Kind hätte sie keine Chance gehabt hierherzukommen, und selbst wenn, war jeder für sich alleine so besser dran. Ihre Tochter würde bestimmt gute Adoptiveltern bekommen, und sie hätte ohne das Kind wenigstens den Hauch einer zweiten Chance. Mit einem entschlossenen Nicken, das nur ihr selbst galt, bestätigte sie sich noch einmal die Richtigkeit ihrer Entscheidung.

Sandra presste die blaue Plastiktasche mit dem weißen Pan Am-Symbol, die sie beim Abflug in Frankfurt bekommen hatte, fest an sich, holte noch einmal tief Luft und trat durch die Schwingtüren in die Ankunftshalle des Flughafens von Denver hinaus. Sie hatte sich auf dem Weg von der Maschine zum Flughafengebäude viel Zeit gelassen, um den Moment, in dem sie unausweichlich dem Empfangskomitee gegenübertreten mußte, so lange wie möglich hinauszuzögern. In der Halle herrschte ein Gewimmel von Menschen, die die Ankömmlinge aus New York und St. Louis, wo die Maschine zwischengelandet war, umringten. Die weite Halle war erfüllt von einem unverständlichen Stimmengewirr. Sandra blieb nach ein paar Schritten stehen und schaute sich unsicher um. Sie spürte, wie sich unter ihrem weiten Mantel, der Kostümjacke und der blauen Bluse auf ihrer Haut ein Schweißfilm bildete.

„Miß Neubert?“

Ihr Name wurde so komisch verzerrt ausgesprochen, daß sie ihn mehr erahnte, denn wirklich verstand. Es klang wie Nubart. Sie drehte sich nach links, wo die Stimme ihren Ursprung haben mußte. Ein paar Schritte entfernt stand ein untersetzter Mann in einem Trenchcoat, schütteres blondes Haar, ungefähr fünfzig Jahre alt. In seiner linken Hand hielt er einen schmalkrempigen, dunklen Hut, der kleine feuchte Flecken aufwies. Der Mann schaute sie hoffnungsvoll an.

„Yes“, gab Sandra nach kurzem Zögern zurück und nickte zur Sicherheit noch bestätigend.

Danach stürzte ein Redeschwall über sie herein, wobei der Mann schnell die kurze Entfernung zwischen ihnen überbrückte und ihr die Hand entgegenstreckte, die Sandra instinktiv ergriff und schüttelte. Sie bat ihn, etwas langsamer zu sprechen, und schämte sich im gleichen Moment dafür, daß schon der erste Eindruck, den sie machte, bestimmt nicht der beste war.

„Ich bin Carl Todler“, wiederholte der Mann nun langsam und, wie es Sandra schien, viel deutlicher als zuvor, „Sekretär des Colorado Board of Education, und heiße Sie recht herzlich bei uns willkommen.“

Sandra bedankte sich artig, wollte noch etwas sagen, doch bevor sie sich die englischen Worte zurechtgelegt hatte, sprach Carl Todler schon weiter.

„Geben Sie mir bitte Ihren Gepäckabschnitt. Ich werde es für Sie holen. Wir treffen uns dann dort vorne an der Säule.“ Er deutete dabei auf eine Verstrebung, die aus dem Boden des Gebäudes herauswuchs, einen Bogen beschrieb und die weite Dachkonstruktion stützte. Sandra zog den Reißverschluß ihrer Pan-Am-Tasche auf und wühlte nervös nach dem Umschlag mit ihrem Ticket und den anderen Unterlagen. Als sie ihn endlich gefunden hatte, reichte sie ihn dem Mann, der einen Blick hineinwarf und mit einem routinierten Griff den Gepäckabschnitt herausfischte.

„Ich treffe Sie dort“, wiederholte der Sekretär noch einmal und deutete wieder auf die Säule. Sandra nickte. An der Säule angekommen, lehnte sie sich mit dem Rücken unauffällig dagegen. Es dauerte nicht lange, da tauchte auch Carl Todler wieder auf. Hinter ihm schob ein jüngerer Mann in einer Art Uniform eine Sackkarre vor sich her, auf der ihre drei Koffer säuberlich gestapelt lagen. Zielstrebig kamen die beiden auf sie zu.

„Auf geht's“, meinte Todler fast im Vorbeigehen, und Sandra hatte Mühe, ihm nach draußen zu folgen. Der Wagen des Komitees samt Fahrer wartete ein paar Meter weiter an der Bordsteinkante. Kaum daß der Fahrer sie bemerkt hatte, sprang er aus dem Wagen und öffnete den Kofferraum. Die Koffer wechselten von der Sackkarre in das Heck der riesigen Limousine und einige Geldstücke von der Hand Todlers in die des Gepäckträgers. Todler nahm sanft den Arm der unbeteiligt dastehenden Sandra und schob sie vorsichtig auf den Rücksitz. Mit einem dumpfen Schlag ließ der Fahrer die Tür ins Schloß fallen, während Todler mit einer Geschwindigkeit, die man ihm kaum zugetraut hätte, um das Heck der Limousine herumeilte, sich nicht die Mühe machte, gegen den leichten Schneefall erst noch seinen Hut wieder aufzusetzen, und sich von der anderen Seite auf den Rücksitz fallen ließ.

Sandra bedachte auf der Fahrt in die Stadt am Rande der Rocky Mountains Todlers nicht abreißenden Redefluß mit zustimmenden Nicken und kurzen Äußerungen, die sie sich in den Pausen, in denen sie versuchte, so viel wie möglich von dem zu verstehen, was der Amerikaner ihr erzählte, sorgfältig zurechtlegte. Ihr bewußtes Ich hatte sich in irgendeine Kammer ihres Gehirns zurückgezogen, und alles, was sie in den nächsten Stunden tat oder sagte, geschah, als ob jemand weit oben auf dem Schnürboden des Lebenstheaters an den Fäden einer Marionette zog. Sandra machte ihren Antrittsbesuch beim Colorado Board of Education, wurde danach wieder in die Limousine verfrachtet, die sie und Todler die gut dreißig Meilen nach Boulder brachte. Dort bemerkte sie beim Aussteigen als erstes den eisigen Wind, der von den Rock Mountains herunterkam. Es folgte die Vorstellung beim Head of Departement der Historischen Fakultät, Professor Peter S. Buttler, einem schlanken, hochgewachsenen Mittfünziger, dessen stahlgraue Haare so kurz geschnitten waren, daß die Kopfhaut hindurchschimmerte. Von dort wurde sie ins Gästehaus der Universität gebracht, wo sie für die Zeit ihres Aufenthalts ein akzeptables Einzimmerappartement bewohnen sollte.

Die erste Nacht konnte sie nicht einschlafen. Sie stand am Fenster, von dem man über den Campus auf die gegenüberliegenden Universitätsgebäude blickte, und schluchzte verzweifelt in sich hinein. Eine Hülle von Einsamkeit hatte sich um sie gelegt und zog sich immer enger zusammen. Selbst in der Wüste Lut hatte Sandra sich nicht so verloren gefühlt, denn dort waren zumindest ein paar Menschen um sie gewesen, die damals an ihrem Leben teilgehabt hatten. Hier, irgendwo mitten in den USA, war sie ganz alleine. Abgeschnitten von allem, was ihr Leben ausgemacht hatte. Am Anfang hatte sie noch die Zeitverschiebung und die lange Reise für ihre Schlaflosigkeit verantwortlich gemacht, doch es dauerte nicht lange, dann konnte sie sich noch nicht einmal mehr selbst belügen. Sie hatte Heimweh.

Im Sommer 1966 gärte es an vielen Stellen der USA. Malcolm X schwang sich zum Wortführer des Schwarzen Nationalismus auf, als Reaktion auf die Unterdrückung durch die Weißen wurden die Black Panthers gegründet, im Süden des Landes kam es zu einem kurzen, blutigen Aufleben des Ku Klux Klan, und als Antwort brachen in Chicago, Cleveland, New York und Detroit Rassenkrawalle aus, wie sie die Amerikaner noch nicht erlebt und auch nicht für möglich gehalten hatten. Der

Haß lag auf einmal offen zutage. Daran hatte auch nichts ändern können, daß Präsident Johnson ein Jahr zuvor mit Robert C. Weaver zum erstenmal in der Geschichte der USA einen Schwarzen in die Regierung berufen hatte. Die Kongreßwahlen dieses Jahres brachten eine Bestätigung der konservativen Mehrheit aus Südstaatendemokraten und Republikanern, und der liberale Justizminister, Bruder eines ermordeten Präsidenten, hatte auch nur noch zwei Jahre zu leben. Das Land hielt den Atem an, doch niemand merkte es.

Die Beach Boys, immer mit dem Surfbrett unter dem einen und einer blonden Strandschönen im anderen Arm, brachten mit ihren Liedern von schnellen Autos und Motorrädern, endlosem Sonnenschein und dem Anspruch, das Leben sei eine ununterbrochene Party, durch die Rundfunksender das kalifornische Lebensgefühl über das ganze Land. Kaum beachtet, spielte zur gleichen Zeit in Los Angeles im London Fog eine Gruppe namens The Doors für fünf Dollar pro Abend, während die Beatles auf ihrer Amerikatournee riesige Baseballstadien füllten. Kaum drei Jahre später, die Beatles standen kurz vor der Trennung und die Beach Boys waren schon längst zu einem Plagiat ihrer selbst geworden, standen die Fünf-Dollar-Musiker auf dem Höhepunkt ihrer Popularität und zeigten besser als vieles anderes, welch großer Wandel sich in dieser Zeit vollzogen hatte. Doch 1966 lag der Sommer der Liebe noch in weiter Ferne, und nur wenige Leute trugen in San Francisco Blumen in den Haaren.

Auf den im Halbdunkel liegenden kühlen Gängen der University of Colorado in Boulder merkte man nur wenig davon. Die Rassenunruhen der Städte im Osten, von denen das Fernsehen und das Radio sowie die Zeitungen berichteten, waren wirklich nicht das Problem der Historischen Fakultät und schon gar nicht das von Sandra Neubert. Sie versuchte gerade, den Head of Departement davon zu überzeugen, daß es für das Verständnis der Renaissance von grundlegender Bedeutung war, sich mit dem Hellenismus auseinanderzusetzen, und sie gerne bereit wäre, im nächsten Trimester einen solchen Einführungskurs zu halten.

„Sandra“, versuchte der Dekan des Fachbereichs so diplomatisch wie möglich die Begehrlichkeiten des deutschen Gastes abzulehnen, „ich verstehe zwar nicht, was Sie an diesem Kurs so reizt, aber selbst wenn ich es könnte, würde ich nicht Sie dafür einteilen. Für den Hellenismus haben wir hier sehr kompetente Kollegen. Sie sind hier, um uns hauptsächlich in der Zeit des ausgehenden Mittelalters zu unterstützen. Sie werden die Kurse 'Handelswege und aufkommende Handelsmonopole' und 'Rudolf II. und die Gegenreformation' übernehmen. Das ist es auch, was die Kollegen von Ihnen erwarten.“

Sandra hatte es befürchtet. Nachdem sie sich eingewöhnt und nicht mehr die Nächte wach gelegen hatte, war sie zu einem regelmäßigen Arbeitsablauf zurückgekehrt. Der Anfang des Trimesters war viel zu schnell über sie hereingebrochen. Sie hatte noch nicht einmal die Hälfte der von Lennert angegebenen Literatur durchgeackert gehabt, doch mit viel Rücksicht ihrer Kollegen war es ihr gelungen, ihre acht Wochenstunden Lehrveranstaltungen hinter sich zu bringen. Das anfängliche Zittern, das sie beim Betreten der Klasse jedesmal überkommen hatte, war gegen Ende Mai ausgeblieben, und je sicherer sie sich im Umgang mit der englischen Sprache fühlte, desto einfacher fiel ihr auch der Unterricht. Gleichzeitig bemerkte sie, daß kaum einer ihrer Studenten viel von selbständiger Arbeit hielt. Solange es Sandra gelang, sich nicht zu weit von den Studenten zugänglichen Büchern zu entfernen, war auf dieser Ebene alles in Ordnung. Ganz anders lag der Fall bei den Kollegen. Denen konnte sie nichts vormachen und galt schon bald als zurückhaltend, manche meinten sogar verschlossen und abweisend. Sandra vermied es, sich an akademischen Diskussionen über ihren Spezialbereich, der es gar nicht war, zu beteiligen, und nur bei zwei oder drei Gelegenheiten, als das Gespräch auf die Griechen der klassischen Epoche kam, taute sie zum Erstaunen ihrer Kollegen auf. Dabei erntete sie anerkennendes Nicken, aber auch erstaunte Blicke ob ihrer Kenntnisse in einem Metier, das ihrer eigentlichen wissenschaftlichen Ausrichtung doch so fern lag.

„Peter", setzte Sandra jetzt an, „ich weiß, daß das nicht mein Spezialgebiet ist, aber ich kenne mich in dieser Periode sehr gut aus, und es würde mir sehr viel Spaß machen, einmal etwas zu unterrichten, was nicht unbedingt zu meinem täglichen Brot gehört." Und für sich selbst setzte sie hinzu: inzwischen nicht mehr.

Buttler schaute sie lange an, bevor er antwortete. „Sandra, es geht leider nicht."

„Schade", meinte sie resignierend und gab sich geschlagen. Es würde bedeuten, daß sie sich die gesamten Ferien hinter Büchern vergraben mußte, um auch im nächsten Trimester den Anschein erwecken zu können, über Handelswege und Geldwirtschaft sowie über Rudolph II. ein fachkundiger Lehrer zu sein.

„Wir sehen uns doch heute abend?" vergewisserte sich Buttler, als Sandra aufstand, um das Arbeitszimmer des Dekans zu verlassen.

Sie nickte und fügte noch an: „Natürlich." Sie wollte keinesfalls den Eindruck erwecken, sie wäre wegen der Ablehnung verstimmt und würde deshalb nicht zum Barbeque kommen, zu dem der Dekan seinen Lehrkörper eingeladen hatte.

Gedankenverloren ging Sandra den Gang zu ihrem kleinen Arbeitszimmer, das sie sich mit Phillip Card, einem jungen Assistenzprofessor, teilte, hinunter. Schmale Rechtecke aus Licht bildeten auf dem Boden des Flurs ein Muster, das Sandra an das ‚Himmel und Hölle'-Spiel ihrer Jugend erinnerte. Himmel und Hölle, so dachte sie sich, liegen nur einen Hüpfer auseinander. Unwillkürlich versuchte sie nicht auf die schmalen Streifen Sonnenlichts zu treten, kam aber bald aus dem Rhythmus. Als sie das gemeinsame Büro betrat, saß Philipp mit dem Rücken zu ihr an seinem Schreibtisch und blätterte in einem Magazin, das auf den ersten Blick schon als nicht fachspezifisch zu identifizieren war. Bei ihrem Eintreten hatte er sich umgedreht und sie mit einem freudigen Hallo begrüßt. Sie sah, daß der Kragenknopf seines weißen Nylonhemdes weit offenstand und seine Krawatte nur noch irgendwo vor seiner Brust baumelte. Er hatte ganz offensichtlich seine letzte Lehrveranstaltung hinter sich gebracht. Sandra ging zwischen den beiden gegeneinander gestellten Schreibtischen und dem die ganze Wand einnehmenden Bücherregal, der Zwischenraum betrug nicht mehr als etwas über einen Meter, hindurch und setzte sich Phillip gegenüber an ihren Schreibtisch.

„Nun?" wollte er wissen und schlug das Magazin, das sich als ältere Ausgabe von *Newsweek* entpuppte, zu.

„Nun was?"

„Ich meine, hast du Erfolg gehabt?"

Sandra schüttelte den Kopf und nahm einen dünnen Aktenordner, um sich damit Luft zuzufächeln.

„Tut mir leid, aber ich habe dir ja gesagt, du bekommst die Griechen nicht", meinte Phillip, und in seiner Stimme schwang Mitgefühl, aber auch ein bißchen Triumph darüber mit, recht behalten zu haben.

„Es war ja nur ein Versuch", gab Sandra zurück und stand auf, um das Fenster ein Stück weiter zu öffnen.

„Was hat er dir jetzt aufs Auge gedrückt?"

„Wie zu erwarten war: die Handelswege und Rudolph II.", Sandra machte mit den Händen eine übertrieben verzweifelte Geste. Phillip Card war von allen Kollegen derjenige, der ihr am nächsten stand, und da konnte sie sich so etwas schon einmal erlauben. Phillip war zweiunddreißig Jahre alt, hatte in Salt Lake City promoviert, war eine Zeitlang Lehrer am Sacramento City College gewesen, eine Zeit, von der er Sandra immer wieder vorgeschwärmt hatte. Er war vor drei Jahren hierher nach Boulder gekommen. Die Winter, so betonte er in jedem zweiten Satz, brächten ihn um, und irgendwann würde er wieder zurück nach Kalifornien gehen. Er war nur wenig größer als Sandra, sein dunkles Haar wurde schon dünn, und er war ein begeisterter Sportler, solange er diesem Hobby von der Zuschauertribüne aus frönen konnte. Er hatte Sandra herzlich aufgenommen und sie nach und nach in die Feinheiten des amerikanischen Universitätslebens eingeführt. Sie war ein paarmal mit ihm ausgegangen, essen und auch zu den Spielen der Footballmannschaft der Universität, die aber nach der fachkundigen Einschätzung von Phillip bestenfalls drittklassig war. Nie war es bei diesen Gelegenheiten so weit gekommen, daß Sandra eine wie auch immer geartete Entscheidung hätte treffen müssen, und jeder Frage nach ihrem Privatleben, nicht das hier in Boulder, das war kaum geheimzuhalten, sondern dem, was sie in Deutschland zurückgelassen hatte, war Sandra geschickt ausgewichen. Aber gänzlich ließ sich ihre Vergangenheit auch nicht verheimlichen, und so hatte Phillip mit der Zeit herausbekommen, daß sie nicht an ein männliches Wesen gebunden war und anscheinend auch keinen intensiven Kontakt zu ihren Eltern pflegte.

Phillip war erstaunt, wie sich seine neue Kollegin während der Monate ihres Aufenthalts verändert hatte. Ohne wirklich böswillig zu sein, hatte er zuerst gedacht, sie sei keines zweiten Blickes wert. Eine abgehärmte, strenge Frau, die dem Leben entsagt hatte, bevor für sie das Wort Leben überhaupt eine Bedeutung gewonnen hatte. Doch mit der Schneeschmelze in den Rocky Mountains schien auch das deutsche Fräulein aufzutauen. Sie gab sich etwas mehr Mühe mit ihrer Frisur, und als sie eines Morgens deutlich sichtbar geschminkt erschien, hatte Phillip das untrügliche Gefühl, daß Cinderella den Raum betreten hatte. Es bestätigte sich, als er Sandra zum erstenmal lachen sah.

Jetzt saß sie ihm gegenüber, starrte wieder gedankenverloren vor sich hin, wie sie es in den ersten Wochen nach ihrer Ankunft häufig getan hatte, und schien weit weg zu sein. Mit einer fast automatischen Bewegung holte sie das Päckchen Zigaretten aus der obersten Schublade ihres Schreibtischs und steckte sich eine an. In diesem Moment erst schien sie Phillip wieder wahrzunehmen.

„Komm, Sandra, mach dir nicht solche Sorgen. Ab heute sind Ferien. Die Studenten sind spätestens am Montag alle auf dem Weg, so viele Meilen wie möglich zwischen sich und die Universität zu bringen, und wir können uns unseren Forschungen widmen." Bei den letzten Worten hatte er eine Grimasse geschnitten, um zu zeigen, daß dies zwar die offizielle Richtlinie der Universität war, aber nicht so ernst zu nehmen sei.

„Sag mal, Phillip, was erwartet mich denn heute abend?"

„Beim Chef?"

Sie nickte.

„Nicht viel.“ Er zuckte mit den Schultern. „Das Übliche halt. Ein Barbecue, die Leute kennst du alle mehr oder weniger.“ Und auf ihren fragenden Blick hin ergänzte er: „Die Kollegen vom Fachbereich. Man trinkt, ißt, erzählt sich Geschichten, die für dich alle neu sein werden, während die anderen versuchen, sich gegenseitig damit zu langweilen. Alles steht unter dem Motto, wir sind eine tolle Gemeinschaft und haben uns ein bißchen Spaß verdient.“

Sandra lehnte sich in ihrem Schreibtischsessel zurück und strich sich die Haare hinter die Ohren. Phillip hatte inzwischen seine auf Halbmast baumelnde Krawatte ganz abgelegt und musterte sie mit einem Blick, den sie vorher noch nicht an ihm bemerkt hatte. Unbewußt glitt ihr Blick an sich herunter, ob irgend etwas an ihrer Kleidung nicht in Ordnung wäre, während Phillip nicht zum erstenmal, aber in diesem Moment ziemlich konkret abschätzte, wie groß seine Chancen wären, von Sandra mehr als eine flüchtige, freundschaftliche Umarmung zum Abschied zu bekommen.

Sie stand auf und trat an das Fenster, von wo man den Campus überblicken konnte. Der Schatten des Gebäudes, in dem sie sich befand, war schon halb über die parkähnliche Anlage gewandert. Vereinzelt schlenderten noch ein paar Studenten oder Angehörige des Lehrkörpers über die geteerten Wege. Langsam kehrte die Ruhe ein, von der Phillip gesprochen hatte. Sandra warf einen Blick auf ihre Uhr. Halb vier. Ihre Zigarette war bis auf den Filter heruntergebrannt. Sie drehte sich um, hielt die Kippe mit dem langen, grauweißen Aschekegel vorsichtig senkrecht und ging zum Schreibtisch zurück. Sie drückte die Zigarette mit einer entschlossenen Bewegung aus.

„Wie kommst du denn überhaupt zum Chef?“ fragte Phillip, der nicht verstand, warum sich Sandra noch keinen Wagen zugelegt hatte.

Sie verzog das Gesicht zu einem spitzbübischen Lächeln, das er noch nie an ihr bemerkt hatte. Vielleicht, so dachte er, verlor das reservierte deutsche Fräulein in den Ferien, wenn die Anspannung des Unterrichts weg war, doch etwas von ihrer Zurückhaltung.

„Ich hoffe, daß mich jemand abholt“, erklärte sie und fügte dann hinzu: „Meinst du, das ließe sich machen?“

Er nickte und lächelte nun seinerseits. „Ich komme so gegen halb acht vorbei, okay?“

Die Sonne war hinter der Continental Divide verschwunden, und der Himmel leuchtete in einem dunklen Orangerot, das fast genauso intensiv strahlte wie die Holzkohle auf dem Grill. Die Stimmung unter den gut dreißig Gästen war ausgelassen, und Peter S. Buttler stand in einem verschwitzten Polohemd, Jeans und darüber einer dunkelgrünen Schürze an dem großen Grill und wendete unablässig Steaks und Hamburger, wobei sich Sandra fragte, wer die noch essen sollte. Seit sie vor zwei Stunden mit Phillip eingetroffen war, hatten sie und die anderen Gäste nichts anderes getan, als riesige Fleischportionen in sich hineinzuschieben. Dazu trank man Bier aus Flaschen, die in einer großen, mit Eisstücken gefüllten Wanne gekühlt wurden. Sandra trug eine weiße Baumwollbluse und einen weiten grünen Leinenrock, den sie sich erst hier in Boulder gekauft hatte. Das Grün des Rockes paßte gut zu ihren Augen, wie Phillip ihr auf dem Weg von seinem Wagen durch das Haus hindurch in den Garten bestätigt hatte.

„Und wie gefällt Ihnen unsere Stadt, Sandra?" wurde sie von Buttlers Frau, die ihm gerade ein weiteres Tablett mit Steaks aus der Küche gebracht hatte, gefragt.

„Sehr gut." Was sollte sie auch sonst sagen? Sie schränkte dann jedoch ein: „Aber viel habe ich außer der Universität noch nicht gesehen."

Noch während sie sprach, hatte sich Bettsy Buttler mit einer Frage an ihren Mann gewandt und beachtete die Antwort der Deutschen gar nicht. Sandra wartete einen Moment, doch Bettsy schien nicht daran interessiert zu sein, die Unterhaltung mit ihr wieder aufzunehmen. Sandra drehte sich unsicher um und ging vom Grill weg zu einem etwas abseits stehenden Tisch, auf dem sie ihr Glas abstellte und sich selbst auf einen der drei Gartensessel setzte. Sie nahm ihre Handtasche von der Schulter und kramte nach dem Zigarettenpäckchen. Kurze Zeit später schaute sie nachdenklich zu den Leuten hinüber, die sich, scheinbar einer geheimen Parole folgend, um den Grill versammelten. In unregelmäßigen Abständen zog sie an der Zigarette, inhalierte tief und stieß dann heftig den Rauch in die kühler werdende Abendluft. Unmerklich machte das angenehme Dämmerlicht der Nacht Platz, und auf einmal flammten die elektrischen Lichterketten, die man im ganzen Garten verteilt hatte, auf. Der Grill und die um ihn Herumstehenden wurden von einer hellen Lampe in ein gespenstisch irreales Licht getaucht, und die Menschen schienen zu erstarren, als ob sie ein Fotograf auf ein dreidimensionales Bild gebannt hätte.

Unwillkürlich kniff Sandra die Augen zusammen, um die Szene genauer zu studieren. Sprachfetzen schwebten wie dumpfes Grollen zu ihr herüber, Worte waren nicht zu identifizieren, nur seltsame Laute, deren Ähnlichkeit mit einer menschlichen Sprache so entfernt wie Deutschland war. Eine Gestalt löste sich aus der Gruppe und kam langsam auf sie zu. Gebannt verfolgte Sandra das Zittern des Bierglases in der leicht vom Körper weggestreckten Hand. Bei jedem Schritt schwappte die hellgelbe Flüssigkeit vor und zurück. Als das Glas dicht vor ihren Augen zum Stehen kam, glitt ihr Blick an dem Arm, der es hielt, nach oben, über die Schulter und die Halspartie bis zum Gesicht, in dem sie ein paar blutig leere Augenhöhlen anstarrten. Sandra stöhnte auf, preßte die Augenlider zusammen und drehte den Kopf weg.

„Sandra? Sandra, was ist los?" wollte Phillip beunruhigt wissen, stellte sein Bierglas auf den Tisch und legte besorgt seine Hand auf ihre Schulter. Sie zuckte unter der Bewegung zusammen.

Als ie einen Moment später die Augen öffnete, sah sie nur das besorgte Gesicht von Phillip vor sich und atmete erst einmal tief durch. Sie fuhr sich mit den Händen über die Augen, schüttelte den Kopf und versuchte das Trugbild, das schon längst nicht mehr vorhanden war, endgültig zu vertreiben.

„Was ist los, Sandra?" wiederholte er seine Frage.

„Schon gut, Phillip", gab Sandra mit immer noch zitternder Stimme zurück.

„Schon gut? Du hast mich wie einen Geist angesehen oder wie den Teufel persönlich, und da meinst du, es wäre schon gut?"

„Es war wirklich nichts, Phillip. Ich muß wohl geträumt haben. Ich weiß auch nicht, was es war."

Er setzte sich auf den Gartenstuhl auf der anderen Seite des Tisches. Nach einem Moment des Schweigens fragte er: „Warum sitzt du denn eigentlich hier so alleine? Fühlst du dich nicht wohl?"

Sie machte eine unbestimmte Geste mit dem Arm und griff nach ihren Zigaretten.

„Komm", forderte er sie auf und war selbst schon wieder aufgestanden, „wir gehen zu den anderen. Wir wollen doch alle einen netten Abend verleben."

Sandra nickte und erhob sich langsam, die noch unangezündete Zigarette zwischen den Lippen.

Phillip brachte seinen Mund verschwörerisch dicht an ihr Ohr und flüsterte: „Es ist besser, man entfernt sich bei solchen Anlässen nicht zu weit von der Herde, sonst verliert man schnell den Stallgeruch und das ist nicht gut."

Sie schaute ihn irritiert an und war sich nicht sicher, ob sie begriffen hatte, was Phillip ihr sagen wollte. Der zwinkerte ihr noch einmal zu und schob sie, sachte ihren Ellenbogen ergreifend, in Richtung des Grills und der darum versammelten Leute.

„So schweigsam, Fräulein Doktor?" bemerkte einer der Professoren für amerikanische Literatur und blinzelte sie durch seine dicken Brillengläser an.

Sandra haßte diese deutsche Bezeichnung Fräulein, an der ihre amerikanischen Kollegen offensichtlich ein kindliches Vergnügen fanden. Sie warf dem untersetzten Mann einen, wie sie hoffte, nicht allzu bösen Blick zu und zuckte mit den Schultern.

„Reden wir Ihnen zu schnell?" fragte Buttler in der Sorge, daß für Sandras Schweigen ihre eigene Unhöflichkeit dem deutschen Gast gegenüber schuld sein könnte.

„Nein, nein", widersprach sie sofort. „Nur, es gibt für mich wenig, was ich sagen könnte."

„Erzählen Sie uns doch von Deutschland. Von Ihrer Universität in Freiburg, was Sie dort gemacht haben und wie man dort lebt. Wir wissen so wenig von Deutschland", wurde sie von der Frau eines Assistenzprofessors aufgefordert. „Nun", begann Sandra und dehnte das Wort, um Zeit für ihre Antwort zu gewinnen, „Sie werden sich denken können, daß es gar nicht so viele Unterschiede gibt." Und dann folgte eine ausführliche Beschreibung von Freiburg, dem Münster, den alten Gebäuden, dazwischen der mit nicht verhehltem Stolz vorgebrachte Hinweis, daß die Universität im Jahre 1457 gegründet worden war, da sie schon bemerkt hatte, wie stolz man hier darauf war, daß die Universität von Boulder seit 1861 bestand. Vorsichtig verschleierte sie ihren eigenen akademischen Werdegang mit Allgemeinplätzen, da sie hier für etwas angesehen wurde, was sie nicht war. Doch das merkte zu dieser vorgerückten Stunde niemand.

„Stellen Sie Ihr Licht nicht allzusehr unter den Scheffel", nutzte der Dekan, der inzwischen die Schürze abgelegt hatte, eine Pause in dem Gespräch. „Unser Fräulein Doktor hat schon an Ausgrabungen im vorderen Orient teilgenommen. Sie hat sich sozusagen auch an der Front bewährt."

Zum Glück stand Sandra mit dem Rücken zu den großen Glasschiebetüren, die vom Wohnzimmer auf die Terrasse hinausführten und durch die das Licht hell auf die Gruppe fiel. Bei der Erwähnung der Grabung im Iran war alles Blut aus ihrem Gesicht gewichen. Niemand bemerkte es. Allgemeines Staunen, ein paar verblüffte Ausrufe und die Aufforderung, ausführlich davon zu berichten.

Mit leiser Stimme beschränkte sich Sandra auf das absolut Notwendige, verschwieg mehr, als sie preisgab, und war froh, als ihr stockender Redefluß von Bettsy unterbrochen wurde, die einen Servierwagen aus dem Wohnzimmer auf die Terrasse schob und mit fröhlicher Stimme den Gästen Eiscreme anbot. Sandra nutzte die Chance und gab sich den Anschein, den ganzen Abend nur auf diesen Moment gewartet zu haben. Sie ließ sich von Bettsy eine Riesenportion geben, und in dem allgemeinen Durcheinander gelang es ihr, ins Wohnzimmer zu entkommen, wo sie sich in einem gemütlichen Sessel am Kamin niederließ.

Es war wiederum Phillip, der sie aufstöberte, doch diesmal schien keine Veranlassung für ihn zu bestehen, sie erneut wie ein Schäferhund zur Herde zurückzutreiben. Er setzte sich ihr gegenüber auf die Couch und beobachtete eine Zeitlang stumm, wie sie den Löffel durch die Reste ihrer Eiscreme kreisen ließ.

„Manchmal", brach er schließlich das Schweigen, „habe ich den Eindruck, du bist die Tochter der Frau in Weiß." Er bewies damit seine Kenntnisse der englischen Literatur. Da Sandra die Anspielung nicht verstand, schaute sie ihn fragend an.

„Das ist eine Frauengestalt in Wilkie Collins' gleichnamigem Roman, die sich auf geschickte Weise allen Enthüllungen ihrer Person und ihres Lebens immer wieder entzieht", erklärte er kurz und fügte dann noch hinzu: „Genau wie du."

Also waren zumindest ihm ihre Ausweichmanöver aufgefallen, mußte Sandra erkennen, und sie stellte die Schale mit dem Eisrest, der sich inzwischen vollständig verflüssigt hatte, auf den kleinen Tisch neben ihrem Sessel.

„Das täuscht", gab sie schließlich nach einer viel zu langen Pause zurück.

„Das glaube ich nicht", widersprach Phillip und beugte sich ein Stück nach vorne. Er legte die Handflächen aneinander und musterte sie bei seinen nächsten Worten ganz genau. „Ich sitze jetzt schon fast vier Monate mit dir im selben Büro. In dieser Zeit hast du ausführlich meine gesamte Biographie erzählt bekommen, doch wenn ich aufschreiben müsste, was ich von dir weiß, dann käme kaum mehr als eine Seite dabei heraus, inklusive deines wissenschaftlichen Werdeganges."

Es stimmte. Phillip war nicht nur ein netter Kollege, er hatte ihr auch nach ein paar Wochen Bekanntschaft nach und nach sein ganzes Leben erzählt, einschließlich einiger angedeuteter amouröser Abenteuer seiner Collegezeit. Demgegenüber war sie selbst immer sehr zurückhaltend gewesen, ängstlich darauf bedacht, nicht zuviel von sich preiszugeben. Sandra hatte immer geglaubt, unwichtig genug zu sein, daß man sich nicht darum kümmerte, doch zumindest bei Phillip hatte sie sich da verschätzt.

„Du erzählst nichts von deinen Eltern", fuhr der junge Assistenzprofessor fort, „Einen Mann scheint es in deinem Leben auch nicht zu geben, und während deines Studiums scheint so gut wie nichts passiert zu sein. Und was besonders verwunderlich ist, du prahlst noch nicht einmal mit deinen wissenschaftlichen Erfolgen, wie jeder vernünftige Mensch es tun würde. Mein Gott, Sandra, wenn ich zwei Monate in einer iranischen Wüste an Ausgrabungen teilgenommen hätte, dann würde ich lang und breit davon erzählen, bis auch der letzte der Kollegen nicht mehr vergessen könnte, daß ich, Phillip Card, an der Expedition von Professor Soundso teilgenommen habe, und du ..." Er ließ den Satz verklingen.

„Tut mir leid, Phillip", lenkte Sandra ein, „ich erzähle nicht gern von mir. Ich halte mich nicht für so wichtig." Es war nicht unbedingt eine Lüge, doch bestenfalls traf dies erst auf die Zeit nach der verunglückten Expedition zu. Sie überlegte fieberhaft, wie sie möglichst elegant diese neu aufgetauchte Klippe umschiffen konnte. „Ich komme auch mit der Sprache noch nicht so gut zurecht, und da ist es schwer, die passenden Worte zu finden."

„Nun übertreibe nicht", fiel er ihr ins Wort. „Das war vielleicht die ersten Wochen so. Jetzt sprichst du schon fast perfekt, und wenn du willst, dann kannst du dich ganz genau ausdrücken. Also, was für ein Geheimnis umgibt dich? Bist du vor der Polizei geflohen oder vor einem Mann? Überhaupt, wie kommt es, daß bei einem so schönen Fräulein Männer anscheinend keine Rolle in ihrem Leben spielen?"

Sie lachte auf, aber es klang sehr bissig und nur ein ganz wenig belustigt. „Von Privatleben haltet ihr hier in Amerika nicht viel. Jeder hat seine Seele offen vor sich her zu tragen, oder?"

„Natürlich", gab er mit einem Grinsen zurück, „und es wird Zeit, daß du damit anfängst. Also, wer ist der geheimnisvolle Mann in deinem Leben?"

Anscheinend hatten das Bier und die Ferienstimmung Phillip mutig und seine Zunge locker gemacht. Sandra griff nach ihrem Zigarettenpäckchen, das auf dem Beistelltisch lag, und zog sich langsam eine Zigarette heraus. Phillip stand auf, kam zu ihr herüber, nahm sich das Streichholzbriefchen und gab ihr Feuer. Dabei war der begehrliche Blick in seinen Augen nicht zu übersehen. Nachdem er das Streichholz ausgewedelt hatte, ging er nicht wieder zum Sofa zurück, sondern setzte sich neben ihrem Sessel im Schneidersitz auf den Boden und schaute sie von unten herauf an. Sandra fühlte sich unbehaglich und hoffte, daß keiner von den anderen sie so sehen würde. Es wäre zu peinlich, aber Phillip machte das offensichtlich nichts aus.

„Nun, was ist?" brachte sie eine Stimme zu ihren Füßen wieder in die Wirklichkeit des Zimmers zurück.

„Was ist was?"

„Deine Liebhaber."

Das Wort traf sie völlig unvorbereitet. War Michael Gruhn ihr Liebhaber gewesen? Ein Liebhaber für eine Nacht, der am nächsten Tag dann erschossen wurde? Sie schüttelte den Kopf. Die Unterhaltung geriet in Bahnen, wohin sie ihr nicht folgen wollte.

„Du wirst doch nicht sagen, daß du noch nie einen Freund gehabt hast", versuchte er sie in die Enge zu treiben.

Sie schüttelte bedächtig den Kopf und drückte ihre Zigarette in dem Aschenbecher aus. „Ich glaube, es ist das Recht einer Dame, darüber zu schweigen."

„Fühlst du dich nicht manchmal einsam?" wechselte Phillip abrupt das Thema.

Und wie einsam sie sich manchmal fühlte, ging es ihr sofort durch den Kopf, doch ihre Antwort fiel viel vorsichtiger aus. „Es geht. Leicht ist es nicht, aber man wird damit fertig."

„Ich könnte dir vielleicht dabei helfen. Was meinst du?"

„Du hilfst mir schon viel. Ohne dich wäre mir alles viel schwerer gefallen. Und dafür bin ich dir auch sehr dankbar, Phillip. Ohne dich hätte ich mich an der Universität bestimmt nicht so schnell zurechtgefunden. Besonders deine Tips für meine Lehrveranstaltungen haben mir viel geholfen."

Das schien nicht ganz die Antwort zu sein, die er erwartet hatte. Er erhob sich mühsam wieder von seinem Platz am Boden und betrachtete sie lange, dann sagte er: „Mein Angebot war eigentlich mehr privat gedacht. Du kannst doch nicht die ganze Zeit in deinem Zimmer oder der Bibliothek herumsitzen. Laß uns in den Ferien doch gemeinsam etwas unternehmen."

„Kein schlechter Gedanke", stimmte Sandra etwas zurückhaltend zu. „Wenn mir meine Vorbereitungen dazu Zeit lassen. Du weißt, ich habe von Professor Buttler diese beiden Kurse aufgebrummt bekommen. Da muß ich mich gut vorbereiten."

Phillip stöhnte innerlich auf. Wieder hatte Sandra es geschafft, das Gespräch geschickt auf ein unverfängliches Thema, nämlich die Arbeit, zu lenken und ließ ihm keine Chance, ihr privat näherzukommen.

Als sie gegen halb eins durch die verlassenen Straßen von Boulder fuhren, über ihnen breitete sich ein funkelnder Sternenhimmel aus, versuchte Phillip die gut zwanzig Minuten, die es vom Haus des Dekans bis zum Gästehaus der Universität dauerte, für einen neuen Anlauf zu nutzen, die Festung Sandra Neubert zu erstürmen. Aus dem Radio klang Nancy Sinatras Stimme, die kategorisch feststellte, daß ihre Stiefel zum Laufen gemacht worden seien, und Phillip fand keinen Dreh, ein Gespräch mit der schweigsamen Deutschen, die auf dem Beifahrersitz zusammengesunken schien, anzufangen. So blieb es auch, bis der Wagen in die Rawnee Avenue einbog und nach ein paar Metern anhielt. Von der Straße zurückversetzt, erhob sich das moderne Universitätsgebäude. Sandra richtete sich im Sitz auf und schaute Phillip an, der den Motor abstellte. Er verließ den Wagen, ging um das Heck herum und machte ihr die Tür auf. Sie stieg aus und stützte sich dabei auf den hilfreich angebotenen Arm.

„So, da wären wir", stellte er überflüssigerweise fest, war aber froh, überhaupt etwas sagen zu können. Sie gingen auf den Betonplatten zum Eingang des Gästehauses, Sandra hatte immer noch ihren Arm unter den von Phillip geschoben. Er warf ihr von der Seite einen Blick zu, doch ihr Gesicht lag im Dunklen, so daß er keine Schlüsse daraus ziehen konnte.

„Wollen wir am Sonntag etwas unternehmen?" Er hatte seinen ganzen Mut zusammengenommen und die Frage gestellt, als sie nur noch wenige Meter von der Eingangstür entfernt waren. Sie blieb stehen, löste ihren Arm von dem seinen, trat einen Schritt zurück und schaute ihm ins Gesicht.

„Gerne, Phillip", antwortete sie dann, und sein Herz versuchte, einen neuen Rekord im Hochsprung aufzustellen, doch bevor es auch nur in die Nähe der Latte kam, fügte sie hinzu: „Aber glaube bitte nicht, ich würde nicht bemerken, auf was das hier hinausläuft. Leider muß ich es dir jetzt doch deutlich sagen, da du auf die feinere Art nicht reagiert hast. Ich bin gerne mit dir zusammen, aber wenn du irgendwelche weitergehenden Pläne hast, dann muß ich dich enttäuschen. Ich bin im Moment nicht in der Lage, und ich will es auch nicht, mich an jemanden zu binden. Das hat nichts mit dir zu tun, es ist einfach so. Persönliche Gründe, verstehst du?"

Phillip schaffte es zu nicken, während sein Herz, eben noch auf Höhenflug, unsanft in die Sandgrube krachte.

„Tut mir leid, wenn ich dich verletzt habe", erklärte Sandra als sie seinen resignierten Gesichtsausdruck bemerkte. „Ich verstehe, wenn du unter diesen Umständen den Sonntag lieber mit jemand anderem verbringen willst. Überlege es dir, und rufe mich morgen an. Gute Nacht."

Bevor er etwas sagen konnte, war sie schon in der Tür verschwunden. Er machte einen hilflosen Schritt auf das Gebäude zu, murmelte einen

Gute-Nacht-Gruß, was aber niemand außer ihm hören konnte, und ging dann mit langsamen Schritten zu seinem Wagen zurück. Im Radio sangen die Beach Boys von den hübschen Mädchen Kaliforniens, zu denen sie zurückwollten, während Phillip, auf einmal todmüde, seinen 61er Buick langsam anrollen ließ.

In den folgenden Wochen schwitzte Sandra in der Bibliothek, ihrem kleinen Appartement und natürlich oftmals zusammen mit Phillip in ihrem gemeinsamen Universitätsbüro. Besonders mit ihrer Veranstaltung über Rudolf II. und die Gegenreformation hatte ihr Buttler eine Nuß zu knacken gegeben, an der sie sich schon einige Zähne ausgebissen hatte.

Sie schüttelte den Kopf, als sie wieder ihre Notizen über Rudolf II. durchgegangen war. Wie sollte sie eine Lehrveranstaltung über einen Herrscher durchführen, der eigentlich in seinem Glauben an Alchimie und Zauberei ein armer Irrer gewesen war, obwohl, so schränkte sie gerechterweise ein, in dieser Zeit das Weltbild noch viel größere Freiräume der Irrationalität zuließ als heute. Das dunkle Mittelalter, nun ja, die beginnende Neuzeit, hatte noch viel Raum für Hokuspokus und Geister, Goldmacherei und Hellsehen gehabt, gemessen an einer Welt, wo man in zehn Stunden von Frankfurt nach New York fliegen konnte.

Das Öffnen der Tür schreckte sie aus ihren Gedanken auf. Phillip betrat mit fröhlichem Gesicht das Zimmer. Er trug ein blaues, kurzärmliges Hemd und eine weiße Leinenhose, knallte einen Stapel Bücher auf seinen Schreibtisch und grinste Sandra an.

„Jetzt ist Schluß", stellte er kategorisch und gutgelaunt fest. „Komm, wir fahren ins Seecafé, essen etwas und machen uns einen gemütlichen Abend."

Sandra warf einen verzweifelten Blick auf ihren mit Zetteln und Büchern bepackten Schreibtisch.

„Für heute hast du wirklich genug gearbeitet. Es ist an der Zeit, auch mal auszuspannen."

„Du hast recht", meinte Sandra nach kurzem Zögern und schob die Papiere zusammen, nahm dann ihre Handtasche, legte sich ihre dünne Wolljacke über die Schultern und verließ mit Phillip das Büro.

Nach dem Abend bei Professor Buttler und Sandras kategorischer Festlegung der Grenzen ihrer Freundschaft, die Phillip akzeptiert hatte, waren sie öfters miteinander ausgegangen, ohne daß er jemals den Versuch unternommen hätte, diese Grenzen zu überschreiten. Sie genoß seine Gesellschaft, genoß auch, in seinem Wagen herumgefahren zu werden, und hatte nichts dagegen, daß er ihr unauffällig den Hof machte. Sie gingen zusammen ins Schwimmbad, hatten schon zweimal einen Tag im Rocky Mountains National Park zugebracht, der knapp vierzig Meilen nördlich von Boulder lag, und zwangsläufig hatte Phillip bei diesen gemeinsamen Unternehmungen auch etwas mehr über Sandra erfahren. Sie versuchte zwar immer, die Kontrolle über das, was sie erzählte, zu behalten, doch oft war ihr auch schon etwas herausgerutscht, was sie lieber für sich behalten hätte. Zu ihrem Leidwesen wußte Phillip inzwischen, daß sie kurz vor ihrer Abreise eine tragische Liebesaffäre hatte, natürlich nicht, mit wem und mit welchen Konsequenzen, aber auch nur soviel mitgeteilt zu haben, bereute Sandra schon. Danach war sie die nächsten zwei Wochen wieder betont einsilbig gewesen, und wenn Phillip das registriert hatte, so war ihm doch nichts anzumerken gewesen.

Das Seecafé war einer ihrer Lieblingsplätze. Auf der kleinen Terrasse, die über dem künstlich angelegten See lag, konnte man die Abendsonne genießen und die sich mächtig im Westen erhebenden Rocky Mountains bewundern. Doch diesmal hatten Sandra und Phillip nur einen Platz direkt am Gebäude gefunden, so daß ihnen der Blick auf die Berge verstellt war. Sie hatten eine Platte mit Sandwiches vor sich. Sandra liebte die Thunfisch-Sandwiches, während sich Phillip an einer Kombination von Hühnchen und Eiern schadlos hielt. Große Gläser mit Cola, in denen die Eiswürfel klimperten, standen am Rand des Tisches, und das Gespräch begann erst zu einem stetigen Fluß zu werden, als die beiden ihren Hunger gestillt und ihre Servietten als sichtbares Zeichen dafür zerknüllt auf ihre Teller gelegt hatten.

„Und wie läuft es mit deinem Rudolf?" wollte er wissen, als sie sich zufrieden eine Zigarette anzündete.

Als ob die Schleusen geöffnet worden wären, brach die ganze Enttäuschung aus Sandra heraus. Die Unmöglichkeit, diesen Kaiser als Person und politisch Handelnden greifbar machen zu können, die allgemeine Verworrenheit der Situation zu dieser Zeit von Allianzen und Gegenallianzen, oftmals mit den gleichen Personen, und die Schwierigkeit, dies in ein ordentliches Vorlesungskonzept zu bekommen. Dann erzählte sie noch von der merkwürdigen Vorliebe des Kaisers für Alchimisten und allen möglichen Hokuspokus, wie er John Dee und Edward Kelley an seinem Hof geholt hatte, weil sie ihm versprochen hatten, Gold zu machen, und von den Bildern und Gerätschaften, die er über die Jahre gesammelt hatte.

„Darüber", schloß sie und nahm einen Schluck von ihrer Cola, „könnte man ohne große Anstrengung einen Kurs machen, aber nicht über sein politisches Wirken."

Phillip schaute sie nachdenklich an.

„Was hast du?“ wollte sie wissen und beugte sich besorgt ein Stück nach vorne.

Ihr Kollege machte eine kurze Bewegung mit der Hand, die sie verstummen ließ. Sandra wußte nur zu gut, was dies bedeutete. Phillip suchte in seiner Erinnerung etwas, was ihm eben in den Sinn gekommen war. Sie ließ ihn nachdenken, rauchte eine weitere Zigarette und beobachtete die am Seeufer spielenden Kinder. Wie würde es ihrer Tochter jetzt gehen?

Der Gedanke kam plötzlich mit einer solchen Intensität über sie, daß sie glaubte, die Tränen nicht zurückhalten zu können. Ihre Tochter, die nichts von ihr wußte, war irgendwo in Deutschland. Hoffentlich ging es ihr gut. Sie sehnte sich nach dem kleinen, hilflosen Bündel Mensch, das sie nur wenige Tage gehabt hatte. Sie merkte, wie ihr die Tränen kamen und keine Macht dagegen gewachsen war. Sie murmelte eine Entschuldigung und lief auf die Toilette.

Als sie nach einer Viertelstunde wiederkam, hoffte sie, daß ihre geröteten Augen nicht zu sehr auffallen würden. Sie hatte in einer der Kabinen schluchzend an der Wand gelehnt und gehofft, daß niemand auf sie aufmerksam werden würde. Danach hatte sie mit kaltem Wasser versucht, den Schaden, den die Tränen in ihrem Gesicht angerichtet hatten, wieder zu beheben. Die Sorge war umsonst. Phillip war so mit seinen eigenen Gedanken beschäftigt, daß er gar nicht weiter auf Sandra achtete, sondern sofort zu erzählen anfing, kaum daß sie sich wieder gesetzt hatte.

„Das mit Rudolf hat mich an etwas erinnert, was ich vor einiger Zeit in einem Fachblatt gelesen habe. Es hat auch etwas mit Alchimie oder so zu tun. Warte mal, ob ich es noch genau zusammenbringe.“ Er wandte den Blick nach, was er immer machte, wenn er sich konzentrierte. „Also, vor einiger Zeit hat ein Privatmann, sein Name ist Voynich oder so ähnlich. Nein, ich bin sicher, Voynich war der Name. Also, der hat der Universität von Yale ein seltenes Manuskript aus dem Mittelalter übereignet. Es soll angeblich Kaiser Rudolf II. gehört haben und von Roger Bacon verfaßt worden sein. Ich komme darauf, weil in diesem Zusammenhang auch die Namen John Dee und Edward Kelley gefallen sind, und zwar als mögliche Verkäufer dieses Manuskripts an Rudolf.“

Sandra zuckte mit den Schultern. „Und was ist Besonderes daran?“

„Nun, es ist in einer Schrift abgefaßt, die niemand kennt und die bis heute noch nicht entschlüsselt werden konnte. Dazu enthält es eine Reihe von Illustrationen, die ebenfalls geheimnisvoll sind. Kurz und gut, anscheinend kann niemand so recht etwas damit anfangen.“

„Und was ist das für eine Schrift?" wollte Sandra jetzt etwas interessierter wissen.

„Offensichtlich unbekannt. Soweit ich mich erinnern kann, weist sie keine Übereinstimmungen mit irgendeiner bekannten Schrift auf. Einige glauben sogar, es handele sich um eine Geheimschrift, eine verschlüsselte Nachricht, aber auf über zweihundert Seiten ..."

„Und wer sagt, daß es Roger Bacon verfaßt hat?" fragte sie beiläufig, während sie sich eine weitere Zigarette ansteckte.

„Das ist nicht mehr als eine Hypothese", lenkte er ein.

„Und wie sieht diese geheimnisvolle Schrift denn genau aus?"

„Es sind lauter Schnörkel und geschwungene Linien." Dabei malte Phillip mit dem Zeigefinger wirre Linien in die Luft, unter denen sich Sandra nichts vorstellen konnte. „Irgendwie erinnert sie ein wenig an die thailändische Schrift oder auch an das Arabische, aber Übereinstimmungen dazu hat man keine gefunden."

„Klingt ja interessant", meinte Sandra, deren Neugierde inzwischen geweckt war.

„Wenn es dich interessiert, dann bringe ich die Zeitschrift mit dem Artikel morgen mit ins Büro. Da waren auch ein paar gute Abbildungen der Handschrift dabei."

Sie nickte, um ihm zu bestätigen, daß sie wirklich interessiert sei, und drückte ihre Zigarette aus.

Als ihr Kollege sie nach zwei weiteren Stunden und einem italienischen Abendessen wie üblich vor der Tür des Gästehauses der Universität aussteigen ließ, hatte sie den Zeitungsartikel und das seltsame Manuskript schon vergessen.

Nicht allerdings Phillip, der Sandra wie angekündigt am nächsten Tag die angesprochene Zeitschrift, es war eine Ausgabe des *PMLA*, unter die Nase hielt. Auf ihren irritierten Blick hin bemühte er sich zu erklären: „Das ist die Zeitschrift mit dem Artikel über die seltsame Handschrift."

Als sie ihn jetzt von unten herauf ansah, zeichnete sich in ihrem Gesicht kein Funken der Erinnerung ab.

„Aber Sandra", meinte Phillip jetzt wirklich erstaunt, „erinnerst du dich nicht mehr, wir sprachen gestern abend über diese unentschlüsselbare Schrift in dem Manuskript."

In diesem Moment wußte sie wieder, um was es ging. Sie nahm die Zeitschrift und legte sie auf einen Stapel mit Unterlagen zu ihrer Rechten. Phillip schien enttäuscht zu sein. Gestern hatte sie noch so interessiert geklungen, und er hatte tief in seine Bücherregale tauchen müssen, um diese schon ältere Ausgabe der *Publications of the Modern Language Association of America* herauszukramen.

„Willst du denn gar nicht mal hineinschauen?"

„Später", murmelte sie, die sich schon wieder über ihre Notizen zu Rudolf II. gebeugt hatte. Phillip griff um ihren Rücken herum, nahm die Zeitschrift auf und blätterte eine bestimmte Seite auf.

„Schau dir wenigstens einmal die Abbildung an, damit du einen Eindruck von dieser seltsamen Schrift bekommst."

Sandra nahm fast widerwillig die aufgeklappte Zeitschrift entgegen und legte sie, so wie Phillip sie ihr gegeben hatte, vor sich auf den Schreibtisch. Die Abbildung war nicht besonders gut, das Papier schon etwas verblichen, und sie konnte im ersten Moment nichts als verworrene Linien und seltsame Zeichen erkennen. Doch nachdem sie die Abbildung genauer studiert hatte, blieb ihr Blick wie gebannt daran hängen. Sie hatte einige der Zeichen schon einmal gesehen, nur kurz und im Licht einer Taschenlampe an der Wand einer in die Tiefe führenden Treppe am Rande der Wüste Lut.

## Ein Zeichen ist ein Zeichen für ein Zeichen

„Und du meinst wirklich eiskalt?" vergewisserte sich Petra Bleicher nochmals bei ihrer Freundin Monika, die ihr, über einen Salatteller gebeugt, mit der Gabel die vereinzelten Krabben aufspießend, gegenübersaß.

„Wenn ich es dir doch sage. Wie ein Eiswürfel."

„Brrr", Petra schüttelte sich theatralisch, „das muß doch unangenehm sein."

„Na ja, es gibt Schöneres. Wir sind jetzt erst einmal wieder auf Kondome umgestiegen, bis uns was Besseres einfällt. Da ist es nicht ganz so schlimm", meinte Monika und zuckte mit den Schultern.

„Auch nicht so toll, wenn man erst einmal darüber hinweg war. Ich finde die Dinger ziemlich schrecklich", erklärte Petra und verzog dabei angewidert das Gesicht.

„Na ja, ich mag den Gummigeschmack auch nicht besonders", räumte Monika ein.

„Wieso Gummigeschmack?"

Monika zog eine Augenbraue hoch und schaute ihre Freundin mitleidig an.

„Ach so", meinte diese dann und grinste. „Ich glaube, eben habe ich auf der Leitung gestanden."

„Da widerspreche ich dir nicht."

„Hast du ihn wenigstens mal zum Arzt geschickt?" wollte Petra wissen.

„Hör mir damit auf. Eher überredet man eine Mäusefamilie zu einem Besuch im Katzenasyl, als man Peter zum Arzt bekommt."

„Das kann doch nicht wahr sein", stöhnte Petra auf. „Er muß doch einsehen, daß da bei ihm etwas nicht in Ordnung ist. Das kann ja wer weiß was sein. Vielleicht eine neue Form von Aids. Setzt ihn doch einfach unter Druck."

„Und wie stellst du dir das vor?" Monika schob den bis auf ein paar Oliven leer gegessenen Teller zur Seite.

„Das ist doch wohl ganz einfach", erklärte Petra und ergänzte dann auf Monikas fragenden Blick hin: „Laß ihn einfach nicht mehr ran."

„Ein toller Ratschlag", entgegnete Monika lakonisch. „Und wo bleibe ich dabei?"

„Damit hast du auch wieder recht. Allerdings würde ich die Sache nicht auf die leichte Schulter nehmen. Peter muß einfach zum Arzt gehen. Wenn der feststellt, daß es wirklich nichts anderes ist als diese", Petra lächelte anzüglich, „Eiswürfelfabrik, dann könnt ihr euch ja immer noch überlegen, was ihr macht."

Nachdem Monika mit dem Essen fertig war, steckte sich Petra eine Zigarette an und inhalierte stumm den Rauch. Sie saßen sich an einem kleinen Tisch direkt an der breiten Fensterfront von Luigis, einem der angesagten italienischen Restaurant in der Freßgasse, gegenüber und blickten halb aneinander vorbei nach draußen, wo die wenigen Fußgänger mit hochgezogenen Jacken- und Mantelkrägen, Schirme wie mittelalterliche Lanzen gegen den Wind vor sich haltend, durch den Schneeregen hetzten. Petra hatte schon einige Freunde Monikas kommen und gehen sehen. Sie war das, was unter Frauen als beste Freundin bezeichnet wurde, mit der man auch bereitwillig die intimen Kleinigkeiten des Lebens teilte.

„Und sonst ist aber noch alles normal?" nahm Petra das Gespräch wieder auf.

Monika streckte die Hand aus und drehte sie mit einer langsamen Bewegung ein paar Mal hin und her.

„Kann er nicht mehr richtig?", wollte Petra sofort wissen, ganz auf weitere Neuigkeiten aus Monikas Intimleben erpicht.

„Nein, nicht, was du denkst. Da ist bis auf die Sache mit dem kalten Zeug alles in Ordnung, aber ..." Sie blickte versonnen zu der im hinteren Teil des Lokals befindlichen Theke hinüber und überlegte sich, ob sie sich jetzt nicht einen Cognac genehmigen sollte. Ihre Überlegungen wurden abrupt unterbrochen.

„Aber was?", hakte Petra nach.

„Was?"

„Nun, aber was, hatte ich dich gefragt. Hallo, Mo, bist du noch da?"

„Ach so", meinte Monika. „Nun, ich glaube einfach, in den letzten Monaten hat er ziemlich viel durchgemacht. Erst der Tod seiner Mutter, dann die Geschichte mit Gabi und seinem Vater. Und die ganzen Sachen, um die er sich dann noch kümmern mußte. Ich glaube, Peter braucht unbedingt erst einmal Ruhe."

„Und das ist alles?", fragte Petra enttäuscht.

„Na, mir reicht es", erklärte Monika. „Bei mir in der Agentur geht auch alles drunter und drüber. Es sieht so aus, als würden wir den Kosmetiketat verlieren. Da geht es um knapp fünf Millionen im Jahr. Du kannst dir vorstellen, was das bedeutet. Wahrscheinlich sind dann mal wieder die Kontakter schuld, obwohl es an unseren Kreativen liegt, die diese Bezeichnung im Moment wirklich nicht verdienen. Was soll ich machen, wenn der Kunde sich für keines ihrer einfallslosen Konzepte entscheiden kann? Ich kann ja nicht alles schönreden. Ganz so dumm sind die Leute heute auch nicht mehr. Aber egal." Sie hob die Hand in Richtung des Kellners, der ein paar Tische weiter gerade Essen servierte, und winkte ihn an ihren Tisch.

„Einen Cognac bitte", bestellte sie und schaute dann ihre Freundin fragend an. „Du auch?"

„Nein", sagte Petra zu dem jungen Mann mit auffällig viel Gel in den schwarzen Haaren und einem ebenso auffälligen Ring im rechten Ohr, „mir einen Grappa."

Als die beiden Cognacschwenker vor ihnen standen, prosteten sich die beiden Frauen zu und tranken einmal mehr auf ihre Freundschaft und die Notwendigkeit, diese mindestens auf ewig aufrechterhalten zu müssen. Petra steckte sich eine neue Zigarette an und blies den Rauch in die von der Decke auf den Tisch herabhängende Tonlampe. Dann folgte sie Monikas Blick, der wieder durch die Scheiben nach draußen gerichtet war.

Monika haßte den Winter mit dem schrecklichen Schmuddelwetter und den wenigen Stunden Tageslicht, die kaum merklich die langen Nächte trennten. Ihre Arbeitszeit betrug selten weniger als zehn Stunden am Tag, eher schon zwölf, und das war für sie eigentlich nur im Sommer zu ertragen. Jetzt schlich sie morgens im bleichen Licht ins Büro, und abends, wenn sie sich verabschiedete, hatte sich schon wieder das Grabtuch der Nacht auf die Stadt gelegt. Mehr als fünf Monate lang sah sie den größten Teil der Zeit die Stadt nur im Schimmer der Neonreklamen und der Straßenbeleuchtung. Ein Leben wie in einem riesigen U-Bahnschacht. Sie sehnte, kaum daß er vergangen war, schon wieder den Sommer herbei.

„Wo ist dein Eismann eigentlich heute abend?" riß Petra sie aus ihren tristen Gedanken.

Unwillkürlich mußte sie über den 'Eismann' lächeln. „Du scheinst richtig neidisch darauf zu sein. Falls dich der Gedanke anmacht, dann versuch es einfach mal mit einem Eiswürfel."

„Ich glaube nicht, daß das dasselbe ist. Aber mal im Ernst, wo treibt sich das Sorgenkind herum?"

„Er ist bei Gabi und ..."

„Aha, noch eine Liebhaberin cooler Typen", fiel ihr die Freundin ins Wort.

„Ach Petra, kannst du nicht einmal damit aufhören? Es ist jetzt wirklich gut, okay?"

Petra hob die Hände zu einer entschuldigenden Geste. „In Ordnung. Ich sage nichts mehr dazu. Also, was für eine Gabi ist das?"

„Stell dich nicht so dumm an. Die Mutter seines Patenkindes."

Die Mutter von Peters Patenkind saß auf der Couch im Wohnzimmer ihrer Wohnung in Bergen-Enkheim, hatte den Still-BH aufgeknöpft und schaute Ilona-Maria zu, wie sie, ab und zu ein schmatzendes Geräusch von sich gebend, ihre Abendmahlzeit einnahm, während Peter, mit dem Rücken zum Fenster stehend, diese Idylle still und bewegungslos beobachtete.

„Na, die scheint ja einen guten Zug zu haben", meinte er, nur um etwas zu sagen.

Gabi hob den Kopf, strich sich mit der linken Hand die Haare aus dem Gesicht und sagte dann fast entschuldigend: „Es dauert nicht mehr lange. Danach können wir uns dann in aller Ruhe unterhalten."

Er drehte unschlüssig eine nicht angezündete Zigarette in der Hand und legte sie dann auf das Bücherregal. Es dauerte wirklich nicht mehr lange, dann war die Kleine satt. Gabi nahm sie vorsichtig von der Brust, was mit einem kurzen, unwilligen Schnaufen, aber keinem Geschrei quittiert wurde. Sie legte ihre Tochter neben sich auf die Couch und knöpfte dann den BH und die Bluse wieder zu.

„Ich werde froh sein, wenn das erst einmal vorbei ist", sagte sie mit einem Seitenblick auf Peter, der die ganze Prozedur verfolgt hatte. „Manchmal komme ich mir wirklich wie eine Milchkuh vor. Ich bin nicht gewohnt, so große Dinger zu haben, aber das wird sich auch wieder geben."

Peter nickte. Gabis milchpralle Brüste sahen wirklich etwas komisch an ihrem knabenhaften Körper aus.

„Ich mache sie jetzt fertig. Es dauert nicht lange." Sie nahm das kleine Bündel Mensch von der Couch hoch, legte es auf ihre Brust, so daß der Kopf an ihrer Schulter lag, und verließ das Wohnzimmer.

Kaum daß sie draußen war, steckte sich Peter eine Zigarette an und inhalierte in hastigen Zügen. Thomas würde es bestimmt nicht gefallen, daß er hier rauchte, aber der war ja für drei Tage auf Geschäftsreise. Er hatte nie so recht verstanden, was Gabi an Thomas gefunden hatte, aber in der langen Zeit ihrer Freundschaft gab es selbstverständlich Dinge, die man dem anderen gegenüber nicht zu begründen brauchte. Kaum hatte Peter seine Zigarette ausgedrückt, zog er schon die nächste aus dem Päckchen. Als Gabi zurück ins Wohnzimmer kam, war auch diese schon zu einer unansehnlichen Kippe im Aschenbecher geworden.

„Willst du etwas trinken?"

„Hast du ein Bier?"

„Nein, aber ich kann uns eine Flasche Sekt aufmachen."

„Gibt es etwas zu feiern?", wollte Peter erstaunt wissen.

„Kommt auf die Neuigkeiten an, die du mitbringst."

„Dann laß sie lieber zu", meinte Peter resignierend. „Ach, egal. Trinken wir Sekt."

Seit jenem Sonntag, an dem Gabi durch das Foto auf Peters Bücherregal festgestellt hatte, daß ihre Mutter und sein Vater sich gekannt haben mußten, hatten sie damit begonnen, sich für ihre Vergangenheit genauer zu interessieren. Für Peter war sein Vater auf einmal, nachdem er den größten Teil seines Lebens ohne einen Gedanken an ihn verbracht hatte, zu einer geheimnisvollen Gestalt geworden, über die er mehr erfahren wollte, und Gabi glaubte einen neuen Ansatzpunkt, zumindest aber einen Verbündeten bei ihren Versuchen, die Identität ihrer Mutter und somit auch die ihre zu klären, zu haben. Inzwischen war ein Brief nach Amerika unterwegs, in dem sie um die Beantwortung einer Reihe von Fragen, einschließlich einigen zur Person Michael Gruhns, bat. Damit waren ihre Möglichkeiten erst einmal ausgeschöpft.

Peter hatte bei der Polizei in Bonn nachgefragt, doch dort gab es nichts Neues über den Tod seiner Mutter. Kommissar Blanke hatte nicht sehr hoffnungsvoll geklungen, was die Aufklärung des Verbrechens betraf. Es war nicht das erste Mal, daß Peter und Gabi ratlos zusammensaßen und darüber nachdachten, wie man Licht in das Dunkel bringen konnte. Eine Möglichkeit weiterzukommen, die Peter noch ins Auge gefaßt hatte, waren die vergilbten Aufzeichnungen seines Vaters. Er hatte Kopien davon einem Bekannten an der Universität überlassen und heute dessen niederschmetterndes Urteil darüber erfahren.

„Und es gibt wirklich keinen Anhaltspunkt?" fragte Gabi zweifelnd.

„Nein. Diese Schrift ist absolut unbekannt. Wenn es überhaupt eine Schrift ist und nicht einfach nur nichtssagendes Gekrakel", wiederholte er seine deprimierende Nachricht noch einmal.

Sie zog sich automatisch eine Zigarette aus dem Päckchen und steckte sie an. „Keine Ähnlichkeit mit einer bekannten Sprache oder Schrift?"

Er schüttelte den Kopf.

„Und wie ist es mit toten Sprachen? Keilschrift oder so etwas? Dein Vater war doch Archäologe. Sie haben irgendwo da unten Ausgrabungen gemacht. Altertümer. Vielleicht ist es so etwas wie Hieroglyphen." Gabi blickte Peter auffordernd an, so als ob ihm jeden Augenblick die Erleuchtung kommen müßte.

„Nein. Mein Bekannter sagt, er hätte alles überprüft, selbst die unwahrscheinlichsten Möglichkeiten wie die Schriftzeichen der Azteken. Es gibt keine Übereinstimmung mit irgendeiner bekannten Schrift. Am nächsten kommen den Schriftzeichen noch einige Buchstaben aus dem Hebräischen." Peter faltete die Fotokopien auseinander und deutete auf einige eingekreiste Symbole, neben und über die mit Bleistift Notizen gemacht worden waren. „Die hier gekennzeichneten Symbole glaubt mein Bekannter identifizieren zu können. Das hier könnte ein waw sein, das hier ein sain und dies hier ein chet, aber ohne Vokale bleiben sie absolut sinnlos. Aber auch das sind nur Vermutungen. Sicher ist er nicht."

„Scheiße", murmelte Gabi verdrossen vor sich hin.

„Vielleicht würde es uns weiterhelfen, wenn wir den Rest der Aufzeichnungen meines Vaters hätten. Diese Seiten sind irgendwo herausgerissen. Aber wo ist der Rest?"

Sie griff nach ihrem Sektglas, leerte es mit einem langen Zug und schenkte dann gleich nach.

Peter blätterte in den fotokopierten Seiten, die er mitgebracht hatte, da er das Original nicht durch das häufige Benutzen zerstören wollte. Am Rand befanden sich noch weitere Zeichen und Bemerkungen von seinem Bekannten.

„Klar ist zumindest, daß er sich in irgendeiner Anlage, vielleicht einem Tempel oder so, aufhält und dort eine Reihe von Räumen erforscht, diese Schriftzeichen kopiert und die Anlage dann wieder verläßt. Seltsam ist nur, daß er alleine zu sein scheint. Das ist, glaube ich, ziemlich ungewöhnlich."

„Laß mal sehen." Gabi stand auf, kam um den niedrigen Tisch herum, setzte sich auf die Lehne von Peters Sessel und musterte die vor ihm auf dem Tisch ausgebreiteten Blätter. Nachdem sie sich an die Schrift, die eigentlich gut lesbar war, gewöhnt hatte, nahm sie ein Blatt, das größtenteils mit den seltsamen Schriftzeichen bedeckt war, in die Hand. „Hör mal zu", forderte sie Peter auf, der von seiner etwas niedrigeren Sitzposition zu ihr aufblicken mußte. „'Nachdem ich die erste Kammer wieder erreicht hatte, machte es keine Mühe, anhand der Tafel in der Mitte den richtigen Weg zu finden. Die symmetrische Anordnung der Ausgänge folgte dem Plan, der mir inzwischen bekannt war. Der Abstieg in die nächste Ebene führte mich vorbei an den Kammern mit den Kriegern. Danach folgten die Säle der Verderbnisse. Sie alle waren für die Augen eines gewöhnlichen Menschen leer, doch ich sah, was sich darin befand. Ich mußte den Saal der Schrift erreichen, um verstehen und begreifen zu können. Ein diffuses Licht schien mich einzuhüllen, machte einerseits meine Taschenlampe überflüssig, war aber doch nicht so hell, als daß ich meiner Schritte hätte sicher sein können. Hachnem war schon längst zurückgeblieben. Ich glaube, mich an sein gurgelndes Aufstöhnen hinter mir erinnern zu können und sein flehendes Bitten, ihn nicht zurückzulassen. Ich blieb stehen und drehte mich um, doch hinter mir war nur Nacht, schwärzer, als man es sich denken kann. Das Licht schien von mir auszugehen und sich nach vorne zu erstrecken. Ich betrat den Saal des Schweigens und ...' Und danach folgt eine Passage mit diesen unerklärlichen Schriftzeichen." Gabi legte das Blatt wieder auf den Tisch zurück. „Daraus soll jemand schlau werden."

„Ich habe das schon ein paar Mal durchgelesen", erklärte er. „Irgendwie klingt das alles mehr wie die Phantasien von jemandem, der voll auf dem Trip ist, findest du nicht?"

Sie sah ihn von oben herab an und schüttelte den Kopf. „Wenn wir nur jemanden fragen könnten, der dabei war. Gibt es in den Aufzeichnungen keinen Namen oder Hinweis auf die anderen Expeditionsteilnehmer?"

Peter lehnte sich zurück und stieß mit dem Kopf an Gabis Arm, mit dem sie sich auf der Rückenlehne abgestützt hatte. Sie zuckte kurz, aber deutlich merkbar zusammen und zog ihren Arm dann weg.

„Gibt mir doch mal das Bild", meinte er nach einem Moment des Nachdenkens. Sie stand auf und holte das Bild aus einer Schublade des Wohnzimmerschrankes hervor.

Er starrte lange darauf, drehte es um, aber im Gegensatz zu seinem Abzug war auf diesem kein Datum vermerkt. „Wir wissen, daß die Frau deine Mutter ist und der Mann", er deutete auf die Gestalt am linken Bildrand, „mein Vater. Und wir wissen, daß es am neunzehnten Februar aufgenommen ist."

„Wahrscheinlich in Freiburg, irgendwo an der Universität", ergänzte Gabi. „Von den anderen beiden Personen wissen wir nichts."

Er studierte einmal mehr die beiden anderen Männer, die auf dem Foto abgebildet waren. Es gab keinen Anhaltspunkt, nur Vermutungen. „Ich nehme an, das sind die anderen Expeditionsteilnehmer."

Sie zog mißmutig die Augenbrauen hoch, als wollte sie sagen, dazu gehöre nicht viel Kombinationsgabe. Danach kehrte wieder Stille ein, und die beiden hingen ihren eigenen, aber doch sehr ähnlichen Gedanken nach.

„Vielleicht ist das gar keine richtige Schrift", brach Peter schließlich die Stille.

„Was meinst du damit?"

„Nun, was wäre, wenn mein Vater nicht wollte, daß andere erfahren, was er entdeckt hat, und Teile seines Berichtes in einer Geheimschrift abgefaßt hat? Wenn er seine Aufzeichnungen, oder die wichtigsten Teile davon, verschlüsselt hat?"

Sie dachte einen Moment nach. „Glaubst du?" fragte sie dann zweifelnd.

„Nun, es wäre zumindest eine Erklärung, warum man keine Übereinstimmung mit bekannten Sprachen oder Schriften findet."

„Normalerweise nimmt man dann aber Zahlen oder vertauscht die Buchstaben nach einem bestimmten System. Das hier", sie deutete auf die Blätter vor ihnen, „erscheint mir ziemlich willkürlich."

„Vielleicht ist es gar nicht so willkürlich, wenn man es einmal unter diesem Aspekt betrachtet", gab er zu bedenken und nahm ein Blatt, das vollständig mit den unerklärlichen Zeichen bedeckt war. Gemeinsam brüteten sie eine Weile darüber.

„Also, ich kann darin nichts erkennen", erklärte sie nach einiger Zeit resignierend.

„Gib nicht so schnell auf. Schau mal hier." Peter deutete auf ein auffällig gewundenes Zeichen. „Das kommt hier und hier und hier wieder vor. Das hier sieht aus wie ein M, und das hier ist möglicherweise ein U..."

„Trotzdem hilft uns das nicht weiter", dämpfte Gabi seine Begeisterung. „Wir wissen damit immer noch nicht, was es bedeuten könnte."

„Leider hast du recht." Peter zuckte mit den Schultern und legte das Blatt auf den Tisch zurück. „Aber das hier", er deutete auf ein anderes Blatt, „sieht aus wie die Seite eines Vokabelheftes. Da sind diese Schriftzeichen untereinander angeordnet. Vielleicht haben auf der gegenüberliegenden Seite die deutschen Wörter gestanden. Wenn wir nur das Heft hätten, aus dem diese Blätter herausgerissen wurden."

Gabi nahm das von Peter bezeichnete Blatt in die Hand und studierte es. Dann legte sie es mit einem enttäuschten Kopfschütteln zurück.

„Wann wurde dein Vater eigentlich geboren?" wechselte sie abrupt das Thema.

„Neunzehnhundertdreißig, warum?"

„Nur so. Gehen wir einmal davon aus, daß die anderen Teilnehmer der Expedition in seinem Alter waren, dann müßten sie doch noch leben. Wir müssen sie ausfindig machen und mit ihnen sprechen. Dann erfahre ich auch etwas über meine Mutter."

„Und wie stellst du dir das vor?" wollte er wissen. „Wir haben keinen Namen, nichts außer einer dreißig Jahre alten Fotografie."

„Doch wir haben zwei Namen, den meiner Mutter und den deines Vaters", widersprach sie immer noch voller Begeisterung.

Er schüttelte den Kopf. „Hör zu, Gabi. Wir haben den Namen meines Vaters, das stimmt, und wir haben auch den Mädchennamen deiner Mutter, aber nach dreißig Jahren besteht kaum die Möglichkeit, dort noch jemanden zu treffen, der die beiden kannte. Die Professoren sind längst alle pensioniert, wenn nicht tot, und ihre Kommilitonen werden sich in alle Winde verstreut haben. Gehen wir einmal davon aus, daß der Grabungsleiter mindestens so um die vierzig gewesen ist, sagen wir fünfundvierzig, dann wäre er heute fünfundsiebzig ..."

Sie nickte betroffen und stand von der Armlehne auf. „Wahrscheinlich hast du recht. Trotzdem bin ich der Meinung, man sollte einen Versuch unternehmen."

„Du willst wirklich nach Freiburg fahren und dort herumfragen?" Er war über ihre Beharrlichkeit erstaunt.

„Ich nicht", gab sie zurück. „Du müßtest das machen."

„Ich, was habe ich damit zu tun?"

„Erstens geht es schließlich auch um deinen Vater, und zweitens kann ich meine Tochter nicht alleine hierlassen, und mitnehmen wäre auch ziemlich ungünstig. Also mußt du das erledigen."

„Mal ganz davon abgesehen, daß Thomas es nicht erlauben würde", ergänzte Peter, und Gabi bemerkte den leicht sarkastischen Ton in seiner Stimme.

„Thomas hat mir nichts zu verbieten", erklärte sie bestimmt, obwohl sie genau wußte, daß er es in diesem Fall bestimmt versuchen würde.

„Sooo ...?" gab er zurück. „Das schien mir aber bei unserem letzten Gespräch ganz anders. Und warum sollte ich kommen, wenn er unterwegs ist?"

Gabi sackte etwas in sich zusammen. „Eigentlich ist er ja nicht so", setzte sie zu einer Erklärung an, „aber er will von der ganzen Sache nichts wissen. Er hat akzeptiert, daß meine leibliche Mutter nichts mit mir zu tun haben will, und damit war der Fall für ihn erledigt. Meine Adoptiveltern sind und bleiben für ihn meine Eltern und damit Schluß. Was jetzt passiert, bringt nur Unruhe in sein geordnetes Leben."

„Ja, das ist nichts für einen gesitteten Familienvater", meinte Peter ironisch, kam aber nicht dazu weiterzusprechen.

„Ganz so ist es auch nicht", widersprach sie, „aber seit Ilona-Maria da ist, würde er mich am liebsten zusammen mit dem Kind erst in Watte packen und dann in der Wohnung einsperren. Du bist sowieso Gift für mich."

Er schaute sie erstaunt und ungläubig an.

„Na klar. Du lebst in den Tag hinein, trägst keine Verantwortung und kennst mich wesentlich länger als er. So etwas merkt man. Jetzt hat er wenigstens eines dir voraus, nämlich unsere Tochter."

Peter wollte etwas darauf erwidern, doch Gabi brachte ihn mit einer kurzen Handbewegung zum Schweigen. „Laß gut sein. Wir machen weiter. Ich kann jetzt nicht aufhören, dazu bin ich viel zu neugierig. Mit Thomas werde ich schon fertig. Und Freiburg übernimmst du."

Bevor Peter antworten konnte, klingelte das Telefon.

Gabi ging zum Apparat und hob dem Hörer ab, während sie zu Peter fast entschuldigend sagte: „Das ist sicher Thomas."

„Lautner."

Peter sah Gabis verunsicherte Miene, als sie wiederholte: „Lautner?"

Nach einer kurzen Pause, in der sie angestrengt am Hörer lauschte, sagte sie: „Hallo, ist da jemand? Melden Sie sich." Dann legte sie den Hörer wieder auf. „Hat sich keiner gemeldet."

„Auch kein Schnaufen und Stöhnen?" fragte Peter ironisch.

„Nein, die Leitung war absolut tot."

„Vielleicht eine Fehlschaltung", meinte er. „Probier doch mal, ob alles in Ordnung ist."

Sie hob den Hörer wieder ab, und sofort erklang das Freizeichen. „Alles in Ordnung."

„Sicher hat sich jemand verwählt und gleich wieder aufgelegt. Oder kommt das öfter vor?"

„Eigentlich nicht, aber jetzt, da du fragst ... In letzter Zeit ein paar Mal schon. Ich glaube, ich schalte mal lieber den Anrufbeantworter ein", meinte sie, „dann habe ich meine Ruhe vor solchen Anrufen."

„Ist der bei euch nicht immer eingeschaltet?" fragte Peter erstaunt.

„Früher schon, als wir noch häufig unterwegs waren, aber seit Ilona-Maria da ist, brauchen wir ihn nicht. Wir sind ja meistens zu Hause."

„Du bist also der Meinung, ich sollte nach Freiburg fahren", griff er die Unterhaltung wieder an dem Punkt auf, wo sie vom Läuten des Telefons unterbrochen worden war.

„Ich denke schon. Vielleicht bringt uns das weiter. Wenn nicht ..." Sie zuckte mit den Achseln und ließ den Satz unvollendet im Raum stehen.

Peter nahm sich eine Zigarette und bot automatisch Gabi eine an. Schweigend starrten sie auf die Rauchfahnen, die sich von der Glut zur Decke hin kräuselten.

„Weißt du", begann er nachdenklich, „ich fühle mich bei der Sache etwas hilflos. Ich eigne mich nicht zum Detektiv."

Sie grinste ihn an. „Komm schon, Marlow, geh einfach hin und stell ein paar Fragen, dann setzen wir das Puzzle zusammen."

Er lachte kurz auf, und dann glitt die Unterhaltung unmerklich zu anderen Themen wie das Befinden von Ilona-Maria, das Leben im Joch der Elternschaft, die letzten Filme und die drängende Frage nach Weihnachtsgeschenken. Inzwischen war eine zweite Flasche Sekt geleert, und der Aschenbecher quoll über, als sich das Telefon wieder meldete. Peter gab Gabi ein Zeichen, ans Telefon zu gehen, aber die wartete ab, bis sich nach dem vierten Klingeln der Anrufbeantworter einschaltete.

„Das kann Thomas nicht sein", erklärte sie mit einem Blick auf die Uhr. „So spät würde er nicht anrufen."

Peter schaute auf die Uhr. Halb zwölf. Es wurde Zeit, daß er nach Hause ging. Mit einem leisen Klacken schaltete sich der Anrufbeantworter wieder ab. Jemand hatte eine Nachricht hinterlassen. Gabi stand auf und ging zu dem Gerät hinüber.

„Wollen doch mal sehen, wer das war." Sie spulte das Band zurück und drückte auf den Wiedergabeknopf.

„Hier ist der Anschluß von Gabi und Thomas Lauter", erklang Gabis verzerrte Stimme aus dem Lautsprecher, „momentan haben wir Besseres zu tun, als zu telefonieren. Bitte hinterlassen Sie eine Nachricht nach dem Signalton." Danach trat eine kurze Pause ein, dann war eine unpersönliche Stimme zu vernehmen. „Entschuldigen Sie bitte die Störung, Frau Neubert, aber leider sind Umstände eingetreten, die es notwendig machen, Sie zu warnen. Es gibt viele Welten, und zwischen ihnen befinden sich Türen, zu denen Sie einen Schlüssel besitzen. Hüten Sie sich davor, ihn zu benutzen."

Gabi stand bewegungslos neben dem Anrufbeantworter und war kreidebleich. Ihre Hände zitterten, als sie das Gerät abschaltete. Dann sah sie zu Peter hinüber. Er saß verkrampft, nach vorne gebeugt im Sessel, und sein Gesichtsausdruck war eine Mischung von Überraschung, Unglauben und Furcht. Gabi wußte es nicht zu deuten. Langsam löste sich ihrer beider starre Haltung, und Gabi machte einen zögernden Schritt zu Peter hin. Wie in Zeitlupe stand er auf, kam ihr ein, zwei Schritte entgegen, breitete die Arme aus und zog sie beschützend an sich. Während er über ihren braunen Haarschopf hinweg auf das Regal mit dem Anrufbeantworter starrte, machte sich in seinem Kopf eine Leere breit, die keinen klaren Gedanken mehr zuließ. Gleichzeitig entstand irgendwo in seinem Unterleib ein beklemmendes Gefühl, krampfte seinen Magen zusammen, schien seine Lungen zu lähmen, erreichte schließlich als dicker Kloß seine Kehle und machte ihm das Sprechen unmöglich. Stattdessen strichen seine Hände beruhigend über Gabis Rücken, die zweimal zum Sprechen angesetzt hatte, bis es ihr schließlich gelang, mit rauher Stimme einen Satz hervorzubringen.

„Woher“, kam es stockend und mit ganz fremder Stimme aus ihrer Kehle, „woher kennt der meinen richtigen Namen?“

Peter verstand im ersten Augenblick nicht. „Welchen Namen meinst du?“

„Hast du nicht gehört? Er nannte mich Frau Neubert.“

Jetzt wurde es auch Peter bewußt, daß Gabi für die meisten Leute wenn nicht Lautner, so doch Manke hieß.

„Niemand kennt diesen Namen“, fuhr sie fort. „Außer ganz wenigen Leuten. Und die kann ich an einer Hand abzählen.“

Peter wunderte sich weniger darüber als Gabi. Der geheimnisvolle Unbekannte schien ziemlich viel zu wissen. Warum also sollte er nicht auch Gabis richtigen Namen kennen? Gabi löste sich langsam von ihm und blickte ihn fragend an. Er schüttelte den Kopf, war sich noch nicht klar darüber, was, oder besser gesagt wieviel, er ihr mitteilen konnte und wollte. Sie ging zum Couchtisch und zog sich eine Zigarette aus seinem fast leeren Päckchen.

„Gibt mir auch eine.“

Sie reichte ihm das Päckchen und bemerkte das Zittern seiner Hände, als er das Feuerzeug an die Zigarette hielt.

„Und?“

„Was und?“ fragte er, obwohl er genau wußte, auf was ihre Frage abgezielt hatte.

„Was sagst du dazu?“

„Kann ich das noch einmal hören?“ Ein weiterer Versuch von ihm, Zeit zu gewinnen.

Gabi ging zum Anrufbeantworter, spulte das Band zurück, und kurz darauf erklang wieder die seltsam unpersönliche Stimme mit ihrer höflich ausgesprochenen Warnung, die darum aber nichts von der in jedem Wort mitschwingenden Bedrohlichkeit verlor. Peter in seinem Sessel, und Gabi neben dem Regal hatten diesmal ohne eine Miene zu verziehen der Nachricht gelauscht. Als sie zu Ende war, spulte Gabi das Band wieder zurück und stellte den Anrufbeantworter aus.

„Ich weiß gar nicht, wovon der redet. Schlüssel, Türen, andere Welten. Was ist das für krauses Zeug?“

Peter zuckte mit den Achseln.

„Was hat das zu bedeuten? Mir könnte das ja alles egal sein. Irgendein Spinner. Manche stöhnen ins Telefon, andere erzählen irgendwelche obszönen Sachen. Was soll's", versuchte sie jetzt, die Sache nüchtern zu betrachten, „doch woher weiß er, daß ich als Neubert geboren wurde? Und wieso taucht dieser Kerl genau in dem Moment auf, wo ich Nachforschungen über meine Mutter anstelle?"

Peter beschränkte sich wieder auf ein Achselzucken.

„Hat das vielleicht etwas mit dir zu tun? Damit, daß unsere Eltern sich gekannt haben müssen? Nun sag schon was! Sitz nicht da wie jemand, der die Sprache verloren hat."

Er drückte seine Zigarette im Aschenbecher aus. Dann begann er langsam und überlegte sich jedes Wort. „Ich kenne die Stimme", erschien ihm der unverfänglichste Anfang für das, was er zu sagen hatte, doch da wurde er schon von Gabi unterbrochen.

„Du kennst die Stimme?" Erstaunen und ein Hauch von Mißtrauen schwang in ihren Worten mit. „Wer ist es?"

„Keine Ahnung", erklärte Peter. „Ich habe gesagt, ich kenne die Stimme, und nicht, daß ich wüsste, wer es ist. Jetzt laß mich bitte ausreden."

Es dauerte fast eine halbe Stunde, bis Peter alles, was er wußte, unterbrochen von vielen Fragen Gabis, die er nicht beantworten konnte, erzählt hatte. Einiges mußte er mehrfach wiederholen und konnte Gabis bohrende Neugierde nach dem genauen Wortlaut der Mitteilungen auf seinem und Monikas Anrufbeantworter doch nicht befriedigen. „So, mehr weiß ich auch nicht. Der Kerl redet von Türen, die wir, Monika und ich, nicht benutzen sollen, und jetzt behauptet er, du hättest den Schlüssel dazu."

„Ich habe keine Ahnung", wiederholte Gabi ein weiteres Mal. „Was soll das für ein Schlüssel sein? Wie schließt man Türen zwischen Welten auf?"

„Monika und ich", versuchte Peter sie zu beruhigen, „haben das Ganze als dummen Scherz aufgefaßt, den sich jemand gemacht hat und über den man eigentlich nicht lachen kann." Er verschwieg, wie sehr die Sache seine Freundin und ihn in Wirklichkeit mitgenommen hatte und daß auch sie ohne Erfolg über den Sinn dieser Nachrichten gegrübelt hatten und natürlich auch über den, der dahintersteckte. „Ich würde die ganze Sache nicht so ernst nehmen. Es gibt jetzt Wichtigeres. Unter anderem Freiburg." Damit versuchte er, ihre Gedanken auf etwas zu lenken, das sie ausreichend beschäftigen würde.

„Und wenn es genau damit etwas zu tun hat?"

„Glaube ich nicht. Wie sollte es?"

Sie schaute ihn lange an, und ihr Blick brachte deutlich zum Ausdruck, daß sie nicht seiner Meinung war.

„Ist jetzt wieder alles in Ordnung?“ wollte er nach ein paar Minuten des Schweigens wissen, in denen er auf seine Uhr geschielt und festgestellt hatte, daß es inzwischen halb eins geworden war. Er fühlte sich auf einmal müde und wollte nach Hause. Außerdem stand ihm noch die unangenehme Fahrt mit dem Fahrrad bevor.

Gabi schien seine Gedanken gelesen zu haben. „Keine Angst, du kannst ruhig gehen. Ich bin schließlich keine hysterische Ziege. Es ist alles soweit in Ordnung.“

„Wirklich?“

„Ja, mach dir keine Sorgen. Außerdem habe ich ja Ilona-Maria, die paßt schon auf mich auf.“

„Gut“, meinte Peter, „dann geh' ich mal.“ Er stand auf und nahm seine Jacke vom Kleiderhaken im Flur. Er zog sie an, holte die Handschuhe aus den Taschen und schob sich die Wollmütze über den Kopf. An der Tür nahm er Gabi noch einmal kurz in den Arm und murmelte ihr ins Ohr: „Keine Panik, hmmm?“

Als er schon fast zur Tür hinaus war, flüsterte Gabi, während sie langsam die Tür hinter ihm schloß, in den hallenden Flur hinein: „Von dem Anruf sagen wir Thomas besser nichts, okay?“

„Klar“, versicherte Peter, den Finger schon auf dem Liftknopf. Im Erdgeschoß angekommen, stieg er die kurze Treppe zum Kellervorraum hinunter, wo sein Fahrrad stand. Er trug es die wenigen Stufen hinauf, öffnete die Eingangstür und schob es in die feuchtkalte Dezembernacht hinaus. Kurz darauf bog er in den sanft abfallenden Landgraben ein, der um diese Zeit verlassen vor sich hinträumte. Die Ampelanlage an der Einmundung auf die Marktstraße war schon lange auf gelbes Blinklicht geschaltet, als Peter rechts in Richtung Vilbeler Landstraße abbog. Jetzt lag der unangenehmste Teil seiner Fahrt vor ihm, eine der Haupteinfallstraßen nach Frankfurt, die er nicht umgehen konnte. Doch auch hier hatte der ungemütliche Winterabend anscheinend ganze Arbeit geleistet. Von einem einsamen Taxi, das ihn auf der Borsig Allee überholte, abgesehen, war er ganz alleine unterwegs. Fast begann er die Fahrt zu genießen. Rechts von ihm lagen das Eisstadion und der verlassene Festplatz, während vor ihm sich die Bäume des Ostparks dunkel vor dem Lichtschein der hell erleuchteten Innenstadt abhoben. Die Ampel am Ratsweg war noch in Betrieb, und ihre Lichter wechselten von Grün zu Gelb zu Rot zu Grün ...

Peters Blick war starr auf die sich verändernden Lichtpunkte gerichtet, mechanisch, ohne nachzudenken traten seine Beine in die Pedale und brachten das Fahrrad voran, ohne dem roten Licht vor ihm näher zu kommen. Ein langer Tunnel lag vor ihm, an dessen Ende ein schwaches rotes Glühen schimmerte. Es schien sich mit viel größerer Geschwindigkeit wegzubewegen, als er sich ihm näherte. Die glänzende Straße unter ihm schien zu verschwimmen. Der trübe Lichtkegel der Fahrradlampe wurde immer schwächer, als ob der Dynamo nicht mehr genügend Strom lieferte, obwohl das surrende Geräusch hinter ihm sich nicht verändert hatte. Rechts und links von ihm war alles seltsam verschwommen, doch er konnte sich nicht darum kümmern, er mußte sein Fahrrad auf das Licht zusteuern, das am Ende des Tunnels auf ihn wartete. Als Peter an die Kreuzung kam, sprang die Ampel auf Grün, und die nächtlichen Konturen der Stadt hoben sich wie mit einem Messer gezogen gegen den bleichen Himmel ab. Er fuhr sich mit der Hand über die Augen und die Stirn und wischte sich den Schweiß an seinem T-Shirt ab. Dann bog er in den Ratsweg ein und war schon fast zu Hause.

Am nächsten Morgen erwachte er von unbestimmten Geräuschen, die aus der Küche im unteren Stockwerk kamen. Ein Blick durch das große Panoramafenster nach draußen über die Spitzen der niedrigen Bäume hinweg zeigte ihm, daß die Sonne gerade dabei war, die Baumwipfel zu erklettern, und der strahlende Himmel verhieß einen weiteren makellosen Sommertag. Peter stieg langsam aus dem Bett, ging an dem begehbaren Kleiderschrank, der eine ganze Wand des Schlafzimmers einnahm, vorbei ins Bad. Unten in der Küche war seine Frau Monika dabei, das Frühstück zu machen, bevor sie dann gemeinsam zum Flughafen fahren würden, von wo aus er für vier Tage zu einer Konferenz in eine andere Stadt mußte. Eine halbe Stunde später ging er frisch geduscht, ein Lied ziemlich schräg vor sich hin pfeifend die Treppe hinunter. Er blickte instinktiv durch das Wohnzimmer hindurch auf die Terrasse, von der man große Teile des weitläufigen Gartens mit dem alten Baumbestand überschauen konnte, und bemerkte den auf der Terrasse gedeckten Frühstückstisch. Monika saß schon draußen und blätterte in der Zeitung. Ihre langen blonden Haare hatte sie mit einem Band zu einem Pferdeschwanz zusammengebunden, und ihre blauen Augen strahlten ihn an, als er sich zu ihr setzte. Auch im Sitzen überragte sie ihn deutlich. Obwohl Peter mit einem Meter siebzig schon zu den Größeren seines Geschlechts gehörte, war er doch gute zwanzig Zentimeter kleiner als seine Frau. Sie reichte ihm die Zeitung und schenkte sich und ihrem Mann Kaffee ein.

Er überflog die Titelseite und blätterte dann gleich weiter zum Wirtschaftsteil. Hinter der Zeitung hörte er das Klappern von Monikas Messer, ab und zu ein leises Klicken, wenn sie ihre Tasse wieder auf die Untertasse zurückstellte. Als er den Wirtschaftsteil durchgesehen hatte, faltete er die Zeitung zusammen und legte sie neben seinen Teller. Während er seinen Toast sorgfältig mit Butter bestrich, hielt er mehrmals inne und blickte fasziniert auf den kurzgeschnittenen schwarzen Haarschopf seiner Frau, der in dem schräg einfallenden Sonnenlicht eine stahlblaue Färbung annahm. Noch in diese Betrachtung vertieft, verschwammen auf einmal die Seiten seines Gesichtsfeldes, engten es immer mehr ein, bis nur noch ein kleiner Fleck genau im Mittelpunkt seiner Blickrichtung so scharf war, daß Peter etwas erkennen konnte. Er kniff die Augen zusammen, doch es trat keine Besserung ein. Er schüttelte den Kopf, als könne er das plötzlich aufgetretene Phänomen wie eine lästige Fliege verscheuchen.

Das Mittagessen in der Kantine war wieder von der üblichen schlechten Qualität, doch Peter hatte es schon lange aufgegeben, sich darüber im Kollegenkreise zu beschweren. Unmutig stocherte er mit dem Sauglöffel in dem blaßgelben Brei herum und konnte sich nicht dazu entschließen, einen weiteren Zug zu nehmen. Ihm gegenüber saß Monika Geldern aus der Qualitätskontrolle, ihre kurzen schwarzen Haare steckten unter einer enganliegenden Haube, ihr dunklen Augen blickten müde auf den Teller vor sich. Sie und Peter trafen sich meist beim Essen und tauschten ein paar nichtssagende Höflichkeitsfloskeln aus. Obwohl er sich schon einige Male, wenn er alleine in seiner Unterkunft von der jungen Frau träumte, genau zurechtgelegt hatte, wie er sie in ein intensiveres Gespräch verwickeln könnte, hatte es noch nie geklappt. Auch jetzt überlegte er gerade wieder, ob er eine Bemerkung über das Essen machen sollte, doch den letzten derartigen Versuch hatte sie nur mit einem uninteressierten Achselzucken quittiert. Peter schob den Teller zur Seite, stützte die Ellenbogen auf den Tisch und legte den Kopf in die Handflächen. Die Frau schien diese Bewegung bemerkt zu haben und schaute über den Tisch zu ihm hinüber. Noch bevor er sie ansprechen konnte, war der kurze Blickkontakt schon wieder abgebrochen. Kurze Zeit später erklang der Gong, der die Mittagspause beendete. Peter nahm seine Krücke, die er neben seinem Stuhl an den Tisch gelehnt hatte, und stemmte sich hoch. Sein rechtes Bein stand in einem unnatürlichen Winkel von der Hüfte ab. Mit der linken Hand hielt er sich noch einen Moment an der Tischkante fest, bis er die Krücke sicher im Griff hatte, und humpelte dann um den Tisch herum hinter Monika her. Sie trug den gleichen grauen Overall, den sie alle hier bei Thompson & Alley tragen mußten. Peter versuchte, die Rundungen von Monikas Hüften unter dem unförmigen Kleidungsstück zu erahnen, doch dabei war er mehr auf seine Phantasie denn auf eine tatsächliche Beobachtung angewiesen. Monika geisterte durch seine erotischen Träume, und ihr Körper unterlag dabei in seiner Vorstellung einer Reihe von Veränderungen, je nachdem, ob ihm der Sinn nach einem großbusigen Vamp oder einem mehr knabenhaften Mädchen stand. Nach kurzer Zeit hatten sich die meisten Arbeiter der ersten Mittagsschicht an ihm vorbeigedrängt, und Peter humpelte mißmutig hinterher, denn mit den dichtgedrängten Menschenmassen war auch Monika aus seinem Gesichtsfeld verschwunden. Es würde ein langer Nachmittag werden, an dem er wieder endlose Zahlenreihen mit Farb- und Geschmackscodes zu programmieren hätte und jeden Gedanken an Monika unterdrücken mußte. Weiter vorn im Gang glaubte er noch einmal kurz die Gestalt der jungen Frau seiner Wünsche erkennen zu können. Er konzentrierte sich ganz darauf und bemerkte nur flüchtig, wie rings um ihn herum alles unscharf wurde, so als ob man durch eine starke Brille sehen würde, ohne selbst einen Sehfehler zu haben. Wie ein Sog schien es ihn in einen Tunnel hineinzuziehen, ohne daß er sich auch nur einen Zentimeter von der Stelle bewegte.

Der Abend, so hatte Peter schon lange für sich entschieden, war die schönste Zeit des Tages. Die in den Stunden davor angesammelte Müdigkeit hatte ihr Ziel gefunden, und der Berg, der jeden Morgen vor einem aufragte, war wieder ein Stück abgetragen. Er ließ die Zügel fast spielerisch auf den Rücken des Pferdes klatschen, das daraufhin mit einer kurzen Bewegung der Beschwerde den Kopf schüttelte, wobei die blonde Mähne des Falben auch gleich die Fliegen verscheuchte, die sich auf dem Rücken und dem Hals niedergelassen hatten. Peter lenkte den kurzen Pritschenwagen, auf dessen Ladefläche ab und zu die Werkzeuge gegeneinanderklapperten, um die Koppel herum vor die Scheune und spannte das Pferd aus. Erst wenn das Tier gut versorgt im Stall stünde, wäre auch Peters Arbeitstag endgültig vorbei. Die Sonne stand tief über dem nördlichen Horizont, als Peter die letzten Pflichten des Tages erledigt hatte und zum Wohnhaus, wo seine Mutter schon mit dem Abendessen auf ihn wartete, hinüberging. Sein Vater säße schon in seinem Schaukelstuhl auf der hinteren Veranda, von wo aus man das Farbenspiel des Sonnenuntergangs am besten verfolgen konnte. Wahrscheinlich hätte er sich bereits die erste Pfeife angesteckt. Im Vorbeigehen warf Peter automatisch einen Blick auf das große Holzschild mit den beiden ineinander verschlungenen Ms, die für Michael und Monika standen, seine Eltern, die diese Farm ganz alleine am Rande der Wüste aufgebaut hatten. Sein Vater wurde jetzt langsam alt. Auch wenn er es nicht zugeben wollte, widersprach er nur noch aus Gewohnheit, wenn sein fünfundzwanzigjähriger Sohn ihm die schwersten Arbeiten abnahm. Noch vor fünf Jahren hätte Peter keine Chance gehabt, sich in dieser Sache gegen seinen Vater durchzusetzen. Seine Mutter war da ganz anders. Das harte Leben hatte ihre mädchenhafte Schönheit ziemlich schnell verblassen lassen, die schwarzen Haare waren schon bald mit grauen Strähnen durchsetzt gewesen und schließlich ganz weiß geworden, doch an die Stelle dieser verblassenden Schönheit war eine andere getreten, die auch mit zunehmenden Alter nicht verging.

Schon beim Betreten des Hauses hatte Peter das Gefühl, es sei etwas nicht in Ordnung, doch viel zu schnell durchquerte er die Diele, um in die Küche zu kommen, als daß er Zeit genug gehabt hätte, darüber nachzudenken. In der Küche angekommen, wurde es ihm mit einem Schlag klar. Es fehlten die Geräusche, die ganz zwangsläufig entstanden, wenn seine Mutter das Essen zubereitete. Die Küche war verlassen. Im Herd glimmte nur die Dauerglut, die darauf wartete, wieder entfacht zu werden. Peters Blick kreiste zum zweitenmal durch den Raum, und da bemerkte er den hellen Fleck auf dem Küchentisch. Es war ein Blatt Papier mit einer in der sorgfältigen Schrift seiner Mutter abgefaßten Nachricht.

Lieber Peter,

*Vater und ich sind in die Stadt zum Bahnhof gefahren, um Deine Schwester abzuholen. Wir hoffen, daß es nicht allzu lange dauern wird. Leider hatten wir keine Zeit, hinaus zu Dir auf die Weide zu kommen, um Bescheid zu sagen. Nimm Dir etwas zu essen. Richtiges Abendbrot gibt es dann, wenn wir zurück sind.*

Alles Liebe, Mutter

Peter drehte den Zettel unschlüssig zwischen den Fingern und steckte ihn dann, ohne sich dessen bewußt zu sein, in seine Hosentasche. Seltsam, murmelte er vor sich hin. Wieso sollte auf einmal seine Schwester hier erscheinen? Er schüttelte den Kopf und schnitt sich ein Stück Brot und ein Stück Schinken ab. Immer noch nachdenklich, schlenderte er durch die Hintertür auf die Veranda hinaus, wo das allabendliche Schauspiel des blaugelben Sonnenuntergangs schon begonnen hatte. Er setzte sich auf die Bank neben der Tür und lehnte sich mit dem Rücken gegen den rauhen Putz der Hauswand. Als er verträumt über die Felder nach Norden sah, kam plötzlich seine Schwester Sandra um die Hausecke. Ihre langen blonden Haare waren zu Zöpfen geflochten, die der Zehnjährigen bis an die Hüften hinunterbaumelten. Ihre strengen Gesichtszüge, die sie, wenn man nur ihr Gesicht betrachtete, viel älter erschienen ließen, waren zu einer eigenartigen Grimasse verzogen. Sie kam auf ihn zu und nahm ihn wortlos bei der Hand. Mit einem kurzen Ruck hatte sie ihn von der Bank hochgezogen und führte ihn in Richtung der Scheune. Er folgte willenlos wie in Trance.

Auf einmal wußte er, was nicht stimmte. Sandra konnte nicht hier sein; sie war mit zehn Jahren als kleines Mädchen an einem Blinddarmdurchbruch gestorben. Es war der traurigste Tag in seinem Leben gewesen. Er hatte seine Schwester immer gemocht, auch wenn sie sich in ihren letzten Jahren für den damals an der Schwelle zum Mann stehenden Bruder zunehmend als Nervensäge erwiesen hatte. Wen also waren seine Eltern abholen gefahren, ging es ihm durch den Kopf, während er, immer noch dem kleinen Mädchen folgend, auf das offene Scheunentor zulief. Die Sonne war inzwischen untergegangen, aber im blaugelben Schein, der sich über dem nördlichen Horizont erhob, waren die Konturen der Gebäude noch deutlich zu erkennen. Nur in der Scheune waberte eine nachtschwarze Dunkelheit, und dahin zog ihn die kleine Sandra. Obwohl seine Gedanken rasten, um das, was er wußte, zu einem sinnvollen Bild zusammenzufügen, waren sie doch für das kleine Mädchen zu langsam. Kaum hatten sie die Dunkelheit der Scheune betreten, wurde Peter von einem gewaltigen Sog nach oben gerissen. Instinktiv brachte er seine Arme noch schützend über den Kopf, doch der gewaltige Aufprall auf das Dach der Scheune blieb aus. Wie durch ein Fernrohr sah er, als er nach unten blickte, seine Eltern zusammen mit seiner inzwischen erwachsenen Schwester dort stehen.

## $\sqrt{-1}$ Chicago, Illinois, Sommer 1968

„Hast du schon den *Berkeley Barb* gelesen“, fragte Greta O'Tantun, kaum daß sie den weitläufigen Archivraum, den sie sich mit Sandra als Arbeitszimmer am Oriental Institut der Universität von Chicago teilte, betreten hatte.

„Du weißt doch, daß ich mich nicht dafür interessiere“, gab Sandra mit einer unwirschen Kopfbewegung in Richtung Tür zurück.

„Das kann dir doch nicht alles gleichgültig sein.“ Wieder hatte sich ein ungläubiger Tonfall in Gretas dunkle Stimme geschlichen. „Auch wenn du eine Deutsche bist“, fügte sie mißbilligend hinzu.

Sandra schob mit einer müden Bewegung den Katalog der Fundstücke beiseite, stützte den Kopf in die Handflächen und schaute zu Greta hoch, deren langes fuchsrotes Haar zu einem Zopf geflochten war und deren mit Sommersprossen übersätes Gesicht vor Aufregung oder Wut eine deutliche Röte aufwies. Die examinierte Studentin der Altertumskunde war ihr am Anfang des Semesters als Hilfskraft zugeteilt worden, doch in diesem Frühjahr und Sommer konnte man anscheinend von keinem Studenten irgendeine Arbeitsleistung erwarten. Eigentlich mochte Sandra Greta, die ihren Master of Arts mit einer bemerkenswert guten Note gemacht hatte und seit einem Jahr am Institut als wissenschaftliche Hilfskraft angestellt war, während sie gleichzeitig bei Professor Timothy O'Leary an einer Dissertation über frühsumerische Keilschriften arbeitete. Sandra selbst hatte durch eine Reihe glücklicher Fügungen, die ihr selbst nach einem Jahr noch wie ein Wunder vorkamen, eine der Assistenzprofessorenstellen am Lehrstuhl von Timothy O'Leary inne. Damit war nach dem Auslaufen ihres Stipendiums in Boulder ihr größtes Problem gelöst worden. Sie konnte in Amerika bleiben, einem Land, dem sie sich inzwischen angepaßt hatte und das allmählich begann, ihr die verlorene Heimat zu ersetzen. Professor O'Leary hatte einen Vortrag an der Universität von Boulder gehalten und war damals auf die deutsche Stipendiatin aufmerksam geworden, weil diese für ihre Position und Fachrichtung über ungewöhnliche Kenntnisse der Archäologie verfügte. In einem Gespräch konnte Sandra den Wissenschaftler aus Chicago dann noch mehr beeindrucken. Zu diesem Zeitpunkt hatte sie keinen Gedanken daran verschwendet, daß sich daraus eine berufliche Perspektive ergeben könnte. Erst als sie in den Winterferien, kurz nach Weihnachten, aus dem tief verschneiten Boulder mit dem Zug nach Chicago reiste, wohin sie der Professor für eine zweitägige Tagung eingeladen hatte, begann sie diese

Möglichkeit ins Auge zu fassen. Ihr blieb nicht verborgen, daß O'Leary alles, was sie während dieser zwei Tage sagte, genau verfolgte und sie auch in den zwei Stunden, als er sie durch die Sammlung des Instituts führte, immer wieder zu Kommentaren aufforderte, die er teils wohlwollend, teils mit fragendem Blick hinnahm, ohne jemals direkt auf das einzugehen, was sie von sich gab. Während der Rückfahrt nach Boulder hatte sie dann genug Zeit gehabt, über ihren Aufenthalt in der Windy City, wie sich Chicago selbst bezeichnete, Gedanken zu machen. Danach schloß sie der Universitätsalltag in Boulder wieder in seine unnachgiebigen Arme, bis kurz vor Ostern O'Leary anrief. Man konnte dem Professor nicht vorwerfen, ein Mann vieler Worte zu sein, doch noch nie war Sandra in so spröder Form ein Angebot gemacht worden. Wenn sie wollte, so der Professor, dann könne sie eine auf fünf Jahre befristete Assistentenstelle an seinem Lehrstuhl am Oriental Institut haben. Im September wäre der Dienstbeginn. Jeder andere hätte wahrscheinlich, und wenn auch nur der Form halber, sich zumindest einen Tag Bedenkzeit erbeten, aber Sandra brauchte genau zehn Sekunden, um einmal durchzuatmen und dann ja zu sagen. Bis Mai blieb sie noch in Boulder, erledigte alles, was zu erledigen war, und machte sich dann auf nach Chicago. Zuerst nahm sie sich ein Zimmer in einem christlich geführten Apartmenthaus, bis sie nach einiger Zeit unweit der Universität in der Calumet Avenue eine möblierte Zweizimmerwohnung in einem älteren, dreistöckigen Mietshaus fand.

Sandra lehnte sich auf ihren Stuhl zurück und blickte Greta mit ihren grünen Augen durchdringend an. „Was ist denn jetzt schon wieder so Schlimmes passiert, daß der *Berkeley Barb* einen Aufschrei der Empörung losläßt?"

Greta zog ein unscheinbares Heftchen, das aus hektographierten Blättern bestand, aus ihrer Ledermappe und knallte es vor Sandra auf den Tisch. „Lies selbst."

„Du weißt, daß man das besser nicht offen herumliegen lassen sollte", erklärte Sandra im Tonfall milder Zurechtweisung, denn das Untergrundblatt war der Obrigkeit ein Dorn im Auge, was besonders für Polizeichef James Conlisk galt, der es sich allerdings zunutze gemacht hatte, um vor Beginn des Parteikongresses der Demokraten noch mehr Ordnungskräfte in Chicago zusammenzuziehen.

„Hast du etwa Angst?" Gretas Stimme klang höhnischer, als sie es eigentlich gewollt hatte.

Sandra schüttelte den Kopf und blätterte in dem mit mehr Engagement als Professionalität gemachten Blättchen herum. Aufrufe zu Demonstrationen, ein Artikel von Tom Hayden über die Organisation der Proteste gegen den Vietnamkrieg und der Aufruf, am Ende der Woche massenhaft nach Chicago zu kommen. Es ging um die Unterstützung von Eugene McCarthy, den letzten verbliebenen Friedenskandidaten für die demokratische Präsidentschaftskandidatur, nachdem Anfang Juni ihre größte Hoffnung, Bobby Kennedy, in Los Angeles erschossen worden war. Sandra konnte sich nicht vorstellen, was Gretas Unmut erregt haben könnte.

„Was hat dich denn so aufgeregt?" wollte sie dann auch wissen.

Greta ging um den breiten Tisch herum und beugte sich über Sandras Schulter. Hektisch schlug sie die Seiten um, bis sie die richtige Stelle gefunden hatte.

Mit dem Zeigefinger deutete sie auf einen halbseitigen Artikel, der DIE ARMEE MACHT GEGEN DIE BÜRGER MOBIL überschrieben war. Sandra überflog den Beitrag, in dem behauptet wurde, daß in Chicago aufgrund der zu erwartenden Demonstrationen zwölftausend Polizisten, siebentausend Mann Militär, ebenso viele Nationalgardisten und dazu noch eintausend FBI Leute zusammengezogen worden seien. Sandra zuckte mit den Schultern und schaute wieder zu Greta auf, die erwartungsvoll zu ihr herabblickte.

„Und weiter?" fragte sie.

„Hör mal", meinte Greta aufgebracht, „das bedeutet Krieg. Ist dir das nicht klar?"

„Wieso, wenn die Demonstration friedlich verläuft, dann wird nichts passieren", widersprach Sandra und wollte sich eigentlich nicht den Kopf darüber zerbrechen.

„Das kann nicht friedlich verlaufen", erklärte Greta mit Bestimmtheit. „Diese Typen sind nicht hier, um zuzusehen, wie hier friedlich demonstriert wird. Die sind zum Prügeln hier. Überleg mal! Militär, Nationalgarde und die Spitzel vom FBI. Das bringt den Topf zum Überkochen. Das wird schlimmer werden als alle Rassenkrawalle, die es nach Kings Ermordung gegeben hat. Das kannst du mir glauben. Besonders wenn Bobby Seale seine Black Panthers nicht mehr unter Kontrolle halten kann. Die wollen uns provozieren, damit sie uns auf jeden Fall fertigmachen können."

Sandra schaute Greta entsetzt an. „Du willst doch da nicht etwa mitmachen?"

„Natürlich. Dies hier ist ein freies Land. Ich habe das Recht, zu demonstrieren und gegen diese Kriegstreiberclique um Johnson und Humphrey etwas zu unternehmen, oder?"

„Sicher“, stimmte Sandra zögernd zu und reichte Greta den *Berkeley Barb*.

„Das kann doch nicht so weitergehen.“ Gretas Stimme wurde jetzt deutlich lauter. „In Vietnam sterben unsere Soldaten. Vollkommen sinnlos. Warum gehen wir nicht nach Hause? Was haben wir da unten zu suchen? Aber nein, LBJ schickt immer mehr dorthin. Und was machen die dort? Sie massakrieren Frauen und Kinder. Schmeißen Napalm auf wehrlose Menschen. Hast du My Lai schon vergessen. Wir müssen etwas dagegen unternehmen.“

„Sprich bitte nicht so laut“, ermahnte Sandra die Studentin, „man kann dich ja bis auf den Flur hören.“

„Soll man doch“, meinte Greta und fügte dann hinzu: „Wir sind hier nicht in Deutschland. Ich trete für meine Rechte und die Freiheit ein, nicht wie ihr. Ihr habt den Mund gehalten, euren Rücken gebeugt und Hitler machen lassen, was er wollte, wenn ihr nicht sogar begeistert mitgemacht habt.“

Danach herrschte Totenstille. Sandra schaute Greta entgeistert an, und an dem Entsetzen, daß sich im Gesicht der Deutschen abzeichnete, erkannte Greta, daß sie zu weit gegangen war. Sie wartete darauf, daß Sandra etwas sagen würde, doch die mußte ihre ganze Beherrschung aufbringen, um nicht selbst wütend zu werden. Was sollte sie dazu sagen? Sandra wandte den Kopf ab. Greta trat einen Schritt vor und legte Sandra die Hand auf die Schulter.

„Tut mir leid, Sandra. Ich habe es wirklich nicht so gemeint, das mußt du mir glauben. Es ist nur ... Ich bin so wütend auf das, was hier passiert. Wie man uns behandelt, in Mißkredit bringt, nur weil wir nicht wie alle guten Amerikaner zuvor mit blinder Begeisterung in Kriegsgeschrei ausbrechen. Man beschimpft uns als Kommunisten, Nestbeschmutzer, verfolgt uns und was weiß ich sonst noch alles, nur weil wir keinen Krieg wollen. Es ist alles so trostlos.“

Sandra drehte sich um und sah in Gretas Gesicht ehrliche Verzweiflung.

„Wirklich, Sandra, ich wollte das nicht. Es ist mir so herausgerutscht, und du kannst ja auch nichts dafür. Du warst ja noch viel zu jung. Sei mir bitte nicht böse.“

Sandra legte ihre Hand auf die von Greta, die unverändert auf ihrer Schulter ruhte, und drückte sie leicht.

„Ist schon gut“, meinte sie dann mit müder Stimme. „Ich glaube dir, daß du es nicht so gemeint hast, aber ich habe diese Vorwürfe schon so oft gehört, und es scheint bei vielen Leuten keine Rolle zu spielen, daß ich bei Kriegsausbruch erst drei Jahre alt war und neun, als alles vorbei war, aber", dabei blickte sie Greta mit einem Ausdruck an, der der Amerikanerin einen kalten Schauder den Rücken hinunterlaufen ließ, „da hatte ich meine Kindheit verloren."

Greta nickte betroffen. Einen Moment lang blieb sie noch bewegungslos neben Sandra stehen, dann zog sie ihre Hand vorsichtig unter der der Deutschen weg. Ähnliches hatte sie von ihrer irischen Großmutter gehört, die Ende des letzten Jahrhunderts als erste ihrer inzwischen weitläufigen Familie in Amerika geboren worden war. Ihr Vater hatte in den berüchtigten Schlachthöfen von Chicago gearbeitet, und sie war mit elf Jahren als Dienstmädchen außer Haus gegeben worden.

„Ich gehe jetzt ins Conrad Hilton, wo sich das Organisationskomitee trifft. Wir wollen unsere Aktionen noch einmal durchsprechen", sagte Greta. „Du willst nicht mitkommen?"

„Nein", antwortete Sandra mit einem Lächeln, das ziemlich gezwungen wirkte. „Du vergißt, daß ich eine Ausländerin bin. Wenn sie mich erwischen, dann heißt es ade Amerika, und das kann ich mir nicht leisten."

Greta O'Tantun schaute sie fragend an, doch Sandra war nicht bereit, eine Erklärung dazu abzugeben.

„Außerdem holt mich Andrew nachher ab. Wir wollen zusammen essen gehen."

Greta blinzelte Sandra verschwörerisch zu. „Dann ist ja alles klar. Kein Wunder, daß die politische Bewegung keine Chance hat." Sie steckte den *Berkeley Barb* wieder in ihre Tasche und verließ den Raum, nicht ohne sich an der Tür noch einmal umzudrehen, Sandra einen wissenden Blick zuzuwerfen und ihr viel Spaß zu wünschen.

Halbherzig nahm sich Sandra wieder den Katalog vor und suchte weiter in den endlosen Eintragungen nach etwas, von dem sie selbst nicht genau wußte, was es sein sollte. Das Oriental Institut hatte seit Beginn dieses Jahrhunderts viele Ausgrabungen im Nahen und Mittleren Osten durchgeführt, alle dabei zutage geförderten Fundstücke waren hier aufgelistet, und Sandra hoffte, auf ein Relikt zu stoßen, das ihr weiterhelfen könnte. So wie das Voynich-Manuskript. Ihre Versuche, die sie, ohne Phillip etwas davon zu sagen, von Boulder aus unternommen hatte, dieses Manuskript in Augenschein zu nehmen, waren von der Yale-Universität mit einem kompromißlosen Nein beantwortet worden. Sandra war nicht erstaunt gewesen, denn wer ließ schon jemanden an eine einzigartige Handschrift, wenn dieser noch nicht einmal einen vernünftigen Grund für sein Interesse angeben konnte. Die Gründe, die ihr vielleicht den Weg in die Schatztruhen der *Beinecke Rare Book and Manuskript Library* der Universität Yale geöffnet hätten, waren wirklich zu abenteuerlich, als daß man sie nüchtern denkenden Wissenschaftlern nennen konnte. Schon gar nicht Bibliothekaren, die wie vielfältige Inkarnationen eines Cerberus über ihre Schätze wachten, als seien sie ihre ureigensten Kinder. Sandra hielt sich zugute, daß sie, solange sie zu solch nüchterner Einschätzung der Situation fähig war, noch nicht in den Fängen einer Paranoia war. Mit einer heftigen Bewegung schlug sie den Katalog zu. Heute hatte es keinen Zweck mehr. Sie konnte sich einfach nicht mehr konzentrieren, außerdem, so zeigte ihr ein Blick auf ihre Uhr, würde Andrew sie in einer halben Stunde abholen.

Sandra steckte sich eine Zigarette an und trat an das Fenster, von dem aus man ein ganzes Stück die South Side von Chicago bis fast zu den Chicago Hights hinuntersehen konnte. Links lag der Washington Park, und von Zeit zu Zeit landete ein Flugzeug auf dem Midway Airport. Ihre Gedanken näherten sich aber nicht der Erde, sondern schwangen sich in luftige Höhen, wenn sie an ihre Verabredung mit Andrew Swanwick dachte. Sie hatte den Chirurgen des Michael Reese Hospitals vor knapp einem halben Jahr bei einer öffentlichen Veranstaltung des Oriental Instituts kennengelernt, und anders als bei Phillip, der während ihrer Zeit in Boulder immer nur der brüderliche Freund geblieben war, konnte sie bei dem hochgewachsenen, etwas schlaksig wirkenden Mediziner für eine rein platonische Beziehung nicht ihre Hand ins Feuer legen. Danach waren sie ein paarmal ausgegangen, zu Andys, einem Jazzlokal in der Hubbard Street, das für seine Live-Bands bekannt war, oder einfach nur in ein Restaurant, um gemeinsam zu Abend zu essen. Das hatten sie auch heute abend vor. Sie wollten in Millers Pub in der Loop, ein Lokal, das hauptsächlich von Journalisten besucht wurde. Dort, so hatte ihr Andrew mit einem verschwörerischen Grinsen angekündigt, würde sie am Abend schon die Schlagzeilen der *Chicago Tribune* des nächsten Tages erfahren.

Sandra ging zurück zu dem großen Tisch, drückte die Zigarette in dem überfüllten Aschenbecher aus, räumte den Katalog weg und verließ dann ihren Arbeitsraum, um Andrew Swanwick unten vor dem Eingang des Instituts zu treffen. Während sie wartete, ging sie langsam vor dem Buchladen der Universität auf und ab und beobachtete die Studenten, die in kleinen Gruppen aufgeregt diskutierend herumstanden. Immer mehr Leute fanden sich am Rande des Washington Parks zusammen. Viele trugen Plakate, auf denen sich Parolen gegen den Krieg in Vietnam befanden, darunter einige recht brutale Anklagen gegen Präsident Johnson, und vereinzelt sah Sandra auch, wie nordvietnamesische Flaggen geschwenkt wurden. Aus der 57th Street strömte jetzt eine breite Front, wohl acht bis zehn Personen nebeneinander, auf den Park zu. Sandra wich ein paar Schritte bis an die Sandsteinmauer des Universitätsgebäudes zurück, die hoch und unverrückbar hinter ihr aufragte. Vielleicht, so ging es ihr durch den Kopf, wäre es besser gewesen, sich mit Andrew irgendwo in der Innenstadt zu treffen.

Am Rande des Washington Parks, auf der Cottage Grove Avenue Richtung Süden, ballte sich die Menge zusammen. Junge Leute in Jeans und gebatikten T-Shirts, die Mädchen trugen bunte Blusen, die langen Haare schimmerten in der jetzt schon tiefer stehenden Sonne. Sie trugen Sticker mit der Aufschrift ‚Clean for Gene', wollten, daß Eugene McCarthy zum Präsidentschaftskandidaten der Demokraten unten im Congress Center gekürt würde, wenn sie schon ihren eigentlichen Favoriten Bobby vor gut zwei Monaten verloren hatten. Opfer eines schießwütigen Verrückten oder eines landesweiten Komplotts wie sein Bruder. Die Studenten standen da, sangen, skandierten ihre Parolen und diskutierten. Sandra preßte sich noch enger an die Wand und versuchte wieder zurück ins Gebäude zu kommen, aber inzwischen fluteten von allen Seiten immer mehr Menschen auf die Straße, die hinter der Universität am Washington Park entlangführte. Sandra wollte sich zurück zum Eingang des Buchladens kämpfen. Eng an die Wand gedrückt, bewegte sie sich Schritt für Schritt gegen den beständigen Strom von Menschen vorwärts. Die Handtasche hatte sie fest gegen ihren Körper gepreßt, der Schweiß lief ihr die Stirn und den Nacken herab, und sie mußte sich zwingen, langsam und ruhig zu atmen, um nicht hysterisch loszubrüllen. Vor sich konnte sie schon die Tür des Buchladens sehen. Nur noch ein kleines Stück, zwei, vielleicht drei Schritte, dann wäre sie in Sicherheit. Sie nahm noch einmal alle Kraft zusammen, nutzte eine sich vor ihr auftuende Lücke und legte erschöpft die Hand an den Türknopf. Nichts passierte. Die Tür schwang nicht auf. Sandra zog heftig an der Glastür, die mit einem leichten Klirren ihren Unmut über eine solche Behandlung kundtat. Entsetzt realisierte Sandra, daß sie abgeschlossen war. Innen im Laden trat ein kleiner Mann nach vorne und machte eine heftige Armbewegung, mit der er Sandra wegscheuchen wollte. Seine Lippen formten Worte, die sie nicht verstehen konnte. Sie rüttelte wieder an der Tür, schaute ihn flehend an, ihre ganze Haltung war eine einzige Bitte um Einlaß. Der Mann schüttelte energisch den Kopf, wobei seine kunstvoll von der einen Kopfseite über seine breite Glatze drapierten Haare ihren Halt verloren und lang auf seine rechte Schulter herunterfielen. Einen kurzen Augenblick verformte die Lächerlichkeit dieses Anblicks Sandras Gesicht zu einer Grimasse, dann rutschten ihre um den Türknopf geklammerten Hände ab, und sie wurde ein Teil der Masse. Ihre Kraft war erschöpft. Sie konnte sich nicht mehr gegen den Strom der Menschen stemmen. Es war auch soviel einfacher, sich treiben zu lassen. Jetzt, da sie den gleichen Weg hatte, fanden sich Hände, die sie stützten, Körper, an die sie sich anlehnen konnte, und Sandras eigener Wille ging in dem der anderen unter. Und die anderen drängten durch den Washington Park hin zur Howard/ Dan Ryan Line, um zum Grant Park zu kommen.

Seit Stephen Stills *For What It's Worth* gesungen hatte, war die Zeit des amerikanischen Traums vorbei. An der Westküste war die Musik des unbeschwerten Lebens der auf Surfbrettern reitenden Beach Boys in den Klangkaskaden, die ein Halbblut ein Jahr zuvor in Monterey aus seiner Gitarre gepeitscht hatte, untergegangen. Die unbekannte Fünfdollarband vom Sunset Boulevard füllte jetzt die Hollywood Bowl und erhielt hunderttausend Dollar dafür. Jeder ihrer Auftritte war die Inszenierung des Weltunterganges, die genüßlich in dem Wunsch gipfelte, die Väter zu töten und mit den Müttern ein neues Geschlecht zu zeugen. Bob Dylans spröde Musik war zu mächtigen Klangkonstruktionen aufgestiegen, die Endzeitvisionen scheinbar Wirklichkeit werden ließ. Die Beatles hatten sich in den Elfenbeinturm der wahren künstlerischen Selbstfindung und auf den Weg des Establishments begeben, während ihr böser englischer Zwilling Sympathie für den Teufel einforderte und den Kampf in den Straßen propagierte, doch das nur aus den gesicherten Räumen des Tonstudios heraus. An diesem Tag in Chicago waren es fünf Musiker aus Detroit, die innerhalb der Bannmeile um das Kongreßzentrum ihre Instrumente anschlossen und ohne Kompromisse die Abschaffung des Establishments verlangten. Ihre nervenzerfetzende Musik schrie die Forderung nach freier Liebe, freien Drogen und Rock 'n' Roll über die sanfte Dünung des Michigan-Sees hinaus. Für einen kurzen Augenblick schien die Utopie eine Chance zu haben.

Sandra hörte, als sie mit unzähligen anderen aus dem Ausgang der U-Bahnstation an der Michigan Avenue ausgespuckt wurde, den Schallteppich, der sich ein Stück weit über den Grant Park ausbreitete, konnte aber kaum einzelne Worte oder Töne identifizieren. Die Studenten formierten sich zu einer breiten Front. Ordner wiesen den Neuankömmlingen den Weg. Plakate wurden hochgehalten, Plakate für den Frieden. Die Menschen sangen und skandierten immer wieder ‚LBJ how many Kids you killed today'. Aus der Nordside strömten noch mehr Studenten von der Northwestern University in die Innenstadt. Sandra bemerkte gar nicht, wie sie mit den anderen Mädchen nach vorne geschoben wurde, um einen Puffer zwischen den Demonstranten und der Polizei zu bilden. Links und rechts hatten sich Arme unter die ihren geschoben, die sie unaufhaltsam nach vorne drängten. Ihre Bluse war verrutscht, das Haar hing ihr schweißnaß und wirr ins Gesicht, und ihr einziger Gedanke galt ihrer Handtasche, die an ihrer Seite baumelte. Auf einmal geriet die Bewegung der Masse ins Stocken. Sandra stellte sich auf die Zehenspitzen und versuchte, den Grund dafür zu erkennen. Doch dann ruckte die Menschenkette, in die sie eingeschmiedet war, schon wieder weiter. Aus der sich langsam auf das Kongreßzentrum zuschiebenden Masse heraus riefen verzerrte, sich überschlagende und in schrillen Pfeiftönen endende Stimmen Parolen durch Megaphone, manchmal auch Anweisungen. Die kompakte Masse schob sich zögernd weiter. Neben Sandra hatte sich ein Mädchen untergehakt, das kaum älter als achtzehn Jahre sein konnte. Die buntbestickte Bluse hing lose bis auf die Oberschenkel herab, ihr feines blondes Haar war in der Mitte gescheitelt und mit einem Blumenkranz geschmückt. Unablässig rief sie mit den anderen die Parolen, die ausgegeben worden waren. Man forderte McCarthy als Präsidentschaftskandidat und nicht Humphrey, den Handlanger von Johnson. Nicht auszudenken, was passieren würde, wenn der Republikaner Nixon zusammen mit dem Scharfmacher Wallace die Wahl gewinnen würde. Ein Blick des Mädchens forderte Sandra auf, die Forderung mit hinauszuschreien, doch Sandra wußte weder, was sie rufen sollte, noch um was es überhaupt ging. Als der Zug den Balbo Drive erreicht hatte, brach die Hölle los. Sandra bemerkte es erst nicht, dann aber gerieten die geordneten Reihen in Aufruhr. Vom Grant Park aus stürmten Polizeitruppen, mittelalterlichen Rittern gleich, auf die Demonstranten los. Helme, dunkelblaue Uniformen, ölig glänzende Schußwaffen im Holster, schwere Stiefel an den Füßen, bereit, die nackten Zehen in den Sandalen zu zertreten. Das Inferno war ausgelöst. Die nachtschwarzen Schlagstöcke schienen die Sonne zu verdunkeln, die Gesichter der vorstürmenden Gesetzeshüter waren weiße Flecken, ohne menschliche Züge, Maschinen, einem Befehl folgend. Das Entsetzen über die heranstürmenden Bewahrer amerikanischer Ideale ließ die Spitze der Demonstranten erstarren, und die Schlagstöcke, in einer Halbkreisbewegung von oben nach unten geführt, fanden zum erstenmal an diesem Tag einen Widerstand. Sie trafen auf dünne Blusen und Jeans, unter denen das Fleisch durch die Wucht der Schläge sofort aufplatzte. Die zur Abwehr hochgestreckten Arme und Hände wurden mit einem Knirschen der Knochen zur Seite gewischt. Dann dauerte es nur noch Sekunden, bis der Schmerz explodierte und die ersten Schreie sich an den Wänden der Häuser brachen. Der Angriffskeil, der sich in die Demonstranten gebohrt hatte, kam notgedrungen zum Stehen. Die Reihen lösten sich auf, jeder versuchte, irgendwohin zu fliehen, weg von der dunklen, prügelnden Masse, die sich immer weiter ins Herz Amerikas bohrte.

Sandra war hilflos eingekeilt. Es war unmöglich, sich aus dem Pulk zu lösen, der sich mal hierhin, mal dorthin schob. Sie spürte dicht neben sich einen Luftzug. Sie blickte zur Seite und sah, wie das blonde Mädchen, das sich bei ihr eingehakt hatte, direkt neben ihr zusammenbrach. Während es langsam, wie in Zeitlupe, auf die Knie sank, schaute es verständnislos, die Lippen zu einem stummen Schrei geöffnet, zu Sandra auf. Gleichzeitig rutschte die halbe Kopfhaut, die von der Wucht des Schlages weggerissen worden war, über das rechte Ohr nach unten, und das Blut floß in Strömen über Stirn und Augen. Instinktiv griff Sandra nach dem Mädchen, als ein schrecklicher Ton ihr das Blut in den Adern gefrieren ließ. Hoch, so als wollte er jeden Moment gnädigerweise in die Unhörbarkeit überkippen, unmenschlich im Ausdruck des Leides. Sandra brauchte nur Bruchteile von Sekunden, bis sie begriff, daß er aus der Kehle des Mädchens drang. Sie versuchte, es hochzuziehen und in Sicherheit zu bringen, doch bevor sie es richtig packen konnte, wurde sie von der Bewegung der Menge weggedrängt. Den Blick immer noch auf die Stelle gerichtet, wo sie die Studentin hilflos hatte zurücklassen müssen, merkte Sandra gar nicht, wie sie von einem jungen Mann weitergezogen wurde. Sein dunkles, langes Haar war blutverklebt, das blaue T-Shirt an mehreren Stellen zerrissen, und er hinkte. Sie spürte seinen Arm um ihre Taille, wie er sie halb zog, halb trug, während sie wie gelähmt immer noch zurückschaute. Neben ihr splitterte eine Schaufensterscheibe, dichte Wolken von Tränengas hüllten sie ein, und Sandra hatte das Gefühl, sterben zu müssen. Jemand drückte ihr ein nasses Tuch auf den Mund, doch sie würgte weiter. Immer wieder sah sie die dunklen Reiter der Apokalypse auf die Menschen eindringen, Schlagstöcke fuhren auf am Boden liegende Leiber herab, die beim Aufprall nicht einmal mehr zuckten. Weit entfernt oder ganz nah, wie sollte sie das sagen, erklang das Klappern von Hufen. Sandra stemmte sich auf Hände und Knie hoch und kroch, so eng es ging, an der Wand eines Gebäudes entlang. Sie wußte nicht, wo sie war. Jeder Versuch, sich zu orientieren, scheiterte, da der beißende Tränengasnebel ein Öffnen der Augen nicht zuließ. Mit den Händen spürte sie eine Hauskante und einen Absatz in der Mauer. Sie setzte sich mit dem Rücken gegen die Wand und begann sich langsam aufzurichten. Sie bezweifelte, daß das feuchte Tuch, das sie unentwegt vor ihr Gesicht preßte, noch irgend etwas half. Sie setzte sich auf den

Mauervorsprung und ruhte sich aus. Rings um sich herum vernahm sie Schreie, das Trampeln von Füßen, Hilferufe, und entfernt ertönten auch die ersten Sirenen der Krankenwagen. Der Schlag, der sie traf und von dem Mauervorsprung warf, war nicht mehr mit voller Kraft geführt. Der Schlagstock in der Hand des von dem Einsatz ermüdeten Polizisten traf sie am Oberarm, prallte von dort ab und knallte kurz über dem Ohr an ihre Schläfe. Sandra brach sofort zusammen. Der Polizist holte noch einmal aus, doch dabei verrutschte seine Gasmaske, und das Tränengas setzte sich beißend in seine Augen. Fluchend ließ er von Sandra ab und lief über die Michigan Avenue zum Sanitätsplatz der Einsatzkräfte, der an der Ecke Balbo/Columbus Drive eingerichtet worden war.

Sandra lief die verlassene Michigan Avenue hinunter. Links neben ihr ragten die Gebäude bis in den Zenit hinauf. Die Straße neigte sich zum See hin so stark, daß sie Angst hatte, ins Wasser hineinzugleiten. Die Buckingham Fountain sprühte einen blutroten Strahl hoch in den Himmel. Automatisch setzte sie einen Fuß vor den anderen, doch der Bürgersteig schien unter ihr wegzudriften. Sie war erschöpft und blieb stehen. Jeder Atemzug hinterließ ein kleines Vakuum, in das mit einem Knall die umgebende Luft implodierte. Sie schaute an sich herab und konnte ihre Füße nicht sehen. Weit unten auf dem Bürgersteig liefen kleine blaue Gestalten hin und her. Dann war sie auf einmal mitten unter ihnen, winzig, ameisengleich. Über ihr verdunkelte ein riesiger, schwarzer Schlagstock die Sonne. Die Hand, die ihn hielt, verschwand irgendwo in den Wolken. Dann fiel ihr der Knüppel vor die Füße und war gar nicht mehr groß, sondern einfach ein ganz normaler Schlagstock. Daran befand sich, kurz hinter dem Handgelenk abgetrennt, eine Hand. Sandra blickte auf. Vor ihr lief eine blonde Frau. Sie war etwas kleiner als Sandra. Sandra versuchte, sie einzuholen, doch je schneller sie selbst ging, desto größer wurde der Abstand zwischen ihnen. Verzweifelt begann sie zu rennen. Sandra kam näher. Die Frau trug ein gebatiktes, gelbes T-Shirt, das auf dem Rücken eigenartige Schriftzeichen trug. Sandra kannte diese Schriftzeichen, wußte aber nicht, was sie bedeuteten. Dann hatte sie die Frau erreicht und griff nach ihrer Schulter. Bei der Berührung ihrer Hand blieb die andere stehen und drehte sich um. Es war eine schöne junge Frau mit zarten Gesichtszügen. Ihre Augen wurden durch eine breite Sonnenbrille verdeckt. Sie lächelte Sandra an. Über deren Schulter hinweg bemerkte Sandra, wie sich ein Teil des Bürgersteiges hinter der jungen Frau absenkte und zu einer Treppe wurde, die in die Tiefe führte, von wo aus der Dunkelheit ein Lichtschein nach oben drang. Langsam, sich ihrer Schritte aber völlig sicher, ging die Frau rückwärts die Treppe hinunter.

Sandra konzentrierte sich wieder auf das Gesicht der Frau. Auf einmal platzte die Kopfhaut in der Mitte des Schädels auf und klappte rechts und links nach unten. Darunter wurde ein blutiger Schädel mit dicken roten und blauen Adern sichtbar, der unverletzt schien. Mit einer langsamen Bewegung setzte die junge Frau die Sonnenbrille ab und enthüllte leere, blutige Augenhöhlen. Die Erscheinung lachte lautlos auf und fuhr mit einer eiskalten Hand in Sandras Unterleib.

Sandra schrie auf.

„Ruhig, ruhig." Andrew Swanwick saß neben dem Bett, in dem Sandra gerade mit einem Schrei schweißgebadet hochgefahren war.

Mit dem Ausdruck blanken Entsetzens schaute sie sich um. Es schien eine ganze Zeit zu dauern, bis sie ihre Umgebung einordnen konnte und Andrew erkannte. Dann ließ sie sich erschöpft wieder in die Kissen sinken.

„Ganz ruhig", wiederholte Andrew und strich ihr zärtlich und beruhigend über die Hand. „Alles ist in Ordnung. Du bist bei mir im Krankenhaus."

Sie schaute irritiert in die grauen Augen von Andrew, die körperlos einen halben Meter vor ihr zu schweben schienen.

„Wie fühlst du dich?"

Die Frage überraschte sie. Dann fiel ihr wieder ein, was passiert war. Zumindest das Wesentliche.

„Wie bin ich hierher gekommen?" wollte sie wissen, ohne auf Andrews Frage einzugehen.

„Man hat dich eingeliefert. Du warst bewußtlos. Und über und über voller Blut. Zuerst hat man geglaubt, du wärest sehr schwer verletzt, aber es ist nur eine Beule und eine leichte Gehirnerschütterung. Na ja, und die Reizung durch das Tränengas natürlich", fügte er dann noch wie eine Entschuldigung hinzu.

Sandra hob den linken Arm und wollte ihren Kopf befühlen, doch ein stechender Schmerz ließ sie zusammenzucken. Sie blickte auf ihren Oberarm.

„Ja, da hast du auch etwas abbekommen", erklärte er. „Das wird einen ganz schönen blauen Fleck geben, aber es ist nichts gebrochen. Vorsicht mit deinem Kopf. Du darfst dich nicht bewegen. Eine Woche werden wir dich wohl hierbehalten müssen."

„Was ist passiert?" Ihre Stimme war ein rauhes Krächzen.

„Das wollte ich eigentlich von dir wissen. Wie bist du denn in diese schreckliche Sache geraten? Ich habe in den Nachrichten Bilder gesehen - das war ja wie im Krieg."

„Das stimmt."

„Aber was hattest du damit zu tun?" wiederholte Andrew seine Frage.

„Nichts", war die lapidare Antwort.

Andrew blickte Sandra lange an. „Ich glaube, wir sprechen besser später darüber. Du solltest jetzt ein bißchen schlafen. Das wird dir guttun."

„Nein!" Es klang auf eine unbestimmte Art verzweifelt, wie sie es hervorstieß.

„Warum nicht?" fragte Andrew, erstaunt über ihre heftige Reaktion.

„Ich habe Angst."

„Du brauchst keine Angst zu haben. Hier kann dir nichts passieren. Außerdem habe ich schon dafür gesorgt, daß deine Unterlagen für die Polizei nicht verfügbar sind, falls sie die Krankenhäuser nach Beteiligten an den Unruhen durchforsten sollten." Dabei zwinkerte er ihr verschwörerisch zu.

Binnen Sekunden wurde ihr eiskalt, und auch für Andrew sichtbar bekam sie eine Gänsehaut. Daran hatte sie überhaupt nicht gedacht. Wenn man ihr eine Beteiligung an der blutigen Demonstration nachweisen konnte, dann war sie praktisch schon so gut wie auf dem Weg nach Deutschland. Sie quittierte sein Zwinkern mit einem dankbaren Nicken. „Das meinte ich auch nicht. Aber ich hatte einen schrecklichen Traum. Wirklich schrecklich."

„Das verstehe ich", meinte er mitfühlend. „Was hast du denn geträumt?"

„Ich war ganz alleine an der Lakeside, da wo heute diese schrecklichen Dinge passiert sind ..." Sie verstummte. Sie konnte ihm den Traum nicht erzählen, zumindest konnte sie ihm nicht erzählen, was sie so verschreckt hatte. Er würde es nicht verstehen. Es war ihr Problem. Ein Problem, über das sie mit niemandem sprechen konnte, zumindest mit niemandem hier. Vielleicht mit Bernd Heckert, aber der saß über sechstausend Kilometer entfernt in Deutschland. Sie erzählte mit wenigen Worten ihren Traum und ließ dabei das Entscheidende aus. Trotzdem verstand Andrew ihre Angst.

„Hör zu", beruhigte er sie, „ich gehe jetzt noch einmal in die Ambulanz, mich um die anderen Verletzten kümmern. Du kannst dir nicht vorstellen, was hier los ist. Ich bin nur schnell hergekommen, um zu sehen, ob mit dir alles in Ordnung ist. Sobald ich weg kann, bin ich wieder hier und passe auf dich auf. Heute nacht komme ich sowieso nicht aus der Klinik." Dabei war er schon von der Bettkante aufgestanden, hatte ihre Hand noch einmal beruhigend gedrückt und ging mit schnellen Schritten zur Tür. Als er sich, die geöffnete Tür schon in der Hand, noch ein letztes Mal zum Bett hin umdrehte, bemerkte Sandra zum erstenmal, daß sein weißer Kittel blutbeschmiert war. Sie zwang sich, Andrew zuzulächeln, wußte aber schon, daß die Zeit, bis er zurückkäme, so kurz sie auch sein mochte, schrecklich für sie werden würde. Sie blickte sich in dem hellgrün getünchten Krankenzimmer um. Neben ihr zum Fenster hin stand noch ein weiteres Bett ohne Laken und Bettwäsche. Das Fenster selbst war eine dunkle, die Zimmereinrichtung reflektierende Fläche, in der die Neonlampen der Decke in die Unendlichkeit zu streben schienen. Sofort entstand in Sandras von Beruhigungsmitteln trägem Geist eine Treppe, die vom Fensterbrett nach unten führte. Sie warf den Kopf heftig zur anderen Seite, wo sich ein Nachttisch befand, auf dem eine Karaffe mit Wasser und ein halbvolles Glas standen. Dahinter, von der Wand bis zur Tür reichend, ein abgestoßener Schrank. Vorsichtig schob sie mit der rechten Hand die Bettdecke etwas nach unten. Sie trug eines jener unangenehmen OP-Hemden, die hinten offen waren. Es hatte sich unter ihrem Rücken schon zusammengeknäult. Als sie die linke Hand zu Hilfe nehmen wollte, um es wieder geradezuziehen, fuhr ihr wieder ein stechender Schmerz durch den Oberarm. Sie stöhnte auf und ließ das Hemd, wo es war. An der gegenüberliegenden Wand hing ein Kunstdruck, ein unspezifisches Landschaftsbild. Sie fragte sich, wie lange sie schon hier war. Als sie die Universität verlassen hatte, war es kurz nach fünf gewesen, danach verschwamm alles in einer Woge von Gewalt und Vergessen.

Inzwischen war die Nacht hereingebrochen. Sie hob leicht ihre linke Hand, ließ sie unter der Schmerzgrenze und stellte fest, daß man ihr die Uhr abgenommen hatte. Oder sie hatte sie irgendwo da draußen verloren. Was war mit ihren Kleidern geschehen? Und im nächsten Moment spürte sie, wie sie errötete. Hatte vielleicht sogar Andrew sie ausgezogen? Das würde ihm einen gemeinen Vorteil gegenüber ihr verschaffen. Sie schob den unangenehmen Gedanken, daß Andrew sie nackt gesehen haben könnte, beiseite. Schließlich war er Arzt und sah bestimmt jeden Tag eine Menge Frauen nackt. Doch wie ein Bumerang kam die Vorstellung, wie Andrew ihren nackten Körper, auch wenn er auf einem Untersuchungstisch lag, begutachtete, zurück. Ihre Beziehung war noch längst nicht in dem Stadium, wo das keine Rolle mehr gespielt hätte. Sandra hatte das Gefühl, daß ihr etwas geraubt worden war. Sie dachte nach, wie sie sich am besten Andrew gegenüber verhalten konnte, während die Beruhigungsmittel in ihrem Körper ihre Pflicht taten und sie sanft in einen traumlosen Schlaf hinüberzogen.

Als sie am anderen Morgen die Augen aufschlug, war das Zimmer in strahlenden Sonnenschein getaucht, der wie kaum etwas anderes dazu angetan war, die Gespenster der Nacht und die in Sandras Kopf zu vertreiben. Auf gleiche Weise hob das helle Licht aber auch die Furchen in Andrews übernächtigtem Gesicht, in dem sich jede seiner schwarzen Bartstoppeln deutlich von der bleichen Haut abhob, erschreckend hervor.

„Guten Morgen, Sandra." Sein Gesicht wollte sich zu einem Lächeln verziehen, was nicht ganz gelang. Seine Stimme klang müde.

„Guten Morgen", antwortete sie bedächtig.

„Geht es dir schon besser?"

„Das weiß ich noch nicht so recht", gab sie zurück und versuchte, den Kopf weiter in seine Richtung zu drehen.

Er nahm ihre Hand und bedeckte sie mit der seinen, dann setzte er sich langsam auf die Bettkante, und es hatte den Anschein, als ob er jeden Moment vor Müdigkeit in ihre Arme sinken könnte.

„Hast du überhaupt nicht geschlafen?" wollte sie wissen.

Er schüttelte den Kopf.

„Lag das an mir?"

Er schüttelte wieder den Kopf. „Nein. Bis spät in die Nacht kamen immer wieder Verletzte. Ich glaube, hier im Reese haben wir die meisten schweren Fälle bekommen. Schreckliche Verletzungen. Einem Mädchen, sie war kaum älter als zwanzig, hat ein Schlag mit dem Knüppel die halbe Kopfhaut weggerissen. Wir haben sie notdürftig zusammengeflickt, aber was dabei herauskommen wird, ist ein schrecklicher Anblick. Ich habe ihren Führerschein gesehen, sie war ein wirklich schönes Mädchen."

Sandra fiel sofort das Mädchen neben ihr ein. War es dasselbe? Andrews Stimme klang verzweifelt, als er weitersprach.

„Heute nacht habe ich erst begriffen, wieviel Glück du in Wirklichkeit hattest. Ich meine, deine Verletzungen sind noch schlimm genug, aber du wirst zumindest keine bleibenden Schäden behalten." Er verstummte und starrte an ihr vorbei auf die Wand. Dann redete er mit brüchiger Stimme weiter. „Einigen hat der halbe Unterkiefer gefehlt, bei anderen wissen wir nicht, ob sie jemals wieder sehen können, und ein paar sind wohl für ihr Leben lang taub. Ich wußte gar nicht, welche Verheerung man mit Schlagstöcken anrichten kann."

Sandra hatte ihm stumm und mit steigendem Entsetzen zugehört. Langsam begriff auch sie, daß sie wahrscheinlich um Haaresbreite einem schrecklichen Schicksal entgangen war. Sie hob die rechte Hand und strich

Andrew, der jetzt mit gesenktem Kopf dasaß, zärtlich über die Wange. Als er nicht reagierte, wiederholte sie die Bewegung. Er blickte auf.

„Ich bin ja so froh, daß dir nicht so etwas Schlimmes passiert ist. Als ich dich blutüberströmt auf der Tragbahre liegen sah, konnte ich zuerst nicht glauben, daß du das bist. Du konntest es einfach nicht sein. Dann, als ich sicher war, daß du es aus irgendwelchen, nicht zu erklärenden Umständen doch bist, hatte ich im ersten Moment schreckliche Angst, bis ich dann feststellte, daß das meiste Blut wohl nicht von dir war und ich nur eine dicke Beule, eine kleine Platzwunde am Kopf und eine unschöne, aber nicht gefährliche Prellung am linken Oberarm feststellen konnte."

Damit, so ging es Sandra sofort durch den Kopf, war ihre Befürchtung eingetreten. Sie schämte sich etwas, obwohl es eigentlich keinen Grund dafür gab, und bemühte sich, ihn ihre Unsicherheit nicht merken zu lassen.

„Du siehst müde aus", stellte sie fest, nur um irgend etwas zu sagen.

„Du weißt nicht, wie recht du hast", bestätigte er ihr. „Ich wollte nur noch einmal sehen, wie es dir geht, und dann muß ich ins Bett."

„Wieviel Uhr ist es eigentlich?" wollte sie wissen und fügte hinzu: „Meine Uhr ist weg, und meine Kleider habe ich auch noch nicht gesehen."

„Es ist kurz nach Mittag", sagte Andrew. „Deine Kleider mußten wir wegwerfen. Sie waren voller Blut und zerrissen, einfach nicht mehr zu gebrauchen. Als du eingeliefert wurdest, hattest du keine Uhr um. Die mußt du unterwegs verloren haben, nur deine Handtasche, die ist noch da. An die hattest du dich wohl geklammert. Sie liegt bei mir im Ärztezimmer. Brauchst du sie?"

„Nein", gab sie zurück. „Jetzt nicht. Das hat Zeit. Es ist wichtiger, daß du ins Bett kommst."

„Ich werde Jil sagen, daß sie sich um dich kümmert", meinte er und stand langsam auf. Es hatte mehr den Anschein, als wäre er sich über etwas unschlüssig, als daß es von der Erschöpfung käme. „Mach dir keine Sorgen, in ein paar Tagen bist du wieder in Ordnung." Nach einem kurzen Zögern fügte er hinzu: „Sandy." Dann drehte er sich um und verließ fast fluchtartig das Zimmer. Es war das erste Mal, daß er eine Koseform ihres Namens benutzte, und zurück blieb eine etwas nachdenkliche Sandra, auf deren Gesicht sich aber kurz darauf ein verschämtes Lächeln breitmachte.

In den nächsten Tagen kümmerte sich Andrew Swanwick in jeder freien Minute und in denen, die er mit einem Anflug von schlechtem

Gewissen seinen anderen Patienten vorenthielt, um die Patientin in Raum 231 des Michael Reese Hospitals. Sandra hatte ihn gebeten, das Oriental Institut zu informieren und Greta O'Tantun zu bitten, ihr einige Sachen aus ihrer Wohnung zu besorgen. Sie hätte auch Andrew bitten können, doch obwohl wenn er ihren Körper schon kannte, brauchte er noch nicht alle ihre kleinen Geheimnisse zu erfahren. Andrew hatte Professor O'Leary informiert, daß Sandra unglücklich gestürzt sei und er sie nur zur Sicherheit ein paar Tage bei sich im Krankenhaus behalten wollte. Er ließ offen, ob sie sich eine Gehirnerschütterung zugezogen hatte oder nicht und meinte, daß sie Anfang nächster Woche wieder im Institut erscheinen würde.

Greta hatte wohl mehr Glück gehabt, stellte Sandra fest, als die Studentin mit der kleinen Tasche, die Waschzeug und zwei Nachthemden enthielt, im Krankenhaus eintraf. Um allen verfänglichen Fragen aus dem Weg zu gehen, gab sich Sandra schwächer, als sie sich fühlte, und beantwortete einsilbig Gretas Fragen, wie das alles passiert sei. Es war eine mehr als dumme Geschichte über ein Straucheln auf der Treppe, aber Greta schien keinen Verdacht zu schöpfen. Sie selbst erzählte von der Demonstration, dem Chaos, das dabei entstanden war, und den vielen Verletzten. Sie selbst war rechtzeitig weggekommen, aber viele der Kommilitonen hatte es erwischt. Einige lagen auch hier im Reese, und die wollte sie gleich noch besuchen. Es folgte eine bittere Anklage gegen die auf seiten der Stadt Verantwortlichen, besonders Bürgermeister Daley und Polizeichef Conlisk. Sie sprach über den verlogenen Parteikonvent, der schließlich Vizepräsident Hubert Humphrey nominiert hatte. Sandra heuchelte Interesse, aber nach einiger Zeit blieb es selbst Greta nicht verborgen, daß die Deutsche wenig an der amerikanischen Politik interessiert war.

„Das kann ich dir ja dann nächste Woche ausführlich erzählen, wenn du wieder im Institut bist", verabschiedete sie sich und fügte halb im Gehen noch hinzu, so als ob es ihr gerade noch rechtzeitig eingefallen wäre: „Und wenn du noch etwas brauchst, dann ruf mich an, okay?"

Sandra nickte und hob mit einer betont müden Geste zum Abschied den linken Arm, wobei es ihr nicht schwerfiel, ein schmerzverzerrtes Gesicht zu machen.

Kurz darauf, so als ob er auf dem Gang gelauert hätte, kam Andrew ins Zimmer. „Und?"

„Nichts. Ich glaube nicht, daß sie den Verdacht hegt, die unpolitische Deutsche wäre in die Straßenschlacht am Grant Park verwickelt gewesen."

Er nickte zufrieden und setzte sich wie üblich zu ihr auf die Bettkante. „Laß mal deinen Kopf sehen", forderte er sie auf.

Sie drehte den Kopf zur Seite, damit er den neuen Verband begutachten konnte. Als er die Haare etwas zur Seite strich, zuckte sie kurz zusammen.

„Hab ich dir weh getan?"

„Nicht schlimm", beruhigte sie ihn und ließ den Kopf auf seine Handfläche sinken. Unbeweglich verharrten die beiden, bis Andrew schließlich sagte: „Ich muß weiter."

Sandra legte die rechte Hand auf seinen Arm und hielt ihn zurück. „Du kümmerst dich schon viel zuviel um mich."

„Viel weniger, als ich möchte", gab er mit rauher Stimme zurück.

Sie wandte sich ihm direkt zu. Seine grauen Augen waren nur Zentimeter von ihrem Gesicht entfernt, seine Hand war sanft in ihren Nacken gerutscht. Und auch jetzt wieder war die Bewegung für einige Augenblicke eingefroren. Sein Atem strich über ihr Gesicht. Sandra schloß die Augen und rieb mit ihrer Wange an dem knisternden Ärmel seines weißen Kittels. Dann wurde die Tür aufgerissen. Im gleichen Moment fuhr Andrew hoch. Jil stand im Zimmer, und der Unterton von Panik in ihrer Stimme verhieß nichts Gutes.

„Andrew, Sie müssen sofort in den OP. George hat Probleme. Akutes Lungenversagen."

Sandra schaute Andrew nach, wie er aus dem Raum stürmte. Jil ließ ihn vorbei und zuckte in Sandras Richtung entschuldigend mit den Schultern. Sandra lächelte gezwungen.

Mitte September zeugte nur noch eine kahlrasierte Stelle knapp über dem linken Ohr von Sandras Bekanntschaft mit einem Polizeiknüppel oder, wie es in der offiziellen Version hieß, mit dem Geländerpfosten eines Treppenaufganges. Andrew hatte sie nach einem fünftägigen Krankenhausaufenthalt nach Hause gebracht, und schon am nächsten Tag war sie wieder pünktlich im Institut erschienen. Zu Beginn des neuen Semesters strömten die Studenten aus den Weiten des Mittelwestens wieder zurück an die Universität, und Sandra, aber auch die wissenschaftlichen Hilfskräfte wie Greta O'Tantun hatten alle Hände voll zu tun, diesen Strom zu kanalisieren. Da sie nur den Labor-Day-Nachmittag für einen langen Spaziergang am Lake Shore Drive hatte erübrigen können, war Sandras Kontakt mit Andrew im wesentlichen auf lange abendliche Telefonaten beschränkt gewesen, in denen man über Gott und die Welt sprach, doch peinlich darauf bedacht war, zu Persönliches auszuschließen. Als sie mit ihm am Ufer des Michigan-Sees auf dem breiten asphaltierten Uferweg entlanggeschlendert war, hatte sie sehnsüchtig auf die Paare geschielt, die ihnen Arm in Arm entgegenkamen und sich ganz ungeniert küßten. Auf dem doppelten Sims, der die Uferpromenade von dem geschäftigen Lake Shore Drive trennte, saßen junge Leute in Gruppen und in Paaren, die sich verschmust dem widmeten, was die Puritaner angeekelt freie Liebe nannten, was aber nicht mehr war als ein bißchen körperliche Nähe.

Sandra drängte sich immer enger an Andrew, bis dieser schließlich nicht mehr anders konnte und den Arm um sie legte. Dabei warf er einen unsicheren Blick auf sie. Mit einem Lächeln beruhigte sie ihn und hoffte gleichzeitig, ihm damit Mut zu machen. Manchmal glaubte sie schon, seinen Kuß auf ihren Lippen zu spüren, doch dieser Wunsch ging an diesem Nachmittag nicht in Erfüllung.

Heute abend wollten sie ihren Besuch in Millers Pub nachholen. Sandra stand am Fenster ihrer Wohnung und blickte versonnen in den Himmel. Über dem See, noch weit entfernt am Horizont, zogen schwefelgelbe Wolken auf, die ein Gewitter befürchten ließen. Seit dem Nachmittag lastete eine stetig drückender werdende Schwüle auf der Stadt, und Sandra war sich unschlüssig, was sie anziehen sollte. Ihr neuer Hosenanzug wäre auf jeden Fall zu warm, Bluse und Rock erschienen ihr zu feierlich für den Anlaß, so entschied sie sich gerade noch rechtzeitig für ein Sommerkleid aus hellblauem Leinenstoff, das vorne einen geknöpften Poloausschnitt hatte, bevor Andrew unten klingelte. Sie nahm ihre Handtasche, stopfte noch schnell ein neues Päckchen Zigaretten hinein und stürmte die Treppe hinunter. Andrew hatte wohl auch Befürchtungen wegen des Wetters, denn das Verdeck seines Cabrios war geschlossen. Wie immer wartete er neben der Beifahrertür, lächelte sie zur Begrüßung an und hielt ihr den Schlag auf. Sie fuhren an der Universität vorbei auf den South Lake Shore Drive und folgten ihm in gemächlichem Tempo Richtung Norden am Soldier Field vorbei, warfen einen Blick auf die im Chicago Harbor vertäuten Yachten, die ihre Masten jetzt wie mahnende Finger vor dem dunkler werdenden Horizont ausstreckten. Dann bogen sie in die Loop ab. Unter dem Stahlgerüst der Hochbahn herrschte schon fast Dunkelheit, das Rattern der Züge brach wie ein heftiger Hagelschauer über sie herein, und Andrew zog immer weitere Kreise, um einen Parkplatz zu finden. Schließlich fand er einen weiter unten auf der Wabash Avenue. Als sie zurück zu Miller Pub liefen, schob Sandra ihren Arm wie selbstverständlich unter den von Andrew. Sie kamen am Palmers House, einem riesigen Hotel, vorbei und betraten nach wenigen weiteren Metern das Pub, das laut Andrew seit Jahrzehnten eine Institution in Chicago war.

Die Luft war zum Schneiden, und der Lärm brach, kaum daß sie die Tür hinter sich geschlossen hatten, mit einer Lautstärke über sie herein, daß man sich unter die stählernen Träger der Hochbahn als einen Ort der Ruhe, auch wenn gerade ein Zug darüber hinwegrumpelte, zurücksehnte. Natürlich hatte Andrew vorbestellt, aber bei der entsprechenden Planung ging man wohl prinzipiell davon aus, daß die Gäste erst noch einen Drink an der Bar nahmen. Kein Gedanke daran, daß der Tisch frei wäre. Andrew drängte sich nach rechts durch die Tischreihen und die Gäste zur Bar durch, wobei er Sandra, deren Hand er fest umklammert hielt, hinter sich herzog. Als schließlich jeder der beiden eine Hand am Tresen hatte, bestellte Andrew einen Martini für sich und einen Gin Fizz für Sandra.

Die Atmosphäre gefiel ihr, wie ihr überhaupt alles in Chicago besser gefiel als in Boulder. Die Leute waren hier offener, alles war größer und nicht so eng wie in der doch ziemlich kleinen Stadt am Rande der Rocky Mountains. Die Gespräche, die sie aufschnappte, drehten sich um die Ereignisse beim Parteitag der Demokraten, die White Sox und natürlich um die bevorstehende Präsidentenwahl. Sie hörte nur halb hin und ließ ihre Blicke lieber durch den mit Menschen gefüllten Saal gleiten.

Als sie drei Stunden später wieder vor die Tür traten, goß es in Strömen. Auch das hatten sie drinnen nicht mitbekommen. Sie standen unter dem kleinen Baldachin vor dem Eingang und schauten sich ratlos an.

„Ich ....“, begann Andrew, und der Rest ging im Geräusch der über ihre Köpfe hinwegdonnernde Hochbahn unter. Sandra hielt sich eine Hand ans Ohr und schüttelte den Kopf, um ihm zu zeigen, daß sie nichts verstand. Er nickte, wartete, bis die Bahn vorbei war, und setzte dann erneut an.

„Ich laufe los und hole den Wagen. Du wartest am besten hier.“

„Ich komme mit“, entschied sie.

„Das ist doch Blödsinn. Du wirst doch ganz naß.“

Sie schüttelte den Kopf. Er zuckte mit den Schultern und zog sein Jackett aus. Sie drängte sich ganz eng an ihn, legte einen Arm um seine Taille, während er das Jackett als notdürftigen Regenschutz über sie hielt. Er hatte einen Arm um ihre Schultern gelegt, und ihr Kopf war an seine Schulter gepreßt. Als sie auf dem Weg die Wabash hinunter die Monroe Street überquerten, erwischte sie der vom See her kommenden Wind mit aller Macht, und binnen kurzem waren beide durchnäßt. Beim Wagen angekommen, klebte Sandras Kleid an ihrem Körper wie eine zweite Haut, und das Wasser tropfte ihr aus den Haaren. Andrew riß die Beifahrertür auf, und Sandra ließ sich auf den Sitz fallen. Noch bevor er auf der anderen Seite eingestiegen war, waren die Scheiben schon von innen beschlagen. Plötzlich rollte ein unheimlich anmutender Gewitterdonner über den See und schien direkt über der Stadt zu explodieren. Sandra zuckte zusammen. Andrew warf das völlig durchnäßte Jackett auf den Rücksitz und startete den Motor. Sie bogen von der Wabash auf die Randolph Street und von dort auf die South Michigan Avenue. Sandra zog aus ihrer Handtasche ein Taschentuch und versuchte, die Scheibe vor Andrew frei zu wischen, doch die Feuchtigkeit im Auto und die Hitze ließen die Scheiben sofort wieder beschlagen. Andrew lenkte den Wagen so vorsichtig wie möglich Richtung Süden, während zuckende Blitze zu ihrer Linken in den See fuhren und dabei den Grant Park für Sekundenbruchteile in fahles Licht hüllten. Der Regen wurde vom Wind in dichten Kaskaden quer auf das rote Cabrio getrieben, und Sandra beobachtete besorgt, wie Andrew das Steuer umklammert hielt. Seine Gesichtszüge waren angespannt und seine Augen starr nach vorne gerichtet. Die Fahrt schien nicht enden zu wollen. Nach unendlich langer Zeit, so schien es ihr, kreuzten sie die Pershing Road, dann die 42nd Street, danach irgendwann die 47th Street. Es schien kein Ende zu nehmen, und trotz der Schwüle begann Sandra in ihrem dünnen, nassen Kleid zu frösteln. Sie steckte sich eine Zigarette an. Der Rauch verschlimmerte die schlechte Sicht noch mehr, und so warf Sandra sie nach ein paar Zügen aus dem Seitenfenster und wurde dafür von Andrew mit einem dankbaren Blick bedacht. Als sie endlich in der Calumet Avenue angekommen waren, hatte sich der Regen zu einem feinen Nieseln verdünnt. Andrew ließ den Wagen vor dem Eingang zu Sandras Apartmenthaus langsam am Bordstein ausrollen, stellte aber den Motor nicht ab.

„Was ist los?“ fragte sie ihn erstaunt.

„Ich muß jetzt unbedingt was Trockenes anziehen. Sei mir nicht böse, wenn ich dich nicht zur Tür begleite.“

Sie griff nach dem Zündschlüssel, drehte ihn um, und das Motorengeräusch erstarb.

„Da hast du recht. Du trocknest dich jetzt erst einmal ab, und dann sehen wir weiter. Wenn du jetzt durch die halbe Stadt fährst, dann holst du dir bestimmt eine Lungenentzündung. Komm mit rauf.“

Ohne auf sein verdutztes Gesicht zu achten, stieg sie, den Zündschlüssel in der Hand, aus und lief über den Bürgersteig auf die Haustür zu. Hinter sich hörte sie, wie eine Autotür zugeschlagen wurde und hastige Schritte ihr folgten.

In ihrer Wohnung angekommen, zog Sandra sofort ihre Schuhe aus, während Andrew unschlüssig in dem kleinen Flur herumstand. Sie forderte ihn auf, es ihr gleichzutun.

„Geh ins Bad, und zieh deinen nassen Sachen aus. Ich hole dir ein Handtuch."

Er bewegte sich nicht von der Stelle.

Sie bemerkte seinen fragenden Blick und deutete auf die zweite Tür rechts auf dem Flur. „Da ist das Bad."

Andrew ging ins Bad, schloß die Tür hinter sich und setzte sich auf den Deckel der Toilettenschüssel. Langsam begann er seine Schuhe auszuziehen. Danach zog er sein weißes Polohemd über den Kopf und legte es auf die Duschumrandung. Es war so naß, daß das Wasser immer noch auf den Boden tropfte. Wie sollte das weitergehen, wenn er erst einmal ausgezogen war? Sandra würde doch keine Männerkleidung hier haben, und er konnte doch nicht nackt herumlaufen. Unschlüssig fummelte er an seinem Gürtel herum, machte ihn schließlich auf und zog die Hosen aus.

Unsicher blickte er sich um, fand aber keinen besseren Platz für das nasse Kleidungsstück, als es zu dem Hemd in die Dusche zu werfen. Er strich sich mit den Fingern durch die nassen Haare, drehte sich vorsichtig um und vermied peinlich, etwas zu berühren. Auf der Konsole standen Haarwaschmittel, Deodorant, ein Becher mit Zahnpasta und einer Zahnbürste. Ein Lippenstift, rechts neben dem Waschbecken hingen zwei Handtücher, darunter befand sich ein Karton mit Papiertüchern. Andrew schaute in den Spiegel. Er gab ein schreckliches Bild ab. In diesem Moment wurde hinter ihm die Badezimmertür geöffnet. Sandra trat ein, zwei Handtücher über dem Arm und sonst unbekleidet. Er war viel zu überrascht, um sich sofort daran zu erinnern, daß er selbst auch nur die Unterhose anhatte.

„Hier", meinte sie, als sei es die selbstverständlichste Sache auf der Welt, „sind Handtücher, damit du dich abtrocknen kannst."

„Danke", brachte er automatisch hervor.

„Schau mich nicht so überrascht an", meinte sie und musterte ihn von oben bis unten, „schließlich siehst du mich nicht zum erstenmal nackt."

„Wieso?" fragte er zurück, wobei ihm das Nichtverstehen ins Gesicht geschrieben stand und die Handtücher immer noch unbenutzt über seinen ausgestreckten Arm hingen.

„Du hast mich doch im Krankenhaus versorgt, oder?"

Andrew nickte. „Aber das ist doch was ganz anderes. Da war ich Arzt."

Sie nahm ihm wieder eines der Handtücher ab, faltete es auseinander und stellte sich dicht vor ihm auf die Zehenspitzen. Dann warf sie das Tuch über seinen Kopf und begann ihm die Haare trockenzurubbeln. Andrew war immer noch zu keiner Bewegung fähig und ließ es mit sich geschehen. Danach nahm sich Sandra den Hals und die Schultern vor, wobei ihre weit hervorstehenden Brustwarzen hart über seine Brust rieben. Plötzlich spürte sie an ihrem Bauch etwas nasses, kaltes. Sie schaute kurz nach unten und sah, wie sich seine Unterhose vorwölbte und gegen ihren Bauch stieß. Sie ließ das Handtuch fallen, als er die Arme um sie legte und sie fest an sich zog. Sie legte den Kopf in den Nacken, und das letzte, was sie sah, bevor sie die Augen schloß, waren seine Lippen, die sich langsam den ihren näherten. Er küßte sie heftig und ungelenk, aber nach ein paar Minuten hatten sie es geschafft, ihre Bewegungen zu koordinieren. Seine Hände strichen über ihren Rücken, und an ihrem Bauch pochte durch die nasse Hose hindurch sein hartes Glied. Sein Mund löste sich von dem ihren, und Sandra legte den Kopf auf seine Brust. Im Spiegel konnte sie ihre beiden Körper, die eng aneinandergepreßt in dem kleinen Badezimmer standen, sehen.

„Du zitterst ja vor Kälte", murmelte er über ihren Scheitel hinweg.

Sandra widersprach nicht, obwohl ihr Zittern nichts mit Kälte zu tun hatte. Sie hatte all ihren Mut zusammennehmen müssen, um ihm so im Badezimmer gegenüberzutreten. Jede Faser ihres Körpers hatte vibriert, als sie die Tür geöffnet hatte. Sie war sich zwar sicher gewesen, daß Andrew sie nicht zurückweisen würde, doch ihm ein solch direktes Angebot zu machen, wäre fast über ihre Kräfte gegangen. Jetzt schien alles in Ordnung zu sein, die Barriere, die unsichtbar zwischen ihnen bestanden hatte, war niedergerissen. Sie fragte sich, warum er nicht die Kraft dazu gefunden hatte. Sandra hob ihren Kopf und schaute dem gut einen Kopf größeren Mann ins Gesicht. Erst da bemerkte sie, daß sich ihre Augen mit Tränen gefüllt hatten.

„Du weinst?" fragte er sie nach einem Augenblick erstaunt.

Sie wischte sich mit der Hand über die Augen.

„Habe ich etwas falsch gemacht?"

„Nein." Es war nur ein Krächzen. Sandra räusperte sich. „Nein, du hast nichts falsch gemacht. Es ist nicht schlimm, Frauen sind nun mal so." Sie wollte in diesem Moment keine langen Erklärungen abgeben von Dingen, die sie selbst nicht einmal richtig verstand. Stattdessen zog sie seinen Kopf zu sich herab und küßte ihn. Seine Hände wanderten über ihren Körper. Sie löste sich etwas aus der engen Umarmung, damit seine Hände zwischen sie gleiten und ihre Brust streicheln konnten. Ihre eigenen Finger schoben sich in den Bund seiner Unterhose, und mit einer kurzen Bewegung schob sie diese ein Stück nach unten.

„So“, meinte, als sie sich endgültig von ihm löste, „jetzt ist wenigstens Gleichstand hergestellt.“

Andrew schaute sie fragend an.

Sandra blickte auf seine Körpermitte. „Ich bin zwar kein Arzt, aber trotzdem solltest du keine Geheimnisse vor mir haben.“

Er lachte und zog die um seine Knie baumelnde Unterhose ganz aus.

„Komm“, forderte sie ihn auf und huschte aus dem Badezimmer über den Flur ins Schlafzimmer. Andrew folgte ihr, und auf dem schmalen Bett machten sie dort weiter, wo sie im Bad aufgehört hatten. Als er in sie eindrang, spürte sie einen kurzen, stechenden Schmerz, der aber bald verging, als sich ihre Scheide an die ungewohnte Präsenz und seine gleichmäßigen, ruhigen Bewegungen anpaßte. Als sein Atem unregelmäßiger wurde und er laut aufstöhnte, hielt Sandra unwillkürlich die Luft an und biß die Zähne in Erwartung des kalten Stroms, der sich in sie ergießen würde, zusammen. Nichts dergleichen passierte, und ihre Verkrampfung löste sich sofort. Andrew sank über ihr zusammen, und sie strich ihm beruhigend mit ihren Händen über den Rücken, während sich seine Atmung normalisierte.

Am nächsten Morgen, nach einer Nacht, in der Andrew viel dafür getan hatte, bestimmte Körperregionen Sandras an sich zu gewöhnen, stand sie unter der Dusche und genoß das heiße Wasser, das in einem breiten Strahl über ihren Körper spritzte. Andrew war inzwischen damit beschäftigt, seine immer noch feuchten Kleider mit einem Föhn zu trocknen und sich Gedanken über die Zukunft zu machen, wobei diese Zukunft kaum weiter reichte als der Abend dieses Sonntags. Zuerst mußte er zu sich nach Hause und frische Kleider holen, dann wollten sie in einen Coffeeshop fahren, um ausgiebig zu frühstücken, und dann? Dann würde man weitersehen. Er konnte immer noch nicht richtig begreifen, was seit gestern alles passiert war, und besonders Sandras Auftritt im Bad ließ ihn immer wieder genüßlich grinsen. Es war etwas, wovon seine Freunde wohl ihr ganzes Leben lang träumen würden, und er konnte sich nicht vorstellen, daß eine andere der jungen Frauen, mit denen er ausgegangen war, so etwas gemacht hätte. Im streng puritanischen Mittelwesten groß geworden, hatte er zwar auf der Highschool wie seine Klassenkameraden auch immer wieder den Mädchen nachgestellt und auch die eine oder andere enthüllte Brust zu sehen bekommen, doch als er nach Beendigung der Schule aufs College an die Ostküste kam, mußte er gegenüber seinen Kommilitonen durch Lügengebäude ausgleichen, was ihm an Erfahrung fehlte. Ein paar versteckte Küsse, die er mit Patty im Gebüsch unten am Fluß halbherzig ausgetauscht hatte, und ein kurzes, festes Zupacken an ihrer Brust war alles, was die Mädchen in dieser wohlbehüteten Gegend in der Nähe von Lincoln, Nebraska zugelassen hatten.

Irgendwie geriet Andrew, ohne es zu wollen, in ein Fahrwasser, in dem mit zunehmenden Alter seine Unerfahrenheit mit Frauen ihm immer mehr im Weg stand, und das, obwohl er gut aussah, eine sportliche Figur hatte und im allgemeinen das war, was man einen netten Jungen nannte: der Traum einer jeden Schwiegermutter. Doch gerade dieser Umstand, das Fehlen eines Hauches von Verruchtheit, ließ ihn für die Mädchen auf dem College und später auf der Universität uninteressant werden. Keine von ihnen mußte jemals Angst haben, er würde irgendwelche Grenzen, welche auch immer sie in ihrem Kopf gezogen hatten, überschreiten. Also waren die Verabredungen mit ihm zwar amüsant, aber ohne jegliches Kribbeln, was sich meistens auf höchstens eine Wiederholung beschränkte. Demgegenüber stand eine glänzende Karriere, die ihn schon mit neunundzwanzig Jahren zum stellvertretenden Chefarzt der Gefäßchirurgie am Michael Reese Hospital in Chicago gemacht hatte, immer noch ledig und für eine Reihe von Schwestern extrem interessant. Zwei von ihnen verdankte er auch seine bisher einzigen sexuellen Erfahrungen. Er dachte nicht gerne daran zurück, denn bevor sie bereit gewesen waren, sein ungelenkes Werben zu erhören, hatte er ihnen fast ein Heiratsversprechen abgeben müssen.

Glücklicherweise war es nie ganz soweit gekommen.

„Na, sind die Sachen jetzt trocken?"

Andrew fuhr aus seinen Gedanken hoch. Sandra stand in der Tür zum Schlafzimmer, um ihren Kopf hatte sie ein Handtuch wie einen Turban gewickelt, und der hellblaue Morgenmantel, den sie trug, stand vorne offen, so daß er das blonde Dreieck zwischen ihren Schenkeln deutlich sehen konnte. Sie schien sich nichts daraus zu machen.

„Ich glaube schon. Zumindest das Hemd ist soweit trocken. Die Hose muß ich halt noch feucht anziehen. Wir fahren jetzt einfach, damit wir etwas zu essen bekommen." Er schaltete den Föhn aus und zog erst das Hemd und dann die Hose an. Danach folgten die ebenfalls noch feuchten Strümpfe. Sandra löste das Handtuch von Kopf und frottierte sich die blonden Haare, wobei sie vorsichtig die Stelle aussparte, wo ihr Andrew erst vor zwei Tagen die Fäden gezogen hatte. Sie schob die Haare zur Seite und hielt ihm die Stelle vor das Gesicht.

„Noch alles in Ordnung? Oder ist heute nacht etwas aufgeplatzt?"

Er teilte vorsichtig die Haarsträhnen und begutachtete die Stelle, die er mit drei Stichen hatte nähen müssen. Als er damit fertig war, gab er Sandra einen zärtlichen Kuß darauf und meinte: „Alles in Ordnung."

Sie drehte sich zu ihm hin, nahm seinen Kopf in beide Hände und gab ihm einen langen Kuß. „Danke."

Es blieb unklar, wofür sie sich bedankte, für die medizinische Behandlung, für die Betreuung im Krankenhaus oder für die Nacht. Andrew bezog es auf alles zusammen.

„Gut", meinte sie, „dann werde ich mich jetzt fertigmachen." Dabei warf sie erst das Handtuch auf das zerwühlte Bett und zog dann den Morgenmantel aus. Andrew trat unsicher von einem Fuß auf den anderen. Er wußte nicht recht, wo er hinsollte. Irgendwie war es ihm peinlich, ihr beim Anziehen zuzusehen, doch was machte das schon angesichts der Tatsache, daß sie zusammen die Nacht verbracht hatten. Bei den anderen Frauen war er nie in die Verlegenheit gekommen. Sie hatten immer ihre Kleider gepackt, waren im Badezimmer verschwunden, und nach einer ausreichend langen Zeit, die auch ihm genügt hatte, sich anzuziehen, waren sie wieder vollständig bekleidet aufgetaucht. Sandra schien sich um seine Anwesenheit nicht zu kümmern, sondern zog Schubladen auf, schaute in Schränke und suchte sich die notwendigen Kleidungsstücke zusammen. Andrew beschloß, ins Wohnzimmer zu gehen.

„Wo willst du hin?" fragte sie ihn, als er schon fast draußen war.

„Meine Schuhe anziehen", fiel es ihm gerade noch rechtzeitig ein, und dann zog er die Tür hinter sich zu.

Die Herbststürme zerzausten die Windy City. Mit Richard Nixon hatten die Amerikaner den Präsidenten gewählt, der versprochen hatte, den Vietnamkrieg so schnell wie möglich zu beenden. Eine englische Band, die als einzige jemals zu Recht als Supergroup bezeichnet wurde, hatte mit einem Konzert in Baltimore ihre USA-Tournee und ihre Karriere beendet. Die Olympischen Spiele waren in Mexiko mit einem Skandal zu Ende gegangen, als Tommie Smith und John Carlos ihre Medaillen aberkannt wurden, weil sie beim Abspielen der Nationalhymne die in einem schwarzen Handschuh steckende Faust zum Himmel gereckt hatten, und sowohl am Oriental Institut als auch am Michael Reese Hospital war bekannt, daß Dr. Sandra Neubert und Dr. Andrew Swanwick mehr als nur Freunde waren.

Diese beiden lagen an einem trüben Sonntagmorgen, Regenschleier wurden wieder einmal vom See her über die Stadt getrieben, träge im Bett und drückten sich ums Aufstehen. Andrew war gerade mit zwei Bechern Kaffee aus der Küche zurückgekommen und wieder zu Sandra unter die Decke geschlüpft. Sie rückte etwas nach oben, um sich besser an der Wand anlehnen zu können und von dem feuchten Fleck wegzukommen, der von ihren Vergnügungen nach dem Aufwachen zurückgeblieben war. Schweigend, den Kaffeebecher mit beiden Händen umschließend, blickte Andrew aus dem Fenster der gegenüberliegenden Wand, von wo man an klaren Tagen weit auf den Michigan-See hinausblicken konnte. Im Moment aber war die Scheibe beschlagen, und außen liefen die Wassertropfen hinunter. Sandra warf ihm einen Blick von der Seite zu. Sie stellte ihre Tasse neben dem Bett auf den Boden. Nur noch selten übernachteten sie gemeinsam in Sandras Wohnung, denn die von Andrew hatte sich als komfortabler erwiesen, zumal das Bett ein ganzes Stück breiter war als das ihre. Mit der Zeit waren in seinem Kleiderschrank die Kleidungsstücke zusammengeschoben worden und hatten Platz für ein paar von ihren Sachen gemacht, so daß zumindest die Möglichkeit für sie bestand, hier frische Unterwäsche und ein paar Pullis zu finden. Nachdem die Nachbarn am Anfang die junge Frau erst mißtrauisch, dann neugierig beäugt hatten, hatten sie inzwischen ihre Anwesenheit in der Wohnung von Dr. Andrew Swanwick akzeptiert oder taten zumindest so.

„Was hast du?" fragte sie den stumm seinen Kaffee trinkenden Mann neben sich.

„Ich denke nach", gab er nach einer weiteren Pause versonnen zurück.

„Über was?"

„Über alles."

„Ist das nicht ein bißchen viel?" wollte Sandra mit einem durchaus beabsichtigten spöttischen Unterton wissen.

„Sag mal", begann er schließlich, „wie ist das eigentlich bei euch in Deutschland mit Männern und Frauen?"

„Das weiß ich nicht. Ich bin schon viel zu lange fort", versuchte sie der Frage aus dem Weg zu gehen.

Er ließ sie aber nicht entkommen. „Bitte, es interessiert mich wirklich."

Etwas in seiner Stimme sagte ihr, daß es ihm ernst war und sie nicht ausweichen konnte, trotzdem versuchte sie es noch einmal. „Ich weiß nicht, was du damit meinst."

„Nun, man lernt jemanden kennen, man schläft miteinander, schließlich lebt man zusammen, jedenfalls fast. Ist es so wie mit uns beiden?"

Kaum hatte er es ausgesprochen, klingelten bei Sandra sämtliche Alarmglocken. Andrew hatte schon ab und an Andeutungen über frühere Freunde von ihr gemacht, aber es war immer mehr ein Spaß gewesen, nicht ernstzunehmen, und sie hatte nicht darauf reagiert. Er hatte ihr nie verheimlicht, daß er kaum Erfahrungen mit Frauen hatte, und war wohl besonders von ihrem freizügigen Verhalten im Bett irritiert, was ihn zu der Annahme drängte, daß sie über einen großen Erfahrungsschatz mit Männern verfügen mußte. Sie hatte dies guten Gewissens leugnen können, aber natürlich auch keinen Hehl daraus gemacht, daß sie nicht mehr Jungfrau gewesen war.

Alles weitere blieb allerdings ihr Geheimnis.

„Du weißt", begann sie zögernd, „daß ich darin keine Erfahrung habe. Ich war noch nie mit einem Mann zusammen, so wie ich mit dir zusammen bin.

Ich glaube nicht, daß die Mädchen in Deutschland konsequent bis nach der Heirat warten, bis sie mit einem Mann schlafen. Richtig zusammenleben, so wie Mann und Frau, das gab es aber nicht. Dazu mußte man heiraten."

Er nickte wissend, ohne daß Sandra sich denken konnte, warum.

„Aber so wie wir, das gab es bestimmt", ergänzte sie und fügte dann noch hinzu: „Wenn jeder seine eigene Wohnung hatte, war schon vieles möglich. Meistens war aber immer eine Art von Versteckspiel notwendig."

Wieder nickte Andrew und nahm einen Schluck aus der Kaffeetasse. „Und wie war das mit den Frauen? Wollten die nicht heiraten, Kinder kriegen? Hatten die keine Angst, sitzengelassen zu werden?"

„Sag mal", fragte sie erstaunt, „woher kommt denn auf einmal dein Interesse an den Nöten der deutschen Frauen?"

„Nun, weil ich glaube, sie sind anders als die amerikanischen."

„Gut", meinte Sandra, „und weiter?"

„Wir sind jetzt schon seit drei Monaten zusammen", erklärte er und vermied es, sie anzusehen. „In dieser Zeit hast du nicht einmal vom Heiraten gesprochen. Mit keinem Wort, mit keiner noch so vagen Andeutung. Und dabei hast du mich nicht hingehalten."

„Hingehalten?"

„Ja, hingehalten. Die meisten amerikanischen Frauen, zumindest die, die ich kenne, wären nicht mit mir ins Bett gegangen, bevor ich nicht mindestens so etwas wie eine Verlobung ausgesprochen hätte, und wenn sie es doch gemacht hätten, dann wäre binnen Tagen das Thema Heirat auf den Tisch gekommen."

„Hingehalten, jetzt verstehe ich." Sandra begann herzhaft zu lachen.

Andrew schaute sie irritiert an.

„Hingehalten, das ist gut", wiederholte sie, als sie sich wieder beruhigt hatte. „Du meinst also, nur mit einem Heiratsversprechen hätten sie dich rangelassen?"

„Nun so ungefähr", gab er etwas verstört zurück.

Sie drehte sich zu ihm um und küßte ihn leicht auf die Wange, während sie eine Hand unter die Bettdecke steckte und von seinem Bauch aus abwärts gleiten ließ. „Ach, mein Kleiner." Sie hatte sich angewöhnt, ihn ab und zu Kleiner zu nennen, seit sie wußte, daß er zwei Jahre jünger als sie war. „Jetzt bist du von den deutschen Frauen verwirrt, oder?"

Andrew schüttelte den Kopf und nahm Sandra in den Arm. „Ich habe mich schon daran gewöhnt. Wahrscheinlich bist du auch keine typische Deutsche."

Wenn du wüsstest, wie wahr das ist, ging es ihr durch den Kopf. Typisch bin ich bestimmt nicht, wenn man bedenkt, daß ich ein Kind von einem Toten geboren und zur Adoption freigegeben habe, meinen Professor erpreßt und Universitätsunterlagen frisiert, um nicht zu sagen gefälscht habe. Nun, es kommt schon einiges zusammen.

„Nun, ist es nicht so?" hakte er nach, ohne eine Ahnung zu haben, wie zutreffend seine Bemerkung war.

„In gewisser Weise hast du schon recht", lenkte sie ein, „aber ganz so schlimm ist es auch nicht. Warum machst du dir überhaupt Gedanken darüber? Du wirst nicht unter Druck gesetzt, wir kommen gut miteinander aus. Alles ist doch bestens. Oder muß man dich unter Druck setzen? Wenn du das möchtest, dann werde ich jedesmal, bevor wir ins Bett gehen, ein Heiratsversprechen von dir fordern." Sie grinste bei den letzten Worten breit.

„Du verstehst nicht", gab er, deutlich darum bemüht, das Gespräch nicht ins Lächerlich abgleiten zu lassen, zurück. „Es ist nicht wegen mir."

Sandra zog eine Augenbraue nach oben. Sie spürte, daß es jetzt gefährlich wurde. Jetzt kamen irgendwelche Gründe, die eine Trennung notwendig machten, die er von Herzen bedauerte, aber nicht ändern konnte. Die Kollegen im Krankenhaus, seine Stellung, die Nachbarn, oder was es sonst noch gab.

Andrew schluckte, holte tief Luft und sagte langsam: „Sandy, jetzt ist bald Weihnachten, da besuche ich immer meine Eltern. Unsere ganze Familie kommt da über die Feiertage zusammen. Das ist immer ein riesiges Fest." Er räusperte sich und nahm noch einen Schluck Kaffee, der schon ganz kalt war. Sandra schaute ihn mit angehaltenem Atem von der Seite an, während er immer noch starr geradeaus blickte. „Du weiß, ich habe dir erzählt, sie leben in Lincoln, Nebraska. Im Mittelwesten. Etwas

Puritanischeres kannst du dir nicht vorstellen. Das ist nicht wie hier in Chicago, einer Großstadt. Meine Eltern wissen bis jetzt nichts von dir. Ich habe mich, um ehrlich zu sein, darum herumgedrückt, von dir zu erzählen."

Sandra merkte, wie ihr Magen versuchte, sich in ein Schwarzes Loch zu verwandeln, und sich ihre Augen langsam mit Wasser füllten.

„Ich wäre bestimmt über eine Woche weg, und so lange halte ich es ohne dich nicht aus. Außerdem möchte ich das gar nicht. Ich möchte Weihnachten auch mit dir feiern. Aber ich kann dich nicht einfach als Freundin mitnehmen. Das schickt sich in Lincoln nicht. Das Mädchen, das man zu Weihnachten mit nach Hause nimmt, ist zumindest die zukünftige Frau." Andrew brach ab und holte noch einmal tief Luft. „Also, Sandy, willst du mich heiraten?"

Sie schaute ihn entgeistert an. Dann begriff sie langsam, was er gesagt hatte.

„Natürlich nicht gleich, aber wir geben an Weihnachten zu Hause unsere Verlobung bekannt, das wird meinen Eltern gefallen."

In Sandras Magen fand der Urknall statt, als sich dieser wieder auf seine normale Größe ausdehnte, dann schossen ihr die Tränen in die Augen. Andrew blickte hilflos auf die schluchzende Frau neben sich herab.

„Was ist los? Was hast du?"

Sie sprang aus dem Bett und verschwand im Badezimmer. Durch die Tür hörte er gedämpft, wie sie sich schneuzte, dann hörte er die Toilettenspülung rauschen, danach den Wasserhahn. Nach viel zu langer Zeit kam Sandra wieder zurück ins Schlafzimmer, blieb aber direkt an der Tür stehen.

„War das ein Heiratsantrag?" fragte sie mit kaum vernehmbarer Stimme.

„Ja", antwortete er und versuchte, aus ihrer Miene zu lesen.

„Hast du dir das gut überlegt?"

„Ja", kam es vom Bett her.

Sandra machte zwei bedächtige Schritte auf das Bett zu und schlüpfte unter die Decke. Sie schlang die Arme um Andrew, zog seinen Kopf zu sich herab und flüsterte ihm ins Ohr: „Ich liebe dich und nehme an."

„Ich liebe dich auch, und eben hast du mich sehr glücklich gemacht."

„In kurzer Zeit wirst du noch viel glücklicher sein", gab sie zurück, glitt mit ihrem Kopf über seinen Bauch nach unten und bereitete Andrew eine Erfahrung, die er nur vom Hörensagen kannte.

## √-1 Die Spur wird aufgenommen

Als Peter am Morgen erwachte und sich schließlich traute, seine Augen zu öffnen, war sein Schlafzimmer in den bleichen Schein eines trüben Wintertages gehüllt. Vorsichtig, noch ganz unter dem Eindruck seiner schrecklichen Träume, setzte er sich auf und blickte sich um. Auf dem Boden vor dem Bett lag seine Jeans, sein Sweatshirt mit dem bunten Aufdruck ‚Work Out - Work Hard' hing über der Lehne des Stuhls, während er den Rest seiner gestrigen Kleidung noch anhatte. Er preßte die Augenlider zusammen und massierte sich mit den Fingerspitzen die Schläfen. Als er die Augen nach ein paar Minuten wieder öffnete, hoffte er inständig, daß das Zimmer immer noch so aussehen würde wie vorher, und er wurde nicht enttäuscht. Nachdem er noch ein paar Minuten vor sich hin gegrübelt hatte, stand er auf. Auf seinem Weg ins Bad ging er in die Küche und fütterte die Kaffeemaschine.

Eine Stunde später stand er vom Frühstück auf, nahm seine Kaffeetasse und ging ins Wohnzimmer, wo ihn das blinkende Lämpchen seines Anrufbeantworters ungeduldig begrüßte. Peter starrte wie versteinert darauf, und seine Träume der letzten Nacht waren auf einmal wieder viel mehr als nur Träume. Er hatte das Gefühl, sich an jede Einzelheit erinnern zu können, doch gleichzeitig verschwammen die Details, je mehr er sich darauf konzentrierte.

Schließlich spulte er das Band zurück und drückte auf Wiedergabe. Es war Monika. „Hallo, anscheinend bis du noch nicht zu Hause. Ich wollte dir eigentlich nur gute Nacht sagen. Wir telefonieren morgen. Ende der Durchsage." Peter atmete auf. Er war sich fast sicher gewesen, eine weitere dunkle Nachricht der unheimlichen Stimme auf dem Band vorzufinden. Er trank einen letzten Schluck Kaffee, schaltete den Computer an und rief das Textverarbeitungsprogramm auf. Danach die Datei mit der Übersetzung, die er gerade in Arbeit hatte. Vor ihm erschienen die letzten Sätze, die er am Tage vorher eingegeben hatte. Bald wurde ihm klar, daß er sich nicht auf die Arbeit konzentrieren konnte. Seine Gedanken schlichen sich immer wieder zum gestrigen Abend zurück, zu der Nachricht auf Gabis Anrufbeantworter und seiner Heimfahrt, die er nur noch bis zu dem Zeitpunkt rekonstruieren konnte, als er am Eisstadion vorbeigefahren war. Er steckte sich eine Zigarette an, stand vom Computer auf und schaute aus dem Fenster hinunter auf die Wittelsbacher Allee. Würde es wirklich etwas bringen, nach Freiburg zu fahren? Er hatte so gut wie nichts in der Hand. Es war wie die Suche nach der berühmten Stecknadel im Heuhaufen mit dem Unterschied, daß er noch nicht einmal wußte, wo sich der Heuhaufen befand. Nachdem er die Zigarette ausgedrückt hatte, ging er zum Telefon und drückte die Kurzwahltaste für Lautner. Nachdem das Telefon vier- oder fünfmal geklingelt hatte, meldete sich Gabi mit einem zögerlichen „Lautner".

„Ich bin's, Peter."

„Hallo, wie geht's?" war sie deutlich erleichtert zu vernehmen.

„Gut." Es war immerhin nur eine halbe Lüge. „Und wie geht's dir? Weitere Anrufe oder Nachrichten?" fragte er und hielt insgeheim die Luft an.

„Nein, nichts. Keine Anrufe, bei denen sich niemand meldet, aber ich habe heute nacht nicht viel geschlafen. Erst hat mich Ilona-Maria noch bis halb drei wachgehalten, und als ich mich endlich ins Bett legen konnte, habe ich wieder an diese unheimliche Stimme denken müssen. Als ich schließlich eingeschlafen bin, hatte ich gerade mal zwei Stunden Ruhe, bis die kleine Dame wieder nach Fütterung verlangte. Mal sehen, ob ich mich heute nachmittag etwas hinlegen kann."

„Tut mir leid", meinte er.

„Ist schon gut. Ich habe ja gewußt, was auf mich zukommt."

„Wenn du meinst. Ich habe noch einmal darüber nachgedacht, wegen der Sache mit Freiburg. Bist du wirklich davon überzeugt, daß das etwas bringt? Ich meine, wir haben verdammt wenig in der Hand."

„Ist dir etwas Besseres eingefallen?" wollte sie wissen, und in ihrer Stimme schwang deutlich Enttäuschung mit.

„Ich habe heute morgen noch einmal darüber nachgedacht, und es erscheint mir alles so aussichtslos ..."

„Gestern abend sah das aber anders aus. Ich finde, ein Versuch kann nicht schaden."

Im Hintergrund war jetzt deutlich Babygeschrei zu vernehmen, und Gabi entschuldigte sich einen Moment. Peter hörte, wie der Telefonhörer abgelegt wurde, danach Schritte, die sich entfernten. Dann kam das Plärren immer näher, bis es schließlich direkt neben seinem Ohr zu sein schien.

„Du, Peter", drang Gabis Stimme wieder aus der Leitung, „es hat keinen Zweck. Sie ist im Moment nicht zu beruhigen. Ich ruf' dich später zurück." Noch bevor er etwas dazu sagen konnte, hatte Gabi die Verbindung getrennt.

Peter setzte sich auf die Couch unter das Entenposter und dachte nach. Da waren die merkwürdigen Nachrichten, die immer nur auf den Anrufbeantworter gesprochen wurden, und der ungeklärte Tod seiner Mutter. Als er an die Beerdigung seiner Mutter dachte, fiel es ihm auf einmal wie Schuppen von den Augen. Der Mann am Grab, der ihm ganz zuletzt kondoliert hatte, hatte doch gesagt, er sei ein Kollege seines Vaters gewesen. Wie hieß er nur? Peter versuchte sich zu erinnern, aber die Tage in Bonn waren nur noch verschwommene Eindrücke in seinem Gedächtnis. Der Mann war kaum größer als er selbst gewesen, eher kleiner, vielleicht so um einen Meter achtzig. Alter vielleicht Mitte Fünfzig. Hatte er, außer daß er ein Kollege seines Vaters sei, noch etwas gesagt, was ihm weiterhelfen könnte?

Peter konnte sich einfach nicht mehr erinnern. Vielleicht konnte Monika ihm ja weiterhelfen. Er griff zum Telefon. Es klingelte einige Male, bis jemand abhob.

„Thompson und Alley, Weinkötler."

„Guten Tag, Frau Weinkötler, hier Peter Gruhn. Könnte ich bitte Frau Geldern sprechen?"

„Guten Tag, Herr Gruhn", kam es vom anderen Ende der Leitung. „Es tut mir leid, aber Monika ist in einer Besprechung."

„Wann kann ich sie erreichen?"

„Hmm, das ist schwer zu sagen. Das Meeting wird bis weit in den Nachmittag gehen. Soll sie Sie zurückrufen?"

„Ja, das ist wohl das beste. Vielen Dank ..." Dann fügte er noch hinzu: „Und sagen Sie ihr bitte, es wäre dringend."

„Wird erledigt. Auf Wiederhören."

Um halb vier klingelte das Telefon, und Monika meldete sich mit etwas abgehetzter Stimme. „Ich bin's. Ich sollte dich zurückrufen - es sei dringend."

Peter war im ersten Moment so überrascht, daß er gar nicht wußte, was er sagen sollte. „Ach so", meinte er dann, „erinnerst du dich noch an die Beerdigung ..."

„Welche Beerdigung?" fiel sie ihm ins Wort.

„Die von meiner Mutter."

„Ach ja. Klar."

„Nun, da hat mir ein ehemaliger Kollege von meinem Vater sein Beileid ausgesprochen. Weiß du noch, wie der hieß?"

„Keine Ahnung", kam es kurz und knapp zurück, und nach einer kleinen Pause, in der sie augenscheinlich darauf wartete, daß er wieder etwas sagen würde, setzte sie hinzu: „Du, Peter es ist im Moment ziemlich schlecht. Hier ist eine fürchterliche Hektik. Können wir später darüber sprechen? Ich komme, sobald ich hier fertig bin, bei dir vorbei, aber es kann spät werden."

„Wie spät?" fragte er instinktiv zurück.

„Vielleicht neun Uhr“, sie verbesserte sich, „eher halb zehn, okay?“

„In Ordnung.“

Peter hatte nach dem Telefonat mit Monika wenig Hoffnung, daß sie sich an den Namen des Mannes erinnern könnte. Sie hatte ein ausgezeichnetes Namengedächtnis, was in ihrem Beruf auch unabdingbar war, und wenn sie nicht sofort einen Namen präsentieren konnte, dann wußte sie ihn nicht.

Trotzdem erschien ihm diese Möglichkeit noch vielversprechender, als nach Freiburg zu fahren.

Gegen sieben Uhr abends erreicht Peter nach mehrmaligen Versuchen endlich Andreas Knapp in Bonn. Nachdem er ungeduldig ein paar nichtssagende Floskeln mit ihm gewechselt hatte, rückte er mit seinem Anliegen heraus. „Kannst du mir ein Vorlesungsverzeichnis der Uni Bonn besorgen?“

„Was willst du denn damit?“ wollte Andreas Knapp am anderen Ende der Leitung nach einer kurzen Pause des Erstaunens wissen.

„Ich versuche etwas über meinen Vater herauszufinden“, antwortete Peter und gab seinem Studienfreund einige kurze Erklärungen, die wenig über die eigentliche Sache verrieten, aber eine gute Begründung für sein Anliegen waren.

„Das wird nicht schwer sein. Ich hoffe, sie haben noch welche. Immerhin ist das Semester jetzt schon halb rum, aber keine Angst, irgendwoher bekomme ich eines. Es kann wohl auch ein Verzeichnis vom letzten Semester sein, oder?“

„Kein Problem“, meinte Peter, „ich brauche ja nur die Namen der Professoren und die Anschrift des Fachbereichs.“

„Und dann willst du alle Professoren anschreiben und fragen, ob sie deinen Vater gekannt haben?“

„Ja, so viele können es ja nicht sein. Altertumskunde ist nicht gerade ein Modefach“, bestätigte ihm Peter, der im stillen hoffte, daß er sich, wenn er die Namen las, an den des unbekannten Fremden würde erinnern können.

„In Ordnung, Peter, ich kümmere mich darum. Hast du schon etwas von der Polizei gehört?“

„Nein. Die haben mir ja auch nicht viel Hoffnung gemacht, aber ich glaube irgendwie, daß der Tod meiner Mutter etwas mit meinem Vater zu tun hat.“

„Na, jetzt hör mal auf“, unterbrach ihn Andreas. „Das ist doch Spinnerei, was soll dein Vater damit zu tun haben, zumal er schon seit dreißig Jahren tot ist? Du scheinst dich in was zu verrennen.“

„Ich weiß, ich weiß, es klingt nicht sehr logisch. Es ist auch nur so ein Gefühl, was ganz falsch sein kann. Trotzdem möchte ich mehr über meinen Vater erfahren."

„Nun, dann wünsche ich dir viel Glück. Sobald ich das Verzeichnis habe, schicke ich es dir zu."

„Vielen Dank", meinte Peter und verabschiedete sich.

Es war zehn Uhr, als Monika schließlich eintraf, und schon auf den ersten Blick erkannte Peter, daß sie mehr als den üblichen Streß im Büro gehabt hatte. Sie drückte ihm nur einen flüchtigen Kuß auf die Wange, dann legte sie ihren braunen Kamelhaarmantel ab, stellte den Aktenkoffer unter die Garderobe und ließ sich im Wohnzimmer in einen Sessel fallen. Wortlos ging er an das Regal, holte die Cognacflasche und ein Glas und stellte beides vor ihr auf den Tisch. Er überließ es ihr, die Menge zu bestimmen, die ein weiterer Anhaltspunkt für ihren Zustand wäre. Ohne Zweifel war es ein sehr harter Tag gewesen, denn Monika stürzte einen gut eingeschenkten Cognac sofort hinunter, um danach das Glas gleich wieder zu füllen. Peter zündete sich eine Zigarette an und beobachtete sie, die jetzt ihre schwarzen Schuhe abstreifte und ihre Beine auf die niedrige Tischkante stellte. Dabei rutschte ihr kurzer Rock nach oben und gab den Blick auf die Stelle frei, wo ihre schwarzen Strümpfe endeten und die weiße Haut ihrer Beine wie das Licht am Ende eines langen Tunnels schimmerte. Müde von der Anstrengung des Tages, bemerkte Monika seine begehrlichen Blick an ihren Schenkeln entlang nicht.

„Tut mir leid, daß ich heute mittag keine Zeit gehabt habe", begann sie schließlich und nahm die Füße zu Peters Bedauern von der Tischkante, „aber bei uns war die Hölle los. Es riecht danach, eher stinkt es schon, daß wir den Kosmetikauftrag verlieren, und das würde dann ohne Zweifel auf meine Kappe gehen." Sie nahm ihr Glas und nippte daran. „Dabei kann ich nichts dafür. Die Typen von Clearface wissen einfach nicht, was sie wollen."

Peter hob die Augenbrauen und warf ein: „Ich denke, daß wissen deine Kunden nie, und du bist dazu da, ihnen zu sagen, was sie wollen."

Sie schenkte ihm ein müdes Lächeln. „Gut aufgepaßt. Ich sehe, du bist lernfähig. Aber hier ist das anders. Wenn die Leute wirklich nicht wissen, was sie wollen, dann ist das in Ordnung, aber die von Clearface haben binnen zwei Wochen zwei völlig gegensätzliche Konzepte favorisiert. Da weißt du wirklich nicht mehr, woran du bist. Dazu kommt noch, daß wie immer die Zeit drängt. Ich bin einfach platt."

„Dann entspann dich erst einmal", riet Peter ihr fürsorglich.

„Es geht schon wieder. Also, was war heute mittag so dringend", wollte sie jetzt neugierig wissen.

„Ich habe dich schon am Telefon gefragt, ob du dich an dem Namen des Mannes erinnerst, der mir ganz zuletzt auf der Beerdigung kondoliert hat."

„Welcher Mann?" fragte sie nach.

„Der ganz zum Schluß. Mit dem dunklen Mantel und dem Homburg."

„Ich glaube, da war ich schon weg. Habe mit Andreas und Uschi vor der Kapelle auf dich gewartet. Warum ist der Name denn auf einmal so wichtig?"

„Ich war doch gestern bei Gabi, und wir haben über meinen Vater und ihre Mutter gesprochen. Mit dem, was wir wissen, kommen wir nicht sehr weit ..."

Monika blickte ihn interessiert an. Sie hatte bis jetzt nicht den Eindruck gehabt, daß ihn die ganze Sache so stark interessierte.

„Gabi meint, Freiburg wäre eine Möglichkeit, mehr herauszufinden. Von da stammt ja auch das ominöse Foto ..."

„Und du glaubst das nicht?" unterbrach sie ihn.

„Eigentlich nicht", räumte er ein. „Dann habe ich mich aber an den Kerl vom Friedhof erinnert, der behauptet hat, er sei ein Kollege meines Vaters gewesen. Vielleicht weiß er etwas. Bestimmt kommt dabei mehr heraus, als wenn ich nach Freiburg fahre und mich nach Dingen erkundige, die dreißig Jahre zurückliegen. Ich kann mich nur nicht mehr an den Namen des Mannes erinnern."

„Und was willst du jetzt tun?" meinte Monika zweifelnd und stellte wieder ihre Füße auf die Tischkante. Peter, der sich beim Sprechen vorgebeugt hatte, sah jetzt zwischen der hellen Haut von Monikas Beinen den dunklen Stoff ihres Slips schimmern. Seine Gedanken trugen ihn durch die Erinnerungen an ihren Körper, und er bemerkte nicht, daß eine Antwort von ihm erwartet wurde. „Nun, was willst du jetzt tun?" wiederholte Monika ihre Frage.

Peters Kopf ruckte hoch, und er dachte einen Moment nach. „Ich habe schon etwas getan. Ich habe mit Andreas telefoniert und ihn gebeten, mir ein Vorlesungsverzeichnis der Uni Bonn zu schicken."

Sie warf ihm einen fragenden Blick zu.

„Er sagte, er sei Professor an der Uni Bonn. Wenn er ein Kollege meines Vaters war, dann heißt das Altertumskunde, und das dürfte kein großer Fachbereich sein. Ich schreibe alle Professoren an und frage, ob sie meinen Vater gekannt haben."

„Und du meinst, das klappt?"

„Einen Versuch ist es wert, findest du nicht auch?"

„Und was versprichst du dir davon?" wollte sie wissen, ohne auf seine Frage einzugehen.

Peter zuckte mit den Schultern. „Informationen. Besonders über Gabis Mutter. Was mit meinem Vater passiert ist, ist ja kein Geheimnis." Nach einem Moment des Nachdenkens fügte er hinzu: „Von seinen Aufzeichnungen mal abgesehen."

Er stand auf und ging um den Tisch herum, bis er hinter ihrem Sessel stand. Er legte die Hände auf ihre Schultern und begann sie sanft mit seinen Daumen unterhalb des Halses und zwischen den Schulterblättern zu massieren. Monika rekelte sich wohlig unter seinem Griff. Sie schloß die Augen und legte den Kopf nach hinten, bis er an Peters Unterarme stieß. Als sie die Berührung seines Mundes auf ihrer Stirn spürte, öffnete sie kurz die Augen. Dann glitten seine Lippen über ihr Gesicht zu ihrem Mund, und während sie sich küßten, schlichen sich seine Hände von ihrem Rücken über ihren grauen Pullover zu ihrer Brust, wo sie für kurze Zeit bewegungslos verharrten, um dann sanft ihre Brüste zu streicheln. Ein träger, wohliger Strom durchfloß sie. Schließlich löste sie sich von ihm und schob seine Hände sanft zur Seite. Es fiel ihr schwer, sich nicht auf dem sanften Strom des Wohlbefindens weiter dahintreiben zu lassen, sondern mit einem entschlossenen Ruck wieder das Ufer zu erklimmen.

„Peter, tut mir leid, aber ich hatte einen harten Tag, und morgen wird auch nicht besser. Laß uns das bis zum Wochenende verschieben, okay?"

„Wenn du meinst", kam es halb enttäuscht, halb resigniert zurück.

Sie stand auf, legte ihm die Arme um den Hals und gab ihm einen flüchtigen Kuß. „Sei nicht böse, aber erstens bin ich eigentlich viel zu müde dazu, und zweitens brauche ich meinen Schlaf. Ich muß morgen um halb neun wieder im Büro sein und werde bestimmt vor acht Uhr nicht Feierabend haben. Es geht wirklich um viel. Ich mache mich jetzt auch gleich nach Hause auf." Und dabei bückte sie sich schon nach ihren Schuhen.

„Hast du den Wagen dabei?"

„Ja", gab sie zurück.

„Ich komm' noch mit. Steht er weit weg?"

„Es geht gerade noch."

Als sie nebeneinander die Treppe hinunterstiegen und dabei aus Angst vor der Stille belanglose Sätze austauschten, nahm Monika sich vor, am Wochenende unbedingt mit Peter zu sprechen. Daß sie müde war und einen der eher schrecklichen Tage im Büro hinter sich hatte, stimmte, doch ihrem Gemüt und ihrem Körper hätte es gutgetan, entspannt dazuliegen und sich von seinen Berührungen zielstrebig so weit bringen zu lassen, daß sich ihre ganze Energie in einem kleinen Punkt zwischen ihren Beinen konzentrierte und im Moment von Peters Eindringen zum Ausbruch gekommen wäre. Doch nicht, wenn sie nur die Wahl hatte, ihm entweder vorher eines dieser ekelhaften Kondome überzustülpen oder im schönsten Moment einen eiskalten Einlauf zu bekommen. Beides haßte sie. Peter mußte zum Arzt gehen, und dann würde man weitersehen.

Am Samstagmorgen, eigentlich wie geschaffen für die Liebe, schlüpfte Monika, noch während sich Peter unmutig im Bett herumwälzte, ins Bad und ging dann gleich los, um Brötchen zu kaufen. Nach dem Frühstück wollte sie das leidige Thema endlich und endgültig zur Sprache bringen. Doch dazu kam es nicht. Kaum saßen sie am Tisch, klingelte auch schon ihr Handy, und am anderen Ende war Bollmann mit der Bitte, sie möge sofort in die Agentur kommen.

„Muß das denn wirklich sein?" wollte Peter mißmutig wissen. „Schließlich ist Samstag. Wochenende!"

Monika zuckte nur mit den Schultern und suchte ihre Sachen im Schlafzimmer zusammen. Keine zwanzig Minuten später war sie nur noch eine Erinnerung und ein Hauch von Parfüm, der im Flur zurückgeblieben war.

Drei Stunden später saß Peter an seinem Schreibtisch, korrigierte unwillig seine Übersetzung und hatte etliche Male Monika und besonders ihren Job verflucht. Dann klingelte das Telefon.

„Gruhn."

„Ich bin's, Monika. Tut mir leid, aber es wird wohl länger dauern. Ich wollte nur schnell Bescheid sagen."

„Wie lange?" knurrte er unmutig in den Hörer.

„Keine Ahnung, aber ich denke, bis gegen sechs oder sieben bestimmt."

„Du weißt, wir sind heute abend bei Micha zum Geburtstag eingeladen."

Am anderen Ende der Leitung herrschte Stille, wenn man von den gedämpften Hintergrundgeräuschen aus dem Büro absah.

„Scheiße", kam es dann leise durch die Leitung, was Peter klar machte, daß von sechs bis sieben, wie sie gesagt hatte, keine Rede sein konnte. Es würde wahrscheinlich wieder sehr spät werden. Dann ein tiefer Atemzug. „Es ist sicher besser, du gehst schon mal alleine hin. Ich komm dann so schnell wie möglich nach.

„Wann?" Es war eigentlich eine überflüssige Frage.

„Peter." Ihre Stimme klang unwirsch. „Ich habe hier zu arbeiten. Ich mache das nicht aus Spaß. Ich habe einen Job und bin keine junge Mutter, die sich nur um ihr Kind kümmern muß. Es gibt Dinge, die sind einfach zu wichtig."

„Und ich?" fragte er, zwischen Wut und Enttäuschung hin und her pendelnd.

„Fang jetzt nicht damit an. Ich habe keine Zeit für Grundsatzdiskussionen." Wesentlich leiser fügte sie hinzu: „Außerdem kann das ganze Büro mithören." Wieder lauter, sagte sie: „Dann bis heute abend". Sie legte auf. Als sie sich umdrehte, versuchten ihre Kollegen gar nicht erst den Eindruck zu erwecken, nicht zugehört zu haben. Sie zuckte mit den Schultern und murmelte: „Entschuldigung."

„Macht doch nichts", meinte Bollmann. „Dein Künstler hat einfach zuviel Freizeit, während wir hier an großen Rädern drehen. Du solltest dir endlich jemanden suchen, der zu dir paßt."

„Dich vielleicht?" meinte sie mit einem herablassenden Blick.

„Warum nicht? Die paar Stunden, die wir nicht zusammen sind, spielen doch nun auch keine Rolle mehr. So ist es nun mal."

„Das sind aber die schönsten Stunden in meinem Leben", gab sie sarkastisch zurück. Die anderen vier Männer und zwei Frauen des Teams, das sich bei Thompson & Alley versammelt hatte, lachten. Bollmann suchte nach einer passenden Antwort, fand keine und setzte ein etwas gezwungenes Grinsen auf.

Danach vergingen die Stunden wie im Fluge, aber längst nicht so leicht. Monika schaute immer wieder auf die Uhr, bis sie es gegen sieben endgültig aufgab. Es war kein Ende in Sicht. Um zehn waren dann endlich die letzten Anweisungen aus Amerika von der Mutteragentur eingetroffen, und sie konnten Schluß machen. Als sie sich voneinander verabschiedeten, war selbst Rainer Bollmann zu keiner spöttischen Bemerkung mehr fähig, und Monika wollte nur noch ins Bett. Gerade noch rechtzeitig fiel ihr die Geburtstagsfeier von Micha ein.

„Ich hasse deinen Job", wurde sie von Peter begrüßt, als sie auf der Feier eingetroffen war. „Ich hasse ihn wirklich." Es war unschwer zu erkennen, nicht nur an der unsicheren Aussprache, daß er sich mit einer ziemlichen Menge Alkohol getröstet hatte. Er wich der angedeuteten Umarmung aus.

„Komm, laß uns nach Hause gehen. Ich bin schrecklich müde, und du legst dich wohl auch besser ins Bett." Monika hatte nicht die geringste Lust, mit Peter jetzt über ihre Arbeit und was damit zusammenhing zu diskutieren.

„Du bist doch gerade erst gekommen", meinte er. „Jetzt trink erst einmal was." Dabei hielt er ihr sein halbvolles Bierglas hin. Sie lehnte ab. Nach einer halben Stunde hatte sie Peter endlich soweit, daß er mitkam.

Am nächsten Morgen befand sich Monika in einem wesentlich besseren Zustand als Peter. Doch darauf konnte sie keine Rücksicht nehmen. Nachdem er mit ein paar Tassen Kaffee wieder einigermaßen hergestellt war, packte sie den Stier bei den Hörnern.

„Peter, wir müssen etwas klären."

„Ja?"

„So geht das nicht weiter ..."

„Da hast du wirklich recht. Dein Job ist für einen normalen Menschen nicht auszuhalten. Noch nicht mal für jemanden, der nur dein Partner ist."

Sie schaute ihn entgeistert an. Damit hatte sie überhaupt nicht gerechnet. „Das spielt jetzt keine Rolle", meinte sie irritiert.

„Doch, das spielt eine wichtige Rolle", entgegnete er. „Ich glaube inzwischen, daß ich keine Frau mehr zur Freundin habe, sondern ein Büroinventar von Thompson und Alley. Wie schon gesagt, vielleicht verträgt sich dein Job nicht mit der Pille."

Monika wußte im ersten Moment nicht, was sie sagen sollte, dann trat ein harter, aber auch spöttischer Zug in ihr Gesicht, der in der Agentur schon bekannt war und höchste Vorsicht gebot. „Nun, da du selbst davon sprichst, sind wir ja gleich beim Thema. Meine Pille ist nicht mehr dein Problem." Sie machte eine Pause, damit er Zeit hatte, seine Schlüsse zu ziehen.

„Was meinst du damit?"

Anscheinend arbeitete sein Gehirn noch nicht auf so komplizierter Basis, ging es ihr durch den Kopf. „Ich schlafe nicht mehr mit dir. Kapiert?"

„Wieso?"

„Hör zu, Peter. Deine Eisfabrik ist mir unheimlich. Je mehr ich darüber nachdenke, desto bedrohlicher erscheint mir die Sache. Ich habe so etwas noch nicht erlebt, und normal kann das auch nicht sein. Du gehst zum Arzt und läßt dich untersuchen. Vorher läuft nichts mehr."

„Du spinnst. Was soll denn das? Als ob das etwas ausmachen würde."

„Mir macht das schon etwas aus. Es ist kein angenehmes Gefühl, mit Eiswürfeln vollgestopft zu werden."

„Dann nehmen wir halt Kondome." Es klang etwas hilflos.

„Peter", ihre Stimme hatte einen müden Klang, „ich hasse Kondome, und ich habe nicht seit über einem Jahr eine feste Beziehung, um Kondome zu benutzen. Wenn ich das wollte, dann könnte ich mich auf andere Art bedienen."

„Das sind doch alles nur Ausreden", erklärte er. „Da steckt doch ein anderer dahinter."

„Jetzt spinn nicht rum ..."

„Natürlich steckt da ein anderer dahinter. Warum soll ich zum Arzt gehen? Schick ihn doch. Diesen Rainer Bollmann, oder wie er heißt."

Monika lachte kurz auf, doch es war ein falsches Lachen. „Rainer? Jetzt mach dich nicht lächerlich, Peter."

„Nun, wie lange treibt ihr es schon miteinander?" Peters Stimme hatte einen häßlichen Ton. „Was soll das Ganze mit dem Arzt? Ist das deine Art, jemanden abzuservieren?"

„Ich treibe es mit niemandem. Niemals. Ich treibe es auch nicht mit dir. Das habe ich wirklich nicht nötig. Also, was ist?"

„Was soll sein?"

„Gehst du jetzt zum Arzt oder nicht?"

„Um was zu tun? Herauszufinden, daß ich mir schon Aids eingefangen haben, von einem deiner anderen Liebhaber?"

Sie schaute ihn entgeistert an.

Dann sagte sie leise, aber sehr bestimmt: „Es ist besser, du gehst jetzt. Sofort."

Drei Tage später lagen etliche erfolglose Versuche Peters, mit Monika zu telefonieren, hinter ihm und das Vorlesungsverzeichnis der Universität Bonn vor ihm auf dem Schreibtisch. Er brauchte nicht lange, um darin den Fachbereich Altertumskunde zu finden und damit die Namen der sieben Professoren. Anders als er gehofft hatte, sagte ihm keiner der Namen etwas, also blieb ihm nichts anderes übrig, als jedem der sieben einen Brief zu schreiben. Er setzte sich an den Computer und entwarf das Schreiben. Nachdem er eine Reihe von Versuchen gelöscht und sich mehrmals aus der Küche eine Tasse Kaffee aus der Warmhaltekanne nachgeschenkt hatte, wurde ihm klar, daß die Sache nicht so einfach war, wie er es sich gedacht hatte. Er mußte erreichen, daß sein Brief nicht sofort in den Papierkorb wanderte, sondern der Empfänger die einzige Frage, die er ihm stellte, auch bereitwillig beantworten würde.

Es dauerte bis spät in den Nachmittag, bis er mit den wenigen Zeilen zufrieden war.

Sehr geehrter Herr Professor,

*mein Name ist Peter Gruhn, und ich bin der Sohn von Dr. Michael Gruhn, der wie Sie Archäologe war. Mein Vater ist 1965 bei Ausgrabungen im Iran zu Tode gekommen. Aus Unterlagen, die sich im Nachlaß meiner Mutter befanden, glaube ich entnehmen zu können, daß Sie meinen Vater gekannt haben. Wenn dem so ist, wäre ich Ihnen sehr dankbar, wenn Sie sich mit mir in Verbindung setzen könnten. Ich habe nur sehr schwache Erinnerungen an meinen Vater und würde gerne mehr über seine Arbeit erfahren.*

*Ich hoffe, Sie mit diesem Schreiben nicht belästigt zu haben, und falls Sie der falsche Adressat sind, dann bitte ich Sie vielmals um Entschuldigung.*

Mit freundlichen Grüßen

*und vielen Dank im voraus für Ihre Bemühungen*

Als Peter sich diesen Brief noch einmal durchlas, bevor er den Namen des ersten Professors einsetzte, erschien er ihm fast zu unterwürfig, doch er hatte an diesem Tag schon so viele Zeilen geschrieben, verbessert und wieder gelöscht, daß er entschied, nichts mehr zu ändern. Morgen würde er die Briefe auszudrucken und dann gleich zur Post zu bringen. Jetzt mußte er sich beeilen, um noch rechtzeitig zu Gabi und Thomas zu kommen, bei denen er und Monika zum Essen eingeladen waren, wobei er es allerdings versäumt hatte, ihnen mitzuteilen, daß Monika nicht mitkommen würde.

## √-1 Chicago, Illinois, Herbst 1969

Sandra N. Swanwick saß wieder einmal im Oriental Institut und brütete über den schon vergilbten Seiten in Michael Gruhns Notizbuch. Es gab keinen Hinweis, der ihr weiterhelfen konnte. Ohne die letzten, fehlenden Seiten konnte sie einfach nicht weiterkommen. Inzwischen war sie sicher, daß irgend etwas in jener Nacht vor dem Sturm passiert sein mußte. Sie studierte noch einmal genau die Reste der Seiten, die aus dem gebundenen Rücken des Notizbuches hervorstanden, und kam einmal mehr zu dem Schluß, daß Michael wohl an die zehn Blätter herausgerissen hatte. Die Aufzeichnungen endeten mit ihrer ersten kurzen Erkundung der unterirdischen Anlagen, und was Michael danach notiert hatte, konnten nicht nur die Ereignisse während des Sturmes gewesen sein. Das paßte nicht. Doch was hatte er auf gut zwanzig Seiten festgehalten, und warum hatte er es aus dem Buch herausgerissen? Sandra schüttelte den Kopf. Wenn Weigert damals nur ein paar Minuten später gekommen wäre, dann hätte sie die Antwort gehabt, doch so wußte sie noch nicht einmal, wo sich die fehlenden Seiten befanden.

Sie zermarterte sich immer wieder das Gehirn bei dem Versuch, den Ablauf der Ereignisse so genau wie möglich zu rekonstruieren. Besonders die Bilder und Ornamentfriese an den Wänden des Abgangs, die sie damals gesehen hatte, als sie und die beiden Studenten Michael ein Stück nach unten gefolgt waren, erschienen im Nebel der verflossenen Jahre nur noch wie Schemen, die auch bei äußerster Konzentration keine klaren Konturen annehmen wollten.

Neben ihren eigentlichen Aufgaben hatte Sandra inzwischen alle Fundstücke der Grabungen, die vom Oriental Institut seit 1919 im Vorderen und Mittleren Orient durchgeführt worden waren, durchgesehen, aber nicht den geringsten Hinweis auf etwas gefunden, was auch nur den kleinsten Anhaltspunkt auf das barg, was sich damals am Rande der Wüste Lut vor ihnen aufgetan hatte. Ihre Versuche, an das rätselhafte Manuskript in Yale heranzukommen, waren ebenfalls ohne Erfolg geblieben. Anscheinend hütete man es wie einen Augapfel, und bis jetzt fehlten ihr auch triftige Gründe, Einsicht in dieses Manuskript zu verlangen. Eine Kleinigkeit konnte sie zumindest auf der Habenseite verbuchen: Sie hatte inzwischen den Bericht von Pietro Panchine gelesen, dem italienischen Gelehrten, auf den sich Michael berufen hatte. Es war eine Enttäuschung gewesen. Man mußte schon von einer Idee besessen sein, um in Panchines kaum fünfzig Seiten langen Bericht das hineinzuinterpretieren, was

Michael darin zu sehen geglaubt hatte. Ein paar Mal hatte sie vorsichtig und nur in Andeutungen, sie wollte schließlich ihre Stellung am Institut nicht untergraben, mit Professor O'Leary darüber gesprochen, doch der war selbst von ihren nur zurückhaltend geäußerten Gedanken nicht begeistert gewesen.

Wieder las sie ‚Ich wage mich nicht ...', und dann war es zu Ende. Was hatte sich Michael nicht gewagt? Sandra klappte das Notizbuch zu und verstaute es mit einer schnellen Bewegung in ihrer Aktenmappe, bevor sich die Tür zur ihrem Arbeitszimmer ganz geöffnet hatte und Greta mit einem strahlenden Lächeln eintrat.

„Hier sind der Bericht und die Teilnehmerliste." Triumphierend legte sie einen gebundenen Stapel von Schreibmaschinenseiten, der ungefähr drei Zentimeter hoch war, sowie einen dünnen Aktenordner auf den großen Tisch, an dem Sandra saß. „Jetzt bist du mir aber etwas schuldig."

Sandra nickte abwesend, während ihre Augen wie gebannt an den beiden Dokumenten hafteten. Ein weiteres Fünkchen Hoffnung in ihr bekam Nahrung. Sie war in den Unterlagen des Instituts auf eine Grabungskampagne gestoßen, die von Oktober 1936 bis Mai 1938 in Persien durchgeführt worden war, wobei man sich auf Persepolis, das politische Zentrum von Kyros II., konzentriert hatte. Nicht daß die allgemeinen Unterlagen ihr einen Hinweis auf eine Verbindung zur Wüste Lut gegeben hätten, es war einfach die Expedition des Oriental Instituts, die am nächsten an dem Grabungsort des deutschen Teams gelegen hatte. Und bevor sie nichts tat, so hatte Sandra entschieden, konnte sie sich genausogut diese Unterlagen ansehen.

Sie hatte allerdings nicht damit gerechnet, daß es Schwierigkeiten machen würde, an einen Bericht dieser Expedition heranzukommen. In den entsprechenden Jahrbüchern des Instituts wurde die Expedition 1937, also im ersten Jahr der Grabungen, noch ausführlich erwähnt, ein Jahr später war es noch ein kurzer Zwischenbericht, und das 1939er Jahrbuch enthielt lediglich eine zehnzeilige Notiz über den Abschluß der Grabungen in Persien. Ein offizieller Bericht war nie gedruckt worden. Diese Merkwürdigkeiten hatten natürlich Sandras Interesse an dieser Grabung entfacht, und nach einigen Nachforschungen, die von den älteren Kollegen, an die sie sich gewandt hatte, mit Erstaunen bedacht wurden, hatte sie zwei Dinge herausgefunden. Zum einen war der Grabungsleiter, ein Professor Paul N. Mayer, einen Tag nach der Ankunft der Gruppe in San Francisco Opfer eines Raubüberfalls im Bay District geworden, und zum anderen war die ganze Expedition nicht gerade ein Erfolg gewesen. Eigentlich war dies nichts Besonderes, wenn man von dem tragischen Tod des Grabungsleiters absah. Archäologische Grabungen waren in den meisten Fällen enttäuschende Angelegenheiten, und nur wenigen war es beschieden, etwas zutage zu fördern, was nicht nur ein paar Fachkollegen, sondern eine breitere Öffentlichkeit interessierte. Tutanchamuns Grab war so ein Fall, Schliemanns Troja ganz bestimmt, vielleicht auch noch die Schriftrollen, die man in den fünfziger Jahren in einer Höhle am Toten Meer gefunden hatte, aber wenn mit dem Fund nicht sagenhafte Goldschätze verbunden waren, die man der Öffentlichkeit präsentieren konnte, dann hielt sich das Interesse in engen Grenzen.

Von einigen Kollegen, die Sandra vorsichtig auf diese Expedition angesprochen hatte, war zu erfahren gewesen, daß Professor Mayer wohl die alleinige Schuld an dem Mißerfolg zufiel. Der Grabungsort, so hieß es, war willkürlich ausgewählt gewesen, die Vorbereitung war mangelhaft, und Professor Mayer selbst war wohl ein recht eigenartiger Kauz gewesen. Jähzornig und rechthaberisch, insgesamt kein angenehmer Zeitgenosse. Eigentlich hätte Sandra damit die Sache auf sich beruhen lassen können, doch da in den Annalen des Instituts sich nichts anderes finden ließ, beschloß sie, wenigstens einen Blick in die Unterlagen dieser Expedition zu werfen. Greta O'Tantun brauchte zwei Monate, ihre gesamte irische Sturköpfigkeit und viel Überredungskunst, bis sie Sandra diese beiden Dokumente der Expedition nun endlich auf den Tisch legen konnte.

„Sag mal, was interessiert dich eigentlich an diesen alten Sachen so brennend?" wollte Greta einmal mehr wissen.

Sandra zuckte wie schon so oft mit den Schultern und gab ihre stereotype Antwort: „Das weiß ich selbst nicht. Mißerfolge interessieren mich nun mal."

„Nun, dann mal los", meinte Greta und schob Sandra das dicke Bündel Schreibmaschinenseiten und den Ordner hinüber. Sie setzte sich auf die Tischkante und ließ kein Auge von der deutschen Assistenzprofessorin.

Sandra blätterte in dem maschinengeschriebenen, nie zu einer Druckfassung geratenen Expeditionsbericht. Kaum hatte sie die ersten Seiten studiert, wurde sie schon von Greta mit einem fragenden „Und?" unterbrochen.

Unwirsch blickte Sandra von dem Bericht auf. „Hör zu, Greta, ich habe gerade erst ein paar Seiten gelesen. Ich muß die Unterlagen doch erst einmal durcharbeiten. Wenn ich damit fertig bin, dann bist du die erste, die erfährt, ob ich etwas gefunden habe und wenn ja, was es ist, okay?" Dabei warf sie der jungen Studentin den treuesten Blick zu, dessen sie fähig war, und hoffte, sich damit ein paar Tage Ruhe vor deren

Fragen erkauft zu haben. Natürlich hätte sie Greta auch sofort antworten können, denn die Antwort würde auf jeden Fall ein Nein sein, ob sie etwas finden würde oder nicht. Das war ihre ganz persönliche Sache, und niemand würde etwas davon erfahren.

„Okay", lenkte Greta sichtlich enttäuscht ein. „Aber arbeite nicht wieder bis in die Nacht, sonst sucht sich dein frischgebackener Ehemann gleich eine andere, und du bekommst wieder Ärger mit dem Wachdienst."

Sandra mußte lächeln. Einerseits über den Hinweis auf Andrew und andererseits über den Vorfall vor zwei Wochen, als plötzlich zwei Wachbeamte mit gezogener Waffe vor ihr gestanden hatten, als sie das Institut erst gegen zwei Uhr morgens verlassen wollte. „Schon gut. Ich werde nicht wieder einschlafen", beruhigte sie Greta.

Andrew hatte seine Eltern immer als Farmer bezeichnet, und so war Sandra nicht darauf vorbereitet gewesen, was sie an Weihnachten erwartete. Ausgestattet mit ein paar eher allgemeine Charakterisierungen der einzelnen Familienmitglieder und den seit dem Entschluß, die Feiertage dort zu verbringen, von Andrew stets wiederholten beruhigenden Gemeinplätzen über die Gastfreundschaft und Herzlichkeit der Leute im Mittelwesten, waren sie am vierundzwanzigsten Dezember bei seinen Eltern eingetroffen. Sie hatten sich früh am Dienstagmorgen auf den Weg gemacht, waren die Interstate 80 über Davenport, Des Moines nach Omaha und weiter nach Lincoln und von dort auf kleinen Nebenstraßen nach Süden zur Farm der Swanwicks gefahren. Es hatte sich herausgestellt, daß es nicht etwa ein Bauernhof war, wie Sandra angenommen hatte, sondern die Swanwicks gehörten zu den Weizenbaronen Nebraskas. Die Farm, wie Andrew sie bezeichnet hatte, glich mehr einem herrschaftlichen Landsitz, der sehr gut die Kulisse für *Vom Winde verweht* hätte abgeben können, als den sehr bescheidenen Vorstellungen, die Sandra damit verbunden hatte, zu entsprechen. Sandra mußte in den zehn Tagen, die sie bei den Swanwicks verbrachte, viele Fragen über Deutschland beantworten, den Krieg, den sie als kleines Mädchen erlebt hatte, was ihr das Mitgefühl von Andrews Mutter und seiner zwanzigjährigen Schwester Kathy, die noch aufs College ging, einbrachte. Dabei schaffte sie es, geschickt sämtliche Klippen zu umschiffen, machte sich nebenbei zur Vollwaise, um jede Frage nach ihren Eltern, von denen sie behauptete, sie wären im Krieg umgekommen, aus dem Weg zu gehen, und verlebte, nachdem das anfängliche Abtasten ihrer Person einer ungetrübten Herzlichkeit gewichen war, wirklich schöne Tage auf der Farm der Swanwicks. In einigen Nächten schaffte es Andrew, als letzter vom Kaminfeuer aufzustehen, nachdem er die endlosen Gespräche mit seinem Vater und seinen beiden Brüdern ertragen hatte. Dann konnte er es wagen, noch in Sandras Zimmer zu schleichen, leise zu ihr ins Bett zu schlüpfen und die deutschen Worte dicht an seinem Ohr zu hören, die sie zwischen langem, tiefem Stöhnen immer hervorstieß, wenn sich ihr Körper unter ihm in heftigen Zuckungen wand.

Eines Morgens traf er nach einem dieser nächtlichen Ausflüge auf dem oberen Treppenabsatz mit seiner Schwester zusammen, die auch gerade nach unten zum Frühstück gehen wollte. Sie grinste ihn an, hakte sich bei ihm unter und flüsterte ihm ins Ohr: „Deine Qualitäten als Liebhaber in allen Ehren, lieber Bruder, aber denke daran, wie dünn hier einige Wände sind. Sag Sandra, sie soll besser die Zähne zusammenbeißen."

Andrew wurde tatsächlich rot, was seine Schwester kurz auflachen ließ.

An Silvester wurde dann offiziell vor einem kleinen Kreis der engsten Freunde und Nachbarn die Verlobung verkündet. Der Umstand, daß sich darunter die wichtigen Leute des Bezirks befanden, zeigte Sandra einmal mehr, wie bedeutend Andrews Familie in dieser Gegend war, und sie verstand etwas besser seine gewundene Rede zum Heiratsantrag.

Am Neujahrsmorgen fand Andrew seine Braut mit tränenroten Augen im Bett sitzend vor, die Arme um die Beine geschlungen, den Blick in die Weite des Mittelwestens gerichtet, die sich hinter dem Fenster schneebedeckt erstreckte. Sandra hatte kaum ein paar Stunden geschlafen, dann war sie immer noch todmüde aufgewacht, und ihre Gedanken hatten sie wie Wölfe gehetzt. Ihr ganzes zukünftiges Leben war auf einem Berg von Lügen gebaut, der jederzeit unter ihr wegbrechen konnte. Sie hatte Andrew, der nichts Böses ahnte, praktisch in allem belogen. Sie war keine Waise, sie war die Geliebte eines Mannes gewesen, dem Vater ihrer Tochter, und hatte mit ansehen müssen, wie er erschossen worden war, sie hatte einen Professor in Deutschland erpreßt und sich so eine Stelle in Amerika erschwindelt, und ihre Tochter, die sie von sich gestoßen hatte, würde in zwei Wochen drei Jahre alt werden. Und gerade der Gedanke an ihre Tochter irgendwo im nicht nur räumlich fernen Deutschland hatte das Faß überlaufen und sie in Tränen ausbrechen lassen. Sie hatte sich vorgenommen, Andrew alles zu beichten und ihn dann für immer zu verlassen, doch als er sie liebevoll in den Arm nahm und sie voller Sorge fragte, was ihr fehle, antwortete sie automatisch mit einer weiteren Lüge, indem sie erklärte, unendlich glücklich zu sein und daß ihre Tränen diesem Umstand entsprangen. Andererseits war es auch keine

Lüge, denn gestern abend, als die Gesellschaft das Brautpaar hatte hochleben lassen, war sie wirklich unendlich glücklich gewesen. Zum erstenmal nach über drei Jahren wieder, und sie hatte es genossen, sich in die ausgebreiteten Arme der Familie Swanwick fallen zu lassen. Deshalb nahm sie auch zu dieser weiteren Lüge Zuflucht und ließ zu, daß Andrew ihren vermeintlichen Glückszustand dazu ausnutzte, zum ersten Mal im Jahr ihrer Hochzeit mit ihr zu schlafen.

Der nächste Besuch, an Ostern, stand ganz im Zeichen der Vorbereitungen der Hochzeit, die am Independence-Day-Wochenende stattfinden sollte. Sandra hatte damit weniger zu tun, denn die Swanwicks, allen voran Andrews Mutter und seine Tante, hatten alles im Griff. Erstaunen erweckte Sandra nur mit ihrer kategorischen Weigerung, irgend jemanden aus Deutschland einzuladen. Sie hätte niemanden und wäre ja schließlich auch schon seit drei Jahren in Amerika, war ihre letztlich akzeptierte Erklärung dafür.

Ganz anders verhielt es sich mit den Swanwicks. Schnell umfaßte die Gästeliste mehr als hundert Personen, was aber für die Farmersfamilie kein Problem darzustellen schien.

Als schließlich die Trauung am Samstag, dem Tag nach dem Independence Day, im Hause der Swanwicks stattfand, hatte Sandra den Eindruck, der ganze Landstrich müßte entvölkert sein. Um das Haus herum hatten sich an weitläufigen Tafeln wohl dreihundert Personen versammelt, von denen die meisten schon am Morgen eingetroffen waren. Eine Band spielte Countrymusik, die hauptsächlich von den älteren Gästen goutiert wurde, und als die Lichterketten mit der hereinbrechenden Nacht angingen, war der ganze Ort in ein verzauberndes Licht gehüllt. Die Leute amüsierten sich und feierten, bis sich im Osten die Sonne über den weit entfernten Appalachen erhob. Als die letzten schließlich gegangen waren, schleppten sich auch Andrew und Sandra in ihr gemeinsames Zimmer, das sie nun endlich im Hause seiner Eltern zugeteilt bekommen hatten. Die vielfältigen Anspielungen im Laufe des Abends, ob sie sich nicht zurückziehen wollten, hatten beide mit einem hintergründigen Lächeln abgetan, und für die meisten der Fragenden war wohl auch selbstverständlich, warum. Doch in ihrer Hochzeitsnacht wollten sie nicht darauf verzichten, sich zu lieben. Da Sandra wußte, daß Kathys Zimmer neben dem ihren, das jetzt das gemeinsame Zimmer des Hochzeitspaares war, lag, und Andrew ihr natürlich von dem Hinweis seiner Schwester an Weihnachten erzählt hatte, machte sie sich einen Spaß daraus, noch etwas lauter zu sein als normalerweise. Kathy konnte es aber nicht hören, denn sie war selbst nicht gerade leise, als sie zwar unverheiratet, aber deshalb nicht weniger bei der Sache in dem Geräteschuppen ein Stück abseits hinter der Scheune ihrem Collegekommilitonen Richard ein Erlebnis bereitete, an das er noch lange denken würde.

Das Hochzeitsgeschenk der Swanwicks an ihren ältesten Sohn war mehr als generös, und Sandra brauchte etwas Zeit und einige Erklärungen von Andrew, bis sie begriffen hatte, was das Dokument in dem unauffälligen Umschlag bedeutete. Mom und Pa - die Swanwicks hatten darauf bestanden, daß Sandra sie so anredete, besonders da sie ja selbst keine Eltern mehr hatte - hatten bei einem bekannten Chicagoer Makler eine Bürgschaft in nicht näher definierter Höhe hinterlegt, von der sich das jungvermählte Ehepaar ein Haus kaufen sollte. Andrew und Sandra bedankten sich überschwenglich, ließen den Berg von Geschenken, der aus Platzgründen in der Scheune aufgestapelt war, auf der Farm zurück, als sie sich am Montag auf den Rückweg machten, und versprachen, sie abzuholen, sobald sie das neue Haus bezogen hätten. Als Sandra zum Abschied Kathy herzlich umarmte, fragte sie leise mit verschmitztem Lächeln, ob sie letzte Nacht zu laut gewesen wären. Kathy grinste sie an und flüsterte ihr dann ins Ohr: „Tut mir leid, ich habe nichts gehört, denn Richard hat in mir die Glocken zum Läuten gebracht." Sandra schaute sie verständnislos an, worauf Kathy ihr kurz zuzwinkerte. Daraufhin lachten die beiden laut los, was ihnen einige irritierte Blicke der restlichen Swanwicks einbrachte.

Drei Wochen später hatten sie ein passendes Haus gefunden. Es lag in einer stillen Seitenstraße in der Nähe des Kenwood Parks, weder zu weit vom Reese Hospital noch von der University of Chicago entfernt. Es war ein altes, Würde ausstrahlendes zweistöckiges Backsteinhaus mit einem großen Garten, in dem hohe Bäume eine angenehme Abgeschiedenheit herstellten, und zu Beginn des neuen Semesters hatten sie sich eingerichtet, wobei allerdings zwei Zimmern des Obergeschosses noch keine Funktion zugeteilt worden war. Andrew hatte dafür schon genaue Pläne, denen Sandra nicht abgeneigt war, aber ihnen doch mit gemischten Gefühlen gegenüberstand.

Eine Woche nachdem Sandra die Unterlagen von Greta erhalten hatte, war sie mit dem Bericht durch. Sie hatte ihn zweimal ganz und einige Stellen sogar noch öfter gelesen, wurde aber immer noch nicht klug daraus. Auf den ersten Blick erschien es ein ganz normaler Grabungsbericht zu sein, wenn man auch zugestehen mußte, daß der Erfolg in keinem Verhältnis zum Aufwand und besonders dem finanziellen Einsatz stand. Ganz anders, so glaubte sie zwischen den Zeilen lesen zu können, stand es mit dem akademischen Fehlschlag, den die Expedition darstellte. Professor Mayer war im letzten Jahr der Grabungen zunehmend unter Druck geraten, vorzeigbare Ergebnisse zu präsentieren, was ihm eindeutig nicht gelungen war.

Sandra ging die Liste mit den Fundstücken mehrmals durch, wälzte Exponatenverzeichnisse, deren Rubriken mehrmals durchgestrichen und ergänzt und dann wieder durchgestrichen worden waren, aber Professor Mayer hatte nichts gefunden, was in der Fachwelt irgendeine weitergehende Reaktion ausgelöst hätte.

Sie nahm sich die Expeditionsunterlagen in dem Aktenordner vor. In den zwei Jahren waren insgesamt fünfundzwanzig Personen an der Grabungsstelle gewesen. Bis auf einen kurzen zweimonatigen Aufenthalt in Teheran hatte Mayer die Grabungen die ganze Zeit persönlich beaufsichtigt. Namentlich aufgeführt waren sechs Assistenzprofessoren, die sich die Zeit vor Ort geteilt hatten, drei Professoren von anderen Universitäten, die jeder für vier Monate an den Grabungen teilgenommen hatten, und fünfzehn graduierte Studenten, die allesamt Material für ihre Promotion sammeln wollten. Viel schien es ihnen allerdings nicht gebracht zu haben. Neben der Liste befanden sich in dem Ordner noch über jeden Teilnehmer ein kurzes Dossier seiner wissenschaftlichen Arbeit und eine Veröffentlichungsliste. Von den meisten hatte Sandra noch nie gehört, doch ein Name stach ihr ins Auge: Barney C. Hughes. Sie begann fieberhaft nachzurechnen. Konnte das der Professor Barney C. Hughes sein, der mit einem wirklich fundierten Werk über die Diadochenkämpfe in der Nachfolge Alexander des Großen berühmt geworden war? Er war hier in der Liste als Student geführt, und zwar als einer der drei Studenten, die die gesamte Zeit in Persepolis geblieben waren. Er mußte wohl einer von Mayers Doktoranden gewesen sein. Sandra versuchte sich an die biographischen Daten von Hughes zu erinnern. Irgendwann Anfang dieses Jahrhunderts geboren, neunzehnhundertzehn oder so, glaubte sie sich erinnern zu können. Dann könnte es ja hinkommen. Er wäre dann in den dreißiger Jahren Mitte Zwanzig gewesen ...

Sie blätterte weiter, stieß aber auf keinen weiteren bekannten Namen. Sie klappte den Ordner zu und schob ihn zusammen mit dem Grabungsbericht in ihre Aktentasche. Zu Hause würde sie sich noch einmal eingehend damit beschäftigen. Andrew hatte heute sowieso Nachtdienst, also bliebe ihr genügend Zeit, den Bericht nach Hinweisen auf Hughes noch einmal genauer zu untersuchen. Vorher aber ging sie zum Bibliothekskatalog und suchte sich alle Werke von Barney C. Hughes heraus. Als sie diese vor sich aufgestapelt hatte, konzentrierte sich ihr Interesse auf den kurzen biographischen Abriß, den es in jedem der Werke gab. Schließlich wurde sie fündig. In einem der späteren Werke, es wies als Druckjahr 1964 aus, schien sich der Professor seiner Jahre am Oriental Institut nicht mehr zu schämen und gab bereitwillig an: Studium der Geschichte an der University of Chicago, danach Forschungstätigkeit am Oriental Institut. Dachte ich mir's doch, murmelte Sandra vor sich hin. Jetzt war Hughes, wenn die Angaben inzwischen nicht veraltet waren, Professor in New Haven. Hochzufrieden schlug sie das Buch wieder zu und stellte es zusammen mit den anderen zurück ins Regal.

Es war ein milder Abend, ganz ungewöhnlich für Chicago, wo die Temperaturen Mitte Oktober meist von sommerlichen Hitzegraden binnen weniger Tage drastisch abfielen, und Sandra genoß den kurzen Spaziergang an den Gebäuden der Universität entlang bis zur U-Bahnstation an der 59th Street, wo sie die Metro South Line Richtung Norden bis zur 47th Street nahm. Von dort war es noch eine gute Viertelstunde zu Fuß bis zu ihrem Haus.

Die Straßenlaternen warfen trübe Lichtinseln in den inzwischen vom See heraufgezogenen Nebel, die Feuchtigkeit kondensierte an der Fensterscheibe, durch die hindurch Sandras Blick um den Globus herum und in der Zeit zurück seinen Weg ins ferne Persepolis nahm. Aus dem Bericht ging weder klar hervor, was Professor Mayers Zielsetzung bei der Grabung gewesen, noch was dann wirklich dabei herausgekommen war. Unwillkürlich mußte sie an Weigert und die Expedition in die Wüste Lut denken. Auch da war schon von Anfang an viel dem Zufall überlassen worden. Kein Wunder, dachte sie, daß dieser Bericht nie in einer Fachzeitschrift veröffentlicht worden war. Es war mehr als lächerlich, was die Wissenschaftler in zwei Jahren geleistet hatten. Nun, das hatte sie schon erwartet, aber wenn man aufmerksam zwischen den Zeilen las, dann war die ganze Expedition ein Beispiel von Desorganisation und Katastrophen. Ab einem bestimmten Zeitpunkt war man dazu übergegangen, willkürlich Fenstergrabungen zu machen, die aber auch nichts einbrachten. Unerwartete Regenfälle, eigentlich in dem Trockengebiet der Grabung nicht vorhersehbar, hatten das ganze Unternehmen im Oktober 1937 um Monate zurückgeworfen, da die Grabungsstellen nicht abgesichert gewesen waren. Dabei war es zu zwei tragischen Todesfällen gekommen. Die Studenten Peter Mansoniok und Charles McLurie waren von den einbrechenden Schuttmassen begraben worden, und auch übermenschliche Anstrengungen hatten sie nicht retten können.

Im Anhang wies eine Liste genau 432 Fundstücke aus, die alle irgendwo im Keller des Instituts verstaut waren. Keines hatte den Weg in eine Ausstellung oder eine ständige Sammlung gefunden. Ein Ergebnis, das für einen Archäologen mehr als deprimierend war. Wütend und enttäuscht schlug Sandra den Bericht endgültig zu. Diese Arbeit hätte sie sich sparen können. Sie stützte den Kopf auf die Hände und schloß müde die Augen, als von fern her das Klingeln des Telefons sich durch ihre Enttäuschung hindurcharbeitete. Sie stand auf und hetzte in der Gewißheit, daß es Andrew sein würde, die Treppen hinunter, wo im Eingangsflur das Telefon auf einem kleinen Tischchen stand.

„Hallo", meldete sie sich.

„Hallo, mein Schatz", erklang vom anderen Ende her Andrews Stimme. „Ich hoffe, ich habe dich nicht aus dem Bett geholt."

„Nein, nein", beruhigte sie ihn und warf einen Blick auf die Uhr an der Küchenwand, die sie mit einer kleinen Verrenkung sehen konnte. Sie zeigte allerdings schon kurz vor Mitternacht. „Ich habe noch gearbeitet. Aber jetzt werde ich wohl ins Bett gehen."

„Ich wollte dir auch nur noch eine gute Nacht wünschen. Hier ist ziemlich viel los, deshalb konnte ich nicht früher anrufen. Ich habe übrigens mit Tom einen Termin ausgemacht. Donnerstag um halb neun. Geht das bei dir?"

Sie wußte nicht, was Andrew meinte. „Was für einen Termin, welcher Tom?"

„Ach Schatz." In Andrews Stimme schwang ein Ton nachsichtigen Tadels mit. „Erinnere dich. Tom Carter, ein Kollege von mir. Der Frauenarzt ..."

Sofort wußte sie wieder, um was es ging. Ihre Periode war jetzt schon seit fast einem Monat überfällig, und als sie Andrew davon erzählt hatte, war ihm die Freude darüber, was dies in seinen Augen ohne Zweifel zu bedeuten hatte, ins Gesicht geschrieben gewesen. Er hätte sie am liebsten sofort zu seinem Studienkollegen Tom Carter geschleppt, um Gewißheit zu haben. Sandra hatte ihn aber vertröstet und gesagt, er solle einen Termin ausmachen.

„Ach ja, das hatte ich jetzt total vergessen. Donnerstag um halb neun", sinnierte sie nachdenklich vor sich hin, „ja, das müßte passen. Wann kommst du morgen?"

„Ich bin so gegen Mittag hier fertig. Soll ich dann zum Institut kommen, und wir essen zusammen?"

Sandra dachte nach. „Nein, wir haben um elf Uhr eine Sitzung und weiß nicht, wie lange die dauert. Wir sehen uns dann am Abend, okay?"

„Okay", gab er zurück und fügte dann noch hinzu: „Und vergiß den Donnerstag nicht."

„Nein, keine Angst“, versicherte sie ihm leichthin, während in ihren Gedanken unmerklich dunkle Wolken aufzogen. Andrew hatte nie Zweifel daran gelassen, daß Vaterschaft, natürlich eine mehrfache, eines der wichtigsten Ziele in seinem Leben war. Sandra hatte es mit mehr als gemischten Gefühlen hingenommen, aber seiner Begeisterung dafür nie einen Dämpfer versetzt. Wohl war ihr bei dem Gedanken nicht, aber was bedeutete das schon angesichts eines gesicherten Lebens an der Seite dieses Mannes? Wenn es so kommen sollte, dann würde sie auch damit fertig werden.

Nun schien es, als ob dieser Moment sehr konkret in ihr Leben eingetreten wäre. Irgendwie mußte sie damit zu Rande kommen, wenn die Natur nach ihrer ersten Schwangerschaft sich nicht veranlaßt sah, dem einen Riegel vorzuschieben. Doch so schnell hatte sie nicht damit gerechnet, besonders da sie versucht hatte, an den entsprechenden Tage ihres Zyklus Andrew aus dem Weg zu gehen, was aber bei einem Arzt sehr schwer war. Schließlich war es ihr dann egal gewesen.

„Keine Angst“, wiederholte sie noch einmal, „ich bin genauso aufgeregt wie du.“ Wenn auch aus anderen Gründen, fügte sie in Gedanken hinzu.

„Gute Nacht, Liebling“, verabschiedete sich Andrew am Telefon und fügte dann noch hinzu: „Ich liebe dich.“

„Ich dich auch“, konnte sie noch abwesend ins Telefon flüstern, bevor er aufgelegt hatte.

„Nichts?“ Greta O'Tantun schaute Sandra ungläubig an.

„Nichts“, wiederholte sie noch einmal, als ob es dadurch überzeugender klingen würde.

„Du hast fast einen ganzen Monat damit zugebracht, nichts zu finden? Das kann doch nicht sein.“

Sandra zuckte mit den Schultern. Greta schmeckte die Wahrheit genausowenig wie ihr, obwohl sie keine Ahnung hatte, um was es dabei eigentlich ging.

„Dann sag mir wenigstens, was zum Teufel du gesucht hast“.

Sandra steckte sich eine Zigarette an und versuchte, Zeit zu gewinnen. Sie hatte mit der Frage gerechnet, aber soviel sie auch darüber nachgedacht hatte, ihr war keine passende Geschichte eingefallen.

„Gibt mir bitte auch eine“, meinte Greta und streckte ihre Hand schon nach dem auf dem Tisch liegenden Päckchen Pall Mall aus. Sandra schob es ihr ein Stück entgegen und schnippte das neu erworbene Zippo gleich auch in ihre Richtung. Nachdem Greta ein paar Züge inhaliert hatte, ohne daß Sandra ihrer Aufforderung nach Aufklärung gefolgt wäre, meinte sie: „Komm schon, Sandra. Mir kannst du es doch sagen."

„Jeder hofft doch, einmal berühmt zu werden", begann Sandra langsam. „Auch ich natürlich. Meistens muß man viel arbeiten und hat ein Leben lang keinen Erfolg. Man braucht einfach Glück, vielleicht auch ein besonderes Talent oder was auch immer. Jedenfalls habe ich eines begriffen: Arbeiten alleine bringt dich nicht in die Ruhmeshallen. Also suche ich, wann immer sich die Gelegenheit bietet, nach Ungereimtheiten, merkwürdigen Vorfällen, ungeklärten Zusammenhängen, immer in der Hoffnung, auf etwas zu stoßen, womit ich mir vielleicht einen Namen machen kann. Etwas, was andere übersehen oder nicht erkannt haben. Vielleicht einen Hinweis auf eine unbekannte Schrift ..." Innerlich zuckte sie zusammen. Jetzt hatte sie schon mehr gesagt als sie eigentlich wollte.

Sie blickte Greta durchdringend an, aber die schien nichts bemerkt zu haben. Sandra beeilte sich weiterzusprechen. „Fresken oder Malereien, Töpferei oder Metallarbeiten, eben alles, was nicht in das gängige Raster paßt und wo man einen Ansatzpunkt finden könnte. Ohne eigene Ausgrabungen ist das verdammt schwierig. Also versuche ich auf Berichte zurückzugreifen, die nicht beachtet worden sind, und da bin ich auf die Grabungen von Professor Mayer gestoßen, aber es war nichts. Du kannst mir glauben, seine Grabung war einfach ein Mißerfolg, sonst nichts. Das haben die Leute auch damals schon gewußt und den Bericht deshalb wahrscheinlich auch nicht veröffentlicht."

Greta schüttelte immer noch ungläubig den Kopf. „Das glaube ich dir einfach nicht. Das klingt zu einfach."

Sandra zuckte mit den Schultern und wich Gretas Blick aus.

„Und an dieser Sache ist wirklich nichts dran?"

„Nein, absolut nichts", bestätigte Sandra noch einmal.

Wieder schwiegen sich die beiden Frauen an.

„Warum hast du dann so lange gebraucht, bis du damit herausgerückt bist?"

„Ich wollte ganz sicher sein", erklärte Sandra mit leiser Stimme, in der jetzt deutlich Ungeduld mitschwang. Dann schob sie die Unterlagen in Gretas Richtung. „Du kannst ja selbst nachlesen. Es ist einfach ein Bericht über eine Expedition, bei der alles schiefging. Es gab Unfälle mit Toten, zwei Studenten sind von einbrechenden Erdmassen verschüttet worden, die Planung war völlig unzureichend, der Grabungsleiter hatte augenscheinlich kein Konzept und dadurch wahrscheinlich auch keinen Erfolg. Das einzige Geheimnis dieses Unternehmens besteht darin, wie es Mayer fertiggebracht hat, die zuständigen Gremien davon zu überzeugen, für eine solche Sache viel Geld auszugeben."

„Was ist mit den anderen Teilnehmern. Was haben sie danach gemacht?" wollte Greta wissen.

„Mir ist nur ein Name aufgefallen, Barney C. Hughes", teilte ihr Sandra mit.

„Barney C. Hughes?" Greta runzelte nachdenklich die Stirn. „Ich glaube, von dem habe ich schon etwas gehört."

„Solltest du auch", meinte Sandra mit einem süffisanten Grinsen, „wenn du nicht ewig Master of Arts bleiben, sondern irgendwann einmal promovieren willst."

Greta schaute sie erstaunt und zugleich mißmutig an. „So?"

„Barney C. Hughes hat ein paar grundlegende Werke über den Hellenismus geschrieben, unter anderem ein Standardwerk über die Nachfolge Alexander des Großen. Es steht übrigens gut erreichbar in der Bibliothek."

„Ja", stöhnte Greta auf und schlug sich mit der Hand theatralisch vor die Stirn, „jetzt erinnere ich mich. Der war bei dieser Expedition dabei? Interessant."

„Was ist daran interessant?" wollte Sandra wissen.

„Na, den könnte man doch ausfindig machen und fragen, was damals los war." Greta sprühte schon wieder vor Begeisterung. Sie hatte sich, so schien es Sandra, immer noch nicht mit dem Mißerfolg abgefunden. Sie würde lernen müssen, daß das Leben, besonders das eines Archäologen, zu einem erheblichen Teil aus Mißerfolgen bestand.

„Gut, dann schreib ihm einen Brief und frage ihn, was bei dieser Grabung in Persepolis genau passiert ist. Er ist Professor in Yale."

Tom Carters Praxis lag im Businessdistrict in einem Bürogebäude an der Dearborn. Andrew setzte seine Frau pünktlich um halb neun am Donnerstag vor dem Eingang ab und wäre am liebsten selbst mit hinaufgekommen, was sich Sandra aber mit für ihn unerwarteter Bestimmtheit verbeten hatte. Die Praxisräume befanden sich im sechsten Stock, und die Fahrt mit dem Lift gab Sandra Zeit, noch nervös eine Zigarette zu rauchen. Im Wartezimmer saßen zwei Frauen, von denen eine deutlich erkennbar kurz vor der Niederkunft stand, während bei der anderen nur die für Schwangere typische eigentümliche Körperhaltung auf eben jenen Zustand hindeutete. Sandra ging zur Anmeldung durch, nannte ihren Namen und wurde sofort ins Behandlungszimmer geführt. Ganz automatisch fiel ihr Blick auf den Stuhl, dessen verchromte Beinhalterungen im Licht der Neonröhren eiskalt aufblitzten. Ein Anblick, der ihr nicht erst seit ihrer Schwangerschaft in Deutschland kalte Schauder den Rücken hinunterlaufen ließ. Sie atmete tief ein und erwiderte den Gruß, der von der rechten Seite des Raumes her erklungen war. Sie wandte den Kopf in die Richtung und sah Doktor Carters Rücken über ein Waschbecken gebeugt. Sie folgte der Aufforderung, schon einmal Platz zu nehmen, während der Arzt sich noch die Hände abtrocknete. Sandra ging über den gefliesten Boden zu dem Sessel, der vor einem weit ausladenden Schreibtisch stand. Hastig ließ sie ihren Blick durch das Zimmer gleiten, das aber wie jedes andere Arztzimmer auf der Welt aussah. Bemerkenswert war nur das Bild von Picassos Plastik, die er für Chicago angefertigt hatte und die vor zwei Jahren, als sie aufgestellt worden war, riesige Proteststürme ausgelöst hatte. Die große Mehrzahl der Bürger war schlichtweg entsetzt gewesen, doch Carter schien zu den wenigen zu gehören, die dem Kunstwerk einen ästhetischen Reiz abgewinnen konnten.

Carter kam vom Waschbecken um einen Wandschirm herum, und Sandra verfolgte seine Bewegungen aufmerksam, wie er mit kurzen, fast trippelnden Schritten hinter den Schreibtisch ging und auf seinem Sessel Platz nahm. Im Sitzen wirkte er viel größer, was an seinen für den Oberkörper etwas zu kurzen Beinen liegen mußte. Er war wohl Mitte Dreißig, soweit Sandra dies einschätzen konnte, hatte einen leichten Bauchansatz und trug die Koteletten nach der neuesten Mode bis tief unter den Ansatz der Ohren hinuntergezogen. Sein dichtes braunes Haar war kurz geschnitten, und die Oberlippen wurden von einem breiten Bart bedeckt. Alles zusammen gab ihm das gutmütige Aussehen eines Walrosses. Bei diesem Gedanken überflog ein Lächeln Sandras Gesicht, und ihre grünen Augen strahlten den Doktor an.

„Nun, Mrs. Swanwick", begann er und lehnte sich in seinem Schreibtischsessel zurück, „Andrew hat mir schon angedeutet, um was es geht."

Sie hob erstaunt die Augenbrauen, sagte aber nichts dazu, da sie sich schon etwas in dieser Richtung gedacht hatte. Carter nahm eine Karteikarte auf, die vor ihm lag, und stellte Sandra eine Reihe der üblichen Fragen, die sie konzentriert beantwortete. Danach ging er seine Eintragungen noch einmal stumm durch, während Sandra unruhig mal auf das Bild von Picassos Plastik, mal auf die geschlossenen Jalousien der breiten Fensterfront blickte.

„Würden Sie sich jetzt bitte freimachen, damit ich Sie untersuchen kann", brach der Arzt schließlich das Schweigen.

Diese Eröffnung traf Sandra völlig überraschend, was Carter nicht verborgen blieb.

„Sie sind überrascht? Selbstverständlich muß ich Sie untersuchen, und danach müßten Sie mir noch eine Urinprobe dalassen, damit wir feststellen können, ob Sie schwanger sind. Das dürfte doch kein Problem sein, oder?"

Sandra nickte. Eigentlich war es ja selbstverständlich, aber irgendwie hatte sie nicht damit gerechnet.

Wortlos erhob sie sich, ging hinter den Wandschirm und begann sich bedächtig auszuziehen.

Eine Viertelstunde später saß sie wieder auf dem Sessel vor Tom Carters Schreibtisch und versuchte, dem Blick seiner dunklen Augen auszuweichen.

„Nun, Mrs. Swanwick." Seine Stimme klang jetzt deutlich reservierter als vor der Untersuchung. „Zuerst hatte ich etwas Bedenken wegen Ihrer Schwangerschaft. Sie sind schließlich schon über dreißig, und das ist sehr spät für das erste Kind. Da kann es schon mal zu Komplikationen kommen."

Es entstand eine unangenehme Pause, in der Sandra deutlich spürte, wie der Arzt darauf wartete, daß sie etwas sagte. Sie tat ihm den Gefallen nicht. Ihre Gedanken suchten verzweifelt nach einem Ausweg.

„Aber bei Ihnen", fuhr Carter schließlich fort, als feststand, daß sie von sich aus nichts sagen würde, „trifft das nicht zu. Sie haben ja schon ein Kind geboren."

Jetzt war heraus, was Sandra schon dem überraschten Blick des Arztes, als er sie untersuchte, zu entnehmen geglaubt hatte. Erst als sie auf dem Stuhl gesessen hatte, war ihr durch den Kopf geschossen, daß ein Arzt wohl feststellen konnte, ob eine Frau schon einmal Mutter geworden war. Vorher hatte sie nie einen Gedanken daran verschwendet. Sie hatte in diesem Moment nicht auf den fragenden Blick des Arztes reagiert, sondern versucht, sich vor den Trümmern der Welt zu schützen, die gerade über ihr zusammenbrach. Tom Carter war ein Studienkollege von Andrew, und obgleich, wie ihr Mann gesagt hatte, ihre Beziehung nicht mehr besonders eng war, seit Tom das Krankenhaus verlassen und seine eigene Praxis aufgemacht hatte, kannten sie sich ohne Zweifel gut genug, daß diese Information ihren Weg zu Andrew finden mußte. Warum hatte sie nicht früher daran gedacht? Dann hätte sie einfach behauptet, schon einen Frauenarzt zu haben, und sich einen gewählt, den Andrew nicht kannte. Sandras Miene gefror, und ihr Mund nahm einen harten Zug an. Sie war nicht bereit, den Dingen ihren Lauf zu lassen.

„... Gewißheit haben, dann sollten Sie einmal im Monat zur regelmäßigen Untersuchung kommen."

Sandra hatte nur noch den letzten Teil des Satzes mitbekommen. „Entschuldigung, ich war eben unaufmerksam. Können Sie das noch einmal wiederholen?"

„Ich habe gesagt, daß Sie, wenn sich die Schwangerschaft bestätigt, einmal im Monat zur Untersuchung kommen müssen", wiederholte der Arzt etwas indigniert und fügte dann hinzu: „Aber das kennen Sie ja."

Bei dem letzten Satz glaubte sie, einen süffisanten Unterton herauszuhören, und konnte sich ganz genau vorstellen, wie Carter ihrem Mann am Telefon mitteilte, daß er sich keine Sorgen zu machen brauchte. Seine Frau sei ja eigentlich schon etwas alt für ein Kind, aber es sei ja glücklicherweise nicht das erste, und da wären keine Komplikationen zu befürchten.

Da nicht auszuschließen war, daß dieses Telefonat, nicht zuletzt aufgrund von Andrews Ungeduld, sofort stattfand nachdem sie das Behandlungszimmer verlassen hatte, mußte sie hier und jetzt etwas unternehmen. Wie und ob überhaupt sie Andrew in die Sache einweihen würde, das hatte Zeit.

„Doktor Carter." Ihre Stimme ließ den Arzt zusammenzucken. „Ich gehe davon aus, daß Ihnen der Begriff ärztliche Schweigepflicht geläufig ist und die Freundschaft zu meinem Mann Sie nicht zu irgendwelchen unüberlegten Äußerungen verleitet."

Carter schaute die Frau ihm gegenüber auf dem Sessel überrascht an. Vorhin hatte sie noch zierlich und verletzlich gewirkt, jetzt lag ein harter Zug in ihrem Gesicht, der Blick der grünen Augen schien ihn auf seinem Stuhl festzunageln, und an ihren verschränkten Händen traten die Knöchel weiß hervor. Er wollte etwas erwidern, die Unterstellung heftig zurückweisen, doch noch während er dazu Luft holte, sprach Sandra schon weiter.

„Damit Sie mich nicht falsch verstehen: Ich habe mir nichts vorzuwerfen und hintergehe meinen Mann auch nicht. Ich nehme an, daß sie bei Ihrer Untersuchung festgestellt haben, daß diese Geburt schon einige Jahre zurückliegt. Andrew kenne ich erst seit etwas mehr als einem Jahr. Also betrifft es ihn nicht." Immer noch hielt sie den Arzt mit ihrem starren Blick gebannt. „Dieses Kind ist noch in Deutschland tot zur Welt gekommen."

Während Sandra das sagte, lief ihr selbst ein kalter Schauder den Rücken hinunter, so als ob sie eben ihr Kind eigenhändig und wirklich umgebracht hätte. „Sie werden verstehen", dabei wurde ihre Stimme fast versöhnlich, „daß ich darüber nicht sprechen möchte und deshalb Andrew auch nichts davon weiß."

Carter, der sich inzwischen wieder gefangen hatte, nickte mitfühlend und zog dabei ein Taschentuch aus seiner Hose, mit dem er sich die Schweißtropfen abwischte, die sich auf seiner Stirn gebildet hatten.

„Und so soll es auch bleiben", erklärte Sandra jetzt wieder mit harter, unpersönlicher Stimme, „bis ich es für richtig halte, meinen Mann darüber zu informieren." Insgeheim wußte sie, daß dies bald passieren mußte. Lange konnte sie diese Sache nicht mehr für sich behalten. Spätestens bei der Geburt würden zu viele Personen mitbekommen, daß es nicht ihr erstes Kind war, und die konnte sie nicht einschüchtern, aber im Moment hatte sie erst einmal eine Galgenfrist für sich herausgeschunden.

„Ich hoffe, Sie verstehen das", schloß sie und lächelte den Arzt wieder freundlich an, der einen Augenblick lang das Gefühl hatte, einer weiblichen Ausgabe von Dr. Jekyll und Mr. Hyde gegenüberzusitzen.

„Natürlich", gab er mit rauher Stimme zurück und räusperte sich. „Ich verstehe das."

„Schön, ich habe auch nichts anderes von Ihnen erwartet", sagte sie und schenkte ihm ein weiteres Lächeln.

„Sie kommen am besten nächsten Freitag wieder vorbei. Dann haben wir ganz sicher die Ergebnisse der Urinprobe und Gewißheit. Lassen Sie sich im Vorzimmer einen Termin geben." Der Arzt wollte auf einmal nur noch diese seltsame Frau aus seinem Behandlungszimmer haben. Andrew hatte schon einen eigenartigen Geschmack, überlegte er, als sich Sandra verabschiedete. Diese zierliche, hübsche Person, wie er zugestehen mußte, war, nachdem er ihr mitgeteilt hatte, daß er von ihrem Geheimnis wußte, von einem Augenblick zum anderen zu jemandem geworden, in dessen Gegenwart einem förmlich das Blut in den Ader gefrieren konnte. Carter schüttelte noch einmal nachdenklich den Kopf und griff zum Telefon.

Es war ein Sommer der Träume gewesen, den die Menschen in Amerika erlebt hatten. Am Tag von Sandras und Andrews Hochzeit kam, von dem glücklichen Paar unbeachtet, die Nachricht nach Amerika, daß eines der Idole ihrer Musik im Swimmingpool ertrunken war und damit der Traum von der Unsterblichkeit der Helden hinfällig wurde. Doch an einem verregneten Wochenende im August wurde an einem kleinen Ort im Staate New York ein neuer Traum geboren, der mit den von dort zurückkehrenden Menschen das ganze Land überflutete. Eine neue Welt schien sich aufzutun, und was vor einem Jahr in Chicago noch blutig unterdrückt worden war, schien jetzt nicht mehr aufzuhalten zu sein. Sandra bemerkte es zwar, doch anders als Greta, die von der Woodstock Nation schwärmte, begriff sie sich nie als einen Teil davon. Ratlos stand sie den Studenten gegenüber, die Liebe und Friede für die Welt einforderten, doch zu diesem Traum die Hilfe von Marihuana und LSD brauchten. Letztendlich, so Sandras lakonische Einschätzung, würden sie enden wie Dennis Hopper und Peter Fonda auf ihrer Suche nach dem neuen amerikanischen Traum. Ein anderer Traum war auch in diesem Sommer wahr geworden, und als Armstrong in einem unförmigen Anzug auf dem Mond stehend die Erde über sich aufgehen sah, hatte auch Sandra gebannt auf die Bilder im Fernsehen gestarrt. Ein Traum mußte nur groß genug sein, um in Erfüllung zu gehen, dachte sie, während sie spürte, daß ihr kleiner Traum vom Glück gefährlich nahe am Scheitern war.

Seit ihrem Termin bei Doktor Carter hatte sie verzweifelt nach einer günstigen Gelegenheit gesucht, ihrem Mann zu erklären, was sie ihm erklären mußte, aber in der vergangenen Woche keine Gelegenheit dazu gefunden. Inzwischen hatte sie seit gut sechs Stunden Gewißheit, daß sie zum zweitenmal in ihrem Leben schwanger war. Nervös im Wohnzimmer auf und ab laufend, erwartete sie Andrew aus dem Krankenhaus zurück. Das Klingeln des Telefons hatte sie eine Zeitlang überhört und schließlich den Stecker herausgezogen, weil sie es nicht mehr ertragen konnte. Es war ohne Zweifel Andrew, der versuchte anzurufen, um so schnell wie möglich eine endgültige Bestätigung dessen zu erhalten, was er eigentlich schon als sicher annahm.

Als dann der neue Ford, den sie sich nach der Hochzeit geleistet hatten, die Auffahrt hinaufrollte, mußte sich Sandra endgültig darüber klar werden, was sie ihrem Mann sagen wollte.

Andrew stürmte in das Haus, sein Gesicht war ein Fragezeichen und glänzte gleichzeitig vor Erwartung. „Und?“

Sie lächelte ihn an, nahm ihn in den Arm und gab ihm einen Kuß. Dann schob sie ihren Arm unter den seinen und führte ihn ins Wohnzimmer. Während der ganzen Zeit ließ er die Augen nicht von ihr.

„Nun sag schon, wann ist es soweit?“ wollte er ungeduldig wissen.

„Was soll soweit sein?“ gab sie zurück, um noch etwas Zeit zu gewinnen, obwohl sie wußte, daß es wenig helfen würde.

„Nun spann mich nicht so auf die Folter.“ Seine Stimme nahm einen unwirschen Klang an.

„Also gut“, lenkte sie ein, „du sollst nicht länger im unklaren bleiben. Ich bin schwanger, und Doktor Carter hat einen Termin Ende Juni, so um den fünfundzwanzigsten, errechnet.“

Andrew sprang aus dem Sessel auf, riß Sandra förmlich aus dem Sofa hoch und preßte sie an sich. Er küßte sie, und zwischen den Küssen erklärte er ihr immer wieder, daß er sie liebte. Schließlich beruhigte er sich und ließ sie sich wieder auf das Sofa setzen. Er setzte sich daneben und nahm sie zärtlich in den Arm.

„Was meint Tom?" fragte er. „Ist alles in Ordnung? Wird es Schwierigkeiten geben?"

„Andrew", meinte Sandra mit einem ironischen, mitleidigen Lächeln, „ich bin bestenfalls im zweiten Monat, wie soll er da so etwas wissen?"

„Nun, er hat dich doch untersucht. Er muß doch wissen, ob alles in Ordnung ist. Ich bin zwar kein Frauenarzt, aber immerhin habe ich auch ein bißchen Ahnung. Ich werde ihn einfach mal anrufen."

Sandra wußte, jetzt war der Moment gekommen, dem sie nicht ausweichen konnte. „Andrew, du brauchst dir keine Sorgen zu machen. Doktor Carter sagt, daß alles in Ordnung ist, und schließlich ist es ja nicht meine erste Geburt."

„Wie bitte?" Er hatte nur einen Augenblick gebraucht, um zu begreifen, was seine Frau ihm da ganz nebenbei mitgeteilt hatte. „Nicht deine erste Geburt? Wie soll ich das verstehen?"

Sandra bemühte sich, den Ton lockerer Konversation beizubehalten, obwohl sich ihr Magen zusammenkrampfte und der Kloß in ihrem Hals mehr und mehr anschwoll. „Nun, wie ich es gesagt habe. Es ist nicht meine erste Geburt."

„Du hast schon ein Kind?" Andrew rückte ein Stück von ihr ab. „Von einem anderen Mann?"

„Nein." Sandra bemühte sich, ihre Stimme fest klingen zu lassen, und hoffte, Andrew würde das Zittern darin nicht bemerken.

„Jetzt verstehe ich gar nichts mehr", meinte er kopfschüttelnd.

Sie hatte eine Woche lang alle möglichen Alternativen in ihrem Kopf durchgespielt. Angefangen von der ganzen Wahrheit, die die Erlebnisse in der Wüste Lut und die Person Michael Gruhn einschloß, über eine Reihe abgeschwächter Formen bis hin zu einer Reihe von frei erfundenen Geschichten, zu deren bester sie jetzt Zuflucht nahm.

„Hör zu, Andrew", begann sie, und ihre grünen Augen nahmen den harten Ausdruck an, der Carter so beunruhigt hatte. „Ich habe nie gesagt, daß ich vor dir noch keine anderen Männer gehabt habe. Du wußtest das. Du wußtest, daß du keine Jungfrau bekommst, oder?"

„Ja", gab er leise zurück, „aber daß du ein ..."

„Ich habe kein Kind", unterbrach sie ihn barsch.

Andrew setzte an, etwas zu sagen, schüttelte dann den Kopf und musterte stumm seine Frau.

„Bitte", begann sie, jetzt in sanftem Tonfall, „verstehe doch. Was ich dir jetzt sage, tut mir sehr weh. Deshalb habe ich dir bis jetzt nichts davon erzählt." Sie machte eine Pause, und als sie fortfuhr, hatte ihre Stimme wieder den harten, kompromißlosen Klang. „Ich werde es dir jetzt sagen, aber das ist auch das einzige Mal, daß wir darüber sprechen. Ich will, daß du mir versprichst, nach heute abend nie mehr diese Sache mir gegenüber zu erwähnen. Verstehst du?"

Automatisch nickte Andrew, obwohl er nicht wußte, was auf ihn zukam.

„Ja, ich war in Deutschland schon einmal schwanger. Der Vater des Kindes kam bei einem Unfall ums Leben, noch bevor das Kind geboren war. Ich glaube, das hat die Fehlgeburt ausgelöst. Ich war im siebten Monat, und das Kind kam tot zur Welt. Wir waren auch nicht verheiratet, falls du dir darum irgendwelche Sorgen machst. Es tut mir leid, dir das nicht früher gesagt zu haben, aber vielleicht verstehst du, daß es nicht einfach für mich ist, darüber zu sprechen."

„Wann war das?"

„Ein Jahr, bevor ich nach Amerika gekommen bin. Das war auch ein Grund dafür, Deutschland zu verlassen. Ich wollte alles vergessen." Sandra merkte, wie sie am ganzen Körper zu zittern begann. Sie versuchte, es zu unterdrücken, aber ihr Körper geriet außer Kontrolle. Sie zuckte in immer kürzeren Abständen zusammen, und stumm rannen ihr die Tränen über das Gesicht. Andrew legte die Arme um den schmalen Körper seiner Frau und zog sie eng an sich.

„Ist schon gut, Liebes. Alles in Ordnung." Er strich ihr wie einem kleinen Hund beruhigend über die kurzen blonden Haare. „Alles wird gut, Sandy. Mach dir keine Sorgen, unserem Kind wird es gutgehen." Doch seine Frau schien nicht zu reagieren, Immer wieder zuckte ihr Körper heftig zusammen, während ihre Tränenströme Andrews Hemd durchnäßten. Sandra gab sich ganz ihrer Verzweiflung hin. Die kleine Hütte, die sie sich zu ihrem Schutz aus Lügen erbaut hatte, war inzwischen zu einer riesigen Kathedrale geworden, in der immer wieder Schwarze Messen zelebriert werden mußten, damit das Gebäude nicht zum Einsturz kam.

## √-1 Das Spinnennetz

Der Professor am Fachbereich Altertumswissenschaften der Universität Bonn, Bernd Heckert, hatte weder ein angenehmes Weihnachtsfest noch ein glückliches Neujahr verlebt. Seit vier Wochen bereute er seine Unüberlegtheit, auf der Beerdigung von Renate Gruhn gewesen und noch mehr, ihrem Sohn direkt gegenübergetreten zu sein. Es half wenig, daß er versuchte, sich in den Fatalismus - was geschehen war, konnte man nun einmal nicht mehr ändern - zu retten. Irgendwie war ihm das Gesetz des Handelns entglitten, und er tat besser daran, es wiederzuerlangen. Gleich nachdem der Brief von Peter Gruhn auf seinem Schreibtisch angelangt war, hatte er eine bestimmte Telefonnummer angerufen, doch bis zum heutigen Tag, es war der Donnerstag nach Neujahr, hatte er niemanden erreicht. Mißmutig zog Heckert, wie er es schon so oft getan hatte, Peters Brief aus dem inzwischen zerknitterten Kuvert und las die wenigen Zeilen ein weiteres Mal durch. Was würde passieren, wenn er ihn gar nicht beachtete? Ganz offensichtlich konnte sich der Sohn von Michael nicht an seinen Namen erinnern, und Heckert wusste auch nicht mehr, ob er sich ihm gegenüber bei der Beerdigung überhaupt vorgestellt hatte.

Es war später Nachmittag, die Wolkendecke war aufgebrochen, und eine schon fast untergegangene Sonne warf ihre kraftlosen Strahlen nahezu waagerecht über die brachliegenden Felder. Heckert hatte sich einen Whiskey genommen und starrte aus seinem Lieblingssessel, einem vorsintflutlich wirkenden Möbelstück in Leder, auf den Weihnachtsbaum. Es war wieder still im Haus geworden, seit seine Töchter kurz nach den Weihnachtstagen abgereist waren, um Silvester bei ihrer Mutter in Freiburg zu verbringen. Viel mehr als er würde sie auch nicht von ihnen haben, denn sie lebten seit einiger Zeit ihr eigenes Leben, und die beiden geschiedenen Elternteile hatten es längst aufgegeben, mit allen Mitteln um die Gunst ihres Nachwuchses zu buhlen. Vor zehn Jahren, als Angelika, die ältere, kurz vor Beendigung und Jutta kurz vor Beginn der Pubertät standen und das Ehegebäude der Eltern so gut wie zusammengebrochen war, hatte das noch ganz anders ausgesehen. Seine Frau und natürlich auch er selbst hatten unter Einsatz von Geld und Zugeständnissen, die manchmal durch reine Erpressung zustande kamen, um die Anerkennung der Kinder gekämpft. Lange Zeit hatte ihn die Angst vor der Reaktion seiner Töchter davon abgehalten, sich eine neue Lebenspartnerin zu nehmen. Als dann aber deutlich wurde, daß die beiden Mädchen in jeder Beziehung ihre Unschuld verloren hatten und in ihren Erzählungen von Freiburg schon mal ein Männername in Verbindung mit seiner geschiedenen Frau fiel, ließ auch er seine Töchter an einem Teil seines Lebens teilnehmen, den er, soweit er überhaupt vorhanden gewesen war, versucht hatte, vor ihnen zu verschleiern.

Heckert schaute versonnen auf das Telefon, das neben seinem Sessel auf dem kleinen Tisch lag, und lauschte dann mit schiefgelegtem Kopf auf mögliche Geräusche aus dem oberen Stockwerk, wo sich Beate nach dem Frühstück wieder hingelegt hatte. Seit dem Neujahrsmorgen klagte sie über Kopfschmerzen, und einen Tag später waren deutliche Anzeichen einer Erkältung hinzugekommen, die sie sich wahrscheinlich an Silvester eingefangen hatte.

Von oben war kein Geräusch zu hören. Heckert nahm das Telefon auf und tippte die wohlbekannte Nummer ein. Einem kurzen Klackern folgte die endlose Aneinanderreihung von Rufzeichen, die am anderen Ende unbeachtet blieben. Heckert unterbrach die Verbindung. Er legte das Telefon wieder auf den Tisch zurück und schlug mißmutig mit der flachen Hand auf die abgegriffene Sessellehne. Wenn er nur wüßte, was dieser Peter Gruhn von ihm wollte. „Ich würde gerne mehr über seine Arbeit erfahren", murmelte Heckert vor sich hin und nippte an seinem Whiskey. Was wollte er erfahren? Was sein Vater gemacht hatte? Studierte der Sohn etwa das gleiche Fach? Nein, das konnte nicht sein, dazu war er zu alt, aber vielleicht hatte er es studiert. Gehört oder gelesen hatte Heckert allerdings noch nie etwas von einem Peter Gruhn in seinem spezifischen Fach, und da war die Welt wirklich klein.

Die Sonne war inzwischen untergegangen, und das Wohnzimmer in Heckerts Haus lag im beschützenden Halbdunkel, das einem jeden Gedanken Flügel verlieh. Heckert hatte in den Jahren nach der mißlungenen Grabung im Iran gelernt, daß die Welt nicht ganz so ist, wie er sich das immer gedacht hatte, und andere hatte daraus für ihn die Konsequenzen gezogen. Seine Karriere hatte wie bei allen an der Grabung Beteiligten etwas geholpert, war dann aber in ruhigen, vorhersehbaren Bahnen verlaufen, und gern dachte er an seine kleinen Erfolge zurück, die sich über die Jahre hinweg zu einem respektablen Gebäude wissenschaftlicher Kompetenz aufgeschichtet hatten. Von Sandras Verbleib hatte es in den Jahren, die ihrer Abreise folgten, noch ein paar Gerüchte gegeben, die aber mangels neuerlicher Speisung schon bald verstummt waren. So kreisten Heckerts Gedanken in der Dunkelheit des Raumes um sein Leben und vermieden sorgsam, auch nur in die Nähe jenes Punktes zu kommen, an dem sich der tiefe Abgrund auftat.

„Bist du hier?" Beates Stimme war mehr ein Krächzen, und im gleichen Moment flammte das Licht im Wohnzimmer auf. Er schloß geblendet die Augen und stieß ein unmutiges Geräusch aus, das man auch als deftigen Fluch interpretieren konnte.

„Tut mir leid. Ich wußte ja nicht, daß du hier im Dunkeln sitzt", entschuldigte sich seine Lebensgefährtin mit belegter Stimme. Heckert hatte inzwischen die Augen wieder geöffnet, die sich langsam der Helligkeit anpaßten. Beate bot ein Bild des Jammers. Ihre blonden, gelockten Haare hingen strähnig am Kopf herab. Sie hatte sich ihren blaugelben Morgenmantel übergezogen, aus dem die Beine eines roten Pyjamas herausragten. Ihre Füße steckten in seinen ihr viel zu großen Hausschuhen, und die Hände hatte sie tief in die Taschen des Morgenmantels vergraben. Eine davon kam jetzt ans Licht, faltete ein Taschentuch auseinnder, in das sie sich laut die Nase schneuzte. Heckert zuckte bei dem Geräusch zusammen.

„Du solltest besser im Bett bleiben", war sein Kommentar.

„Ich habe die ganze Zeit oben gelegen und nichts gehört. Das Haus war absolut still. Ich dachte schon, du bist weggegangen", erklärte sie und stand dabei immer noch unschlüssig in der Tür. Heckert hatte währenddessen seine Haltung nicht verändert.

„Nun", begann er, „du siehst, ich bin noch da. Du kannst dich also beruhigt wieder ins Bett legen. Ich werde uns dann später etwas zu essen machen. Dann kannst du ja aufstehen."

Beate Petersmann schaute ihn unsicher an. Heckert befürchtete, daß sie seinen Versuch, sie loszuwerden, durchschauen würde, doch dann nickte sie und meinte: „Das ist wahrscheinlich das beste. Mir geht es wirklich nicht gut. Ich weiß nicht, ob ich überhaupt etwas essen will."

„Doch, doch. Du mußt etwas essen. Ich werde uns eine Suppe machen, und dann bekommst du einen schönen heißen Grog dazu."

„Lieber einen Tee. Du weißt doch, daß ich Alkohol nicht mag, und wenn ich krank bin, schon gar nicht."

„Gut, wie du meinst", lenkte er sofort ein.

Sie zog den Morgenmantel noch enger um ihren schlanken, hoch aufragenden Körper und ließ Heckert alleine im Wohnzimmer zurück. Als dieser sicher war, daß sie wieder oben im Bett lag, nahm er das Telefon zur Hand, doch bevor er wählen konnte, irritierte ihn ein Geräusch aus dem oberen Stockwerk. Er stand leise auf und ging aus dem Wohnzimmer bis zum Fuß der Treppe, die nach oben führte. Er lauschte. Nach einigen Augenblicken hörte er die Toilettenspülung rauschen, dann wurde die Tür geöffnet, und mit huschenden Schritten ging Beate wieder ins

Schlafzimmer zurück. Er wartete bewegungslos noch ein paar Minuten, aber anscheinend war jetzt im Obergeschoß wieder Ruhe eingekehrt.

Zur Sicherheit machte Heckert die Wohnzimmertür hinter sich zu, durchquerte dann den Raum und begab sich in sein Arbeitszimmer. Eine weitere Tür zwischen ihm und seiner Lebensgefährtin. Als er sich an seinem Schreibtisch niedergelassen hatte, drückte er auf Wahlwiederholung und wartete. Als sich jemand am anderen Ende meldete, war er so erstaunt, daß er zuerst kein Wort hervorbrachte.

„Hier Heckert", sagte er schließlich. Und dann folgte ein kurzer Bericht über den Brief von Peter Gruhn, verbunden mit der abschließenden Frage, was er tun sollte. Der Teilnehmer am anderen Ende wollte den genauen Wortlaut des Briefes wissen, und so zog Heckert den Brief, den er in seiner Brusttasche stecken hatte, heraus und las ihn vor. Danach trat Stille ein, der einige Anweisungen seines Gesprächspartners folgten.

„Wieviel soll ich ihm sagen?" fragte Heckert und lauschte auf die Antwort.

„Was?" Erstaunen schwang in seiner Stimme. „Alles?"

„Gut, nicht alles. Nur das Offensichtliche."

Wieder vergingen ein paar Minuten, in denen sich Heckerts Rolle auf das Zuhören beschränkte.

„In Ordnung. Ich mache, was ich für notwendig halte, Heinrich. Wiederhören."

Nachdenklich legte Heckert den Hörer auf. Wie er befürchtet hatte, blieb die Sache an ihm hängen. Er hatte schon als Kind nie gerne Schwarzer Peter gespielt, denn die ominöse Karte war schon damals meist an seinen Fingern klebengeblieben.

Zwei Briefe, die als Absender den Fachbereich für Altertumskunde der Universität Bonn trugen, hatte Peter schon erhalten, und beide waren Fehlanzeige. Die beiden Professoren zeigten Verständnis für sein Anliegen, hatten aber von einem Michael Gruhn weder etwas gehört noch gelesen, geschweige denn waren sie ihm persönlich begegnet. Peter versuchte, seine Enttäuschung zu unterdrücken, denn er hatte ja noch fünf weitere Eisen im Feuer. Er hoffte allerdings auf die Ehrlichkeit der Angeschriebenen. Wenn derjenige, den er suchte, jetzt einfach leugnen würde, was er bei der Beerdigung so offen dargelegt hatte, dann sanken Peters Chancen in den Keller. Doch warum sollte er, überlegte sich Peter, während er die Treppe zu seiner Wohnung hinaufstieg und das dritte Kuvert von der Universität Bonn unruhig in seinen Händen drehte. In seiner Wohnung angekommen, ging er in die Küche, nahm das lange Steakmesser und schlitzte den Umschlag der Länge nach auf. Darin befand sich wie üblich ein Briefbogen des Instituts, den er mit fliegenden Fingern auseinanderfaltete und las:

Sehr geehrter Herr Gruhn,

*zuerst möchte ich mich entschuldigen, daß ich Ihnen nicht früher geantwortet haben, aber die vorweihnachtliche Hektik, von der auch ein kleines Universitätsinstitut nicht verschont bleibt, ließ mir leider keine Zeit dazu.*

*Um gleich zum Kernpunkt Ihres Anliegens zu kommen, ich kannte Ihren Vater. Ich war damals Student in Freiburg bei Professor Heinrich Weigert und befand mich im zehnten Semester. Ihr Vater kam im Wintersemester 1964/65 zu uns nach Freiburg, um die Expedition nach Persien im Frühjahr 1965 vorzubereiten, an der auch er teilnehmen sollte. Auf dieser Expedition kam er dann durch einen tragischen Unfall um.*

*Er hat ein paarmal seine Frau und seinen Sohn erwähnt, was ohne Zweifel Sie sein müssen. Gerne stehe ich Ihnen für Auskünfte über Ihren Vater - soweit ich in der Lage bin, sie zu geben - zur Verfügung. Vielleicht rufen Sie mich am besten unter der oben angegebenen Telefonnummer an.*

Mit freundlichen Grüßen

Peter mußte den Brief zweimal lesen, bevor er begriffen hatte, was da stand. Dann flog sein Blick zu dem Namen des Professors. Bernd Heckert. War das der Name des Fremden auf dem Friedhof gewesen? Peter konnte sich beim besten Willen nicht erinnern. Auf jeden Fall war er damit ein ganzes Stück weiter. Er wollte gleich Gabi anrufen, die immer noch davon überzeugt war, daß Freiburg die bessere Alternative wäre. Doch mit Heckert hatte Peter einen Volltreffer gelandet. Er war mit auf der Expedition gewesen, mußte also auch Gabis Mutter gekannt haben. Die Sache kam nun endlich ins Rollen. Er wollte schon Gabis Nummer wählen, hielt aber im letzten Moment inne. Besser war vielleicht, erst Professor Heckert anzurufen, vielleicht wußte er dann schon mehr. Peter legte den Brief vor sich auf die Computertastatur, holte noch einmal tief Luft und wählte die im Briefkopf angegebene Nummer. Nach dem vierten Klingeln meldete sich jemand.

„Apparat Professor Heckert, Wohlfahrt hier." Es war eine weibliche Stimme.

„Hier Peter Gruhn", meldete sich Peter. „Kann ich bitte Herrn Professor Heckert sprechen?"

„Der Professor ist in einer Vorlesung. In welcher Angelegenheit möchten sie ihn sprechen?"

Es war deutlich zu spüren, daß die Frau am anderen Ende große Erfahrung darin hatte, Anrufer abzuwimmeln.

„Ich habe von Professor Heckert einen Brief erhalten, in dem er mich um Rückruf bat", gab Peter zurück, verärgert über die wenig höfliche Art der Frau.

„In welcher Angelegenheit?"

„Einer privaten. Wann ist der Professor denn wieder zu erreichen?"

Nach einer kleinen Pause, in der Peter glaubte, das Knarren eines Sessels durch die Leitung hören zu können, kam die Antwort: „Am besten versuchen Sie es heute nach vier. Dann müßte er hier in seinem Büro sein."

„Können Sie ihm bitte ausrichten oder eine Nachricht hinlegen, daß ich angerufen habe und nach vier wieder anrufen werde?"

„Sagen Sie mir bitte noch einmal Ihren Namen", wurde er aufgefordert.

„Gruhn, Peter Gruhn. Der Sohn von Dr. Michael Gruhn."

„Gut, ich habe es notiert. Wiederhören."

Noch bevor Peter etwas sagen konnte, wurde die Verbindung unterbrochen. Nach ein paar Sekunden legte auch er auf, wobei er großen Zweifel hegte, ob die Frau am anderen Ende wirklich seinen Namen notiert hatte.

Automatisch griff er nach dem Zigarettenpäckchen und steckte sich eine Zigarette an. Während er dem Rauch nachschaute, der sich am Fenster über der Heizung langsam nach oben kräuselte, überlegte er, ob er nicht doch schon Gabi informieren sollte. Es war angenehmer, mit ihr zu sprechen, wenn ihr Mann Thomas nicht dabei war und auch nicht das Telefongespräch mitverfolgte, denn es hatte sich inzwischen recht deutlich herausgestellt, daß Thomas von ihren Aktivitäten nicht besonders begeistert war. Das hatte sich besonders bei seinem Besuch am ersten Weihnachtsfeiertag herausgestellt, als Gabi nach zwei negativen Antworten aus Bonn wieder auf einen Besuch in Freiburg drängte. Peter hatte abgelehnt.

Auf Gabis Ankündigung hin, selbst nach Freiburg zu fahren, war Thomas richtiggehend wütend geworden und hatte seine Frau vorwurfsvoll daran erinnert, daß sie zuerst einmal für ihre Tochter zu sorgen hätte und dann erst ans Verreisen denken könnte. Um Gabis Mund war daraufhin ein harter Zug erschienen, aber dann hatte sie genickt und sofort das Thema gewechselt.

Peter drückte die Kurzwahl für den Anschluß der Lautners. Kaum erklang am anderen Ende das Klingelzeichen, war Gabi schon am Telefon.

„Heckert, der Mann heißt Heckert und war mit meinem Vater auf der Expedition im Iran", platzte er heraus.

„Du hast also einen weiteren Brief aus Bonn erhalten", stellte Gabi fest.

„Ja. Jetzt können wir Licht in die Sache bringen. Er muß auch deine Mutter gekannt haben."

„Das ist endlich mal eine gute Nachricht", meinte sie aufgeregt und fragte dann: „Was machen wir als nächstes?"

„Ich habe schon in Bonn angerufen, aber er hält gerade eine Vorlesung. Seine Sekretärin, oder wer auch immer, meinte, ich soll es nach vier Uhr noch einmal versuchen." Peter merkte, wie auch er immer aufgeregter wurde.

„Sobald du mehr weißt, ruf mich sofort an", trug ihm Gabi auf.

„Auch wenn Thomas da ist?"

„Der kommt heute erst spät aus dem Betrieb", erklärte sie. „Er wird nicht vor acht Uhr hier sein. Bis dahin kannst du ruhig anrufen. Aber auch später. Das hier ist wichtiger als ..." Sie ließ den Satz unbeendet und damit offen, was wichtiger als was war.

„In Ordnung, ich versuche auf jeden Fall, bis spätestens halb acht bei dir anzurufen. Es wird schon werden", verabschiedete er sich von ihr und trennte die Verbindung.

Es war halb fünf, als Peter schließlich Heckerts Stimme aus der Leitung vernahm.

„Fachbereich Altertumskunde, Professor Heckert."

„Herr Professor", begann Peter, und seine Stimme zitterte, „hier spricht Peter Gruhn. Ich habe Ihren Brief heute erhalten und wollte mich sofort bei Ihnen melden."

„Ah, Herr Gruhn. Was kann ich denn konkret für Sie tun? Ihr Brief war ja etwas allgemein gehalten."

„Nun", gab Peter zurück und war erstaunt, wie locker der Professor anscheinend mit seinem Ansinnen umging, „zuerst möchte ich Ihnen einmal für Ihre Antwort danken und Ihnen gleich auch eine Frage stellen. Waren Sie das, der mir am Grab meiner Mutter kondoliert hat?"

„Ja, das war ich. Ihr Tod, und dann noch auf so entsetzliche Weise, hat mich sehr betroffen gemacht. Ich habe ihr nicht sehr nahe gestanden, doch ich hielt es für meine Pflicht, zu ihrer Beerdigung zu kommen."

„Sie kannten meine Mutter?" Peter war überrascht, da er sich nicht entsinnen konnte, daß seine Mutter mit irgendwelchen Kollegen seines Vaters engeren Kontakt gepflegt hätte, besonders nicht, nachdem er tot war.

„Nur flüchtig", erklärte der Professor. „Wirklich nur flüchtig. Ich habe sie einmal getroffen, als ich die persönlichen Gegenstände Ihres Vater von Freiburg nach Bonn gebracht habe. Sie waren damals ja noch ein kleiner Junge und können sich sicher nicht an mich erinnern."

„Das stimmt. Diese Zeit liegt lange zurück. Ich habe kaum noch eine Erinnerung daran."

In Bonn atmete Heckert, für Peter in Frankfurt unhörbar, auf. Er nahm einen Bleistift in die Hand und begann, nervös auf seiner Schreibtischunterlage herumzukritzeln. Er durfte sich keinesfalls die Richtung des Gesprächs aufzwingen lassen.

„Aber wie kann ich Ihnen denn nach so langer Zeit helfen?" erkundigte er sich.

Am anderen Ende trat eine Pause ein, die Heckert dazu bewog nachzufragen, ob sein Gesprächspartner noch am Apparat sei.

„Ja, Entschuldigung, ich habe gerade nachgedacht. Hören Sie, es ist so viel, was ich wissen möchte, und ich weiß nicht recht, wo ich anfangen soll."

Heckert hatte inzwischen ganz in Gedanken Worte auf den Block gekritzelt, die zu seinem Entsetzen lang vergessene Namen wiedergaben. Da stand in großen Druckbuchstaben SANDRA, daneben, ein hastig hingeschluderter Schriftzug, Michael, darunter Peter und Renate.

„Ich habe auch noch alte Unterlagen aus dieser Zeit, die mir erst jetzt in die Hände gefallen sind. Seltsame Sachen, aus denen man nicht klug werden kann. Vielleicht sagen sie Ihnen etwas. Ich glaube, es sind Aufzeichnungen von der damaligen Expedition."

Nachdem Peter das gesagt hatte, hörte er, wie sein Gesprächspartner tief durchatmete, und als er sich wieder meldete, war seine Stimme rauh und erweckte den Anschein, nur mühsam unter Kontrolle gehalten zu werden.

„Sie haben noch Unterlagen aus der Zeit? Von Ihrem Vater?"

„Ich nehme es jedenfalls an", gab Peter irritiert zurück.

„Ich sehe schon", Heckert hatte seine Stimme wieder unter Kontrolle, „das Ganze wird wohl eine längere Angelegenheit. Was halten Sie davon, wenn Sie mich hier in Bonn besuchen und wir alles in Ruhe besprechen?"

In Frankfurt machte Peters Herz einen Luftsprung. Das war mehr, als er gehofft hatte, und er sagte sofort zu.

„Ich weiß nicht, wie es mit Ihrer Zeiteinteilung steht und ob Sie beruflich weg können ..."

„Das ist kein Problem", fiel ihm Peter sofort ins Wort. „Schlagen Sie einen Termin vor."

„Wie wäre es ..." Heckert mußte sich beherrschen, um nicht gleich den nächsten Tag vorzuschlagen, aber das wäre zu auffällig. Er blätterte in einem Buch, um bei seinem Gesprächspartner den Anschein zu erwecken, der schweren Aufgabe nachzukommen, einen freien Termin zu finden. „Wie wäre es mit dem neunzehnten Januar?"

„Das paßt mir", kam es sofort aus dem Hörer.

„Kommen Sie doch so gegen Nachmittag, dann haben wir genug Zeit, um in aller Ruhe die Sache durchzusprechen."

„Einverstanden."

„Dann ist ja alles bestens." Heckert musste sich Mühe geben, die freudige Erregung in seiner Stimme unter Kontrolle zu behalten. „Bis in einer Woche dann."

„Einen Moment bitte noch, Herr Professor", hielt ihn Peter zurück. Er wollte Gabi gegenüber nicht ganz mit leeren Händen dastehen. „Kennen Sie auch eine Frau Dr. Neubert?"

In Bonn zuckte Heckert ein weiteres Mal zusammen. Auf einmal ging es nicht mehr nur um Gruhn. Wo hatte der Mann nur den Namen von Sandra ausgegraben?

Aber wenn er ihn schon wußte, dann war es zu gefährlich zu leugnen. „Ja, die kannte ich." Dabei betonte Heckert überdeutlich die Vergangenheitsform. „Wie kommen Sie darauf?" schickte er gleich eine Frage hinterher.

„Ach, ich wollte es nur wissen." Irgend etwas riet Peter, jetzt noch nicht die wahren Zusammenhänge aufzudecken, sondern damit zu warten, bis er dem Professor persönlich gegenüberstand. „Ihr Name taucht in den Aufzeichnungen meines Vaters auf", log er deshalb schnell.

„Ach so", klang es aus der Leitung aus Bonn.

„Nun, wer war diese Frau?" fragte Peter noch einmal nach, während er in seiner Wohnung am Fenster stand und auf die kahlen Alleebäume hinabblickte, durch die ein kalter Januarwind fegte.

„Sie hat auch an der Expedition teilgenommen." Deutlich widerwillig beantwortete Heckert die Frage. Peter war klar, daß mehr dahintersteckte. Vielleicht war Heckert der Vater von Gabi. Er würde es hoffentlich bei seinem Besuch in Bonn herausfinden.

„Herr Gruhn, sind wir soweit klar? Sie kommen am nächsten Freitag, und dann können wir uns unterhalten. Jetzt habe ich leider einen Termin, zu dem ich wahrscheinlich schon zu spät komme."

„Tut mir leid, Herr Heckert, wenn ich Sie aufgehalten habe. Alles in Ordnung, wir sehen uns am neunzehnten. Wiederhören." Peter legte das schnurlose Telefon geistesabwesend auf die Fensterbank. Er schaute hinunter auf die Wittelsbacher Allee, wo sich die Autos, die vom Frankfurter Ostend in Richtung Innenstadt unterwegs waren, stauten. Feierabendverkehr. Nebel, vermischt mit einem feinen Nieselregen, senkte sich zwischen den Häuserzeilen der Allee hinab und ließ zusammen mit der hereinbrechenden Dunkelheit die Farben der Autos zu einem einheitlichen Grau verblassen. Die Ampel an der Kreuzung zur Habsburger Allee teilte den Verkehrsstrom in gleiche Abschnitte, die sich aber auf Höhe von Peters Wohnung schon wieder zu einem kompakten Strom, der bestenfalls träge dahinfloß, vereinigt hatten. Die grün, rot und gelb aufleuchtenden Lichter der Ampeln standen wie große Ballons mitten in der Luft und konkurrierten mit den hellen Bremsleuchten, dem An und Aus der Blinker und den Scheinwerfern, die über den dunklen Asphalt ruckten.

Peter trat vom Fenster zurück, um sich eine Zigarette aus dem Päckchen auf seinem Schreibtisch zu nehmen und danach seinen Kaffeebecher in der Küche neu zu füllen. Nachdem er das alles erledigt hatte, der schwarze Kaffee dampfte neben dem Aschenbecher mit seiner Zigarette um die Wette, rief er Gabi an und teilte ihr in ein paar Sätzen das Ergebnis seines Gesprächs mit Heckert mit. Eigentlich gab es ja außer dem Termin, an dem sie sich in Bonn treffen wollten, kein Ergebnis, wie Gabi sichtlich enttäuscht feststellte. Doch bald würde man mehr wissen, machte ihr Peter am Schluß ihres kurzen Telefonates Mut.

Als nächstes rief er seinen Studienfreund Andreas an, bekam aber nur dessen Freundin ans Telefon. Er erklärte ihr kurz, worum es ging, nämlich die Bitte, nächsten Freitag bei ihnen wieder einmal übernachten zu dürfen. Auch da gab es keine Probleme, er müsse nur vor halb acht bei ihnen sein, denn sie wären an diesem Abend unterwegs. Peter meinte, das wäre kein Problem.

Peter versuchte seine beständig wachsende Nervosität zu unterdrücken, als er die Stufen in den dritten Stock hinaufstieg, wo der kleine Fachbereich Altertumskunde der Universität Bonn beheimatet war. Er hatte sich noch eine Zigarette angesteckt und versuchte jetzt, da der entscheidende Moment kurz bevorstand, ihn hinauszuzögern. In seiner abgegriffenen Ledertasche, einem Relikt aus seiner Studentenzeit, befanden sich Fotokopien der Notizen seines Vaters und das Bild, das in Freiburg aufgenommen worden war. Gestern hatte er noch einmal mit Heckert telefoniert, nur um sicherzustellen, daß der Termin immer noch in Ordnung ginge, und nun war es fast soweit. Peter zog die Glastür auf und trat in den langen Gang, von dem links und rechts die Türen in die einzelnen Büros abgingen. Neben der Glastür hing ein Raumplan, und es dauerte nur wenige Augenblicke, dann stand Peter vor dem Zimmer 317 und klopfte an die Tür. Er lauschte, aber von drinnen war kein Ton zu hören. Dann wurde die Tür geöffnet, und vor ihm stand ein wohl ein Meter achtzig großer Mann, der eine dunkelgrüne Kordhose, ein weißes Hemd und darüber ein im englischen Landhausstil kariertes Jackett trug. Sein Gesicht wurde durch viele Falten und tief eingegrabene Linien in eine zerklüftete Berglandschaft verwandelt, es war gebräunt, und der fast kahle Schädel schimmerte im Licht der Leuchtstoffröhren, die den Gang beleuchteten.

Sogleich erkannte Peter in dem Fremden den Mann vom Friedhof wieder.

„Sie müssen Peter Gruhn sein“, begrüßte ihn der Mann.

Im ersten Moment brachte Peter kein Wort heraus, sondern nickte nur und streckte dem Mann die Hand entgegen. Heckert ergriff sie, zog den Besucher in sein Büro und schloß die Tür.

„Professor Heckert?“ fragte Peter überflüssigerweise, worauf der andere nickte. „Es freut mich, Sie zu treffen.“

„Legen Sie ab“, forderte Heckert ihn auf und streckte ihm schon seine Hände entgegen, um die Jacke in Empfang zu nehmen. Er versuchte, Peter unauffällig zu mustern und eine Ähnlichkeit mit dem Bild von Michael Gruhn, das schon stark verblaßt in seinem Kopf herumspukte, auszumachen. „Nehmen Sie doch Platz.“ Dabei deutete er auf einen der vier Sessel, die um einen niedrigen Tisch gruppiert standen. Während Peter sich setzte, ging Heckert an seinen Schreibtisch, richtete ein paar Papiere, so als ob er gerade bei der Arbeit unterbrochen worden wäre, und setzte sich dann ihm gegenüber an den Tisch.

„Möchten Sie einen Kaffee?“

„Gerne.“

Heckert ging zu der Kaffeemaschine hinüber, die auf dem Kühlschrank neben der Tür stand, nahm aus dem Regal darüber einen Becher und goß Kaffee hinein. „Milch oder Zucker?“

„Schwarz bitte.“

„Nun, wie kann ich Ihnen helfen?" fragte Heckert mit einem Lächeln, als Peter einen Schluck Kaffee getrunken hatte.

„Ja, wo soll ich anfangen", sinnierte Peter und erklärte dann, daß er praktisch nichts über seinen Vater wusste als das, was seine Mutter gebetsmühlenartig wiederholt hatte, und endete mit der Frage: „Wie ist mein Vater denn eigentlich gestorben? Ich weiß nur, daß es ein Unfall war."

Heckert legte seine Hände an den Fingerspitzen zusammen und schaute zum Fenster hinaus. Der Himmel strahlte in einem winterlichen, hellen Blau, und die tief am Himmel stehende Sonne breitete lange Schatten über den Campus der Universität. Dann wandte er sich wieder seinem Besucher zu.

„Sie wissen überhaupt nichts davon?" fragte er mißtrauisch zurück.

„Nein, meine Mutter hat mir nur gesagt, daß mein Vater tot sei", gab Peter zurück und fügte dann hinzu: „Soweit ich mich erinnern kann. Irgendwann hat sie dann einmal von einem Unfall gesprochen, aber ich kann mich nicht an nähere Einzelheiten erinnern. Der Tod meines Vaters beziehungsweise die Art, wie er umkam, war fast ein Tabu bei uns zu Hause."

Heckert dachte kurz nach, dann beschloß er, das Risiko einzugehen. Je weniger sein Gegenüber wüßte, desto besser. „Ja, es war ein tragischer Unfall. Ich selbst kam erst dazu, als alles schon vorbei war. Ich befand mich zu dem Zeitpunkt, als es passierte, etwas unterhalb vom Lager und bin erst ins Lager gerannt, als ich die anderen rufen gehört habe."

„Und was war passiert?" fragte Peter neugierig.

„Sie müssen sich das so vorstellen", begann Bernd Heckert seine Erklärungen. „Das Lager befand sich auf einem kleinen Felsplateau, zu dem ein steiler Weg hinaufführte. Nicht ganz ungefährlich, aber an dieser Stelle war man einigermaßen geschützt. Wir sind diesen Weg unzählige Male hinauf und hinab gestiegen, ohne daß auch nur das Geringste passiert wäre. An diesem Abend allerdings, ich weiß nicht, was Ihr Vater noch machen wollte, jedenfalls ist er über die Kante gestolpert und gut zehn Meter in die Tiefe gestürzt. Unglücklicherweise ist er genau mit dem Kopf aufgeschlagen und war wohl sofort tot."

„Wie konnte das passieren?" wollte Peter zweifelnd wissen.

„Nun, wie ich schon sagte, ich bin erst dazu gekommen, als alles schon vorbei war. Vielleicht war er von der Sonne geblendet oder einfach übermüdet. Wir hatten zwei harte Tage hinter uns. Ein Sandsturm hatte gewütet, und wir haben die Ausläufer eines Erdbebens abbekommen." Heckert hob wie zur Entschuldigung die Hände halb in die Höhe.

„Und es gibt keinerlei Anhaltspunkte, wieso mein Vater abgestürzt ist?“ fragte Peter noch einmal nach.

„Ich weiß es nicht. Wir waren alle wie vor den Kopf gestoßen, wußten nicht, was wir machen sollten. Wir haben dann die Grabung binnen weniger Tage abgebrochen, in Bam, das ist die Provinzhauptstadt, die notwendigen Formalitäten erledigt und sind nach Teheran abgereist. Wir alle waren wie in Trance. Dieses schrecklichen Ereignis ...“ Heckert schien von der Erinnerung überwältigt zu werden.

Die beiden Männer saßen sich eine Weile stumm gegenüber, wobei sich Heckert innerlich zu seinem kühnen Schachzug beglückwünschte. Besser hätte es nicht kommen können. Peter Gruhn schien wirklich nichts zu ahnen.

Es war ein gefährliches Spiel gewesen, bei dem er ganz darauf vertraut hatte, daß die Frau ihm nichts verschwiegen hatte.

„Aber ist die Sache denn nicht untersucht worden?“ ergriff Peter schließlich wieder das Wort.

„Nun“, gab Heckert zögerlich zurück, „damals war das alles nicht so einfach. Sie wissen, der Schah, die SAVAK, wir waren Fremde in einem Land, dessen Sprache wir nicht verstanden, und außerdem war es ganz eindeutig ein Unfall, wie mir meine Kollegen, die in der Nähe waren, versichert haben.“

„Also, Herr Heckert, ich verstehe das nicht“, hielt ihm Peter etwas unwillig entgegen. „Das scheint mir keinen Sinn zu ergeben. Und Sie sind ganz sicher, daß es wirklich ein Unfall war und niemand dabei nachgeholfen hat?“

Heckert musterte Peter mit einem kalten Blick, der aber gleich wieder einem unverbindlichen Lächeln Platz machte. „Lieber Herr Gruhn, Sie können sich nicht in unsere Situation versetzen. Wir waren ganz alleine in der Wüste Lut, standen auf einmal vor einer Situation, in der wir nicht wußten, was wir tun sollten. Wie ich schon sagte, ich war nicht dabei, als sich der Unfall ereignete.“

„Wer war dann dabei?“

Heckert erweckte den Anschein, nachdenken zu müssen. Nach einer ihm angemessen erscheinenden Zeitspanne sagte er: „Der Grabungsleiter Professor Weigert, dann seine Assistentin und vielleicht Klaus Weller, ein Student wie ich.“

„Und wo kann ich die finden?“

Heckert zuckte mit den Schultern. „Keine Ahnung. Den Kontakt zu Heinrich Weigert habe ich Mitte der siebziger Jahre verloren. Der ist inzwischen bestimmt erimitiert, wenn er überhaupt noch lebt. Seine

Assistentin", Heckert vermied es, den Namen Sandra Neubert auszusprechen, „ist etwa ein Jahr später nach Amerika gegangen. Danach habe ich nichts mehr von ihr gehört. Und Klaus Weller ist neunzehnhundertachtundsechzig bei einem Verkehrsunfall ums Leben gekommen. Tragische Geschichte."

Peter dachte kurz nach. Die ganze Angelegenheit lief nicht so, wie er sich das vorgestellt hatte.

Sein Vater war augenscheinlich unter merkwürdigen Umständen zu Tode gekommen, und niemand schien sich einen Dreck darum geschert zu haben. Die Beteiligten waren inzwischen unauffindbar oder tot. Er mußte einen neuen Ansatzpunkt finden.

„Um was ging bei der Grabung eigentlich?" versuchte er einen anderen Weg einzuschlagen.

„Sind Sie mit dem Fach Ihres Vaters vertraut?" wollte Heckert wissen.

Peter schüttelte den Kopf. „Nein, ich selbst habe Anglistik und Germanistik studiert."

„Dann will ich versuchen, mich einfach auszudrücken, und nicht weiter ins Detail gehen. Wir haben am Rande der Wüste Lut nach Spuren des Heerzuges des Krateros gesucht, der dort dreihundertdreißig vor Christus entlanggekommen sein muß."

„Und?"

„Nun", Heckert warf wieder einen kurzen Blick aus dem Fenster, „ich muß eingestehen, daß unsere Expedition nicht gerade von Erfolg gekrönt war. Wir haben bis zu dem Zeitpunkt, an dem sie so schrecklich endete, keine nennenswerten Entdeckungen gemacht. Sie haben übrigens am Telefon erwähnt, Sie hätten Aufzeichnungen von Ihrem Vater aus dieser Zeit?"

Peter nickte.

„Haben Sie sie dabei? Kann ich sie sehen?" Heckert beugte sich Peter über den Tisch entgegen.

Peter zuckte unwillkürlich zurück, erstaunt über das unverhohlene Interesse, das der bis zu diesem Zeitpunkt ziemlich reserviert wirkende Heckert auf einmal zeigte.

„Versprechen Sie sich etwas davon?" wollte Peter wissen, eigentlich aber nur, um Zeit zu gewinnen, damit er seine Gedanken ordnen konnte.

Heckert hatte aber schon wieder seine ruhige, zurückhaltende Art angenommen. „Eigentlich nicht", sagte er mit einer wegwerfenden Handbewegung. „Mich interessieren mehr die Gedanken eines Kollegen und wie er wohl unsere kläglichen Funde insgeheim erklärt hat."

Peter legte seine Aktentasche auf den Tisch und zog vorsichtig, damit das Bild nicht zum Vorschein kam, zwei fotokopierte Blätter heraus. Das Bild sollte sein letzter Trumpf sein. Er schob sie zu Heckert hinüber, und während dieser die Blätter aufmerksam studierte, erzählte Peter von seinen vergeblichen Versuchen, die fremden Schriftzeichen zu entziffern, und was er darüber erfahren hatte. Schließlich endete er mit dem Hinweis: „Also, nach dem, was ich aus den Aufzeichnungen herauslese, scheinen mir die Ausgrabungen nicht so erfolglos gewesen zu sein. Mein Vater spricht immerhin von einer Tempelanlage oder etwas Ähnlichem."

Heckert reagierte nicht darauf. Er starrte auf die Fotokopien und las, was da in Michael Gruhns sauberer Handschrift stand. Dazwischen befanden sich Passagen mit eigenartigen Zeichen. Er erkannte die Schriftzeichen sofort wieder, die er in der unterirdischen Anlage in der Wüste Lut zuerst für reine Ornamentik gehalten hatte. Heckert erschauderte. Wie tief, so fuhr es ihm durch den Kopf, war Michael Gruhn in das eingedrungen, was er nie hätte erfahren dürfen und was auch er selbst nur in Andeutungen kannte. Es waren die Schriftzeichen des Buches Mechaem, das die Tore durch die Welten öffnete und für den, der es zu lesen verstand, begehbar machte. Heckerts Gedanken glitten zurück in die Zeit, nachdem Sandra Freiburg verlassen hatte. Zwei Jahre später hatte er promoviert und war Assistent von Weigert geworden. Die Spuren der mißglückten Expedition waren mit der Zeit auch in der akademischen Gemeinde der Archäologen verblaßt, doch Weigert bemühte sich nicht, eine weitere Grabung, sei es im Iran oder anderswo, in Angriff zu nehmen. Zu tief schien der Schock bei ihm zu sitzen. Eines Tages war Heckert in Weigerts Büro bestellt worden, wo zwei Männer auf ihn warteten. Weigert saß zusammengesunken in seinem Sessel, während die beiden fremdländisch wirkenden Männer die Situation vollständig unter Kontrolle zu haben schienen. Heckert brauchte einige Minuten, bis er in einem der Fremden den Polizeichef von Bam in ungewohnter Zivilkleidung wiedererkannte. Der andere wurde ihm gar nicht erst vorgestellt. Was er dann erfuhr, klang viel zu phantastisch, um es zu glauben, und er lachte den beiden Männern offen ins Gesicht. Die ganze Zeit über war Weigert seltsam still geblieben und verhielt sich wie ein ungebetener Gast in seinem eigenen Büro. Die Männer reagierten auf Heckerts Lachen mit nachsichtigem Verständnis, und dann zeigten sie ihm Bilder. Schon auf den ersten Blick erkannte er eindeutig den Abgang in die unterirdische Tempelanlage wieder, den sie gefunden und dann gleich wieder verloren hatten. Ringsum lagen Leichen, die von bewaffneten Männern umstellt waren. Ein anderes Foto zeigte das Gesicht eines jungen Mannes, dessen nachtschwarze Augen, es war kein Rest von Weiß mehr um die Pupillen vorhanden, in schier unendliche Tiefen zu führen schienen, so daß Heckert allein beim Anblick des Bildes das jähe Gefühl beschlich, in einen Abgrund zu fallen. Zu den Fotos kamen präzise Angaben der beiden Iraner und Erklärungen, denen sich schließlich auch Heckert nicht verschließen konnte. Sie zeigten ihm Bilder von den Ornamenten in der Anlage, Räumen, die er nie betreten, Steintafeln mit Schriftzeichen, die er nie zuvor gesehen hatte und die er nicht entziffern konnte. Die Frage, ob Aufzeichnungen davon auch bei ihnen existieren würden, konnte er nur verneinen. Und dann erfuhr er von den Tore zwischen den Welten und das Buch Mechaem und daß sie dort am Rande der Wüste Lut auf etwas gestoßen waren, was sie besser nicht gefunden hätten. Weigert und Heckert wurden zum Stillschweigen verpflichtet, und sie sollten sich darauf gefaßt machen, daß man wieder mit ihnen in Verbindung treten würde, wobei dieser Drohung mit einem lapidaren „Unser Arm reicht weiter als die Macht der SAVAK“ Nachdruck verliehen wurde. Auch hatten die Männer nicht ohne Grund während der Unterredung die Namen der Beamten, die die Archäologen in Frankfurt vernommen hatten, fallenlassen. Es war überdeutlich, daß die Iraner über weitreichende Kontakte verfügten, deren wahres Ausmaß Gegenstand vieler Spekulationen von Weigert und Heckert in den Tagen nach diesem Gespräch gewesen war.

Weller hatte bei diesem Gespräch gefehlt. Er starb wenige Wochen später, als er mit seinem Wagen von einem Lkw überrollt wurde, dessen Fahrer nach Einschätzung der Polizei eingeschlafen war. Danach erinnerte nichts mehr an die seltsame Begegnung im Frühjahr 1968. Heckert hatte noch einmal kurz einen Gedanken daran verschwendet, als es im Jahre 1978 mit der Herrschaft des Schahs zu Ende ging und Chomeini in Teheran einzog. Damals hatte er geglaubt, diesen bösen Traum seiner Vergangenheit endgültig vergessen zu können, was er dann auch tat.

Als er aber im Juni des letzten Jahres einen Anruf von Weigert erhielt, brauchte dieser nicht lange, um das alles wieder lebhaft in Heckerts Erinnerung zu rufen. Er bekam einen Auftrag und kam ihm, wenn auch mit Widerwillen, nach. Die ganze Sache gestaltete sich anfänglich ganz einfach. Heckert rief bei Renate Gruhn an und stellte sich als ein ehemaliger Kollege vor, der nach langer Zeit im Ausland wieder in Deutschland wäre. Auf ihre zurückhaltende Frage hin, was für ein Kollege er sei, hatte Heckert freiheraus bekannt, Mitglied der damaligen Expedition in die Wüste Lut gewesen zu sein, und geheimnisvoll angedeutet, unbedingt mit ihr sprechen zu müssen. Es dauerte zwar ein paar Wochen und mehrere Telefonate, bis Michaels Witwe bereit war, sich mit ihm zu treffen, doch dann schien sie wirklich interessiert zu sein. Heckert deutete in den Gesprächen an, daß damals nicht alles mit rechten Dingen zugegangen sei, ohne aber konkret zu werden. Wichtig war sein eigener Auftrag. Vorsichtig hatte er das Gespräch auf Aufzeichnungen gelenkt, die sich möglicherweise im Gepäck ihres Mannes befunden haben könnten. Renate Gruhn hatte rundheraus deren Existenz geleugnet. Auch die Frage, ob es noch weitere Kinder ihres Mannes gäbe, hatte sie zuerst überhaupt nicht verstanden und dann die Vorstellung weit von sich gewiesen. Nach dem dritten oder vierten Besuch hatte sie das Fotoalbum mit Bildern von sich und ihrem Mann hervorgeholt und zusammen mit Heckert in Erinnerungen geschwelgt, wobei ihr dann schließlich herausgerutscht war, daß es doch Aufzeichnungen von der Zeit in der Wüste Lut und Briefe gäbe. Heckert tat so, als ob er es nicht gehört hätte. Am gleichen Abend noch rief er Weigert an und meldete Vollzug. Weigert war zufrieden und sagte Heckert, daß die Sache für ihn damit erledigt sei. Als Heckert dann die Todesanzeige von Renate Gruhn im Bonner Anzeiger sah, wußte er sofort, daß er seinen Teil zum Tode der Frau beigetragen hatte. Und ganz offensichtlich, wie die fotokopierten Seiten hier in seiner Hand bewiesen, war es ein sinnloser Tod gewesen. Wer immer dahintersteckte - Heckert mußte nicht lange darüber grübeln, wer es war -, hatte ganze Arbeit geleistet und doch sein Ziel nicht erreicht.

„Und, was halten Sie davon?“ riß Peters Stimme Heckert wieder in das Hier und Jetzt seines Büros an der Bonner Universität zurück.

„Mir erscheinen die Aufzeichnungen ziemlich unverständlich“, begann er und strich sich mit der Hand nachdenklich über den kahlen Schädel, der nur noch einen spärlichen Haarkranz über den Ohren aufwies. „Was er da von einer Anlage schreibt, ist gänzlich aus der Luft gegriffen. So etwas gab es dort überhaupt nicht.“

„Was ist mit den Schriftzeichen?“ wollte Peter ungeduldig wissen.

Heckert zuckte mit den Achseln und blickte sein Gegenüber unentschlossen an. „Ich weiß nicht, ob das überhaupt Schriftzeichen sind. Mir erscheinen die Aufzeichnungen ziemlich verworren zu sein. Ich habe keine Ahnung, um was es darin eigentlich geht.“

„Hören Sie, Herr Professor, Sie waren doch damals dabei. Mein Vater hat sich das doch nicht aus den Fingern gesogen oder sich nachher zusammengesponnen. Für ihn gab es schließlich kein Nachher, vergessen Sie das bitte nicht. Er hat es in der Zeit der Grabung geschrieben. Also, was ist damit?“ Peters Stimme war zunehmend lauter geworden, und zum Schluß hatte er den Mann, der einer der letzten war, der seinen Vater lebend gesehen hatte, schon fast angebrüllt.

Heckert zuckte mit den Schultern und hätte zu gerne gewußt, wie Peter Gruhn an die Sachen gekommen war. Er selbst war, als er vom Tode der Renate Gruhn erfahren hatte, davon ausgegangen, daß sich die Aufzeichnungen in den richtigen Händen befanden oder zumindest durch das Feuer zerstört waren. Er würde dringend mit Weigert telefonieren müssen. Hatte der Sohn von Michael die Sachen schon länger gehabt, oder sie erst nach dem Tod der Mutter erhalten?

„Ich kann Ihnen da wirklich nicht weiterhelfen", meinte er schließlich in das Schweigen hinein.

„Sie können diese Schrift also auch nicht entziffern?"

„Nein", erklärte Heckert, und es stimmte sogar. Er wußte zwar, wo sie zu finden war, hatte eine vage Vorstellung, was es damit auf sich hatte, aber mehr auch nicht. „Vielleicht ist es irgendeine persönliche Geheimschrift Ihres Vaters", sprach Heckert eine Vermutung aus, als er bemerkte, daß Peter Gruhn sein kurzes Nein nicht genügte.

„Blödsinn", murmelte Peter vor sich hin. Es kristallisierte sich deutlich heraus, daß er hier nicht weiterkam. Auch Heckert konnte mit den Schriftzeichen nichts anfangen, obwohl er doch damals dabei gewesen war.

Es gehörte nicht viel Menschenkenntnis dazu festzustellen, daß irgend etwas hier nicht stimmte, aber Peter konnte beim besten Willen nicht den Finger darauf legen und sagen, was es war. Alles, was der Mann ihm gegenüber gesagt hatte, schien auf den ersten Blick schlüssig, und doch war es wie Eisenbahngleise: Die Schwellen paßten perfekt zusammen, und doch gab es Lücken zwischen ihnen, die mit etwas gefüllt werden mußten. Vielleicht mit der Wahrheit, ging es Peter durch den Kopf.

Heckert blickte wieder zum Fenster hinaus. Längst schon war der blaue Nachmittagshimmel zur dunklen Nacht geworden. Die Straßenlaternen und die Außenstrahler an der Gebäudefassade bohrten ihre Lichtfinger in die Dunkelheit. Dann blickte er so deutlich auf die Uhr, daß es sein Gast nicht übersehen konnte. Während Heckert noch nachdachte, wie er seinen Besuch, der ihm immer unangenehmer geworden war, nachdem die Sache eigentlich so problemlos begonnen hatte, loswerden könnte, kam ihm plötzlich etwas in den Sinn.

„Sagen Sie mal, sind das alle Aufzeichnungen Ihres Vater?" erkundigte er sich scheinbar beiläufig.

„Ja", gab Peter kurz angebunden zurück.

„Damals hat er fast jeden Abend Eintragungen in sein Notizbuch gemacht. Das ganze Buch müßte voll davon sein."

„So? Ich habe nur diese zwei Seiten erhalten."

„Aber wo ist der Rest, und wieso sind die Seiten offensichtlich aus dem Buch herausgerissen worden?“ wollte Heckert auf einmal interessiert wissen.

Peter schob die Blätter auf dem Tisch hin und her und meinte dann nachdenklich: „Tut mir leid. Ich habe keine Ahnung. Das hier ist alles, was ich habe. Vielleicht wäre wirklich alles ganz einfach, wenn wir das Notizbuch hätten, aus dem diese Blätter stammen.“

Heckert nickte abwesend. Wahrscheinlich war es in den Händen jener bedrohlichen Leute, die ihn und Weigert davon überzeugt hatten, daß sie das kleinere Übel waren, oder es war zusammen mit Renate Gruhn in der Wohnung verbrannt.

Peter nahm die Fotokopien wieder an sich und steckte sie in die Tasche. Dann zog er das Foto hervor. Er betrachtete es einen Moment und bemerkte aus dem Augenwinkel, daß Heckert interessiert verfolgte, was er machte.

Peter drehte das Bild so, daß der andere nicht sehen konnte, was darauf war.

„Herr Heckert, da ist noch eine andere Sache ...“

„Ja?“

„Ich habe hier ein altes Foto, das wahrscheinlich letzte Bild von meinem Vater.“ Mit diesen Worten drehte er das Foto um und reichte es Heckert. Der warf einen Blick darauf und nickte.

„Ja, das Bild kenne ich“, sagte er. „Klaus Weller hat es aufgenommen, kurz bevor wir in den Iran abgereist sind. Es muß so Mitte Februar gewesen sein.“ Dabei drehte er automatisch das Bild um und sah auch schon das Datum. „Wußte ich es doch.“

„Können Sie mir sagen, wer die Personen darauf sind?“ fragte Peter eher scheinheilig als hinterlistig und ergänzte dann schnell: „Auf der linken Seite, das ist mein Vater, das weiß ich natürlich.“

„Nun, neben ihm steht der Grabungsleiter Professor Weigert. Die Frau ist seine Assistentin Sandra Neubert, und ganz rechts, das bin ich.“

Peter wäre nie darauf gekommen, daß der junge Mann, der auf dem Bild neben Gabis Mutter stand, Professor Heckert in jungen Jahren sein könnte. Nun, es war gut dreißig Jahre her. Peter suchte instinktiv nach Ähnlichkeiten mit dem Mann ihm gegenüber. Heckert schien es zu bemerken.

„Kaum wiederzuerkennen, was“, meinte er jovial und deutete auf sein jüngeres Ich auf dem Bild.

„Ich hätte Sie zumindest nicht wiedererkannt“, meinte Peter reserviert.

„Was interessiert Sie so an dem Bild?“ wollte Heckert wissen und reichte es Peter zurück.

„Diese Assistentin, Sandra Neubert, hat doch im Januar 1966 ein Kind zur Welt gebracht.“ Diesmal konnte Bernd Heckert seine Überraschung nicht verbergen. Zu plötzlich war er mit einem Stück der Vergangenheit konfrontiert worden, mit dem er nicht gerechnet hatte. Peter bemerkte dies und stieß nach. „Was wissen Sie davon?“

„Nichts“, erklärte Heckert und wußte gleich, daß es damit nicht getan sein würde.

„Hören Sie, Herr Professor, das können Sie mir doch nicht erzählen. Das Kind wurde im Januar neunzehnhundertsechsundsechzig geboren. Fällt Ihnen da nichts auf?“

„Was soll mir auffallen?“

„Nun denken Sie einmal nach und rechnen zurück“, forderte Peter den anderen ziemlich barsch auf.

Heckert zuckte mit den Schultern, unterstützte das noch mit einer Unwissenheit ausdrückenden Geste seiner Hände, die er, die Handflächen Peter zugewandt, vor seine Brust hielt und meinte: „Ich weiß nicht, worauf sie hinauswollen.“

„Nun, dann werde ich Ihnen ein bißchen Mathematikunterricht erteilen. Wenn Sie zurückrechnen, dann kommen Sie zu dem Ergebnis, daß das Kind irgendwann im April gezeugt worden sein muß“, führte Peter dem tief in seinem Sessel versunkenen Professor vor Augen, obwohl er ziemlich sicher war, daß der genau Bescheid wußte. „Sind Sie der Vater?“

„Ich muß doch sehr bitten! Was erlauben Sie sich.“ Bernd Heckert war jetzt wirklich aufgebracht, und seine sonst so nachgiebig erscheinenden Augen blickten Peter wütend an.

„Wer war es dann?“ Peter war nicht bereit, einen Millimeter zurückzuweichen. „Professor Weigert, Ihr Kommilitone Weller?“

„Ihr Vater?“ warf Heckert verächtlich ein.

Peter durchzuckte es wie ein Blitz. Daran hatte er noch überhaupt nicht gedacht. Sein Vater sollte seine Mutter betrogen haben? Keinesfalls, das war undenkbar. Trotzdem, rein theoretisch wäre es möglich. Dann wären Gabi und er Halbgeschwister. Peter schreckte davor zurück, den Gedanken weiterzuverfolgen. Das war zu weit hergeholt. Was wußte Heckert schon von seinem Vater!

„Mein Vater hat damit wohl nichts zu tun. Er kam ja als Gast nach Freiburg, um an dieser Expedition teilzunehmen. Jetzt versuchen Sie nicht abzulenken.“

„Warum interessiert Sie eigentlich, wer der Vater von Frau Neuberts Kind sein könnte?" wollte Heckert wissen.

„Es interessiert mich halt", versuchte Peter abzuwiegeln. „Was hat denn die Frau gesagt, wer der Vater ist?"

„Nur um es deutlich zu sagen: Ich bin nicht der Vater, und Klaus Weller kommt, soweit ich weiß, auch nicht in Frage. Wir haben im gleichen Zelt übernachtet. Professor Weigert steht außerhalb jeden Zweifels. Sehen Sie, Herr Gruhn, in einem solchen Camp hängt man Tag für Tag dicht aufeinander, es gibt so gut wie kein Privatleben. Wenn Frau Neubert sich mit irgendeinem von uns eingelassen hätte, dann wäre das nicht lange geheim geblieben. Wir kamen Mitte Mai aus dem Iran zurück. Wenn man einmal annimmt, daß das Kind von Sandra", ohne es zu wollen, hatte Heckert ihren Vornamen benutzt, und er klang irgendwie immer noch verheißungsvoll in seinen Ohren, „möglicherweise nicht so pünktlich kam, wie Sie hier vorgerechnet haben, dann sieht die ganze Sache schon anders aus. Und dann stimmt wohl, was mir damals zu Ohren gekommen ist, nämlich daß es ein kleines Malheur bei der Wiedersehensfeier mit ihrem Freund gewesen sei."

Peter wollte Heckert sofort vorhalten, daß Sandra dann wohl nicht ‚Vater unbekannt' bei der Geburt angegeben hätte, aber er hielt sich gerade noch rechtzeitig zurück. Stattdessen fragte er: „Sie hatte einen Freund?"

„Nun, das sagte sie zumindest."

„Kannten Sie ihn?"

„Nein. Sie müssen wissen, Sandra Neubert war viel für sich. Niemand wußte etwas über ihr Privatleben. Sie hatte kaum Freunde ..."

„Aber eben sprachen Sie doch von einem Freund", fiel ihm Peter ins Wort.

„Das meinte ich nicht. Ich meinte Freunde oder in ihrem Fall Freundinnen, Studienkollegen, mit denen man ausgeht und so."

„Sie meinen, Sie wußten so gut wie nichts von ihr?"

„So könnte man es sagen", räumte Heckert ein.

„Eine Adresse von ihr haben Sie auch nicht?"

„Wo denken Sie hin", gab Heckert zurück. „Nach der Geburt ihres Kindes ist sie nach Amerika verschwunden, und man hat nie wieder von ihr gehört."

„Wohin nach Amerika?" Peter stellte diese Frage rein automatisch.

„Sie hatte ein Stipendium oder so etwas. Ich weiß es auch nicht genau. Ich glaube, sie ist nach Houston oder Dallas gegangen, aber sicher bin ich mir nicht", versuchte Heckert eine Spur zu verschleiern, von der er nicht wußte, ob es überhaupt eine war. Vielleicht, so überlegte er sich, hätte er auch den richtigen Ort, Boulder, angeben können. Er schaute wieder auf die Uhr. Es war inzwischen eine weitere halbe Stunde vergangen.

„Ich glaube, jetzt ist wohl alles geklärt. Ich wüßte nicht, wie ich Ihnen noch weiterhelfen könnte", sagte er bestimmt zu seinem Besuch.

Peter blickte ihn erstaunt an. Er war gerade dabei, sich eine neue Strategie zurechtzulegen.

„Ich muß das Gespräch jetzt auch beenden, denn um viertel vor sieben habe ich eine Verabredung. Sie verstehen?"

Peter nickte und packte automatisch das Foto in seine Aktentasche. Heckert stand auf und ging zu dem Garderobenhaken, an dem Peters Jacke hing. Peter verharrte immer noch wie gelähmt in seinem Sessel und verfolgte die Bewegungen Heckerts. Erst als dieser mit der Jacke in den Händen vor ihm stand, begriff er, daß er sich als rausgeworfen zu betrachten hatte. Er nahm die Jacke entgegen, zog sie über und klemmte sich die Tasche unter den Arm. An der Tür angekommen, verabschiedete er sich von Heckert.

„Vielen Dank für Ihre Zeit und daß Sie mir so bereitwillig Auskunft gegeben haben", meinte er, als er schon fast zur Tür hinaus war, und fügte dann noch hinzu: „Falls ich noch Fragen habe, kann ich Sie dann noch einmal anrufen?"

„Ich glaube nicht, daß dies nötig sein wird", gab Heckert mit einem plötzlich eiskalten Lächeln zurück.

## √-1 New Haven, Connecticut, Frühjahr 1979

Die großen Heroen einer im nachhinein verlorenen Generation waren tot. Tot wie der Mythos, der im August vor zehn Jahren auf einer Farm im Staate New York geboren und drei Monate später in Altamont zu Grabe getragen worden war. Keiner von ihnen war eines wirklich natürlichen Todes gestorben, bestenfalls konnte man sagen, es waren dumme Unfälle, ausgelöst durch das Verlangen, das Hier und Jetzt zu genießen, als ob es kein Morgen gäbe. Vielleicht hatten auch einige Peter Townsends Wunsch zu sterben, bevor man alt wurde, allzu wörtlich genommen. Eigentlich war es eher ein Wunder, daß nicht mehr dieser Maxime zum Opfer gefallen waren. Sie lebten intensiv, liebten und starben nach einer Devise, die die Southern Comford Lady in die Welt gesetzte hatte und die ihr selbst zum Verhängnis geworden war. Andere, wie der berühmteste Linkshänder der Rockgeschichte, fielen einfach unglücklichen Umständen zum Opfer, ein Schicksal, das schon einige vor ihm ereilt hatte und das auch den Lizard King nicht verschonte. Die glorreichen, vom Siegen verwöhnten Soldaten, die Hüter der Demokratie, waren zum erstenmal nicht mit einer Siegesparade aus dem Krieg nach Hause zurückgekehrt, sondern verkrochen sich überall im Lande und leckten ihre Wunden. Politik war ein schmutziges Geschäft, nicht nur für die, die damit zu tun hatten, sondern inzwischen wußten es alle, die nicht ihren Kopf in den Sand steckten. Die Präsidenten in Washington kamen und gingen; Tricky Dick trat zurück, danach war für zwei Jahre ein Mann Präsident, der nie in dieses Amt gewählt worden war, bis er von einem Erdnußfarmer aus den Südstaaten abgelöst wurde. Sandra Swanwick kümmerte sich nicht darum, sondern widmete sich der Erziehung ihrer beiden Söhne, die eine der angesehensten Privatschulen in New Haven besuchten. Ihr Mann, inzwischen Chefarzt am New Haven Memorial Hospital, sorgte für die Familie, und Sandra führte ein Leben, das, wenn sie es nüchtern und ehrlich betrachtete, ihr keine Annehmlichkeiten vorenthielt. Mit der Geburt ihres ersten Sohnes Phil im Juni 1970 hatte sie ihre Stellung am Oriental Institut aufgegeben, und noch bevor sie sich entscheiden konnte, ihre Arbeit bei Professor O'Leary wieder aufzunehmen, war sie abermals schwanger. Zwei Jahre später wurde dann Steven bereits in New Haven geboren. Danach hatte sie peinlich darauf geachtet, nicht mehr schwanger zu werden, und als sie die Vierzig überschritten hatte, war auch ihrem Mann klar geworden, daß sein Traum von einer großen Familie sich auf das, was er hatte, beschränken würde. In der

Zeit, wo er noch probierte, mit Sandra ein weiteres Kind zu zeugen, hatte sie manchmal den Eindruck gehabt, er würde ihre nie direkt ausgesprochene Ablehnung einer erneuten Schwangerschaft ahnen, doch sie war sicher, daß er nie mitbekommen hatte, daß sie seinen dahingehenden Versuchen das wirksame Gegenmittel in Form einer kleinen Pille, die sie sich in einer Apotheke weit entfernt und heimlich besorgte, entgegensetzte. Ganz abgesehen von einer Reihe weiblicher Tricks, die sie sehr dosiert und, wie sie glaubte, unauffällig zum Einsatz brachte, wenn es einmal gar nicht anders ging.

Mit der Aufgabe, ihre beiden Söhne großzuziehen und ihrem Mann, einem angesehenen Arzt und über das Memorial hinaus anerkannten Chirurgen, den Haushalt zu führen, war Sandra mehr als ausgelastet, und der Teil ihres Lebens, der vor ihrer Ankunft in den USA gelegen hatte, erschien ihr, wenn sie aus irgendwelchen Gründen, meist ausgelöst durch Nachrichten aus dem fernen Lande, in denen ein ihr bekannter Ort erwähnt wurde, doch einmal daran dachte, war es nichts weiter als eine flüchtige Erinnerung, einem Traum gleich, der mit jeder Minute des Erwachens immer mehr verblaßt war. Ihr Haus in Chicago war auch nicht mehr als eine Erinnerung, die sie bei ihrem Umzug nach New Haven zurückgelassen hatte.

Jetzt lebten sie in einem großzügigen Anwesen im nordwestlichen Randbezirk von New Haven, wo sich die Leute ein Heim schufen, die Mitglied des Derby Country Clubs waren und es ablehnten, ein japanisches Auto vor der Tür stehen zu haben, und sei es nur als Drittwagen. Der Swimmingpool war noch abgedeckt, und an dem Bäumen zeigten sich verhalten die ersten grünen Triebe, während in den Rabatten entlang der Auffahrt schon vereinzelt gelbe und weiße Blütenkelche sich der warmen Frühlingssonne entgegenreckten. Die von der Straße sanft zum Haus ansteigende Rasenfläche ließ noch das saftige Grün vermissen, und die Last des winterlichen Schnees hatte eine Reihe von braunen Flecken hinterlassen, um die sich der Gärtner würde kümmern müssen. Die Ahornbäume, die an der vorderen Grundstücksgrenze Spalier standen, deuteten mit kahlen Fingern in den Himmel, und weit zurück lag das farbenprächtige Spiel der Rot- und Gelbtöne, mit dem sie sich in einem letzten Aufbäumen gegen den bevorstehenden Winter im Altweibersommer gewehrt hatten.

Sandra lenkte ihr Mercedescoupé ohne zu blinken in die Einfahrt und ließ den Wagen den Kiesweg hinauf vor die Garage rollen. Sie stellte den Motor ab, nahm ihre Handtasche und zwei Plastiktüten, in denen sich das Ergebnis ihres morgendlichen Einkaufsbummels mit ihrer Freundin Janet Rodgers, die zwei Häuser weiter den Beluga Drive hinunter wohnte und Zwillinge, Mädchen, im Alter ihres jüngeren Sohnes hatte, befand, vom Beifahrersitz und stieg aus. Janet Rodgers und ihr Mann Arnold, der als Geologe für Exxon arbeitete und viel in der ganzen Welt unterwegs war, waren innerhalb von wenigen Wochen zu guten Freunden geworden.

Sandra, die immer noch eher zurückgezogen von ihrer Umwelt lebte, und Janet, die aufgrund des Berufes ihres Mannes viel alleine war, fanden zueinander wie Motten zum Licht, und schon bald sprach man in den Kreisen, in denen Sandra und ihre Freundin Janet verkehrten, von den Beluga Twins. Janet hatte Sandra überredet, erst Tennis und dann Golf spielen zu lernen, wovon sie letzteres inzwischen so gut beherrschte, daß sogar ihr Mann, der den Sport schon seit seiner Jugend betrieb, neidlos ihre Begabung dafür anerkennen mußte.

Mit dem rechten Fuß drückte Sandra in einer schwungvollen Bewegung die Tür des Mercedes zu und ging zum Haus. Im Carport links neben dem Gebäude stand der rote Caprice ihrer Haushälterin Angela, einer resoluten fünfzigjährigen Weißen, die sich um alles kümmerte, was im Haushalt anfiel. Sie kam jeden Wochentag gegen zehn Uhr, putzte, kümmerte sich um die Wäsche, kochte das Essen vor, und wenn sie am Wochenende einmal eine größere Gesellschaft hatten, dann stand sie auch dann zur Verfügung. Angela war gerade dabei gewesen, die Fenster in der Küche zu putzen, als sie den Mercedes die Einfahrt hatte heraufkommen sehen. Sie legte das Wischtuch beiseite und ging, sich die Hände an ihrer Schürze abtrocknend, zur Eingangstür, die sie gerade in dem Moment offnete, als Sandra versuchte, mit dem Ellenbogen den Klingelknopf zu drücken.

„Na, mal wieder bei den Witwentröstern gewesen?" begrüßte sie Sandra mit einem bezeichnenden Blick auf die beiden überdimensionalen Plastiktüten, die fast auf dem Boden schleiften.

„Nicht so schlimm, wie es aussieht", gab Sandra zurück und schob sich an ihrer Haushälterin vorbei in die Eingangshalle. „Nur ein paar Anziehsachen und das da." Mit den letzten Worten stellte sie die Taschen auf den Boden und zog aus der einen ein wahrhaft beeindruckendes Stofftier heraus.

„Was soll denn das sein?" fragte Angela erstaunt und versuchte zu erkennen, was bei dem braunen Geschöpf in Sandras Hand oben und unten war.

„Angela", gab diese mit spielerischem Tadel zurück, „das ist ein Elch." Dabei drehte sie das Plüschtier so, daß die ältere Frau deutlich die große, breite Schnauze und das abgesteppte Geweih sehen konnte. Angela war zufrieden und nickte.

„Da wird sich Steven bestimmt freuen", meinte sie und war schon wieder auf dem Weg in die Küche.

„Machen Sie mir bitte einen Kaffee", rief ihr Sandra hinterher und legte ihre kurze, pelzgefütterte Jacke ab. Sie brachte den Elch und die andere Tüte mit dem Pullover für sich sowie der Kappe für ihren Sohn Phil nach oben in das Schlafzimmer. Als alles ausgepackt war, fiel ihr noch das *Time Magazine* von dieser Woche in die Hände, das auch in einer der Plastiktüten gesteckt hatte. Sie klemmte es sich unter den Arm und ging nach unten, wo auf dem Wohnzimmertisch schon eine Tasse mit Kaffee, ein Kännchen Milch und die Zuckerdose standen. Sandra setzte sich in einen Sessel an der Schmalseite des langen Glastisches, warf das *Time Magazine* auf die Couch und versah ihren Kaffee mit genau der richtigen Menge Milch und Zucker, damit er zu einem Genuß werden würde. Von ihrem Platz aus konnte sie durch die großen gläsernen Verandatüren über die Terrasse hinaus in den Garten blicken, in dem das Mittagssonnenlicht über den Rasen tanzte. Jenseits der über mannshohen Eiben an der hinteren Grundstücksgrenze lag in beruhigender Entfernung New Haven. Manchmal an ganz klaren Sommertagen glaubte Sandra von der Terrasse aus die rötlichen Steinmauern der altehrwürdigen Gebäude von Yale, die mitten in der Stadt lagen, in der Abendsonne schimmern zu sehen. Während sie ihre Gedanken um die nahe Zukunft kreisen ließ und ab und zu an ihrer Kaffeetasse nippte, waren die Geräusche, falls man das sanfte Wischen des Lappens über die Fensterscheiben überhaupt wahrnehmen konnte, verstummt, und nach einiger Zeit kam Angela ins Wohnzimmer. In der einen Hand hielt sie einen Teller mit verführerisch aussehenden Sandwichs und in der anderen eine Tasse Kaffee für sich selbst. Es hatte sich im Haushalt der Swanwicks eingebürgert, daß Angela und Sandra die Lunchpause der Haushälterin dazu nutzten, die notwendigen Sachen zu besprechen. Dazu setzten sie sich zu einem gemütlichen Plausch hin, der nicht lange auf das Nötige beschränkt blieb.

„Der Doktor hat angerufen", begann Angela, als sie sich gesetzt und den Teller mit den Broten zwischen sich und Sandra gestellt hatte.

Sandra nickte und beherrschte sich, um nicht eines der Sandwichs zu nehmen, die wirklich kleine, appetitlich anzusehende Kunstwerke waren.

„Sie möchten ihn doch bitte gegen halb drei in der Klinik anrufen. Es ging um eine Verabredung heute abend zum Essen, die sich plötzlich ergeben hätte."

Sandra war daran gewöhnt, daß Andrew sie aus der Klinik anrief und mit irgendwelchen unangenehmen Nachrichten aufwartete, diese war allerdings eine von der erträglicheren Art. Normalerweise bedeutete ein solcher Anruf, daß er länger bleiben mußte, was wiederum hieß, vor Mitternacht war nicht mit ihm zu rechnen.

„Mehr hat er nicht gesagt", fragte Sandra überflüssigerweise nach, denn eigentlich wußte sie, daß sie sich auf Angelas Gedächtnis verlassen konnte. Folglich bekam sie auch nur ein Kopfschütteln zur Antwort.

„Könnten Sie dann vielleicht heute abend auf die Jungs aufpassen?" Unwillkürlich strich sich Sandra mit einer fast koketten Bewegung durch ihre halblangen blonden Haare, die nach der neuesten Mode in kleine Löckchen gelegt waren. Eine Geste, mit der sie bestimmt noch eine Reihe von Männern beeindrucken konnte, genauso wie mit ihrer schlanken Figur, die sie sich nach der Geburt ihres zweiten Sohnes mit eisernem Willen zurückerobert hatte. Doch noch während sie die Bewegung ausführte, wurde ihr bewusst, wie deplaziert sie in diesem Moment wirken mußte.

Angela, kaum zehn Jahre älter, bemerkte einmal mehr, daß zwischen ihr und Sandra nicht nur diese zehn Jahre, sondern auch ein ganz anderes Leben lagen. Sie hatte es längst aufgegeben, in sich etwas anderes zu sehen als eine Frau, deren Leben gelebt war und deren Zukunft darin bestand, für solche Frauen wie Sandra durch ihre Arbeit ein paar Jahre mehr der körperlichen Attraktivität herauszuschinden. Sie beschwerte sich nicht; sie war zufrieden sowohl mit ihrer Chefin, wie sie sie manchmal spaßeshalber nannte, als auch mit der Bezahlung. Daß sie dafür auch mal uberraschend einen Abend daranhängen musste, machte ihr nichts aus. Zu Hause würde ihr Mann schon zurechtkommen, und ihre Kinder gaben sich alle Mühe, ihre Eltern vergessen zu lassen, daß sie überhaupt welche in die Welt gesetzt hatten.

„Kein Problem, Sandra", gab sie denn auch zur Antwort und fügte hinzu: „Sagen Sie mir einfach, wie lange Sie mich brauchen werden."

„Schön, Angela. Ich werde dann gleich mit meinem Mann telefonieren, damit er mir ein bißchen mehr über diese Einladung erzählt, und ihm gehörig den Kopf waschen." Dabei lächelte sie ihre Haushälterin verschwörerisch an.

Angela schob den Teller, auf dem sich nur noch eine Sandwichhälfte befand, näher zu Sandra hin, die ihre Kaffeetasse mit beiden Händen umfaßt vor sich hielt. „Sie müssen aber etwas essen, Sandra. Schauen Sie nur, ich habe jetzt schon mehr gegessen als ich eigentlich wollte. Dieses Stück ist aber bestimmt für Sie."

„Essen Sie nur, Angela. Ein bißchen Diät wird mir guttun, besonders wenn ich mir heute abend wieder den Magen vollschlagen muß.“

„Das ist nicht gut für Sie“, gab die Haushälterin zurück, und der Austausch von Für und Wider folgte einer bekannten Choreographie, die die nächsten paar Minuten in Anspruch nahm. Danach sprachen die beiden Frauen die notwendigsten Arbeiten im Haushalt ab, was eingekauft werden mußte, den Wochenspeiseplan und andere Kleinigkeiten. Eine knappe Stunde nachdem Angela das Wohnzimmer betreten hatte, war Sandra wieder allein, und nur gedämpfte Geräusche aus dem oberen Stockwerk zeigten ihr, daß Angela noch ihres Amtes waltete.

Lustlos griff Sandra zu dem neben ihrer Tasse auf dem Tisch liegenden *Time Magazine*, dessen Titelgeschichte sich mit dem ehemaligen Schauspieler und jetzigen Gouverneur von Kalifornien beschäftigte, der sich anschickte, Präsident der USA zu werden. Sie blätterte durch die Seiten, las von dem einen Artikel ein paar Zeilen, schaute sich die Bilder an, machte sich aber selten die Mühe, mehr als die Bildunterschriften zu lesen, bis sie auf etwas stieß, das in Sekundenschnelle vierzehn Jahre ihres Lebens ausradierte. Ein einziger kurzer Blick hatte genügt, um die geschwungenen Linien wiederzuerkennen. Ihre Augen starrten wie gebannt auf die Abbildung einer Buchseite, die eine ganze Seite des *Time Magazine* einnahm. In leicht schrägen Linien waren dort die seltsamen Zeichen aneinandergereiht, die sie in jener Tempelanlage in der Wüste Lut gesehen hatte. Es war augenscheinlich eine Handschrift. Am linken Rand befanden sich eigenartige Zeichnungen röhrenartiger Gebilde, aus denen Frauenkörper stiegen, und eines dieser Gebilde erinnerte entfernt an eine Badewanne, in der eine Frau lag. Am unteren Rand der Seite befand sich ein dunkler Fleck; vielleicht sollte er ein Meer darstellen und ein eidechsenähnliches Tier. Sandra führte das Heft ganz nahe an ihre Augen, um auch jede Einzelheit erkennen zu können. Die Abbildung war von sehr schlechter Qualität und auch nur schwarzweiß. Sie überflog den Bericht, stolperte über den Namen Barney C. Hughes, konnte ihn aber nicht einordnen, und las, als sie fertig war, den Artikel ein zweites Mal sorgfältig Wort für Wort durch. Dann erinnerte sie sich an Boulder und ihr Gespräch mit Phillip Card. Hatte nicht er ihr damals von einem seltsamen Manuskript erzählt? Sie versuchte sich an die Einzelheiten zu erinnern, gab es dann aber wieder auf und las den Artikel noch einmal. Was an Fakten darin stand, war nicht viel. Es handelte sich um das sogenannte Voynich-Manuskript, das sich in der Beinecke Rare Book and Manuskript Library hier in Yale befand. Während des Lesens war ihr einiges, was ihr Philipp damals in Boulder darüber erzählt hatte, wieder eingefallen. Viel war es allerdings nicht. Wesentlich mehr gab der Artikel her, in dem auch stand, daß das Manuskript eine Schenkung des Wissenschaftlers Wilfried M. Voynich war, der es 1927 erstanden hatte. Es bestand aus 232 Seiten, die mit unverständlichen Schriftzeichen bedeckt waren und Zeichnungen im Stil mittelalterlicher Herbarien aufwiesen, mit der Einschränkung, daß die Darstellungen von Pflanzen keine Ähnlichkeit mit bekannten Gewächsen aufwiesen. Was das Manuskript so interessant machte, war der Umstand, daß es bis jetzt noch niemandem gelungen war, die Schrift zu entziffern, und der Autor des Artikels merkte an, daß es bedauerlich sei, daß dieses Schriftstück niemals Edgar Allan Poe vorgelegen habe, der ja bekanntlich ein unerreichter Meister im Dechiffrieren von Geheimschriften war, und um eine solche schien es sich bei dem Manuskript offensichtlich zu handeln. Einer der Wissenschaftler, die sich in den letzten Jahren ausgiebig mit dem Manuskript beschäftigt hatten, eben jener Barney C. Hughes, seines Zeichens Archäologe und Literaturwissenschaftler, wie in dem Artikel besonders betont wurde, brachte aber noch eine andere Überlegung ins Spiel. Er vertrat die These, daß es sich hier möglicherweise nicht um einen chiffrierten Text, sondern um eine Sprache handele, von der man nur ein einziges schriftliches Dokument hatte, und es niemand gab, der eben diese Sprache spreche. Und lakonisch merkte er gegenüber dem Reporter an, daß es schon ein zweites Wunder von Rosette bräuchte, um diesen Text zu entziffern. In dem Artikel wurde dem Leser noch erklärt, daß durch den glücklichen Fund des Steins von Rosette es im frühen 19. Jahrhundert dem Franzosen Jean-Francois Champollion möglich geworden war, die ägyptischen Hieroglyphen zu entziffern.

Kälte hatte sich während des Lesens in Sandras Körper ausgebreitet. Sie war von den Füßen über die Beine nach oben gekrochen, hatte ihr den Magen zusammengekrampft und schließlich ihre Finger taub werden lassen. Die Zeitschrift war ihren Händen entglitten und lag jetzt vor ihren Füßen auf dem glänzenden Parkettboden. Sie starrte auf die Wand mit dem Kunstdruck eines Edward-Hopper-Bildes, ohne es wirklich zu sehen. Was sie sah, war eine ausgedehnte, in der Hitze flimmernde Wüste, schemenhafte Gestalten und sich selbst, wie sie in die Grube hinabstieg. Vor ihr lag eine zwei mal drei Meter große Steinplatte, deren Ornamente seltsam verschlungene Schriftzeichen darstellten. Die Platte bewegte sich, wurde von dunkelhäutigen, unverständliche Worte hervorstoßenden Männern zur Seite geschoben. Es öffnete sich ein Schacht, der nach unten führte. Jemand rief ihren Namen.

„Sandra, Sandra! Was ist denn los?“

Sie zuckte zusammen und drehte den Kopf heftig in die Richtung, aus der die Stimme kam. Von der Diele her näherte sich Angela mit schnellen Schritten.

„Sandra, was ist denn mit Ihnen los? Sie sehen ja aus wie der Tod. Ist Ihnen nicht gut?"

Ein Krächzen drang aus Sandras Kehle. Sie räusperte sich, schluckte und versuchte es dann noch einmal, während Angelas Blick sie zu sezieren schien, um so die Ursache ihres Zustands feststellen zu können.

„Schon gut", brachte Sandra hervor.

Angela schaute sie immer noch mit durchdringendem Blick mißtrauisch an und fragte dann: „Sind Sie wirklich in Ordnung?"

Sandra hatte sich inzwischen gefangen und stand langsam aus dem Sessel auf. Trotzdem wirkten ihre Bewegungen immer noch wie die eines Schlafwandlers. Angela blieb das nicht verborgen. „Es ist schon wieder in Ordnung. Ich weiß auch nicht, was los war", versuchte sie zu lügen, ohne ihrer Haushälterin dabei in die Augen zu sehen. „Ich glaube, ich war einen Moment weggetreten, aber jetzt ist schon wieder gut."

Wie zur Bestätigung bückte sie sich, um das auf den Boden gerutschte *Time Magazine* aufzuheben. Einen Moment schien es, als ob sie dabei das Gleichgewicht verlieren würde. Angela trat hinzu und packte Sandra fest am Ellenbogen. Sandra warf ihr, als sie sich wieder aufrichtete, einen dankbaren Blick zu.

„Sie sollten jetzt vielleicht Ihren Mann anrufen", schlug Angela vor, um Sandra aus dem seltsamen Zustand, in dem sie sich ohne Zweifel befand, herauszubekommen. Sandra nickte abwesend und ging zum Telefon, das sich auf einem kleinen Tisch in der Diele befand. Einen Moment lang stand sie unschlüssig davor, dann meinte sie: „Ich rufe Andrew oben aus meinem Arbeitszimmer an." Mit schnellen Schritten stieg sie, ohne sich noch einmal umzusehen, die Stufen ins erste Stockwerk hinauf.

Das Arbeitszimmer, wie Sandra es nannte, verdiente diese Bezeichnung eigentlich nicht. Dort befanden sich die wenigen Möbel, unter anderem auch ein Schreibtisch, die sie sich in den ersten Jahren ihres Amerikaaufenthaltes, besonders als sie nach Chicago gekommen war, angeschafft hatte. Dazu ein paar Bücher und einige andere Sachen, von denen sie sich weder beim Einzug in ihr erstes gemeinsames Heim nach der Hochzeit noch bei ihrem Umzug nach New Haven hatte trennen wollen. Dazu kamen ein paar andere Sachen, die sie in den Jahren ihrem persönlichen Eigentum hinzugefügt hatte, und natürlich auch ein abgegriffenes schwarzes Notizbuch, dessen Pappdeckel sich langsam zu wölben begannen. Es lag in der obersten linken Schublade ihres Schreibtisches unter einem Stapel von Schnellheftern aus ihrer Studienzeit und einem gehefteten Exemplar ihrer Doktorarbeit mit dem langweiligen Titel „Lebensqualität und Idealisierung auf frühhellenistischer Keramik".

Sandra zog die Schublade auf und wühlte sich durch die Papiere, bis sie das Notizbuch gefunden hatte. Sie blätterte durch die vergilbten Seiten, bis sie wieder bei den letzten Eintragungen angelangt war. Man brauchte wahrlich keine Phantasie, um in den verschnörkelten, unidentifizierbaren Schriftzeichen eben jene wiederzuerkennen, die auf der Abbildung im *Time Magazine* zu sehen gewesen waren. Sandra las seit Jahren zum ersten Mal wieder die Sätze, die Michael damals niedergeschrieben hatte. Michael Gruhn, der Vater ihrer Tochter, die irgendwo in Deutschland lebte. Gut, so hoffte Sandra. Doch das war in einem anderen Leben, das mit ihrem nichts mehr zu tun hatte. Die Schriftzeichen und jenes Voynich-Manuskript, ihre Erlebnisse in der Wüste Lut, die schon weit geöffnete Tür in die Halle der Unsterblichen der Archäologie, die ihr dann vor der Nase zugeschlagen wurde, das alles schien auf einmal wieder in greifbare Nähe zu kommen. Sie versuchte sich zu erinnern, wer Barney C. Hughes war. Sie war sicher, den Namen des Professors schon einmal gehört oder gelesen zu haben. Sandra legte das Notizbuch wieder weg und wühlte in ihren Unterlagen, alles alte Notizen aus der Zeit am Oriental Institut, und dann fand sie die Liste. Er war einer der Studenten gewesen, die an den Ausgrabungen von Paul N. Mayer in Persepolis teilgenommen hatte.

Sie überschlug im Kopf die Zeit und kam zu dem Schluß, daß Barney C. Hughes jetzt mindestens fünfundsechzig, wenn nicht siebzig Jahre alt sein müßte.

Das Telefon klingelte und riß sie aus ihren Gedanken.

„Hallo", meldete sie sich.

„Ich bin's, Andrew." Seine Stimme klang ungeduldig, und ein leiser Unterton der Mißbilligung schwang mit.

„Ja, Andrew?"

„Ich habe auf deinen Anruf gewartet. Hat dir Angela nicht ausgerichtet, du solltest mich in der Klinik zurückrufen?"

In diesem Moment fiel Sandra wieder ein, daß sie eigentlich heraufgekommen war, um Andrew anzurufen. Sie warf einen Blick auf die neue Digitaluhr auf ihrem Schreibtisch. Die Ziffern zeigten ihr gnadenlos, daß dieser Anruf schon mehr als eine Stunde überfällig war.

„Tut mir leid", entschuldigte sie sich und fügte, quasi als Wiedergutmachung, „Liebling" hinzu.

„Also muß ich nicht Angelas Gehalt kürzen, weil sie ihre Aufgaben vernachlässigt", scherzte er am anderen Ende der Leitung, und wie üblich war seine Verstimmung über etwas, was nicht geklappt hatte, in Sekundenschnelle verflogen.

„Nein, sie hat es mir sofort ausgerichtet", bestätigte Sandra. „Du kannst mir allerhöchstens das Bankkonto sperren, wenn du einen Schuldigen brauchst."

„Ich werde dir die Kreditkarten wegnehmen und natürlich auch den Mercedes."

„Aber laß mir bitte die Kinder."

„Die kannst du behalten. Meine Geliebte will sowieso eigene Kinder von mir haben." Normalerweise wäre diese scherzhafte Auseinandersetzung, fast schon ein Ritual zwischen den beiden, noch ein paar Minuten weitergegangen, doch Andrew hatte keine Zeit dafür. „Hör zu, Schatz. Wir haben überraschend Besuch von einigen Kollegen aus Deutschland bekommen, mit denen ich und die anderen Chefärzte heute abend essen gehen müssen. Ich habe mir gedacht, du würdest vielleicht gerne mitkommen, um dein Deutsch aufzufrischen. Kannst du überhaupt noch Deutsch?"

Sandra erstarrte. Wenige seltene Gelegenheiten ausgenommen, hatte sie seit ihrer Ankunft kaum noch von ihrer Muttersprache Gebrauch gemacht. Natürlich konnte sie noch Deutsch, aber eigentlich wollte sie es nicht mehr sprechen.

„Nicht alle der Kollegen aus Deutschland sprechen gut Englisch, sie würden sich bestimmt freuen, wenn sie jemand hätten, mit dem sie sich unterhalten können. Für Fachgespräche reichen ihre Sprachkenntnisse ja, aber was darüber hinausgeht ..." Andrew ließ den Satz unvollendet ausklingen und lauschte auf eine Reaktion in dem Hörer.

„Sandra? Bist du noch dran, Sandra?" fragte er beunruhigt, als nichts vom anderen Ende der Leitung zu hören war.

„Ja, ich bin noch dran", klang es schließlich dünn aus dem Hörer. Im ersten Moment wollte Sandra sich auf Kopfschmerzen herausreden, eine Grippe, einen Nervenzusammenbruch, einen Herzanfall oder sich die Treppe hinunterstürzen.

Keinesfalls wollte sie mit deutschen Ärzten zusammen essen gehen, doch dann hatte sie Angst, daß dies zu offensichtlich sein würde und Andrew wieder Fragen nach ihrer Vergangenheit stellen würde, so wie er es in den Anfangsjahren ihrer Ehe manchmal getan hatte. Andererseits, so dachte sie, was sollte schon passieren, wenn sie mit ein paar Ärzten aus Deutschland Konversation betrieb. Wahrscheinlich hätte sie genug damit zu tun, die Speisekarte zu übersetzen und hilfreich die holprige Kommunikation der Männer zu unterstützen.

„In Ordnung", willigte sie ein. „Wo soll ich wann sein?"

„Es wäre schön, wenn du so gegen sieben im Wharf Heaven sein könntest. Dann kann ich dich vorstellen, und wir können alle zusammen noch einen Drink an der Bar nehmen. Linda und Jody sind übrigens auch da."

„Das ist schön, dann bin ich wenigstens nicht die einzige Frau in eurer Männerrunde." Nachdem Andrew sich von ihr verabschiedet hatte, legte sie langsam den Hörer auf. Sie packte die Papiere, die auf ihrem Schreibtisch verstreut lagen, sorgfältig wieder in die Schublade und schloß diese zum erstenmal seit sie hier in New Haven lebte gewissenhaft ab. Den Schlüssel schob sie unter den ersten Band ihrer verstaubten Ausgabe von Mommsens Römischer Geschichte. Dann ging sie nach unten, um alles weitere mit Angela zu besprechen.

Sandra gab dem Jungen vor dem Restaurant die Schlüssel des Mercedes, nickte dem Portier, der ihr die Tür aufhielt, mit einem Lächeln zu und betrat das Nobelrestaurant Wharf Heaven. Anscheinend waren die deutschen Gäste von der wichtigeren Sorte, denn sonst hätte man wohl kaum dieses Lokal ausgewählt. An der Garderobe gab sie ihren dunklen Wintermantel mit dem Nerzkragen ab und überprüfte im Spiegel noch einmal ihr Aussehen. Sie hatte gut eine Stunde zwischen Bade- und Schlafzimmer zugebracht, bis die endgültige Entscheidung auf ein dunkelblaues Kostüm, unter dem sie eine lachsfarbene Seidenbluse trug, gefallen war. Kritisch musterte sie ihr Make-up, vielleicht ein bißchen zuviel hier im grellen Licht des Eingangs, doch drinnen, in der gedämpften Atmosphäre des Restaurants, würde es nicht auffallen. Sie holte tief Luft, richtete ihre gelockten Haare und trat dann durch die Schwingtür in das eigentliche Lokal. Sie wartete einen Moment, bis sich ihre Augen an das gedämpfte Licht gewöhnt hatten, und dann sah sie auch schon Andrew von der Bar her auf sie zukommen. Der Empfangschef hinter seinem Stehpult links neben der Tür, der sie schon erwartungsvoll angesehen hatte, kam gar nicht dazu, sie nach irgend etwas zu fragen, da hatte Andrew schon seinen Arm unter den ihren geschoben, dem Mann zugenickt, was bedeuten sollte, daß die einzelne Dame zu ihrer Gesellschaft gehörte, und Sandra einen flüchtigen Kuß hinter das Ohr gehaucht. Ganz offensichtlich hatte er schon den einen oder anderen Drink gehabt, wie sie an seinem Atem feststellen konnte. Er führte sie nach rechts zwischen der mit dunkelbraunen Stoff bezogenen Wand und einzelnen Tischen hindurch auf die Bar zu, wo Sandra schon den hellblonden Haarschopf von Linda, der Frau des Klinikleiters, sehen und das dunkle Lachen von Jody, der Frau des Narkoseoberarztes Peter Selbrook, hören konnte. Um sie herum waren mehrere Männer gruppiert. Schon auf den ersten Blick konnte Sandra die drei deutschen Besucher identifizieren. Es war deutlich zu sehen, daß sie sich an der Bar etwas deplaziert vorkamen. Die drei Deutschen hielten ihre Gläser verkrampft in den Händen und warfen begehrliche Blicke in Richtung der gedeckten Tische, während die Amerikaner ausgelassen versuchten, eine Unterhaltung in Gang zu bringen. Als Andrew mit Sandra die Gruppe erreicht hatte, begrüßte sie die vier Kollegen ihres Mannes vom Memorial, die sie alle kannte, und die beiden Frauen mit einem freundlichen Hallo. Es wurden noch ein paar kurze Bemerkungen ausgetauscht, und Andrew bestellte beim Barkeeper gleich einen Margarita für seine Frau. Dann war es soweit.

„Doktor Manfred Becker", Andrew deutete auf einen untersetzten Mann von fünfzig Jahren, dessen wenige Haare, auf der linken Seite gescheitelt, streng an seinem Kopf anlagen und dessen Wangen vom Alkohol schon etwas gerötet waren, „aus Frankfurt. Er ist in der Herzchirurgie tätig." Bevor Sandra reagieren konnte, fuhr Andrew schon fort. „Das ist Doktor Andreas Liebmann aus Hamburg, ebenfalls Chirurg." Er war das genaue Gegenteil von Becker. Groß, schlank, und er trug eine Brille mit starken Gläsern, wie Sandra trotz des Halbdunkels im Raum feststellen konnte. „Und der Kollege hier, das wird dich besonders freuen, ist Doktor Paul Jankowsky aus Freiburg." Sie erstarrte, was Andrew zum Glück nicht bemerkte, denn er fügte zu dem Letztgenannten gewandt noch hinzu: „Sie müssen wissen, Doktor Jankowsky, meine Frau kommt nämlich auch aus Freiburg."

Sandra gab jedem der drei Männer die Hand und begrüßte sie mit einem „Guten Abend", das allerdings einen deutlichen amerikanischen Akzent aufwies. Paul Jankowsky versuchte sie auch gleich in ein Gespräch über Freiburg zu verwickeln, dem Sandra sich erst einmal entziehen konnte, indem sie ihren Margarita vom Barkeeper entgegennahm. Ihre Hände zitterten, und sie führte den mit Salz gepuderten Rand des Glases schnell zum Mund, bevor jemand ihren Zustand bemerken konnte. Der Mann war ungefähr in ihrem Alter, vielleicht etwas jünger, so genau konnte man das nicht sagen. Kannte er sie? Fast schien es Sandra, als müßte es so sein, doch nachdem sich der erste Schluck des hochprozentigen Drinks in ihrem Magen ausgebreitet hatte, schätzte sie diese Möglichkeit als eher unwahrscheinlich ein. Er war schließlich Arzt und kein Archäologe und wahrscheinlich vor fünfzehn Jahren noch gar nicht in Freiburg gewesen.

„Und wie gefällt es Ihnen hier in New Haven?“ richtete sie die Frage an alle drei, als sie betont vorsichtig ihren Drink auf der Bartheke abgestellt hatte. Die amerikanischen Ärzte schienen deutlich erleichtert zu sein, daß sie sich durch Sandras Anwesenheit für einen Moment ungezwungen untereinander unterhalten, Scherze machen und über die letzten Ereignisse im Krankenhaus tratschen konnten, ohne gezwungen zu sein, ihren überschwappenden Redefluß den Sprachfähigkeiten ihrer Gäste gemäß in ruhige Bahnen zu lenken.

„Nun“, antwortete der Arzt aus Hamburg als erster, „ich bin nicht das erste Mal in den Staaten. Ich war vor ein paar Jahren bereits beruflich in Houston und habe auch schon in Kalifornien Urlaub gemacht. Hier ist aber alles so anders, so ...“ Er schien nach dem richtigen Wort zu suchen. Sandra kam ihm zu Hilfe.

„Englisch“, meinte sie und setzte ihr verbindlichstes Lächeln auf.

„Man nennt das hier ja auch die New England-Staaten“, fiel Doktor Becker ein, bevor Liebmann etwas sagen konnte, woraufhin alle drei nickten.

„Sie leben schon lange hier?“ fragte Jankowsky Sandra, die nicht umhin kam, ihn jetzt genauer zu mustern. Sie versuchte, fünfzehn Jahre von seinem Aussehen abzuziehen, aber es gelang ihr nicht. Er war wohl einen Meter achtzig groß, hatte einen nachlässig gestutzten Schnurrbart und einen nicht zu übersehenden Bauchansatz. Beständig zog er sich seine Hose hoch, und seine wasserblauen Augen huschten hinter der Brille mit der Metallfassung unablässig hin und her. Nachdem er seine Frage gestellt hatte, zog ein Päckchen Zigaretten aus der Jackettasche und steckte sich umständlich eine an, was Sandra etwas Zeit gab, sich ihre Antwort zu überlegen.

„Das kommt darauf an“, meinte sie dann diplomatisch.

„Wie lange denn schon?“ wollte Becker wissen, als sie ihre Antwort ganz augenscheinlich nicht genauer ausführen wollte.

„Nun, lassen Sie mich nachdenken, seit fast genau dreizehn Jahren.“

„Haben Sie schon immer hier in New Haven gelebt?“

„Nein.“ Dabei schüttelte Sandra energisch mit dem Kopf. „Vorher in Chicago, wo ich auch meinen Mann kennengelernt habe. Wir sind erst neunzehnhunderteinundsiebzig nach New Haven gekommen. Uns gefällt es hier.“

„Dann sind Sie ja schon Mitte der sechziger Jahre nach Amerika gegangen. Das muß ja ein ganz schönes Abenteuer gewesen sein. Was hat Sie denn eigentlich hierher verschlagen?“ fragte Liebmann interessiert und nippte dabei an seinem Drink, der nach einem Martini aussah.

„Ich habe am Oriental Institut in Chicago gearbeitet. Mein Fachgebiet ist Altertumskunde." Sie warf einen Blick in Richtung Andrew, der eine Bitte darstellte, sie zu erlösen, aber der war so in die Unterhaltung mit seinen Kollegen vertieft, daß er ihn nicht bemerkte.

„Ach, dann haben Sie ja studiert", entfuhr es Becker.

Sandras Haltung gefror, und ihre grünen Augen nahmen einen kalten Ausdruck an. Was dachte sich dieser Kerl eigentlich, schoß es ihr durch den Kopf. „Ja", gab sie dann mit einer Stimme zurück, in der man das gestoßene Eis ihres Margarita förmlich hören konnte, „ich habe auch studiert. Nicht Medizin, sondern Archäologie, aber auch ich habe promoviert, Herr Doktor." Ihr Blick schien Becker festnageln zu wollen, der deutlich verlegen wurde.

„Tut mir leid, Frau Swanwick", krächzte er und fuhr sich dabei nervös mit der Hand über das Jackett, „so war das nicht gemeint. Ich wollte keinesfalls, ich meine, es lag nicht in meiner Absicht ..." Dann verhaspelte er sich immer mehr.

„Schon gut." Sandra machte eine wegwerfende Handbewegung. „Wir wollen das nicht weiter vertiefen."

Bei ihrer Bemerkung, daß sie Archäologin sei, hatte sich Jankowskys Gesicht kurz zu einer befriedigten Grimasse verzogen, was Sandra allerdings verborgen geblieben war, da sie sich ganz auf den armen Doktor Becker konzentriert hatte. Jetzt, als sie sich wieder den anderen beiden Besuchern zuwandte, blickte sie nur in zwei interessierte, etwas müde wirkende Gesichter. Andrew kam von der Gruppe der Amerikaner, die im Begriff war, sich aufzulösen, herüber und bat Sandra und die drei Deutschen, ihm zu folgen.

Sandra wäre es lieber gewesen, wenn Andrew sie nicht auf den Platz neben Jankowsky genötigt hätte, doch ihr Mann war weder für ihren strafenden Blick noch für die kurze Bemerkung, die sie ihm zugezischt hatte, empfänglich gewesen. Mehr hatte sie in diesem Moment nicht tun können, ohne aufzufallen, und sich in ihr Schicksal gefügt. Es dauerte natürlich nicht lange, die Hummersuppe, die es als ersten Gang gab, war noch nicht wieder abgetragen, als Jankowsky das Gespräch auch schon auf Freiburg brachte. Ohne es zu wollen, wurden Sandras Gedanken zurück in die mittelalterliche Stadt gedrängt, streiften das Münster und die Universität, schlenderten am Ufer der Dreisam entlang, und fast hätte sie gar nicht bemerkt, wie sie auf einmal bereitwillig dem Arzt von ihrer Studienzeit erzählte. Gerade noch rechtzeitig rief sie sich zur Ordnung. Es war wirklich nicht nötig, daß sie aus Unachtsamkeit die Fundamente ihres Lügengebäudes selbst unterhöhlte.

„Aber lassen wir die alten Zeiten", meinte sie zu Jankowsky. „Erzählen Sie mir lieber, wie es heute in Freiburg so ist. Hat sich viel verändert? Wie lange leben Sie eigentlich schon dort?"

„Ich bin Mitte sechzig nach Freiburg gekommen. Wahrscheinlich kurz nachdem Sie weg waren. Habe dort mein Studium beendet und bin irgendwie hängengeblieben. Schließlich habe ich eine Stelle an der Universitätsklinik bekommen, und da war wohl mein Schicksal besiegelt. Mir gefällt es sehr gut in Freiburg. Man kann dort gut leben. Wahrscheinlich war es zu Ihrer Zeit noch schöner. Da war alles bestimmt noch familiärer, kein solcher Massenbetrieb wie heute, nicht wahr?"

„Das stimmt sicher, obwohl ich nicht weiß, wie es heute ist. Doch damals, da kannte man sich untereinander. Jeder hatte irgendwie Anteil an allem. Was manchmal aber auch zu Problemen führte. Nichts bliebt dort verborgen. Sie hielten alle zusammen, ohne ..." Wieder merkte Sandra, daß sie dabei war, mehr zu verraten als sie eigentlich wollte. Was war nur los mit ihr? Sie musterte Jankowsky, der scheinbar nichts anderes im Sinn hatte, als Konversation mit ihr zu treiben, von der Seite. Er streckte den Arm aus und nahm sich eines der frisch gebackenen, noch warmen Brötchen aus dem Korb in der Mitte des Tisches. Als er ein Stück davon abgebrochen hatte und es sich in den Mund schob, drehte er sich wieder zu seiner Tischnachbarin um. Ein Lächeln lag auf seinem Gesicht, als er sie aufforderte: „Aber erzählen Sie doch weiter. Ich bin von Geschichten aus der guten alten Zeit immer begeistert."

„Nun es ist nicht unbedingt das, was man landläufig als die gute alte Zeit bezeichnet, und es ist auch schon so lange her. Ich bin schon längst zu einer richtigen Amerikanerin geworden, und New Haven interessiert mich viel mehr als Freiburg." Damit entschuldigte sie sich, legte ihre Serviette ordentlich zusammengefaltet neben ihren Teller und stand auf. Sie ging mit langsamen, bedächtigen Schritten in Richtung der Toiletten. Irgend etwas stimmte mit diesem Doktor Jankowsky nicht, oder bildete sie sich das nur ein? Sie zog die Tür zum Toilettenvorraum auf. Sah sie vielleicht schon Gespenster? Litt sie an Verfolgungswahn? Sie stand vor den Waschbecken, hatte sich mit beiden Armen aufgestützt und starrte ihr Spiegelbild nachdenklich an. Was sollte das bedeuten? Nach so langer Zeit, wer konnte da etwas von ihr wollen? Es war einfach ein Arzt aus Deutschland, der sich nett mit ihr unterhalten wollte, und was lag da näher, als über ihre Zeit in Freiburg zu reden.

„Geht es Ihnen gut", fragte eine dunkle Frauenstimme hinter Sandras Rücken. Sandra fuhr herum und blickte in das Gesicht einer jungen Frau, zu deren noch mädchenhafter Erscheinung die Stimme überhaupt nicht paßte. Sandra brauchte noch ein paar weitere Sekunden, dann antwortete sie: „Ja, vielen Dank. Alles ist bestens, ich war nur in Gedanken verloren."

Die Frau nickte und verließ den Toilettenvorraum. Sandra drehte den Wasserhahn auf und ließ sich kaltes Wasser über die Handgelenke laufen, um sich zu beruhigen. Nach einigen Minuten hatte sich ihr Puls wieder normalisiert, und das Blut pochte nicht mehr in ihren Schläfen. Sie trocknete sich die Hände ab, kontrollierte im Spiegel noch einmal ihre Frisur, atmete tief durch und ging mit gemessenen Schritten ins Lokal zurück. Während ihrer Abwesenheit war den deutschen Ärzten nichts anderes übriggeblieben, als sich wieder mit ihren amerikanischen Kollegen zu unterhalten, was bedeutete, daß die Männer über den Beruf sprachen. Als Sandra wieder am Tisch Platz genommen hatte, nahm sie die Chance wahr, mit Linda ein Gespräch über die Erziehung ihrer Söhne zu beginnen und dabei ein leidvolles Klagelied über die Jugend anzustimmen, so daß Jankowsky fürs erste keine Möglichkeit fand, sie wieder in die Mauern von Freiburg zu entführen. Und er schaffte es auch den ganzen Abend nicht mehr. Geschickt gelang es ihr, diesem Gesprächsthema auszuweichen oder es mit ein paar nichtssagenden Sätzen gleich wieder zu beenden.

Nachdem sie alle noch einen letzten Drink an der Bar genommen hatten, verabschiedete man sich vor dem Restaurant, während die Wagen vom Parkplatz gebracht wurden. Die drei deutschen Ärzte stiegen in ein Taxi, das sie in ihr Hotel bringen würde, und als Paul Jankowsky sich von Sandra verabschiedete, musterte er sie noch einmal mit einem langen Blick, den sie aber kaum wahrnahm, da sie aus dem Augenwinkel auf den Parkplatz schielte, wo ihr weißer Mercedes von einem der Jungen vorsichtig aus der Parklücke manövriert wurde. Sandra setzte sich ans Steuer und schob Andrew, der schon ein paar Drinks zuviel hatte, auf den Beifahrersitz.

„Na, war das nicht ein netter Abend?" fragte er, während Sandra auf die Mitchum Avenue einbog und Richtung Norden fuhr. „Hast du mit Paul in Erinnerungen geschwelgt?"

Sandra gab vor, sich auf die Straße konzentrieren zu müssen, und antwortete nur mit einem kurzen Brummen, das alles bedeuten konnte. Andrew hatte es sicher nur gut gemeint, war von dem Gedanken begeistert, ihr einen Landsmann zu präsentieren, der aus ihrer Heimatstadt kam. Er konnte ja nicht wissen, daß ihre Heimatstadt ein Schwarzes Loch war, dessen Ereignishorizont sie keinesfalls zu nahe kommen wollte. Sie spürte, wie seine Hand sich auf ihren Oberschenkel legte. Die plötzliche

Berührung ließ sie zusammenzucken, was er glücklicherweise nicht bemerkte. Regen setzte ein. Erst vereinzelte Spritzer, mit der die Intervallschaltung der Scheibenwischer noch fertig wurde, dann aber prasselten die Tropfen mit dumpfen Schlagen auf das Wagendach herab. Sandra nahm den Fuß vom Gas und versuchte, den Rücklichtern des vor ihr fahrenden Wagens nicht zu nahe zu kommen. Andrews Hand wanderte ein Stück nach oben und nahm dabei den Saum ihres blauen Rockes mit. Weiter vorn leuchtete das grüne Schild, das die Abfahrt zum Beluga Drive ankündigte, in den Scheinwerferkegeln der vor ihr fahrenden Wagens auf. Sandra blinkte und bog ab. Der Beluga Drive wurde nur von einzelnen, weit auseinander stehenden Neonlampen erleuchtet. Links und rechts huschten die Fassaden der Häuser vorbei, die, meist weit von der Straße zurückgesetzt, schon dunkel dalagen. Die Uhr im Armaturenbrett zeigte halb elf. Es war höchste Zeit, daß man Angela ihren Feierabend gönnte, besonders wenn sie so überraschend auf die Jungs aufpassen mußte, ging es Sandra durch den Kopf, während der Saum ihres Rockes schon bis hoch in die Leisten gewandert war. Sie schaute zu Andrew hinüber, dessen Blick starr auf die Straße gerichtet war, so als ob er mit dem, was seine Hand in ihrem Schoß anstellte, gar nichts zu tun hätte. Sandra lächelte ihn an. Manchmal war er wirklich noch ein kleiner Junge, und die zwei Jahre Altersunterschied zwischen ihnen kamen ihr viel mehr vor. Sie lehnte sich in ihrem Sitz zurück und schob ihr linkes Bein etwas zur Seite. Andrew bemerkte die Bewegung, die seiner Hand etwas mehr Raum verschaffte, und blickte zu Sandra hinüber, bemerkte ihr verschmitztes Lächeln und grinste sie an.

Ergeben nahmen die beiden den kurzen Bericht über die Vorkommnisse des Abends von Angela entgegen, und es war schon fast unhöflich, wie sie ihre Haushälterin hinauskomplimentierten. Kaum war die Tür ins Schloß gefallen, zog Andrew seine Frau an sich und küßte sie. Als der Caprice über den knirschenden Kies die Auffahrt hinunterrollte, waren das blaue Kostüm und die lachsfarbene Bluse nur ein unansehnliches Bündel neben der Eingangstür, während Sandra sich bemühte, Andrew die Hosen auszuziehen. Als ihr das gelungen war, schlüpfte sie ins Wohnzimmer und setzte sich auf die Couch. Andrew, nur noch mit Strümpfen bekleidet, kam zu ihr, kniete sich vor ihr auf den Boden, zog ihr die Strumpfhosen und den Schlüpfer aus und versank dann zwischen ihren weit geöffneten Schenkeln. Ein Kerzenständer fiel klappernd zu Boden, als Sandra im letzten Aufbäumen mit den Füßen gegen den Couchtisch stieß und dann durch ihre zusammengebissenen Zähne heftig und befreit die Luft ausstieß. Nachdem ihre Söhne dem Babyalter entwachsen waren, mußte sie sich immer zusammennehmen, ihre Lust nicht allzu heftig zu zeigen. Sie genoß es, wenn sie mit Andrew schlafen konnte und Phil und Steven nicht im Haus waren, weil sie sich dann nicht beherrschen mußte, doch in diesem Moment war es besser, nicht zu laut zu sein, sonst würde bestimmt einer der Jungs, wahrscheinlich aber alle beide, auf der Treppe erscheinen, und sie hätten einige Schwierigkeiten, für ihren Zustand eine passable Erklärung zu finden.

Als Sandra oben im Bett an ihren Mann geschmiegt lag, nachdem er kurz zuvor ein weiteres Mal in ihr gekommen war, mußte sie auf einmal wieder an den Artikel im *Time Magazine* denken. Sie spürte, wie Andrew immer schläfriger wurde. Seine Hand, die zärtlich ihren Rücken auf und ab gestrichen war, lag jetzt ruhig auf ihrem Hintern, und seine Atemzüge näherten sich der Regelmäßigkeit des Schlafes. Sandra hob den Kopf etwas von seiner Brust.

„Sag mal", sagte sie, „kennst du eigentlich einen Professor Barney C. Hughes?"

Andrew reagierte nicht.

„Andrew", versuchte sie es noch einmal und stupste ihn mit ihrem Zeigefinger, „kennst du einen Barney C. Hughes?"

„Nein", murmelte er vom Rand des Schlafes und des Wohlbefindens her. „Wer soll das denn sein?"

„Er ist Professor in Yale."

„Schön, und was habe ich damit zu tun?"

„Ich dachte, vielleicht kennst du ihn."

„Was ist denn sein Fachgebiet?" wollte Andrew, jetzt wieder etwas wacher, wissen.

„Ich glaube, Altertumswissenschaften oder Geschichte. Jedenfalls etwas in dieser Richtung."

„Wie kommst du denn auf den Mann?"

„Da war ein Artikel in *Time*. Sehr interessant. Und Hughes muß ein interessanter Mann sein. Ich dachte, du könntest ihn zufällig kennen."

„Nein. Können wir morgen darüber reden? Es ist schon spät, und ich bin wirklich müde. Nicht ohne dein Zutun übrigens." Er brachte noch ein halbes Grinsen zustande, dann sank sein Kopf wieder auf das Kissen, und er schlief ein.

Ungefähr zu diesem Zeitpunkt bekam Paul Jankowsky Verbindung nach Deutschland. Er hatte erst in der Bar des Hotels noch einen Drink mit einem fast unaussprechlichen Namen ausprobiert, danach einen zweiten, war dann auf sein Zimmer gegangen und hatte die beiden Dosen

Colt 45 aus der Minibar getrunken, bis es schließlich kurz nach Mitternacht war und er guten Gewissens in Freiburg anrufen konnte. Er hielt den Hörer ans Ohr und lauschte auf das monotone Tuten. Er hatte aufgegeben mitzuzählen. Schließlich nahm am anderen Ende jemand ab.

„Ja, ich bin's, Paul."

Ein müdes Stöhnen kam vom anderen Ende der Leitung her.

„Hör zu, ich glaube, wir müssen uns keine Sorgen machen. Die Neubert, entschuldige, jetzt heißt sie ja Swanwick, will mit ihrer Vergangenheit nichts zu tun haben. Sie hat hier den Leuten bestimmt nichts erzählt. Ich habe eher den Eindruck, sie hat denen ganz schön was aufgetischt. Ich kann natürlich nicht direkt danach fragen, aber ich werde in den nächsten Tagen mal versuchen, ihren Mann unauffällig auszuhorchen. Mal sehen, was dabei herauskommt. Sie scheint aber keinerlei Unterlagen zu haben, die uns gefährlich werden könnten. Sie will nur in Ruhe leben, sonst nichts. Wir brauchen uns also keine Gedanken machen."

Der Teilnehmer in Deutschland stellte noch ein paar Fragen, die Jankowsky meist mit einem eindeutigen Ja oder Nein beantworten konnte. Dann wiederholte er noch einmal seinen Eindruck, daß Sandra völlig ungefährlich sein.

„Na, dann wünsche ich dir noch einen wunderschönen guten Morgen."

Am anderen Ende erklang ein humorloses Lachen.

„Nimm es nicht so schwer, Heinrich. Alles weitere dann in Freiburg."

Zwei Monate später saß Sandra auf einer schwarzen Holzbank und strich nervös ihre feuchten Handflächen an dem leichten Sommermantel trocken, den sie zusammengefaltet auf ihrem Schoß liegen hatte. Ab und zu klapperten auf den ausgetretenen Steinfliesen des hohen Flurs Studenten und Angestellte vorbei, während Sandra darauf wartete, in das Büro von Professor Barney C. Hughes gerufen zu werden. Draußen schien die Sonne, und die inzwischen dichtbelaubten Bäume warfen mittäglich kurze Schatten auf den Campus zwischen den altehrwürdigen braunen Sandsteingebäuden von Yale. Alles hier strahlte die Würde der fast dreihundertjährigen Geschichte dieser Institution aus, einem der Hauptpfeiler der Ivy-League. Lächerlich, wenn man bedachte, daß erst seit zehn Jahren Frauen hier zum Studium zugelassen waren. Sandra schob den Mantel von ihrem Schoß neben sich auf die Bank. Sie trug ein nicht allzu auffällig gemustertes Sommerkleid, bei dem die Gelb- und Blautöne vorherrschten. Neben der Bank stand ihre schmale Aktentasche, in der sich Michaels Notizbuch und einige Schreibmaschinenseiten befanden, auf denen sie in der letzten Woche, nachdem klar war, daß Andrew es wirklich geschafft hatte, ein Treffen zwischen ihr und dem Professor zu arrangieren, ihre eigenen Gedanken geordnet hatte. Sie wußte nicht, wie sie von dem einen oder dem anderen Gebrauch machen würde. Alles war so unbestimmt, und auf dem Weg vom Parkplatz hierher, als mit jedem weiteren Schritt die mächtigen Mauern über ihr zusammenzustürzen schienen, hatte sie mehr als einmal bereut, ihren Mann förmlich dazu gezwungen zu haben, ihr diesen Termin zu besorgen.

Die schwere Holztür öffnete sich lautlos, obwohl man ein furchteinflößendes Knarren erwartet hätte. Eine ältere Frau trat auf den Flur hinaus, schaute sich um und ging dann zwei Schritte in Sandras Richtung. In respektvollem Abstand blieb sie vor der auf der Bank Sitzenden stehen.

„Frau Swanwick?“

Sandras Kopf ruckte hoch, und sie schaute die Frau mit unsicherem Blick an. Dann stand sie langsam auf, wobei der Mantel von der Bank auf den Boden glitt.

„Der Professor hat jetzt Zeit für sie.“

„Danke.“ Es sollte fest und bestimmt klingen, doch es hörte sich mehr wie das verschämte „Danke“ eines kleinen Jungen angesichts eines unglaublichen Geburtstagsgeschenks an.

„Wenn Sie mir bitte folgen würden.“

„Ja“, brachte Sandra hervor, „natürlich.“ Sie wollte schon hinter der Frau, die sich umgedreht hatte und wieder der Tür entgegeneilte, herlaufen, als sie sich gerade noch rechtzeitig an ihren Mantel und die Tasche erinnerte. Ungeschickt hob sie das Kleidungsstück auf, legte es über den linken Arm und nahm die Tasche in die rechte Hand. An der Tür wartete die Frau schon ungeduldig. Genauso lautlos wie die Tür sich geöffnet hatte, schloß sie sich auch wieder hinter Sandra. Vor ihr öffnete sich ein weiter Raum, dessen Wände bis zur Decke, die sich in mindestens vier Metern Höhe befand, vollständig mit Bücherregalen vollgestellt waren. Mitten im Raum, der wohl zehn auf fünfzehn Meter maß, standen zwei lange, schwere Holztische, auf denen Folianten ausgebreitet lagen. In der gegenüberliegenden Wand, die einzige, an der sich keine Regale befanden, ließen hohe, bleiverglaste Spitzbogenfenster die Helligkeit des Tages in dieses Refugium des Geistes. Mit dem Rücken dazu saß ein Mann an einem großen Eichenschreibtisch, von dem Sandra im Gegenlicht nur den hellen Haarkranz erkennen konnte. Wenn es der Barney C. Hughes war, den Sandra vermutete, dann mußte er wohl um die siebzig Jahre alt sein. Das leise Klappen einer Tür schreckte Sandra aus ihren Gedanken. Sie warf einen schnellen Blick nach rechts, von wo das Geräusch gekommen war. Dort befand sich die Tür zu einem Nebenraum, durch die die Frau verschwunden war. Sie blickte wieder zu dem Schreibtisch hinüber. Der Mann war aufgestanden und kam jetzt langsam um den Tisch herum auf sie zu. Sandra war immer noch davon irritiert, daß sie gegen die hellen Fenster nicht mehr als einen Schatten erkennen konnte. Plötzlich sah sie in dem Schatten, der immer dunkler wurde, weit entfernt Sterne glitzern. Ein Sog schien sich ihrer mehr und mehr zu bemächtigen, der sie in dieses dunkle Loch hineinzog. Die Sterne dehnten sich aus, wurden größer, und ein Eishauch ließ Sandra erstarren. Die Helligkeit war verschwunden, Dunkelheit umfing sie, und das kalte Glitzern ferner Dimensionen. Sandra leistete keinen Widerstand mehr.

„Frau Swanwick." Es war halb Frage, halb Feststellung.

Vor Sandra stand ein älterer Mann, der eine grüne Kordhose, ein beigefarbenes Hemd und ein dunkelbraun gemustertes Jackett trug. Er streckte ihr zur Begrüßung die Hand entgegen, die sie wie eine Ertrinkende ergriff. Er war groß und mußte in seinen jungen Jahren der Schwarm der Frauen gewesen sein. Wie sie vermutet hatte, war er Ende Sechzig. Sein graues Haar war noch dicht und stand im Moment etwas wirr ab, so als ob er sich nachdenklich durch die Haare gestrichen hätte. Er hielt sich aufrecht, obwohl seine breiten Schultern schon leicht nach vorne fielen. Unter dem Hemd wölbte sich der minimale Ansatz eines Bauches. Sein Händedruck war trocken und fest, und Sandra schämte sich ihrer eigenen kraftlosen und feuchten Hand. Schnell ließ sie die seine wieder los.

„Nun, Frau Swanwick, was kann ich denn für Sie tun, nachdem mein Freund Doktor Evans ihr Anliegen so dringend gemacht hat?"

Sandra hatte sich genau überlegt, wie sie Barney Hughes begegnen wollte und sich ihre Begrüßungsworte zurechtgelegt, aber jetzt war alles wie weggewischt. Ihr wurde auf einmal bewußt, daß sie gar nicht wußte, was Evans, ein Kollege ihres Mannes vom New Haven Memorial Hospital, Hughes als Grund für ihren Wunsch angegeben hatte, aber anscheinend hatte er es ziemlich wichtig gemacht. Nun ja, andernfalls wäre der Professor wohl kaum bereit gewesen, mit ihr zu sprechen. Sie spürte, wie Barney Hughes sie sanft am Ellenbogen faßte und zu einer abgenutzten Ledersitzgruppe neben dem Schreibtisch führte. Sie ließ sich in einen der bequemen Sessel sinken.

„Alles in Ordnung?" fragte Barney Hughes.

„Ja, alles ist bestens", versicherte Sandra.

„Möchten Sie einen Kaffee?"

„Gerne."

Der Professor nahm den Hörer vom Telefon und bat wahrscheinlich die Frau im Nebenzimmer, Kaffee zu bringen. Dann setzte er sich in den Sessel Sandra gegenüber. Sie bemerkte den Aschenbecher auf dem kleinen, runden Holztisch, in dem sich die Zigarettenkippen häuften.

„Darf ich rauchen?"

„Bitte." Professor Hughes hatte ihren Blick zum Aschenbecher bemerkt. „Ich rauche selbst, und in Gesellschaft ist es noch angenehmer." Er zog ein Päckchen Winston aus seiner Jackettasche und steckte sich eine an. Sandra zog inzwischen schon an ihrer Kent. Mit ihrer ersten Schwangerschaft hatte sie damals das Rauchen aufgegeben, doch in der Zeit, als sie darauf wartete, einen Termin mit Hughes zu bekommen, hatte sie wieder damit angefangen. Andrew, der strikt dagegen war, durfte davon natürlich nichts wissen. Also tat sie es heimlich. Nie in seiner Gegenwart.

„Nun, Frau Swanwick, noch einmal die Frage, was ist der Grund Ihres Besuches?"

„Herr Professor, zuerst möchte ich Ihnen danken, daß Sie sich Zeit für mich genommen haben ..."

Professor Barney C. Hughes lächelte sie wohlwollend an.

„Ich habe den Bericht in *Time* vor einiger Zeit gelesen, über das geheimnisvolle Manuskript und ..."

„Ach diese Sache", unterbrach er sie. „Sie wissen ja gar nicht, wie viele Verrückte daraufhin sich hier gemeldet haben, und alle waren sie sicher, den Text entschlüsseln zu können. Manche gingen sogar so weit zu behaupten, es hätte was mit den Ufos zu tun. Unglaublich. Ich denke, es war keine gute Idee von mir, diesem Reporter den Bericht zu ermöglichen. Aber was haben Sie damit zu tun? Sie wollen doch nicht etwa auch ..."

Der Professor wurde durch das Eintreten der Frau aus dem Nebenzimmer unterbrochen, die auf einem Tablett den Kaffee brachte. Während sie die Tassen vor den beiden hinstellte, die Kanne an den rechten Rand des Tisches und Milch und Zucker daneben, rauchten Sandra und der Professor stumm ihre Zigaretten. Erst als sich die Tür wieder hinter ihr geschlossen hatte, beendete Barney C. Hughes den begonnenen Satz, als ob es nie eine Unterbrechung gegeben hätte. „... behaupten, diese Schrift entziffern zu können?"

Sandra schüttelte den Kopf und setzte die Kaffeetasse auf den Tisch zurück. Sie versuchte, Zeit zu gewinnen. Den größten Teil der letzten

Nacht hatte sie wachgelegen und darüber nachgedacht, wie und was sie Hughes sagen wollte, hatte auch mehrere Varianten durchgespielt, war aber zu keiner befriedigenden Lösung gekommen. Schließlich hatte sie resignierend beschlossen, die Sache auf sich zukommen zu lassen, und damit die Entscheidung auf den Augenblick verschoben, der nun unweigerlich eingetreten war.

„Nun", begann sie vorsichtig, „ich bin nicht nur die Frau von Doktor Swanwick, sondern auch so etwas wie eine Kollegin. Ich habe Altertumskunde studiert und in dem Fach auch promoviert." Sandra sagte das nicht ohne Stolz und wollte auch gegenüber Hughes herausstellen, daß sie in gewisser Weise mit ihm auf einer Ebene stand. Der Professor zeigte allerdings keine Reaktion auf ihre Ankündigung, sondern blieb völlig gelassen in seinem Sessel sitzen.

Sandra spürte, wie ihre Hände feucht wurden und sich Schweißperlen an ihrem Rückgrat nach unten bewegten und dabei kalte Spuren auf ihrer Haut hinterließen. Sie schluckte.

„Ich habe, bevor ich nach Amerika kam, an Ausgrabungen in Persien teilgenommen." Hughes zeigte immer noch keine Reaktion, und Sandra wurde zusehends unruhiger. „Als ich nach Amerika kam, war ich zuerst an der Universität von Boulder und dann am Oriental Institut in Chicago. Sie haben doch an den Grabungen, die Professor Paul N. Mayer neunzehnhundertsechsunddreißig bis achtunddreißig in Persepolis durchgeführt hat, teilgenommen?" Es war einfach so aus Sandra herausgeplatzt. Nicht ganz unerwartet zeigte dieser Mann zum erstenmal eine Reaktion. Zuerst hoben sich seine Augenbrauen, dann beugte er sich nach vorne.

„Da haben Sie aber tief gegraben. Wozu?"

Sandra zuckte mit den Schultern.

„Wenn Sie schon wissen, daß ich an der Grabung teilgenommen habe, dann wissen Sie bestimmt auch, daß wir nicht viel Erfolg hatten. Eigentlich gar keinen, soweit ich das beurteilen konnte. Ich war ja damals nur ein Student, und Studenten sind hauptsächlich dazu da gewesen, sich die Finger an den Steinen und Tonziegeln wundzukratzen. Trotzdem, was hat das mit Ihrem Besuch zu tun? Sie sollten langsam auf den Punkt kommen. Meine Zeit ist nicht unbeschränkt, auch wenn die Gesellschaft einer jungen Dame nicht die schlechteste ist."

Sandra war erstaunt. War Hughes nur einfach das, was man einen Kavalier alter Schule nannte, oder klang da ein deutlich ironischer Unterton in seiner Stimme mit? Sie war viel zu aufgeregt, um das zu entscheiden. „Sie haben gar nichts gefunden?"

„Nichts von Bedeutung."

„Warum beschäftigen Sie sich mit dem Voynich-Manuskript?" Auf einmal nahm ihre Stimme einen eiskalten Klang an, der Hughes zurückzucken ließ. Er verzichtete darauf, gegen ihren Tonfall zu protestieren, zögerte aber deutlich mit der Antwort.

„Nun, es ist eine faszinierende Aufgabe. Das Manuskript ist vielleicht, ich möchte fast sagen, bestimmt, das einzige Dokument einer untergegangenen Sprache oder ein auf perfekte Art verschlüsseltes Schriftstück ..." Es hatte den Anschein, als zwänge er sich, nicht weiterzusprechen, fügte dann aber noch hinzu: „Selbst Poe hätte sich wahrscheinlich daran die Zähne ausgebissen."

„In dem Artikel wird gesagt, daß man es Roger Bacon zuschreibt und es auf das dreizehnte Jahrhundert datiert, stimmt das?"

„Für dieses Exemplar stimmt es zumindest annähernd. Wir haben es natürlich nicht mit der Radiokarbonmethode untersucht, um es zu datieren, aber alles deutet auf ein Werk des späten Mittelalters hin. Als Kollegin wissen sie ja: Ausführung, Schrift, verwendete Materialien ..."

Sandra war hellhörig geworden. „Für dieses Exemplar?"

„Ja, für dieses Exemplar", bestätigte Hughes mit einer fahrigen Handbewegung. „Sie sollten doch wissen, daß wir nicht ausschließen können, daß es die Abschrift eines älteren Textes ist. Die Hauptaufgabe der Klöster im Mittelalter lag bei den Kopisten, die so etwas wie die heutigen Druckmaschinen waren. Sie vervielfältigten Bücher. Natürlich sehr langsam. Manchmal nur ein oder zwei während ihres ganzen Lebens."

Sie nickte. „Und es ist noch niemandem gelungen, den Text zu entziffern?"

„Es gibt genug, die es versucht haben und glaubten, ihnen sei es gelungen. Zuerst kam vor über fünfzig Jahren ein Professor Newbold an und behauptete, den Text entschlüsselt zu haben, doch seine Erklärung, das heißt sein Schlüssel, war so kompliziert, daß man alles in das Manuskript hineininterpretieren konnte. Seine Entschlüsselung war eher Ausdruck dessen, was er selbst hineinlas. Er behauptete, Bacon hätte mit einem biliteralen Schlüssel gearbeitet, doch damit nicht genug, denn verschlüsselt man einen Text auf diese Weise, dann ist der verschlüsselte Text doppelt so lang wie der ursprüngliche. Um dieses Manko, bedenken Sie, Papier war zu diesem Zeitpunkt so wertvoll und selten wie Gold, auszugleichen, hätte Bacon bestimmte Buchstaben wieder aus dem Kode gestrichen, und um die Sache dann nochmals schwieriger zu machen, hätte er aus dem verschlüsselten Text ein Anagramm hergestellt. Nun, Sie sehen, es ist ziemlich willkürlich."

„Und Sie versuchen ebenfalls, es zu entschlüsseln?"

Hughes sinnierte vor sich hin. Sein Blick ging nach draußen und verfing sich in den großen Ahornbäumen des Campus. Dann wandte er sich wieder Sandra zu und meinte: „Ja und nein. Eigentlich bin ich überzeugt, daß es nicht möglich ist, aber es brennt in mir immer noch der Ehrgeiz des Wissenschaftlers, der vor keinem Rätsel kapitulieren will."

„Das verstehe ich", gab sie ihm aus vollem Herzen recht. „Das verstehe ich sehr gut."

Danach breitete sich Schweigen zwischen den beiden aus, jeder von ihnen griff zu seinem Zigarettenpäckchen, und während sie rauchten, drang durch ein halbgeöffnetes Fenster schwach das Geräusch der Stimmen von Studenten, die über den Campus ihren Hörsälen entgegenstrebten, in das Zimmer.

„Ist es möglich, daß ich das Manuskript einmal sehen kann?" rang sich Sandra schließlich zu der entscheidenden Frage durch, und als sie Hughes zugleich erstauntes und abweisendes Gesicht sah, fügte sie hinzu: „Ich glaube, die Schriftzeichen zu kennen."

Im ersten Moment dachte Hughes, er hätte sich verhört, und musterte die elegante blonde Frau ihm gegenüber mit erstauntem Gesicht.

„Sie glauben was?" versicherte er sich dann.

„Ich glaube, ich habe diese Schriftzeichen schon einmal gesehen."

„Und wo?"

„In einer Tempelanlage in der Wüste Lut in Persien."

„Welches Jahrhundert?"

„Konnten wir nicht bestimmen. Ich schätze, nein eigentlich bin ich mir aus irgendeinem Grunde ziemlich sicher, mindestens fünftes vorchristliches Jahrhundert. Eher älter."

Nach diesem Austausch abgehackter Sätze verstummten die beiden wieder.

Jetzt war es endlich raus, dachte Sandra und wartete gespannt, was Hughes als nächstes machen oder sagen würde. Hielt er sie für total verrückt, oder glaubte er, was sie sagte?

„Erzählen Sie", forderte er sie schließlich auf, und beide wußten genau, was er damit meinte.

Eine halbe Stunde später hatte Sandra ihm alles von der Expedition berichtet, was Hughes ihrer Meinung nach wissen mußte. Es gab eine Reihe von Ungereimtheiten, genauso viele Auslassungen, aber im Prinzip wußte Hughes jetzt alles, was für dieses besondere Problem wichtig war. Ein paarmal hatte er nachgefragt, war aber nicht weiter in sie gedrungen, wenn er merkte, daß er einen Punkt berührte, bei dem die Frau ihm gegenüber lieber schwieg.

„Und Sie haben wirklich nicht mehr als diese Aufzeichnungen hier?" Dabei blätterte er enttäuscht in dem alten Notizbuch von Michael Gruhn, das Sandra ihm in die Hand gedrückt hatte. „Sie sagen, die letzten Blätter fehlen?"

„Ja, er muß sie kurz vor seinem Tod herausgerissen und woanders hingetan haben. Sie waren unauffindbar."

„Aber warum? Warum sollte Ihr Kollege so etwas tun? Er konnte doch nicht wissen, daß er in eine Schlucht stürzen würde." Dabei schaute Hughes Sandra mit einem Blick an, der ihr wieder den Schweiß aus allen Poren trieb. Zum Glück ging der Professor über diesen Aspekt kommentarlos hinweg. „Nun gut. Etwas haben wir ja. Aber ob es uns weiterhelfen wird?" Sein Blick fiel auf die wenigen, verschnörkelten Schriftzeichen, die ohne Zweifel denen im Voynich-Manuskript stark ähnelten. Allerdings tauchten sie nur auf der letzten beschriebenen Seite des Notizbuchs auf und schienen keinen Bezug zueinander oder den deutschen Worten auf dem Papier zu haben. „Sie sagten, hier sind nur die Ereignisse während der Grabung verzeichnet."

„Ja. Es ist wohl eine Form von Tagesbuch, das der Verfasser geführt hat. Nichts Besonderes. Wenigstens nicht das, was wir haben."

„Ich kann leider Deutsch nicht genügend gut lesen", meinte Hughes und zog die Stirn in tiefe Falten. „Und diese Handschrift macht es auch nicht gerade leichter."

„Glauben Sie mir, Professor, da steht nur unwichtiges Zeug", versicherte Sandra noch einmal.

Hughes zog sich eine weitere Zigarette aus seinem schon zerknautschten Päckchen Winston, steckte sie an und lehnte sich in seinem Sessel zurück. Dichte Rauchschwaden hingen inzwischen in dem Büro. Sandra nahm das Notizbuch, das auf dem kleinen Tisch lag, wieder an sich und steckte es in ihre Aktentasche.

„Sie haben mich gefragt, warum ich mich so sehr für das Voynich-Manuskript interessiere", begann der Professor mit leiser Stimme. „Bevor ich das Manuskript sah, habe auch ich diese Schriftzeichen schon gesehen. Oder besser gesagt, ich habe in dem Voynich-Manuskript die Schriftzeichen wiedererkannt, die ich dreißig Jahre früher in Persepolis gesehen habe."

Sandra schaute Hughes mit weit aufgerissenen Augen an. Eine Stimme in ihr beglückwünschte sie.

Sie hatte damals am Oriental Institut, als sie sich in die Unterlagen der Mayer-Grabung vertieft hatte, anscheinend doch den richtigen Riecher gehabt.

„Und warum hat man davon nichts erfahren? Ich habe alle Unterlagen durchgesehen. So etwas wird nie erwähnt. Ist der Tempel bei Ihnen auch verschwunden? Nein", widersprach sie sich gleich selbst, „Persepolis ist nicht die Wüste Lut. Alles ist dort viel größer und besser organisiert. Was also ist damals geschehen?"

Professor Hughes hob abwehrend die Hände, als könnte er sich damit gegen die auf ihn abgeschossenen Fragen schützen. „Lassen Sie mich der Reihe nach erzählen. Es war ziemlich am Ende der dritten und letzten Grabungsperiode. Wir, das waren drei Studenten und ein Gastprofessor, hatten ein großes Stück an der Westseite des sogenannten Hundertsäulenhauses freigelegt, weil wir vermuteten oder vielleicht auch nur hofften, Bruchstücke des Bilderfrieses in dem dort aufgehäuften Schutt zu finden. Wie Sie sich vorstellen konnten, war es eine mühselige Arbeit. Die Hitze war kaum auszuhalten, und der Staub vom Sieben setzte sich in alle Poren. Wir haßten diese Arbeit und auch unsere Erfolgslosigkeit. Wir fanden zwar einige Scherben, die von Bilderfriesen stammen konnten, doch kaum eine war größer als eine Postkarte. Kaum eine Chance zu erkennen, was sie einmal dargestellt hatte. Schließlich begannen wir tiefer zu graben, um vielleicht besser erhaltene Stücke zu finden. Der Gastprofessor hatte schon aufgegeben. Sie wissen ja, wie es zu diesem Zeitpunkt um die Grabung stand." Dabei blickte Hughes Sandra kurz an. Die nickte, wobei ihre gelockten Haare sich erst in die eine, dann in die andere Richtung um ihren Kopf legten.

„Mayer war ziemlich verzweifelt. Es sollte wohl die Krönung oder doch zumindest ein Glanzpunkt seiner Laufbahn werden, und jetzt hatte er zwei Jahre in dieser Einöde verbracht, ohne einen meßbaren Erfolg vorweisen zu können. Auch wir drei hatten wenig Hoffnung. Wir gruben halt so herum, weniger in der Erwartung, noch etwas zu finden, als vielmehr, um nicht am Sieb arbeiten zu müssen, denn alles war besser als das."

Instinktiv nickte Sandra und steckte sich eine weitere Zigarette an.

„Nun, ich will es kurz machen. Zu diesem Zeitpunkt befand sich die gesamte Expedition schon mehr oder minder im Aufbruch. Wir freuten uns, wieder nach Hause zu kommen. Ein Großteil der Leute war schon damit beschäftigt, die Gerätschaften und wenigen Funde zu verpacken, und wir stocherten immer noch an der Westseite des Hundertsäulenhauses in der Erde herum. Wie zum Hohn stießen wir auf eine Steinplatte, die beim Auftreffen unserer Schaufeln ein hohles Geräusch von sich gab." Hughes bemerkte, wie Sandra auf ihrem Sessel nach vorne rutschte, und ein Lächeln huschte über sein Gesicht. „Nein, nicht was Sie denken, es war kein Eingang zu einem unterirdischen Tempel. Soviel Glück hatten wir nun wieder nicht. Es war, nachdem wir sie mit viel Anstrengung freigelegt hatten, eine fast quadratische Kammer von wohl einem Meter Seitenlänge. Die Deckplatte ließ sich relativ leicht entfernen. In der Kammer stand ein Holzkasten, der ungefähr fünfzig Zentimeter lang und dreißig hoch wie breit war. Wir informierten Professor Mayer, bevor wir uns weiter an dem Fund zu schaffen machten. Sie können sich vorstellen, Sandra ..." Hughes machte eine Pause, um sich selbst noch eine Zigarette anzustecken. „Ich darf Sie doch Sandra nennen, jetzt, wo wir unser Geheimnis teilen, und ich bin einfach Barney." Dabei schaute er Sandra mit einem so offenen Blick an, daß diese mit einem Lächeln zustimmte.

„Also, Mayer war ziemlich aus dem Häuschen, wenn ich mal so sagen darf. Nun, jedenfalls holten wir den Kasten aus der Grube, was gar nicht so einfach war, aber er war weder brüchig noch verrottet, was eigentlich sehr erstaunlich war, obwohl wir uns damals keine Gedanken darüber machten. Wir brachten ihn vorsichtig ins Hauptzelt und betrachteten ihn von allen Seiten. Er war mit sorgfältig ausgeführten Schnitzarbeiten verziert, Ornamente, Kampf- oder Wettkampfszenen, das konnte man so schnell nicht entscheiden, seltsame Pflanzen und Ranken. Als wir uns vergewissert hatten, daß das Material wirklich noch stabil war, hob Mayer den Deckel ab.

In dem Kasten befand sich ein Papyrus, der mit Schriftzeichen bedeckt war. Ich habe nur einen kurzen Blick darauf werfen können, doch lange genug, daß ich diese seltsamen Schriftzeichen sofort wiedererkannte, als ich zum ersten Mal eine Abbildung des Voynich-Manuskripts gesehen habe."

„Und wo ist dieser Papyrus jetzt? Warum wird seine Existenz in den Berichten verschwiegen?" Sandra war aus ihrem Sessel aufgesprungen und lief aufgeregt am Fenster auf und ab.

„Nun, ganz einfach", meinte Hughes und stand ebenfalls auf. „Weil er offiziell nie existiert hat. Soviel zu Ihrer zweiten Frage. Die erste ist wesentlich schwerer zu beantworten. Wie ich schon sagte, wir befanden uns im Aufbruch. Der Kasten wurde praktisch am letzten Tag gefunden. Das meiste war schon verpackt und nach Abadan abtransportiert, wo wir an Bord unseres Schiffes gehen sollten. Mayer nahm den Fund in sein Privatgepäck. Er war einfach zu wichtig. Dieser Fund konnte mit einem Schlag zwei Jahre Mißerfolg in einen Triumph verwandeln. Sie verstehen?"

Sandra nickte bedächtig und schaute in das inzwischen leicht gerötete Gesicht des Professors, der ohne Zweifel bei seiner Erzählung die Geschehnisse, die jetzt über vierzig Jahre zurücklagen, noch einmal durchlebte.

„Wir fuhren durch den persischen Golf um Indien herum nach Singapur und gingen dort auf die Southern Cross, einen australischen Liner, der uns über Hawaii nach San Francisco brachte."

„Und dort ist Professor Mayer dann umgekommen", warf sie ein und erntete dafür einen erstaunten Blick von Hughes. „Na ja", erklärte sie, „ich habe mich am Oriental Institut gut informiert. Er ist wohl einem Verbrechen zum Opfer gefallen."

„Ja. Irgendein Gangster hat ihm aufgelauert und ihn für die paar Dollar, die er in der Tasche hatte, umgebracht. Schrecklich. Ich hätte nie gedacht, daß man einem Menschen das antun könnte."

Sandra ging nicht weiter darauf ein, sondern fragte Hughes mit kaum zu unterdrückender Anspannung: „Und was ist mit dem Papyrus passiert?"

„Der war und blieb verschwunden. Er tauchte nicht in dem Verzeichnis der Funde auf, obwohl ich mir sicher bin, daß Mayer ihn dort eingetragen hat. Man kann viel gegen Professor Mayer sagen, aber daß er einen Fund dem Institut unterschlagen wollte, halte ich für unwahrscheinlich."

„Was ist mit dem Holzkasten passiert?" wollte Sandra erneut wissen.

Hughes zuckte mit den Schultern. „Wahrscheinlich irgendwie verlorengegangen. Da Mayer tot war, hatten wir keine Kontrolle, ob alle seine Gepäckstücke in Chicago angekommen sind. Reisen war damals, zumal noch per Schiff um die halbe Welt, keine so sichere und bequeme Angelegenheit. Wir wissen noch nicht einmal, ob alles in San Francisco angekommen war. Und dann waren wir natürlich alle auch von dem grausigen Tod geschockt. Ich mußte ihn auch noch identifizieren. Der oder die Täter, die Polizei hat sie niemals gefaßt, hatten dem armen Professor beide Augen ausgestochen."

„Ja, das ist schrecklich. Ich hätte es vielleicht nicht erwähnen sollen", entschuldigte sich Hughes, als er sah, wie sich Sandra kreidebleich mit dem Rücken an das Fenster lehnte. Hughes machte einen schnellen Schritt auf sie zu und führte die der Ohnmacht nahe Frau zurück zu dem Sessel. Ihre Haut war eiskalt, und ihre Augen starrten ins Leere. Ihr Puls raste, und Barney C. Hughes überlegte, ob er ihren Mann oder den ärztlichen Bereitschaftsdienst der Universität anrufen sollte.

# $\sqrt{-1}$ Die Türen zwischen den Welten

Ilona-Maria, die sich in sichtlichem Wohlbefinden auf dem Wickeltisch rekelte, verzog ihr Babygesicht zu einer Grimasse, die ihre Mutter als Ausdruck der Zufriedenheit deutete. Müde versuchte Gabi, den Gunstbeweis ihrer Tochter zu erwidern, während sie mit automatischen Handgriffen ihr Kind in eine neue Windel packte. Über den Tisch hinweg sah sie auf die Neonlichter der Straßenbeleuchtung und die wenigen erleuchteten Fenster im gegenüberliegenden Wohnblock. Es würde noch einige Zeit dauern, bis die fahle Dämmerung gegen die Winternacht ihren Kampf aufnehmen würde. Nachdem Gabi die Windel gewechselt hatte, zog sie ihrer Tochter wieder den Strampelanzug über, wobei Ilona-Maria sich alle Mühe gab, es ihr so schwer wie möglich zu machen. Schließlich hatte Gabi es geschafft. Sie hob ihre Tochter hoch und schaute ihr mißbilligend ins Gesicht.

„Nun, kleine Dame, jetzt könntest du mir vielleicht noch ein bißchen Ruhe gönnen, oder?“ Ilona-Maria verzog keine Miene, sondern musterte ihre Mutter mit weit geöffneten Augen.

„Dir ist es egal, du schläfst den ganzen Tag, und wenn die Zeit gekommen ist, daß ich schlafen könnte, dann wirst du putzmunter. Versuch dich doch mal anzupassen. Irgendwann wirst du es sowieso lernen müssen.“

Sie legte ihre Tochter wieder auf den Wickeltisch und ging zum Kinderbett, um den kleinen Schlafsack zu holen, in den sie die Kleine packen wollte. Sie hatte die Hoffnung nicht aufgegeben, vielleicht doch noch etwas Schlaf zu bekommen, bis es Zeit wäre, mit Thomas aufzustehen und zu frühstücken. Als sie zum Wickeltisch zurückkam, lag ihre Tochter bewegungslos da, alle viere von sich gestreckt, und schaute sie an. Ihre weit geöffneten Augen waren unbeweglich auf ihre Mutter gerichtet. Sie glänzten wie polierte schwarze Opale. Gabi schüttelte irritiert den Kopf, mußte dann aber wieder wie gebannt in diese dunklen Abgründe starren. Ohne daß es ihr bewußt wurde, glitt der Schlafsack mit dem bunten Muster bekannter Disneymotive aus ihren Händen. Unverändert blickte sie in die nachtschwarzen Pupillen ihrer Tochter, die das ganze Auge auszufüllen schienen.

Unendliche Weiten taten sich vor ihr auf, und die Dunkelheit wich einer gleißenden Helligkeit, unter der sich endlos eine graue Landschaft erstreckte, in der zwei Späher knapp unter einer Paßhöhe standen, so daß nur ihre Köpfe über den Kamm ragten. Sie waren die Vorhut der Vorhut, diejenigen, auf die sich Krateros verlassen mußte, wenn es darum ging, Gefahren rechtzeitig zu erkennen oder endlich die erlösende Mitteilung zu erhalten, das Ziel erreicht zu haben. Diesmal sah es wirklich nicht danach aus. Die beiden ausgemergelten Gestalten schoben sich langsam weiter nach vorne. Ihre Körper waren mit einer dichten Schicht von Staub bedeckt, die an den Stellen, auf die das Bratfett des letzten Hammels getropft war, klebrige Flecken gebildet hatte. Die eigentliche Vorhut, die aus einer kleinen Kavallerieabteilung und einer Gruppe Fußsoldaten bestand, war gut fünfhundert Meter zurückgeblieben und wartete dort ab, was die beiden Späher zu vermelden hätten. Es war sinnlos, auf dem Paßweg nach einer schattigen Stelle Ausschau zu halten. Die Sonne brannte unbarmherzig herab, und die Männer waren schon froh, wenn sie sich an einen Felsen gelehnt hinsetzen konnten.

Ein neben dem beständigen Rauschen des Windes erschreckend hell klingendes Klappern ertönte, als das Kurzschwert des einen Spähers gegen einen Felsen stieß. Als hätte sie das Geräusch in Stein verwandelt, verharrten beide Männer für einige Augenblicke bewegungslos, bevor sie sich, sorgfältig darauf bedacht, jede Deckung auszunutzen, ein Stück weiter nach vorne schoben. Auch die hinten wartenden Männer des Haupttrupps hatten bei dem Geräusch aufgehorcht, einige waren sogar aufgesprungen, doch eine kurze Geste der beiden Soldaten auf dem Kamm hatte sie wieder beruhigt.

Vom Kamm aus konnte man ein ganzes Stück weit den Gebirgspfad einsehen, der sich zwischen den felsigen Hängen, die hier wesentlich flacher abfielen, als sie auf der anderen Seite angestiegen waren, entlangschlängelte. Dann verlor er sich zwischen den zerklüfteten Felswänden und Seitentälern des Gebirges. In der grauen Steinwüste mit ihren kahlen Hängen gab es kein Fleckchen Grün, keine noch so kleine Rauchfahne kündete von einer menschlichen Behausung, kein Tier ließ sich blicken, und noch nicht einmal ein Adler zog an dem blaßblauen Himmel, aus dem eine unbarmherzige Sonne herabstach, seine Kreise. Die beiden Späher blickten sich an, erhoben sich aus der gebückten Haltung, in der sie hinter einem nicht allzugroßen Felsbrocken gekauert hatten, der sie eigentlich vor den Blicken, von wem auch immer, verbergen sollte. Jetzt lehnten sie sich bequem an die rauhe Oberfläche und suchten den Horizont ab. Irgendwo da vorne, in Richtung der sich langsam neigenden Sonnenbahn, mußte die Wüste liegen. Die beiden Männer musterten noch einmal, allerdings schon ziemlich uninteressiert, das Gelände, das sich vor ihnen erstreckte, und gingen dann gemächlichen Schrittes zurück zur Vorhut, wo die Reiter ihre erschöpften Pferde nur sehr schwer noch unter Kontrolle halten konnten. Als sie beim Anführer der Abteilung angelangt waren, schüttelten sie auf dessen Frage hin die Köpfe und erklärten mit von Hitze und Trockenheit ausgedörrten Stimmen in wenigen abgehackten Worten, daß es jenseits des Passes keine Ansiedlungen von Menschen gäbe und somit auch keine Feinde und, was noch deprimierender war, auch kein Anzeichen von Wasser. Sie sprachen das abgehackte Griechisch der Perser, die inzwischen in Alexanders Heer Dienst taten, und der griechische Kommandant ließ die beiden alles noch einmal wiederholen, um sicher zu sein, auch richtig verstanden zu haben. Dann schwang er sich auf sein unwillig bockendes Pferd, gab den beiden Unterführern mit einem kurzen Wink zu verstehen, daß sie ihm auf die Paßhöhe folgen sollten, und brachte sein erschöpftes Reittier dazu, die letzten fünfhundert Meter bis zum Kamm in einem schwerfälligen Trott hinaufzusteigen. Auch ihm bot sich kein anderes Bild als das einer trostlosen Gebirgslandschaft, die gegen Sonnenuntergang hin abfiel. Soweit sein Blick reichte, war nichts, was Hoffnung verriet. Kein Wasser, kein Strauch, kein Baum, einfach nichts, was Nahrung für die Tiere verhieß, von Nahrung für Menschen einmal ganz zu schweigen. Es würde schwer werden, Krateros mit dieser Nachricht gegenüberzutreten.

Der Anführer des Spähtrupps hatte sich nicht getäuscht. Krateros schwankte zwischen kaum verhohlener Wut und schicksalsergebener Verzweiflung über die Nachricht, daß er sein gut zehntausend Mann starkes Heer samt Troß durch ein Gelände führen mußte, das nur als Strafe der Götter angesehen werden konnte. Das Heer lagerte in einem schmalen Seitental des Gebirges, wo man in tiefen Felseinschnitten Kavernen mit Wasser gefunden hatte. Es war nicht abzusehen, wie lange diese Wasservorräte noch reichen würden, doch das war auch nicht Krateros' dringendstes Problem. Er war nicht hier, um eine weitere Stadt mit dem Namen Alexandria im Auftrag des göttlichen Alexander zu gründen, nein, der Einzigartige unter den Menschen, wenn er nicht schon längst einen gottgleichen Status erworben hatte, wäre nicht davon angetan, wenn Krateros sich zu lange Zeit ließe, seinen Auftrag zu erfüllen. Dabei schien es ihm, als ob er einem Trugbild hinterherhetzte. Niemand hatte die sagenhafte Stadt am Rande der Wüste je gesehen. Einige hatten Alexander davon berichtet. Zuerst hatte der Göttliche diese Erzählungen belächelt, die endlosen Aufzählungen über den Reichtum der Stadt ohne Namen mit einer Handbewegung abgetan und über die krausen Angaben, wo sie zu finden sei, nur gelacht. Das hatte sich geändert, als Poros in der Schlacht am Hydaspes von Alexander besiegt wurde. Irgend etwas mußte der besiegte Herrscher Alexander im Austausch für Schonung geboten haben, und Krateros glaubte auch zu wissen, was. Auf einmal sprach der Herr der Mazedonier nur noch von dieser Stadt, die, wie er ganz sicher zu wissen glaubte, am Rande der inneren Wüste liegen sollte. Dort sollte der Schlüssel zur Herrschaft über die Welt liegen, nicht nur einer, wie ihm der Göttliche anvertraut hatte, sondern aller Welten, was immer das bedeuten mochte. Und er, Krateros, hatte den Auftrag, diesen Schlüssel für Alexander in Besitz zu nehmen. Als Krateros bereit war, sein Heer über das Gebirge zu führen, und danach fragte, wie dieser Schlüssel denn aussehe, hatte ihm Alexander offenbart, es sei eine Schriftrolle, in der ein Wissen festgehalten sei, dem sich selbst die Götter im Olymp beugen müßten. Bei diesem Gedanken war Krateros zusammengezuckt und hatte seinen Herrn mit ungläubig ängstlichem Gesicht angesehen. Dieser hatte seinen Blick bemerkt und ihn mit einem Lächeln gewarnt: „Also, Krateros, wage dich nicht, einen Blick darauf zu werfen, denn damit forderst du die Götter heraus. Das kann nur ein Gott." Und es war offensichtlich, daß er sich selbst damit gemeint hatte. Verzagt hatte Krateros gefragt, woran er denn die Schriftrolle erkennen könne, und Alexander hatte geantwortet, es sei das Buch Mechaem und in einer Sprache geschrieben, die ihm, Krateros, gänzlich unbekannt sei. Dabei nahm er ein Pergament von dem kleinen Tisch, der in seinem Zelt stand, und reichte es seinem Heerführer. Krateros hatte einen Blick darauf geworfen und dann den Kopf geschüttelt. Es war mit Zeichen bedeckt, die er noch nie gesehen hatte, auch nichts, was ihnen entfernt ähnelte. Als er das Pergament Alexander reichte, schaute er ihn fragend an. Der Göttliche verstand den Blick und meinte: „Bring mir das Buch. Mehr braucht dich nicht zu kümmern." Krateros war nicht in der Position, die Worte Alexanders zu hinterfragen. Er machte einen Kniefall und zog sich zurück. Eine Woche später hatte sich sein Heer am unteren Indus von der Hauptstreitmacht getrennt und war auf den Mulla-Paß zumarschiert.

Seitdem waren zwei Monate vergangen, in denen sich der lang auseinandergezogene Heerwurm durch das unwirtliche Land gequält hatte, und nun schien es, als ob es endgültig nicht weiterging. Mit einer kurzen Handbewegung entließ Krateros den Spähtruppführer und verfiel in tiefes Brüten. Von Zeit zu Zeit fuhr er sich mit der Hand durch seinen während des Feldzuges durch Persien fast weiß gewordenen Bart, richtete den Blick fast flehend nach oben und schien seine Obersten, die im Zelt versammelt waren, gar nicht zu beachten. Sie unterhielten sich flüsternd und warteten geduldig, bis Krateros sprechen würde. Schließlich stand der Heerführer von seinem niedrigen Schemel auf und schaute in die Runde. Naxios, der Führer der ersten Abteilung der Reiterei, wich seinem Blick aus und nahm einen Schluck aus dem Becher, in dem sich Wasser befand, das mit ein wenig Wein vermischt war. Die Flüssigkeit war viel zu warm, als daß es wirklich ein Genuß war, sie zu trinken, doch zumindest konnte er versuchen, auf diese Weise Krateros' Aufmerksamkeit zu entgehen. Dieser ließ seinen Blick weiterwandern zu Thelanios, Führer der zweiten Reiterei, dann zu Thestanios, der die schwere Infanterie befehligte, und zu Konstantinos, der für den Troß zuständig war. Zum Schluß verharrte sein Blick auf den beiden Befehlshabern der leichten Infanterie, Kothinos und Oxatios. Auch sie versuchten, seinem Blick auszuweichen. Krateros schüttelte den Kopf. Er spürte die Last der Verantwortung auf seinen Schultern und glaubte fast, in die Knie gehen zu müssen, so real erschien ihm das Gewicht.

„Gefährten", begann er zögernd, und erwartungsvoll zuckten die Köpfe der im Zelt versammelten Männer hoch. „Ich zweifle nicht daran, daß die Götter mit Alexander sind, doch wie Herakles scheint auch er Prüfungen bestehen zu müssen, bevor sich ihm der Olymp öffnen wird." Einige der Versammelten nickten beifällig, andere senkten schweigend ihre Köpfe. Es war nicht feststellbar, ob es ein Ausdruck der Demut gegenüber ihrem obersten Befehlshaber, der sich irgendwo an der Mündung des Indus befand, war oder Verzweiflung über ihre eigene Lage.

„Als seine treuen Vasallen haben wir einen Teil dieser Prüfungen zu tragen, wie es scheint. Ihr habt gehört, was der Anführer des Spähtrupps berichtet hat."

Jeder der Anwesenden wußte, daß dies die übliche Aufforderung zu sprechen war. Krateros sank etwas in sich zusammen und blickte erneut in die Runde. Niemand ergriff das Wort. Schließlich forderte er Konstantinos direkt zum Sprechen auf.

„Herr." Fast widerwillig kamen die Worte über die Lippen des alten Mannes, der längst schon in der Heimat sein sollte, statt immer noch im Heer Alexanders zu dienen. „Die Vorräte gehen bedenklich zur Neige. Das Vieh leidet unter Durst und Nahrungsmangel, so daß sich das Schlachten kaum noch lohnt. Die Schafe haben kaum noch ein Gramm Fett auf den Knochen, und die Rinder werden uns in den nächsten zwei Wochen alle sterben, wenn wir nicht bald einen Platz finden, um sie zu weiden. Wasser haben wir im Moment genug, doch ich wage nicht zu sagen, für wie lange."

Krateros nickte. Er hatte nichts anderes erwartet. Konstantinos wiederholte mit unterschiedlicher Akzentsetzung jedesmal die gleiche Bestandsaufnahme über den desolaten Versorgungszustand des Heeres, doch gerade als Krateros seine Obersten der kämpfenden Truppe um Vorschläge bitten wollte, fügte der Führer des Trosses noch hinzu: „Herr, es scheint nicht wichtig, aber wir haben auch so gut wie kein Feuerholz mehr."

Krateros blickte in das vom Wetter gegerbte Gesicht, dessen untere Hälfte von einem schütteren grauen Bart bedeckt war. Was sollte das bedeuten? Glaubte der Alte, jetzt wäre die Zeit, sich um Feuerholz zu kümmern? Konstantinos schien unter dem verächtlichen Blick des Heerführers förmlich zusammenzuschmelzen.

„Herr", seine Stimme war fast nur ein Flüstern, „Ihr denkt jetzt sicher, das ist eine Lappalie, aber was machen wir ohne Feuer? Wir können nicht mehr kochen, wir haben nichts, um die Nacht zu erleuchten, und nichts, um uns daran zu wärmen. Dieses Gebirge kennt keinen Baum, keinen Strauch, nichts, was wir verfeuern könnten. Unsere Vorräte, die wir vom See Hamud mitgebracht haben, sind so gut wie aufgebraucht."

Im ersten Moment wollte Krateros den Alten zurechtweisen, doch dann, nach einem kurzen Moment des Nachdenkens, mußte er ihm recht geben und einsehen, daß zu seinen unzähligen Problemen ein weiteres hinzugekommen war.

Oxatios, der noch junge Führer der zweiten Abteilung der leichten Infanterie und erst mit Beginn von Krateros' Zug auf diesen Posten befördert, faßte sich ein Herz und meldete sich zu Wort.

„Edler Krateros, sagt uns, was wir tun sollen, und wir werden Euch getreulich folgen. Ihr wißt, was der göttliche Alexander von uns erwartet, also zögert nicht, es von uns zu fordern."

Die anderen Obersten brachten ein mildes Lächeln über die Willfährigkeit des jungen Führers zustande und ließen seine Bemerkung, genauso wie der Adressat der glühenden Rede, unbeachtet.

„Wir können hier nicht verweilen, bis unsere Vorräte völlig zur Neige gegangen sind", stellte Naxios fest. „Uns bleibt nur die Wahl, umzukehren oder weiterzuziehen. Der Göttliche hat uns nicht ausgeschickt, um unverrichteter Dinge umzukehren. Also ..."

Krateros Mundwinkel zuckte unwillig über diese unnötige Bemerkung. Auch er wußte, daß es keine Umkehr gab. Alexander würde ihm noch nicht einmal Zeit lassen, sich zu rechtfertigen. Heerführer, die seine Befehle nicht ausführten, hatten kaum die Zeit, ihre Tat zu bereuen. Kleitos war mehr als ein abschreckendes Beispiel dafür, und er war ein Jugendfreund des Göttlichen gewesen.

Doch bevor er den Obersten daran erinnern konnte, sprach dieser schon weiter.

„Das ganze Heer ist zu langsam, um damit vorzudringen, und der Troß ist auch nicht in der Lage, genügend Wasser für die Leute bei einem längeren Marsch zu transportieren, ganz abgesehen von dem Vieh, das ebenfalls Wasser braucht."

Ein zustimmendes Nicken lief durch die Runde. Krateros merkte, daß Naxios auf irgend etwas hinauswollte, und ließ ihn gewähren.

„Wenn es dem edlen Krateros genehm ist, dann werde ich mit einem ausgewählten Trupp meiner Männer einen Vorstoß über den Paß wagen und das Gelände auf vier Tagesritte vor uns erkunden. Für diesen Zeitraum können wir ohne Schwierigkeiten Proviant und Wasser mitnehmen, ohne daß es uns zu stark behindern würde. Sollten wir kein Wasser finden, dann ist immer noch Zeit zu entscheiden, was zu tun sei."

Krateros dachte über den Vorschlag nach, und seine Gedanken kreisten im wesentlichen um die Frage, welche Alternative es gäbe, wenn Naxios' Unternehmen kein Erfolg beschieden wäre. Im Moment zumindest gab es keine Alternative. So dachten auch die übrigen im Zelt des Heerführers. Morgen, bei Tagesanbruch, würde Naxios aufbrechen. Dann wurde das Nachtmahl serviert, das bei den Anwesenden sehnsüchtige Gedanken an die Gelage im Heerlager Alexanders aufkommen ließ, als sie noch im Überfluß der fruchtbaren Ebene des Indus ein unbeschwertes Leben geführt hatten. Krateros trat als letzter aus seinem Zelt, als es Zeit zur Nachtruhe war und seine Obersten sich von ihm verabschiedeten. Über dem Tal wölbte sich ein klarer Sternenhimmel, und von der erhöhten Position, auf der sich Krateros Zelt oberhalb der Talsohle befand, konnte der Heerführer noch die Glut einiger verlöschender Feuer erkennen. Im Lager war es nie ruhig. Das Blöken von Schafen, das Scharren von Hufen, ein Wiehern, darauf folgende, beruhigende Worte eines Pferdeknechts, das Klappern eines Schwertes oder Brustpanzers und gedämpfte Stimmen, die in der sich schnell abkühlenden Nachtluft endlos weit zu tragen schienen, zeugten von der Anwesenheit des riesigen Heeres. Krateros drehte sich müde um und ging in sein Zelt zurück. Er legte seine Kleidung ab und stellte sich wie so häufig jene Frage, der er nicht ausweichen konnte, obwohl er in Erwartung ihrer Beantwortung jedesmal vor Furcht erstarrte. Wie sollte er ein Volk besiegen, das den Schlüssel zur Herrschaft über die Welt in seinen Händen hielt? Einen Schlüssel, der, so wie es Alexander angedeutet hatte, selbst die Götter unterwerfen könnte. Bei dem Gedanken daran zitterte Krateros am ganzen Körper.

Unbarmherzig brannte die Sonne auf die hundert griechischen Reiter herab, die sich jetzt schon seit drei Tagen über die blaßgrauen, kahlen Berghänge quälten. Am Tage hatten sie das Gefühl, auf Helios Wagen selbst zu fahren, während sie des Nachts ihre dünnen, grobgewebten Decken eng um sich wickelten und trotzdem vor Kälte kaum die Augen schließen konnten. Naxios, der an der Spitze der lang auseinandergezogenen Reihe ritt, stemmte sich im Sattel hoch, drehte sich um und blickte sorgenvoll zu seinen Soldaten zurück, die sich hinter ihm auf ihren müden Reittieren den schmalen Saumpfad hinuntertasteten. Einige waren abgestiegen und führten ihre Pferde an den Zügeln, aus Angst, die entkräfteten Tiere könnten ihren sicheren Tritt verlieren und den Abhang hinunterstürzen. Als sie einige Zeit später die Talsohle eines weiteren Bergeinschnitts erreicht hatten, gab Naxios das Zeichen zum Halt und rief seine Hauptleute zu sich. Seit sie aus dem Lager des Krateros aufgebrochen waren, hatten sie wenig Erfreuliches zu sehen bekommen. Karge Felsen, die sich bis zum Horizont zu erstrecken schienen, das stetige Auf und Ab, als sie dem Pfad über die Bergrücken folgten und manchmal nicht einmal sicher waren, ob sie sich überhaupt noch auf einem Weg befanden. Dazu kam die Enttäuschung, jeden Abend zwischen Felsen lagern zu müssen, ohne auch nur einen Schimmer von Hoffnung, ihre Aufgabe erfolgreich beenden zu können.

Naxios ließ sich im Schatten eines Felsen nieder und legte seinen Helm neben sich. Ein Soldat kümmerte sich um sein Pferd, während die herbeigerufenen Unterführer sich um den Obersten versammelten.

„Nun?" Es war Frage und Feststellung zugleich.

Betretenes Schweigen machte sich in der Gruppe breit, und Naxios konnte auf einmal nachempfinden, wie sich Krateros am Abend vor ihrem Aufbruch gefühlt hatte. Seine eigene Ratlosigkeit brach sich in dem Schweigen seiner Gefährten und verstärkte sich zu einer erdrückenden Last, die sich auf seine Schultern legte.

„Wenn wir morgen kein Wasser finden, müssen wir umkehren", meinte einer der Versammelten und sprach damit nur laut aus, was allen anderen auch bewußt war. Naxios war zu müde, um auch nur zu nicken. Er löste seinen Schwertgurt und legte die Waffe neben seinen Helm. Das Metall schien zu glühen. Ein Soldat führte ein Packpferd heran, an dessen Seite ein Wasserschlauch hing. Aus einem Packsattel nahm er vier Becher und füllte sie mit Wasser, die er nacheinander den dort versammelten Führern reichte. Obwohl seine Kehle staubtrocken war, mußte Naxios sich quälen, die brühwarme, schale Flüssigkeit zu schlucken. Viel hätte er dafür gegeben, einen Schluck kühlen, frischen Quellwassers zu haben, besser noch Wein.

Die Sonne sank schnell hinter den Bergsattel, den sie zuletzt überquert hatten, und für kurze Zeit würde sich die Temperatur in angenehmen Bereichen bewegen, bis sie mit Fortschreiten der Nacht in die Nähe des Gefrierpunkts sinken würde. Die Männer hatten es sich so bequem wie möglich gemacht, die Pferde versorgt und ihre tägliche Ration zu sich genommen, die genau abgemessen war. Durch das kleine Tal zogen das Wispern gedämpfter Unterhaltungen, das vereinzelte Klappern von Ausrüstungsgegenständen und das leise Fluchen derjenigen, die in ihrer Kleidung auf der nie endenden Jagd nach Ungeziefer waren. An einem einzigen Felsen brannte eine kleine Öllampe, deren Schein kaum ausreichte, die müden Gesichter der darum gruppierten Unterführer zu erleuchten.

Aber auch ohne daß Naxios die Gesichter seiner Hauptleute sah, konnte er ihre Stimmung unschwer am Klang ihrer Stimmen deuten. Je länger sie über ihre Situation beratschlagt hatten, desto deutlicher war der Unmut über die ausweglose Lage in ihren Worten zum Ausdruck gekommen.

„Wir sollten zurück zum Indus und dann an der Küste entlang zu den großen Flüssen und von dort nach Babylon", schlug Philebos vor.

„Diese Entscheidung liegt nicht bei uns", erteilte ihm Naxios eine deutliche Abfuhr und ergänzte nach einer kurzen Pause, in der betretenes Schweigen herrschte: „Was immer auch passiert, Krateros wird Alexander nicht unter die Augen treten, ohne seinen Auftrag erfüllt zu haben. Oder er wird dabei sterben."

„Was ist das überhaupt für ein geheimnisvoller Auftrag?" versuchte Timaios die Gelegenheit zu nutzen, um mehr zu erfahren als das, was bis zu diesem Zeitpunkt in Form von Gerüchten die Runde im Heer gemacht hatte.

„Wir suchen eine Stadt, in der sich unglaubliche Reichtümer befinden sollen, die Krateros unserem Herrscher zu Füßen legen will."

„Haben wir nicht schon genügend Städte erobert? Befindet sich nicht schon genug Gold in den Händen von Alexander? Brauchen wir noch mehr Beute? Noch mehr Ruhm? Ist der Göttliche nicht jetzt schon weit höher gestiegen als je ein Mensch vor ihm?" Homatios reihte die Fragen mit immer lauter werdender Stimme aneinander, ohne einem aus dem Kreis die Gelegenheit zu geben, auch nur eine von ihnen zu beantworten.

Man konnte das Lächeln auf Naxios Gesicht nur ahnen, als er seinem Unterführer mit einer Frage antwortete: „Hat Herakles, nachdem er seine achte Prüfung bestanden hatte, ausgerufen, jetzt ist's genug, ich habe meine Göttlichkeit bewiesen? Ich habe mehr geleistet als ein Mensch und mancher Gott vermag."

Ein krächzendes Husten aus den Kehlen der um die Lampe sitzenden Männer quittierte die Worte von Naxios, mit denen er den gefährlichen Anklagen des Homatios die Spitze genommen hatte. Hier draußen konnte er sich solche Reden erlauben, aber selbst schon im Lager des Krateros war es gefährlich, solcherart Fragen zu stellen, ganz zu schweigen davon, wenn Alexander seine Worte zu Ohren gekommen wären.

„Möge Hermes morgen unsere Schritte zu einem glücklichen Ziel lenken und Athene uns gnädig sein, damit wir mit guter Nachricht zu Krateros zurückkehren können", erklärte Naxios, doch war nach drei erfolglosen Tagen kaum noch eine Spur von Hoffnung in seiner Stimme. Protarchos, der den ganzen Abend stumm das Gespräch der anderen verfolgt hatte, beugte sich nach dieser fast schon rituellen Formel, die Naxios zum Abschluß eines jeden Abend wiederholt hatte, vor und löschte das Öllämpchen. In dem Maße, wie sich seine Augen an die Dunkelheit gewöhnten, traten die Sterne am Himmel hervor. Ein letztes Rascheln, als die anderen ihre Decken fest um sich zogen, dann legte sich der Schatten des Schlafes auch über ihn.

Am nächsten Morgen, die Sonne hatte es noch nicht geschafft, die Landschaft in einen Glutofen zu verwandeln, folgten die Griechen dem sanft abfallenden Tal, wobei die zuerst noch steilen Bergwände mehr und mehr zurückwichen und zu sanften Hügelrücken wurden. Ohne Zweifel hatten sie das Gebirge hinter sich gelassen, was Naxios und seinen Männern Nahrung für neue Hoffnung gab. Aber Hoffnung war das einzige, auf das sie bauen konnten, denn immer noch gab es keine Anzeichen von Vegetation oder Wasser. Als die Sonne hoch im Zenit stand, hatten sie endgültig die letzten Ausläufer des Gebirges erreicht, und vor ihnen breitete sich eine fast ebene Geröllwüste aus. Naxios beschloß, am Rande der Wüste an den Flanken der Hügel entlang bis zum Abend nach Westen vorzudringen, in der schwachen Hoffnung, doch noch Wasser und fruchtbares Land zu finden. Die Männer, die von Tag zu Tag immer schneller ermüdeten, wagten dennoch nicht zu murren.

Das Geröll wurde von vereinzelten flachen Sanddünen abgelöst, die ein Vorankommen noch schwerer machten. Als es an der Zeit war, das Lager aufzuschlagen, erreichten die Griechen eine weit in die Wüste hineinragende Felsnase: ein annehmbarer Platz zum Übernachten. Naxios befahl seinen Männern, haltzumachen und sich für die Nacht einzurichten. Morgen würden sie unverrichteter Dinge den mühseligen Weg zurück antreten. Er konnte die Erleichterung seiner

Soldaten fast körperlich spüren. Im Hauptlager würde es immer noch angenehmer sein als hier draußen. Abgesehen von den Hauptleuten machte sich wohl keiner von ihnen Gedanken, was dieser Mißerfolg für sie alle bedeutete. Auch Naxios konnte sich nicht vorstellen, wie Krateros darauf reagieren würde. Würde er sich entschließen, mit dem Hauptheer trotzdem weiter vorzudringen, dann wären viele von ihnen dem Tode geweiht, würde er zurückgehen ... Naxios spann den Gedanken bis zur schrecklichen Konsequenz weiter. Krateros fiele bestimmt dem Zorn des Göttlichen zum Opfer, doch wer noch? In solchen Dingen war der große Feldherr unberechenbar wie ein Kind.

Naxios hatte Schwert und Harnisch abgelegt und kletterte den sanften Rücken des Berghanges hinauf, um sich einen besseren Überblick zu verschaffen. Unter ihm waren die Männer dabei, ihre Pferde zu versorgen und sich selbst einen möglichst geschützten Platz für die Nacht zu suchen. Je länger sie unterwegs waren, desto ruhiger lief es ab. Kaum jemand hatte noch die Kraft für laute Worte oder Flüche, die sonst an der Tagesordnung waren. Das war auch ein Indiz dafür, wie ausgelaugt seine Soldaten waren, und das, obwohl er nur die kräftigsten und besten für dieses Unternehmen ausgewählt hatte. Naxios hatte inzwischen die Kuppe der Bergflanke erreicht und stand wohl hundert Meter über der sich vor ihm ausbreitenden Wüste. Sein Blick glitt noch einmal über das Lager und dann zum Horizont. Zuerst hielt er es für eines jener Trugbilder, die die Wüste für den einfältigen Reisenden bereithielt. Er blinzelte, wischte sich mit der Hand über die Augen und schaute erneut in die Wüste hinaus. Nichts hatte sich verändert. Wenn es ein Trugbild war, dann waren die Pyramiden, die er an Alexanders Seite in Ägypten gesehen hatte, auch nur Spiegelungen in der Wüste gewesen. Naxios beschirmte seine Augen mit der Hand gegen die tiefstehende Sonne, deren Strahlen seitlich in seine Augen fielen. Dort draußen in der Wüste lag eine Stadt, eine riesige Stadt, strahlender als Babylon oder Athen, strahlender auch als Persepolis, das sie niedergebrannt hatten. Die Mauern erstreckten sich fast unüberschaubar nach allen Seiten, und über allem thronte ein Gebäude, das nur ein Tempel sein konnte. Es mußten mächtige Götter sein, die ihrem Volk die Kraft gaben, etwas derartiges zu errichten.

Augenblicklich wurde Naxios klar, daß dies der Ort war, den Krateros suchte, und im gleichen Moment wußte er auch, daß ein Heer von zehntausend Mann eine lächerlich geringe Streitmacht war, um diese Stadt zu erobern. Und mit diesen Gedanken kehrte auch die nüchterne Verhaltensweise des Soldaten zurück. Er warf sich auf den Boden und hoffte, daß die sicher auf den Mauern postierten Wächter ihn noch nicht bemerkt hatten. Das Lager selbst war durch den Hügelrücken vor den Blicken der Stadtbewohner geschützt. Vorsichtig kroch Naxios den Kamm hinunter. Anscheinend hatte sie Glück gehabt und waren bis jetzt unbemerkt geblieben, was ihm aber sehr merkwürdig erschien. Im Schutze der Nacht würde er seine Männer so weit wie möglich in die Richtung, aus der sie gekommen waren, zurückführen und hoffen, daß sie auch weiterhin unbemerkt blieben.

Der Rückzug ähnelte eher einer Flucht, und Naxios gönnte seinen Männern kaum mehr als ein paar Stunden Ruhe pro Tag. Sie bewältigten die Strecke zurück ins Lager des Krateros in knapp drei Tagen und verloren dabei fast ein Drittel ihrer Pferde. Die Tiere brachen einfach tot zusammen und wurden am Wegrand liegengelassen. Als sie schließlich gegen Nachmittag des siebten Tages seit ihrem Aufbruch die ersten Zelte des Lager erreichten, flog die Kunde ihrer Rückkehr wie vom Sturm getragen zu Krateros, der zusammen mit seinen Obersten dem erschöpften Naxios entgegeneilte. Als dieser wenig später im Zelt des Krateros seinen Bericht beendet hatte, verfiel der Heerführer in ein schier endlos dauerndes Schweigen. Seine äußerlich unbewegte Miene verbarg seine Gefühle vollständig, während die anderen begehrlich auf ein Wort von ihm warteten. Schließlich straffte sich seine zusammengesunkene Gestalt.

„Ich danke dir, Naxios. Du bist entlassen. Gönne dir Ruhe, reinige und stärke dich. Morgen, nach Sonnenaufgang, erwarte ich dich, damit wir uns beraten können.“ Mit einem Blick auf die anderen fügte er hinzu: „Das gilt auch für euch. Morgen werden wir entscheiden, was zu tun ist.“

Damit waren die Fuhrer der einzelnen Abteilungen entlassen. Krateros beachtete die erstaunten Gesichter nicht, sondern versank wieder in seine Gedanken. Die Männer schauten sich erstaunt an, warteten noch einen Moment, aber ihr Führer sah aus, als sei sein Geist in ein fernes Land entschwunden, und er beachtete sie überhaupt nicht mehr. Stumm verließen sie das Zelt, doch kaum waren draußen angelangt, brachen Zweifel und Hoffnung, Pläne und Gedanken laut aus ihnen heraus. Die erfahrenen Kämpfer wie Thelanios und besonders Naxios, der als einziger von ihnen die Stadt gesehen hatte, waren ratlos, während die beiden Führer der leichten Fußtruppen, Kothinos und Oxatios, in vollem Vertrauen in die Stärke und Kampfkraft des griechischen Heeres, das das persische Großreich besiegt hatte, sich schon als kühne Eroberer und im Ruhm erstrahlen sahen. Kein Feind war dem griechischen Heer gewachsen, das jetzt schon seit acht Jahren die bekannte Welt der Herrschaft des gottgleichen Alexander unterwarf.

Nach einer Nacht voller Zweifel und wenig Schlaf stand Krateros dort, wo schon viele Heerführer vor ihm gestanden hatten. Es gab keinen Ausweg. Er hatte seine Thermopylen erreicht und wartete auf den ehrenvollen Tod. Für seine Männer war es nur eine mächtige Stadt, doch mit seinem Wissen konnte sie nur zum Grab von zehntausend Männern werden, weitab von der Heimat, und niemand würde ihr Lied singen, wie tapfer sie auch kämpfen mochten. In voller Rüstung erwartete er seine Obersten.

„Wir werden kämpfen", begann er ohne Umschweife, als sich die sechs Männer in seinem Zelt versammelt hatten. „Es liegt nicht in unserer Macht, eine andere Entscheidung zu treffen. Der Göttliche hat uns ein Ziel genannt, und er, der nie gezagt hat, kann erwarten, daß seine Männer es ihm gleichtun."

Die Gesichter von Kothinos und Oxatios strahlten bei dieser Mitteilung, während die Führer der Reiterei die Entscheidung aufnahmen, ohne eine Miene zu verziehen. Thestanios runzelte die Stirn, wußte er doch, daß seine Truppen die Hauptlast des Angriffs zu tragen hätten. Nur in Konstantinos' Gesicht spiegelte sich Unglauben, und bevor Krateros weitersprechen konnte, nahm er das Recht des Älteren für sich in Anspruch und protestierte.

„Herr, das könnt Ihr nicht machen. Wir können nicht angreifen. Die Männer sind müde, unsere Vorräte sind fast aufgebraucht, und es gibt kein Wasser zwischen hier und der Stadt. Naxios hat mit seinen Männern die Strecke in vier Tagen bewältigt, aber bedenkt, wie lange ein Heer von dieser Größe brauchen wird." Der Alte schien einen Moment nachzudenken oder einfach Krateros die Möglichkeit zu geben, ihn zum Schweigen aufzufordern. Da aber nichts dergleichen geschah, fuhr er fort. „Mindestens eine Woche. Wie sollen wir das Wasser transportieren, die Verpflegung? Was ist, wenn wir die Stadt belagern müssen?"

Krateros nickte bedächtig. Um diese Fragen waren seine Gedanken den größten Teil der Nacht gekreist. Eigentlich spielte alles keine Rolle, denn sie würden sowieso sterben, dessen war er sicher, doch um seinen Leuten nicht den Mut zu nehmen oder gar eine Meuterei zu riskieren wie Alexander am Hyphasis, wo er zur Umkehr gezwungen worden war, hatte er sich einen Plan zurechtgelegt.

„Wir werden nicht sieben Tage, sondern mindestens zehn Tage brauchen, Konstantinos", erklärte er und blickte dabei den erfahrenen Kämpfer direkt an. „Wir werden das Heer auch nicht bis an die Stadt heranführen, sondern nur bis in das Tal, in dem Naxios sein letztes Nachtlager aufgeschlagen hat und das mir weit genug von der Stadt entfernt scheint, damit wir unbemerkt bleiben. Und", dabei huschte fast ein Lächeln über sein Gesicht, „der Troß bleibt hier."

Erstaunen zeigte sich in den Gesichtern der versammelten Männer, und nach ein paar Augenblicken wurden die ersten Fragen laut. Krateros hob beschwichtigend die Arme und brachte die wild durcheinander Redenden schließlich zum Schweigen.

„Thelanios, du stellst eine Abteilung aus zweihundert Mann zusammen, die in das Tal vorrückt. Thestanios, du folgst mit den schweren Fußtruppen." Krateros Blick fiel auf den untersetzten Oberst, dessen langes Haar fast bis zu den Schultern reichte und der unbeweglich den Befehl entgegennahm. „Der Rest der zweiten Reiterei packt Wasserschläuche und Proviant auf die Pferde und führt sie durch das Gebirge zum Tal. So brauchen Thestanios Fußsoldaten nur ihre Waffen tragen und kommen schneller voran, ohne gleich zu ermüden ..." Krateros entwickelte nun Stück für Stück einen ausgeklügelten Plan, wie das riesige Heer von seinem jetzigen Lager ohne große Anstrengung und ohne Verluste in das von Naxios entdeckte Tal verlegt werden konnte. Die Versorgung wurde dadurch gewährleistet, daß man den Troß hier zurückließ und mit großen Teilen der Reiterei eine Stafette bildete, die den Nachschub nicht abreißen ließ. Die Reiterei, sonst das Glanzstück eines jeden Heeres und nicht selten entscheidend für den Ausgang der Schlacht, fand sich hier auf einmal in die Reihen der einfachen Fußsoldaten wieder. Thelanios und Naxios stöhnten protestierend auf, doch es half nichts. Die Pferde wurden bis auf zwei kleine Abteilungen dem Troß überstellt, und die Reiter hatten zu Fuß zu kämpfen. Krateros ließ keinen Zweifel daran, daß es ihm mit seiner Entscheidung mehr als ernst war.

„Ich selbst weiß", lenkte er versöhnlich ein, „daß die Reiterei in einer offenen Feldschlacht von unschätzbarem Wert ist, aber genauso gut wißt ihr, daß sie bei der Erstürmung einer Stadt kaum von Nutzen ist. Im Troß sind die Tiere zur Sicherstellung der Versorgung viel wichtiger."

Weder Thelanios noch Naxios konnten das leugnen, es war lediglich eine Frage der Ehre. Sie würden ihren Männern wohl klarmachen müssen, daß sie zu Fuß zu kämpfen hatten.

„Wenn wir die Stadt erst einmal erobert haben, sind auch unsere Versorgungsprobleme gelöst", warf Thestanios ein. „Wir werden die Kornspeicher plündern und ihr Vieh schlachten."

Die Aussicht auf den zu erwartenden Überfluß hob die Stimmung der Anwesenden. Sie stellten sich vor, wie sie in Wein und einem Übermaß an Nahrung schwelgten, ganz abgesehen von den Schätzen, die sie erobern würden. Nur Krateros verzog keine Miene, und wie er feststellte, hatte sich auch Naxios' ernstes Gesicht bei den Worten von Thestanios nicht aufgeheitert.

Zehn Tage später sah Krateros die Stadt zum erstenmal mit eigenen Augen. Die Sonne war noch nicht über den Horizont gestiegen, und der Bergrücken, auf dem er, den Körper fest an den Fels gepreßt, lag, hatte noch die Kühle der Nacht bewahrt, die Luft über der sich vor ihm und seinen Obersten ausbreitenden Wüste war klar und das Licht ausreichend, um die Konturen der weit vor ihnen liegenden Wälle und Türme deutlich zu erkennen. Der einzige, dem es in der Gruppe nicht die Sprache verschlug, war Naxios. Er hatte gewußt, was ihn erwartete, als er die anderen vorsichtig die Bergflanke hinaufgeführt hatte. Oxatios, der während der letzten Tage, als das Heer sich einem Lindwurm gleich in das neue Lager bewegt hatte, jeden Tag siegessicherer geklungen hatte, atmete deutlich hörbar aus und sagte kein Wort. Die anderen stöhnten auf und schüttelten dann ungläubig den Kopf. Nur Krateros schien nicht überrascht zu sein, sondern musterte die weitläufigen Mauern und Befestigungen mit dem geübten Auge eines erfahrenen Soldaten, der nicht die Schwäche zeigte, beeindruckt zu sein. Seine Augen glitten über den verwinkelten Komplex und versuchten, so viele Einzelheiten wie möglich zu erfassen. Als die Sonne ihren Weg über die Bergrücken gefunden hatte und die Luft über der Wüste zu flimmern begann, gab Krateros das Zeichen zum Rückzug. Schweigend ritten die Männer zurück ins Lager.

„Unheimlich", stellte Kothinos fest, als sie in Krateros Zelt zusammensaßen, „eine Stadt mitten in der Wüste. Keine Äcker, kein Vieh, keine anderen Anzeichen irgendeines Anbaus. Wovon leben die Bewohner nur?"

Die anderen zuckten mit den Schultern. Eine Geste der Hilflosigkeit und Unsicherheit zugleich.

„Wir werden und müssen es herausfinden." Naxios wußte, daß sie keine andere Wahl hatten.

„Die Stadt liegt gut zwanzig Stadien in der Wüste", beendete Krateros die Spekulationen, die immer mehr ausgeufert waren und zu nichts führten. „Sie werden uns lange bevor wir dort sind sehen. Ein Überraschungsangriff ist gänzlich unmöglich. Sie liegt ungeschützt da, und das ist wahrscheinlich ihr bester Schutz."

„Wir müssen sie im Sturm nehmen", erklärte Oxatios. „Sie überrennen, die Mauern erklimmen und die Tore brechen." In seinen Augen schimmerte die Kampfeslust.

„Ohne Zweifel hast du recht", stimmte ihm Krateros zu, und Oxatios junger, kräftiger Körper spannte sich vor Genugtuung über das Lob.

„Doch", fuhr Krateros nach einer kurzen Pause fort, „aus ganz anderen Gründen, als du im Sinn hast. Wir können die Stadt nicht belagern. Wie auch immer ihre Versorgung organisiert ist, sie ist bestimmt besser als unsere. Wir müßten jeden Tropfen Wasser und sämtliche Nahrungsmittel mehrere Tagesreisen weit transportieren. Nein, wenn wir die Stadt nicht erobern können, dann können wir uns gleich unserem Schicksal ergeben."

Drei Tage später war das gesamte Heer bis auf die zweitausendfünfhundert Mann, die den Nachschub garantierten, in dem Bergtal zusammengezogen. Krateros gönnte den Männern zwei Tage Ruhe, um neue Kräfte zu schöpfen, aber auch, um ihre Ausrüstung für den bevorstehenden Angriff in Ordnung zu bringen. Inzwischen hatten schon allerlei Gerüchte über den bevorstehenden Kampf die Runde gemacht, die einerseits in leuchtenden Farben die Beute beschrieben, die gemacht werden konnte, andererseits das Angriffsziel als einen dämonischen Ort beschrieben, an dem sie alle sterben würden. So hielt sich unter den Männern Hoffnung auf reiche Beute und dumpfe Angst vor dem Unbekannten die Waage.

Krateros hatte lange darüber nachgedacht, wann der beste Zeitpunkt für den Angriff wäre, hatte sich mit seinen Obersten besprochen, die aber auch nicht zu einer einhelligen Meinung kamen, hatte den Priester befragt, der die Orakelsteine aber nicht lesen konnte, und sich dann entschieden, im Morgengrauen sein Heer gegen die Stadt zu führen.

Die bleiche Scheibe des Mondes erhob sich über die kahlen grauen Bergrücken, als Krateros schließlich das Zeichen zum Aufbruch gab. Man würde die Nacht hindurch marschieren und kurz vor Morgengrauen die letzte Deckung erreichen, von wo die Späher die Stadt ohne Unterbrechung beobachtet hatten.

Nie waren Anzeichen von irgendwelchen Bewohnern festzustellen gewesen. Die riesigen Tore waren stets geschlossen geblieben, und das Leben, das sich hinter den mächtigen Mauern abspielte, war immer noch ein Geheimnis. Zwei kleine Abteilungen der Reiterei unter der Führung von Thelanios und Naxios hatten die Aufgabe, nach vorn zu sichern. Dahinter folgte Thestanios mit der schweren Infanterie, der die zu Fußsoldaten befohlenen Männer der Reiterei folgten. Den Abschluß bildeten die beiden Abteilungen der leichten Infanterie, die mit viertausend Mann das Gros des Heeres stellten. Als sich der Heerzug in Bewegung setzte, war erst nur ein Rascheln und Schleifen der einfachen Ledersandalen über dem Fels zu hören. Langsam schwoll das Geräusch an, wurde vom Klirren der Waffen und den Gesprächsfetzen der Männer untermalt, bis es schließlich zu einem dumpfen Dröhnen anwuchs, das von den Berghängen zurückwogte.

Die Morgendämmerung hatte die Sterne vom Firmament verdrängt, und über den östlichen Bergen lag schon der rötlicher Schimmer des anbrechenden Tages, als Krateros sein Heer in breit gestaffelter Schlachtordnung in die Wüste vorrücken ließ. Er selbst befand sich hinter den Reihen der schweren Infanterie, die die Mitte der Formation einnahm. An seiner Seite befanden sich seine Obersten, die die letzten Befehle entgegennahmen, und vor ihnen ragten die Türme und Mauern der Stadt völlig unbeeindruckt ob dieses Aufmarsches in den klaren Morgenhimmel. Als die Griechen bis auf einen Kilometer herangekommen waren und sich auf den Mauern immer noch nichts regte, verlangsamten die Soldaten automatisch ihre Schritte, rückten nur noch zögernd vor, so als ob die nicht vorhandene Bedrohung ihre Glieder nachhaltiger lähmte, als dies der Anblick eines übermächtigen Feindes vermocht hätte. Krateros verstand die Männer und schätzte die Situation richtig ein. Er schickte einen Adjutanten zur linken Flanke und befahl Thelanios zu sich. Während der Heerführer auf den Befehlshaber der ersten Reiterei wartete, suchten seine Augen die Mauern ab, die sich scheinbar endlos von einer Seite seines Gesichtsfeldes zur anderen hinzogen. Direkt vor ihm, in Hauptstoßrichtung seines Heeres, lag ein riesiges Tor, dessen tatsächliche Dimensionen erst jetzt abschätzbar waren. Auf den Wällen war immer noch keine Bewegung festzustellen, und es drang auch kein Geräusch von dort herüber.

„Reite mit deiner Abteilung vor", befahl er Thelanios kurz angebunden, da seine Nerven bis zum Zerreißen gespannt waren. „Ich will wissen, was da los ist."

Thelanios riß sein Pferd herum und galoppierte zu seiner Abteilung zurück. Kurze Zeit später löste sich die Reiterei von der linken Flanke und preschte auf die Stadt zu. Staub wirbelte auf, so daß die Reiter schon bald nur noch in einer grauweißen Wolke zu erahnen waren. Nichts schien sie am Vordringen zu hindern. Die Staubwolke erreichte die Stadtmauer, und als sich der Staub gelegt hatte, konnte Krateros erkennen, wie kleine Gestalten sich rund um das Tor versammelt hatten. Endlich bekam man einen genauen Eindruck von der Größe. Die Mauern ragten beachtliche sechzig bis siebzig Fuß hoch auf, und selbst das Tor maß bestimmt noch dreißig bis vierzig Fuß im Quadrat. Qualvolle Minuten vergingen, dann löste sich eine Gestalt aus der Gruppe am Tor und kam in gestrecktem Galopp auf die Kampfformation der Griechen zu. Der Reiter machte sich nicht die Mühe, um die Flanke der Schlachtordnung herumzureiten, sondern vertraute darauf, daß sich in den Reihen der schweren Infanterie eine Lücke auftun würde, um ihn hindurchzulassen. Ein Ruck ging durch die Reihen der Fußsoldaten, und ohne daß der Reiter sein Tempo merklich verlangsamen mußte, teilte sich die Phalanx und öffnete ihm den Weg direkt zu Krateros. Völlig außer Atem erreichte er den Heerführer und brachte sein Pferd in einer Staubwolke zum Stehen.

„Herr", begann der Mann, in dem Krateros einen von Thelanios Unterführern erkannte, „ich soll melden", dabei senkte er instinktiv seine Stimme, „das Tor ist nicht verriegelt, und es gibt kein Anzeichen, daß die Stadt bewohnt ist."

Krateros begriff im ersten Moment nicht. Sein Gesichtsausdruck brachte den Boten dazu, seine Meldung noch einmal zu wiederholen.

Daraufhin nickte Krateros instinktiv. Der Bote wartete ab, doch der Heerführer beachtete ihn nicht weiter. Seine Gedanken rasten, und er schaffte es nicht, sie in geordnete Bahnen zu zwingen. Konnte es eine List sein? Ein hölzernes Pferd, wie das, mit dem Odysseus die Trojaner getäuscht hatte? Konnte es sein, daß der Sieg so einfach zu erringen wäre, oder war die Beute schon verschwunden? Waren all die Mühen sinnlos gewesen? Was sollte er nun tun?

„Herr?" Die ungeduldig fordernde Stimme des Boten riß ihn aus seinen Gedanken. Krateros stieß ein unmutiges Knurren aus, woraufhin der Offizier zusammenzuckte.

„Sag Thelanios, er soll einen Trupp in die Stadt schicken. Er soll so weit vordringen, wie es ihm ratsam und sicher erscheint. Ich werde eine Abteilung Fußsoldaten zu seiner Unterstützung vorschicken."

Der Bote machte eine Ehrenbezeugung und ritt so schnell, wie er gekommen war, zur Stadt zurück. Krateros winkte Oxatios zu sich heran. Jetzt war der Moment gekommen, wo der junge Befehlshaber der leichten Infanterie sich bewähren konnte.

„Oxatios", begann Krateros, kaum daß dieser neben ihn getreten war, „du rückst mit deiner Abteilung vor und sicherst das Tor und die linke Flanke. Umgehe die Stadtmauer, damit wir keine böse Überraschung erleben. Ich werde Kothinos zur rechten Flanke schicken, damit wir die Stadt komplett einschließen können. Die schwere Infanterie bleibt hier als Reserve zurück."

Die nächsten Stunden brachten Krateros eine Reihe von Aufschlüssen über die rätselhafte Stadt, ohne daß ihre geheimnisvolle Existenz wirklich geklärt werden konnte. Abteilungen der leichten Infanterie hatten die Stadt außerhalb der Mauer umrundet und dabei festgestellt, daß sie einen achteckigen Grundriß hatte. Der Umfang belief sich nach den groben Messungen, die anhand von Schrittlängen durchgeführt wurden, auf ungefähr achtzehn Stadien. Nirgendwo waren Ansiedlungen festgestellt worden, wie es eigentlich üblich war. Außerhalb der Mauern gab es nur die Wüste, keine Felder, keine Brunnen und schon gar keine Häuser. Weder die Truppen, die einen Ring um die Stadt gebildet hatten, noch die in die Stadt selbst entsandten Späher hatten irgendein Anzeichen von Leben entdeckt. Tore wie jenes, vor dem die Hauptmacht der Griechen inzwischen lagerte, waren in regelmäßigen Abständen in die Befestigung eingelassen, doch keines davon war verschlossen. Ungeduldig wartete Krateros auf die Rückkehr von Oxatios, der mit einer Abteilung von fünfzig Mann bis zum Herz der Stadt verstoßen sollte. Der Heerführer der Griechen lief unruhig auf und ab, wobei ihn seine Obersten, die sich im Schatten, den die Mauer in der jetzt tiefer stehenden Sonne warf, aufmerksam beobachteten. Es mußte eine Entscheidung getroffen werden. Sollte das Heer sich zurückziehen, hier vor den Toren lagern oder in die Stadt eindringen?

Es war Krateros' Entscheidung, um die ihn keiner der Versammelten beneidete. Unruhe entstand an dem Tor, wo die schwere Infanterie Aufstellung genommen hatte. Krateros unterbrach seine ziellose Wanderschaft, und mit einem Ruck gingen die Köpfe seiner Unterführer in Richtung des Tores. Oxatios war zurückgekehrt. Mit zielstrebigen Schritten kam er eilig auf die Gruppe der Wartenden zugelaufen, während er, ohne sein Tempo zu verlangsamen, einem Soldaten sein Schwert, den Helm und das Schild gab.

„Herr", stieß Oxatios, kaum zu Atem gekommen, hervor, „wir sind bis in den Tempelbezirk vorgedrungen und haben kein Anzeichen von Bewohnern gefunden. Die Stadt ist verlassen. Keine Menschenseele befindet sich darin, obwohl die Häuser so aussehen, als seien die Menschen nur kurz weggegangen. Es befinden sich Möbel darin und auch Hausgerät, soweit wir feststellen konnten, aber natürlich haben wir nicht alle genau untersucht. Wir haben auch keine Tiere gefunden. Nicht ein lebendes Wesen. In der Stadt herrscht eine geradezu unheimliche Stille. Die Häuser sind alle aus Stein gebaut und reichlich mit Ornamenten verziert. Es gibt Plätze und breite Straßen, aber auch enge Gassen. Sie scheint sternförmig angelegt zu sein."

Bei den letzten Worten hockte sich Oxatios hin und strich mit der Hand den Sand vor sich glatt. Die anderen traten neugierig hinzu. Oxatios zeichnete mit dem Finger eine unregelmäßige geometrische Figur auf den Boden, die an ein Achteck erinnerte und von deren Seiten er im rechten Winkel gerade Striche zog, die sich in der Mitte des Achtecks trafen. Dort machte er einen Kreis und in einigem Abstand einen weiteren, größeren Kreis.

„Wir sind von hier aus vorgedrungen“, dabei deutete er auf die Seite des Achtecks, die sich direkt zu seinen Füßen befand, „und stießen dann auf eine breite, kreisförmige Straße, der wir ein Stück folgten, bis wir auf eine andere Straße trafen, die im rechten Winkel darauf stößt. Dazwischen gibt es natürlich eine Menge Querverbindungen. Aber im wesentlichen führen breite Straßen von den Haupttoren zur Mitte, wo sich ein riesiger Platz befindet, auf dem ein Tempel steht. Das Gebäude, das man auch von außen aufragen sehen kann.“

Krateros nickte. Er hatte dieses Gebäude, das sich in der Mitte der Stadt befand, auch schon bemerkt. „Steht es auf einem Hügel?“ wollte er von dem jungen Obersten wissen.

Der schüttelte den Kopf und nahm dankend einen Schluck Wasser aus einem Becher, den ihm Thelanios reichte.

„Nein“, bestätigte er dann sein Kopfschütteln gegenüber Krateros, „oder zumindest ist es kein natürlicher Hügel.“

Krateros hob fragend die Augenbraue, und sein Mundwinkel zuckte ungeduldig, so daß der jüngere Mann gleich ergänzte: „Es ist ein künstlicher Hügel aus aufgeschichteten, behauenen Steinen, die stufenartig aufeinander getürmt sind und oben ein Plateau bilden, auf dem sich der Tempel befindet. Mindestens hundert Fuß hoch.“

„Warst du in dem Tempel?“

„Nein, Herr“, brach es aus Oxatios hervor, als hätte man ihn gefragt, ob er den Olymp ersteigen wolle. „Wir haben uns den Platz angesehen, aber auch dort deutete nichts auf irgendwelche Bewohner hin. Wir haben weitere Häuser untersucht, um vielleicht Tote zu finden, aber da war nichts.“

„Gar nichts, was auf die Bewohner hindeuten könnte?“ fragte jetzt Thestamios.

„Nein, gar nichts“, wiederholte Oxatios im Brustton der Überzeugung. „An der westlichen Seite wird der Platz von einem großen Palast begrenzt, in dessen Vorhalle wir eingedrungen sind. Er ist prächtig mit Ornamenten und Mosaiken ausgestattet. Statuen, die sich mit den besten Werken unserer Künstler messen können, stehen dort. Alles zeugt von Reichtum und Kultur.“

„Und sonst habt ihr nichts gefunden?“ Kothinos musterte dabei den jungen Oberst ganz genau.

„Nein.“

„Kein Wasser? Keine Lebensmittel?" brachte Krateros es auf den im Moment wichtigsten Punkt.

„Nein, aber wir haben bestimmt noch nicht einmal den zehnten Teil der Stadt in Augenschein genommen. Dazu ist sie zu groß, und wir waren zu wenige." Der letzte Satz hing in der Luft wie eine unausgesprochene Aufforderung an Krateros, endlich den Befehl zu geben, in die verlassene Stadt einzurücken.

Der Führer der Griechen schaute über die Wüste zurück zu den Bergen, über die sie gekommen waren und wo vier Tagesmärsche entfernt Konstantinos noch mit dem Troß auf Nachricht wartete. Krateros wandte absichtlich seinen Unterführern den Rücken zu, denn er wußte nur allzugut, was er in deren Gesichtern sehen würde. Die Hoffnung, daß man in der Stadt eine Zeitlang die Unbilden des Marsches vergessen könnte, zumindest die Aussicht auf Beute und Bequemlichkeit, wenn es schon keine Frauen gab, die man dem Kriegsrecht unterwerfen konnte. Hatte er überhaupt eine Wahl, ging es Krateros durch den Kopf, und er brauchte nicht lange, um diese Frage mit einem Nein zu beantworten.

„Wir ziehen in die Stadt ein." Die Gesichter seiner Obersten hellten sich auf, und ihre Züge entspannten sich. „Aber ich will, daß wir uns so verhalten, als ob wir einer absolut feindlich gesinnten Bevölkerung gegenüberstehen würden." Er sagte es mehr zu seiner eigenen Beruhigung, ohne viel Hoffnung, daß sich die Disziplin in Ermangelung einer tatsächlichen Bedrohung wirklich aufrechterhalten ließe.

Das griechische Heer rückte in die verlassene, namenlose Stadt ein. Zuerst war deutlich die Beklommenheit, mit der sich die Eroberer bewegten, für einen jeden spürbar, doch bald schon, nachdem man die ersten Häuser besetzt und festgestellt hatte, daß ein jedes über einen Brunnen und einen Garten verfügte, in dem exotische Früchte wuchsen, von denen sich die Soldaten bedienten, fiel alle Vorsicht von ihnen ab. Ob Offizier oder gemeiner Soldat, ein jeder genoß den plötzlichen Überfluß. In den weitläufigen Gärten der größeren Häuser, die sicher den wohlhabenden Bürgern gehört hatten, fand man gut gefüllte Kornspeicher. Das Wasser aus den Brunnen war frisch und von einer kühlen Qualität, die die Männer an die lange vergessenen Gebirgsbäche in Baktrien erinnerte.

Krateros stand lange auf dem zentralen Platz und studierte mit gemischten Gefühlen den Tempel, der sich hoch über ihm erhob. Eine steile Treppe führte an einer der Schmalseiten hinauf. Die Basis des künstlich aufgeschichteten Tempelberges maß wohl mehr als zwei Stadien auf der Längs- und eineinhalb auf der Breitseite und verjüngte sich nach oben. Er schätzte, daß die Plattform, auf der der eigentliche Tempel ruhte, bestimmt noch ein Stadion im Quadrat umfaßte, womit der Tempel selbst es ohne Schwierigkeiten mit dem Parthenon der Akropolis aufnehmen konnte. Wenn überhaupt, dann mußte dort oben zu finden sein, weswegen Alexander ihn hierhergeschickt hatte. Krateros konnte immer noch nicht glauben, daß es so einfach sein sollte. Er gab seiner Eskorte ein Zeichen, und die Soldaten seiner Leibgarde stiegen die Stufen hinauf. Nach allen Seiten abgesichert, folgte er ihnen bedächtig. Nach kurzer Zeit stand ihm der kalte Schweiß auf der Stirn, und er nahm seinen Helm ab. Hinter ihm keuchten Oxatios und Thestanios die Stufen hinauf.

Oben auf der Plattform hatte man einen beeindruckenden Überblick über die Stadt und die Landschaft. Deutlich war die achteckige Form zu erkennen, und was Oxatios als kreisförmige Ringstraßen bezeichnet hatte, gehorchte, wie man deutlich sehen konnte, auch der Form des Achtecks. Zwischen den breiten Straßen befand sich ein Gewirr von Gassen und Häusern. Nach Westen hin, wo der Palast den großen Platz begrenzte, war wesentlich weiträumiger gebaut worden. Dort erhoben sich große umbaute Areale, in denen sich wiederum kleinere Gebäude befanden. Krateros ließ seinen Blick langsam über die eigenwillige Architektur der Stadt gleiten. Von hier oben konnte er, wenn auch nur als kleine, umherhuschende Gestalten, seine Männer sehen, die durch die Gassen liefen, in Häuser eindrangen, aber offensichtlich nirgendwo auf Bewohner stießen, von Widerstand ganz zu schweigen. Vereinzelt brannten schon die ersten Feuer, um für die hereinbrechende Nacht gerüstet zu sein. Krateros zog seinen Umhang enger um sich, obwohl von der Temperatur her noch kein Anlaß dazu bestand. Er drehte sich um und ging auf den Tempel zu. Die Männer seiner Garde hatten sich über die gesamte Plattform verteilt. Er konnte sicher sein, daß ihm keine Gefahr drohte. Seine beiden Obersten folgten ihm die Stufen zu dem Tempel hinauf. Links und rechts des Eingangs standen, wohl doppelt mannshoch, zwei Statuen. Männer in aufrechter Haltung, jeweils ein Arm hing locker an der Seite hinab, während der andere vor dem Körper angewinkelt und die Handfläche so gestaltet war, daß sie den Ankommenden wie zum Gruß entgegengestreckt schien. Oder zur Warnung, ging es Krateros plötzlich durch den Kopf. Die Steinmetzarbeit zeugte von hoher Kunstfertigkeit und stand den schönsten Skulpturen von Phidias und Praxiteles um nichts nach. Krateros blickte an den steinernen Abbildern hoch und bemerkte, daß in die Augen ein schwarzer Stein eingelegt war. Nicht nur die Pupillen, nein, die ganze Augenhöhle war aus diesem dunklen Stein gearbeitet, der schwärzer war als alles, was Krateros je gesehen hatte. Wie gebannt schaute er nach oben. Dieses Schwarz schien bodenlos zu sein, und obwohl er den Kopf in den Nacken gelegt hatte, konnte er sich des Eindrucks nicht erwehren, in einen Abgrund zu fallen. Krateros schüttelte den Kopf und befreite sich aus dem Bann. Er warf noch einen letzten Blick auf die beiden Statuen und durchschritt dann das Portal des Tempels. Durch die Oberlichter fiel gerade genug Helligkeit ein, daß er die Mosaike des Fußbodens deutlich erkennen konnte, und im gleichen Augenblick wußte er, daß er am Ziel war. Der Boden war eine Fläche aus Blau und Grün, die sich über den gesamten Tempel erstreckte. Es schien in allen Schattierungen der beiden Farben zu schillern, Lichtreflexe huschten aus unerfindlichen Gründen über den Boden hinweg und vermittelten den Eindruck, in einem blaugrünen Meer zu schweben. In das Bodenmosaik waren goldene Ornamente eingelassen, Schriftzüge, wie Krateros wußte, da sie unzweifelhaft denselben Ursprung hatten wie die Schrift, die ihm Alexander auf dem Papyrus gezeigt hatte. Krateros setzte vorsichtig den Fuß auf das Mosaik, so als befürchtete er, vom Boden verschlungen zu werden. An der gegenüberliegenden Wand befand sich der Schrein. Zuerst langsam, dann immer schneller durchquerte der Heerführer den Raum, wobei das Klirren der Waffen seiner Garde, die ihm folgte, wie von weit entfernt an sein Ohr drang. Er hatte den Schrein noch nicht erreicht, da sah er schon den Papyrus darauf liegen. Die Schriftrolle, die Alexander zum Herrscher der Welt machen würde. Und ihn? Warum Alexander? Wenn darin wirklich das Geheimnis enthalten war, wie man zum Herrscher über die Welt wurde, dann konnte es genausogut auch ihm dienen. Unmerklich waren seine Schritte langsamer geworden, und schließlich verharrte er wenige Fuß vor dem Schrein. Sein Blick war ganz auf die Schriftrolle vor ihm gerichtet. Alle Geräusche waren verstummt, seine Augen nahmen nichts mehr von seiner Umgebung wahr. Er brauchte nur die Arme auszustrecken, und dann war das ultimative Wissen in seinen Händen. Ganz langsam trat er einen weiteren Schritt vor. Sein rechtes Knie stieß an den Schrein. Den Bruchteil eines Augenblicks durchzuckte ihn die Frage, was wohl passieren mochte, wenn er den Papyrus in die Hand nehmen und vom Schrein hochheben würde. Ein Bild entstand und verschwand in Sekundenbruchteilen. Er sah Zeus vom Olymp stürzen, Poseidon in den Fluten ertrinken und Kronos sich erheben. Dann war auch das vorbei, und Krateros hielt die Schriftrolle in der Hand. Nichts war passiert, obwohl der Grieche immer noch darauf wartete, daß die Götter ihn vernichten würden. In diesem Moment wußte er, daß Alexander sicher sein konnte, diesen Papyrus zu erhalten. Man mußte selbst schon den Göttern näher sein als den Menschen, um die Last dessen, was er in der Hand hielt, zu tragen. Trotzdem löste Krateros die Verschnürung, zog ein Stück davon auf und warf einen Blick darauf. In engen Zeilen waren die eigenartigen Schriftzeichen angeordnet. Krateros konnte es nicht lesen, es war eine Schrift, die er nie zuvor gesehen hatte, und auch die Art, wie sie geschrieben war, war ihm noch nie vorher untergekommen. Ganz eng und gleichmäßig standen die einzelnen Zeichen in sauberen Reihen. Der Schreiber mußte ein Meister seines Faches gewesen sein. Krateros verschnürte die Rolle wieder und wandte sich zum Gehen. Seine Begleiter hatte die ganze Szene völlig unbewegt verfolgt. Krateros klatschte in die Hände, ein unanständig lautes Geräusch, das sich an den Tempelwänden brach. Die Köpfe der Griechen zuckten hoch, als würden sie aus einem Schlaf erwachen. Mit festen Schritten verließ Krateros mit seiner Garde den Tempel, um Quartier in dem am westlichen Rand des Platzes gelegenen Palast zu nehmen.

Der Palast war ein weitläufiges Gebäude, an das sich ein parkähnlicher Garten anschloß. Wasserspiele und künstliche Teiche waren dazu geeignet, die Hitze des Tages zu mildern, und die Vielzahl der Blumen legte einen betörenden Duftteppich über das Anwesen. Krateros hatte sich zusammen mit seinen Obersten und den ranghöchsten Offizieren in dem Palast eingerichtet, und die Diener waren dabei, das Nachtmahl zu richten. Die Architektur der Stadt wies eine seltsame Eigentümlichkeit auf, denn während vor dem Palast, auf dem großen Hauptplatz, schon die Dämmerung hereinbrach, wie Thelanios bei seinem Eintreffen erstaunt mitteilte, lag die Terrasse, auf der sich die Führung des Heeres versammelt hatte, noch im milden Nachmittagssonnenschein. Die Sonne ließ die Farben der Fresken erstrahlen und hob dadurch die nachtschwarzen Augenhöhlen der darauf abgebildeten Menschen noch deutlicher hervor. Krateros bemühte sich, nicht hinzusehen. Die Obersten gaben jeweils einen kurzen Bericht über ihre Abteilungen ab, der für alle mehr als befriedigend ausfiel. Die Männer hatten sich eingerichtet, genossen die Annehmlichkeiten der Stadt, und Wachen waren ausreichend eingeteilt. Man hatte nichts zu befürchten.

Nachdem das Abendmahl beendet war und sich die meisten der Offiziere zurückgezogen hatten, saß Krateros noch mit Naxios, der seltsam bedrückt schien, und Thestanios zusammen. Hoch oben am nächtlichen Firmament standen die Sterne, und über dem Horizont zeigte sich die schmale Sichel des Mondes.

„Seltsam, dieser Sternenhimmel über der Wüste", meinte Thestanios und senkte den Blick. „Er scheint sich von Tag zu Tag zu verändern."

„Sei doch still“, ermahnte ihn Naxios unwirsch.

Krateros horchte auf. Ihn erstaunte die heftige Reaktion Naxios' auf eine derart beiläufige Bemerkung. „Was ist los?“

„Nichts“, gab Naxios schnell zurück.

„Jetzt sag Krateros schon, was du mir gesagt hast“, forderte Thestanios seinen Kameraden nach einem Moment peinlichen Schweigens auf.

Krateros schaute die beiden verwirrt an, obwohl sie in der herrschenden Dunkelheit seinen Gesichtsausdruck bestimmt nicht erkennen konnten.

„Also“, meinte er schließlich, als Naxios keine Anstalten traf zu reden, „was ist?“

„Nichts von Bedeutung“, versuchte dieser das Ganze herunterzuspielen.

Krateros holte tief Luft, doch bevor er etwas sagen konnte, lenkte der Führer der ersten Reiterei schon ein.

„Gut, Herr, aber lacht nicht über mich.“

Krateros war in gelöster Stimmung und versprach, nicht zu lachen, was immer er auch zu hören bekäme.

„Nun, Herr, ist dir noch nicht aufgefallen, daß diese Stadt von innen größer erscheint als von außen?“

Krateros Kopfschütteln war mehr zu erahnen denn zu sehen. „Was meinst du damit?“

„All die Gärten der Häuser und der Park hier. Wie weit erstreckt er sich wohl? Ein, zwei Stadien?“

Krateros zuckte mit den Schultern.

„Seht, Herr, wir haben auf dem Tempelberg gestanden, der sich genau in der Mitte der Stadt befindet, so scheint es zumindest. Wir haben den Umfang der Stadtmauer grob mit siebzehn Stadien berechnet, das macht einen Durchmesser von fünf bis sechs Stadien ...“

„Du erweist dich ja eines Thales würdig“, fiel ihm Krateros ins Wort.

„Wenn aber der Park allein schon zwei Stadien mißt, dann ist kaum noch Platz für die anderen Gebäude“, fuhr Naxios unbeeindruckt fort. „Versteht Ihr, worauf ich hinauswill?“

Krateros antwortete nichts darauf.

„Es paßt nicht zusammen. Ist man in den Häusern, dann haben sie Gärten und Höfe, die eine weit größere Stadt bedingen müßten. Ist man aber draußen, dann sieht man nichts davon. Ich habe es ausprobiert. Wenn man in zwei nebeneinanderliegende Häuser geht, dann müßte man von einem Garten in den anderen sehen können, aber es geht nicht. Ich habe einen meiner Leute in den Garten des einen Hauses geschickt und bin selbst in den Garten des daneben liegenden gegangen, aber ich konnte den Mann nicht ausfindig machen."

„Und was hat das deiner Meinung nach zu bedeuten?" fragte Krateros und bemerkte ein leichtes Zittern in seiner Stimme.

„Ich weiß es nicht, Herr." Naxios nahm einen Schluck aus seinem Becher, der mit Wein aus dem Keller des Palastes gefüllt war. „Noch etwas ist mir aufgefallen", fuhr er schließlich fort. „Ich habe noch einmal den Tempelberg erstiegen und mich genau umgesehen. Von dort oben ist nicht ein einziger Garten zu sehen, nur Häuser, Mauern, Straßen, aber kein Fleckchen Grün. Und diesen Park hier müßte man doch auf jeden Fall sehen können."

Krateros fühlte sich gar nicht wohl bei dem, was Naxios gesagt hatte. Sollte es vielleicht doch nicht so einfach sein, wie es den Anschein gehabt hatte? Er suchte nach ein paar Worten, mit denen er Naxios und sich selbst beruhigen könnte.

„Vielleicht ist das auch alles nur eine Luftspiegelung, wie ich dir schon gesagt habe", kam ihm Thestanios ohne rechte Überzeugungskraft zu Hilfe.

„Luftspiegelung", wiederholte Naxios, und in seiner Stimme lag die ganze Verachtung, deren er fähig war. „Vielleicht ist auch die ganze Stadt nur eine Vorspiegelung, ein Scherz der Götter, und in Wirklichkeit liegen wir alle halbverdurstet mitten in der Wüste, und nur unser verwirrter Geist läßt uns glauben, wir wären an einem schönen Ort."

„Nun", nutzte Krateros eine kurze Unterbrechung in dem Redefluß, „was ist denn deine Meinung, was das alles zu bedeuten hat, Naxios?"

Ein Luftzug, der irgendwoher aus den Räumen des Palastes kam, fachte kurz das Kohlenbecken zwischen den drei Männern an, und ein paar Flammen züngelten empor.

Der Lichtschein war gerade hell und lang genug, daß man Naxios' Schulterzucken sehen konnte.

„Ich weiß es nicht", gestand er den anderen beiden ein. „Ich weiß nur, daß irgend etwas nicht stimmt. Wir sollten sehen, daß wir so schnell wie möglich von hier wegkommen."

„Die Männer brauchen Ruhe", warf Thestanios ein. „Sie werden nicht begeistert sein, diesen Ort schon bald wieder mit den kargen Bergen zu vertauschen, wo es nur schlechtes Wasser und magere Kost gibt. Sie haben sich Ruhe verdient. Es liegt noch ein unwirtliches Stück Weges vor uns, Naxios."

„Lieber noch ein paar Wochen darben statt sterben", warf der Angesprochene ein. „Wenn wir noch einmal alle Kraft zusammennehmen, dann können wir in drei bis vier Wochen mit Alexander vereint und sicher sein."

„Du kannst nur für die Reiterei sprechen, die diese Kraft wohl aufbringen würde, doch meine Soldaten gehen die Strecke, die ihr auf euren Pferden dahinfliegt, zu Fuß, Naxios." Dabei hatte sich ein verächtlicher Ton in seine Stimme geschlichen. „Schau dir doch deine Pferde an, dann weißt du, wie es meinen Soldaten geht." Thestanios hatte nicht ohne Absicht dieses Beispiel gewählt, denn die Gewaltmärsche und Erkundungstrupps hatten schon große Lücken in die Bestände an Reittieren gerissen. Naxios' Reiter waren zudem bekannt dafür, nicht gerade sorgsam mit den Tieren umzugehen.

Während der Wortwechsel zwischen den beiden Obersten heftiger wurde, saß Krateros gedankenverloren da und blickte von der Terrasse des Palastes den Park entlang, der sich in einiger Entfernung in der Dunkelheit verlor.

Von Zeit zu Zeit glitt sein Blick auch zum Firmament hinauf und irrte zwischen den Sternen umher. Langsam begann sich in seinen Überlegungen ein Plan abzuzeichnen. Nicht gerade eine perfekte Lösung, doch zumindest eine Vorgehensweise, die sie weiterbrächte und daneben ihm noch alle Möglichkeiten offenließ. Naxios' Bemerkungen über die Stadt hatten in seinem Herzen die Saat des Zweifels gelegt, zwischen der sich das eine und andere Korn der Furcht befand.

„Naxios, Thestanios!" unterbrach er die beiden immer noch heftig aufeinander Einredenden. „Es hat keinen Zweck, jetzt darüber zu streiten. Wir müssen die Stadt einfach besser erforschen, und damit werdet ihr morgen beginnen." Die beiden Obersten schauten den Heerführer erstaunt an. „Ja. Wir müssen mehr über diesen geheimnisvollen Ort erfahren, das hat mir die Rede von Naxios deutlich gemacht." Die beiden Unterführer sagten immer noch nichts, denn es war ganz offensichtlich, daß noch etwas Wichtigeres folgen würde.

„Ich werde mich mit meiner Garde und einer Abteilung leichter Infanterie zum Lager des Konstantinos begeben und dafür sorgen, daß das restliche Heer ebenfalls hier zur Stadt geführt wird. Das wird wohl gut fünfzehn Tage dauern, da der Troß längst nicht so schnell wie die Kampftruppen ist. Damit wird auch Thestanios Forderung, den Männern eine Ruhepause zu gönnen, erfüllt."

Thestanios und Naxios verzogen keine Miene, und kein Wort kam über ihre Lippen. Beide hatten das eisige Gefühl, daß Krateros sich in Sicherheit brachte, während sie hier einem unbestimmten Schicksal entgegensahen.

„Morgen in Eos Stunde sehen wir uns wieder", bot ihnen Krateros den üblichen abendlichen Abschiedsgruß und zog sich ohne ein weiteres Wort in sein Gemach zum Schlafen zurück. Welch Luxus erwartete ihn nach den entbehrungsreichen Tagen des Marsches in den Mauern des Palastes!

Krateros brauchte fünf Tage, um in das Tal zu gelangen, in dem Konstantinos mit dem Troß lagerte und schon ungeduldig auf Nachricht wartete. Die Schriftrolle war, sorgfältig in Felle eingewickelt und in einer kleinen Truhe verstaut, auf einem Packpferd mitgenommen worden. Krateros hatte einen Hauptmann und einen Trupp von zwanzig schwerbewaffneten Reitern zur Bewachung des unscheinbaren Schatzes befohlen und klargemacht, daß sie diese Truhe mit ihrem Leben zu verteidigen hätten, denn würde sie, aus welchen Gründen auch immer, verlorengehen, hätten sie ihr Leben sowieso verwirkt. Während des Weges über das Gebirge hatte er selbst den kleinen Trupp, in dessen Mitte sich das Packpferd mit dem Papyrus befand, kaum einmal aus den Augen gelassen. Als er die Schriftrolle eigenhändig verpackt hatte, war sein Blick noch einmal die fremden Zeichen entlanggewandert, und er hatte sich nicht vorstellen können, wie Alexander sie deuten wollte. Zu seltsam waren die geschwungenen Linien, in deren Anordnung man nur schwer Worte erkennen konnte. Sie erweckten eher den Anschein, reine Ornamentik ohne tieferen Sinn zu sein. Aber der Göttliche, so dachte Krateros resignierend, als er den Papyrus zusammenrollte, würde bestimmt wissen, wie man diesen Text entschlüsselte.

Als Krateros Konstantinos von der Stadt erzählte, wurde dessen Miene immer düsterer, und Sorgenfalten zeigten sich auf der wettergegerbten Stirn. Krateros' Frage, ob Konstantinos irgend etwas über die Stadt wüßte, beantwortete dieser mit einem Schulterzucken und fügte hinzu: „Nur eine Ahnung."

Diese Ahnung bewirkte, daß Konstantinos den Troß zu größter Eile antrieb. Er gönnte den Männern kaum eine Pause. Die Zelte wurden abgebrochen, das restliche Vieh zusammengetrieben und zu Krateros' Erstaunen jedes verfügbare Gefäß mit Wasser aus den brackigen Wasserlöchern gefüllt. Nachdem Krateros und seine Begleitmannschaft aus den Brunnen der Stadt getrunken hatten, konnte sie sich kaum mehr vorstellen, daß in den Wochen davor ihnen dieses Wasser erfrischend erschienen war. Auf den Hinweis von Krateros, daß es überflüssig sei, von diesem ekelhaften Wasser mehr als unbedingt nötig mitzunehmen, da in wenigen Tagen die Brunnen der Stadt ein viel köstlicheres Naß bieten würden, antwortete Konstantinos mit dem ihm eigenen überlegenen Lächeln, das aber niemals verletzend wirkte, sondern eher ein Aspekt seines Alters zu sein schien. „Nicht nur unser göttlicher Alexander macht die Jungen zu Führern der Kämpfer, Krateros. Es ist vielmehr eine alte Weisheit, daß man, wenn man einen Krieg gewinnen will, die Jungen kämpfen, die Alten aber sich um die Versorgung kümmern lassen muß."

Krateros schaute ihn ob dieses Orakelwortes fragend an, und Konstantinos ließ sich dann doch zu einer Erklärung herab.

„Zum Kämpfen braucht man Mut und Ungestüm, manchmal muß man auch handeln, ohne lange nachzudenken, und trotzdem das Richtige tun. Wir Alten sind verzagt, wissen um die Gefahren und fürchten um unser Leben. Wir denken zuviel nach, bevor wir etwas tun, und dazu haben wir Zeit im Troß. Wir haben Zeit, nachzudenken und alles zu planen, damit der Krieger versorgt ist."

„Und dazu gehört auch, die Packtiere mit unnötigem Ballast über das Gebirge zu schicken, so daß wir noch langsamer vorankommen?" fragte Krateros den Alten etwas verächtlich.

„Hauptsache, wir kommen über das Gebirge", entgegnete Konstantinos und fügte schließlich noch hinzu, wobei er sich schon von dem Heerführer entfernte: „Und hinter dem Gebirge liegt noch nicht unser Ziel."

Nach zwei Tagen war das Lager endlich abgebrochen, und der Troß setzte sich in Bewegung, wenn man es überhaupt so nennen konnte. Krateros, von dem schnellen Vordringen seiner Soldaten verwöhnt, schien es unfaßbar, wie langsam sich die Kolonne über die Gebirgspfade quälte, schaffte es aber, seinen Unmut zu zügeln. Nach zehn Tagen waren sie endlich in dem kleinen Tal angelangt, in dem das Heer sein letztes Lager bezogen hatte, bevor man zur Erstürmung der Stadt angetreten war. Als er dies beim Abendmahl Konstantinos mitteilte, lächelte dieser unmerklich und meinte: „Erstürmung? Edler Krateros, ist das nicht ein zu großes Wort für das, was wirklich passiert ist?"

Krateros stieß daraufhin ein trockenes Lachen aus und gab dem alten Kämpfer recht. Eine Erstürmung war es nun wahrlich nicht gewesen.

„Morgen brechen wir mit dem ersten Tageslicht auf", erklärte Krateros, bevor er sich zur Nachtruhe zurückzog, „damit auch du endlich die Bequemlichkeiten des Palastes kennenlernst."

Konstantinos nickte nur und murmelte dem sich entfernenden Krateros hinterher: „Morgen, in Eos Stunde ..."

Im Licht einer schon sich dem Horizont zuneigenden Sonne erreichte der Troß mit Krateros und Konstantinos an der Spitze am nächsten Tag den Rand der Wüste, von wo aus man die Mauern der Stadt sehen konnte. Zuerst glaubte Krateros, einer Luftspiegelung aufgesessen zu sein, doch dann war die Tatsache nicht mehr abzuleugnen. Dort, wo sich die Mauern und der Tempelberg über die verdorrte Landschaft erheben sollten, befand sich nichts. So sehr Krateros auch seine Augen anstrengte, nicht ein einziges Haus, geschweige denn eine ganze Stadt hinderte den Weg seines Blickes hinaus in die Eintönigkeit der Wüste. Er sah den neben ihm auf seinem Pferd sitzenden Konstantinos hilfesuchend an, doch der schien den Blick überhaupt nicht zu bemerken.

„Dort müßte die Stadt liegen", erklärte Krateros, und in seiner Stimme schwang ein Hauch von Verzweiflung. „Wir haben uns verirrt. Irgendwo haben wir den falschen Weg genommen."

Nun brach Konstantinos sein Schweigen. „Nein, Herr, es ist der richtige Weg. Wir haben uns nicht verirrt."

Krateros schaute ihn fragend an. Das Seil, das seine Rettung aus dem Sumpf, in dem er zu versinken drohte, hätte sein sollen, schien sich zwischen seinen Fingern aufzulösen.

„Habt Ihr nicht die Spuren bemerkt? Der ganze Boden ist von unzähligen Füßen und Hufen zerwühlt. Das ist der Weg, den Ihr mit dem Heer genommen habt. Schaut nach vorn, die Spur führt direkt in die Wüste hinein. Dorthin, wo Ihr die Stadt vermutet."

Krateros schaute auf den Boden, und seine Augen folgten der durch den zerwühlten Untergrund vorgezeichneten Richtung. Konstantinos hatte recht. Er war mit seinem Heer hier entlanggezogen. Wieder blickte er angespannt in die Richtung, in der sich die Stadt befinden mußte, aber dort war nichts zu sehen. Vielleicht verbarg sie sich ja wirklich hinter einer Luftspiegelung, vielleicht hatte es ja etwas mit dem seltsamen Phänomen zu tun, über das Naxios am Abend vor seiner Abreise gesprochen hatte? Krateros war bereit, sich an jede noch so kleine Hoffnung zu klammern. Er befahl mit einem Wink den Befehlshaber seiner Garde zu sich.

„Wir reiten voraus. Dorthin, wo sich die Stadt befinden muß. Der Troß bleibt erst einmal hier zurück. Bring die Männer nach vorne", gab ihm Krateros Anweisung.

Nach ein paar Minuten hatte sich eine hundertköpfige Gruppe formiert, die aus Krateros' Garde, Teilen der Reiterei und zwanzig Mann von Konstantinos' Soldaten bestand, ihn selbst eingeschlossen. Alle waren zu Pferd und preschten in den Spuren, die das Heer vor einiger Zeit auf seinem Marsch der Stadt entgegen hinterlassen hatte, in die Wüste hinein. Sie folgten den Zeichen auf dem Boden, die genau das Vorgehen des Heeres wiedergaben. Sie kamen zu dem Punkt, an dem die Männer kurz vor den Stadtmauern angehalten hatten, wo sich Hufspuren absonderten und in Richtung des Tores führten, wo sich jetzt natürlich keines mehr befand, und sich nun ein weiter Kreis öffnete, wo Teile der Infanterie die Stadtmauern umrundet hatten. Die Spuren waren deutlich zu erkennen, kein Wind hatte sie verweht, nichts hatte sie beeinträchtigt. Krateros ließ seine Truppe weiter vorrücken. Sie kamen zu dem Punkt, wo die Reiterei damals vor dem Tor haltgemacht hatte. Der Boden war aufgewühlt und überall zertrampelt, doch wie mit einem Messer abgeschnitten endeten die Spuren an dem Punkt, wo die Männer die Stadt betreten hatten. Dort befand sich nur glatter, unberührter Boden. Vorsichtig setzte der Hauptmann der Garde einen Fuß darauf, es schien, als hätte er Angst, der Boden könne ihn verschlingen. Nichts passierte. Der Hauptmann befahl zwei Männer zu sich. Die Soldaten ließen sich von den Rücken ihrer Pferde gleiten und kamen, die Hände fest um den Kurzspeer geschlossen, auf den Hauptmann zu. Langsam bewegten sie sich von dem zertrampelten Boden weg in den riesigen, unberührten Kreis hinein, in dem sich einmal die Stadt befunden hatte. Das sie dort tatsächlich gewesen war, wurde ihnen nach einigen Metern auf grausige Weise bewußt. Aus dem Boden ragte eine Hand, und als sie ihre Blicke genauer umherschweifen ließen, sahen sie, daß der ganze Boden mit Leichenteilen übersät war. Es hatte den Anschein, als ob sie von irgendwoher herabregnen würden, doch es war nicht feststellbar, woher. Sie erschienen einfach vor ihnen. Abgerissene Beine, Köpfe, deren Schädeldecken gespalten waren, so daß die gräuliche Gehirnmasse herausquoll, einzelne Finger, ein Torso, der noch den Brustpanzer trug, Ohren und Füße, dazwischen verformte Waffen und andere Ausrüstungsteile. Nur selten erschien eine Leiche in so weit vollständigen Zustand, daß man die Möglichkeit hatte, den Toten zu identifizieren.

Krateros hatte mit den anderen Zurückgebliebenen das Schauspiel verfolgt. Ihm schien es, als würden die Leichenteile von einem auf den anderen Moment aus dem Boden hervorwachsen, förmlich von ihm ausgespien werden. Die einzelnen Fragmente bluteten, so als ob sie gerade erst verstümmelt worden wären, und der Boden färbte sich zunehmend rot. Er hatte schon viel gesehen, doch hier schien ein haßerfüllter Gott am Werke zu sein, der nicht nur siegen, sondern in blinder Raserei vernichten wollte. Und Krateros brauchte nicht lange nachzudenken. Er kannte den Frevel. Mit krächzender Stimme stieß er einen kaum verständlichen Befehl aus, riß sein Pferd herum und floh in Richtung des zurückgebliebenen Trosses. Konstantinos blieb es überlassen, die Soldaten in einigermaßen geordneter Formation zurückzuführen. Krateros kümmerte sich nicht darum, sein Blick war leer in die Ferne gerichtet.

So fand auch Thomas Lautner seine Frau. Vor ihr auf dem Wickeltisch lag seine Tochter und nuckelte mit zufriedener Miene an ihrem Schnuller, während Gabi unbeweglich über sie hinweg in die beginnende Morgendämmerung über Frankfurt blickte.

„Gabi." Leise, um seine Tochter nicht zu erschrecken, flüsterte Thomas den Namen seiner Frau und berührte sie zärtlich an der Schulter.

Ein Aufschrei kreatürlicher Verzweiflung folgte, der ihn zusammenzucken und Ilona-Maria in Schreie ausbrechen ließ. Der langgezogene, heulende Ton, der zwischen Gabis Lippen hervordrang, schien nicht mehr abbrechen zu wollen. Thomas hockte sich vor seine Frau hin und packte sie an den Schultern. Ihre Augen waren weit aufgerissen, doch er war sich völlig sicher, daß das, was immer sie sah, nicht er war.

„Beruhige dich, Liebling. Ruhig", redete er auf sie ein, doch es half nichts. Er rüttelte sie an den Schultern, versuchte ihr dann die Hand auf den Mund zu pressen, damit sie vielleicht aus Luftmangel aufhören würde zu schreien, aber es half nichts. Thomas nahm Gabi in den Arm und preßte sie fest an sich. Schließlich erstarb das Schreien zu einem langgezogenen Schluchzen. Er schob sie ein bißchen von sich weg, damit er ihr ins Gesicht blicken konnte. Tränen strömten aus ihren Augen, und ihr Blick hatte ins Hier und Heute zurückgefunden. Trotzdem musterte sie ihn wie ein fremdes Wesen. Er zog sie wieder an sich, strich ihr mit den Händen beruhigend über den Rücken und flüsterte ihr ins Ohr, daß ja alles gut sei und sie keine Angst mehr zu haben brauchte. Sie verharrten eine Weile in dieser Stellung, bis Thomas' Knie so schmerzten, daß er sich aufrichten mußte. Ilona-Maria hatte sich inzwischen auch wieder beruhigt und blickte ihre Eltern mit ihren dunklen Augen an. Als Gabis Blick den ihrer Tochter traf, zuckte sie zusammen, und ihrer gepeinigten Kehle entfuhr ein heftiger Atemstoß. Thomas hörte, wie Gabi etwas in Richtung des Kindes murmelte, das wie „du Bestie" klang, wobei er sich aber bestimmt verhört haben mußte.

## 1 New Haven, Connecticut, Altweibersommer

Am Labour-Day-Wochenende waren die Straßen der Ostküste bis hinauf nach Boston mit den Ausflüglern aus New York verstopft. Schon am Freitagmittag hatte man die ersten Vorboten der Invasion aus der Millionenmetropole auf der Interstate 95 gesehen, jene Glücklichen, die es noch rechtzeitig geschafft hatten, aus den Straßenschluchten Manhattans zu fliehen und jetzt von einer noch unsichtbaren Welle der später Gestarteten zu ihren Ferienhäusern oder Motelreservierungen die Küste entlanggeschwemmt wurden. Einige bogen auch hinter New Haven auf die 91 Richtung Hartford ab, um so den Weg an der Küste entlang nach Boston abzukürzen. Zufrieden waren die, die mit New Haven schon das Ziel ihrer Fahrt erreicht hatten.

Der Samstag kam, und unter der über New Haven ruhenden Dunstglocke kletterte die Quecksilbersäule auf ungewöhnliche sechsunddreißig Grad. Im Hafen schwappte das Wasser wie geschmolzenes Blei gegen die Bootsrümpfe und Molen, und selbst die Möwen schienen zu träge, um sich in die Lüfte zu erheben. Fluchend ließen die Freizeitkapitäne die Hilfsmotoren ihrer Segelboote an, während sie vernichtende Blicke zu den schlaff von Mast und Rahe herabhängenden Tuchfetzen schickten, die sich eigentlich als stolze Segel im Wind bauschen sollten.

Auch Sandra litt unter der drückenden Hitze, als sie an diesem schwülen Samstagnachmittag ihren Wagen auf dem Parkplatz der Bibliothek abstellte und sich zwang, trotz ihrer Ungeduld langsam zu gehen. Trotzdem klebten ihre seit einiger Zeit kurzgeschnittenen blonden Haare schon bald schweißfeucht an ihrem Kopf. Sie trug eine weite, weiße Leinenhose und ein blaues T-Shirt mit dem großen Y von Yale in Weiß darauf. Den Autoschlüssel hatte sie achtlos in ihre Handtasche gesteckt, in der sich auch Michaels Notizbuch befand. Fast zweieinhalb Jahre waren vergangen, seit sie zum ersten Mal Hughes gegenübergesessen hatte. Kurz darauf hatte sie dann das Voynich-Manuskript selbst in den Händen gehalten. Seitdem waren der Professor und sie Freunde geworden. Schicksalsgenossen in ihrer Verzweiflung, Geschlagene, wenn es darum ging, den Text des geheimnisvollen Manuskripts zu entziffern. Sandra war froh, daß Barney, wie sie ihn jetzt schon seit langem vertrauensvoll nannte, ein gesetztes Alter hatte. Damit war sie von Andrews Seite her vor möglichen Eifersuchtsanwandlungen sicher. Sie war ganz am Anfang ihrer gemeinsamen Suche nach einem Weg, die Schrift zu entschlüsseln, mit Barney in Chicago am Oriental Institut gewesen. Dort hatten sie drei Tage lang alle Unterlagen über die Mayer-Expedition noch einmal, allerdings wiederum erfolglos, durchgesehen. Sie hatten insgeheim natürlich gehofft, eine Spur des Holzkastens mit dem Papyrus zu finden, und wenn es nur eine Fotografie davon wäre. Eine Aufnahme, die Mayer möglicherweise während der Überfahrt gemacht hatte. Sie waren sich einig, daß dieser letzte Fund von Persepolis mit Sicherheit denen in die Hände gefallen war, die auch den Tod des Professors zu verantworten hatten. Einig waren sich Sandra und Hughes allerdings nicht in der Bewertung dieses tragischen Ereignisses. Hughes war immer noch bereit, an einen unglücklichen Zufall zu glauben, bei dem die Diebe gar nicht gewußt hatten, was sie da mitnahmen, während Sandra ganz entschieden argumentierte, daß allein dieser Holzkasten und der Papyrus der Grund für die Ermordung Mayers gewesen sein mußte. Sie wußte, daß sie recht hatte, sie wußte auch, wie sie Hughes überzeugen konnte, aber sie brachte es nicht über sich, dem Professor im nachhinein die Wahrheit über Michaels Tod zu sagen und so eingestehen zu müssen, daß sie den alten Mann angelogen hatte. Heute verstand sie es selbst nicht mehr. Hughes war ein netter Kerl und ein überragender Wissenschaftler, er war loyal und verfügte über ein gehöriges Maß an Selbstkritik. Wenn er damals anstelle von Weigert der Grabungsleiter gewesen wäre ... Sandra führte den schon so oft gedachten Gedanken auch diesmal nicht zu Ende. Ohne zu klopfen, betrat sie das ihr inzwischen wohlbekannte Arbeitszimmer und sah zwei Personen, die sich tief über einen der Tische beugten. Als diese das Geräusch der sich öffnenden und dann wieder schließenden Tür registriert hatten, richteten sie sich langsam auf.

Sie lächelte Hughes zu, der eine beigefarbene Baumwollhose und ein grünes Polohemd trug. Der andere war deutlich jünger, wahrscheinlich in ihrem Alter, vielleicht auch schon in den Fünfzigern. Hughes kam einen Schritt auf sie zu.

„Hallo Barney", begrüßte sie ihn und reichte dem Professor die Hand. „Tut mir leid, daß ich zu spät bin, aber es ist wieder einmal einiges danebengegangen."

„Macht nichts, Sandra." Hughes machte eine wegwerfende Bewegung. „Das hier ist Professor Bret Taylor aus Havard, von dem ich dir schon erzählt hatte. Er ist einer der führenden Leute auf dem Gebiet der Informatik. Es ist einfach unglaublich, was diese Computer alles können."

Sie nickte dem schlanken Mann mit dem wirren Haarschopf zu. Ein Lächeln flog über dessen bleiches Gesicht, in dem sich die Bartstoppeln deutlich schwarz in der hellen Haut abzeichneten. Er trug eine dunkelblaue Hose, ein weißes Hemd und einen gelbrot gemusterten Schlips.

Während Hughes ihn vorgestellt hatte, war er auf Sandra zugekommen, hatte ihr die Hand entgegengestreckt und sich, als diese sie schüttelte, höflich verbeugt.

„Nett, Sie kennenzulernen", sagte sie automatisch.

„Ganz meinerseits", antwortete Taylor etwas steif, als Hughes in seinem beiläufigen Tonfall ihm nun seinerseits Sandra vorstellte. Dabei wurde Sandra etwas wichtiger, als sie eigentlich war, wurde zur Kollegin, die genau wie Hughes selbst schon lange an demselben Problem arbeitete, und man sich leider erst viel zu spät persönlich kennengelernt hätte. Sandra konnte nicht vermeiden, daß sich auf ihrem Gesicht ein Anflug von Röte zeigte, als der nette alte Professor sie fast zu einer Koryphäe der altsumerischen Kultur hochstilisierte, natürlich in dem sicheren Wissen, daß seinem Gegenüber dies wenig sagen würde. Taylor musterte während des Wortschwalls Sandra aufmerksam, ohne daß man aus seiner Miene auf die Gedanken hätte schließen können, die er hinter seiner hohen Stirn wälzte.

„Kommen Sie, gehen wir wieder an die Arbeit", forderte Hughes den Informatiker auf und gab Sandra einen Wink, ihnen zu dem langen Tisch, über den sich die beiden Männer gebeugt hatten, zu folgen. Dort lag ein dicker Packen grünweiß gestreiften Computerpapiers, leicht erkennbar an der Perforation an beiden Seiten. Darauf waren in engen Zeilen Kolonnen mit Zahlen und Buchstaben gedruckt, die auf den ersten Blick keinen Sinn ergaben. Professor Taylor hob das erste Blatt vor seine Augen, wobei die nächsten Seiten ziehharmonikagleich folgten.

„Also, wir haben die von Ihnen", dabei schaute er kurz zu dem neben ihm stehenden Hughes, „herausgefilterten einundzwanzig Einzelsymbole mit den ersten einundzwanzig Buchstaben des Alphabets gleichgesetzt, um damit einen Verteilungsschlüssel zu erhalten." Taylor blätterte mehr und mehr des zusammengefalteten Endlospapiers auf, wo sich Zeile an Zeile mit unsinnigen, scheinbar wahllos unterbrochenen Buchstabenfolgen reihte. „Bitte halten Sie das nicht für eine Entschlüsselung. Unsere Zuordnung ist vollkommen willkürlich. Es ging uns dabei nur um eine Struktur. Den so erhaltenen Verteilungsschlüssel haben wir mit dem Verteilungsschlüssel der Einzelsymbole der wichtigsten bekannten Sprachen", hier machte er eine Pause, als ob er eine Zwischenfrage erwarten würde, die aber nicht kam, „lebende und tote natürlich, abgeglichen."

„Mit welchem Ergebnis?" wollte Hughes jetzt ungeduldig wissen.

Taylor blätterte weiter in dem Papierstapel, als würde er nach einer Antwort suchen, obwohl er diese schon längst kannte. „Ich will nicht direkt von einem Ergebnis sprechen", bekannte er und strich nervös mit seiner Hand über das Papier. „Eher könnte man sagen, wir haben das Problem in eine Richtung hin eingeengt."

„Was bedeutet das?"

Taylor wandte seinen Kopf in Sandras Richtung, von der die Frage gekommen war, und warf ihr einen schwer zu deutenden Blick zu. Sie glaubte, darin Erstaunen und Mißbilligung zu erkennen. Hughes machte hinter Taylors Rücken eine beschwichtigende Geste zu Sandra. Anscheinend war Professor Taylor eine Kapazität auf seinem Gebiet, was konnte man von einem Lehrstuhlinhaber in Harvard auch anderes erwarten, doch als Mensch nicht einfach zu handhaben. Vielleicht lag es auch nur daran, daß die Mathematiker im allgemeinen ein seltsamer Menschenschlag waren.

Sandra nahm sich vor, die Unterhaltung mit Taylor ganz Hughes zu überlassen.

„Nun, Frau Kollegin", fuhr Taylor fort, „ich nehme an, Sie sind mit der von Professor Hughes vorgegebenen Fragestellung vertraut." Sandra nickte.

„Wir haben also festgestellt, daß die statistische Verteilung keiner der zugrunde gelegten Reverenzen exakt entspricht. Daraus könnte man den Schluß ziehen, es handele sich um keine bekannte Sprache. Und vielleicht einen Schritt weitergehen und sagen, dieser Text sei eine unsinnige Aneinandereihung von beliebig gewählten Zeichen. Dem steht allerdings entgegen, daß das Manuskript aus einer Zeit stammt, in der seine Herstellung nach heutigen Maßstäben Unsummen verschlungen hat. Es ist nicht wahrscheinlich, daß man sich diese Mühe gemacht hat, nur um Unsinn zu Papier zu bringen. Also wenn dieser Text, oder was immer es ist, aus diesem oder auch dem letzten Jahrhundert stammen würde, wäre ich anfangs geneigt gewesen, das Ganze für den Scherz eines Witzboldes zu halten."

Hughes warf ihm einen mißbilligenden Blick zu und meinte mit mildem Tadel: „Bret, das hatten wir doch bei unserem ersten Gespräch schon ausgeschlossen. Wie sieht es mit einer Verschlüsselung aus? Das scheint mir die wahrscheinlichste Möglichkeit zu sein. Eine Geheimschrift."

„Eine Geheimschrift", murmelte Taylor in Gedanken.

„Ja, eine Geheimschrift. Auch wenn die besten Dechiffrierexperten wie Herbert Yardley, der im Ersten Weltkrieg den deutschen Militärcode geknackt hat, oder auch John Manly und William Friedman gescheitert sind, kann es doch ein verschlüsselter Text sein. Haben Sie das untersucht?"

„Nein", gab Taylor kurz angebunden zurück.

Hughes und Sandra schauten sich irritiert an, während Taylor wieder Seite um Seite des Papierstapels wendete, als ob er nach dem Stein der Weisen suchen würde.

„Entschuldigung, Bret, aber warum nicht? Das hatten wir doch abgesprochen", meinte Hughes vorsichtig.

„Hören Sie, Barney", meinte Taylor und blickte von dem Papierstapel auf, „ich bin doch kein Idiot. Wenn es ein verschlüsselter Text wäre, dann müßte die statistische Verteilung der Zeichen einer Sprache, ob Englisch, Deutsch, Französisch oder was auch immer, entsprechen. Das tut sie nicht, also haben wir es hier mit keinem Chiffrentext zu tun." Er schaute in die beiden ihm verständnislos zugewandten Gesichter und ließ sich dann zu einer weiteren Erklärung herab. „Also, ganz einfach. Wenn man einen Text verschlüsselt, dann, um ein einfaches Beispiel zu wählen, setzt man für das A das Z ein, für das B das Y und so weiter. Ist das Prinzip klar?"

Sandra und Hughes nickten.

„Wir haben dann eine sinnlose Buchstabenkombination vor uns. Wenn wir also das Wort Erde auf diese Weise verschlüsseln", bei diesen Worten nahm er einen breiten Filzschreiber, der auf dem Tisch lag, und schrieb ‚Erde' an den Rand des obersten Computerpapierblattes, „dann steht dort Viwv. Nichtssagend. Nehmen wir noch ein anderes Wort, Seele", Taylor dachte nur einen Augenblick nach und schrieb dann Hvvov auf das Blatt. „Fällt Ihnen etwas auf?"

„Ich glaube, ich verstehe", murmelte Sandra.

„Die statistische Verteilung ändert sich nicht. E ist der häufigste Buchstabe, jetzt ist es das V, weil es für das E steht. So werden übrigens Geheimschriften entziffert, zumindest in etwa", schränkte Taylor gleich ein. „Bei meiner Analyse ging es nicht darum, den Text zu entschlüsseln, sondern was ich überprüft habe, war die statistische Verteilung der unterschiedlichen Symbole, und dabei ist es völlig egal, ob das E wirklich ein E oder ein Kreis, das Bild eines Hundes oder, wie in diesem Fall, ein V ist. Wenn Sie auf diese Weise einen Text verschlüsseln, ändert das nichts an der statistischen Verteilung. Also kann ich Ihnen, ohne die Sprache lesen zu können, sagen, der Text ist in Englisch, Französisch oder in was auch immer geschrieben, solange wir die Daten dazu im Computer haben. Und das ist hier nicht der Fall gewesen."

„Also keine Geheimschrift", stellte Hughes enttäuscht fest, denn er hatte gehofft, daß es eine solche wäre. Dann hätte eine Chance zur Entzifferung bestanden.

„Nun", meinte Taylor, „mit großer Wahrscheinlichkeit nicht, es sei denn ..."

Hughes und Sandra schöpften wieder Hoffnung.

„Es sei denn, der Schreiber hat sich nicht mit einer einfachen Verschlüsselung zufriedengegeben."

„Was soll das heißen?"

„Sie müssen sich vor Augen führen, das Beispiel, was ich hier genannt habe, ist denkbar simpel. Es gibt in diesem Bereich viel kompliziertere und interessantere Methoden als diese Geheimschrift, die wir als Kinder benutzt haben." Dabei begannen Taylors Augen richtig zu leuchten.

Es war offensichtlich, daß der Mathematiker seinem Ruf als Spezialist für Verschlüsselungen alle Ehre machte. Nicht von ungefähr hatte sich Hughes an ihn gewandt.

„Man kann häufige Buchstabenkombinationen, wie ‚en' oder ‚an' oder ‚au' oder ‚sch' auch in einem Symbol zusammenfassen, wobei Sie sehen, daß die Vokale, die in jeder Verschlüsselung der Schwachpunkt sind, versteckt werden. Die Tatsache, daß wir es hier nur mit einundzwanzig Symbolen zu tun haben, gegenüber den sechsundzwanzig des Alphabets, läßt diese Möglichkeit allerdings unwahrscheinlich erscheinen."

„Sie meinen, es müßten mehr sein?" fragte Hughes vorsichtig, um nicht Taylors Unwillen auf sich zu ziehen.

„Natürlich. Man braucht neben allen Buchstaben auch noch Zeichen für diese häufigen Kombinationen, also eher dreißig Chiffren denn weniger als sechsundzwanzig."

„Wieso sind die Vokale der Schwachpunkt?" wollte Sandra wissen.

„Nun, wenn man es nicht gerade mit dem Hebräischen zu tun hat, sondern bei dem Manuskript davon ausgeht, daß es in einer europäischen Sprache abgefaßt ist, dann schränken die Vokale die Kombinationsmöglichkeiten der Konsonanten ein. Aber sie schränken sich auch untereinander ein. Ich gebe Ihnen ein Beispiel. In kaum einer europäischen Sprache haben Sie mehr als zwei bis drei Konsonanten hintereinander." Taylor dachte einen Moment nach und ergänzte dann: „Gut, manchmal auch vier. In osteuropäischen Sprachen wie dem Polnischen vielleicht auch einmal fünf. Wenn wir also folgende Kombination haben", Taylor dachte einen Moment nach und schrieb dann ‚Grhxskozoov' neben die beiden anderen Worte auf das Computerpapier, „dann können wir davon ausgehen, das unter drei oder vier Buchstaben ein Vokal sein muß. Ich meine jetzt natürlich im Originaltext. Also suche ich mir die Vokale heraus. Zudem sind Doppelvokale recht selten."

Sandra starrte auf das Wort und versuchte herauszubekommen, was Taylor dort hingeschrieben hatte. Im Geiste stellte sie sich die beiden versetzten Ketten des Alphabets vor, doch so schnell, wie der Mathematiker es zu Papier gebracht hatte, war es ihr nicht möglich, die Kombination zu entschlüsseln.

„Man sucht einfach nach dem häufigsten Buchstaben einer Sprache und probiert herum. Das ist bei dem vorliegenden Manuskript allerdings schwer, weil man nicht weiß, in welcher Sprache es verfaßt ist."

„Haben Sie auch bedacht, daß wir es hier mit einer älteren Form einer bekannten Sprache zu tun haben?" fragte Hughes den Informatiker.

„Natürlich." Es klang so, als wäre der bloße Gedanke, er könne daran nicht gedacht haben, schon eine Beleidigung.

„Sie können also mit Bestimmtheit ausschließen, daß es die Verschlüsselung einer bekannten Sprache ist", versuchte Hughes, das vernichtende Urteil auf den Punkt zu bringen.

Bret Taylor dachte einen Moment nach und schüttelte dann bedächtig den Kopf. „Nein."

Barney C. Hughes hätte jetzt selbst jemanden gebraucht, der ihn, so wie er es vorhin bei Sandra gemacht hatte, beruhigte. Er schluckte zweimal und holte dann tief Luft. „Bret, wo liegt das Problem?"

Taylor riß seine Augen weit auf, als könne er nicht begreifen, daß sein Gegenüber nicht genauso klar die Schwierigkeiten sah, die sich aus dem Manuskript ergaben.

„Das liegt doch auf der Hand. Fangen wir ganz von vorne an. Wir haben einundzwanzig Zeichen. Aber diese Festlegung ist ziemlich willkürlich. Muß ich Sie wirklich daran erinnern, welche Schwierigkeiten wir hatten, diese Zeichen zu identifizieren? Haben wir einen Text, der in unserem Alphabet sinnlose Buchstabenkombinationen enthält, so können wir zumindest die Buchstaben eindeutig identifizieren. Wir haben ganz außer acht gelassen, daß es in diesem Manuskript vielleicht so etwas wie Klein- und Großschreibung gibt. Würden Sie, wenn Ihnen das lateinische Alphabet nicht bekannt ist, ein E und ein e für denselben Buchstaben halten?"

Hughes konnte nur anerkennend nicken.

„Eigentlich, und das macht mich besonders stutzig, hätten wir aus diesem Grund auf viel mehr unterschiedliche Zeichen kommen müssen. Aber das ist nur ein sekundäres Problem. Bleiben wir noch einen Moment bei dem Gedanken an einen chiffrierten Text. Wenn der zu chiffrierende Text, nennen wir ihn einmal Urtext, aus verschiedenen Sprachen zusammengesetzt war, dann wäre das eine Begründung für das Ergebnis der statistischen Analyse ..."

„Kann man das überprüfen?"

„Nein, wir wissen nicht, welche Teile des Textes in welcher Sprache geschrieben sind. Außerdem brauchen wir für eine einigermaßen gesicherte Aussage schon eine größere Passage. Das geht nicht mit ein paar Sätzen oder Worten. Wenn ich willkürlich fünf oder sechs Seiten herausnehme, kann ich Glück haben und eine Passage finden, die nur in einer Sprache abgefaßt ist, aber ich kann auch eine Stelle erwischen, wo gerade zwei Sprachen sich ablösen. Jedenfalls habe ich damit kein Glück gehabt."

Hughes konnte dem Mathematiker seine Hochachtung nicht versagen. Es schien nichts zu geben, an das er nicht gedacht und dementsprechend auch nicht überprüft hatte.

„Ganz unmöglich wird ein solches Vorgehen, wenn die Sprachen sich innerhalb eines Satzes abwechseln, was durchaus der Fall sein kann. Auf den ersten Blick scheinen", dabei ließ er seinen Blick von Sandra zu Hughes gleiten, „ich betone hier: scheinen, die Ergebnisse einer solchen Annahme nicht unbedingt zu widersprechen. Ich habe eine statistische Nähe zu Englisch, Französisch, Italienisch, Deutsch und Spanisch, die jeweils bei siebzig Prozent liegt."

„Was bedeutet das? Ist das gut oder schlecht, oder wie nah sind wir damit dran?" fragte Sandra ungeduldig. Ihr T-Shirt zeigte unter den Achseln dunkle Flecken, und ihre Handflächen waren schweißnaß. Irgendwie hatte sie das Gefühl, Taylor steuerte auf etwas zu, das für sie und Hughes eine Überraschung wäre, ohne daß der Mathematiker sich dessen auch nur im entferntesten bewußt war.

„Esperanto."

„Esperanto?" Sandra und Hughes schauten Taylor verständnislos an.

„Ja, Esperanto. Eine Kunstsprache."

„Eine Kunstsprache? Was soll das sein?"

„Esperanto ist eine Sprache, die ein polnischer Arzt Ende des neunzehnten Jahrhunderts geschaffen hat. Er wollte damit eine Sprache schaffen, derer man sich bei der Verständigung unter den verschiedenen Sprachkreisen bedienen kann. Sie ist recht einfach aufgebaut und setzt sich aus romanischen und germanischen Sprachelementen zusammen. Hat sich allerdings nicht durchgesetzt." Taylor schaute die beiden anderen abwartend an.

„Ende des neunzehnten Jahrhunderts?" fragte Sandra nach.

„Ja, ich glaube, so Mitte der achtziger Jahre", antwortete Taylor, und es schien ihm unangenehm zu sein, nicht das genaue Datum zu wissen.

„Dann kann das Manuskript kaum in dieser Sprache abgefaßt sein." Sandra blickte Hughes an, der nachdenklich aus dem Fenster schaute.

„Oder ...?“ Ein kalter Schauder rann ihr den Rücken hinunter. „Oder besteht die Möglichkeit einer Fälschung?“

„Nein, unmöglich“, erklärte Hughes.

„Was soll dann der Hinweis auf dieses Esperanto?“ Sandra schaute Taylor herausfordernd an. Der rückte seine Krawatte zurecht und räusperte sich.

„Ich wollte auch nicht sagen, daß der Urtext in Esperanto abgefaßt ist. Ich dachte, Sie könnten abstrahieren.“ Dabei verzogen sich seine Lippen zu einem süffisanten Lächeln. „Ich wollte damit nur ausdrücken, daß der Urtext möglicherweise in einer Kunstsprache abgefaßt ist. Wieso sollte nicht jemand vor dem polnischen Arzt Zamenhof auf den Gedanken gekommen sein, das babylonische Sprachengewirr zu überwinden?“

„Sehr unwahrscheinlich“, erklärte Hughes jetzt seinerseits etwas überheblich. „Das Mittelalter kannte unsere heutigen Probleme nicht. Damals war Latein die lingua franca. Alle gebildeten Leute sprachen Latein, alle Bücher waren in Latein oder höchstens noch in Griechisch geschrieben. Für Esperanto bestand absolut keine Notwendigkeit.“

„Nun, das werden Sie sicher besser wissen als ich“, lenkte Taylor ein, und wenn er ein kleines Kind gewesen wäre, dann hätte er sich jetzt sicher in den Schmollwinkel zurückgezogen.

„Also, was bedeuten diese siebzig Prozent statistische Nähe im Klartext?“

„Nicht viel.“ Taylor zuckte mit den Schultern.

„Was heißt das, nicht viel?“ Sandra mußte sich beherrschen, um bei dem arroganten Gehabe des Professors aus Havard nicht aus der Haut zu fahren.

„Nun, etymologisch gesehen könnte man von einer indogermanischen Sprache sprechen, obwohl man ähnliche Übereinstimmungen bei dem Finnischen und dem Ungarischen feststellt, die nicht als indogermanische Sprachen gelten“, dozierte Taylor, als ob er es mit einer Gruppe Studenten zu tun hätte.

„Herr Professor.“ Sandra biß die Zähne zusammen und bewahrte zumindest nach außen hin Ruhe, obwohl sie innerlich kochte. „Können Sie ihre Ergebnisse nicht auf den Punkt bringen. So zusammenfassen, daß auch wir“, dabei machte sie eine ausladende Geste mit dem rechten Arm, die nicht nur Hughes, sondern auch ganz Yale einzuschließen schien, „einfachen Wissenschaftler Ihnen folgen können?“

„Gut. Nachdem ich die naheliegenden Möglichkeiten untersucht hatte, habe ich noch ein paar andere Sprachen, besonders aus dem asiatischen Raum, zum Vergleich herangezogen. Das Manuskript weist im

Bereich der statistischen Entropie eine große Nähe zu polynesischen Sprachen auf. Das hat mich doch etwas erstaunt, denn setzt man voraus, daß es im Europa des dreizehnten Jahrhundert entstanden ist, dann hätte jemand den Urtext, der in Polynesisch abgefaßt war, verschlüsseln müssen."

„Polynesisch", murmelte Sandra vor sich hin. „Sie meinen Hawaii, die Südsee, oder?"

Taylor nickte.

„Wie sollte das zusammenpassen?" Hughes schüttelte ungläubig seinen Kopf. „Wenn der Urtext in Polynesisch geschrieben war, dann hätte man sich die Mühe des Verschlüsselns sparen können. Kein Mensch hat wohl im Europa des Mittelalters diese Sprache beherrscht."

„Moment mal", unterbrach Taylor die Gedankengänge von Hughes sofort. „Ich habe nicht gesagt, daß der Urtext in Polynesisch abgefaßt war. Ich habe nur gesagt, daß es eine Annäherung in der statistischen Entropie an diese Sprache gibt."

„Sie meinen so wie bei den europäischen Sprachen, die Sie überprüft haben?" wollte Sandra ohne rechte Neugierde wissen, denn sie brachte den Ausführungen von Taylor inzwischen nur noch geringes Interesse entgegen. Bis jetzt, so war jedenfalls ihr Eindruck, hatte sie der ganze Aufwand nicht weitergebracht.

„Genau", bestätigte Taylor.

„Und?" fragte Hughes, ebenso von den Ausführungen Taylors ermüdet wie Sandra.

„Neunzig Prozent."

Mit einem Schlag waren die beiden wieder hellwach.

„Neunzig Prozent?" rief Hughes aus, und es sah aus, als wollte er Taylor gleich anspringen. „Dann ist der Urtext doch in Polynesisch verfaßt. Unglaublich, aber damit sind wir einen Schritt weiter. Jetzt können wir ihn entschlüsseln. Es wird zwar nicht ganz einfach sein, aber das größte Problem ist gelöst."

Hughes schaute mit leuchtenden Augen Sandra an, auf deren Gesicht ganz langsam ein Lächeln erschien, das zu einer breit grinsenden Grimasse wurde. Wenn Taylor nicht im Raum gewesen wäre, dann wäre Sandra dem alten Professor um den Hals gefallen. Völlig unbeeindruckt stand Bret Taylor zwischen den beiden, und doch schien er zum ersten Mal während seines Besuches hier in Yale zu spüren, daß etwas Wichtiges vor sich ging. Mit einer fahrigen, fast entschuldigenden Geste lenkte er die Aufmerksamkeit der beiden strahlenden Wissenschaftler wieder auf sich.

„Ich glaube", seine Stimme klang unsicher, „ich glaube, ich muß Sie enttäuschen. Es tut mir wirklich leid, besonders für Sie, Barney", dann wandte er sich Sandra zu, „und natürlich auch für die junge Kollegin, aber der Urtext ist mitnichten in Polynesisch verfaßt."

Sandra und Hughes blickten Taylor an, als ob er von einem anderen Stern käme.

Dann sagte Hughes mit einem grollenden Unterton, in dem nur zu deutlich zum Ausdruck kam, daß er bereit war, den Überbringer der schlechten Nachricht für diese verantwortlich zu machen.

„Bret, was soll das? Neunzig Prozent Übereinstimmung, das ist doch schon was. Das ist so nah am Polynesisch dran, wie man nur sein kann. Uns genügt es jedenfalls."

„Bitte", entgegnete Taylor, jetzt seinerseits kurz davor, beleidigt zu sein, „wenn Sie sinnlos Zeit vergeuden wollen, dann glauben Sie halt, der Urtext wäre in Polynesisch abgefaßt. Ich kann Ihnen nur mit Bestimmtheit sagen, daß er es nicht ist."

„Und warum?"

„Ein Text, der in Polynesisch verfaßt ist, erreicht in der statistischen Entropie, wenn man das Raster einer europäischen Sprache unterlegt, nie siebzig Prozent und schon gar nicht bei so vielen unterschiedlichen Sprachen ein immer fast gleiches Ergebnis."

Sandra vermeinte das Rauschen des Fallbeils über ihrem Kopf zu hören und wartete nur noch auf den Einschlag. Hughes nickte nachdenklich und meinte dann niedergeschlagen: „Leuchtet mir ein, Bret. Es wäre nur zu schön gewesen."

„Was ist es aber dann?" fragte Sandra, nachdem sie ihre Fassung wiedergefunden hatte.

„Eigentlich etwas viel Wichtigeres", erklärte Taylor, „wenn zutrifft, was ich vermute", schränkte er aber gleich wieder ein. „Alles deutet darauf hin, daß der Urtext in einer Sprache geschrieben ist, die eine Ursprache der gesamten Menschheit sein könnte. Sozusagen die Mutter aller Sprachen oder anders gesagt, die Sprache vor dem Turmbau zu Babel. Damit lassen sich meine Ergebnisse erklären, und wenn wir es mit dem guten alten Okham halten, dann ist es ohne Zweifel die richtige Erklärung. Dann, und das ist sowieso meine Überzeugung, haben wir es hier auch nicht mit einer Verschlüsselung zu tun, sondern mit der Originalsprache, das heißt natürlich der Originalschrift."

Taylor machte eine Pause und wartete auf eine Reaktion der beiden anderen. Es erfolgte keine. Sandra und Hughes wußten in diesem Moment noch nicht, ob es sich dabei um eine gute oder eine schlechte Nachricht handelte. Hughes war jahrelang davon ausgegangen, es mit einer verschlüsselten Botschaft zu tun zu haben. Vielleicht, so ging es ihm in diesem Moment durch den Kopf, war das der entscheidende Fehler gewesen.

„Ich halte diese Annahme", fuhr Taylor jetzt fort, „für wesentlich schlüssiger, als anzunehmen, hier läge eine Geheimschrift vor. Zumindest wenn man alle Fakten und Umstände zusammennimmt."

„Sie meinen also, wir haben hier ein Dokument, das in einer uns unbekannten Sprache beziehungsweise Schrift abgefaßt ist, die Ähnlichkeiten mit allen bekannten Sprachen der Welt aufweist, aber ansonsten einzigartig ist?"

Taylor dachte einen Moment nach und meinte dann: „Ja, so könnte man es ausdrücken. Etwas vereinfacht zwar, doch ..."

Sandra unterbrach ihn. „Professor Taylor, können Sie das Manuskript entziffern? Das Problem ist doch das gleiche, ob es sich nun um eine unbekannte Sprache oder eine Geheimschrift handelt."

Ein vernichtender Blick traf sie.

„Keinesfalls", erklärte Taylor bestimmt. „Ich gebe Ihnen ein einfaches Beispiel. Gehen wir davon aus, wir hätten festgestellt, daß der Urtext in Latein abgefaßt war und dann verschlüsselt worden ist. Auch wenn wir den Schlüssel nicht kennen, bestünde über Probieren und Kombinieren eine gute Chance, den Text zu entschlüsseln. Barney hat ja schon ein paar beeindruckende Beispiele dafür genannt. Wenn wir weiterhin davon ausgehen, daß aufgrund des Zeitpunktes des Entstehens der Schlüssel nicht allzu kompliziert ist, dann wären wahrscheinlich schon die bisherigen Versuche mit Erfolg gekrönt gewesen. Da wir es aber mit einer unbekannten Sprache, die unbekannte Schriftzeichen benutzt, zu tun haben und auch kein Hinweis existiert, und ich betone: nicht der geringste, von was der Text handelt, sollten wir uns in bezug auf die Entschlüsselung in unendliche Geduld fassen. Es ist eine Gleichung, die nur aus Unbekannten besteht. Aussichtslos.

Es ist wie das Rätsel der Hieroglyphen oder der Majaschrift, obwohl beide aus verschiedenen Gründen noch einfacher zu lösen sind beziehungsweise waren. Der Text dieses Manuskripts wird so lange ein Geheimnis bleiben, bis jemand mit einem Wörterbuch für diese Sprache daherkommt. Er ist die klassische Wurzel aus minus eins."

„Wurzel aus minus eins?" fragte Barney irritiert.

„Ja, Wurzel aus minus eins", gab der Professor aus Havard zurück, ohne zu bemerken, daß er seinem Gegenüber schon wieder ein Rätsel aufgegeben hatte.

„Was heißt das, Bret?"

Bret Tayor schüttelte den Kopf über soviel Unkenntnis. „Die Wurzel aus minus eins ist eine unlösbare mathematische Gleichung", sagte er kurz angebunden und lehnte sich auf seinem Stuhl zurück.

„Und wenn Sie weiter mit dem Computer daran arbeiten", wollte Sandra ihrer eigenen Hoffnungslosigkeit Einhalt gebieten.

„Tut mir leid, an diesem Punkt kann uns auch der beste Computer nicht weiterhelfen. Ich habe getan, was ich konnte. Ohne neue Informationen kann uns auch der Computer nicht helfen."

„Vielen Dank, Bret", meinte schließlich Hughes nach einer langen Pause, in der sich die drei Wissenschaftler ratlos angesehen hatten. „Sie haben uns sehr geholfen."

„Nun, den Eindruck habe ich nicht", gab der Professor aus Havard zurück.

„Das stimmt nicht. Manchmal kann auch ein niederschmetterndes Ergebnis weiterhelfen. Lassen wir alle Hoffnung fahren ...", zitierte Hughes ziemlich frei die Zeilen aus Dantes Göttlicher Komödie.

„Ganz so niederschmetternd sehe ich das nicht", fiel Sandra ein. „Wir können jetzt zumindest davon ausgehen", dabei blickte sie Taylor scharf an, „das wir es nicht mit einem chiffrierten Text zu tun haben. Also müssen wir nach einem Wörterbuch suchen, nicht wahr?"

Bret Taylor nickte.

„Und außerdem wissen wir ja auch, wo", fügte sie noch hinzu.

Taylor hob sofort deutlich interessiert den Kopf. Aus dem Augenwinkel bemerkte Sandra eine Geste von Hughes, die nur bedeuten konnte, daß er den Mann aus Harvard nicht vollständig eingeweiht hatte. Sandra merkte, wie ihr das Blut in den Kopf schoß. Sie reagierte aber nicht auf den fragenden Blick von Taylor.

„Machen wir Schluß, Bret", versuchte Hughes die Situation zu retten. „Sie sind heute abend natürlich mein Gast. Wir suchen uns ein gutes Lokal, das hoffentlich nicht von Ausflüglern überfüllt ist, und genießen ein gutes Essen. Sandra?"

„Nein, vielen Dank, Barney, aber du weißt ja, die Familie. Wir sind heute abend ..." Sie warf einen Blick auf ihre Uhr und zuckte zusammen. „Mein Gott, ich komme schon wieder zu spät. Ich sollte eigentlich schon seit einer halben Stunde bei Freunden auf einer Labor-Day-Grillparty sein. Vielen Dank, Professor Taylor." Sie gab dem kleinen Mann mit dem zerzausten Haar schnell die Hand, verabschiedete sich mit einem kurzen Nicken von Hughes und war binnen Minuten aus dem Raum und dem Gebäude hinaus.

Während Sandra mit einem Teller in der Hand am Grill stand und darauf wartete, daß Arnold endlich bereit wäre, sich von einem der Steaks zu trennen, die er mit Hingabe und zeremoniellen Bewegungen, die an Handlungen eines Alchimisten beim Goldmachen erinnerten, über den Rost und die glühenden Holzkohlen schob, schweifte ihr Blick zu ihrem Sohn Phil hinüber, der etwas abseits unter einem Sonnenschirm auf einem Gartenstuhl saß. Janet hatte doch nicht so ganz recht gehabt mit ihrer Prophezeiung, ihre Jungs würden den Zwillingen hinterherlaufen. Es war nicht zu bestreiten, daß die beiden inzwischen zwölfjährigen Mädchen hübsch waren und in ein paar Jahren die Grenze zur Schönheit überschreiten würden, doch im Moment waren sie für den vierzehnjährigen Phil noch dumme Hühner. Pamela und Jody schien diese Einschätzung ihres Objekts der Begierde nicht im mindesten zu irritieren, denn während sich Phil betont gelangweilt in seinem Sessel fläzte, redeten die Zwillinge unablässig auf ihn ein. Steven war die ganze Sache ziemlich schnell langweilig geworden und stromerte mit ein paar anderen Jungs seines Alters im Garten herum, auf der Suche nach Invasoren aus dem Weltall, Batman oder was immer für Vorbilder momentan seine Phantasie beflügelten.

„Entschuldigung, was hast du gerade gesagt?" Sandra hatte zwar noch mitbekommen, daß Arnold sie irgend etwas gefragt hatte, aber mehr auch nicht.

„Ich habe dich gefragt, ob du jetzt bereit bist für ein ganz besonderes Steak?"

„Natürlich. Es gibt nichts Wichtigeres in meinem Leben", gab sie zurück und streckte ihm ihren Teller entgegen. Mit einer schwungvollen Bewegung stieß er die Fleischgabel ins Herz des Steaks und beförderte es auf Sandras Teller. Sie nickte, murmelte noch einen überflüssigen Dank und ging dann zu der langen Tafel zurück, die wie jedes Jahr zum Labour Day-Grillfest der Rodgers auf der Terrasse aufgebaut war. Die Sonne schielte noch über die sanften Hügelkuppen der Appalachen, und Janet hatte schon die Gartenbeleuchtung angeschaltet. Sandra setzte sich neben Tom Bensworth, der Direktor der L.L. Bean Filiale in New Haven und Vizepräsident des Derby Country Clubs war. Sandra betrachtete ihr Steak und dachte wehmütig daran, wie schön es wäre, wenn es wirklich nichts Wichtigeres in ihrem Leben gäbe, wie sie scherzhaft zu Arnold gemeint hatte.

Drei Jahre waren seit jenem Labour Day-Wochenende vergangen, als sie zusammen mit Barney das niederschmetternde Ergebnis von Taylors

Versuch, das Voynich-Manuskipt zu entschlüsseln, vernommen hatte. Drei Jahre, in denen sie kaum einen Schritt weitergekommen waren. Inzwischen hatte Sandra die offizielle Position einer Assistentin von Professor Hughes inne, was zwar bis jetzt noch keinen Ruhm und nur geringe materielle Entschädigung brachte, doch ihr zumindest den ungehinderten Zugang zur Beinecke Library sicherte. Manchmal glaubte sie in Barneys Augen Müdigkeit und Resignation zu sehen, wenn sie über den Seiten des Manuskripts brüteten oder immer wieder neue und alte Theorien bis zu dem Punkt diskutierten, an dem sie die Stufen der Spekulation bis zu einer Stelle hinaufgeklettert waren, wo sie den Boden unter den Füßen verloren. Nur über wenige Dinge waren sie sich einig und sicher. Im Vertrauen, daß ihre Erlebnisse in der Wüste Lut nicht nur ein Traum gewesen waren und daß Barney als Student in Persepolis wirklich einen kurzen Blick auf eine Schriftrolle hatte werfen können, die die gleichen Schriftzeichen wie das Manuskript aufwies, nahmen sie als gesichert an, daß es sich bei dem Manuskript nicht um eine Urschrift handeln konnte. Trotzdem war das Ergebnis von Hughes fast zwanzig Jahre langer Arbeit und ihrer nur ein Viertel der Zeit umfassenden Bemühungen unter dem Strich ziemlich dünn. Ohne sicher zu sein, nahmen sie einfach an, daß es sich bei dem Manuskript um ein Unikat handelte, denn zumindest war ein zweites Exemplar nirgendwo bekannt. Barney hatte in dieser Angelegenheit mit allen großen Bibliotheken und auch den meisten kleineren auf der Welt korrespondiert. Ebenso waren entsprechende Anfragen bei Kollegen erfolglos geblieben. Damit hatte sich auch die Hoffnung, einen Stein von Rosette zu finden, zerschlagen. Unbestritten war die Datierung des Manuskripts, spätes 13. Jahrhundert, es konnte also gut möglich sein, daß es sich einmal, wie allgemein angenommen, im Besitz des englischen Mönches und Philosophen Roger Bacon befunden hatte, doch es schien mehr als unwahrscheinlich, daß es von ihm verfaßt worden war. Was war, so hatten sich Sandra und Barney wiederholt gefragt, mit der Vorlage geschehen, wenn es sich bei dem ihnen vorliegenden Exemplar um eine Kopie handelte? Wie so oft hatten sich die beiden angesehen und schließlich mit den Schultern gezuckt. Mühselig waren ihre Bemühungen gewesen, den Weg des Manuskripts durch die Jahrhunderte bis hin zu Wilfried M. Voynich zu verfolgen, in dessen Besitz es 1927 aufgetaucht war. Er hatte es mit nach Amerika gebracht und ansonsten über die Herkunft geschwiegen. Hatte es sich wirklich im Besitz von Kaiser Rudolf in Prag befunden? Den Quellen nach nicht unwahrscheinlich, doch Beweise dafür hatten sie genauso vergeblich gesucht wie für die Behauptung, daß es lange Zeit in dem Jesuitenkolleg von Mondragone in Frascati gelagert haben sollte. Doch die wesentlich brennendere Frage für die beiden war, ob irgend jemand, in dessen Besitz sich das Manuskript befunden hatte, in der Lage gewesen war, es zu lesen. Wenn ja, so hatten sie die Hoffnung, gab es vielleicht in einer der mittelalterlichen Schriften einen Hinweis zur Entschlüsselung des Manuskripts - oder war diese Kenntnis immer nur mündlich dem nachfolgenden Adepten weitergegeben worden? Eigentlich ein viel zu riskantes Verfahren, besonders in jenen Tagen, in denen der Tod ein alltäglicher Gast war.

Die Tempelanlage, in die Sandra einen kurzen Blick hatte werfen können, war nicht zu datieren, doch die Geschichte von Persepolis als Zentrum eines Weltreiches war von den Anfängen, die im sechsten vorchristlichen Jahrhundert lagen, bis hin zur Zerstörung durch Alexander dreihundert Jahre später, ausreichend dokumentiert. Wenn Barney dort also das Manuskript oder einen Vorläufer davon gesehen hatte, dann könnte man die Entstehungszeit dieses Papyrus zumindest schätzen. Sie hatten ziemlich willkürlich das fünfte vorchristliche Jahrhundert angesetzt. Damit klaffte eine Lücke von fast zweitausend Jahren, in denen sie keinerlei Hinweise auf den Text des Voynich-Manuskripts finden konnten.

„Ist etwas nicht in Ordnung?“ Sandra spürte eine Hand auf ihrer Schulter und blickte irritiert nach oben. Im ersten Moment konnte sie nichts erkennen, denn das Gesicht, das zu der Stimme gehörte, war ein dunkler Fleck gegen den hellen Strahler, der vom Vordach herab seinen Lichtschein über den Tisch warf. Sie blinzelte und bemerkte dann Arnolds helle Plastikschürze neben sich.

„Nein, nein. Alles bestens“, gab sie zurück, ohne sich bewußt zu sein, daß sie das hochgepriesene Steak noch gar nicht angerührt hatte.

„Warum läßt du dann dein Steak kalt werden?“, folgte die vorhersehbare Frage von oben herab. Sandra drehte sich noch ein Stück weiter herum, und Arnold trat einen Schritt zurück, damit sie nicht ihren Kopf so weit in den Nacken legen mußte, um sich mit ihm zu unterhalten.

„Ich war in Gedanken, aber keine Angst, jetzt werde ich mich mit Heißhunger darauf stürzen.“, Wie zur Bestätigung griff sie nach Messer und Gabel, die neben ihrem Teller lagen. Arnold legte ihr eine Hand auf den Unterarm und hinderte sie daran, ein Stück Fleisch abzuschneiden. Dann nahm er ihren Teller und meinte: „Ich werf' das Stück noch einmal kurz zum Anwärmen auf den Grill und bring dir inzwischen ein frisches Steak.“

Sandra nickte dankbar. Es dauerte nicht lang, dann war Arnold mit einem frischen, noch dampfenden Stück Fleisch auf ihrem Teller zurück. Sie lächelte ihn dankbar an. Sandra verspürte jetzt wirklich Hunger und machte sich über ihr Steak her, ohne weiter an Barney oder ihre Probleme mit einem alten Stück Papier zu denken.

Sie hatte dem Steak den Rest gegeben und atmete ein paarmal prüfend ein und aus. Der Bund ihres weiten Sommerrockes schnitt noch nicht zu heftig ein, obwohl sie sich inzwischen damit abfinden mußte, daß sie endgültig in die nächste Konfektionsgröße hineingewachsen war. Kein Grund, trübsinnig zu werden, dachte sie. Mit fast fünfzig Jahren kann niemand etwas an deiner Figur aussetzen, und dabei warf sie einen verstohlenen Blick auf Rita Benson, die noch keine vierzig war und schon den Punkt erreicht hatte, wo sich ihre Garderobe auf sackähnliche Kleider beschränkte. Sandra nahm ihren Teller, stand auf und ging durch die zurückgeschobenen Verandatüren ins Haus. Die Tür zur Küche war nur angelehnt, und ein schmaler Streifen Licht fiel über den Fußboden des Wohnzimmers, das, nur von der Gartenbeleuchtung erhellt, im Halbdunkel lag. Noch bevor sie die Tür erreicht hatte, hörte sie schon die hellen Stimmen der Zwillinge. Sandra drückte mit ihrem rechten Ellenbogen die Küchentür auf, während sie auf jeder ihrer Hände einen Stapel dreckiger Teller balancierte, die sie von den heftig diskutierenden Männern eingesammelt hatte. Pamela und Jody standen mit dem Rücken an die Arbeitsplatte gelehnt, und jede wühlte mit ihrem Löffel in einer Schale mit Eiscreme, als ob sie bei den Meisterschaften im Synchronschwimmen mitmachten. Als Sandra die Tür geöffnet hatte, ruckten die Köpfe in ihre Richtung, und die beiden schauten sie erstaunt an. Vor ihnen, in der Mitte des kleinen Raumes, saß Steven rittlings auf einem Stuhl und schüttelte ungläubig den Kopf über etwas, was die Mädchen wohl gerade gesagt hatten. Als die drei Sandra sahen, trat augenblicklich jene beklemmende Stille ein, die meist von einem schlechten Gewissen zeugte, oder von der Tatsache, daß die Welt der Kinder, die eigentlich nur noch in den Augen ihrer Eltern Kinder waren, sich selbst aber schon längst zu den Erwachsenen zählten, nur noch bedingt mit den Vorstellungen eben jener Erwachsenen zur Deckung zu bringen war.

„Na, Kinder“, meinte Sandra, als sie die Teller auf die Spüle stellte, „habt ihr den Eisschrank geplündert?“

„Nö“, kam es einsilbig von Jody oder Pamela zurück.

„Und du?“ Sandra fuhr ihrem jüngeren Sohn mit einer Hand durch die Haare, worauf dieser, kaum daß sie die Bewegung beendet hatte, unwirsch den Kopf schüttelte und nun selbst mit den gespreizten Fingern der rechten Hand versuchte, seine Frisur wieder in Ordnung zu bringen. Die Mädchen kicherten aus irgendwelchen Gründen, die nur sie selbst kannten, in sich hinein. Ihre breiten, häßlichen Zahnspangen blitzten im

Licht der Strahler, die von der Decke herab die Küche in ein grelles Licht tauchten.

„Na, dann pflegt mal eure Geheimnisse weiter. Ich will euch nicht stören“, meinte Sandra, als sie nur allzu deutlich spürte, daß sie der Grund für die allseitige Befangenheit, die sich wie ein Eisblock in der Küche ausbreitete, war. Sie blickte an den beiden Mädchen vorbei in die Scheibe des Küchenfensters, hinter der die Dunkelheit wie ein schwarzer Vorhang lag. Davor schwebte eine Gestalt über der Spüle mit dem dreckigen Geschirr, in der sie sich selbst in einem bunten gelbroten Sommerrock und einer weit fallenden blauen Seidenbluse wiedererkannte. Die blonden Haare waren wieder einmal kurz, fast zu kurz geschnitten, wie Andrew vorwurfsvoll gemeint hatte, als sie vom Friseur gekommen war, aber Sandra fand, daß ihr diese betont männliche Frisur eigentlich nicht schlecht stand. Vielleicht wirkten ihre Gesichtszüge etwas zu streng. Von den Zwillingen waren nur die Köpfe in der spiegelnden Fensterfläche zu sehen, und als Sandra ihren Blick zurück zu den beiden Mädchen gleiten ließ, erschien, so glaubte sie zumindest, auf der schwarzen Fläche das Bild einer jungen Frau, die ihr auf seltsame Art ähnelte, doch nicht einfach eine jüngere Ausgabe ihrer selbst war, sondern der lebende genetische Ausdruck einer Paarung, an der sie als ein Elternteil mitgewirkt hatte. War dies ihre fast erwachsene Tochter? Es durchfuhr Sandra eiskalt. Sie versuchte sich auf das Bild, das ihr eigenes Abbild in der dunklen Scheibe überlagerte, zu konzentrieren, doch es verschwand, und zurück blieb Sandra Swanwick, eine etwas ältere Arztgattin. Sie schüttelte den Kopf und zwinkerte ein paar Mal mit den Augen. Die drei Kinder um sie herum waren schon auf ihr seltsames Verhalten aufmerksam geworden und schauten sie neugierig an.

„Ich glaube, mir war eben etwas schwindlig“, versuchte sie es mit einer halbherzigen Erklärung und zuckte mit den Schultern. „Laßt euch nicht stören“, fügte sie dann noch hinzu, und es klang fast wie eine Entschuldigung.

Die Kugellampen, die um die Terrasse herum in der peinlich gepflegten Gartenanlage versteckt waren, warfen ihr warmes Licht auf Rhododendronsträucher, Hibiskus- und Rosenstöcke, im Teich schimmerte die bleichhelle Scheibe des Mondes, die Seerosen schwankten kaum merklich auf der glatten Wasseroberfläche, und die Idylle des warmen Spätsommerabends wurde nur durch die lauten Stimmen der auf der Terrasse versammelten Menschen gestört. Im Grill zischten noch ein paar Holzkohlen, aber Arnold hatte seine Schürze abgelegt und sich zu den anderen Männern an den Tisch gesetzt. Rechts an der kleinen Treppe, die von der Terrasse zum Rasen hinabführte, standen die Hendersons mit Paul und Judy Betler und versuchten, den nächtlichen Sternenhimmel zu entziffern. Sandra vernahm abgehakte Wortfetzen wie Andromeda, Venus und Casiopeia.

Sandra wandte sich nach links und sah Andrew bei Rita, Pia und Janet stehen. Ihre Freundin hatte sich bei ihm untergehakt und schien genau so viel getrunken zu haben, daß sie Andrews Arm als willkommene Stütze annahm und brauchte.

Sandra wollte zu der Gruppe hinübergehen, wurde aber von Tom Bensworth daran gehindert, der ihr mit seinem über die Lehne des Gartensessels ausgestreckten Arm den Weg versperrte.

„Nicht so eilig, Champion", meinte er und hielt Sandra mit festem Griff um ihre Hüften an. „Setz dich jetzt einmal einen Moment zum Fußvolk." Dabei zog er sie auf den Sessel neben sich. Sandra ließ es mit sich geschehen. Sie konnte Tom eigentlich gut leiden, nicht zuletzt, weil er ein hervorragender Golfspieler war und mit seinen knapp über fünfzig Jahren immer noch etwas darstellte, was man guten Gewissens ein Bild von einem Mann nennen konnte. Seit sie im Mai zusammen das Turnier im Four-Ball gewonnen hatten, nannte er sie nur noch Champion, obwohl sie das wenigste zu diesem Sieg beigesteuert hatte.

„Na, Tom, haben die Herren der Schöpfung jetzt alle Probleme der Welt gelöst?" wollte sie wissen. Als Antwort erhielt sie nur eine wegwerfende Handbewegung.

„Du hast ja nichts zu trinken", stellte er mit gespieltem Entsetzen fest, als er ihr mit seinem halbvollen Bierglas zuprosten wollte. „Das muß man aber sofort ändern. Was soll ich dir holen?"

Sie dachte kurz nach und entschied sich dann für Sekt. Er erhob sich schon etwas schwerfällig aus dem Gartenstuhl und ging zu der improvisierten Bar neben dem inzwischen verwaisten Grill. Dort wurde er sofort in eine Unterhaltung mit Jack Peterblome verwickelt, einem Kollegen von Arnold, der wieder einmal jedem, der es hören wollte oder auch nicht, von seinem Erlebnissen in Saudi-Arabien erzählte, als er von Exxon ein halbes Jahr in die trockenste Wüste, die Hölle aller Trinker, geschickt worden war. Tom nickte und schaffte es schließlich doch noch, mit einem Glas perlenden Sekt zu Sandra zurückzukehren.

„Was macht ihr denn nächstes Jahr in den Ferien?" wollte Rita von Andrew wissen, der sein Glas in der linken Hand hielt, während sich Janet an seinen rechten Arm klammerte und dabei ihre Hüfte so eng an seinen Oberschenkel preßte, daß er beim besten Willen nicht mehr an einen Zufall glauben wollte.

„Keine Ahnung. Dieses Jahr waren wir ja nur zwei Wochen in Florida. Aber das ist auch schon lange her. Das war im März. Und außerdem viel zu überlaufen.“

„Ja, Florida ist schrecklich“, stimmte ihm Matt Tuner zu, der sich jetzt zu der Gruppe gesellte. „Besonders im Frühjahr. Da scheinen sämtliche Europäer wie die Zugvögel dort einzufallen.“

Andrew nickte bestätigend. „Vielleicht sollten wir es einmal mit Skifahren in den Rockys versuchen?“

„Nur nicht“, fiel im Matt ins Wort. „Es gibt nichts Schlimmeres. Als erstes die Hundekälte, dann dieser Schnee, in dem man bei jedem Schritt versinkt, und schließlich die Leute, die man dort trifft. Jeder kennt mindestens einen, der sich beim Skilaufen irgend etwas gebrochen hat. Schrecklich, diese Gespräche an der Bar über Kreuzbandrisse, Spiralbrüche, Mehrfachfrakturen und so weiter. Und dann sollst du dich am nächsten Morgen auf die Skier stellen und ganz locker deinem Mehrfachbruch oder was auch immer entgegenfahren.“

Matt machte eine Pause, um einen Schluck aus seinem Glas zu nehmen. Dabei schien er sich zu erinnern, daß Andrew Chirurg war. „Aber dir macht das ja bestimmt nichts aus. Du bist ja solche Gespräche gewohnt.“

Andrew stieß wie zur Bestätigung ein kurzes Lachen aus.

„Wir wollen nächstes Jahr vielleicht nach Übersee“, erklärte Pia. „Ihr wißt schon, Paris, London, Rom. Halt alle die schönen Plätze. Natürlich auch Deutschland und vielleicht noch Griechenland. Aber wir haben ja leider nur knapp drei Wochen; das wird alles ein wenig eng. Mal sehen“, meinte sie leichthin.

„Ja, Europa“, seufzte Andrew etwas übertrieben, „nicht schlecht. Ich würde ja auch mal gerne dort hin, besonders nach Deutschland. Was für mich übrigens überhaupt kein Problem wäre. Ich habe vielleicht schon einmal davon erzählt, daß wir vom Memorial enge Beziehungen zu einigen deutschen Universitäten haben. Frankfurt, Hamburg und Freiburg. Es waren auch schon Kollegen von dort bei uns, und ich bin gefragt worden, ob ich nicht einmal zum Gegenbesuch kommen möchte.“

„Und?“ wollte Janet wissen und warf dabei Andrew einen schmachtenden Blick zusammen mit einem dramatischen Augenaufschlag zu, der den anderen zum Glück in der Dunkelheit verborgen geblieben war.

„Sandra“, entgegnete Andrew, „lehnt es kategorisch ab, nach Deutschland zu reisen. Und das, obwohl es ihr Heimatland ist. Dort wurde sie geboren, dort hat sie dreißig Jahre gelebt.“ Andrew schüttelte den Kopf.

„Ach ja“, bemerkte Pia erstaunt. „Das habe ich ja gar nicht gewußt.“

„Ist ja auch unwichtig", erklärte er. „Inzwischen hat sie ja längst einen amerikanischen Paß, und ich glaube, sie weiß inzwischen selbst nicht mehr, wo sie herkommt."

„Was weiß ich nicht mehr?" Sandra war neben ihn getreten, löste jetzt sanft Janets Griff und hakte sich selbst bei ihrem Mann unter. Janet stand einen Moment unentschlossen und ihres Haltes beraubt da, beschloß dann aber, Sandra als Ersatz zu akzeptieren. Sie legte ihren Arm um deren Taille und lehnte sich gegen sie.

„Ich habe ja gar nicht gewußt, daß du eine Deutsche bist", konfrontierte Pia sie mit dem gerade Erfahrenen.

Sandra zuckte mit den Schultern. „Spielt das irgendeine Rolle?"

„Und warum willst du nicht nach Deutschland zurück?" wollte Matt Tuner wissen.

Sandra verstand die Frage mit Absicht falsch. „Weil ich hier meine Heimat gefunden habe. Einen Mann, den ich liebe", dabei strich sie Andrew mit dem Handrücken über die Wange, „und der hoffentlich auch mich liebt", wobei sie Janet einen nicht ernst gemeinten bösen Seitenblick zuwarf. „Ich habe zwei Söhne, um die ich mich noch ein bißchen kümmern muß. Warum soll ich also zurückgehen?"

„Zu Besuch doch nur", erklärte Matt. „Alte Freunde treffen. Die Orte wiedersehen, an denen man Spaß gehabt hat. Von den schönen Tagen der Jugend träumen. Sehen, was aus den Leuten geworden ist. Oder einfach nur in Erinnerungen schwelgen."

„Jaaa." Sandra dehnte das Wort und gab sich so den Anschein nachzudenken, obwohl sie keinen Augenblick über ihre Antwort grübeln mußte, höchstens darüber, ob sie die versöhnliche oder die harte Variante wählen sollte. „Ich habe keine alten Freunde, die ich besuchen könnte", meinte sie dann diplomatisch, „und Spaß habe ich auch nicht gehabt. Meine Jugend war auch nicht schön. Ich bin in Trümmern aufgewachsen, und dieser Krieg hat mir meine Jugend geraubt wie vielen anderen auch. Es gab nichts zu essen. Und obwohl es mir noch ziemlich gutging, hättest du mich im Alter von zehn Jahren für ein wandelndes Skelett gehalten. Meine Erinnerungen sind keine, in denen man schwelgen kann, außer man ist Masochist." Während Sandra gesprochen hatte, war ihr Ton zunehmend schärfer geworden. Von einer diplomatischen Antwort konnte schon längst keine Rede mehr sein. „Was aus den Leuten geworden ist? Grabsteine. Die Personen meiner Kindheit sind an Kugeln, Bomben, Unterernährung und Krankheit gestorben. Genau in dieser Reihenfolge. Oh, nicht daß ich die Schuld an all dem leugnen würde, nein, aber ich war damals vier Jahre alt und gerade mal neun, als alles in Trümmern lag. Was konnte ich dafür? Ein Mann mit Schnurrbart und Millionen, die ihm hinterherrannten, haben mir meine Kindheit geraubt, und meine Erinnerungen daran sind etwas, was mit den schrecklichsten Alpträumen konkurrieren kann, die ihr je gehabt habt." Sie erwähnte nicht, daß dies wenig mehr als eine Schutzbehauptung war und der eigentliche Grund ihrer Abneigung, nach Deutschland zurückzukehren, besonders Freiburg zu besuchen, in den Ereignissen begründet war, die sie seit zwanzig Jahren versuchte, aus ihrem Gedächtnis zu verdrängen.

Vier Tage später traf sich Sandra zum Mittagessen mit Barney in einem kleinen Lokal ganz in der Nähe von Yale. In den letzten Jahren hatte es sich zu so etwas wie ihrem Stammlokal entwickelt. Die große Fensterfront ging auf die Mayfair Avenue hinaus, und der alte Dielenboden knarrte beständig unter den Schritten der Kellner und Gäste. Im Halbdunkel des hinteren Teils befand sich eine alte Eichenholzbar, an der wahrscheinlich schon die Gründungsväter der Universität im Jahre 1701 irgendwelche anregenden Getränke zu sich genommen hatten. Die Wände waren mannshoch mit Eichenpaneelen verkleidet, und an den gelb getünchten Mauern, die sich an die Abschlußleisten anschlossen, hing eine Vielzahl dessen, was man gemeinhin als Kuriositäten bezeichnete. Manchmal waren wahre Geschichten damit verbunden, meist aber wurde diese, wenn man nach der Bedeutung eines Gegenstandes fragte, jedesmal neu erfunden.

Sandra war gut eine halbe Stunde zu früh für ihre Verabredung eingetroffen, da das regnerische Wetter den gemeinsamen Einkaufsbummel mit Janet abrupt abgekürzt hatte. Janet wollte zwar noch in die Ferguson-Mall fahren, doch dazu hätte die Zeit nicht gereicht. Also hatte sich Sandra von ihrer Freundin verabschiedet, und die Beluga-Twins waren getrennte Wege gegangen. Sandra hatte ihre nasse Sommerjacke, die sie über ihrem T-Shirt und der hellblauen Jeans getragen hatte, an einen der Kleiderhaken an der Trennwand gehängt, die den Eingang zur Küche von den Blicken der Gäste abschirmte, und drehte jetzt mit dem Zeigefinger ihrer rechten Hand ihre Kaffeetasse auf der Untertasse hin und her. In der Linken hielt sie eine Zigarette, deren Rauch sich in Richtung Decke kräuselte. Als die Glut schon ganz an den Filter herangewandert war, drückte Sandra sie in dem weißen Porzellanaschenbecher aus. Sie schaute wieder zur Tür hinüber und durch die großen Fensterscheiben auf die Straße hinaus, wo die Menschen als verwaschene Konturen in dem dichten Regen vorbeihetzten. Dahinter quälte sich ein Strom von Autos Stoßstange an Stoßstange die Mayfair hinunter. Zwei Zigaretten später betrat endlich Barney mit dem Rücken voran das Lokal, während er noch seinen

Schirm ausschüttelte und zuklappte. Ein kurzer Blick, und er hatte Sandra im hinteren Teil an einem Tisch an der linken Wand entdeckt. Er ging zu den Garderobenhaken, hängte den Schirm auf und begrüßte Sandra schon, als er noch gut zwei Meter von ihr entfernt war.

„Das hat gerade noch gefehlt", meinte er, als er sich ihr gegenüber an den Tisch setzte. „Dieser schreckliche Regen. Ich hatte natürlich weder Schirm noch Mantel dabei." Dabei deutete er auf sein großkariertes Jackett, dessen Ärmel mit breiten Lederstücken besetzt waren. Der Tweed war mit einem feinen Feuchtigkeitsfilm überzogen. „Patricia war so nett, mir ihren Schirm zu leihen." Patricia war die gute Seele des Instituts, eine nette ältere Dame, die nach anfänglicher Zurückhaltung, Sandra hatte es insgeheim als Eifersucht angesehen, inzwischen auch sie neben ihrem angehimmelten Professor akzeptierte.

„Irgendwie habe ich das Gefühl, daß jetzt schon wieder der Herbst beginnt", sinnierte Sandra mit einem Blick an Hughes vorbei zum Fenster hinaus.

„Du solltest nicht soviel rauchen", meinte er mit einem Blick auf den Aschenbecher, als sie sich eine weitere Pall Mall ansteckte. Sie zuckte nur mit den Schultern. Es war mehr eine entschuldigende als eine gleichgültige Geste. Der Kellner kam, und beide nahmen die Speisekarte in Empfang. Sandra bat darum, ihre Kaffeetasse nachzufüllen, und Hughes bestellte sich einen Tee. Als sie dann auch ihr Essen bestellt hatten und einsilbig versonnen in den Dampf starrten, der von ihren Getränken aufstieg, lehnte sich Hughes auf einmal mit einem Grinsen auf seinem Stuhl zurück. Sandra warf ihm einen fragenden Blick zu.

„Ich habe Post aus England und Italien", teilte er ihr mit und grinste dabei wie ein Schuljunge, der gerade die Äpfel aus Nachbars Garten geklaut hatte.

„Und?" Sie beugte sich vor. Die Zigarette in ihrer Hand zitterte. „Sag schon, was meinen sie?"

„Es sieht so aus, als ob sie der gleichen Meinung sind."

„Was heißt das?"

„Nun, Sandra", dabei beugte sich auch Hughes verschwörerisch nach vorne und legte seine Hand beruhigend auf die nervös über den Tisch gleitende Hand von Sandra, „du weißt doch selbst gut genug, daß sich ein Gelehrter nicht gerne festlegt, aber ein 'prinzipiell der gleichen Meinung'", man hörte deutlich an seinem Tonfall, daß Hughes aus einem der Briefe, die ihn heute morgen erreicht hatten, zitierte, „ist in meinen Augen so gut wie eine Bestätigung."

„Dann hatte Newbold also doch recht", erklärte Sandra bestimmt.

„Zumindest ist es nicht so abwegig, aber es hilft uns nicht weiter. Auch wenn wir davon ausgehen, daß diese wenigen Worte am Ende des Manuskripts in Latein wirklich heißen 'a mihi dabas multas portas', dann wissen wir immer noch nicht weiter. Wie ist dieser Schlüssel anzuwenden? Auf welche Textstelle im Manuskript bezieht sich dieser Satz? Und was soll er eigentlich bedeuten?"

„Du hast mir viele Tore gegeben", murmelte Sandra die Übersetzung der lateinischen Worte vor sich hin.

Der Kellner brachte für Sandra Langustenschwänze mit Cajunsoße und für Hughes ein überdimensionales Käse-Schinken-Sandwich. Ihre Gespräche verstummten, während der junge Mann mit der weißen Schürze, die er um die Hüfte gebunden hatte, vorsichtig die Teller vor ihnen abstellte. Hughes ließ seinen Blick wohlwollend über den Berg von Brotscheiben und Salat gleiten, der sich da vor ihm erhob, und Sandra spießte mit einer sicheren Bewegung der Gabel einen der Langustenschwänze aus der roten, scharfen Gemüsesoße. Genüßlich kaute sie das butterweiche Fleisch und tunkte dann eine Scheibe französisches Weißbrot in die Soße.

„Was machen wir jetzt weiter?" fragte sie, als sie ihren Teller nach einer Weile von sich schob und auch Hughes sein Sandwich bewältigt hatte.

Der Professor schaute sie auf einmal betrübt an und ließ mit einer Geste der Resignation die Hände in den Schoß sinken. „Ich glaube, ich sollte mich damit abfinden, daß es für mich nichts mehr zu tun gibt. Ich sollte der Tatsache ins Auge sehen, daß ich die Entschlüsselung des Manuskripts nicht mehr erleben werde. Auch dieser eine lateinische Satz hilft uns eigentlich nicht weiter, oder?" Er schaute sie mit einem sehnsuchtsvollen Blick an, der Widerspruch erhoffte.

„Ich weiß nicht", begann sie zögernd, „zumindest ist es einmal ein Anfang. Vielleicht hilft es uns doch weiter. Man soll die Hoffnung nicht aufgeben."

„Nein, nein", winkte er ab, „seit über sechshundert Jahren, vielleicht sogar noch länger, bewahrt das Manuskript jetzt schon sein Geheimnis - warum sollte gerade ich es lösen können?"

„Komm, Barney", versuchte Sandra den Mann, dem sie zum erstenmal sein Alter wirklich ansah, zu trösten, „laß den Kopf nicht hängen. Wir wissen beide, daß uns nur ein Glückstreffer helfen kann. Also vertrauen wir darauf." Dabei nahm sie seine beiden Hände in die ihren und strich mit einer sehr intimen Geste darüber. Kurz darauf wunderte sie sich selbst, daß sie es getan hatte.

Der Kellner brachte, nachdem er die beiden gefragt hatte, ob sie noch Kaffee oder ein Dessert wollten, was sie verneinten, die Rechnung. Hughes ließ nicht zu, daß Sandra sie an sich nahm oder auch nur einen Teil dazu beitrug. Er ging zur Kassiererin, zog ein Bündel mit Dollarnoten aus seiner Gesäßtasche und blätterte den Betrag von dreißig Dollar auf die rechteckige bunte Matte auf dem Tresen vor der Kasse. Das Wechselgeld ließ er liegen, und Sandra, die inzwischen ihre Jacke wieder übergezogen hatte, schob ihren Arm fast liebevoll unter den seinen, als sie gemeinsam das Lokal verließen.

Angela war gerade dabei, das Haus am Beluga Drive zu verlassen, als sie Sandras Mercedes die Auffahrt heraufkommen sah. Sie wartete vor der Haustür, bis ihre Arbeitgeberin ihren Wagen geparkt hatte und mit nachdenklicher Miene auf sie zukam.

„War kein schöner Tag gewesen, um auszugehen", rief sie ihr entgegen. „Und es sieht nicht so aus, als ob es bald besser würde", fügte sie dann hinzu und schaute demonstrativ zum Himmel hinauf, wo ein heftiger Wind von See her dunkle Wolken Richtung Appalachen vor sich hertrieb. Sandra nickte, und ihre Augen folgten bestätigend dem Blick ihrer Haushälterin.

„Ich bin soweit fertig. Allerdings müßte der Abfluß in der Spüle einmal nachgesehen werden. Das Wasser fließt kaum noch ab. Soll ich mich darum kümmern?"

„Ja", stimmte Sandra nach kurzem Zögern zu. „Sagen Sie doch einfach George Bescheid."

„Werd' ich gleich heute nachmittag noch tun", versicherte Angela. „Bis morgen dann."

„Bis morgen", gab Sandra zurück und schloß in Gedanken versunken die Haustür auf. Auf dem kleinen Tisch neben der Eingangstür lag die Post. Sandra zog ihre immer noch feuchte Jacke aus, griff sich automatisch den Stapel Briefe und ging ins Wohnzimmer. Während der halbstündigen Fahrt vom Stadtzentrum nach Hause hatte sich die gleiche Niedergeschlagenheit in ihr breitgemacht, die Hughes Stimmung geprägt hatte. Eigentlich gab es dazu nicht mehr und nicht weniger Anlaß als die Jahre zuvor, wo sie bei ihren Versuchen, das Geheimnis des Manuskripts zu lösen, immer nur mit Enttäuschungen konfrontiert worden waren. Vielleicht lag es daran, daß Hughes Niedergeschlagenheit diesmal so endgültig gewirkt hatte. Sandra legte die Post zur Seite und ging in die Küche. Sie holte Wasser und setzte die Kaffeemaschine in Betrieb. Während sie darauf wartete, daß der Kaffee durchgelaufen war, drehte sie noch einmal den Wasserhahn der Spüle auf, und schon bald füllte sich das

Becken. George würde wohl wieder einmal den Abfluß von was auch immer reinigen müssen.

Zehn Minuten später saß sie mit einem Becher Kaffee in der Hand wieder im Wohnzimmer und schaute auf den Stapel Post auf dem Tisch. Sie sortierte die Werbung aus, zwei Briefe waren an ihrem Mann adressiert, einer davon kam von American Express, sicher die Kreditkartenabrechnung des letzten Monats, der andere trug den Absender eines großen Pharmazieunternehmens in Virginia. Dann fiel ihr der hellblaue Luftpostumschlag mit den blauen und roten Streifen am Rand auf. Oben links in der Ecke befand sich ein blaues Feld, in dem ‚By Air Mail, Par Avion' und darunter ‚Mit Luftpost' stand. Die beiden deutschen Worte elektrisierten sie, dann bemerkte sie auch die deutsche Briefmarke. Sie nahm ihn in die Hand. Er war an S. N. Swanwick, 1367 Beluga Drive, New Haven, Connecticut adressiert. Sandra drehte ihn mit zitternden Fingern um. Auf der Rückklappe war eine deutsche Adresse als Absender angegeben. Mit fliegenden, gleichwohl zitternden Fingern riß sie den Umschlag auf und zog ein dünnes Blatt Luftpostpapier heraus. Die Handschrift war unregelmäßig, und die Worte waren in deutscher Sprache geschrieben. Es dauerte einen Moment, bis sie in den Räumen ihres Geistes wieder das Zimmer gefunden hatte, wo ihre Muttersprache begraben lag. Dann war sie imstande, den Brief zu lesen.

Liebe Frau Swanwick,

*ich heiße Gabi Manke und habe erst vor kurzem erfahren, daß dies nicht mein richtiger Name ist oder zumindest nicht der, mit dem ich geboren wurde. Meine Eltern haben mich adoptiert, und ich habe jetzt erfahren, daß meine Mutter Neubert hieß. Meine Großeltern, die inzwischen gestorben sind, haben mir Ihren Namen und diese Adresse mitgeteilt. Ich weiß nicht, ob dieser Brief überhaupt ankommt, da die Adresse schon mehrere Jahre alt ist. Ich hoffe es. Sie sollen meine richtige Mutter sein. Ich bin am 14. Januar 1966 in Freiburg geboren worden, jetzt fast neunzehn Jahre alt und würde meine richtige Mutter gerne kennenlernen. Frau Swanwick, wenn Sie also meine Mutter sind, dann schreiben Sie mir doch bitte. Ich möchte wirklich gerne etwas von Ihnen hören.*

Mit herzlichen Grüßen
Gabi Manke (Neubert?)

*P.S.: Ich weiß nicht, was Sie damals bewogen hat, so zu handeln, wie Sie gehandelt haben, aber ich mache Ihnen keine Vorwürfe.*

Nachdem Sandra den Brief ein zweites Mal gelesen hatte, sank sie in ihrem Sessel zusammen. Es dauerte einige Zeit, bis sie in der Lage war aufzustehen. Sie ging in den Flur, holte das Zigarettenpäckchen aus ihrer Handtasche und tat etwas, was sie normalerweise aus Rücksicht auf Andrew und die Jungen nie getan hätte. Sie steckte sich im Haus eine Zigarette an und nahm einen tiefen Zug.

## √-1 Die Augen sind die Türen des Gesichts

„Es war schrecklich", stöhnte Gabi, und ihre Hände verkrampften sich um die Kaffeetasse. „Du kannst dir gar nicht vorstellen, wie schrecklich es war. Und es war so real. Als ob ich dabei gewesen wäre. Irgendwie mitten unter ihnen ... ich weiß nicht, wie ich das beschreiben soll."

Peter hatte gebannt Gabis Erzählung über ihre Vision eines schrecklichen Gemetzels irgendwann in grauer Vorzeit gelauscht. Sicher war es nur ein Traum gewesen, doch für Gabi schien es wirklich passiert zu sein, und sie war nicht davon zu überzeugen, daß es nur ein Traum war. Was ihn aber am meisten irritierte war, daß sie ihre Tochter dafür verantwortlich machte. Was konnte das kaum fünf Monate alte Kind dafür?

„Jetzt beruhige dich erst einmal." Es war ein dummer Satz, aber ihm fiel nichts Besseres ein. Wirklich beruhigen konnte er sie damit nicht. Sie saßen sich in der kleinen Küche der Wohnung im Nordring gegenüber. Peter war gestern erst spät aus Bonn zurückgekommen, wo er im Anschluß an sein Gespräch mit Professor Heckert das Wochenende mit Andreas und Uschi verbracht hatte. Heute morgen hatte ihn Gabi in aller Hergottsfrühe, gegen acht Uhr, als Thomas zur Arbeit gefahren war, angerufen und ihn mit zitternder Stimme gebeten, sofort zu ihr zu kommen.

„Mach dir keine Sorgen", versuchte er es wieder, stand auf und stellte sich hinter ihren Stuhl. Er legte seine Hände auf ihre Schultern, und sie lehnte dankbar den Kopf gegen seinen Körper. Seine Finger massierten sanft ihren Nacken, und es schien, als würde sie sich wirklich etwas entspannen.

Schließlich lösten sich auch ihre verkrampften Hände von der Kaffeetasse.

„Schläft die Kleine jetzt noch?"

„Ja, das Ungeheuer schläft und sieht aus, als könnte es kein Wässerchen trüben", gab Gabi verbissen zurück.

„Nun komm", meinte er und nahm seine Hände von ihren Schultern, „du phantasierst da sicher nur etwas hinein. Du bist wahrscheinlich eingeschlafen und hast geträumt. Sonst nichts."

Sie legte den Kopf in den Nacken und warf ihm einen verächtlichen Blick zu. Er hielt ihren ihn eiskalt musternden Augen nicht lange stand und ging zurück zu seinem Stuhl. Er versuchte, ihr nicht ins Gesicht zu sehen.

„Hast du noch weitere Warnungen auf dem Anrufbeantworter bekommen?"

Sie schüttelte den Kopf und fügt dann hinzu: „Ich habe ihn auch nicht mehr angeschaltet."

„Sonst auch nichts von dem Unbekannten gehört?"

„Ich nicht. Aber Thomas ist ein paar Mal ans Telefon gegangen, und nachdem er sich gemeldet hatte, wurde am anderen Ende wortlos aufgelegt. Das könnte natürlich unser Unbekannter gewesen sein, obwohl ich es nicht glaube. Mir ist es noch nie passiert. Inzwischen befürchte ich fast, daß Thomas vermutet, ich hätte einen Liebhaber." Dabei huschte ein amüsiertes Lächeln über ihr Gesicht, das allerdings schnell genug wieder verschwand, bevor Peter es bemerken konnte.

„Jetzt erzähl aber endlich! Was hast du in Bonn herausgefunden?"

Peter hatte diese Frage befürchtet, um so mehr, als er eigentlich nichts herausgefunden hatte. Schon mit Andreas und Uschi zusammen hatten er und die beiden anderen sich auf einer Woge von Spekulationen treiben lassen, ohne dabei auch nur den geringsten Hinweis zu finden. Nur eines war sicher, zumindest für Andreas und Peter: Heckert hatte in irgendeiner Form 'Dreck am Stecken', wie Andreas es ganz unjuristisch ausdrückte. Man konnte nicht den Finger darauf legen, aber nach dem Bericht von Peter hatte Andreas einige große Löcher in Heckerts Einlassungen, wie er es in seinem unmöglichen Juristendeutsch nannte, gerissen. Peter faßte das Nicht-Ergebnis seines Gesprächs mit Heckert in ein paar kurzen Sätzen zusammen.

„Und nichts Genaues über meine Mutter?" fragte Gabi enttäuscht nach.

„Nichts", bestätigte er und musterte mitfühlend die schlanke Gestalt, die sichtlich auf ihrem Stuhl zusammengesunken war. Die dunklen Haare waren zu einem Pferdeschwanz zusammengebunden, aus dem sich inzwischen einige Strähnen gelöst hatten und ihr ins Gesicht fielen. Die grünen Augen hatten den Glanz verloren, und das bleiche Gesicht sah auf einmal im kalten Licht der Küchenlampe viel älter aus. Es hätte kaum einen größeren Unterschied zu dem Menschen geben können, der ihn vor knapp einem Jahr zur Patenschaft überredet hatte. „Vater unbekannt, wie es in den Papieren steht. Heckert vermutet einen Freund, das heißt ihren Freund, als Vater. Einem Gerücht nach soll es in der Wiedersehensfreude passiert sein. Aber ich glaube, das ist eine Lüge. Wenn sie einen Freund hatte, warum sollte sie ihn nicht als Vater angeben? Warum sollte sie ihn nicht heiraten? Es hätte ihr auch den Ärger mit ihren Eltern erspart. Nein, da stimmt etwas nicht. Ich habe aber keine Ahnung, was."

„Die Sache mit deinem Vater klingt genauso seltsam", warf Gabi ein. Ihre Gestalt straffte sich wieder, und sie beugte sich auf ihrem Stuhl nach vorne, um sich ein Hörnchen aus dem Brotkorb zu nehmen. „Dieser Unfall erscheint mir ziemlich unglaubwürdig. Ausgerechnet Heckert, der einzige verfügbare Zeuge, will nichts davon mitbekommen haben. Warum war er nicht bei den anderen?“ Sie kaute nachdenklich und spülte dann das trockene Hefegebäck mit einem Schluck fast kalten Kaffees hinunter. „Hat dir deine Mutter nichts Genaueres erzählt?“

Peter schüttelte den Kopf. „Nein“, meinte er dann und dehnte das Wort, als ob er damit die Hoffnungslosigkeit noch hervorheben wollte. „Zumindest kann ich mich an nichts erinnern. Vielleicht hat sie mal etwas gesagt, als das alles noch frisch war. Aber da war ich ein kleines Kind und begriff noch nicht einmal so recht, warum mein Vater nicht zurückkommen sollte.“ Er stand auf, schüttete seinen inzwischen kalt gewordenen Kaffee in die Spüle und schenkte sich aus der Glaskanne der Kaffeemaschine eine frische Tasse ein. „Und leider kann ich ja meine Mutter nicht mehr befragen.“ Damit setzte er sich wieder Gabi gegenüber an den Tisch.

Eine Weile lang hingen sie stumm ihren Gedanken nach. Gabi kaute an ihrem Hefehörnchen, und Peter nahm sich die Zeit, zwei Brötchenhälften mit Butter und Kirschmarmelade zu bestreichen und bedächtig Bissen für Bissen in den Mund zu schieben.

„Und was machen wir nun?“ wollte sie mit leiser Stimme wissen.

„Hoffen auf ein Wunder“, sagte er resigniert.

„Und wie soll das aussehen?“

„Vielleicht geht ja im Osten ein heller Stern auf. Und dann folgen wir ihm einfach. Das hat ja vor zweitausend Jahren schon einmal geklappt.“

Sie brachte noch nicht einmal ein müdes Lächeln zustande. Nach einem kurzen Moment des Nachdenkens - eher war es ein Mutschöpfen, denn was sie jetzt sagen wollte, würde bei Peter auf nicht viel Zustimmung stoßen - meinte sie: „Wir sollten es doch einmal in Freiburg versuchen.“

Peter stöhnte theatralisch auf. „Nicht schon wieder“, entgegnete er dann. „Das hatten wir doch schon. Und jetzt wissen wir zumindest schon so viel, daß Freiburg uns keinesfalls weiterbringen wird. Heckert hat gesagt, deine Mutter hätte kaum Freunde oder Freundinnen gehabt. Der zweite Student, der an der Expedition teilgenommen hat, ist tot, und der Grabungsleiter ist ein alter Mann, von dem Heckert nicht einmal mehr weiß, ob er noch lebt, geschweige denn, wo.“

„Immer dieser Heckert“, warf Gabi ein, und ihre Stimme hatte einen boshaften Unterton. „Du hast doch selbst gesagt, man könne ihm nicht trauen, und jetzt nimmst du seine Auskünfte für bare Münze.“

Heckert war, kaum daß Peter an jenem Freitag sein Büro verlassen hatte, ans Telefon gestürzt und hatte Weigert, dessen Aufenthaltsort zu kennen er noch vor kurzer Zeit abgestritten hatte, angerufen. Er hatte einen genauen Bericht über das Treffen abgegeben, der von Weigert nur mehrmals mit 'Hm', 'Ach ja' und 'So so' kommentiert worden war. Als Heckert schließlich damit schloß, daß er den bestimmten Eindruck hätte, Peter Gruhn würde bei weitem nicht alles erzählen, was er wußte, war nur ein meckerndes Lachen durch die Leitung gekommen. Heckert erzählte Weigert auch von den auf einmal aufgetauchten Seiten aus dem Notizbuch, woraufhin von diesem zum erstenmal mehr als eine nur beiläufige Reaktion kam. Er hatte ganz genau wissen wollen, wie viele Seiten es gewesen seien und was genau darauf gestanden hätte. Heckert erklärte es ihm. „Ich dachte, sie wären endgültig vernichtet", hatte es sichtlich nervös aus dem Hörer geklungen. „Anscheinend nicht. Allerdings habe ich nur Fotokopien gesehen", hatte Heckert, sichtlich zufrieden, den anderen nun doch etwas aus der Reserve gelockt zu haben, zurückgegeben. „Und obwohl Gruhn das abstreitet, bin ich fest davon überzeugt, daß es noch mehr Seiten gibt." Damit war das Gespräch bis auf ein paar Floskeln, die noch folgten, beendet gewesen. Weigert mußte allerdings bis zum Sonntag warten, bis er endlich unter der Nummer, die er für solche Fälle als eine der wenigen in irgendeinem Bereich seines Gehirns, der gegen jede Form von Gedächtnisschwäche immun zu sein schien, verwahrte, jemand erreichte. Kein Name wurde genannt, und zwischen dem 'Bitte', mit dem sich der andere Teilnehmer gemeldet, und dem 'Danke', nachdem Weigert seinen kurzen Bericht beendet hatte, glaubte der ehemalige Grabungsleiter ins Nichts hineinzusprechen. Der Mann, der diese beiden Worte gesagt hatte, legte den Hörer fast lautlos auf die Gabel und blieb einen Moment sinnend neben dem Telefon stehen. Dann hob er den Hörer wieder ab und führte drei kurze Gespräche. Als er damit fertig war, setzte er sich in einen Sessel und wartete.

Zwei Stunden später hatten sich in dem weitläufigen Wohnzimmer, das die gesamte untere Etage einer alten, hinter hohen Bäumen versteckten Villa des ausgehenden 19. Jahrhunderts einnahm, fünf Männer versammelt, deren dunkle Gesichtsfarbe keinen Zweifel daran ließ, daß sie allesamt keine Kinder der frostgeschüttelten mitteleuropäischen Breiten waren. Vor ihnen auf dem Edelholztisch, dessen Platte eine wertvolle Intarsienarbeit zierte, standen Gläser mit Tee und kleine Tassen mit den Resten einer nachtschwarzen Flüssigkeit, die eindeutig auf Kaffee hindeutete. Sie führten ihre Unterhaltung mit bedächtig klingenden Sätzen, die sich eines selten gesprochenen, eigentlich auch für Sprachforscher schon untergegangenen südostpersischen Dialekts bedienten.

Sie alle hatten das Licht der Welt in der Gegend um Bam am Rande der Wüste Lut erblickt, und von Kindheit an teilten sie mit den anderen ihres Stammes das Wissen um die Tore zwischen den Welten. Die Tore, die niemand durchschreiten durfte. Die Tempelstadt, die auftauchte und wieder verschwand, und das Buch Mechaem, das in einer Sprache geschrieben war, die niemand entschlüsseln konnte. Über Jahrtausende hinweg, so sagte die Überlieferung ihres Stammes, hatten sie schon viele Male geglaubt, das Buch vernichtet zu haben, doch irgendwann waren immer wieder Handschriften mit den seltsam verschnörkelten Buchstaben aufgetaucht. Wie ein Phönix aus der Asche schien es auf geheimnisvolle Weise immer wieder neu zu entstehen. Jahrhunderte war es vergessen, dann drang die Kunde auf einmal wieder zu ihnen, daß ein Schriftstück, dessen Sprache der Welt Rätsel aufgab, irgendwo aufgetaucht war. Sie hatten gelernt abzuwarten, denn genauso, wie sich das Buch immer wieder manifestierte, scheiterte jeder Versuch, hinter seinen Sinn zu kommen. Der Schlüssel dazu lag in der Tempelstadt, und wer den Schlüssel gefunden hatte, dessen Augen sahen in die Tiefe des Universums. Wie vor langer Zeit Kalanos, der Inder am Hofe Alexanders in Susa. Er hatte Alexander von den Toren und der Stadt erzählt und daß sich mit dem Papyrus aus dem Tempel die Prophezeiung des Amun erfüllen würde. Die Herrschaft nicht nur über diese, sondern unzählige Welten. Kalanos starb auf dem Scheiterhaufen und Alexander an dem Gift, das man in seinen Wein gemischt hatte. Beim Fest zu Ehren des verstorbenen Hephaistion erfüllte sich zugleich auch Alexanders Schicksal. Nur selten drang die Kunde über die geheimnisvolle Stadt am Rande der Wüste Lut über die kargen Berge in die Welt hinaus, und auch dann waren es meist nur Gerüchte, verbreitet von Leuten, denen man nicht viel glaubte. Märchen aus dem Orient wie die von Tausendundeiner Nacht. Phantastereien übergeschnappter Mystiker. Den Männern gelang es fast immer, das Geheimnis zu wahren, und wenn nicht, dann galt ein Menschenleben nicht viel. Doch die Zeiten hatten sich geändert. Zwar war die Wüste Lut immer noch ein Ort, an dem viel passieren konnte, ohne daß jemals etwas über die grauen Bergrücken hinausdrang, doch mitten in Europa war ein Kind geboren worden, das, ohne jemals die Tempelstadt gesehen zu haben, die Augen eines Wissenden hatte. Das beunruhigte die Männer in der Villa. Sie hatten nicht verhindern können, daß die längst vernichtet geglaubten Aufzeichnungen Michael Gruhns in die Hände seines Sohnes gelangten, der bis jetzt noch nichts damit anfangen konnte. Sie könnten der Schlüssel zum Buch Mechaem sein. Sie hatten ihn gewarnt, hatten seine Freundin gewarnt und hatten die Mutter des Kindes gewarnt - jetzt mußten sie handeln. Sie waren keine Mörder, doch wenn der Tod die letzte Möglichkeit war, dann waren sie bereit zu töten. Niemand durfte wissen, wie man die Tore zwischen den Welten öffnete. Zumindest niemand von dieser Welt. Die Fähigkeit dazu versprach Macht, doch keiner kannte den Preis. Was würde durch die Tore kommen, wenn sie einmal offen wären? Und wohin würden sie führen? Auch in ihren Reihen gab es Männer, die der Versuchung erlegen waren, doch ihre Augen hatten sie immer verraten, noch bevor sie das Verbotene vollenden konnten.

Der Duft des süßlichen grünen Tees erfüllte das weitläufige Zimmer, in dem dichte Schwaden Zigarettenrauchs trieben. Das Telefon klingelte, einer der Männer hob ab und meldete sich mit einem unpersönlich klingenden 'Bitte'. Das Gespräch der anderen verstummte, als sie seinen Gesichtsausdruck bemerkten. Die Körperhaltung des Telefonierenden straffte sich, er nickte unmerklich, und von Zeit zu Zeit vernahm man eine Bestätigung dessen, was jemand ihm am anderen Ende der Leitung mitteilte. Dann legte er den Hörer wieder auf. Vier Augenpaare blickten ihn erwartungsvoll an. Ohne darauf zu achten, ging er an den Tisch zurück und setzte sich wieder auf seinen Platz. Über die Männer hatte sich wie ein Leichentuch eisiges Schweigen gelegt. Keiner von ihnen wagte sich zu bewegen. Der Mann schien in Gedanken versunken, weit weg von diesem Ort und dieser Zeit. Dann, mit einer abrupten, fast heftigen Bewegung des Kopfes, schien er in das Hier und Jetzt zurückgekehrt zu sein. Er zog eine Zigarette aus dem Päckchen vor ihm auf dem Tisch, forderte mit einer kurzen Handbewegung, daß man ihm Feuer gebe, und nahm einen tiefen Zug.

„Nicht das Kind", erklärte er mit rauher Stimme.

Die anderen Anwesend sagten nichts. Warteten auf weitere Erklärungen.

„Wir vernichten das Buch. Das ist sicherer."

„Und was ist mit dem Kind?" wagte einer zu fragen.

„Nur wenn es gar nicht anders geht. Wir sind keine Meuchelmörder. Das Kind kann nichts dafür. Außerdem leben wir in einer Zeit, in der man, besonders hier, nicht so einfach Kinder umbringen kann. Wir können es ja schließlich nicht seiner Mutter aus den Armen reißen. Wenn es größer wäre, schon zur Schule ginge, alleine draußen herumliefe, ja dann ..." Er ließ den Satz unbeendet. „Aber egal. Ohne das Buch ist das Kind auch nicht gefährlich. Und auch Gruhns Aufzeichnungen sind dann unwichtig."

Die Männer nickten bedächtig. Es gab keinen Grund, weiter darüber zu sprechen. Die Entscheidung war gefallen, und sie würden danach handeln. Sie würden das Kind, das die Schrift würde lesen können, nicht töten. Doch wenn das Buch nicht aus der Welt zu tilgen wäre, dann würde das Kind mit den dunklen Augen doch sterben müssen. Die Männer standen auf und verabschiedeten sich. Wie Schatten huschten sie aus der im Dunkeln liegenden Eingangstür nach draußen. Als der letzte zwischen den alten Ahornbäumen, die ihre geisterhaft kahlen Zweige den Neonlampen der Straßenbeleuchtung entgegenstreckten, verschwunden war, flammte die helle Lampe über der Haustür auf und tauchte das von zwei Halbsäulen eingerahmte Portal in heimeliges Licht. Die schwere Holztür schloß sich mit einem kaum wahrnehmbaren Geräusch. Der Hausherr ging zurück ins Wohnzimmer und setzte sich an den kleinen Tisch, auf dem das Telefon stand. Er ließ seinen Kopf mit dem schütteren Haar, das an den Schläfen schon ganz grau war, gegen die Rücklehne des Sessels sinken und schloß die Augen. Ganz langsam bewegte er noch immer mit geschlossenen Lidern seine Hände mit halb gespreizten Fingern aufeinander zu, bis die Fingerspitzen sich berührten. Eine Weile verharrte er völlig unbeweglich, dann ging ein Ruck durch seinen Körper. Alle Muskeln schienen sich im gleichen Moment zu straffen, als ob ein Marionettenspieler irgendwo hoch oben auf dem Schnürboden an unsichtbaren Fäden gezogen hätte. Der Mann nahm den Hörer von der Gabel und wählte eine Nummer. Er lauschte geduldig, bis das Klingeln am anderen Ende abbrach und sich der automatische Anrufbeantworter des Teilnehmers einschaltete. Er ließ die ihm bekannte Ansage verstreichen, wartete den Pfeifton ab und sprach dann mit völlig unmodulierter, akzentfreier Stimme.

„Entschuldigen Sie bitte die Störung, Frau Geldern. Ich möchte Sie diesmal nur beruhigen. Sie sind dabei, den gefährlichen Weg zu verlassen, und Sie tun recht daran. Halten Sie sich von jenen, denen die Türen zugänglich sind, weiterhin fern, und Sie haben nichts zu befürchten."

Monika Geldern drehte nachdenklich das glattgeschliffene Weinglas in der Hand und beobachtete, wie die rote Flüssigkeit fast bis zum Rand hinaufschwappte und dann wieder zurückfiel. Über das Rotweinglas hinweg konnte sie durch die deckenhohen Verandatüren die Lichter von Frankfurt sehen. Bunte, glitzernde Punkte, die sich als ein unergründliches Muster im Maintal vor ihr ausbreiteten. In der Mitte die Säule des Fernsehturms, an dem im oberen Drittel, einem durchgeschnittenen Ufo gleich, die Schüssel mit dem längst aufgegebenen Restaurant klebte. Gegen den hellen Schein, den die nahe gelegene Großstadt in den Himmel schickte, hoben sich die Äste der schlank gewachsenen Tanne, die rechts etwas unterhalb des Hauses am Hang stand, dunkel ab. Von der Terrasse aus fiel der Garten steil nach unten ab, hinter dem Haus führten Stufen hinauf zur Straße, die sich am Berghang entlangschlängelte. Das Haus stand in einer der besten Wohnlagen des kleinen Taunusortes Mammolshain und gehörte Rainer Bollmann. Monika nahm einen kleinen Schluck aus ihrem Weinglas und ließ den Kopf zurück auf die Lehne des breiten Ledersofas sinken. Ihr Blick glitt an den Paneelen der Holzdecke entlang, deren brauner Farbton den Raum noch gemütlicher machte. Hinten in der Ecke, vor der Empore mit dem Eßtisch und dem Übergang in die offene Küche, knisterte der Kaminofen, und sie konnte die Wärme, die er abstrahlte, fast körperlich auf ihrer Haut spüren. Sie lauschte auf Geräusche aus dem oberen Stockwerk, doch dort war es seltsam ruhig. Mehr das Wissen um die Minustemperaturen, die hinter der Glasscheibe herrschten, die die gesamte Gartenfront des Wohnzimmers einnahm, als ein tatsächliches Kältegefühl ließ Monika plötzlich frösteln. Sie stellte ihr Weinglas auf den ovalen Buchenholztisch vor sich, griff nach der zusammengeknäulten Decke, die am anderen Ende der Couch lag, und hüllte ihren nackten Körper darin ein. Fast sofort machte sich wieder wohlige Wärme um sie herum breit, und sie merkte, wie sich ihre angespannten Muskeln lockerten. Nun war es also doch passiert, etwas, was sie immer hatte vermeiden wollen. Sie hatte sich mit einem ihrer Kollegen eingelassen. Nicht daß sie es nicht gewollt hätte. Rainer hatte sie nicht überreden müssen. Es war einfach so passiert, und Monika fühlte sich zufrieden und träge, gerade so, wie sie es liebte. In ihrem Unterleib hielt sich noch ein Rest genußvoller Erinnerung an Rainers nicht unbeträchtliche männliche Ausstattung, die sie ihm ersten Moment, als sich ihre Hand bemüht hatte, ihn aus der Enge der Hose zu befreien, erstaunt hatten aufstöhnen lassen. Als sie dann gesehen hatte, was auf sie zukommen würde, war sie durchaus beeindruckt gewesen, noch mehr allerdings, als sie ihm das Kondom übergestreift und sich auf der Couch zurückgelegt hatte. Im ersten Moment hatte sie das Gefühl gehabt, ein zweites Mal entjungfert zu werden, doch es war ein wesentlich kürzerer Schmerz als der, an den sie sich erinnern konnte. Dann rang sie nur noch um Luft und brachte nicht mehr als ein paar tiefe gutturale Laute zustande, die schließlich in ein langes, nicht enden wollendes Stöhnen übergingen.

„Ist dir kalt geworden?"

Monika drehte sich um. Auf der Empore neben dem großen Eßtisch, um den sich zehn Stühle gruppierten, stand Rainer in einem weinroten, dicken Bademantel. Über seine Schulter hing ein zweiter Bademantel in Dunkelblau. Er ging langsam in Holzsandalen, die auf den gelbbraunen Keramikfliesen des Bodens klapperten, zuerst die vier Treppenstufen hinunter und dann durchs Zimmer auf die Couch zu. Das Klappern wurde unterbrochen, als ihn seine Schritte über den in Beige und Blau gehaltenen dickflauschigen Berber führten.

„Nicht wirklich“, beantwortete sie seine Frage, als er schon hinter ihr stand. Er kam um die Couch herum und stellte sich vor sie. Er hielt ihr den Morgenmantel ausgebreitet hin. Sie schlug die Decke zurück, die sie um sich gewickelt hatte, stand auf und schlüpfte unter Rainers unverhohlen bewundernden Blicken in das bereitgehaltene Kleidungsstück. Bevor sie es mit dem Gürtel verschließen konnte, hatte er schon seine Arme von hinten um sie gelegt, und seine Hände bedeckten die nackte Haut ihrer Brüste. Er senkte seinen Kopf so weit, daß seine Lippen ihren leicht gebeugten Nacken berührten. Während er sich zärtlich zu ihrem rechten Ohr vorarbeitete, spürte er, wie sich ihre Brustwarzen durch seine leicht gespreizten Finger hindurch aufrichteten. Sie drehte sich zu ihm um und küßte ihn. Ihre neugierigen Hände öffneten seinen Bademantel, unter dem er nichts trug, und erforschten ausgiebig die Ausmaße dessen, was begann, sich ihr entgegenzurecken. Er tastete sich in der Zwischenzeit mit dem Mund von ihren Lippen abwärts zu den dunklen, harten Brustwarzen. Seine Handflächen massierten zart ihre Brüste, und er genoß es sichtlich, ihr festes Fleisch zu kneten. Sie schlang die Arme um seine Taille und preßte seinen Unterleib fest gegen ihren Bauch, wobei ihm nichts anderes übrigblieb, als seinen Mund von ihrer Brust zu losen und sich aufzurichten. Monikas Kopf kam an seiner Brust zu liegen, ihre kurzen, wirr abstehenden Haare kitzelten ihn am Kinn. Sie löste sich etwas von ihm und schaute ihm, den Kopf in den Nacken gelegt, in die Augen. Seine blonden Haare, sonst immer sorgfältig mit irgendeinem Gel zurückgekämmt, hingen ihm jetzt wirr in die Stirn, sein Dreitagebart hatte sich bestimmt schon verdoppelt und war unangenehm über die weiche Haut ihrer Brust gekratzt. Seine blauen Augen strahlten sie an. Monika schob ihn langsam nach hinten, bis er die Sitzfläche der Couch in seinen Kniekehlen spürte. Die junge Frau mit sich ziehend, ließ er sich langsam nach hinten fallen. Das Sitzmöbel gab ein kurzes Ächzen von sich. Monika schob sich langsam über Rainers Körpermitte. Ihre Hand fuhr nach unten, zwischen seine Beine, brachte sein Glied in die richtige Position, und dann ließ sie sich langsam darauf gleiten. Es schien nie enden zu wollen. Als sie dann endlich seine Hoden an ihrem Hintern spürte, ließ sie sich nach vorne auf seine Brust sinken.

Als sie eine Stunde später aus dem Badezimmer im oberen Stock wieder nach unten kam, die Haare noch feucht vom Duschen, hatte er schon ihre Kleidungsstücke zurechtgelegt. Sie warf den Bademantel über die Lehne eines Eßtischstuhls und begann sich anzuziehen, während er mit irgendwelchen Gerätschaften in der Küche herumklapperte.

„Wollen wir noch essen gehen?" erklang seine Stimme von dort.

„Hast du noch Hunger?" fragte Monika zurück. „Ich habe gedacht, du hättest deinen Appetit schon gestillt."

„Ganz im Gegenteil. Ich habe jede Menge Substanz verloren, die wieder ersetzt sein will." Rainer schloß die Kühlschranktür und setzte sich auf einen der Barhocker. Seine Augen verfolgten, wie Monika einen grauen Rollkrangenpullover über ihren hellbeige gemusterten Body zog, von dem nur noch das obere Stück aus den dunkelgrünen Jeans herausragte. Sie zupfte ein paarmal an den Ärmeln und den Schultern des Pullovers, bis sie mit seinem Sitz zufrieden war.

„Ich habe eigentlich keinen Hunger", meinte sie nachdenklich, so als ob sie es nicht genau wüßte. „Im Prinzip fühle ich mich ziemlich vollgestopft", fügte sie dann noch hinzu, Rainers Anspielung aufgreifend.

„Komm, wir gehen noch eine Kleinigkeit essen", versuchte er sie zu überreden. Er trug inzwischen auch wieder mehr als nur einen Bademantel, und seine Haare lagen makellos an seinem Kopf.

„Wieviel Uhr ist es eigentlich?" Sie schaute sich im Wohnzimmer um. Irgendwo hatte sie wohl auch ihre Uhr hingelegt. Rainer bemerkte ihren suchenden Blick.

„Deine Uhr liegt dort drüben auf der Kommode. Es ist übrigens", sein Blick huschte zur Leuchtanzeige des Mikrowellenherds, „halb acht."

Monika stand gedankenverloren neben der Radierung einer surrealistischen Landschaft, in der sich ein scheinbar massiver Torbogen, der aber aus Wolken oder Nebelschleiern zu bestehen schien, über eine dunkle Wasserfläche wölbte.

In diesem Moment kam ihr zum ersten Mal der Gedanke an Peter, der das Wochenende in Bonn war und seinem Hirngespinst hinterherjagte. Monika schaffte es, diesen Gedanken sofort wieder zu verdrängen. Seit einem kurzen Anruf an Neujahr hatte sie so gut wie nichts von Peter gehört, und daß er in Bonn war, wußte sie auch nur von Gabi. Die Sache war sowieso entschieden. Keine Eiswürfel mehr, dachte sie, und ihr Gesicht verzog sich zu einem breiten Grinsen, das sich noch verstärkte, als sie sich einige pikante Dinge vorstellte, die Rainers bestes Stück noch vor sich hatte.

„Was hast du denn anzubieten?" wollte sie von Rainer wissen.

„Wir haben hier einen ganz guten Italiener", meinte er und nahm einen Schluck aus dem Weinglas, das er auf der halbhohen Theke, die die Küche vom Eßzimmer trennte, abgestellt hatte. „Das heißt natürlich in Königstein", fügte er dann fast entschuldigend hinzu.

Sie dachte einen Moment nach und sagte dann: „Gut, eine Kleinigkeit beim Italiener bekomme ich immer hinunter. Ist bestimmt nicht schlecht, wenn ich etwas esse, bevor ich nach Hause fahre."

„Du bleibst nicht hier?" Er schaute sie erstaunt an.

„Wie kommst du denn darauf?" fragte sie ebenso erstaunt zurück.

„Na ja, ich dachte nur ... Es könnte doch noch eine schöne Nacht werden."

Eine schöne Nacht würde es bestimmt werden, dessen war sich Monika sicher. „Hör mal, ganz ehrlich, ich habe schon jetzt einige meiner eisernen Prinzipien gebrochen. Nie mit einem Kollegen und schon gar nicht aus der gleichen Agentur. Und jetzt das. Darüber muß ich erst einmal ganz genau nachdenken, und das kann ich am besten alleine."

„Wieso hast du damit solche Probleme?" fragte Rainer erstaunt und kam um die Theke herum auf Monika zu. „Ist es nicht ganz normal, wenn man soviel Zeit miteinander verbringt, daß es irgendwann einmal passiert?" Es war mehr eine Feststellung denn eine Frage.

„Vielleicht ...", meinte sie nachdenklich und wich unbewußt Rainers Arm aus, mit dem er sie an sich ziehen wollte.

„Vielleicht", nahm sie ihren begonnenen Satz dann wieder auf, „ist es wirklich so, daß Agenturleute nur miteinander auskommen. Vielleicht habe ich auch einfach Angst davor, daß Peter nun doch Recht behalten hat."

„Peter?" Rainer schaute sie fragend an. „Ist das der schlecht angezogene Träumer, den ich einmal mit dir in der Agentur gesehen habe?" Als er es gesagt hatte, merkte er, daß es bissiger geklungen hatte, als er beabsichtigt hatte.

„Ja", meinte sie schlicht, ohne auf seinen Ton einzugehen.

„Irgend etwas Festes?"

„Ich bin mir nicht mehr sicher", sagte sie nachdenklich und fügte dann nach einer kurzen Pause hinzu: „Eigentlich nicht. Nein, nicht mehr. Laß uns essen gehen."

Als Monika, nachdem sie beim Verlassen des Restaurants in Königstein ein weiteres Mal Rainers Angebot, die Nacht bei ihm zu verbringen oder doch zumindest auf einen Schlummertrunk noch einmal mit zu ihm zu kommen, entschieden abgelehnt hatte, in ihre Wohnung in der Elkenbachstraße zurückgekehrt war, mußte sie zu ihrer Überraschung feststellen, daß sich auch jetzt noch kein schlechtes Gewissen eingestellt hatte. Inzwischen war es fast elf Uhr geworden, und sie schwebte immer noch auf der Wolke des Wohnbefindens und der Gewißheit, heute einen der schönsten Tage der letzten Zeit verbracht zu haben. Automatisch stellte sie beim Betreten des Wohnzimmers den Fernseher an und ließ sich in einen Sessel fallen. Während sie ihre halbhohen Stiefeletten von den Füßen streifte, entschied sie, daß ein schönes Glas Cognac der würdige Abschluß des Tages wäre.

Sie stand auf und ging zu der kleinen Glasanrichte hinüber, nahm einen dünnwandigen Cognacschwenker und die Flasche heraus und wollte sich gerade wieder in den Sessel setzen, als das Telefon klingelte. Sie stellte ihre Last auf dem Weg ins Nebenzimmer auf dem Glastisch ab und huschte auf Strümpfen zum Telefon. Sie war sicher, daß der Anrufer niemand anderes als ihre Mutter sein konnte.

„Monika Geldern", meldete sie sich.

„Hallo, ich wollte nur sicher sein, daß du gut nach Hause gekommen bist." Schon nach den ersten Worten hatte Monika Rainers Stimme erkannt. „Ich habe mir Sorgen gemacht, dich so alleine durch den Taunus fahren zu lassen. Um diese Jahreszeit muß man mit Wölfen rechnen", scherzte er.

„Ich glaube", gab sie zurück, „meine Fahrt nach Frankfurt war wesentlich sicherer, als noch mit zu dir zu kommen."

„Das kommt darauf an, wie man es sieht", erklang es vom anderen Ende der Leitung. „Eigentlich wollte ich dir nur gute Nacht wünschen und deine Stimme noch einmal hören."

Monika hatte sich während des Gesprächs in ihren Schreibtischsessel gesetzt und bemerkte jetzt erst, daß das rote Lämpchen an ihrem Anrufbeantworter blinkte. Also hatte ihre Mutter wahrscheinlich schon früher angerufen, ging es ihr sofort durch den Kopf. Dann konzentrierte sie sich wieder auf Rainer, der am anderen Ende weiter auf sie einredete, als ob sie seit Monaten getrennt wären, obwohl sie sich erst vor einer knappen Stunde verabschiedet hatten.

„... es wäre wirklich schön, wenn du jetzt hier sein könntest. Ich starre auf Frankfurt und versuche, in den Lichter irgendwo deine Wohnung zu erahnen."

„Wird dir nicht gelingen. Das habe ich vorhin auch schon versucht", nahm sie ihm die Hoffnung. „Jetzt laß es gut sein. Tu nicht so, als ob du an dem Trennungsschmerz sterben würdest. Außerdem muß ich jetzt wirklich ins Bett." Damit versuchte sie, das Gespräch zu beenden, denn sie hatte das Bedürfnis, mit einem Cognac und ihren Gedanken alleine zu sein. In scherzhaftem Ton fügte sie noch hinzu: „Ich hatte heute einen harten Tag, wie du vielleicht weißt."

Beide lachten und wünschten sich eine gute Nacht. Kaum daß die Verbindung unterbrochen war, spulte Monika das Band im Anrufbeantworter zurück und spielte es ab.

„Entschuldigen Sie bitte die Störung, Frau Geldern. Ich möchte Sie diesmal nur beruhigen. Sie sind dabei, den gefährlichen Weg zu verlassen, und Sie tun recht daran. Halten Sie sich von jenen, denen die Türen zugänglich sind, weiterhin fern, und Sie haben nichts zu befürchten."

Schon nach den ersten Worten hatte Monika die Stimme wiedererkannt. Diese absolut unmoduliert klingende Stimme, die völlig unbeteiligt die Worte auf dem Band ihres Anrufbeantworters hinterlassen hatte, jagte ihr aber diesmal keinen Schrecken ein. Sie spulte das Band zurück und ließ es noch einmal ablaufen. Diesmal gab sie sich Mühe, den Sinn der Botschaft zu erfassen. Sie brauchte nicht lange nachzudenken, um eine Verbindung zu ihrem nicht mehr existierenden Verhältnis mit Peter zu ziehen. Nur er konnte mit diesen kryptischen Andeutungen gemeint sein. Doch woher wußte der Anrufer das? Nicht einmal Peter konnte wissen, was heute nachmittag am Rande des Taunus passiert war. Noch nicht einmal sie selbst wußte das genau. Im Moment war das auch egal. Zuerst mußte sie selbst mit sich und Peter ins reine kommen. Die Nachricht auf dem Band war eigentlich ein guter Grund, ihn anzurufen.

Als die Verbindung zustande kam, meldete sich nur sein Anrufbeantworter, aber die Nachricht, die Monika zu überbringen hatte, wollte sie nun wirklich nicht James anvertrauen. Er war sicher noch nicht aus Bonn zurück, überlegte sie sich und ging mit dem Telefon in der Hand zurück ins Wohnzimmer. Sie stellte den Fernseher ab und trank dann endlich ihren Cognac. Irgendwie hatte der Anrufer beruhigend geklungen, so als ob er ihr einfach mitteilte, daß eine bedrohliche Gefahr überstanden war. Dann wäre alles in Butter, dachte Monika, als sie sich einen weiteren Cognac einschenkte, wenn nicht, ja, wenn nicht die Frage wäre, woher dieser Mensch seine Informationen bekam. Außer ihrer Freundin Petra wußte niemand, na ja, vielleicht ihre Mutter, daß sie seit einiger Zeit Probleme mit Peter hatte. Von dem sonntäglichen Spaziergang mit Rainer konnte eigentlich niemand wissen. Außerdem hatte sie es am Freitag selbst noch nicht gewußt. Rainer vielleicht? Nein, das war zu absurd.

Am nächsten Morgen im Büro war Monika Rainer dankbar, daß er sich mit keiner Miene die Ereignisse des Vortags anmerken ließ. Nur ein etwas breiteres, vielleicht auch wissendes Lächeln bei der Begrüßung deutete darauf hin, daß er ziemlich genau wußte, welcher Körper sich unter ihrem strengen dunkelblauen Kostüm verbarg. Doch dieses Lächeln war so unauffällig, daß es bestimmt niemand außer ihr bemerkt hatte. Wie lange es allerdings möglich wäre, Beruf und Privatleben zu trennen, wußte sie selbst nicht. Im Moment hatte sie andere Probleme. Noch am Abend hatte sie sich nach etlichen Gläsern Cognac vorgenommen, die Sache mit Peter so schnell wie möglich zu regeln. Dazu mußte sie aber dann doch bis zum Nachmittag warten, da sie ihn erst gegen drei Uhr erreichte.

„Gruhn." Die Stimme am anderen Ende war kaum zu vernehmen.

„Ich bin's, Monika. Bist du gut aus Bonn zurück?" Ihre Stimme klang längst nicht so beiläufig, wie sie es sich vorgenommen hatte.

„Ja", kam die einsilbige Antwort.

„Und? Hast du etwas herausgefunden?"

„Nicht viel", knurrte er müde in den Hörer.

Sie beschloß, gar nicht weiter zu versuchen, ein lockeres Gespräch zu führen, und kam gleich auf den Punkt. „Ich finde, wir sollten einmal miteinander reden. Hast du heute abend Zeit?"

„Heute abend ..."

„Ja, heute abend", wiederholte sie ungeduldig und zog mit einem Bleistift enge Kreise auf dem Notizblock vor sich. Irgendwie bestärkte seine abwesende Art sie in ihrer Entscheidung, die Zeit mit ihm abzuhaken.

„Ja."

„Gut, dann bin ich so gegen acht Uhr bei dir. Ist das in Ordnung?"

„Sicher. Ich bin da."

Dann, ohne weiteren Gruß, war die Verbindung unterbrochen. Irritiert starrte Monika noch ein paar Augenblicke auf den Hörer in ihrer Hand und legte dann auch auf. Nun gut, dachte sie sich, das war's dann wohl. Sie lehnte sich in ihrem Schreibtischsessel zurück, verschränkte die Arme über der Brust und schloß für einen Moment die Augen. Fast augenblicklich drängten sich ihr Bilder auf, die zwei Jahre alt waren. Der Schwimmingpool des Hotels auf Lanzarote, die Hotelbar, an der sie mit Peter damals abends gesessen hatte, und das Hotelzimmer, in dem sie sich zum ersten Mal geliebt hatte. Die Bilder wurden unmerklich von einem kalten Gefühl in ihrem Unterleib abgelöst, das sie an die letzten Wochen ihrer Beziehung erinnerte. Und auf einmal streifte sie die Angst, daß es vielleicht nicht nur die Temperatur war, die bei Peter nicht stimmte. Das Telefon klingelte. Es war die Hausleitung, und im Display ihres Apparates konnte sie lesen: Bollmann.

„Ja, Rainer, was ist?"

„Es ist zwei Uhr, liebe Monika."

Monika war noch weit weg mit ihren Gedanken und versuchte, auf schnellstmöglichem Weg zurück an ihren Schreibtisch zu kommen. Im ersten Moment fiel ihr nichts Besseres ein, als erstaunt „Ja" zu sagen.

„Monika, wir haben um zwei eine Besprechung mit der Faltencreme-Crew. Erinnerst du dich?"

Sie warf einen schnellen Blick auf ihren Planer, der deutlich sichtbar vor ihr auf dem Tisch lag und Rainer recht gab. „Entschuldige. Ich war so sehr mit etwas anderem beschäftigt ... Danke, daß du gleich angerufen hast. Ich bin in einer Sekunde bei euch." Sie stand auf, wühlte auf ihrem Schreibtisch nach den Unterlagen, konnte sie nicht finden und stürzte aus dem Raum.

„Vera", meinte sie verzweifelt zu ihrer Sekretärin Weinkötler, „wo habe ich denn wieder die Unterlagen der Faltensache hin verlegt."

Vera drehte sich auf ihrem Bürostuhl um und tippte nachlässig auf einen dicken Ordner, der neben ihrem Schreibtisch auf einem Bürorolltisch lag. „Du hast sie mir doch heute morgen selbst gegeben, um sie noch einmal zu überprüfen."

„Ach ja", stöhnte Monika erleichtert auf und verschwand wieder in ihrem Büro. Kaum hatte sich die Tür geschlossen, wurde sie aber schon wieder energisch aufgerissen, und Monika, jetzt mit ihrem Terminplaner in der Hand, stürzte heraus. Im Vorbeigehen wollte sie die Unterlagen greifen, doch Vera hielt sie zurück.

„Paß auf die Termine auf. Da sind einige Fußangeln drin. Besonders in dem Protokoll vom neunten Januar. Laß dich nicht darauf festnageln."

Monika nickte ihr dankend zu und schob sich den dicken Ordner unter den Arm. Dann stürmte sie an dem Faxgerät und der Zimmerpalme vorbei zur Tür hinaus.

Monika war wie gerädert, und ein weiterer Blick auf ihre teure Armbanduhr tat ein übriges dazu. Sie stand neben der Drehtür in der Halle des Bürogebäudes und starrte auf die Straße hinaus. Während des Nachmittags hatte Schneefall eingesetzt, und große feuchte Flocken sanken vom Himmel herab, um auf dem Asphalt zu schmutzigen Matsch zu werden. Ungeduldig wartete sie auf das bestellte Taxi und konnte sich schon ausrechnen, daß der Verkehr in Frankfurt wieder einmal am Zusammenbrechen war.

Eine Stunde und knapp vierzig Mark später stieg sie in der Wittelsbacher Allee aus dem Taxi. Inzwischen war ihr wirklich alles egal. Es war halb zehn, sie war wieder einmal weit davon entfernt, pünktlich zu sein, und stand kurz davor, mit ihrem Freund Schluß zu machen, der sich wahrscheinlich auch noch darin gefallen würde, es ja schon immer gewußt zu haben. Sie schloß die Eingangstür auf, und als sie die altvertraute Holztreppe sah, fluchte sie zwischen zusammengebissenen Zähnen. Vier Stockwerke. Sie warf sich den Mantel über die Schulter, nahm die Handtasche unter den Arm und begann mit dem Anstieg. Als sie oben angekommen war, stand die Wohnungstür halb offen, und Peter schien im Wohnzimmer zu telefonieren. Sie trat ein, drückte die Tür hinter sich zu und warf ihren Mantel achtlos über den Garderobenschrank. Dann holte sie tief Luft, strich sich die kurzen schwarzen Haare glatt und ging ins Wohnzimmer. Peter telefoniert nicht, sondern saß an seinem Schreibtisch über die fotokopierten Seiten aus dem Nachlaß seines Vaters gebeugt und las laut die Worte, die er dort zwischen den unbekannten Zeichen entziffern konnte.

„Hallo", begrüßte Monika ihn, als sie eintrat. „Es tut mir leid, aber du weißt ja, wie das ist."

„Schon gut", gab er beiläufig zurück und blickte nicht von den Seiten auf. „Setz dich, ich bin gleich fertig."

Sie setzte sich auf die Couch und spürte, wie ihre Handflächen feucht und ihre Hände kalt wurden. Sie beobachtete, wie Peter, tief über das Papier gebeugt, nervös an seiner Zigarette zog, die schon fast bis zum Filter abgebrannt war. Kurz bevor er sich die Finger daran verbrannt hätte, drückte er sie aus. Dann schob er die fotokopierten Blätter zusammen, richtete sich auf und drehte sich mit seinem Schreibtischsessel zu ihr um. Eine Bewegung, die sie schon unzählige Male mitverfolgt hat. Er wirkte übernächtigt und mitgenommen. Sie wurde unsicher. Peter schien aus der Bahn geraten zu sein. Seine Augen hatten einen seltsamen Glanz, und gleichzeitig schien er seine Umwelt nicht richtig wahrzunehmen.

„Möchtest du etwas trinken?", fragte er und zündete sich eine neue Zigarette an. Sie schüttelte den Kopf. „Ich werde mir ein Bier holen", meinte er und stand auf.

Monika schaute sich im Zimmer um und überlegte fieberhaft, wie sie ihr Vorhaben am besten in die Tat umsetzen konnte. Gestern Abend, in ihrer Wohnung, den Cognacschwenker wie einen Anker in der Hand, war alles ganz einfach gewesen. Auf der Fahrt zu seiner Wohnung hatte sie sich alles noch einmal genau zurechtgelegt, doch jetzt ... Sie ließ den Gedanken unvollendet. Peter kam mit der Bierflasche in der Hand aus der Küche zurück.

„Nun, was führt dich zu mir, nachdem du dich ja eine ganze Zeit nicht mehr hast sehen lassen? Dein Beruf scheint dich ja sehr mitzunehmen ..."

Und trotzdem sehe ich noch besser aus als du, warf sie in Gedanken ein.

„Hast du dir einmal überlegt, wie es mit uns weitergehen soll?" platzte sie ganz plötzlich heraus. Es war nicht beabsichtigt gewesen, aber zumindest ein Anfang.

„Wie meinst du das?"

„Na ja, unsere Beziehung. Oder findest du das in Ordnung, wie es zur Zeit läuft?" Das war eigentlich nicht der Weg, den sie hatte einschlagen wollen, stellte Monika fest. Das klang so, als wäre noch eine Basis da, als könnte man die Beziehung noch fortsetzen.

„Nun, ich glaube nicht, daß das so von mir abhängt", antwortete Peter. „Wenn ich mich nicht täusche, dann bist du doch diejenige, die sich in den letzten Wochen hinter ihrem Job versteckt hat."

Damit hatte er, wie sie insgeheim zugeben mußte, gar nicht so unrecht, doch die Gründe, warum sie eben dies getan hatte, lagen eindeutig bei ihm. Peter bemerkte ihr Zaudern.

„Außerdem hast du kategorisch erklärt, Weihnachten bei deinen Eltern in Heiligenhafen verbringen zu wollen, und dir hätte eigentlich klar sein müssen, daß ich da nicht mitfahre."

„Das spielt doch jetzt alles keine Rolle mehr", wiegelte sie ab und zupfte nervös an ihrem Ohrhänger, einer silbernen Schlange, die verkehrt herum von ihrem Ohrläppchen herunterhing und im Kopf zwei dunkelgrüne Steine als Augen eingearbeitet hatte. „Ich meine, das war doch nur der Endpunkt einer Entwicklung."

„Entwicklung?" Peter machte eine halbe Drehung auf seinem Schreibtischstuhl und wandte ihr sein Profil zu, während er die Bierflasche zum Mund führte.

„Ja. Seit dieser Taufe hast du dich verändert. Ich weiß auch nicht, warum. Vielleicht liegt es auch daran, daß deine Mutter gestorben ist. Oder an diesen blödsinnigen Papieren deines Vater." Dabei deutete sie vage in Richtung Schreibtisch. „Wenn du es nicht weißt ... ich weiß es jedenfalls auch nicht." Unbewußt drängte sich ihr das Bild von Rainer auf.

„Wieso habe ich mich verändert?" fragte Peter zurück, obwohl auch ihm bewußt war, daß Monika recht hatte. Er hatte sich verändert. Nicht zuletzt durch seine seltsamen Träume, die ihm ein anderes Leben vorgaukelten als das, das er führte. Manchmal war er sich nicht sicher, ob er sich zwischen Träumen bewegte, oder ob irgendeiner dieser Träume nicht doch die Wirklichkeit war. Vielleicht war sein Leben hier nur ein Trugbild. Vielleicht lebte er in einer jener anderen Welten des Reichtums oder

der Armut, die ihm seine Träume zeigten. Er starrte auf den hellen Fleck, den Monikas Gesicht bildete, die leicht aufgeworfenen Lippen, den geraden Rücken der Nase zwischen den dunklen Augen und die kurzen schwarzen Haare, die ihr jetzt unordentlich in die Stirn hingen. Sie spielte mit ihrem Ohrhänger, und die winzigen Edelsteinsplitter glitzerten im Licht der Stehlampe neben dem Sofa.

„Du wirst dieses Wort nicht aussprechen", erklärte er mit Bestimmtheit und stützte sich schwer auf seinen Stock. Sein weißes, kurzgeschorenes Haar schimmerte wie ein Strahlenkranz um seinen Kopf, als er an der Lampe vorbeihinkte.

„Glaubst du, das würde etwas ändern?" Hohn, aber auch eine Spur von Unsicherheit lag in der Stimme der jungen Frau, die, an der geöffneten Verandatür stehend, ihm den Rücken zukehrte. Das grüne, enganliegende Kleid aus glänzendem Plastikmaterial schien das Licht in alle Richtungen zu reflektieren. Peter bewegte sich noch einen Schritt auf sie zu, als sie sich abrupt umdrehte. Die Schlitze ihrer grünen Pupillen, die sich perfekt der Farbe des Kleides angepaßt hatten, veränderten mit jedem Atemzug ihre Größe. Sie schaute den alten Mann mit einem höhnischen Grinsen an. Dieser suchte vergeblich nach einer Spur von Zuneigung in diesem Gesicht, das ihn so getäuscht hatte.

„Du bestehst also auf Auflösung des Kontrakts, Monika", murmelte er schwach.

„Natürlich. Ich habe mir in den drei Jahren meine Entschädigung redlich verdient. Nicht nur, daß ich jeden Tag Zeuge deiner fortschreitenden Gebrechen sein mußte, nein, auch deine Altmännergelüste auf meinen Körper mußte ich noch stillen. Glaubst du, es war angenehm, dich auf mir liegen zu haben und endlos zu warten, bis du aus deinem Inneren ein paar Samentröpfchen herausgepreßt hast, die ungesund heiß in meinem Körper brannten?" Sie lachte verächtlich auf. „Und dabei dann auch noch zu tun, als wäre dieser Akt für mich mit irgendeiner angenehmen Empfindung verbunden. Bah." Sie spuckte vor dem alten Mann aus, der sich nur noch mühsam aufrecht hielt. Peter nahm all seine Kraft zusammen und schleppte sich zu einem breiten Sessel, von dem aus man die Gartenanlage der weitläufigen Villa überblicken konnte. Monika beobachtete ihn dabei, wie ein Wissenschaftler unter dem Mikroskop eine Amöbe studieren würde. Sie strich ihre blonden Haare nach hinten, und ihre Pupillen wurden zu schmalen Schlitzen. Sie konnte nicht verbergen, daß ihre genetische Linie vor langer Zeit einmal ihren Ausgangspunkt bei den Feliden genommen hatte. Peter wandte sich ab und verfolgte nur mit einem halben Ohr die Geräuschspur, die ihre Schuhabsätze auf den Fliesen in Richtung der Treppe zum ersten Stock hinterließ. In Gedanken versunken hörte er das Telefon läuten.

„Produktionssteuerung, Gruhn“, meldete er sich nach dem dritten Klingeln und schob seine Notizen zur Seite.

„Ich wollte dir nur sagen, ich nehme jetzt meine Tochter, und dann sind wir weg. Wenn du nach Hause kommst, sind wir schon über alle Berge.“ Es war die Stimme seiner Frau, die Peter völlig beherrscht aus dem Hörer entgegenklang. „Und bemühe dich erst gar nicht, uns zu folgen. Mein Vater wird das zu verhindern wissen.“

„Mach bloß keinen Mist, Sandra, sonst kannst du was erleben. Du bleibst schön da, wo du bist, und läßt auch Ilona-Maria da. Das kann ich dir nur raten.“ Er gab sich nicht die mindeste Mühe, seine Drohung nicht als solche klingen zu lassen.

„Da irrst du dich aber gewaltig, mein Lieber“, kam es vom anderen Ende der Leitung fast schon hämisch zurück. „Du hast ausgespielt. Jetzt ist Schluß, endgültig!“ Bei dem letzten Satz war Sandras Stimme übergeschlagen. Das Baby, ihre Tochter Ilona-Maria, die neben ihr im Tragekorb lag, war aufgewacht und begann zu schreien. Das fehlte ihr gerade noch. Es hätte ja auch mal etwas klappen können. „Laß uns bloß in Ruhe“, schrie sie noch einmal in den Hörer und warf ihn dann auf die Gabel. Sie nahm den Koffer in die eine und den Tragekorb mit Ilona-Maria in die andere Hand. Sie bereute schon, ihrem Triumphgefühl nachgegeben und ihren Noch-Mann angerufen zu haben. Doch jetzt war es passiert, und sie mußte sehen, daß sie so schnell wie möglich wegkam. Wie sie ihn kannte, ließ er alles stehen und liegen und kam hierher. Von seiner Firma, Metallbaustabil, konnte er in zwanzig Minuten hier sein, also war es besser, überlegte sie sich, wenn sie ihren Hintern in Bewegung setzte, denn wenn Peter sie noch in der Wohnung erwischen würde, dann wäre es diesmal bestimmt nicht mit ein paar blauen Flecken getan. Sie schlug die Wohnungstür hinter sich zu und wartete auf den Lift nach unten.

Währenddessen rauschte Peter in dem dunkelblauen Volvo schon nach Hause. Die Hände um das Lenkrad gekrampft, stieß er mit jeder Minute heftig werdendere Flüche aus. Wenn er sie in die Finger bekommen würde, dann gnade ihr Gott. Diesmal hatte sie es wirklich zu weit getrieben, das Luder. Erst hatte sie gestern nichts Anständiges zu essen auf den Tisch gebracht, dann war sie nicht in der Lage gewesen, das schreiende Kind zu beruhigen, und schließlich hatte sie so getan, als würde sie schon schlafen, als er nach Mitternacht und einigen Flaschen Bier ins Bett gekommen war. Aber das hatte er ihr sofort ausgetrieben. Er lenkte den Volvo viel zu schnell auf den Parkplatz vor den Hochhäusern, und bevor er den

Wagen zum Stehen bringen konnte, waren die Vorderräder schon über den Bordstein in die Blumenrabatte gerollt. Egal, zischte er zwischen aufeinandergepreßten Zähnen hervor. Er zog den Schlüssel ab, warf die Tür zu und stürmte zum Hauseingang. Er nahm sich nicht die Zeit, auf den Lift zu warten, sondern hetzte, anfänglich zwei Stufen auf einmal nehmend, die Treppen in den vierten Stock hinauf. Nach zwei Stockwerken mußte er seinem Übergewicht Rechnung tragen. Sein voluminöser, weit über den Gürtel der Hose hängender Bauch machte jeden Schritt zur Qual. Wie lange war es wohl her, seit er zum letzten Mal die Treppen hinaufgestiegen war? Peter hatte keine Zeit, über die Beantwortung dieser Frage nachzudenken. Endlich erreichte er den vierten Stock. Zwei schnelle Schritte brachten ihn von der Treppe an seine Wohnungstür. Er schlug mit der Faust dagegen, während er mit der anderen Hand den Klingelknopf drückte. Als keine Reaktion erfolgte, fummelte er den Schlüssel ins Schloß und öffnete die Tür. Kaum in der Wohnung, brüllte er: „Sandra!" Keine Antwort. „Sandra! Wo bist du?" Auch darauf erfolgte keine Reaktion. „Komm raus, du Schlampe."

Peter riß die Tür zum Kinderzimmer auf - nichts. Dann erinnerte er sich, daß sich seine Frau in solchen Momenten meist im Bad eingeschlossen hatte. Er ging zur Badezimmertür. „Wenn du da drin bist, dann komm besser raus." Seine Stimme hatte den Ton eines gefährlichen Säuselns. Er trat die Tür auf, die aus dem Rahmen splitterte. Leer. Panik breitete sich in ihm aus. Sollte seine Frau ihre hirnrissige Drohung wahr gemacht haben?

Peter schüttelte unwillig den Kopf. Er drehte sich in dem engen Flur einmal um die eigene Achse. Die Tür zur Küche stand offen, ein kurzer Blick zeigte ihm, daß sie leer war. Dann stieß er die Tür zum Wohnzimmer auf, die heftig gegen die Wand knallte. Er brauchte nur Sekundenbruchteile, um festzustellen, daß auch hier niemand war. Mit langsamen Schritten ging er auf die offene Balkontür zu. Er schob die Gardine zur Seite und trat auf den Balkon hinaus. Unten auf dem Kinderspielplatz waren ein paar Mütter mit ihren Kindern. Verzerrt hörte er das Geläut von Kirchenglocken.

„Die Glocken klingen heute noch weiter entfernt", murmelte der Vater und schaute von seinem Tonteller auf. Sein Blick traf auf die verängstigten Augen seiner Tochter, die sich auf ihrem Stuhl so weit zurückgelehnt hatte, daß ihr bleiches Gesicht fast nicht mehr von der heruntergebrannten Kerze beleuchtet wurde. Um die Hütte hatte sich schon längst die düsterrote Dunkelheit herabgesenkt, und es würde nicht mehr lange dauern, bis die blaue Nacht hereinbrach.

„Wir sollten den Balken vor die Tür legen", schlug der etwa zwölfjährige Junge, der neben seiner Schwester dem Vater gegenüber saß, vor. Der Mann, dessen bärtiges Gesicht von tiefen Furchen des Grams durchzogen war, nickte bedächtig. „Du hast Recht, Peter. Es ist sicher besser."

Der Mann stand auf, und sogleich erhob sich auch sein schmächtiger Sohn. Sie gingen durch den Raum der einfachen Holzhütte, der als Wohnraum, Küche und Stall für die paar Kaninchen und Hühner diente. Eine Tür führte auf der rechten Seite der Rückwand in einen kleinen Verschlag, der den Kindern als Schlafzimmer diente. Das einfach gezimmerte Bett, in dem der Vater schlief, stand neben der Tür, zu der sie jetzt gingen, um den Balken vorzulegen. Es war eine schreckliche Nacht. Der hohe Schnee, der während der letzten zwei Wochen gefallen war, dämpfte alle Geräusche und hatte das Land mit einem Leichentuch überzogen, unter dem auch das frische Grab der Mutter verborgen lag. Als die beiden ihre Arbeit beendet hatten, nahm der Vater eine Petroleumlampe vom Bord neben der Tür und setzte sie auf den Tisch. Die Kerze war fast heruntergebrannt, und in dem Raum war so gut wie nichts mehr zu erkennen. Nur die blonden Zöpfe von Gabi schimmerten wie ein weit entferntes Licht in der Dunkelheit. Der Mann nahm einen Kienspan und setzte den Doch der Lampe in Brand. Zuerst flackerte das Licht etwas, dann stabilisierte sich die Flamme, und der Mann drückte den rußigen Glaszylinder darüber. Daß die Zylinder sauber waren, darum hatte sich seine Frau Monika immer gekümmert, fuhr es ihm durch den Kopf. Er schob die Lampe in die Mitte des Tisches.

„Eßt auf, Kinder", mahnte er die beiden.

„Wird Mutter denn nicht mehr wiederkommen?" fragte Gabi verschüchtert. Mit ihren acht Jahren hatte sie noch nicht begriffen, daß die Tränen, die ihre Mutter eines Abends, in dicke Decken gehüllt auf dem Bett liegend, vergossen hatten, das letzte waren, was sie von ihr in Erinnerung behalten sollte.

„Sie ist tot, du dumme Kuh", fuhr Peter seine Schwester an und war dabei selbst den Tränen nahe. „Sie kann nicht mehr zurück ..."

Bevor Peter den Satz zu Ende sprechen konnte, legte ihm sein Vater hart die Hand auf den Arm. Als der Junge seinen Vater anblickte, sah er dessen tadelndes Kopfschütteln, das aber auch eine stille Verschwörung der Wissenden andeutete, die ihr Wissen besser für sich behalten sollten. Peter vollendete seinen Satz nicht mehr, sondern strich seiner Schwester beruhigend über den Kopf. Das kleine Mädchen saß zusammengesunken vor seinem Teller, und aus ihren großen, dunklen Augen kullerten die Tränen. Eine Zeitlang war nur das Klappern der Löffel zu hören, mit denen die drei einsamen Bewohner der kleinen Hütte am Rande des Dorfes die Kohlsuppe in sich hineinlöffelten. Der Wind rüttelte an den Läden und fuhr heulend zwischen den Holzstapeln hinter dem Haus hindurch. Von Zeit zu Zeit schaute Peter heimlich über die Schulter, ob sich durch die Ritzen zwischen den Holzstämmen, die nur notdürftig immer wieder mit Lehm und Moos abgedichtet wurden, nicht doch etwas eingeschlichen hatte. Etwas Namenloses, oder auch etwas, dessen Namen man besser nicht kannte. An der Feuerstelle sickerte Wasser zwischen den Steinen des gemauerten Kamins herein. Durch die Wärme des Feuers war wohl der Schnee geschmolzen, und rund um den Herd war der gestampfte Lehmboden schon ganz aufgeweicht. Vom Geschirrbord her erklang ein tiefer Seufzer. Ihre Mutter ging zum Herd hinüber, um sich den Schaden anzusehen.

„Laß doch, Mutter", sagte der Mann in ruhigem Ton. „Laß uns erst einmal in Ruhe essen."

Bevor die Frau, deren langes blondes Haar fast vollständig unter der Haube hervorgerutscht war, etwas antworten konnte, klingelte das Telefon.

Peter Gruhn schob die Bettdecke nach unten, als das Geräusch des klingelnden Telefons durch sein Ohr bis in sein Bewußtsein gedrungen war und ihn aufgeweckt hatte. Er öffnete langsam die Augen und versuchte, sich zu orientieren.

Durch das Fenster schien schräg die Sonne herein und malte ein helles Trapezoid auf den Teppichfußboden. Immer noch ertönte das Klingeln aus dem Nebenzimmer. Peter fluchte, weil er den Anrufbeantworter nicht eingeschaltet hatte. Er hoffte, es würde aufhören, doch sein Wunsch blieb unerfüllt. Wenn er nun schon einmal wach war, dann konnte er auch drangehen, überlegte er sich und stand auf. Er ließ sich auf den Schreibtischsessel fallen und griff nach dem schnurlosen Telefon. Er drückte die Empfangstaste und meldete sich.

„Das hat ja ewig gedauert. Hast du noch geschlafen? Es ist schon fast Mittag." Als ob das ein Grund wäre, dachte sich Peter, der Gabis Stimme nach ein paar Worten erkannt hatte.

„Nun mal langsam", krächzte er in den Hörer und schluckte ein paar Mal, bis sich seine Stimme wieder normalisiert hatte. „Was ist denn so dringend, daß du mich mitten in der Nacht aus dem Bett wirfst."

„Mitten in der Nacht? Schau doch mal auf die Uhr."

Peter tat wie ihm geheißen und stellte fest, daß es kurz vor halb zwölf war. Er hatte deswegen aber kein schlechtes Gewissen, und gab es Gabi auch zu verstehen. Sie ging nicht weiter darauf ein.

„Monika hat mich gerade angerufen", erklärte sie übergangslos und wartete, daß er sich dazu äußern würde.

„Ja?" gab er zurück und wartete seinerseits darauf, daß Gabi weitersprechen würde.

„Wie ist es denn dazu gekommen? Du hast mir ja nie was davon gesagt."

„Was ist bitte wozu gekommen? Gabi, jetzt reiß dich mal zusammen und sage mir, was los ist. Erst weckst du mich auf, und dann sprichst du in Rätseln. Also, warum rufst du an? Und was hat das damit zu tun, daß Monika dich angerufen hat?"

Gabi atmete am anderen Ende der Leitung tief durch. Irgendwas schien hier nicht zu stimmen. Vielleicht hatte Peter ja auch Tabletten oder so was genommen. Oder sich einfach besoffen, wie das ja so üblich war. Egal, dachte sie sich, versuchen wir es halt ganz von vorn.

„Monika war doch gestern abend bei dir", begann sie vorsichtig. Am anderen Ende der Leitung versuchte sich Peter an den letzten Abend zu erinnern. Ein verschwommenes Bild von sich selbst als alter Mann in einer Villa und gleichzeitig als kleiner Junge in einer armseligen Hütte glitten wie Nebelschwaden durch seine Gedanken. Monika als schöne, junge Frau und Gabis tote Mutter und ein kleines Mädchen, seine Schwester. Seine Schwester? Er hatte nie eine Schwester gehabt, nie haben können.

„Hallo, he, Peter, bist du noch da?" klang es in seinem Ohr.

„Ja, ja. Nur keine Panik. Ich bin noch da", beschwichtigte er die aufgeregte Gabi in Bergen-Enkheim.

„Also, Monika war gestern abend bei dir und hat mich heute morgen angerufen. Es tut mir leid um euch beide. Aber anscheinend wart ihr doch zu verschieden. Du bist nun wirklich nicht der Typ, der mit solchen Werbeleuten zurechtkommt. Ich finde es auch toll, daß es bei euch so problemlos ging. Ich meine, ohne große Streiterei. Monika hat gesagt, du hättest es fast teilnahmslos hingenommen ..."

„Was hingenommen?" unterbrach er Gabis Redeschwall.

„Na, eure Trennung."

„Welche Trennung?"

„Jetzt wach doch endlich auf", forderte sie ihn ungeduldig auf. „Eure Trennung. Die Trennung von dir und Monika. Oder vielmehr umgekehrt, wenn ich das alles richtig mitbekommen habe. Gestern abend."

Jetzt endlich begriff er. Verstehen konnte er es allerdings noch nicht. Was war gestern abend passiert? Er glaubte sich dunkel erinnern zu können, daß Monika ihn besucht hatte, aber irgendwann im Laufe des Abends hatte er so komplett den Faden verloren, daß er sich an nichts mehr erinnern konnte.

Es schien so, als ob ihn seine Freundin verlassen hätte. Aber warum konnte er sich nicht daran erinnern? Als erstes kam ihm der Gedanke an Alkohol in den Sinn, doch er konnte sich nicht daran erinnern, getrunken zu haben. Andere Erinnerungsfetzen zuckten durch seinen Kopf, doch er schob sie beiseite. „Und wie geht's ihr?" brachte er schließlich hervor.

„Na ja, sie meinte, es sei eine Last von ihr genommen. Sie würde sich gut fühlen und wäre glücklich. In der letzten Zeit wäre eure Beziehung nur noch eine Belastung gewesen. Besonders nach dem Tod deiner Mutter hättest du dich ganz verändert, und im Bett ..." Gabi ließ den Satz unvollendet, denn auch Monika hatte ihr gegenüber nur nichtssagende Andeutungen gemacht.

„Soso", murmelte er. Irgendwie schien ihn die Sache gar nicht zu betreffen. Alles war weit weg, etwas, mit dem er nichts zu tun hatte. Es fiel ihm schwer, sich vor Augen zu führen, daß Monika kein Teil seines Lebens mehr war, aber genauso schwer, sich daran zu erinnern, daß sie es war. Er schüttelte den Kopf und griff nach dem Zigarettenpäckchen auf dem Schreibtisch. Mit einer Hand fummelte er eine Zigarette heraus, steckte sie sich in den Mund und schaute sich nach einem Feuerzeug um. Er sah eins auf dem Fensterbrett zwischen den verdorrt aussehenden Pflanzen liegen.

„Und, hat sie schon einen neuen?" fragte er, nur um etwas zu sagen.

„Hat sie dir nichts davon gesagt?" kam es erstaunt aus dem Hörer zurück. Peter schüttelte entschieden den Kopf, aber dann fiel ihm ein, daß Gabi dies ja nicht sehen konnte, und er verneinte.

„Na ja, ich weiß nicht. Mir hat sie nichts Genaues gesagt, aber ich glaubte, da ist etwas mit jemandem aus ihrer Agentur."

„War nicht anders zu erwarten", meinte er und stieß dabei den Rauch aus. Er mußte plötzlich heftig husten und legte das Telefon erst einmal auf den Schreibtisch, bis sich seine Kehle von dem Reiz erholt hatte. Er drückte die Zigarette aus. Vor dem Frühstück schmeckte ihm kaum jemals eine Zigarette. Er hatte sie mehr aus Nervosität angesteckt.

„Und bei dir ist wirklich alles in Ordnung?" wollte Gabi jetzt noch einmal wissen.

„Ja, alles in Ordnung. Jetzt ist alles klar", versicherte er ihr.

„Ich meine nur, weil du vorhin so merkwürdig warst. So total weggetreten, als hättest du von nichts gewußt ... Kann ich mich darauf verlassen, oder brauchst du jemanden, mit dem du reden kannst? Soll ich vorbeikommen, oder willst du vielleicht auf eine Tasse Kaffee zu mir kommen? Du hast dich ja gestern auch um mich gekümmert."

„Nein, keine Angst, Gabi. Bei mir ist alles in Ordnung. Ich habe einfach noch halb geschlafen, als ich ans Telefon ging. Ich wußte noch gar nicht, wo ich bin und was eigentlich los ist. Ist schon alles im Lot. Mach dir keine Sorgen. Und vielen Dank für deinen Anruf." Er wartete noch geduldig, bis sie sich verabschiedet hatte, und unterbrach dann die Verbindung. Er konnte sich nicht erklären, was gestern abend passiert war, aber zumindest wußte er jetzt, was los war. Er war Gabi wirklich von ganzer Seele für ihren Anruf dankbar, denn sonst hätte er gar nicht gewußt, daß Monika ihre Beziehung aufgelöst hatte. Er wunderte sich, wie wenig es ihm ausmachte. Beim letzten Mal, als seine damalige Freundin, mit der er von Bonn hier nach Frankfurt gekommen war und über vier Jahre in dieser Wohnung gelebt hatte, ausgezogen war, hatte es ihn viel schlimmer mitgenommen. Er hatte sich betrunken, war ihr nachgeschlichen, hatte sie zur Rede gestellt, sie angefleht zurückzukommen, doch wie immer in solchen Fällen hatte es nichts genützt. Monika Geldern war mit einem Male nur noch ein Name, mehr als unwichtig, wenn man bedachte, daß seine Mutter ermordet worden war und die Täter wohl nie aufgespürt würden, und sein Vater ihm Blätter mit Schriftzeichen hinterlassen hatte, die niemand lesen konnte. Der Gedanke überraschte Peter. Er hatte diese Angelegenheit noch nie als so wichtig betrachtet, aber vielleicht hing alles doch irgendwie miteinander zusammen.

## $\sqrt{-1}$ Am Rande des Abgrunds

„Schade, daß es mit euch nicht geklappt hat", brachte Thomas wieder das Thema auf den Tisch, das Peter lieber in irgendeine tiefe Grube versenkt hätte. „Sie war ein eigenartiges Mädchen. Irgendwie sind diese Werbeleute schon seltsame Typen. Man weiß nie so recht, ist das, was sie machen, eigentlich Arbeit oder doch nur ein großer Spaß." Thomas schob sein Schnapsglas wieder in Richtung der Grappaflasche, die zusammen mit einer Flasche Calvados in der Mitte des Eßtisches stand. Die dunkelgrüne Tischdecke war mit Weißbrotkrümeln übersät, ein paar noch feuchte Flecken kündeten von dem Malheur, das Peter mit der Soße für die Putenbrust passiert war, und die drei Dessertschalen, in denen sich noch vor kurzem eine sehr süße Karamelcreme befunden hatte, warteten darauf, dem restliche Geschirr in die Spülmaschine zu folgen. Gabi war in der Küche und machte Espresso, und dem Klappern nach zu urteilen, das aus der Küche über den Flur ins Wohnzimmer drang, war sie gleichzeitig damit beschäftigt, die Teller und Bestecke in die Geschirrspülmaschine zu räumen. Peters Angebot, ihr zu helfen, hatte sie nicht annehmen wollen.

„Oder was meinst du?" wollte Thomas von Peter wissen, während er sich einen weiteren Grappa einschenkte. Das Glas geriet ihm dabei randvoll, und er hob es vorsichtig an. Trotzdem zitterte seine Hand genug, um etwas von der glasklaren Flüssigkeit auf die Tischdecke tropfen zu lassen.

Thomas nahm seine Serviette und wischte die Flüssigkeit, die auf der imprägnierten Oberfläche der grünen Decke einen bauchigen Tropfen gebildet hatte, weg.

„Weißt du", begann Peter und überlegte, wie er sich aus der Affäre ziehen konnte, denn er hatte wenig Lust, über Monika zu sprechen, obwohl diese Einladung zum Essen ganz offensichtlich in die Kategorie „Man muß sich um den armen, verlassenen Kerl kümmern" gehörte. „Weißt du, wir haben ihren Beruf immer ziemlich ausgeklammert", log er, denn Monikas Beruf hatte sich beim besten Willen nicht ausklammern lassen. „Ich konnte mit den Werbeleuten nie viel anfangen. Sie sind schon ein seltsames Völkchen ..."

„Na, aber Monika war doch ganz in Ordnung. Sie war doch gar nicht überzogen oder so was. Aber immer gut angezogen, was? Immer tipptopp, so als ob sie sofort auf irgendeinen Laufsteg könnte, nicht wahr?" Thomas kippte den Grappa hinunter. „Willst du nicht auch einen?" fragte er dann Peter, der aber entschieden den Kopf schüttelte und auf sein noch halbvolles Calvadosglas deutete.

Peter konnte sich des Eindrucks nicht erwehren, daß Thomas Monika unter einem ganz speziellen Blickwinkel betrachtete. Vielleicht, so ging es ihm durch den Kopf, durchaus mit einem begehrlichen Auge, wenn nicht zwei. Ein Grinsen huschte über sein Gesicht, das Thomas aber nicht bemerkte. Eigentlich verwunderlich, da Monika nun gar nicht der häusliche Typ war, zu dem Thomas seine Frau immer mehr umfunktionieren wollte. Vielleicht lag es ja an ihrem Auftreten, der exquisiten Kleidung, für die er selbst nie ein Auge gehabt hatte, die aber den wesentlichen Unterschied zwischen den beiden Frauen ausmachte. Vielleicht waren Thomas solche Gedanken auch erst mit Gabis Schwangerschaft oder danach gekommen? Diese hatte bei Gabi ein paar Kilo zurückgelassen, die wegzubringen sie immer noch kämpfte. Zumindest, dachte Peter mit der Spur eines Lächelns, während Thomas immer noch über die spritzige Werbedame, wie er Monika jetzt auf einmal nannte, sprach, hatte Gabi den Kampf noch nicht aufgegeben.

Gabi kam mit dem Espresso aus der Küche, stellte jedem eine Tasse hin und setzte sich dann wieder auf ihren Platz neben Peter. Der nahm sich ein Stück Würfelzucker, legte es auf den kleinen Löffel und setzte diesen vorsichtig auf die braune, dampfende Flüssigkeit in der kleinen bunten Tasse. Ganz langsam kroch der Kaffee über den Löffel den Zucker hinauf und färbte das blütenreine Weiß dunkelbraun. Je mehr Flüssigkeit der Zucker aufnahm, desto instabiler wurde seine Struktur, die schließlich ganz zusammenbrach und über den Rand des Löffels in den Espresso glitt. Peter rührte kurz um, führte die Tasse zum Mund.

„Sag mal, was hast du ihr eigentlich getan?" fragte Thomas und schaute Peter interessiert an. Der zuckte mit den Schultern.

„Keine Ahnung. Du weißt doch, wie das ist. Man lebt sich auseinander, man trifft einen anderen und was es noch für Gründe gibt." Peter selbst hätte die Gründe von Monika gerne erfahren, doch in der vergangenen Woche hatte er nicht den Mut aufgebracht, sie anzurufen. Vielleicht hatte er auch unbewußt Angst davor, daß sich schon eine Männerstimme an ihrem Apparat melden würde.

„Schon gut", meinte Thomas und machte eine nichtssagende Handbewegung. „So sind halt die Frauen." Dabei warf er Gabi einen provozierenden Blick zu. Sie reagierte nicht darauf, sondern spielte gelangweilt mit ihrer Espressotasse.

Es war nicht mehr zu übersehen, daß Thomas in Begleitung einiger Grappa die Grenze der Nüchternheit überschritten hatte. Peinlichkeit kroch langsam unter dem Tischtuch hervor, je länger das plötzliche Schweigen dauerte.

Gabi versuchte, ein anderes Gesprächsthema zu finden, und fragte Peter, ob er inzwischen in ihrer gemeinsamen Sache weitergekommen wäre. Der war in Gedanken versunken und begriff im Moment nicht, was sie damit meinte. Dann schüttelte er den Kopf.

„Hast du noch mal darüber nachgedacht, was der Professor in Bonn gesagt hat?" Sie ließ nicht locker.

„Er hat doch eigentlich gar nichts gesagt", gab er einsilbig zurück, ergänzte dann aber: „Zumindest nichts, was uns weiterhelfen würde."

„Irgendwie hängt das alles zusammen", sinnierte sie. „Meine Mutter, dein Vater, dieser Professor in Bonn, der Tod deiner Mutter und was sonst noch alles. Warum hast du auch nicht besser zugehört, wenn deine Mutter von deinem Vater gesprochen hat." Auch wenn ihre letzten Worte ironisch klingen sollten, ganz war der leichte Vorwurf darin nicht zu überhören.

„Ich bitte dich", entgegnete er, und sein Gesicht verzog sich zu einem mitleidigen Lächeln. „Ich war damals ein Kind, und später dann war mein Vater für mich nicht mehr als eine blasse Erinnerung. Ein Foto, das auf dem Nachtschränkchen meiner Mutter stand. Ungefähr so, wie ich mir Suzi Quadro an die Wand gepinnt habe."

„Ganz recht, also was soll der Scheiß?"

Die Köpfe von Gabi und Peter ruckten nahezu gleichzeitig in Richtung Thomas, der sie herausfordernd ansah.

„Was starrt ihr mich so an? Ist doch so, oder?"

„Komm, Thomas", versuchte Gabi, ruhig darauf zu reagieren, „wir können doch wohl in aller Ruhe darüber sprechen. Es besteht kein Grund, jetzt ausfallend zu werden."

„So?" Thomas dehnte das Wort, während er sich auf seinem Stuhl zurücklehnte. „Seit ein paar Wochen höre ich nichts anderes mehr. Warum vergißt du die ganze Sache nicht einfach? Du warst mit deinen Eltern, ich meine den Mankes, doch sehr glücklich gewesen. Jetzt auf einmal bist du hinter dieser mysteriösen Frau in Amerika her wie der Teufel hinter der armen Seele. Du spinnst doch. Was kümmert dich das? Du rennst einem Hirngespinst nach, oder glaubst du etwa, du bist die Tochter irgendeines amerikanischen Millionärs?"

„Das hat doch damit nichts zu tun", herrschte sie ihn an, und Peter hatte den bestimmten Eindruck, daß diese Diskussion nicht zum ersten Mal zwischen den beiden geführt wurde. „Du hast doch keine Ahnung, wie das ist, wenn man erfährt, daß man adoptiert wurde ..."

„Ach ja? Komm mir doch nicht damit! Das ist doch jetzt schon über zehn Jahre her, und du hattest dich mit der Situation abgefunden ..."

„Ja, damals. Aber jetzt ..."

„Was ist jetzt?" wollte Thomas wissen und beugte sich über den Tisch hinweg seiner Frau entgegen. Peters Haltung spannte sich.

„Jetzt ist das was ganz anderes", entgegnete sie, und es klang im Vergleich zu Thomas' Aggressivität ziemlich hilflos.

„Was ist denn anders? Auf, sag's mir. Deine angebliche Mutter sitzt immer noch in Amerika und läßt nichts von sich hören, weder bei unserer Hochzeit noch bei der Geburt von deiner Tochter, genauso wie bei allen anderen Versuchen, in Kontakt mit ihr zu treten, die du seit damals unternommen hast. Du weißt nicht einmal, ob die Adresse noch stimmt. Hirngespinste sind das alles. Kümmere dich lieber um deine Tochter, und fang nicht an zu schreien, wenn du sie siehst."

Gabis Gesicht war eine starre Maske. Ihre grünen Augen funkelten ihren Mann mit einem eiskalten Blick an. Äußerlich erschien sie ganz ruhig, doch schwang in ihrer Stimme ein deutliches Zittern mit, als sie Thomas antwortete. „Jetzt hör mal genau zu, mein Lieber. Ich habe dich zwar geheiratet, aber deshalb habe ich doch noch so etwas wie ein eigenes Leben. Und dieses Leben ist nicht gerade einfach gewesen. Ich habe nie die Hoffnung aufgegeben, meine leibliche Mutter einmal kennenzulernen, auch wenn ich diesen Wunsch nicht wie eine Fahne vor mir hergetragen habe. Jetzt kommt noch dazu, daß irgendeine Verbindung zwischen Peters Eltern und meiner Mutter bestehen muß. Wir beide haben nichts davon geahnt, doch jetzt möchte ich zumindest wissen, was da los ist, und ich glaube, Peter möchte das auch." Sie warf ihm einen kurzen Blick zu. Peter versuchte ein bestätigendes Grinsen, was ihm aber nicht so recht gelang. Dann wandte sich Gabi wieder ihrem Mann zu. „Und du wirst mich nicht daran hindern." Die letzten Worte kamen wie Eisblöcke aus ihrem Mund. Thomas schaute seine Frau wütend an. Er griff nach seinem halbvollen Rotweinglas und stürzte den Inhalt hinunter.

„Du kümmerst dich besser um unsere Tochter, bevor du deinem Hobby nachgehst. Mit dem Kind haben wir Verantwortung übernommen. Ich bin mir dessen bewußt, du allerdings scheinst das vergessen zu haben."

Gabi spürte, wie ein großer, haariger Ball ihre Kehle hinaufstieg und sie mehrmals schlucken mußte, bevor sie es fertigbrachte zu antworten. Ihre Stimme war leise, und Peter bemerkte, daß sie sich nur noch mühsam beherrschte. „Komm mir nicht damit. Ich habe sie doch schließlich die ersten neun Monate in mir herumgeschleppt, während du mit deiner schwangeren Frau und deinem männlichen Befruchterstolz hausieren gingst. Dir hat sie nicht auf die Blase gedrückt, daß du alle halbe Stunde auf die Toilette mußtest; dir war nicht einen Monat lang fast jeden Morgen kotzübel. Du hast dein Zeug einfach in mich hineingespritzt, und das war's dann."

Der Alkohol hatte Thomas' Reaktionen deutlich verlangsamt. Er schaute seine Frau lange mit ausdruckslosem Gesicht an, so als ob er erst ganz allmählich begriff.

„So? Und das habe ich so ganz gegen deinen Willen getan? Da erinnere ich mich aber ganz anders. Du hast mich ja fast vergewaltigt", kam es langsam und höhnisch aus seinem Mund. Dann stand er mit einem Ruck auf, warf dabei den Stuhl um und ging zur Tür. Bevor er sie öffnete, schien er es sich noch einmal anders zu überlegen. Er drehte sich um, schaute die beiden an und sagte: „Ihr könnt mich mal, alle beide." Dann war er aus dem Zimmer hinaus, und die Tür knallte ins Schloß. Kurz darauf fiel auch die Schlafzimmertür ins Schloß. Gabi hatte die Ellenbogen auf den Tisch gestützt und die Hände vors Gesicht geschlagen. Peter saß unschlüssig da, wußte nicht, was er sagen oder tun konnte, und dachte sehnsüchtig daran, eine Zigarette zu rauchen. Unter Gabis Händen drang ein leises Schluchzen hervor. Zögernd legte Peter den Arm um sie. Als sie die Berührung spürte, sank sie zur Seite und legte ihren Kopf an seine Schulter. Tränen liefen über ihr Gesicht. Seine Hand strich beruhigend an ihrem Oberarm entlang. Schließlich löste sie sich von ihm und stand auf.

„Ich muß mir mal ein Taschentuch holen", sagte sie und wollte das Zimmer verlassen.

„Ich glaube, es ist besser, ich gehe jetzt", meinte er und wollte aufstehen.

„Nein, bleib noch. Ich muß noch mit dir reden."

Peter setzte sich und wartete, bis sie zurückkam. Offensichtlich hatte sie sich das Gesicht gewaschen, die Nase geputzt, und nur die roten, geränderten Augen deuteten noch auf die Geschehnisse der letzten halben Stunde hin. Sie setzte sich auf das Sofa und gab Peter mit einer kurzen Handbewegung zu verstehen, vom Eßtisch herüberzukommen.

„Hast du eine Zigarette für mich?"

Er schaute sie erstaunt an. Thomas war strikt dagegen, daß sie rauchte, und Gabi vermied normalerweise auch, in seiner Gegenwart oder zu Hause zu rauchen. „Thomas wird bestimmt sauer sein, wenn wir hier rauchen." Es klang hilflos und dumm zugleich.

Sie stieß ein trockenes, humorloses Lachen aus. „So, meinst du? Was glaubst du denn, was er im Moment ist?"

Ein hilfloses Grinsen von Peter war die Antwort. Er ging auf den Flur an die Garderobe, wo seine Jacke hing, und holte sein Zigarettenpäckchen und das Feuerzeug. Zurück im Wohnzimmer, hielt er Gabi das Päckchen hin. Mit zitternden Fingern zog sie eine Zigarette heraus. Er gab ihr Feuer und nahm sich auch eine. Beide inhalierten mit tiefen Zügen, und erst als die Zigaretten halb heruntergebrannt waren, brach Peter das Schweigen.

„Geht das schon länger?"

„Na ja", antwortete Gabi nachdenklich, „irgendwie, seit wir das mit dem Bild festgestellt haben. Ihm paßt das alles nicht. Es stört sein geruhsames und in geordneten Bahnen verlaufendes Leben. Thomas kann einfach nicht verstehen, was mir daran liegt, Klarheit in die Sache zu bekommen."

„Das Ganze ist schon recht seltsam. Ich weiß auch nicht, wie es jetzt weitergehen soll. Wir können nur warten, ob Post aus Amerika kommt. Meinst du, daß sich das mit Thomas wieder einrenkt? Soll ich mal mit ihm reden?"

„Besser nicht", gab sie zurück und drückte die Zigarette auf dem Unterteller, den sie als Aschenbecher auf den Tisch gestellt hatte, aus. „Du bist nämlich ein Teil des Problems."

Peter schaute sie lange mit gemischten Gefühlen an. Er wußte nicht, was er dazu sagen sollte, doch bevor er sich zu einer Antwort entschließen konnte, sprach Gabi schon weiter. „Irgendwie ist er eifersüchtig auf dich. Wahrscheinlich deshalb, weil wir uns schon so lange kennen und er unsere Beziehung nie so richtig einordnen konnte." Ein Lächeln huschte über ihr Gesicht. „Und jetzt noch diese Sache ..."

Peter holte Luft und wollte etwas sagen, doch sie schüttelte entschieden ihren Kopf. Schweigen kehrte wieder ein. Sie nahm sich eine weitere Zigarette aus dem Päckchen.

„Was hat denn das mit dem Kind zu bedeuten?" fragte er schließlich.

„Ach, du weißt doch. Ich habe dir erzählt, was eines Morgens passiert ist. Es stimmt schon, daß die Kleine mir seitdem unheimlich ist, aber Thomas übertreibt wieder einmal. Andererseits ..." Sie schien nachzudenken und schaute dabei der dünnen Rauchfahne nach, die sich zur Decke kräuselte. „Andererseits hat Thomas sie auch noch nie gesehen, wenn sie ... diese Augen hat. Er sieht sie ja sowieso kaum. Die ganze Arbeit bleibt an mir hängen. Wenn er abends nach Hause kommt, schläft sie meistens schon, und an den Wochenenden hat er auch nicht viel mit ihr zu tun. Ein bißchen im Kinderwagen spazierenfahren, mal wickeln, auf dem Arm nehmen, und wenn wir bei den Eltern sind, den stolzen

Vater raushängen lassen. Irgendwie ist das schon komisch. Wenn ich denke, was noch vor einem Jahr war ... Es erscheint mir wie ein ganz anderes Leben."

„Das wird sicher besser, wenn sie erst einmal älter ist. Wenn du mehr von ihr hast als nur Geschrei und dreckige Windeln", versuchte Peter sie aufzumuntern. „War es das, worüber du mit mir sprechen wolltest?"

„Nein. Ich wollte eigentlich wissen, warum es mit dir und Monika auseinandergegangen ist. Aber das spielt jetzt kaum noch eine Rolle, oder?"

Er dachte einen Moment angestrengt nach. Gabi wollte etwas wissen, was ihm selbst nicht klar war. „Weißt du, man lebt sich halt auseinander ..."

Sie schaute ihn mißbilligend an. „Jetzt hör auf mit dem Quatsch und sag mir ehrlich, was los war."

„Nichts war los", meinte er und drehte den Kopf in Gabis Richtung. Er legte den Arm um sie und spürte, wie sie ihren Kopf langsam auf seine Schulter sinken ließ. Dann beschloß er, ihr alles zu erzählen. „Weißt du, ich habe gar keine Erinnerung an den Montagabend. Erst als du mich angerufen hast ..."

Er erzählte ihr von seinen Visionen oder Träumen, davon, daß sich manchmal sein Gesichtsfeld einengte, und von dem permanenten Gefühl, beobachtet zu werden. Er wies noch einmal auf sein ungutes Gefühl bei seinem Besuch bei Heckert hin und auf die schrecklichen Umstände bei dem ungeklärten Mord an seiner Mutter. Er hatte den Eindruck, nicht mehr fest genug in dieser Welt verankert zu sein, wie ein mit Gas gefüllter Luftballon, der jeden Augenblick entschweben konnte. Und er bekannte, daß er inzwischen wirklich Angst vor den Warnungen auf seinem Anrufbeantworter hatte, deren Wortlaut er schon längst nicht mehr wußte. Vielleicht war dies alles zusammen der Grund, warum Monika ihn verlassen hatte.

„Sie kommt aus der Werbung", meinte er abschließend mit mehr als einer Spur Sarkasmus, „du weißt, die haben's da nicht so mit tiefgreifenden Problemen. Top oder Flop. Sonst nichts."

„Ob du es glaubst oder nicht, bei vielem, was du gesagt hast, geht es mir genauso. Ich fühle mich auch beobachtet, besonders von diesem kleinen Ungeheuer, und keiner glaubt mir. Wenn ich auch nur die geringste Andeutung davon gegenüber Thomas machen würde - ich glaube, so schnell wie ich wäre noch nie jemand im Irrenhaus gelandet. Stell dir nur vor: Mutter behauptet, fünfmonatiges Baby hat sie verhext. Ihm kann ich nicht davon erzählen. Damit muß ich alleine fertig werden."

Peter zog Gabi fester an sich, um ihr zu zeigen, daß sie doch nicht so alleine war, wie sie glaubte. Sie hob den Kopf und schaute ihn dankbar an. Dann gab sie ihm einen Kuß. Seine Arme wollten sich instinktiv um ihren Körper schließen, doch bevor es dazu kam, war sie schon aufgestanden. Sie nahm sich noch eine Zigarette aus seinem Päckchen.

„Ich hoffe nur, die Frau in Amerika, die meine Mutter sein soll, meldet sich bald. Das ist wohl unsere einzige Hoffnung, etwas mehr zu erfahren."

„Das denke ich auch. Du hast inzwischen eingesehen, daß Freiburg nichts bringt, oder?" Gabi zuckte mit den Schultern und holte tief Luft. Er wartete darauf, daß sie etwas sagen würde, doch sie atmete nur genauso geräuschvoll wieder aus.

„Warten wir's ab. Ich meine, mit all den Angaben zu dem Bild, das wir ihr geschickt haben, muß sie sich äußern."

Gabi nickte. „Hoffen wir das Beste und daß es uns weiterhilft."

Die beiden standen sich auf gut zwei Meter Abstand im Wohnzimmer gegenüber. Keiner sagte ein Wort. Sie schienen beide nachzudenken, wobei ihre Gedanken ähnliche Wege einschlugen. Schließlich brach Peter als erster das Schweigen. „Ich glaube, ich mache mich jetzt auf den Weg."

„Nimm bitte ein Taxi."

„Wieso?"

„Nach dem, was du mir von deinen Visionen erzählt hast, ist es nicht gerade beruhigend, wenn du nachts mit dem Fahrrad nach Hause fährst."

„Und wie bekomme ich dann mein Rad?"

„Das wird sich finden. Stell dich nicht so an."

„Blödsinn, ich kann sehr gut fahren. Das ist doch alles nicht so wild."

Sie trat um den Tisch herum und stellte sich ganz nahe vor ihn. „Ich will nicht, daß du jetzt mit dem Fahrrad fährst, okay?"

Peter nickte. Er wusste, wann er ihr nicht widersprechen durfte. Sie nahm das Telefon und wählte die Nummer eines Taxiunternehmens. Ihr wurde versprochen, daß in zehn Minuten ein Wagen da wäre. Peter zog seine Jacke an, und ließ sich von Gabi zur Tür bringen. Er wollte unten warten, damit der Fahrer nicht erst klingeln müßte. Bevor Peter in den Hausflur hinaustrat, hielt ihn Gabi noch einmal zurück. „Nichts kann so bleiben, wie es ist", flüsterte sie ihm ins Ohr, und plötzlich schlossen sich ihre Arme um seinen Rücken und zogen ihn für einen kurzen Augenblick fest an ihren Körper.

Peter verzichtete auf den Lift und ging die Treppen hinunter. Als er vor die Haustür trat, zog er den Reißverschluß seiner dunkelbraunen Daunenjacke ganz nach oben und steckte sich eine Zigarette an. Dann ging er zwischen den kahlen Büschen hindurch, die längs der Straße gepflanzt waren, und blickte den Nordring entlang in die Richtung, aus der das Taxi seiner Meinung nach kommen mußte.

Schließlich erschien ein ganzes Stück die Straße hinunter ein Scheinwerferpaar, das sich auf Peter zubewegte und schließlich neben ihm zum Halten kam. Auf dem Dach leuchtete das Taxischild, und ein uninteressiert wirkender Fahrer beugte sich zum Beifahrersitz hinüber. Peter öffnete die hintere Tür und stieg ein. „Guten Abend. Wittelsbacher Allee bitte", sagte er, während er die Tür hinter sich schloß. Der Fahrer nuschelte irgend etwas in sein Mikrofon, eine quäkende Stimme antwortete, dann war es still. Er drehte sich zu ihm um, so als ob er seinen mitternächtlichen Fahrgast noch einmal genauer in Augenschein nehmen wollte. Peter sah im trüben Licht der Innenbeleuchtung in ein südländisches Gesicht unbestimmten Alters, von dem ein dichter Vollbart gerade noch die Lippen und die Augen freiließ. Er hoffte, daß der Fahrer ihn verstanden hatte. Er nickte dem Mann zu und schloß die Augen. Er hoffte damit ausreichend klar gemacht zu haben, daß er an keiner Unterhaltung interessiert war. Er wartete darauf, daß der Wagen endlich losfahren würde.

Als er die Augen wieder öffnete, schimmerte der See unterhalb des Hauses im hellroten Licht des Nachmittags. Dunkelgrüne Wolken zogen gemächlich am Himmel ihre Bahn. Peter stützte sich auf die Sandsteinbalustrade der Terrasse und ließ seinen Blick den sanft abfallenden Hang hinunter bis zum Bootssteg gleiten. Das kleine Luftsacksegelboot schaukelte gut vertäut an dem zwanzig Meter in den See hinausgebauten hölzernen Steg. Ganz vorne waren bunte Badetücher über die Bohlen gebreitet, und seine beiden Töchter Gabi und Monika faulenzten in der Sonne. Peter überlegte kurz, ob er sich zu ihnen gesellen und den Nachmittag in der warmen Sommersonne genießen, ein paar Runden schwimmen oder vielleicht sogar das Boot losmachen sollte. Er warf einen prüfenden Blick zum Himmel. Es sah nicht gut aus. Im Westen schienen sich die Wolken zusammenzuballen, und einige wiesen schon leuchtend gelbe Streifen auf. Besser nicht erst das Boot losmachen. Es wäre nicht ungefährlich, wenn sie von einem Gewitter mitten auf dem See überrascht würden. Er ließ den Kindern ihren Spaß und ging ins Haus hinein. Aus dem Augenwinkel sah er, wie die Zeitung aus dem Drucker fiel. Er ging hinüber und warf einen kurzen Blick auf die Schlagzeile, die ihn nicht interessierte. Thomas, der Hausdiener, mußte mit seinen vibrationsempfindlichen Zehensinnen gespürt haben, daß jemand das Wohnzimmer betreten hatte, denn kurz nachdem Peter die Zeitung achtlos auf den Tisch geworfen hatte, kam er herein und fragte nach etwaigen Wünschen. Peter schüttelte den Kopf, und Thomas verschwand wieder so unauffällig, wie er gekommen war. Eine Zeitlang blieb Peter unschlüssig mitten im Zimmer stehen und konnte sich nicht entschließen, was er tun wollte, dann nahm er doch die Zeitung zur Hand und ging wieder hinaus auf die Terrasse. Er setzte sich in einen der Sessel und blätterte nachlässig die Seiten durch. Das dünne Plastikmaterial gab kein Geräusch von sich.

„Na, Schatz, genießt du den herrlichen Nachmittag?“ Mit diesen Worten betrat Ilona-Maria die Terrasse und strich ihrem Mann im Vorbeigehen zärtlich über den Kopf. Sie warf einen Blick hinunter zum Bootssteg und setzte sich dann Peter gegenüber auf eine flache Gartenbank. Ihre langen, von der Sonne mit einem gesunden Grünschimmer überzogenen Beine kamen dabei mehr als vorteilhaft zur Geltung. Peter faltete die Zeitung zusammen und betrachtete seine Frau.

„Nun, auf was für Gedanken kommst du?“ fragte sie kokett.

„Auf Gedanken, für die es viel zu früh am Tage ist“, gab er mit einem Lächeln zurück. Thomas kam durch das Wohnzimmer mit einem Tablett in der Hand auf sie zu. Darauf befanden sich zwei Gläser, in denen eine blaßblaue Flüssigkeit schimmerte. Er stellte sie auf den kleinen Glastisch zwischen den beiden ab.

„Ich hoffe, es ist dir recht“, meinte Ilona-Maria, auf den Drink deutend. Peter nickte und griff nach dem Glas. Mit einem leisen Klirren berührten sich die beiden Gläser. Ein Ton, der endlos gefangen zwischen den beiden zu schwingen schien. Während Peter an der Flüssigkeit nippte, erblickte er über den Rand des Glases hinweg ein Lächeln auf den Lippen seiner Frau. Er wußte, was das zu bedeuten hatte, und war nur zu bereit, darauf einzugehen. Sie erhob sich und kam mit zwei geschmeidigen Schritten auf ihn zu. Mit einer kurzen Bewegung in Richtung der Sensoren veränderte sie die Transparenz der Terrasse und ließ sich dann auf Peters Schoß gleiten. Mit einem einzigen Griff legte sie ihr Kleid ab. Über ihnen schwebten jetzt unverändert die Wolken, und die Sonne schien in ihrem Lauf angehalten.

Das erste, was er bemerkte, als Ilona-Maria nach gut einer Stunde, in der sie sich den Raffinessen ausgefeilter Liebestechniken hingegeben hatten, wieder die normale Transparenz herstellte, war ein in giftgrünes Licht getauchter See. Das milde Hellrot eines sonnigen Nachmittags war gänzlich durch sich übereinanderballende grüne Wolken aller Schattierungen verdrängt worden. Die ersten Blitze lösten sich aus dieser Wolkendecke und sanken auf den See hinab. Ein faszinierendes Schauspiel, wenn nicht

Gabi und Monika, immer noch auf dem Bootssteg, dieses Naturereignis aus nächster Nähe betrachten würden. Peter sprang auf und rannte von der Terrasse die abfallende Rasenfläche zum Steg hinab. Zischende Donner tanzten zwischen Wasseroberfläche und Wolkendecke hin und her und verdammten seine Versuche, die Mädchen zu warnen, zur Erfolglosigkeit. Ilona-Maria stand an der Terrassenbrüstung und verfolgte gebannt, wie sich ein weiterer Blitz aus den Wolken löste und sanft, ohne daß man die Gefahr, die von ihm ausging, auch nur ahnen konnte, zum See hinabschwebte. Unwillkürlich schlug sie die Hand vor den Mund, um den Schrei, der ihrer Kehle schon fast entschlüpft war, zu unterdrücken. Peters nackte Füße trommelten auf den Bootssteg. Durch die Vibration aufgeschreckt, schauten die beiden Mädchen in seine Richtung. Er gestikulierte, und da begriffen Gabi und Monika, in welcher Gefahr sie schwebten.

Sie sprangen auf die Füße und liefen ihrem Vater entgegen. Als sie bei ihm angekommen waren, riß er sie hoch und rannte mit ihnen unter den Armen zum Haus zurück. Der Hang machte ihm zu schaffen. Seine Beine schienen die Last nicht mehr tragen zu können. Aus einer dunkelgrünen Wolke löste sich ganz langsam ein tropfenförmiger Blitz und glitt aus knapp vierhundert Meter Höhe schräg auf das Haus zu. Ilona-Maria hatte inzwischen die Terrasse verlassen und eilte ihrem Mann entgegen.

Als sie ihn erreicht hatte, drückte er ihr, ohne einen Moment stehenzubleiben, Gabi in die Arme. Zusammen stolperten sie auf die Terrasse und durch die immer noch weit geöffnete Glastür ins Haus. Thomas, ihr Diener, hatte schon an der Konsole gewartet. Die Tür schob sich hinter den beiden zu, und die Blitzabschirmung flackerte gerade noch rechtzeitig auf, um den dunkelblauen Blitz abzuleiten.

Peter lehnte sich erschöpft mit dem Rücken an die Tür und glitt langsam daran hinab, bis er auf dem Boden saß. Schweiß stand ihm auf der Stirn, und sein Atem ging stoßweise. Als er sich ein bißchen beruhigt hatte, stand er langsam auf. Er zog die Daunenjacke aus, nahm seine Zigaretten aus der Tasche und steckte sich noch im Flur eine an. Verwirrt ging er ins Wohnzimmer und setzte sich auf den Schreibtischstuhl. Mit zitternden Fingern strich er die Asche am Rand des überquellenden Aschenbechers ab, während seine Gedanken wie nicht zusammenpassende Puzzleteile durcheinanderfielen. Er hatte keine Ahnung, wie er nach Hause gekommen war. Er fand nur undeutliche Spuren von einer bildschönen Frau und zwei kleinen Töchtern, die zusammen mit ihm im dunkelgrünen Licht lebten.

Etwas außerhalb von Bergen-Enkheim, Richtung Bad Vilbel, stand ein Taxi in einem kleinen Feldweg. Der Fahrer keuchte fast atemlos Worte in einem südostpersischen Dialekt in ein Handy.

„Ja, er scheint die Fähigkeit zu haben, die Tore zu benutzen. Er war auf einmal weg. Ich weiß auch nicht, wie es genau passiert ist. Gerade als ich das Messer gezogen hatte, verschwamm alles vor meinen Augen. So jedenfalls ist es mir vorgekommen. Aber es war nur dieser Gruhn, der verschwunden ist. Er hat sich aufgelöst und ist irgendwohin gegangen."

Danach lauschte der Mann mit dem dichten Vollbart angespannt der Stimme, die quäkend aus dem Handy kam. Ein paar Mal warf er ein Ja oder Nein ein, wobei er dies immer mit einem Nicken oder Kopfschütteln unterstrich.

„Ich verstehe nicht. Keinen weiteren Versuch? Auch nicht das Kind oder die Mutter oder beide? Es ist nicht meine Sache, Ihre Entscheidungen zu bezweifeln, aber was sollen wir dann tun?"

Es folgten ein paar Augenblicke, in denen der Mann, auf dessen Stirn sich inzwischen Schweißperlen gebildet hatten, kommentarlos dem Handy lauschte.

„Gut, ich werde ihn beobachten und die Spuren verwischen. Ich werde wie ein Luftgeist sein, unsichtbar und trotzdem immer in seiner Nähe." Der Mann nickte wieder. „Ja, natürlich auch die Frau." Dann wurde die Verbindung unterbrochen. Der Mann verließ den Wagen, öffnete den Kofferraum und sah nach dem Taxifahrer. Dessen regelmäßige Atemzüge zeugten davon, daß ihm nichts Ernsthaftes passiert war. Währenddessen hob jener andere Mann, dessen Stimme aus dem Handy zu hören gewesen war, im Wohnzimmer der Villa schon wieder den Hörer ab und wählte eine mehr als zehnstellige Nummer.

Nachdem sich der andere Teilnehmer gemeldet hatte und einige nichtssagende Begrüßungsformeln gewechselt worden waren, kam der Mann in der Villa zur Sache.

„Der Anschlag ist fehlgeschlagen."

„Wieso?"

„Der Mann hat anscheinend schon die Fähigkeit entwickelt, die Türen zu benutzen."

„Das ist unmöglich."

„Es hat aber ganz den Anschein. Wahrscheinlich kann er es nicht bewußt, aber unter besonderen Umständen ist er in der Lage dazu. Er ist vor den Augen unseres Mannes einfach verschwunden, bevor dieser seinen Auftrag ausführen konnte."

Aus dem Hörer kam ein unmutiges Brummen.

„Wenn er die Türen von dieser Seite öffnet, dann wird es irgendwann, wahrscheinlich sogar ziemlich schnell, zur Katastrophe kommen. Was sollen wir also tun?"

„Wir können nicht zulassen, daß dieser Gruhn zwischen den Welten herumspaziert, aber anscheinend können wir ihn auch nicht eliminieren. Wie sieht das bei Mutter und Kind aus?"

„Wir haben keine Informationen, aber nach den letzten Ereignissen müssen wir das Schlimmste befürchten." Der Mann in der Villa hatte sich eine Zigarette angezündet, während er sprach, und stieß jetzt heftig den Rauch aus.

„Laßt die Finger von Gruhn. Er darf nicht noch öfter durch die Tore gehen. Wenn wir ihn so nicht kriegen, dann müssen wir es anders versuchen. Ich glaube, diese unbewußte Sache führt nicht weit - vielleicht ist das auch nur ein Ausdruck meiner Hoffnung. Wir müssen uns um das Buch kümmern. Keinesfalls darf es ihm oder dem Kind in die Hände fallen."

„Was sollen wir jetzt weiter unternehmen?"

„Beobachtet sie. Aber sehr vorsichtig."

„Genau das habe ich schon veranlaßt", erklärte der Mann in der Villa und drückte seine kaum zur Hälfte gerauchte Zigarette aus.

Die grauen Tage und Wochen eines naßkalten Winters zogen dahin, Fastnacht kam, und in der Stadt tobte für fünf Tage ein Meer überdrehter Menschen, was Peter völlig unbeteiligt ließ. Er versuchte zu arbeiten, doch immer wieder griff er zu den Seiten, die sein Vater vor mehr als dreißig Jahren beschrieben hatte.

In Ermangelung besserer Alternativen versuchte er, in den seltsamen Schriftzeichen und den deutschen Worten und Satzfragmenten einen Sinn zu finden, ohne auch nur einen Zipfel des Geheimnisses lüften zu können. Manchmal hatte er das Gefühl, beobachtet zu werden, doch dieses Gefühl ließ sich nie zu einem Verdacht konkretisieren. Er verbrachte die meiste Zeit in seiner Wohnung und telefonierte manchmal mit Gabi, die aber nie etwas Neues zu berichten hatte. In stiller Übereinkunft klammerten sie bei ihren Gesprächen die Vorfälle an jenem letzten gemeinsamen Abend aus, und beide wußten, daß es besser war, eine Zeitlang auf jedes Treffen, besonders wenn Thomas daran teilnehmen würde, zu verzichten. Auch hatte Peter, seit Monika aus seinem Leben verschwunden war, keine geheimnisvolle Nachricht oder Warnung mehr auf seinem Anrufbeantworter erhalten. Er glaubte allerdings selbst nicht, daß dies etwas mit Monikas Abschied zu tun hatte. Die Übersetzung, an der er gerade arbeitete, war ein langweiliger historischer Roman über eine große Südstaatenfamilie, deren langsamer Niedergang schließlich vom Bürgerkrieg beschleunigt wurde. Lesestoff für einsame Frauenherzen und ein wenig gelungener Versuch der amerikanischen Autorin, in die Fußstapfen von Margaret Mitchell zu treten. Peter quälte sich durch die Seiten und schaffte nur mit Müh und Not jeden Tag sein selbst auferlegtes Pensum. Er stand wieder einmal gelangweilt vom Schreibtisch auf, steckte sich eine Zigarette an, obwohl der Qualm im Zimmer schon so dicht war, daß er allein vom Einatmen seinen Nikotinbedarf hätte decken können, und trat ans Fenster.

Nach kurzer Zeit ging er zurück an den Schreibtisch, wo inzwischen auf seinem Computermonitor bunte Urzeitwesen über den Bildschirm krabbelten und schwarze Spuren hinterließen. Er schubste die Maus an, und der Bildschirmschoner verschwand sofort. Auf dunkelblauem Grund leuchteten ihm hellgelb die Buchstaben entgegen. Dann beugte er sich vor und las einen Satz in dem neben der Tastatur aufgeschlagenen Buch, dachte kurz nach und tippte einen deutschen Satz in den Computer. Er schüttelte den Kopf, veränderte die Satzstellung, tauschte ein Adjektiv gegen ein besseres aus und war dann zufrieden. Bevor er weitermachen konnte, klingelte das Telefon.

„Gruhn."

„Ich bin's", erklang Gabis Stimme aus dem Hörer, die überflüssigerweise noch hinzusetzte: „Gabi."

„Hallo, Gabi."

„Rat mal, was passiert ist", klang es vom anderen Ende der Leitung her, und erst in diesem Moment fiel ihm das Zittern in ihrer Stimme auf.

„Du hast im Lotto gewonnen."

„Blödsinn."

„Ilona-Maria ist stubenrein."

„Hör auf mit dem Unsinn. Ich habe Post bekommen."

„Schön für dich, aber was habe ich damit zu tun?" entgegnete Peter etwas gequält.

„Aus Amerika."

Es dauerte einige Sekunden, bis Peter begriffen hatte, aber dann fragte er auch schon aufgeregt: „Und was steht drin?"

„Ich weiß nicht genau. Es ist ein ziemlich langer Brief. Vier eng beschriebene Seiten. Und nur die ersten paar Sätze sind in Deutsch. In einem ziemlich schlechten Deutsch. Sie entschuldigt sich auch dafür und meint dann, daß es wohl besser sei, wenn sie in Englisch weiterschriebe.

Kannst du sofort herkommen? Ich will unbedingt wissen, was drinsteht. Mein Englisch ist katastrophal, wie du ja weißt."

„Bin schon unterwegs", erklärte Peter und legte auf.

Eine halbe Stunde später hielt er die vier Blätter Briefpapier in den Händen, die mit einer schwungvollen, ziemlich geraden Handschrift bedeckt waren. Es machte ihm einige Mühe, die Worte zu entziffern, doch vor unlösbare Probleme wurde er nicht gestellt. Wie Gabi schon am Telefon gesagt hatte, waren die ersten Sätze in einem seltsamen Deutsch geschrieben. Man merkte deutlich, so war zumindest Peters Eindruck, daß die Verfasserin die Sprache nicht gut oder nicht mehr gut beherrschte. Nach diesen einleitenden Sätzen ging es dann in Englisch weiter. Peter las den Brief zweimal durch. Gabi wartete ungeduldig.

„Nun, das ist interessant", meinte er, als er schließlich die Blätter auf den Tisch vor sich legte.

„Mein Gott, was ist interessant? Jetzt spann mich doch nicht so auf die Folter", jammerte sie.

„Es ist eigentlich mehr ein Brief an dich. Ein Entschuldigungsbrief, oder eine Rechtfertigung. Ich weiß nicht so genau. Also, ich werde mal zusammenfassen, was da steht. Sie wiederholt sich auch ein paarmal. Als erstes bestätigt sie die Elternschaft, aber das wußtest du ja schon. Sie meint, besondere Umstände, die sie in einem Brief nicht erklären könne, weil es einfach zu langwierig und kompliziert sei, hätten sie damals gezwungen, dich zur Adoption wegzugeben. An deinen Großeltern läßt sie übrigens kein gutes Haar. Sie müssen ihr übel mitgespielt haben, als sie schwanger bei ihnen auftauchte. Sie meint, man könnte die Zeit damals nicht mit heute vergleichen. Eine junge Frau, unverheiratet, noch nicht mal ein Mann in Aussicht und dann schwanger, besonders in Freiburg, das wäre direkt vor dem Fegefeuer gekommen. Sie hätte dich auch nicht mit nach Amerika nehmen können, denn dort hätte sie als Ledige mit einem Kind weder ein Stipendium noch eine Stelle bekommen. Sie bedauert, daß sie dir das antun mußte. Daß sie so ablehnend auf deine ersten Briefe geantwortet hat, tut ihr jetzt auch leid, aber sie hätte einfach Angst gehabt. Sie hatte ihrem Mann nichts von ihrem Vorleben erzählt, und ihre Kinder mit ihm waren damals noch klein und hätten das mit ihrer Mutter und einer möglichen Schwester nicht verstanden. Sie wollte ihr Leben, was sie sich aufgebaut hatte, nicht in Gefahr bringen. Jetzt sei das etwas anderes, ihre Söhne seien aus dem Haus und, was entscheidend ist, ihr Mann sei vor einem Jahr gestorben. So bestände keine Gefahr mehr, daß sie ihn mit einer unehelichen Tochter aus ihren jungen Jahren verletzen könnte. Ihr Mann käme schließlich aus Nebraska." Peter machte eine Pause und musterte Gabi, die ihm mit geschlossenen Augen zugehört hatte. Dann fuhr er fort: „Sie meint wohl, der Hinweis auf Nebraska würde alles erklären. Na ja, das liegt im sogenannten Bibel-Belt, wahrscheinlich sind das alles erzkonservative Spießer."

„Was schreibt sie noch? Was sagt sie zu dem Bild und deinem Vater?" wollte Gabi aufgeregt wissen.

„Nicht viel. Das Bild ist vor der Universität in Freiburg aufgenommen. Sie nennt die Namen der Personen, aber das wissen wir schon von Heckert. Sie schreibt auch noch, daß dieser Professor Weigert einer der Gründe war, warum sie nach Amerika gegangen ist. Und daß sie mit meinem Vater gut ausgekommen sei und er ein netter Mann war, dessen tragischen Tod sie bedauert."

„Mehr nicht? Schreibt sie nicht, wie er umgekommen ist? Was damals passiert ist? Warum schweigen alle?" Gabi schaute Peter ungläubig an.

„Mal langsam, Gabi. Das ist der erste richtige Kontakt zu ihr. Sie hat keine Ahnung, was für ein Mensch du bist. Sie hat dich seit der Geburt nicht mehr gesehen. Sie hat keine Ahnung, was wir beide für Leute sind. Ich finde, gegenüber dem, was du mir erzählt hast, ist das schon ein ganz schöner Fortschritt. Und als du den Brief geschrieben hast, haben wir ja selbst noch nicht viel gewußt."

Sie nickte und zog sich eine Zigarette aus Peters Päckchen, der ihr nachdenklich Feuer gab. Sie saßen schweigend da und schauten auf Ilona-Maria, die sich im Schlaf auf der Couch herumdrehte. Ab und zu drang aus ihrem halboffenen Mund ein Geräusch, das wie ein zufriedenes Grunzen klang.

„Was sollen wir jetzt machen?" fragte Gabi und drückte die Zigarette aus.

„Ich habe den Eindruck", begann Peter, ohne ihre Frage direkt zu beantworten, „daß deine Mutter durchaus daran interessiert ist, den Kontakt irgendwie zu intensivieren. Sie schreibt zwar nichts davon, aber dieser Brief spricht auch so Bände. Vielleicht weiß sie ja mehr und ist bereit, es uns zu sagen. Was hältst du davon, wenn ich ihr einen Brief schreibe, in dem ich ihr mitteile, was wir aus der Zeit in Freiburg wissen, und ich sie dann bitte, mir mehr über meinen Vater zu schreiben?"

Gabi dachte nach und nickte dann. „Ich halte das für einen guten Gedanken. Vielleicht rückt sie ja mit etwas heraus. Aber auf jeden Fall werde ich mich auch bei ihr für den Briefbedanken. Es scheint ja", räumte sie dann mit leiser Stimme ein, „daß sie wirklich nur Angst gehabt hat. Dabei wollte ich gar nichts von ihr."

„So?" Er dehnte das Wort und blickte Gabi tief in die Augen.

„Na ja, ich weiß nicht. Damals, neunzehnhundertundvierundachtzig, wäre ich wahrscheinlich schon gerne rübergeflogen und hätte mir meine Mutter angesehen ..."

„Siehst du, und gerade das wollte sie verhindern. Nicht sehr fein, aber durchaus zu verstehen."

„Du hast wohl recht", räumte Gabi ein. „Nun, jetzt sieht es so aus, als ob alles in Ordnung kommen würde."

„Jetzt, nachdem ihr Mann gestorben ist ..."

„Schreibt sie eigentlich, an was?" unterbrach ihn Gabi.

Peter schüttelte den Kopf.

Eine Woche später waren zwei Briefe nach New Haven unterwegs. Einer von Peter, an dem er sehr lange gefeilt hatte und in dem alles stand, was er inzwischen über seinen Vater und dessen Tod, nicht zuletzt von Professor Heckert in Bonn, erfahren hatte, und auch den Tod seiner Mutter hatte er nicht unerwähnt gelassen.

Ganz zum Schluß hatte er sich dann noch entschlossen - er wußte selbst nicht genau, warum -, die Kopie einer Seite der Notizen seines Vaters beizulegen, und gefragt, ob Mrs. Swanwick vielleicht wüßte, was sie zu bedeuten hätten, da sie doch dabei gewesen war, als diese Notizen entstanden waren. Vielleicht wüßte sie ja auch, wo der Rest abgeblieben war.

Der andere Brief war von Gabi. Sie bedankte sich darin für die Post und drückte ihre Hoffnung aus, daß man jetzt engeren Kontakt haben könnte. Diesem Brief war ein Bild ihrer Tochter Ilona-Maria beigelegt.

Eine weitere Woche später klingelte morgens um sieben Uhr bei Peter das Telefon. Verschlafen meldete er sich.

„Spreche ich mit Peter Gruhn?"

„Ja", bestätigte er.

„Sind Sie derjenige, der mir aus Deutschland geschrieben hat?" Die Stimme am anderen Ende der Leitung hatte einen so starken amerikanischen Akzent, daß die Worte fast unverständlich waren.

„Ja, und wer sind Sie?" Peter mußte eigentlich nicht fragen. Er war sicher, es mußte die geheimnisvolle Sandra Swanwick sein, die Mutter von Gabi.

„Ich heiße Sandra Swanwick", kam dann auch sofort die Bestätigung. Peter wartete einen Augenblick und dachte fieberhaft nach. Ihm fiel nichts Besseres ein, als zu fragen: „Sie haben meinen Brief bekommen?"

„Ja, ich habe ihn ..."

„Und können Sie mir ..."

Ein lästiger Nachhalleffekt verschluckte die Enden der Sätze. Peter bemühte sich, eine Pause zu machen, bis er auf die Worte aus Amerika reagierte. Die Frau am anderen Ende der Leitung schien es auch bemerkt zu haben.

„Können Sie mir weiterhelfen", setzte er noch einmal neu an.

„Ich weiß nicht so recht. Es ist so überraschend."

Peter hatte den Eindruck, daß die Frau nach Worten suchte, und bot ihr an, die Unterhaltung auf Englisch zu führen. Sie stimmte erleichtert zu.

„Wissen Sie etwas über den Tod meines Vaters? Heckert hat gesagt ..."

„Heckert ist ein elender Lügner", fiel sie ihm ins Wort. „Er war wie alle anderen dabei, als Ihr Vater starb. Er scheint Weigert zu Kreuze gekrochen zu sein. Ich hätte das nicht erwartet."

„Wie ist mein Vater gestorben."

Vom anderen Ende der Leitung kam keine Antwort.

„Hallo, sind Sie noch da?"

„Ja", kam es zögernd, so als ob die Frau angestrengt nachdachte. „Hören Sie, Herr Gruhn, das ist alles unwahrscheinlich kompliziert. Zuerst möchte ich wissen, ob sie noch mehr von den Notizblättern Ihres Vaters haben."

„Ich habe zehn Blätter. Die meisten davon mit diesen unverständlichen Zeichen." Peter hörte, wie am anderen Ende die Frau aufstöhnte.

„Sind sie sicher verwahrt?"

„Wieso? Sind diese Notizen wertvoll? Führen sie zu einem Goldschatz?" versuchte er einen Scherz zu machen.

„Wenn wir Glück haben, zu sehr viel mehr. Wenn nur Barney noch leben würde ..." Der letzte Teil des Satzes ging fast im transatlantischen Rauschen unter. Peter nahm an, daß Barney ihr Mann war.

„Ich habe die restlichen Notizen. Es ist ein ganzes Notizbuch mit Eintragungen. Aber das Wichtigste haben Sie", sagte die Frau. „Mein Gott, damit hätte ich nie gerechnet ..."

„Frau Swanwick, jetzt sagen Sie mir doch endlich, was los ist. Sie machen immer nur Andeutungen. Ich will endlich wissen, was damals mit meinem Vater passiert ist."

„In welcher Beziehung stehen Sie zu meiner", es folgte eine Pause, als ob es Sandra Mühe machen würde, das nächste Wort auszusprechen, „meiner Tochter?"

Peter war über die Frage erstaunt. „Sie ist eine Freundin, eine gute Freundin. Ich bin der Pate ihres Kindes. Sie ist mit Thomas Lautner verheiratet."

„Der kleinen Ilona-Maria? Ich habe einen Brief von Gabi erhalten. Sie hat ein Bild beigelegt. Ein hübsches Kind."

„Was hat das alles mit meinem Vater und seinen Notizen zu tun?"

„Hören Sie, Peter, das kann ich unmöglich am Telefon erklären. Nur so viel: Ich brauche unbedingt die restlichen Seiten aus dem Notizbuch Ihres Vaters. Können Sie nach New Haven kommen? Dann erkläre ich Ihnen alles. Wirklich alles, und ich werde Ihnen auch keine Lügen erzählen wie Heckert."

Peter zögerte. Nach Amerika fliegen. Das ging alles ein bißchen schnell. Und warum tat die Frau so geheimnisvoll?

„Soll ich Ihnen Geld schicken für die Flugtickets? Sie müssen auch Gabi mitbringen. Sie betrifft das auch."

„Ich weiß nicht, ob das so einfach geht", meinte er zurückhaltend. „Gabi kann schließlich nicht ihre Tochter alleine lassen. Ganz zu schweigen von dem, was ihr Mann dazu sagen wird." Peter stellte sich gerade vor, was passieren würde, wenn Gabi mit ihm nach Amerika fliegen wollte und Thomas auf Ilona-Maria aufpassen müsste. Der würde toben. Nein, das war ganz unmöglich.

„Ich glaube, das geht nicht."

„Hören Sie", die Stimme der Frau am anderen Ende der Leitung klang jetzt hektisch und aufgeregt, „das ist doch kein Problem. Sie soll ihre Tochter mitbringen und meinetwegen auch ihren Mann. Wann können Sie fliegen?"

„Keine Ahnung", gab er zurück. „Ich habe keine Erfahrung in solchen Dingen. Vielleicht in sechs Wochen. Thomas - das ist Gabis Mann, falls ich es noch nicht erwähnt habe - muß ja erst einmal Urlaub bekommen."

Sandra atmete heftig aus. „Unmöglich. Das ist viel zu lang. Nehmen Sie die nächstmögliche Maschine. Ich erstatte Ihnen den Flugpreis. Fliegen Sie nach New York, da gibt es die besten Verbindungen. Soll ich Sie in New York am Flughafen abholen?"

Peter dachte nach, und auf einmal faszinierte ihn der Gedanke. Er würde mit Gabi sprechen müssen. Thomas wäre wahrscheinlich das größte Problem. „Hören Sie, Frau Swanwick, ich kümmere mich darum. Über das Geld für den Flug machen Sie sich keine Gedanken. Aber ich muß erst mit Gabi sprechen. Geben Sie mir Ihre Telefonnummer, ich rufe Sie dann zurück."

Sandra gab ihm die Telefonnummer durch, ließ sie sich noch einmal vorlesen, damit sie sicher sein konnte, daß die Nummer auch richtig angekommen war.

„Wann kann ich mit Ihrem Anruf rechnen?"

„Möglicherweise heute. Wie ist es eigentlich mit dem Zeitunterschied? Wieviel Uhr ist es bei Ihnen?"

„Ein Uhr nachts. Wir sind sechs Stunden zurück. Rufen Sie mich auf jeden Fall an. Egal zu welcher Zeit."

„Ganz bestimmt", versprach er und legte auf.

Peter starrte noch eine Weile auf das Telefon und versuchte sich darüber klar zu werden, ob er wieder einen seiner seltsamen Träume gehabt hatte oder das wirklich alles passiert war. Er schüttelte den Kopf und steckte sich eine Zigarette an. Ein Blick auf die Uhr sagte ihm, daß es noch zu früh war, Gabi anzurufen. Thomas würde noch nicht auf der Arbeit sein, und Peter wollte nicht unbedingt gleich mit der Tür bei ihm ins Haus fallen. Er stand auf und ging in die Küche, um die Kaffeemaschine in Betrieb zu setzen. Nachdem er Kaffee getrunken, geduscht, sich rasiert und schließlich ein paar Scheiben Toast gefrühstückt hatte, war es endlich halb neun, und er konnte sicher sein, daß Thomas jetzt hinter seinem Schreibtisch saß. Peter nahm das Telefon und drückte die Kurzwahl für Gabis Nummer.

„Lautner", meldete sie sich schon nach zweimaligem Klingeln.

„Ich bin's, Peter. Guten Morgen." Und dann sagte er den Satz, den er sich in der letzten halben Stunde in unzähligen Varianten hatte durch den Kopf gehen lassen: „Pack deinen Koffer, wir fliegen nach Amerika."

# Der Weg nach Armageddon

„Das kommt überhaupt nicht in Frage", erklärte Thomas kategorisch, als ihm Gabi ihren am Morgen gefaßten Plan, mit Peter nach Amerika zu fliegen, mitgeteilt hatte. „Du bleibst schön hier. Hier gibt es genug für dich zu tun. Deine Mutter", dabei nahm seine Stimme einen fast hämischen Klang an, „hat so lange auf dich gewartet, daß ein paar Monate oder Jahre auch nichts mehr ausmachen."

„Thomas", antwortete Gabi ganz ruhig, „du hast mir nichts zu verbieten, und ich habe dich auch nicht um Erlaubnis gefragt. Ich habe dir einfach gesagt, daß ich mit Peter nach Amerika fliege, und zwar so schnell es geht."

„Meinst du? Und wer soll sich um unser Kind kümmern, während ich im Büro bin?"

„Ich nehme Ilona-Maria mit ..."

„Du spinnst wohl", unterbrach er seine Frau. „Einen Säugling mit ins Flugzeug nehmen. Und dann bis nach Amerika. Was bist du denn für eine Mutter?"

„Auf jeden Fall eine bessere Mutter, als du ein Vater bist", gab sie immer noch ruhig zurück.

„So, meinst du?"

Sie nickte und stand aus dem Sessel auf. Sie drehte ihm den Rücken zu und kämpfte darum, nicht die Beherrschung zu verlieren. Mit dem Handrücken wischte sie eine einzelne Träne aus dem Auge. Dann drehte sie sich wieder um und blickte Thomas lange an.

„Verstehst du nicht, oder willst du nicht verstehen? Diese Sache ist sehr wichtig für mich. Vielleicht das Wichtigste in meinem Leben ..."

„Das Wichtigste in deinem Leben sollte unser Kind und dein Mann sein, oder?" fuhr er dazwischen.

„Mein Kind", Gabi betonte es überdeutlich, „ist mir genauso wichtig wie mein Leben, aber wenn du dich weiter so verhältst, dann ist das auch das einzige."

Thomas schaute sie entgeistert an. „Jetzt spinnst du aber total, und daran ist nur dieser Peter schuld."

„Laß Peter da bitte raus, es geht um mein Leben und meine Mutter, die ich endlich kennenlernen will."

„Natürlich ist es dieser Peter. Ohne ihn wäre alles in Ordnung. Er hat die ganze Sache doch erst wieder aufgebracht."

„Dafür kann er nun wirklich nichts. Du redest nur Blödsinn."

„Und von was willst du eigentlich den Flug nach Amerika bezahlen?“ fragte Thomas scheinbar beiläufig.

„Peter erledigt das.“

„Peter?“ Thomas konnte es nicht glauben. „Du läßt dich von dem aushalten?“

„Ich lasse mich nicht von ihm aushalten. Wie kannst du nur so etwas sagen? Das klingt ja, als ob ich eine Hure wäre.“

„Vielleicht ...“ Es war ihm mehr herausgerutscht, aber jetzt war es gesagt. Gabi schaute ihn entgeistert an und konnte ihre Tränen dann doch nicht mehr zurückhalten.

Kurz nach Mitternacht klingelte bei Peter das Telefon. Gabis Stimme klang müde, überanstrengt und nach Tränen. Peter fragte nicht. Sie sagte ihm, daß sie mitkommen und sich morgen im Laufe des Vormittags noch einmal melden würde. Dann legte sie auf. Er brauchte nicht viel Phantasie, um sich auszumalen, was sich an diesem Abend in der Wohnung der Lautners abgespielt hatte. Als nächstes rief er Sandra an und teilte ihr mit, daß sie kommen würden. Ihr Angebot, sie vom Flughafen in New York abzuholen, schlug er aus - sie würden sich schon zurechtfinden und anrufen, sobald sie in New Haven wären. Dann würde man weitersehen. Peter wollte nicht gleich am Flughafen mit Sandra Swanwick konfrontiert werden

Eine Woche später befanden sich Peter, Gabi und Ilona-Maria an Bord des United Airlines Flug 731 nach New York. Immer mehr Menschen schoben sich durch die engen Gänge, verstauten ihr Gepäck in den Fächern, ließen sich in ihre Sitze fallen und versuchten, es sich für die nächsten acht oder neun Stunden so gemütlich wie möglich zu machen. Gabi saß auf dem Gangplatz, 21D, während Peter den Sitz zur Mitte hin genommen hatte.

Jetzt ließ sich auf den beiden Plätzen neben ihm ein älteres Ehepaar nieder, das sehr umständlich den ganzen Verkehr nach hinten aufhielt, bis die beiden endlich alles verstaut hatten. Peter legte Gabi sanft die Hand auf den Arm, um sie zu beruhigen. Sie schaute ihn kurz an, lächelte und konnte doch die Müdigkeit in ihren Augen nicht ganz verdrängen.

„Sie sind gestartet“, unterrichtete der Mann die anderen vier Anwesenden und legte den Telefonhörer auf. „Jetzt dürfen wir uns keinen Fehler erlauben. In Amerika ist alles arrangiert. Wir dürfen auf keinen Fall zulassen, daß das Buch Mechaem entschlüsselt wird. Gruhn hat die Unterlagen dabei. Die Originale. Somit haben wir Glück gehabt.“

„Was passiert jetzt weiter?“ wollte einer von den Wartenden wissen und strich sich nachdenklich über die Glatze.

„Zuerst müssen wir verhindern, daß Gruhn durch die Tore geht. Besonders nicht mit dem Kind. Alles andere ist nicht so wichtig. Aber wenn es ihm gelingt, mit dem Kind zu entkommen, irgendwohin, wo wir ihm nicht folgen können, dann ...“ Der jüngere Mann, der als einziger Jeans und ein buntgemustertes Hemd anhatte, während die anderen vier Männer alle dunkle Anzüge, weiße Hemden und Krawatten trugen, zuckte mit den Schultern. Ihre Gesichter drückten Ratlosigkeit aus. Einige Hände griffen nach Zigarettenpäckchen, andere führten Gläser mit grünem Tee an den Mund. Schließlich ergriff der Mann, der den Telefonanruf entgegengenommen hatte, das Wort.

„Die Sache ist nicht einfach. Wir müssen mit größter Vorsicht handeln und uns jetzt ganz auf unsere Leute in Amerika verlassen. Wir können hier nicht mehr viel tun.“

„Und wie soll es weitergehen?“ fragte ein älterer Mann, dessen Schnurrbart schon von einigen weißen Strähnen durchzogen war.

„Sobald sie in Amerika angekommen sind, werden sie beobachtet. Wir werden uns an ihre Fersen heften.“

„Und bringen das Kind und den Mann um. Dann ist unsere Aufgabe erledigt“, schlug ein anderer vor.

Der Mann mit der Glatze warf ihm von der Seite einen kurzen, mißbilligenden Blick zu. „Das geht nicht. Wir wissen doch, daß Gruhn inzwischen die Tore benutzen kann, zwar nicht willentlich, aber trotzdem ... Wir müssen jedes Risiko ausschalten, daß er uns wieder, vielleicht für immer, entkommt. Denkt daran, keiner von uns weiß, was hinter den Türen liegt und was dann passieren wird.“

Der Hausherr der Villa nickte zustimmend. „Wir müssen das Buch und diese Notizen vernichten. Ohne sie kann nichts passieren, und alles wird sich normalisieren, doch wenn sie neben der Fähigkeit des Kindes den Schlüssel haben, dann ist das Spiel verloren. Wir werden das Buch vernichten. Erst wenn uns das nicht gelingen sollte, müssen wir auch den Tod von Gruhn und dem Kind in Erwägung ziehen. Doch ich hoffe, es wird uns wie so oft gelingen, dieses teuflische Buch zu zerstören.“

Die Männer nickten beifällig. Sie alle wussten, wie oft im Laufe von Jahrhunderten ein Manuskript mit jenen geheimnisvollen Schriftzeichen aufgetaucht war. Solange nicht ein Mensch hinzukam, der die Zeichen lesen konnte, bestand keine Gefahr. Solche Menschen gab es nur selten. Sie mußten zur rechten Zeit am rechten Ort sein. Es gab nur einen einzigen Ort, am Rande der Wüste Lut, wo die geheimnisvolle Stadt immer wieder einmal auftauchte. Dann wurde die Gefahr fast übermächtig. Manchmal war es einfach, sich des Buches zu bemächtigen, bei anderen Gelegenheiten hinterließ ihr Eingreifen Spuren, die noch nach Jahrtausenden sichtbar waren, so als damals ihre Vorfahren die Bibliothek von Alexandria niedergebrannt hatten, um zu verhindern, daß Caesar möglicherweise die Arbeiten von Thenasios von Samosa hätte nutzen können, der kurz davor stand, einen alten Papyrus mit rätselhaften Schriftzeichen zu entschlüsseln. Bei anderen Gelegenheiten verschwand ein solches Manuskript einfach, und niemand kümmerte sich darum. Meistens wußte man in den Bibliotheken noch nicht einmal von der Existenz eines solchen Werkes. Was sich für einen Unkundigen wie ein Exemplar ausnahm, das seinen Weg durch die Jahrhunderte genommen hatte, zeigte sich dem Wissenden ganz anders. Das Buch Mechaem tauchte auf, wurde gefunden, vernichtet, und plötzlich erschien es doch wieder. Seine Zeichen waren auf Pergament, Leinwand oder Papyrus geschrieben, in Stein gemeißelt oder in Ton gedrückt und übten auf die Menschen eine seltsame Faszination aus. Den Spuren dieses Buches zu folgen wurde immer komplizierter, es wurde immer schwerer, es ausfindig zu machen und zu zerstören, wie am Anfang dieses Jahrhunderts festzustellen war, als man das Manuskript schon sicher in den Händen geglaubt hatte und Voynich es ihnen in letzter Sekunde entrissen hatte. Damit war es für ein paar Jahrzehnte ihrem Zugriff entzogen worden. Die in der Villa versammelten Männer wußten davon, nickten noch einmal bestätigend. In den nächsten sieben Stunden gab es absolut nichts zu tun.

Der United Airlines Flug 731 nach New York hatte die Nordwestküste von Irland hinter sich gelassen, und das eintönige Rauschen der Triebwerke, die die Maschine mit knapp neunhundert Stundenkilometern Richtung New York trugen, erfüllte die Kabine. Das Essen war serviert worden, die Reste davon wurden eingesammelt, in die Rollcontainer verstaut und die Sonnenblenden heruntergeschoben. Die Kabine lag im Halbdunkel, und auf den Videoleinwänden flimmerte der erste Film. Vereinzelte Passagiere schlichen den Gang entlang zur Toilette oder standen tief nach unten gebeugt neben einem Sitz, um sich zu unterhalten. Manchmal huschte ein blendender Lichtstrahl durch die Kabine, wenn jemand seine Neugier nicht bezähmen konnte und die Sonnenblende nach oben schob, um einen Blick in das ewige Blau oberhalb von zehntausend Metern zu werfen. Unter dem Flugzeug breitete sich eine durchgehende Wolkendecke aus, aus deren gleichförmiger grauweißer Fläche steile Türme, die wie massive Eisgebilde wirkten, nach oben ragten.

Peter hatte vor dem Essen ein Bier und die Hälfte von Gabis Bier auch noch getrunken, danach zum Essen einen Rotwein, und er rekelte sich jetzt angenehm schläfrig auf seinem Sitz. Vor Gabi war die Babywiege heruntergeklappt, in der Ilona-Maria lag, ohne einen Hinweis auf ihre Anwesenheit zu geben. Gabi hatte die Augen geschlossen und döste vor sich hin. Peter drehte seinen Kopf in ihre Richtung und schob sich näher an sie heran. Sie mußte die Bewegung gespürt haben und öffnete ihre Augen. Peters Gesicht war kaum eine Handbreit von dem ihren entfernt. Eine Zeitlang musterten sich die beiden wortlos, dann räusperte sich Peter.

„Ich weiß", begann er vorsichtig, ihr Gesicht genau im Auge behaltend, „wir hatten damals beschlossen, nie darüber zu sprechen."

Ihr Blick verfinsterte sich. Er legte ihr besänftigend die Hand auf die Schulter.

„Aber ich glaube, inzwischen ist die Situation doch etwas anders."

Gabis Gesicht wurde nachdenklich, dann nickte sie fast unmerklich. „Nun", meinte sie, „da hast du nicht unrecht."

„Also, wir sind ja hier ganz unter uns", dabei huschte ein Grinsen über sein Gesicht, und seine Stimme wurde noch leiser. „Ist Ilona-Maria meine Tochter?"

Gabi ließ sich mit der Antwort Zeit. „Deine schon einmal gar nicht - höchstens unsere", sagte sie dann.

„Gabi ...", zischte er, und es klang sehr unwirsch.

„Schon gut, schon gut", versuchte sie ihn zu besänftigen. „Ich weiß es nicht."

Er schaute sie zweifelnd an. „Du weißt es nicht?"

Sie nickte und meinte dann: „Es ist nicht so einfach wie im Kino, wo die Frauen in einem solchen Fall immer genau wissen, von wem das Kind ist. Nachdem die Panne mit dem Kondom passiert ist, mußte ich natürlich handeln, du verstehst ..."

Peter verstand. Er konnte sich nur zu gut denken, was sie damit meinte. Sie waren, als Gabis Schwangerschaft feststand, übereingekommen, den immer wieder, manchmal in großen Abständen, aufflackernden sexuellen Aspekt ihrer Freundschaft endgültig zu beenden und Thomas' Vaterschaft nie in Frage zu stellen. In den letzten Wochen war allerdings so viel in Frage gestellt worden, daß Peter sich an sein Versprechen nicht mehr gebunden fühlte.

„Man könnte natürlich entsprechende Tests machen", erklärte Gabi, „doch bis vor kurzem habe ich zu Gott gebetet, daß nie ein solcher Fall eintritt. Ich habe damit meine Erfahrungen, wie du ja inzwischen weißt."

„Ja“, meinte Peter kleinlaut.

„Warten wir es doch einfach ab. Warten wir ab, was in Amerika auf uns zukommt. Alles andere erscheint mir so weit entfernt. Frankfurt ist schon jetzt nur noch eine blasse Erinnerung“, flüsterte sie. Sie hob den Arm, legte ihn Peter um den Nacken und zog seinen Kopf zu sich heran, bis sich ihre Lippen berührten.

Die Unruhe unter den Passagieren wuchs merklich. Ilona-Maria brüllte unentwegt, und Gabi konnte nichts tun, um sie zu beruhigen, als die Maschine im Landeanflug auf New York ihre Reiseflughöhe verlassen hatte und die Druckverhältnisse in der Kabine sich veränderten. Der Druck auf die Ohren nahm zu, und Ilona-Marias einzige Möglichkeit, darauf zu reagieren, bestand in herzerweichendem Brüllen. Die Boing 747 sank durch die dichte Wolkendecke nach unten, die Anschnallzeichen waren erleuchtet, und die Flugbegleiter sammelten die letzten Trinkbecher und leeren Flaschen ein.

Die Fluggäste auf den Fensterplätzen preßten ihre Nasen gegen die Scheiben und versuchten einen Blick auf Long Island oder die Stadt selbst zu erhaschen. Peter saß aufrecht, den Anschnallgurt fest über den Bauch gezogen, in seinem Sitz und hatte seine linke Hand auf Gabis Oberschenkel gelegt. Gabi murmelte beruhigend auf ihre Tochter ein, die aber für diese Bemühungen ihrer Mutter völlig unempfindlich war und weiter schrie. Das ältere Ehepaar zur Rechten schaute mißbilligend zu ihnen herüber. Peter bemerkte es und zuckte mit den Schultern. Ein Ruck ging durch die Maschine, als sie durchsackte. Dann schwenkte sie in eine Linkskurve, stabilisierte sich wieder, und deutlich hörbar wurden die Landeklappen ausgefahren.

Dann lief eine Erschütterung, die von dem die Rollbahn berührenden Fahrwerk ausging, durch das ganze Flugzeug. Die Gepäckfächer wackelten bedenklich, dann rollte die Maschine im Aufheulen der auf Schubumkehr laufenden Triebwerke aus. Die Passagiere wurden aufgefordert, auf ihren Plätzen und angeschnallt zu bleiben, bis das Flugzeug seine endgültige Parkposition erreicht hätte. Peter atmete auf und ließ seine schweißnasse Hand von Gabis Bein gleiten. Sie lächelte ihn kurz an und kümmerte sich weiter um Ilona-Maria, die jetzt schon einige deutliche Pausen in ihrem Geschrei einlegte.

Der Pilot begrüßte sie um 14.35 Uhr Ortszeit in New York, gab einen kurzen Wetterbericht, 68 Grad Fahrenheit, bewölkt, was jeder hatte sehen können, dankte den Reisenden dafür, daß sie mit United geflogen waren, und wünschte ihnen einen angenehmen Aufenthalt in New York.

Vierzig Minuten später befanden sich Peter und Gabi endgültig in Amerika. Sie standen in der großen Ankunftshalle, hatten die Paß- und Zollformalitäten hinter sich, und Gabi überlegte, wie es jetzt weitergehen sollte.

„Wir müssen draußen auf den Shuttlebus warten, der bringt uns zum Carport, dort bekommen wir unseren Wagen“, erklärte Peter, nachdem er sich an dem Avis-Schalter in der Ankunftshalle erkundigt hatte. Gabi nickte und nahm die Tragetasche mit Ilona-Maria. Peter kümmerte sich um den Rest des Gepäcks. Sie brauchten draußen nur ein paar Minuten warten, dann kam auch schon der Bus von Avis, der sie zu einem riesigen Parkplatz brachte, auf dem neben vielen anderen Wagen wohl auch ihr Auto bereitstand. Die Formalitäten waren nicht der Rede wert, dann hatte Peter den Mietvertrag und die Schlüssel in der Hand. Ein weiterer Kleinbus brachte sie auf dem Parkplatz bis zu ihrem Wagen. Es war ein Buick Pacer, dunkelblau, der die Größe eines deutschen Mittelklassewagens hatte. Die vorbestellte Kinderwiege war auf dem Rücksitz montiert, und Ilona-Maria wurde darin unfallsicher verstaut. Peter setzte sich hinter das Steuer, schaute sich die Armaturen an und hoffte, in den Jahren seit er kein eigenes Auto mehr und wenig Fahrpraxis gehabt hatte, nicht alles verlernt zu haben. Gabi hatte es strikt abgelehnt zu fahren. Bis sie vom Parkplatz herunter waren, hatte sich Peter an den Wagen gewöhnt. Gabi hielt die Karte in der Hand und versuchte, den besten Weg die Küste entlang nach Norden zu finden.

„Also, ich weiß nicht, ob ich dir eine große Hilfe bin“, meinte sie zweifelnd und drehte die Karte mal in die, dann wieder in die andere Richtung, während er den Wagen langsam durch das Straßengewirr rund um den JFK-Airport lenkte. „Wenn du den“, Gabi versuchte den Namen auf der Karte richtig zu entziffern, „Van Wyck ... da steht E..x..p..w..y..“, buchstabierte sie, „findest, der wäre ganz gut. Der geht nach Norden.“

„Das heißt Expressway, Schnellstraße“, erklärte er.

„Er hat die Nummer sechshundertachtundsiebzig“, teilte sie ihm noch mit.

„Okay“, gab er betont lässig zurück und riskierte einen kurzen Blick zur Seite. Sie fanden den Van Wyck Expressway und reihten sich in den dicht fließenden Verkehr ein. Zur Linken erhoben sich, im blasser werdenden Licht immer noch weit entfernt, die Wolkenkratzer von Manhattan, während sich zu ihrer linken Seite das Häusermeer von Queens erstreckte. Schilder zeigten den Weg nach Flushing Meadows, und Gabi wurde an dieser Tatsache zum erstenmal richtig bewußt, daß sie in New York war, dort, wo die Tennisspiele stattfanden, die sie schon häufig am Fernsehen verfolgt hatte. Es war inzwischen vier Uhr nachmittags, und der Verkehr wurde immer dichter. Peter kam nur noch im besseren Schrittempo vorwärts, und so hatten die beiden ausreichend Gelegenheit, die unter der hochgebauten Autobahn sich ausbreitende Stadt zu bewundern.

„Wir müssen dann irgendwie auf die Fünfundneunzig kommen", meinte Gabi und hielt ihm die Karte hin. „Siehst du, hier, wenn wir in Bronx sind." Peter warf einen kurzen Blick darauf, dann ging es schon weiter. Beide waren viel zu sehr damit beschäftigt ihre ersten Eindrücke von Amerika zu verdauen und dabei gleichzeitig noch ihren Weg durch das Stadtgebiet von New York zu finden, als daß sie den hellen 91er Chevrolet bemerkt hätten, der sie schon seit dem Flughafen begleitete. Darin, hinter den getönten Scheiben nicht zu erkennen, saßen vier Männer, von denen einer telefonierte.

„Ja, sie sind gelandet. Sie haben einen Wagen von Avis und bewegen sich auf dem Van Wyck Richtung Norden. Wir sind dicht hinter ihnen." Der Mann lauschte auf die Worte, die am anderen Ende der Leitung in einer Villa in Deutschland gesprochen wurden, und antwortete dann: „Nein, keine Angst. Wir sind vorsichtig. Es gibt kein Anzeichen, daß sie uns bemerkt haben. Sie haben bestimmt genug damit zu tun, ihren Weg zu finden."

Wieder trat eine Pause ein.

„Nein, in New Haven läuft alles bestens", versicherte der Mann seinem Gesprächspartner in Deutschland. „Ganz bestimmt. Keine Angst, wir haben hier die Situation völlig im Griff."

Eine Stunde später hatten Gabi und Peter in ihrem Buick Pacer die Bronx und als letztes New Rochelle hinter sich gelassen. Die Abenddämmerung senkte sich langsam auf die Interstate 95, auf der sie mit fünfundfünfzig Meilen pro Stunde Richtung New Haven rollten. Gabi hatte die Karte inzwischen im Handschuhfach verstaut und kümmerte sich jetzt um ihre Tochter. Sie hatte sich auf dem Sitz halb nach hinten gedreht und versuchte, Ilona-Maria, die schon ein paar Minuten lauthals brüllte, zu beruhigen.

„Es hat keinen Zweck", erklärte Gabi und drehte sich wieder in ihrem Sitz nach vorne, „Ich muß die Windel wechseln und sie füttern. Du mußt an der nächsten Tankstelle oder Raststelle, oder was immer es hier gibt, rausfahren."

Peter nickte stumm. Eigentlich wäre er gerne bis nach New Haven, das nicht mehr als vierzig Meilen entfernt lag, durchgefahren, doch Ilona-Maria hatte mit ihrer Stimme Argumente an der Hand, denen man sich nicht widersetzen konnte. Nach zwei weiteren Meilen sah er das runde Schild einer 76er Tankstelle mit einem großen Roadhouse dabei.

„Fahr irgendwo etwas abseits auf den Parkplatz, dann kann ich sie wickeln, und danach müssen wir sehen, daß wir ihr irgendwie ihr Fläschchen geben“, meinte Gabi, als Peter die Geschwindigkeit verringerte und den Highway verließ.

„Komm, wir gehen in das Restaurant“, schlug er vor, als Ilona-Maria mit einer frischen Windel versorgt war, „dort werden wir das Fläschchen schon warm gemacht kriegen, und wir können einen Kaffee trinken.“

Gabi nickte und legte ihre Tochter, die sich inzwischen wieder etwas beruhigt hatte, in den Tragekorb. Dann gingen sie Arm in Arm zum Restaurant hinüber, während die Insassen eines Chevrolet, der direkt an der Zufahrt zum Parkplatz geparkt war, jede ihrer Bewegungen genau verfolgten. Kaum hatten sie das Lokal betreten, öffneten sich die beiden hinteren Türen des Wagens, und zwei Männer stiegen aus. Sie rückten ihre Jacketts zurecht und schlenderten dann an den auf der Ecke zur Tankstelle befindlichen Dieselzapfsäulen vorbei zum Eingang. Als sie an den erleuchteten Scheiben des Restaurants entlanggingen, warfen sie verstohlen einen kurzen Blick hinein und sahen, wie sich der Mann und die Frau aus Deutschland an einem Fenstertisch in der Raucherzone niederließen. Die beiden Männer nickten sich zu, betraten das Restaurant und setzten sich an die Theke.

Gabi und Peter verließen nach einer knappen halben Stunde das Restaurant. Die Männer tranken ihren Kaffee aus, warteten, bis die beiden ihren Wagen erreicht hatten, und verließen dann ohne Hast das Roadhouse. Als sie um die Ecke des Gebäudes bogen, fuhr der blaue Buick Pacer gerade vom Parkplatz. Jetzt beschleunigten sie ihre Schritte, waren ein paar Sekunden später an dem Chevrolet, rissen die Türen auf und setzten sich auf den Rücksitz. Der Motor sprang mit einer kurzen Drehung des Zündschlüssels an, und der Fahrer schob den Automatikwahlhebel in die Fahrtstellung. In diesem Augenblick schob sich eine weiße Wand in ihr Gesichtsfeld. Darauf leuchtete in riesigen Buchstaben ‚A & P Nationwide’. Mit einem Ruck kam der Chevrolet nach einem Meter wieder zum Stehen. Ein riesiger Truck blockierte den Parkplatz. Die Männer fluchten, mußten aber hilflos mit ansehen, wie der Truckfahrer sich bemühte, seinen Wagen an die neben dem Parkplatz stehende Dieselpumpe zu rangieren. Der Fahrer des Chevrolet drückte ungeduldig auf die Hupe, doch sofort fiel ihm der Mann auf dem Beifahrersitz in den Arm und wies ihn mit einer kurzen, heftigen Bemerkung zurecht. Der Lastwagenfahrer blickte mit böser Miene aus dem Seitenfenster. Da hatte aber schon der Beifahrer des Chevrolet sein Fenster heruntergelassen und machte eine beschwichtigende Geste mit der Hand, die er noch mit einem breiten Lächeln unterstrich. Er wußte genau, daß man mit Hupen und Aufregung diese Sache keinesfalls beschleunigen konnte. Dann hatte es der Truckfahrer geschafft, und auch der Weg für den Chevrolet war wieder frei.

Der Fahrer gab Gas, beschleunigte durch die Tankanlage hindurch, um wieder auf den Highway einzubiegen. Der Buick hatte wohl einen Vorsprung von gut fünfzehn Minuten. Nach bestenfalls zwanzig Meilen würden sie ihn bei einer vertretbaren Überschreitung der Höchstgeschwindigkeit sicher wieder eingeholt haben. Dann war nur noch ein infernalisches Kreischen zu hören, als ein Truck mit gut fünfundsechzig Meilen seitlich in den auf den Highway einbiegenden Chevrolet krachte und ihn vierzig Meter weit mitschleifte, bis beide Fahrzeuge von der Straße die Böschung hinab in ein kleines Flußtal geschleudert wurden. Daraufhin mußte die Interstate 95 Richtung Norden hinter Norwalk für zwei Stunden komplett gesperrt werden.

In der Abenddämmerung erreichten Peter und Gabi New Haven. Noch in den Randbezirken verließen sie die Interstate 95 und fuhren der Einfachheit halber auf den Parkplatz eines Denny's Restaurant. Peter stellte den Motor ab und steckte sich eine Zigarette an.

„Was nun?" fragte er und öffnete das Seitenfenster einen Spalt, damit der Rauch abziehen konnte.

„Wie, was nun?" Erschöpfung lag in Gabis Stimme.

„Ja, was machen wir jetzt? Wir sind in New Haven. Was weiter? Soll ich deine Mutter anrufen? Wollen wir für heute nacht ein Motel nehmen und uns erst morgen, wenn wir ausgeschlafen sind, bei ihr melden?"

Darüber hatte sich Gabi keine Gedanken gemacht. Sie dachte kurz nach und fragte dann: „Hast du ihr nicht gesagt, wann wir ankommen?"

„Natürlich weiß sie, daß wir heute in New York angekommen sind."

„Erwartet sie uns dann nicht?"

„Ich habe das offen gelassen. Sicher wird sie uns erwarten, aber ich habe ihr nur gesagt, daß wir uns nach unserer Ankunft bei ihr melden werden. Ich habe nicht gesagt, daß das gleich passieren wird."

„Was soll das?" entgegnete Gabi. „Jetzt sind wir schon einmal hier, also gehen wir auch zu ihr."

„Ich dachte dabei eigentlich nur an dich", lenkte er ein und legte den Arm um sie. „Wenn du für die Begegnung bereit bist ..."

Gabi schloß die Augen, und das Schweigen dehnte sich aus. Schließlich nickte sie und sagte kaum vernehmbar: „Egal. Ruf an."

Peter ging zum Restaurant hinüber und fragte nach dem Telefon. Er wechselte einen Dollarschein und ging in die ihm bezeichnete Nische, wo der Apparat an der Wand hing. Er warf einen Vierteldollar ein, wählte und hörte es am anderen Ende der Leitung klingeln. Nur einmal, dann wurde abgehoben.

„Hello."

„Mrs. Swanwick?"

„Ja. Sie sind Peter Gruhn?"

„Ja."

„Wo sind Sie jetzt?"

„Wir sind in New Haven. Es hat alles gut geklappt. Gabi ist mit dem Kind draußen im Wagen. Wie soll es jetzt weitergehen?"

Die Frau am anderen Ende der Leitung zögerte bei der Beantwortung dieser Frage nicht einen Moment. „Sie kommen zu mir nach Hause. Ich habe schon den ganzen Tag auf Sie gewartet. Sie wohnen natürlich bei mir. Das Haus ist groß genug. Wo sind Sie eigentlich genau?"

„Ich telefoniere von einem Denny's ziemlich am Ortseingang von New Haven. Wir sind gleich von der Interstate 95 abgefahren. Wissen Sie, wo das ungefähr ist?" Er zog automatisch sein Zigarettenpäckchen aus der Jackentasche, doch bevor er sich eine Zigarette anstecken konnte, fiel sein Blick auf das große ‚No Smoking'-Schild, das gegenüber dem Telefon an der Wand zwischen den beiden Toilettentüren hing.

„Es gibt mehrere Denny's", kam es unsicher zurück. „Versuchen Sie mir doch ... Nein, ist egal. Sie sind bestimmt noch nicht an der Abzweigung der Interstate 91 nach Hartford vorbeigekommen, oder?"

Peter dachte kurz nach. Zu dumm, daß er die Karte nicht mit aus dem Auto genommen hatte, aber er war sich sicher, noch nicht an der bezeichneten Abzweigung vorbeigefahren zu sein. Er verneinte.

„Gut. Dann fahren Sie auf der Interstate fünfundneunzig weiter, bis diese sich teilt. Nach Norden geht es auf der einundneunzig weiter, Richtung Hartford. Das ist Ihre Richtung. Sie müßten dann zuerst über eine Brücke kommen, die über einen kleinen Meeresarm führt. Bei der Abzweigung der fünfundneunzig geht es nach Yale. Das ist falsch. Sie bleiben praktisch auf der gleichen Straße, während die fünfundneunzig abbiegt, verstanden?"

„Ja", bestätigte er und fügte dann noch etwas sarkastisch hinzu: „Ich komme aus Deutschland, da sind wir Schlimmeres gewohnt."

„Sie bleiben dann immer auf der einundneunzig Richtung Hartford bis zur Ausfahrt Churchwood Drive", erklärte Sandra weiter, ohne auf die letzte Bemerkung von Peter einzugehen. „Dort fahren Sie runter, und zwar Churchwood Drive West. Bis dorthin sind es ungefähr", eine Pause trat ein, „nun, ungefähr fünfzehn Meilen auf der einundneunzig. Auf dem Churchwood Drive bleiben Sie, bis Sie auf der rechten Seite ein großes Einkaufszentrum sehen. Das ist die Beachwood Mall. Nicht zu übersehen."

„Bis jetzt kann ich noch ganz gut folgen", warf Peter ein, als Sandra erneut eine Pause machte, um sich in Gedanken erst einmal den besten Weg für die beiden Besucher zurechtzulegen.

„An der Beachwood Mall treffen Sie auf einen Kreisel. Da nehmen Sie die zweite Ausfahrt. Dort stehen Hinweisschilder nach Meriden ..."

„Wie schreibt sich das", fragte er dazwischen, da Sandras Aussprache viele Möglichkeiten, den Namen zu schreiben, offengelassen hatten. Sie buchstabierte, und Peter versuchte, es sich einzuprägen. Er hatte noch nicht einmal einen Stift und ein Stück Papier dabei, um sich etwas aufzuschreiben. Er stieß einen unhörbaren Fluch aus.

„Sie folgen dieser Straße ein ganzes Stück lang ..." Durch den Telefonhörer drang ein Geräusch, als ob jemand ungeduldig mit den Fingern auf eine Tischplatte trommelte. Dann war Sandras Stimme wieder da. „Es sind knapp zwei Meilen, würde ich sagen. Ich bin diese Strecke schon so oft gefahren, daß ich mich kaum daran erinnern kann. Sagen wir also mal zwei Meilen, dann geht der Beluga Drive links ab. Dem folgen Sie dann bis zu meinem Haus, Nummer dreizehn siebenundsechzig. Glauben Sie, Sie finden das?"

Peter bejahte und meinte dann: „Wenn nicht, kann ich ja noch einmal anrufen."

„Es wird schon dunkel sein, wenn Sie ankommen. Ich schätze, ihr braucht noch eine gute Stunde, bis ihr da seid. Ich werde für eine Festbeleuchtung sorgen und in die Einfahrt meinen weißen BMW stellen. Der dürfte nicht zu übersehen sein."

Peter beruhigte Sandra, indem er meinte, sie solle sich keine Sorgen machen, und ging dabei, ihrem Beispiel folgend, vom förmlichen Sie zum Du über.

„Gut, dann viel Glück, und ich erwarte euch in einer Stunde", verabschiedete sich Sandra und legte das Telefon auf den Couchtisch zurück. Sie griff nach dem Päckchen Zigaretten und steckte sich mit zitternden Händen eine an. Nachdem Andrew vor einem Jahr an einer Herzattacke, die ihn unglücklicherweise im Auto ereilt hatte - er war bereits tot, als der Wagen gegen einen der Brückenpfeiler prallte - gestorben war, hatte sie sehr zum Leidwesen ihrer Freundin Janet und unter Mißbilligung ihrer beiden Söhne wieder angefangen zu rauchen. Sie inhalierte und behielt den Rauch lange in der Lunge. Langsam legte sich das Zittern ihrer Hände. Sie schloß die Augen und hörte auf die leise Musik, die aus den Lautsprechern der Stereoanlage kam. Es war eine von Andrews unzähligen Jazz-CDs, die sie aufgelegt hatte, ohne auf Titel oder Interpret zu achten. Sie glaubte Miles Davis zu erkennen, war sich aber nicht sicher. Sie nahm noch einen letzten Zug, dann drückte sie die Zigarette aus und stand auf. Plötzlich kam sie sich sehr einsam vor. Andrew war tot, ihre Söhne waren aus dem Haus - der eine arbeitete bei einer Bank in Boston, und Steven, der jüngere, hatte die Farm der Großeltern in Nebraska übernommen -, doch was Sandra seit dem Eintreffen des Briefes von Peter am meisten betroffen machte, war der Tod von Barney C. Hughes. Er hatte Anfang der neunziger Jahre im Alter von über achtzig Jahren das Zeitliche gesegnet, ohne auch nur einer Seite des Voynich-Manuskripts ihr Geheimnis entrissen zu haben. Sandra hatte geheult wie ein kleines Mädchen, als ihr die Universität sein Ableben mitgeteilt hatte. Sie war kaum in der Lage gewesen, den aufwendigen Festakt durchzustehen, den Yale seinem ehrwürdigen Mitglied ausgerichtet hatte. In die Trauer um den über die Jahre liebgewonnenen Freund floß noch unendliche Dankbarkeit, nachdem ihr mitgeteilt worden war, daß sie zur Nachfolgerin als Bibliothekar der Beinecke Rare Book and Manuskript Library berufen worden war. Auf ausdrückliche Empfehlung des verstorbenen Barney C. Hughes hin, wie einige derjenigen, die sich wohl ebenfalls Hoffnungen auf die Position gemacht hatten, nicht vergaßen zu bemerken. Seit dieser Zeit hatte sie viele Stunden über dem Manuskript gebrütet, ohne auch nur einen Schritt weitergekommen zu sein. Es waren niederschmetternde Stunden gewesen, noch viel deprimierender als mit Barney zusammen, da sie niemanden mehr hatte, der ihre Verzweiflung teilte. Und gerade jetzt wäre sie dankbar gewesen, Barney an ihrer Seite zu haben.

Sandras Gestalt straffte sich. Ihr Körper war nicht mehr ganz so schlank wie früher, und die ehemals blonden Haare hatten sich schon größtenteils zu einem hellen Grau, eher einem Weiß, hin getönt, doch ihre grünen Augen glänzen immer noch hellwach. Die herben Gesichtszüge ihrer Jugend waren streng geworden, doch wenn sie lächelte, dann strahlte aus ihrem Gesicht noch eine ganz natürliche Herzlichkeit, besonders wenn sie mit ihren Söhnen zusammen war. Sandra nahm eine kurze Pelzjacke von der Garderobe, steckte den Hausschlüssel und den Autoschlüssel ein und ging zur Garage, um den BMW wie versprochen in die Einfahrt zu stellen.

Eine Stunde später stand sie am vorderen Fenster des Wohnzimmers, und ihr Blick huschte unablässig zwischen ihrer Armbanduhr und der

Einfahrt hin und her. In der linken Hand hielt sie beständig eine qualmende Zigarette. Dunkelheit hatte sich inzwischen über New Haven gebreitet, und auch in dem zur Straße hin sanft abfallenden Vorgarten mit den Blumenbeeten, die die Auffahrt säumten, und den hohen Bäumen links und rechts an der Grundstücksgrenze, waren nur noch die Lichtinseln der Lampen zu sehen. Mehrmals schon hatten langsam sich nähernde Scheinwerfer Sandras Herz zum Stocken gebracht, doch jedesmal waren sie an der Einfahrt zum Beluga Drive 1367 vorbeigerollt. Sehnsüchtig wanderte Sandras Blick wieder zur Uhr. Weit über eine Stunde war vergangen, seit Peter angerufen hatte. Sie müßten längst dasein, wunderte sich Sandra, obwohl es mehr als eine gute Begründung gab, warum dem nicht so war. Sie zog an ihrer Zigarette und beobachtete den Wagen, der von der falschen Seite her kommend an ihrem Haus vorbeifuhr. Erst als er nach ein paar Metern wendete und zurückkam, schaute sie genauer hin. Es war irgendein dunkles Auto, blau wahrscheinlich, das jetzt langsam die Straße bis vor ihre Einfahrt entlangrollte. Dann leuchteten die Bremslichter auf. Nach einem kurzen Moment fuhr der Wagen wieder an und bog in die Auffahrt ein. Vorsichtig tastete er sich an dem BMW vorbei und kam den Kiesweg hoch. Das mußten sie sein. Im Lichtschein der kniehohen Lampen am Rande der Auffahrt glaubte Sandra einen Mann hinter dem Steuer und eine Frau auf dem Beifahrersitz erkennen zu können. Der Wagen rollte vor dem Haus aus. Sandra schlug das Herz bis unter die Schädeldecke. Wie angewurzelt stand sie hinter dem Fenster und starrte nach draußen, wartete, daß jemand aus dem Wagen aussteigen würde. Sie selbst hielt sich nicht für fähig, einen Schritt zu tun. Als sie ihre Zigarette zum Mund hob, stellte sie fest, daß sie schon bis zum Filter abgebrannt war. Damit löste sie sich aus ihrer Starre und ging zum Aschenbecher hinüber. Während sie die Zigarette ausdrückte, schaute sie immer noch über die Schulter zum Fenster hinaus. Inzwischen hatte sich die Fahrertür geöffnet, und ein junger Mann war ausgestiegen.

Langsam ging Peter um den Buick herum. Sie waren ohne Zweifel richtig. Die Hausnummer stimmte, und es stand ein weißer BMW in der Einfahrt. Schon auf den ersten Blick sah man, daß hier keine Sozialhilfeempfänger wohnten. Das Haus, der riesige Garten, die beeindruckende Auffahrt - Gabis Mutter schien in Amerika ihr Glück gemacht zu haben. Peter war inzwischen bei der Beifahrertür angekommen. Gabi hatte das Fenster heruntergelassen.

„Na, was ist?" fragte er.

„Geh erst einmal vor. Ich glaube, ich bin gelähmt. Ich kann mich nicht bewegen. Meine Beine sind ganz taub." Sie schaute verzweifelt zu

Peter hoch. Der nickte und ging zur Haustür des herrschaftlichen Anwesens. In dem Moment, als er die eine Hand auf den Türknauf legte und mit der anderen nach dem links am Türstock befestigten Klopfer griff, wurde die Tür von innen geöffnet, und er stand einer Frau gegenüber, auf die er zu seiner Überraschung deutlich hinabsehen mußte. Sie trug eine dunkelblaue Hose, darüber einen dicken grauen Rollkragenpullover. Die Ärmel waren halb hochgestreift, und an einem Handgelenk glitzerten mehrere goldene Armreife. Von ihrem Hals herab hing eine lange, bis weit über ihren kleinen Busen reichende Perlenkette. Die mittellangen, fast weißen Haare waren modern frisiert. Etwas Make-up unterstützte die prägnante Wirkung ihres herben Gesichts. Sie musterte ihn genauso intensiv wie er sie. Dann bewegten sich ihre Lippen fast tonlos. Ihre leicht getönte Gesichtsfarbe wurde deutlich blasser. Dann wiederholte sie leise: „Michael." Doch ihre deutliche Verwirrung dauerte nur ein paar Herzschläge lang, dann war alles vorbei.

„Sandra", sagte Peter, und es war halb Feststellung, halb Frage.

„Ja, ich bin Sandra Neubert", kam es bestimmt zurück. „Zumindest war ich das, bis ich meinen Mann geheiratet habe und seitdem Swanwick heiße."

Peter nickte bedächtig. „Ich bin Peter Gruhn." Nachdem das gesagt war, trat erst einmal wieder eine Pause ein. Hinter Peter öffnete sich langsam die Beifahrertür des Buick, und Gabi schob sich aus dem Wagen. Sie lehnte sich gegen die Tür und blickte zum Eingang hinüber, der kaum fünf Meter von ihr entfernt war. Unsicher, wie in Trance, ging sie auf das Haus zu. Ihr Blick war fest auf die sechzigjährige Frau gerichtet die dort im Lichtschein eines Strahlers hell erleuchtet stand. Sie versuchte, in deren Zügen sich selbst wiederzuerkennen, was ihr schwerfiel, bis sich ihre Blicke trafen. Es waren ihre grünen Augen, in die sie blickte. Rings um sie herum verschwamm alles, als Gabi die Tränen in die Augen schossen. Sie breitete ihre Arme aus und schlang sie um die Frau, die ihre Mutter war. Sandra gelang es, ihre Tränen beim Anblick ihrer Tochter ein paar Sekunden länger zurückzuhalten, dann ergab auch sie sich der Umarmung.

Die beiden Frauen standen lange Zeit engumschlungen im Eingang des Hauses, Gabi redete deutsch auf ihre Mutter ein, die aber nur in der Lage war, auf Englisch zu antworten. Peter ging zum Auto und tat, als ob er dort etwas Dringendes zu tun hätte. Er rauchte eine Zigarette und schaute die Auffahrt hinunter, wo ein Wagen auf dem Beluga Drive langsam vorbeiglitt und ein paar Meter weiter auf der gegenüberliegenden Straßenseite stehenblieb.

Eine Stunde später hatte sich bei allen Beteiligten die erste Aufregung gelegt. Man saß im Wohnzimmer, Ilona-Maria war wieder einmal frisch gewickelt und gefüttert worden und schlief in ihrem Tragekorb, der neben Gabis Sessel stand und in den sie von Zeit zu Zeit einen Blick hineinwarf. Sandra hatte mehrere reichlich ausgestattete kalte Platten auf den Tisch gestellt, die Betty, ihre Haushälterin, die vor ein paar Jahren die Nachfolge von Angela angetreten hatte, am Morgen vorbereitet hatte, dazu gab es Brot und Brötchen aus der französischen Bäckerei der Beachwood Mall. In den Gläsern schimmerte bernsteinfarben ein kalifornischer Weißwein.

Bis zu diesem Zeitpunkt waren nur Versatzstücke der getrennten Leben ausgetauscht worden, die eigentlichen Fragen, besonders die von Peter, waren konsequent auf später verschoben worden. Gabi hatte von ihrem Leben bei ihren Adoptiveltern berichtet, wie sie erfahren hatte, daß diese nicht ihre richtigen Eltern waren, und Sandra hatte mehr in Andeutungen erzählt, wie schwer es während ihrer ersten Zeit in Amerika gewesen war. Sie hatte von ihren Söhnen erzählt und von ihrem Mann, von ihrer Zeit in Boulder und Chicago und sich mehrfach dafür entschuldigt, so hart auf Gabis ersten Brief reagiert zu haben. Befremdet hatte Peter, daß eine der ersten Fragen Sandras die nach den Unterlagen seines Vaters war, aber als er ihr bestätigte, sie dabei zu haben, war sie nicht weiter darauf eingegangen. Dann hatte man das Essen gelobt, und eine Zeitlang war jede Unterhaltung im Klappern von Bestecken und den Kaugeräuschen untergegangen.

„Sandra", begann jetzt Peter und schob seinen Teller mit der zusammengeknüllten Serviette etwas zur Seite, „du wirst verstehen, daß ich ziemlich neugierig bin, was meinen Vater betrifft ..."

Sie nickte und nahm sich eine Zigarette. Inzwischen gelang es ihr, mit nur wenigen Fehlern die Sprache wieder zu sprechen, vor der sie einst geflohen war. Manchmal fehlten ihr zwar die passenden Wörter, die sie aber, ohne sich groß Gedanken zu machen, durch die entsprechenden englischen ersetzte.

„Well", sagte sie und holte tief Luft, „das ist eine lange Geschichte ..."

„Eigentlich möchte ich auch wissen, wer mein Vater ist", wurde Sandra von Gabi unterbrochen. „Wo kann ich ihn finden? Du hast ja sicher keinen Kontakt mehr zu ihm."

„Das wäre auch schwer", erwiderte Sandra mit einem traurigen Lächeln. „Er ist tot."

Gabi sah ihre Mutter mehr enttäuscht als traurig an und sagte nichts dazu.

„Woher kennt ihr euch eigentlich?“ fragte Sandra dann ganz unvermittelt, und ihr Blick huschte von Gabi zu Peter. Die beiden sahen sich an, und dann antwortete Gabi: „Wir haben uns an der Uni kennengelernt und uns irgendwie nicht mehr aus den Augen verloren. Wie es halt so geht. Peter hatte damals schon seinen Abschluß und einen Lehrauftrag. Einführungsveranstaltung für die Neulinge, von denen ich einer war. Dann hat man sich mal in einer Kneipe gesehen, und plötzlich war da eine Freundschaft ...“ Sie ließ bewußt den Teil aus, der über den Begriff Freundschaft hinausging, aber eigentlich mit dem Auftauchen von Thomas in ihrem Leben auch hätte beendet sein sollen.

„Verheiratet bist du aber mit jemand anderem?“

„Ja, das habe ich dir doch geschrieben. Mit Thomas.“

„Und der konnte nicht kommen?“

„Nein, der hat keinen Urlaub bekommen“, antwortete Gabi und fühlte sich bei den Fragen ihrer Mutter etwas unwohl, deshalb fügte sie hinzu: „Du hast es ja so dringend gemacht.“

Sandra nickte bedächtig und drückte ihre inzwischen bis zum Filter heruntergerauchte Zigarette aus.

„Nun zu deinem Vater, Peter. Du siehst ihm übrigens ziemlich ähnlich. Als ich ihn kennenlernte, war er ungefähr in deinem Alter. Er kam damals im November vierundsechzig von Bonn nach Freiburg, um an unserer Expedition in die Wüste Lut teilzunehmen ...“ Es fiel ihr nicht leicht, alles das, was sie über Jahrzehnte verdrängt hatte, wieder aufleben zu lassen, doch sie bemühte sich, die Geschehnisse von damals so getreu wie möglich zu erzählen. Bei ihrem Bericht ließ sie natürlich ihr kurzes, aber folgenreiches Verhältnis mit Michael aus. Sie mußte einige Male eine Pause machen, einen Schluck trinken, sich auch mehrmals korrigieren, als ihr nachträglich einfiel, daß etwas nicht so gewesen war, wie sie es zuerst erzählt hatte.

Als es zu dem Mord an Michael kam, stockte ihre Stimme, und zum zweitenmal an diesem Tag traten ihr Tränen in die Augen. Peter nutzte die Gelegenheit, sie zu unterbrechen.

„Du sagst also, ihr alle habt daneben gestanden, als mein Vater erschossen wurde, und niemand hat etwas dagegen unternommen?“

Sandra nickte. „Ich will uns nicht entschuldigen, aber du mußt dir die Situation einmal vorstellen. Da war dieser Perser, der Polizeichef, gedeckt von seinen bis an die Zähne bewaffneten Leuten, unser Vorarbeiter war schon bestialisch ermordet worden. Und dann wir. Vier Archäologen, weit weg von jeder Hilfe, völlig von dem Wohlwollen dieser Leute abhängig. Nein, Peter, ich glaube in diesem Moment war nichts für uns zu tun. Nur was dann passierte, in Teheran und in Deutschland, das war eine Schweinerei."

„Wie die von Heckert, mich so anzulügen. Warum hat er mir nicht die Wahrheit gesagt? Was für ein Spiel spielt er?"

Sandra zuckte die Schultern und griff nach ihrem Weinglas.

„Was ist dann in Deutschland passiert?"

Sandra berichtete von der Ankunft der Gruppe in Frankfurt, den Befragungen durch die Regierungsleute, wie Weigert versucht hatte, sie aufs Abstellgleis zu schieben, auch von ihrer Erpressung und der Schwangerschaft. Ihre einzige Rettung war, nach Amerika zu gehen, weg von allem. Als erster hatte sich Weller ganz deutlich gegen sie gewandt. Daß anscheinend auch Heckert auf Weigerts Linie eingeschwenkt war, hatte sie erst von Peter erfahren. „Es tut mir leid um deinen Vater", erklärte sie, und Peter glaubte es ihr, „aber ich konnte nichts dagegen tun und später auch nichts für ihn. Ich hatte selbst Probleme genug."

„Ich mache dir keinen Vorwurf, Sandra. Das alles ist sowieso schon so lange her", meinte er niedergeschlagen und resignierend.

„Was hat dir denn damals deine Mutter erzählt, was man ihr gesagt hätte?"

Er zuckte mit den Achseln. „Ich weiß es nicht. Sie war immer sehr verschlossen, und ich war ja auch noch ein kleiner Junge. Die Papiere habe ich erst erhalten, als sie tot war, und dann war es zu spät." Er starrte ins Leere, während er seine Hände im Schoß verschränkte, dann fügte er fast unhörbar hinzu: „Es ist schon merkwürdig, daß beide ermordet worden sind."

Sandras Kopf ruckte in seine Richtung. „Wie bitte? Deine Mutter ist auch ermordet worden?"

Peter nickte, und ihm fiel ein, daß er Sandra ja nur allgemein vom Tod seiner Mutter geschrieben hatte. „Ja, sie ist in ihrer Wohnung ermordet worden, und die Täter haben dann die Wohnung in Brand gesetzt. Wahrscheinlich, um die Spuren zu verwischen ..."

„Seltsam", murmelte Sandra. „Und wie ist deine Mutter ermordet worden?"

„Erstochen", antwortete er mit leiser Stimme. „Sie war schon tot, als die Täter die Wohnung in Brand gesetzt haben. Das hat mir jedenfalls die Polizei gesagt."

Schweigen breitete sich zwischen den drei Personen aus, die vermieden, sich direkt anzusehen. Sandra und Peter retteten sich mit einem Griff zur Zigarette, während Gabi lange zu Ilona-Maria hinabblickte, als ob in diesem Körbchen die Lösung aller Fragen läge. Peter stand schließlich auf und holte seinen Rucksack aus dem Vorraum, wo er ihn auf seine Reisetasche gelegt hatte. Er setzte sich wieder auf die Couch und zog vorsichtig einen dicken Umschlag hervor.

„Hier sind die Originalseiten der Notizen meines Vaters", erklärte er und reichte den Umschlag Sandra. Es dauerte einen Augenblick, bis Sandra begriff, dann nahm sie den Umschlag, öffnete ihn und zog vorsichtig die vergilbten Seiten hervor, die eindeutig aus dem Notizbuch, das sich gut verwahrt oben in ihrem Arbeitszimmer befand, stammten. Sie schob die Blätter langsam auseinander und blickte auf die ihr wohlvertraute Schrift. Dazwischen waren Zeichen, die ihr ebenso bekannt waren.

Sie holte tief Luft. Vor ihr lag ihr Stein von Rosette. Tiefe Traurigkeit befiel sie, als sie an Barney dachte.

„Das ist alles, was ich habe. Ich werde nicht klug daraus. Es fehlt der Rest", hörte Sandra Peters Stimme wie von weither.

„Den Rest habe ich", teilte sie ihm mit brüchiger Stimme mit. Als nächstes erklärte sie, wie sie in den Besitz von Michael Gruhns Notizbuch gekommen war. Sie hatte vorhin vergessen gehabt, diesen Teil der Ereignisse zu erzählen.

„Gut", machte sich jetzt Gabi bemerkbar, „jetzt habt ihr das ja alles geklärt, und morgen ist auch noch ein Tag." Sie gähnte überdeutlich. „Ich möchte jetzt nur noch erfahren, wer mein Vater gewesen ist und warum du so ein Geheimnis daraus gemacht hast. Und warum ich nicht, wenn du ihn schon nicht geheiratet hast, bei ihm aufwachsen konnte. Oder bei meinen Großeltern, die ihr ganzes Leben lang versucht haben, mich zu sehen."

„Weil mich deine Großeltern, meine Eltern, verstoßen haben, wie man so schön sagt", erklärte Sandra mit viel Bitterkeit in der Stimme. „Als ich damals schwanger zu ihnen kam, haben sie mich praktisch rausgeworfen. Ich war eine Schande für sie. Erst später haben sie sich anders besonnen, aber da war es dann schon zu spät."

Gabi machte eine entschuldigende Geste, die in einen auffordernden Blick überging, ihre anderen Fragen zu beantworten.

„Ich habe dir doch gesagt, daß dein Vater tot ist", versuchte Sandra immer noch auszuweichen, während sich in Peters Kopf das Puzzle schneller zusammenfügte, als Sandra sprechen konnte. Sandra bemerkte, wie sich Peters Gesichtsausdruck blitzartig veränderte. Es war ja so klar: Nicht Heckert, auch nicht Weigert, sein Vater war auch Gabis Vater. Warum war er nicht schon eher darauf gekommen? Es lag doch offen auf der Hand.

„Gabi“, hörte Peter wie aus weiter Ferne Sandras Stimme, „kommst du nicht selbst darauf? Du und Peter, ihr seid Geschwister. Peters Vater ist auch dein Vater. Nur so ergibt alles einen Sinn.“

Gabi schaute Peter entsetzt an. Keiner von ihnen war zu einem Wort fähig. Sandras Blick glitt von einem zum anderen, und auch sie spürte, daß damit weit mehr passiert war als nur die Aufdeckung einer Vaterschaft.

„Es tut mir so leid“, flüsterte Sandra.

Gabis Kopf sank auf die Sessellehne zurück, ihre Augen waren geschlossen. Sie dachte an Ilona-Maria und was es bedeutete, wenn sie wirklich Peters Kind wäre. Bestand da nicht die Möglichkeit einer Schädigung? Kinder von Geschwistern waren doch gefährdet. Aber sie waren ja gar keine richtigen Geschwister, versuchte sie sich zu beruhigen. Nur Halbgeschwister. Sie konnte sich Peter nicht als ihren Bruder vorstellen.

„Darauf hätte ich eigentlich schon früher kommen können“, meinte Peter und räusperte sich. „Und Heckert hat das nicht gewusst?“ wollte er dann von Sandra wissen.

Gabis Mutter legte mit angewinkeltem Arm die rechte Hand in den Nacken und den Kopf zurück. Falten des Nachdenkens machten aus ihrer Stirn eine Buckelpiste, und es dauerte lange, bis sie antwortete.

„Ich glaube, alle haben es gewußt. Ich meine die, die bei der Ausgrabung dabei waren.“

„Heckert hat das Gegenteil behauptet. Er hat gesagt, das Leben im Lager wäre so eng gewesen, daß man es auf jeden Fall mitbekommen hätte. Deshalb hat er mir auch die Version mit dem Wiedersehensunfall aufgetischt, die ich recht glaubwürdig fand.“

„Ja“, stimmte Sandra zu, „die habe ich ja nicht umsonst in die Welt gesetzt. Ich meine auch nicht, daß sie es mitbekommen haben, als es dort passiert ist. Später ist ihnen wohl klar geworden, daß es nur Michael gewesen sein konnte. Aber da war er schon tot, und es war besser, den Mund zu halten. Sie wußten alle, daß ich keinen Freund hatte, zumindest niemanden, der dafür in Frage gekommen wäre ...“

Peter nickte und griff nach seinem Weinglas. Er bemerkte, daß es leer war, und schenkte sich aus der Flasche, die vor ihm auf dem Tisch stand, nach. Gabi stand langsam auf und schaute ihre Mutter und Peter mit müden Augen an, in denen sich die ganze Anstrengung der letzten zwanzig Stunden ausdrückte.

„Ich glaube, ich muß jetzt ins Bett. Ich habe das Gefühl, als würde ich mich in Einzelteile auflösen. Und ich muß noch Ilona-Maria fertigmachen.“

Sandra erhob sich ebenfalls und war mit zwei Schritten bei ihrer Tochter. Sie zögerte einen kurzen Moment, so als ob sie von einer unsichtbaren Barriere zurückgehalten würde, dann nahm sie Gabi in den Arm.

„Komm, ich zeige dir dein Zimmer und helfe dir mit deiner Tochter", sagte sie leise zu ihr. Sie nahm den Tragekorb mit Ilona-Maria und führte, immer noch den Arm um Gabis Schultern gelegt, ihre Tochter zur Treppe in das obere Stockwerk. Peter stand automatisch auf, um ihnen zu folgen, doch Sandra bedeutete ihm, im Wohnzimmer zu warten. Er hörte, wie Mutter und Tochter die Treppe hinaufstiegen und den oberen Flur entlanggingen. Er steckte sich eine Zigarette an und trank ab und zu einen Schluck Wein. Auf der Anrichte an der gegenüberliegenden Wand stand eine Reihe von Fotografien. Peter erhob sich aus der bequemen Couch und ging hinüber. Ein Mann, wohl in Sandras Alter, groß und schlank, die dunklen Haare schon mit grauen Streifen durchzogen, stand lässig an eine Golftasche gelehnt, daneben unverkennbar Sandra selbst. Die beiden Personen tauchten noch auf anderen Bildern auf, deutlich jünger und an ihrer Seite zwei Jungen, die von Bild zu Bild erwachsener wurden. Vor Peter breiteten sich in Momentaufnahmen vier Leben aus, von denen eines schon beendet war. Er schämte sich. Es war, als ob er durch das Schlüsselloch Sandra beim Duschen zugesehen hätte. Schnell drehte er sich um und ging zu der breiten Fensterfront, die in den Garten hinausführte. Die Dunkelheit ließ die Scheiben der Verandatüren wie Spiegel wirken, und er konnte jeden Schritt, den er darauf zu machte, genau verfolgen. Als er schließlich kaum einen halben Meter vor sich selbst stand, versuchte er, die Ordnung der Dinge, in die sie sich gefügt hatten, zu begreifen. Es war nicht der letzte Gedanke, den er dem Umstand schenkte, daß er mit seiner Schwester geschlafen hatte, doch das war nicht das geringste Problem. Was, wenn er wirklich der Vater von seinem Patenkind war? War es dann eigentlich noch immer sein Patenkind? Ein ungewolltes Lächeln zog sich über sein Gesicht, als er sich Pfarrer Göldens Miene vorstellte, wenn er ihm mitteilte, daß er von seiner Patenschaft zurücktreten müßte, weil er der Vater des Täuflings war und die Mutter außerdem seine Schwester.

„Ich glaube, sie ist gleich eingeschlafen."

Peter fuhr herum. Sandra hatte das Wohnzimmer wieder betreten.

„Es war auch ziemlich viel für einen Tag", meinte er und verließ sein Spiegelbild, das irgendwo da draußen im Dunkeln immer kleiner wurde. „Wir sind jetzt", er schaute auf die Uhr, dachte kurz nach und addierte sechs Stunden zu der aktuellen Zeit, „seit gut vierundzwanzig Stunden auf den Beinen, haben mehrere tausend Kilometer Flug hinter uns, eine

Autofahrt die Küste entlang und einiges erfahren, was wir erst einmal verdauen müssen. Kein Wunder, daß Gabi todmüde ist."

„Und du?" fragte Sandra und setzte sich wieder in ihren Sessel.

„Bis jetzt geht es noch ganz gut, aber eigentlich rechne ich auch jeden Augenblick mit dem Zusammenbruch", gab er zurück. Darauf starrten beide stumm vor sich hin, und Peter spürte deutlich die Frage, die unausgesprochen im Raum stand. Er wollte sie weder sich noch Sandra in diesem Moment beantworten.

„Ich glaube, ich gehe jetzt auch ins Bett", sagte er schließlich und stand auf. Sandra schaute ihn aus ihrem Sessel heraus an und schien sich dann genau zu der Frage durchgerungen zu haben, die er mit seinem Aufbruch hatte verhindern wollen.

„Da ihr beide jetzt wißt, daß ihr Geschwister seid", ihre Stimme war ganz leise, wenig mehr als ein Flüstern, und man konnte fast meinen, sie hätte nur zu sich selbst gesprochen, „hat das irgendwelche Konsequenzen?"

Er zwang sich, sie erstaunt anzusehen. „Was für Konsequenzen?"

„Du weißt schon", erwiderte sie und machte eine nachlässige Handbewegung, die alles bedeuten konnte.

„Mal sehen. Es ist alles nicht so einfach. Ich muß erst in aller Ruhe mit Gabi sprechen. Es gibt noch zu viele Unsicherheiten", redete er sich dann heraus, und Sandra akzeptierte es fürs erste.

„Oben auf dem Gang links ist das Badezimmer, und das erste Zimmer rechts ist dein Zimmer", informierte sie ihn.

„Danke." Peter war jetzt wirklich müde. Er nahm seine Tasche und stieg die Treppen hinauf, während Sandra, kaum daß er das Wohnzimmer verlassen hatte, sofort nach dem Umschlag mit den fehlenden Seiten aus Michaels Notizbuch griff.

Peter wachte sofort auf, als er die Bewegung an seinem Bett spürte. In den paar Augenblicken, bis sich seine Augen an die Dunkelheit gewöhnt hatten, ahnte er den Schatten mehr, als daß er ihn wirklich sah. Dann schlüpfte die Silhouette schon neben ihn ins Bett.

„Ich kann nicht mehr schlafen, und ich möchte nicht allein sein, ich bin irgendwie unruhig und nervös", flüsterte Gabi neben ihm.

„Wieviel Uhr ist es eigentlich?"

„Halb fünf."

„Das muß der Jetlag sein", murmelte er und legte den Arm um Gabi, die sich dicht an ihn schmiegte. Ihr Kopf ruhte auf seiner Brust, während er damit kämpfte, nicht gleich wieder einzuschlafen. „Das war wohl alles ein bißchen viel", versuchte er vorsichtig, sich an ihren Gemütszustand heranzutasten.

Er spürte ihr Nicken an seiner Brust. Dann hob sie den Kopf und stützte sich auf einem Ellenbogen ab. Die halblangen Haare fielen über ihr Gesicht. Sie strich sie mit der rechten Hand hinter das Ohr. Aus dem Garten fiel ein Lichtschimmer an die Decke und ließ die Konturen von ihrem Kopf aus der Dunkelheit treten.

„Glaubst du, Ilona-Maria ist geschädigt?"

Peter war von der Frage mehr als überrascht, obwohl er sich auch schon Gedanken darüber gemacht hatte.

„Hör zu, es ist doch gar nicht klar, daß ich der Vater bin, und ..."

„Aber wenn du es bist."

„Wenn ich es bin, dann müssen wir halt einen Arzt fragen. Ich habe keine Ahnung. Und außerdem sind wir ja nur Halbgeschwister."

„Ich kann mich dich gar nicht als meinen Bruder vorstellen."

„Mir geht es ähnlich."

„Dürfen Geschwister eigentlich heiraten?"

„Wie kommst du jetzt darauf?"

„Nur so", meinte sie nachdenklich und ließ sich wieder neben ihn ins Bett sinken. Sie legte den rechten Arm über seine Brust und schmiegte ihr Gesicht in die Kuhle zwischen seiner Schulter und dem Hals. Seine Hand strich langsam über ihren Rücken. Nach einiger Zeit schob sie ihr rechtes Bein über seine Hüfte und lag jetzt halb auf ihm. Ihre Unruhe war verflogen, sie fühlte sich sicher und geborgen. Nach ein paar Minuten spürte sie, wie gar nicht brüderliche Gefühle von unten gegen ihren Oberschenkel, der auf Peters Hüfte ruhte, drückten. Sie schob sich neben ihm noch ein Stück hoch, drehte mit der Hand seinen Kopf in ihre Richtung und küßte ihn. Auch dieser Kuß war kaum schwesterlich gemeint. Als Gabi sich danach von ihm löste, setzte sie sich im Bett auf und zog ihr Nachthemd über den Kopf. Mit einer kurzen Bewegung hatte sie auch den Schlüpfer über die Beine nach unten gerollt und meinte dann leise: „Vergessen wir erst einmal die letzten vierundzwanzig Stunden."

## √-1 Keiner flog übers Kuckucksnest

Sandra hatte die halbe Nacht in ihrem Arbeitszimmer und der Vergangenheit zugebracht. Kaum war Peter oben in Stevens ehemaligem Zimmer verschwunden, hatte sie sich an ihren Schreibtisch gesetzt und mit fiebernden Händen Michaels Notizbuch herausgesucht. Die fehlenden Seiten waren ohne Zweifel ihr Stein von Rosette. Michael Gruhn hatte vor dreißig Jahren am Rande der Wüste Lut den Schlüssel niedergeschrieben, mit dem man, da zweifelte sie keinen Augenblick, dem Voynich-Manuskript sein Geheimnis entreißen konnte. Er mußte in der Nacht bevor der Sturm und das Beben die Anlage verschüttet hatte, noch einmal in dem unterirdischen Gebäude gewesen sein. Alles deutete darauf hin, daß Hachnem Ratschi ihn begleitet hatte. Die Seiten enthielten Lagebeschreibungen, Worterklärungen, mit denen man die fremden Zeichen entschlüsseln konnte, und zunächst noch unverständliche Hinweise. Sandra zweifelte aber nicht daran, daß damit ihre und Barneys jahrelange Bemühungen, die geheimnisvolle Schrift des Voynich-Manuskripts zu entschlüsseln, ein Ende haben würden. Michael war augenscheinlich auf etwas gestoßen, was ihn verändert hatte. Er hatte die Zeichen in der Tempelanlage akribisch aufgezeichnet und teilweise deutsche Übersetzungen dazu geliefert. Alles deutete auf eine Sprache hin und weniger auf eine Verschlüsselung, wie Bret Taylor damals schon richtig vermutet hatte. Sandra war in die Welt der Schriftzeichen versunken, bis ihr die Augen zufielen. Schließlich hatte sie eingesehen, daß sie ihre Ungeduld noch bis zum nächsten Tag würde bezähmen müssen, und war gegen halb drei zu Bett gegangen.

Als um neun Uhr Betty in ihrem alten Plymouth die Auffahrt hochfuhr und sich wunderte, warum der BMW ihrer Arbeitgeberin in der Auffahrt geparkt war, saßen die deutschen Gäste und Sandra schon beim Frühstück. Sie waren am Morgen von Ilona-Marias Geschrei geweckt worden, und Sandra hatte sehr wohl bemerkt, daß ihre Tochter aus Peters Zimmer gekommen war. Eigentlich, so überlegte sie, hatte sie das nicht zu kümmern, aber ganz so einfach lag der Fall doch nicht. Sie würde mit den beiden sprechen müssen. Inzwischen war sie sich ziemlich sicher, daß Freundschaft, wie Peter und Gabi ihr Verhältnis definiert hatten, in diesem Fall eine Reihe von Dingen einschloß, die man üblicherweise nicht erwarten würde. Ob Gabis Mann davon wußte? Trotzdem versuchte Sandra, sich beim Frühstück nichts anmerken zu lassen und so zu tun, als ob sie Gabis nächtlichen Ausflug nicht mitbekommen hätte. Betty wurde begrüßt und vorgestellt und verschwand dann in der Küche. Nie hatte Sandra zu ihrer neuen Haushälterin ein so gutes Verhältnis entwickelt wie zu Angela, der sie von Zeit zu Zeit mit echter Wehmut nachtrauerte und sich immer freute, wenn sie einmal aus Lousiana, wo sie, inzwischen auch verwitwet, bei ihrer Tochter lebte, anrief.

„Ich möchte nachher gleich in die Bibliothek fahren und die Seiten, die du mir gebracht hast, mit einem Manuskript vergleichen, das dort liegt. Ihr könnt gerne mitkommen. Vielleicht kann ich auch noch jemanden finden, der euch Yale zeigt. Immerhin ist es eine der berühmtesten Universitäten der Welt, oder?“

Peter nickte und warf Gabi, die Ilona-Maria auf dem Schoß hatte, einen schnellen Blick zu. Das Kind nuckelte weltverloren an seinem Fläschchen und schien sich wohlzufühlen.

„Ja“, antwortete sie, „das würde mich auch interessieren. Außerdem, was sollen wir sonst tun?“

„Was ist das für ein Manuskript?“ Peter ließ Sirup auf einen der Pancakes tröpfeln, die Sandra gebacken hatte.

„Es ist ein altes Manuskript, wahrscheinlich aus dem dreizehnten Jahrhundert, und die Seiten, die du mir gebracht hast, könnten mir helfen, die Schrift zu entziffern.“

„Das klingt interessant. War mein Vater also etwas wirklich Wichtigem auf der Spur?“ wollte er wissen.

„Möglicherweise“, wich Sandra aus.

„Was heißt das?“

Sie lehnte sich auf ihrem Stuhl zurück und trank einen Schluck Kaffee, dann erzählte sie Peter soviel sie für nötig hielt von dem Voynich-Manuskript.

Besonders zurückhaltend war sie mit den Informationen, die die Verbindung zwischen dem Manuskript und den Ausgrabungsarbeiten in Persien betrafen. Peter fiel das sofort auf.

„Aber es muß doch einen Zusammenhang geben zwischen diesem“, er schien nach dem Namen zu suchen, entschied dann aber, daß es wohl egal sei, „Manuskript und den Ausgrabungen. Warum sollten die Notizen meines Vaters, gemacht in einer vorzeitlichen Tempelanlage, der Schlüssel zu einem Manuskript aus dem Mittelalter sein?“

Sandra zögerte. „Wir haben dort die gleichen Schriftzeichen gefunden. Eine untergegangene Sprache. Die Aufzeichnungen deines Vaters könnten dafür die gleiche Bedeutung haben wie der Stein von Rosette für die Entschlüsselung der Hieroglyphen.“

„Was ist der Stein von Rosette?“ wollte Gabi wissen.

„Der Stein von Rosette ist eine Schrifttafel, auf der ein Text in Hieroglyphen und in Griechisch geschrieben ist. Da es sich um den gleichen Text handelt, konnte man so zum erstenmal die Schriftzeichen der alten Ägypter entschlüsseln. Das war achtzehnhundertzweiundzwanzig", erklärte Sandra.

„Dann wird dein Vater ja im nachhinein noch berühmt", stellte Gabi fest.

„Unser Vater", korrigierte Peter sie. Gabi begriff nicht gleich, aber dann zeichnete sich ein dünnes Lächeln auf ihren Lippen ab.

Als Sandra mit ihrem BMW in die Pedrome Avenue einbog und die Polizeiposten sah, fiel ihr wieder ein, was heute für ein Tag war. Auf ein Zeichen des uniformierten Beamten ließ sie ihren Wagen langsam am Bordstein ausrollen. Weiter vorn waren schon die altehrwürdigen Backsteingebäude von Yale zu sehen, doch dazwischen befand sich eine imponierende Ansammlung von Streifenwagen und jenen dunklen Zivilfahrzeugen, in denen man ohne Schwierigkeiten die Wagen des FBI erkennen konnte. Ein Beamter in Zivil trat an das Fahrerfenster, das Sandra inzwischen heruntergelassen hatte. Sie spürte, wie Peter auf dem Beifahrersitz und Gabi auf dem Rücksitz unruhig wurden.

„Sie können hier nicht durch, Madame", erklärte der Mann nicht unfreundlich, aber bestimmt.

„Ich glaube schon", gab Sandra zurück und griff nach ihrer Handtasche, die neben Peters Füßen auf der Beifahrerseite lag. „Ich bin Bibliothekarin an der Universität und muß zu meiner Arbeitsstelle." Sie holte aus der Handtasche ihren Ausweis und hielt ihn dem Beamten hin. Der studierte ihn ganz genau und gab ihn ihr zuruck. „Wer ist das?" fragte er und deutete unbestimmt ins Wageninnere.

„Das sind meine Tochter und ihr Mann aus Deutschland." Es war zwar nur die halbe Wahrheit, doch auch diese kam Sandra ganz glatt über die Lippen.

„Und was wollen die in Yale?"

„Mich begleiten und die berühmte Universität sehen", erklärte sie.

„Ich glaube nicht, daß das geht", machte der Beamte ihr wenig Hoffnung. „Sie wissen ja, der Vizepräsident spricht heute vor der juristischen Fakultät. Zugang nur mit Sondererlaubnis."

„Ich will doch gar nicht zur juristischen Fakultät. Ich muß ganz woanders hin", sagte sie. „Zur Beinecke Library", fügte sie dann noch hinzu.

„Moment mal", lenkte der Mann wenigstens ein paar Millimeter ein, „ich frage mal nach." Er ging mit ihrem Ausweis in der Hand zu einem

Streifenwagen hinüber und beugte sich in das offene Seitenfenster. Sandra erklärte ihren beiden Besuchern inzwischen, um was es ging. Peter meinte, man sollte doch einfach bis morgen warten, damit könnte man sich den ganzen Aufwand sparen. Sandra sagte nichts dazu. Wenn man ein halbes Leben lang gewartet hatte, dann spielte ein Tag wirklich keine Rolle, andererseits, eben weil man so lange gewartet hatte, wurde jede weitere Stunde zu einer Ewigkeit.

Ebenso ungeduldig, aber viel ratloser waren die sechs Männer in dem Pontiac Spacer, die Sandra gefolgt waren, seit sie den Beluga Drive verlassen hatte. Gerade noch rechtzeitig hatten sie die Polizeisperre bemerkt und waren gar nicht erst in die Pedrome Avenue eingebogen, sondern geradeaus weitergefahren und auf den nächsten Parkstreifen abgebogen. Sie wußten, daß sie keine Chance hatten, durch den Polizeikordon auf normale Weise hindurchzukommen. Ihr Auftrag war allerdings, auf jeden Fall zu vermeiden, daß Sandra, nachdem sie im Besitz der Aufzeichnungen von Michael Gruhn war, noch einmal die Gelegenheit bekäme, das Buch Mechaem zu studieren. Fünf der Männer diskutierten heftig, zogen großkalibrige Waffen, während der sechste hektisch die Tasten eines Handys malträtierte. Dann raunzte er dem Fahrer unwirsch zu, er solle über die Westport Avenue versuchen, nach Yale zu kommen. Der Wagen ruckte an und schoß von dem Parkstreifen auf die Straße, wütendes Hupen hinter sich lassend.

„Okay, Madame", meinte der Beamte und reichte Sandra ihren Ausweis. „Bitte steigen Sie aus."

„Was soll denn das wieder?" fragte sie mit reichlich Empörung in der Stimme.

„Wenn Sie in den Sicherheitsbereich wollen, dann muß ich Ihren Wagen untersuchen."

„Hören Sie, Officer, das ist doch lächerlich. Glauben Sie wirklich, ich will zusammen mit meiner Tochter und ihrem Baby den Vizepräsidenten ermorden?"

„Madame", es klang gelangweilt und gereizt zugleich, „ich habe mich dafür eingesetzt, daß man Sie durchläßt, jetzt machen Sie mir bitte keine Schwierigkeiten."

„Schon gut, Officer", lenkte sie ein und erklärte Peter, der allerdings das meiste verstanden, und Gabi, die nicht viel mitbekommen hatte, um was es ging.

Während Sandra ihren BMW inspizieren ließ, fuhr der Pontiac Spacer mit mehr als fünfzig Meilen den Wishbone Drive Richtung Hafen, um in einer weiten Schleife das Areal von Yale zu umgehen, um dann, von

Norden her, auf der Westport Avenue einen neuen Versuch zu unternehmen, das Gelände zu erreichen.

„Was machen wir, wenn das ganze Gelände abgeriegelt ist, Hachnun?" fragte der Fahrer Mechtem, während sie an einer Ampel standen. Der Angesprochene machte eine Handbewegung, die deutlich ausrückte, daß er in Ruhe gelassen werden wollte. Die anderen vier Männer, die sich in der geräumigen, lieferwagengroßen Limousine befanden, starrten durch die getönten Scheiben nach draußen. Es war ein Problem, daß die, von denen sie ihre Anweisungen bekamen, nicht immer mit den Gegebenheiten vertraut waren. Man konnte in Amerika nicht einfach in eine Bibliothek spazieren, sich ein wertvolles Buch nehmen und damit verschwinden. Auch konnte man, zumindest in New Haven - in New York, wo sie herkamen, war das etwas anderes -, nicht einfach jemanden umbringen. Und Selbstmörder waren sie alle nicht, das wurde auch gar nicht verlangt, wenn sie auch ihren eigenen Tod mit in ihre Rechnung einbeziehen mußten. Das oberste Gebot war, daß sie keine Spuren hinterlassen durften. Nichts durfte auf ihre Existenz hindeuten, denn wenn auch nur ein Zipfel des Geheimnisses, das sie umgab, gelüftet würde, dann könnte man schon den Tag absehen, an dem ein Sturm das Tuch wegreißen würde. Ihren großen Widersachern, die einst in einer ihrer Ordensburgen Teile des Buches Mechaem aufbewahrt hatten, war es so ergangen. Den Templern wurde der Prozeß gemacht, sie wurden als Ketzer verbrannt, während ihre eigene Gemeinschaft ihr Geheimnis hatte wahren können und Philip IV. geglaubt hatte, aus eigenem Antrieb gehandelt zu haben.

Der Wagen bog in die Westport Avenue ein und arbeitete sich von Kreuzung zu Kreuzung vor. Dann war Schluß. Absperrgitter verhinderten die Weiterfahrt. Sie konnten nur nach rechts oder links abbiegen. Widerwillig lenkte Mechtem den Wagen nach rechts in die 43. Straße. Er blieb auf der rechten Spur und blickte den neben ihm sitzenden Hachnun fragend an.

„Stell den Wagen ab. Wir versuchen es zu Fuß."

Ein paar hundert Meter weiter fand Ratschi eine Lücke und parkte den Pontiac schräg zum Bordstein. Ein Schild erlaubte hier das Parken für zwei Stunden. Keiner in der Limousine verschwendete einen Gedanken daran.

„Und wie geht's weiter?" wollte Answar wissen, der etwas verloren in einem der schwenkbaren Schalensitze im hinteren Teil des Wagens saß.

„Richtig, wir können doch nicht bis an die Zähne bewaffnet durch die halbe Stadt laufen", bemerkte Etchek, der Answar gegenübersaß. Er tippte dabei leicht mit der Fußspitze gegen die schwarze Sporttasche zu seinen Füßen, in der sich eine Maschinenpistole und mehrere Brandsätze befanden.

„Wir werden schon einen Weg finden", erklärte Hachnun und drehte sich nach hinten um. Dann korrigierte er sich. „Wir müssen einen Weg finden."

„Ich denke, das beste ist, wir sehen uns erst einmal um", schlug Kumal vor, der als einziger der Männer den traditionellen Vollbart trug. Die anderen hatten sich den Gepflogenheiten einer moderneren Welt angepaßt und waren glattrasiert.

„In Ordnung. Wir gehen in Zweiergruppen. Seht euch um, und in einer Stunde treffen wir uns wieder hier." Die sechs Männer machten sich fertig, den Wagen zu verlassen. „Und die Waffen bleiben hier", wies Hachnun sie an. Die fünf Angesprochenen nickten stumm, zogen die Pistolen aus den Halftern und schoben sie unter die Sitze. Dann glitt die Seitentür auf, und die Männer stiegen aus. Unauffällig verschwanden sie in unterschiedliche Richtungen.

Sandra stand an einem der langen Tische des Raumes, in dem sie vor langer Zeit zum ersten Mal Barney C. Hughes gegenübergetreten war. Die Bücherregale bogen sich immer noch unter den darauf gestapelten Werken, doch das interessierte sie nicht. Vor ihr auf dem Tisch lagen das Voynich-Manuskript und die Aufzeichnungen von Michael Gruhn. Peter stand neben Sandra und versuchte nachzuvollziehen, was sie machte. Immer wieder verglich sie einzelne Passagen dieses seltsamen Manuskripts mit den so lange vermißten Seiten. Sie machte sich Notizen, blätterte vorsichtig in der alten Handschrift vor und zurück und schrieb dann einen englischen Satz auf den dicken Schreibblock, den sie neben das Manuskript gelegt hatte.

Gabi saß ihr gegenüber und schien sich nicht viel für die Sache zu interessieren. Auf ihrem Schoß saß Ilona-Maria, die, so seltsam es Peter schien, von dem Manuskript völlig gebannt zu sein schien. Seit Sandra den Folianten aus einem anderen Flügel des Gebäudes geholt und vor sich auf dem Tisch ausgebreitet hatte, waren Ilona-Marias Blicke ohne Unterbrechung darauf geheftet gewesen. Ihre kleinen, ungewöhnlich dunklen Kinderaugen schienen noch mehr an Tiefe zu gewinnen, und manchmal zuckten ihre Hände unkontrolliert wie im Traum.

„Ist irgendwas nicht in Ordnung?" fragte Peter, als Sandra wieder einmal nachhaltig den Kopf schüttelte.

Sie blickte ihn an, stützte dann beide Hände in den Rücken und bog das Rückgrat nach hinten durch. Dabei legte sie den Kopf in den Nacken.

„Das ist nicht das Gesündeste, so gebeugt dazustehen. Ich bin halt auch schon älter“, meinte sie und verharrte einen Moment in der unnatürlichen Haltung. „Es scheint doch nicht so einfach zu sein, wie ich mir das vorgestellt habe.“ Dann ging sie halb auf Peters Frage ein. „Oder ich bin einfach zu dumm. Ich sehe einfach keinen sinnvollen Zusammenhang.“

„Was steht denn da?“ fragte Peter, der zwar wie ein Luchs verfolgt hatte, was Sandra auf ihrem Block notiert hatte, aber noch weniger daraus klug geworden war.

„Es ist von Türen die Rede, die verschlossen sind, von Türen, die man öffnen kann, und wie man an die Schlüssel kommt ... Um es einmal sehr einfach auszudrücken. Das alles steht hier natürlich wesentlich verklausulierter.“

Peter und Gabi schauten sich an, und Gabi schlug in einer instinktiven Bewegung die Hand vor ihren Mund. Sandra blieb diese Reaktion nicht verborgen.

„Was wißt ihr darüber?“ Dabei musterte sie die beiden mit starrem Blick.

„Nicht viel“, meinte schließlich Peter und erzählte die Geschichte mit den eigenartigen Warnungen auf den Anrufbeantwortern. „Wahrscheinlich hat das nichts miteinander zu tun“, versuchte er Gabi, aber auch Sandra zu beschwichtigen.

„Nichts miteinander zu tun.“ Sandras Stimme klang auf einmal unangenehm höhnisch. „Und dein Vater ist auch nur einen Felsen hinuntergestürzt, deine Mutter wahrscheinlich mit einer brennenden Zigarette eingeschlafen. Mann, Peter.“ Dabei legte sie dem gut einen Kopf größeren und über zwanzig Jahre jüngeren Mann die Hand auf die Wange, als ob er ein kleines Kind wäre. „Denk doch einmal nach. Das alles kann nicht nur Zufall sein. Irgend etwas geht hier vor, und ich habe kein gutes Gefühl dabei. Michael scheint dort in der Wüste Lut auf eine ziemlich große Sache gestoßen zu sein.“ Während sie sprach und Peter in die Augen sah, war es, als ob die Zeit in rasender Schnelle zurücklaufen würde und Michael wieder vor ihr stünde, wie an jenen Abenden im Camp, an denen sie vom unsterblichen Ruhm geträumt hatten. Sie mußte sich beherrschen, nicht die Arme um Peter zu schlingen und sich an seine Brust sinken zu lassen. „Vielleicht zu groß“, fügte sie nach einer kurzen Pause leise hinzu.

„Jetzt gönne ich mir erst einmal in Ruhe eine Zigarette und eine Tasse Kaffee“, erklärte sie und ließ sich auf einen Stuhl sinken. Peter holte die Thermoskanne, die auf dem Fensterbrett stand, und schenkte sich und Sandra ein. Gabi hatte gleich eine abwehrende Bewegung mit der Hand gemacht. Sandra nahm sich eine Zigarette aus dem fast leeren Päckchen und steckte sie an. Automatisch tat es ihr Peter nach.

„Ich glaube, ich werde mich draußen mal ein bißchen umsehen. Es ist langweilig, die ganze Zeit hier herumzusitzen", meinte Gabi und warf einen sehnsüchtigen Blick durch die Fenster nach draußen, wo die helle Frühlingssonne einen milden Tag versprach.

„Das geht nicht", erklärte Sandra bestimmt. Gabis erboster Blick genügte. Sie brauchte ihre Frage nach dem Warum gar nicht auszusprechen.

„Zumindest im Moment nicht", lenkte Sandra ein. „Solange der Vize noch hier ist, wimmelt es auf dem Campus von Polizisten und FBI-Leuten. Das ist jetzt wirklich nicht der angenehmste Ort für einen Spaziergang."

„Was soll das? Ich habe nicht vor, eurem Vizepräsidenten in die Quere zu kommen", erklärte Gabi trotzig.

„Trotzdem, du würdest alle paar Meter angehalten und gefragt, was du willst, was du tust und wohin du gehst."

„Na und?" Gabis Ton war von Trotz in Aggressivität gekippt.

„Hör zu, Tochter", sagte Sandra, wobei sie dem letzten Wort einen mehr ironischen Beiklang gab, „du spricht nicht gut genug Englisch, um mit diesen ziemlich nervösen Beamten fertig zu werden, und ich möchte dich nicht vom nächsten Polizeirevier abholen müssen. Es ist besser, du wartest, bis der Vize weg ist. Ich rufe mal an, um zu erfahren, wann das sein wird."

Sandra drückte ihre Zigarette in dem übervollen Aschenbecher aus und ging zum Telefon. Sie wählte eine universitätsinterne Nummer, wechselte mit dem Teilnehmer am anderen Ende ein paar Worte und legte dann wieder auf.

„Also, der Vize spricht gerade. Danach gibt es noch den üblichen Empfang, Shakehands mit den wichtigen Leuten, und dann ist er weg. Ich denke, so in drei Stunden, gegen drei, halb vier, wird hier wieder Normalität eingetreten sein. Dann kannst du dich ungehindert auf dem Gelände bewegen. Außerdem gibt es hier in der Nähe um den Campus herum ein paar ganz nette Geschäfte, in denen man einkaufen kann. Also gedulde dich noch ein bißchen."

Das mußten auch die sechs Männer, die in einem Restaurant etwas außerhalb in West Haven saßen und mißmutig in ihrem Essen stocherten, das sie nur bestellt hatten, um nicht aufzufallen. Sie waren in Zweiergruppen jede Straße, die nach Yale führte, entlanggeschlendert und jedesmal auf eine Polizeisperre gestoßen. Jeder, der sie passieren wollte, mußte einen Ausweis der Universität vorzeigen, und selbst dann hatte man längst nicht allen Zutritt gewährt. Eine Gruppe hatte den Versuch unternommen, mit der Ausrede, Touristen zu sein und die berühmte Universität besichtigen zu wollen, an den Polizisten vorbeizukommen, doch auch das hatte nichts genützt. Zumindest hatten sie auf diese Weise die gleiche Information wie Sandra bekommen, nämlich daß die ganze Angelegenheit gegen drei Uhr vorbei wäre. Die Vernunft hatte unmißverständlich ihre Stimme gegen die Ungeduld und die Befürchtungen, zu spät zu kommen, erhoben und sie gezwungen, ihr Eingreifen bis zu diesem Zeitpunkt zu verschieben. Es hatte keinen Sinn zu riskieren, daß sie von der Polizei verhaftet würden, dann wäre alles vorbei. Hachnun hatte sich bei der heftigen Diskussion darüber schließlich gegen Metschir, Mechtem und Etchek durchgesetzt, die dafür plädiert hatten, es auf jeden Fall sofort zu versuchen. Eine Gruppe würde schon durchkommen. Deshalb saßen sie jetzt an einem runden Tisch in einem Fischrestaurant und starrten sich gegenseitig an, rauchten, nippten ab und zu an den Gläsern mit Eiswasser und den Kaffeetassen und warteten darauf, daß die Zeit verging. Sie vermieden in der Öffentlichkeit, sich in ihrem persischen Dialekt zu unterhalten, weil das nur die Aufmerksamkeit der Leute auf sie gelenkt hätte.

„Wir sollten vielleicht das Lokal verlassen", gab Kumal zu bedenken und strich sich über den dunklen Bart. „Ich glaube, man beobachtet uns schon."

Hachnun nickte. Mit einer Handbewegung machte er die dunkelhaarige ältere Frau auf sich aufmerksam, und als sie sich bis auf ein paar Schritte dem Tisch genähert hatte, bestellte er die Rechnung. Hachnun blickte ihr nachdenklich hinterher, als sie in Richtung Kasse verschwand.

Nachdenklich blickte auch Peter Gabi hinterher, als sie den Buggy - Sandra hatte ihn von einer Freundin aus dem Golfklub geliehen -, in dem Ilona-Maria mehr schlecht als recht saß, zur Tür des Büros hinausschob.

Es war inzwischen halb vier, und der Campus lag wie ausgestorben da. Nichts hatte Gabi mehr in dem verqualmten Büro halten können. Seit einer Stunde war sie schon wie ein Raubtier im Käfig vor der breiten Fensterfront hin und her gewandert und hatte mitverfolgt, wie die Sicherheitskräfte langsam Yale geräumt hatten und so etwas wie Normalität eingetreten war. Nach einem weiteren Telefonanruf hatte Sandra dann endgültig grünes Licht gegeben. Die Tür fiel mit einem Klappen ins Schloß.

„Also, schlau werde ich daraus immer noch nicht", stöhnte Sandra und lehnte sich in ihrem Stuhl zurück. Sie schob den Stapel Notizblätter, auf denen sich Transkriptionen aus dem Voynich-Manuskript befanden, ein Stück von sich. Peter hatte die Entschlüsselung der Seiten aus dem Notizbuch seines Vaters vor sich und brütete darüber.

„Von den angenommenen einundzwanzig Zeichen, ich würde inzwischen eher von dreiundzwanzig ausgehen", faßte Sandra den Stand ihrer Kenntnisse zusammen, „haben wir dreizehn sicher und fünf mit hoher Wahrscheinlichkeit zugeordnet. Irgendwie müssen wir doch auch noch hinter die restlichen kommen. Gib mir doch noch einmal die Notizen deines Vaters."

Peter schob sie ihr hinüber. „Ich verstehe nicht, was mein Vater da geschrieben hat", meinte er resignierend. „Aber ich war ja auch nicht dabei. Ich habe die Anlage nicht gesehen."

Sandra hatte die Anlage damals zwar gesehen, doch war sie bei weitem nicht so tief eingedrungen wie Michael. Sie nahm die Transkription von Michaels Text, breitete die Blätter vor sich aus und fuhr mit dem Finger an den Wörtern entlang. Mit halblauter Stimme las sie: „... und dann ging ich weiter nach draußen ... Draußen, draußen? Das kann doch nicht sein. Er ist in einer unterirdischen Anlage ..." Sie hob nachdenklich den Kopf und starrte auf das gegenüberliegende Bücherregal, als ob dort, versteckt zwischen den angestaubten Bänden, die Lösung liegen würde. Dann senkte sie die Augen wieder auf die beschriebenen Blätter vor ihr. „... und im Garten traf ich den Boten. Wir saßen an einem stillen See, über uns wölbte sich der hellrote Himmel, an dem kleine dunkelgrüne Wolken entlangzogen..." Sie verglich die Worte mit ihren Notizen, nickte erst, schüttelte dann den Kopf und murmelte: „Unmöglich."

„Was ist unmöglich?" Peters Stimme riß sie aus ihren Gedanken.

„Das ergibt keinen Sinn", entgegnete sie unmutig. „Einfach keinen Sinn. Er muß phantasiert haben. Vielleicht irgendein halluzinogener Pilz oder Staub oder sonst etwas, was er dort unten eingeatmet hat." Sie hob den Kopf und blickte direkt in Peters Gesicht, das nur wenige Zentimeter von dem ihren entfernt war. Seine Augen glänzten wie polierte schwarze Opale mit kleinen Einsprengseln von Türkis. Die Ähnlichkeit mit Michael an jenem letzten Tag seines Lebens war überwältigend. Dann hatte er aber den Kopf schon weggedreht, und Sandra mußte sich getäuscht haben, als sie glaubte, daß das Weiße in seinen Augen gänzlich verschwunden gewesen sei.

Gabi schob den Buggy, der für Ilona-Maria noch viel zu groß war, so daß sie wie ein nasser Sack in den Gurten hing, langsam über den Campus. Die Sonne schaffte es gerade noch, ihre Strahlen über die Dächer der altehrwürdigen Backsteingebäude zu schicken, und die hohen alten Bäume zeigten den ersten Anflug von Grün. Es war angenehm mild, und die Luft schmeckte nach Meer. Gruppen von Studenten verließen die Gebäude und verliefen sich in unterschiedliche Richtungen. Alles war hier so altmodisch, ging es Gabi durch den Kopf, ganz anders als die Universität in Frankfurt. Sie blieb unter einem offenen Fenster stehen und versuchte, einen Blick hineinzuwerfen. Der Raum war leer. Auf der einen Seite war eine große Tafel an der Wand befestigt, davor stand doch tatsächlich ein Katheder. Es folgten mehrere Reihen betagter Holzstühle, und an der hinteren Wand hingen physikalische Schaubilder. Wie in der Schule. Gabi lächelte und schob Ilona-Maria weiter. Ein Stück weiter vorne stand eine grün gestrichene Holzbank in der Sonne. Gabi beschleunigte ihre Schritte etwas und erreichte die Bank, bevor sich ein anderer darauf hatte niederlassen können. Sie schloß die Augen und genoß die milde Sonne, die ihren Körper mit behaglicher Wärme einhüllte. Plötzlich fiel ein Schatten auf ihr Gesicht. Sie öffnete die Augen und sah zwei Männer in dunklen Anzügen. Gegen die Sonne waren sie einfach dunkle Silhouetten, deren Ränder auf nicht greifbare Art zu zerfließen schienen. Sie schlenderten langsam an der Bank vorbei. Einer von ihnen warf ihr einen kurzen Blick zu. Wahrscheinlich befürchtet er, daß die Studentinnen jetzt schon ihre Kinder mit in die Uni bringen, dachte Gabi, und ein Lächeln schlich sich auf ihre Lippen. Sie stand auf, warf einen Blick auf ihre Tochter, doch die schien friedlich zu schlafen, und schob den Buggy mit einer resoluten Bewegung an.

Sie war noch keine zehn Schritte weit gekommen, als ihr plötzlich ein Arm um die Schulter gelegt wurde. Erschrocken drehte sie sich nach links, wo der zum Arm gehörige Körper sein mußte. Neben ihr stand ein Mann in einer dunklen Jacke, die Augen waren hinter einer Sonnenbrille verborgen. Bevor sie reagieren konnte, hatte er sie von dem Buggy und ihrer Tochter weggezogen. Von rechts tauchte ein zweiter Mann auf, der den Buggy nahm und ein Stück wegschob. Neben ihr erklang eine Stimme.

„Machen Sie keine Dummheiten. Bleiben Sie ganz ruhig, dann passiert weder Ihnen noch Ihrer Tochter etwas." Zu ihrem Erstaunen waren die Worte in akzentfreiem Deutsch gesprochen. Gabi nickte. Die kleine Gruppe mußte ein seltsames Bild abgeben, ging ihr durch den Kopf. Das schienen auch die beiden Männer bemerkt zu haben. Derjenige, der sie um die Schulter gepackt hielt, schob sie jetzt auf einen Durchgang zwischen zwei Gebäuden zu, während der andere, den Buggy schiebend, neben ihnen herschlenderte. Jetzt war das Bild zumindest akzeptabel. Mann, Frau und vielleicht Bruder gingen mit dem Kind spazieren. Als sie in dem Durchgang waren, über ihnen wölbte sich eine breite Verbindungsbrücke zwischen zwei Gebäuden, bemerkte Gabi sofort die vier Männer, die in einer Gruppe zusammenstanden und scheinbar in ein Gespräch vertieft waren. Kaum hatte aber Gabi in Begleitung der beiden Entführer den Durchgang betreten, löste sich die Gruppe auf und kam auf sie zu. Gabi warf einen gehetzten Blick zurück über den Campus. Weit und breit niemand zu sehen.

„Sie brauchen keine Angst zu haben", wurde ihr noch einmal versichert. Trotzdem zitterte sie am ganzen Körper. Sie wurde nicht mehr festgehalten, doch waren ihre Chancen, irgendwie zu entkommen, dadurch nicht gestiegen. Im Gegenteil, die sechs Männer bildeten einen Kreis um sie und Ilona-Maria und ließen ihr so gut wie keine Bewegungsfreiheit.

„Was wollen Sie?" brachte sie an dem Kloß in ihrem Hals vorbei heraus.

„Nichts, was Sie uns nicht ganz einfach geben können."

Gabi dachte sofort an Vergewaltigung. Das konnte doch nicht wahr sein! Doch nicht hier, mitten in Yale. Da hätten sich die Typen doch bestimmt eine bessere Gelegenheit suchen können, aber vielleicht stehen sie ja auf Mutter mit Kind, dachte sie mit einem irritierenden Anflug von Galgenhumor.

„Zuerst gehen wir zu Ihrer Mutter."

Ihre Mutter brütete über dem Voynich-Manuskript und murmelte unverständliche Worte leise vor sich hin. Peter lief inzwischen gelangweilt an den Bücherregalen auf der anderen Seite des Raums entlang und entzifferte die Beschriftung der Buchrücken. Manchmal zog er einen Band heraus und blätterte vorsichtig darin herum. Er stieß auf ein paar Bände einer Shakespeare-Ausgabe aus dem 18. Jahrhundert, die ziemlich achtlos in ein Regal gestapelt waren und über die er fast zärtlich seine Hand gleiten ließ. Dann ging er zurück zu dem Tisch, an dem Sandra saß.

„Kein Silberstreif am Horizont?"

Sie schüttelte unwillig den Kopf. Ohne hinzusehen, tastete sie mit ihrer Hand nach dem Zigarettenpäckchen. Dann hob sie den Kopf und schaute Peter mit einem unschlüssigen Blick an. Langsam sank ihr Körper aus der gebückten Haltung, die sie beim Studium der Papiere eingenommen hatte, nach hinten gegen die Lehne des unbequemen Holzstuhls. Mit geschlossenen Augen stieß sie den Rauch heftig gegen die Zimmerdecke aus.

„Ich glaube, ich hab's." Es war fast nur ein Flüstern, an niemanden gerichtet; vielleicht an Barney, der es aber ganz bestimmt nicht hören konnte.

„Was ...?" wollte er wissen und setzte sich ihr gegenüber an den Tisch.

„Es klingt immer noch alles ziemlich unsinnig, aber ich glaube, ich habe zumindest den fremden Text, den dein Vater geschrieben hat, entschlüsselt."

„Und was steht da?"

Sie drückte die Zigarette aus und ordnete die Blätter, die sie in der letzten Stunde mit ihrer weit ausgreifenden Handschrift bedeckt hatte, und holte tief Luft.

„Diese letzte Passage in Michaels Notizen scheint einen ähnlichen Sachverhalt zu schildern wie dieser Abschnitt", dabei deutete sie auf das aufgeschlagene Voynich-Manuskript, „in der Handschrift hier. Ich bin mir sogar ziemlich sicher. Die Notizen brechen an folgender Stelle ab ..." Sie zog das Blatt von Michaels Notizen hervor, auf dem der deutsche Text plötzlich durch die fremden Schriftzeichen ersetzt wurde, und las: „Das Licht schien von mir auszugehen und sich nach vorne zu erstrecken. Ich betrat den Saal des Schweigens und ..." Sandra warf einen kurzen Blick auf Peter, der ihr gespannt zuhörte, und zog dann ihre eigenen Aufzeichnungen zu Rate. „... und stand am Ufer eines Sees, der in einer sanft ansteigenden Hügellandschaft lag. Das gelbe, hell glitzernde Wasser brach die hellroten Sonnenstrahlen in alle Richtungen. Am gegenüberliegenden Ufer konnte ich ein Haus und einen Bootssteg erkennen, auf dem sich mehrere Menschen sonnten. Es war ein Bild der Ruhe und des Friedens. Der leichte Wind schob in großer Höhe kleine grüne Wolken am Himmel entlang, deren Schatten über den See huschten. Ich drehte mich um und überbrückte die wenigen Meter bis zur nächsten Tür mit langsamen, bedächtigen Schritten. Sie befand sich am Rand des schmalen Kiesstrandes, und an ihr vorbei konnte man das Gras schimmern sehen. Durch sie hindurch gelangte ich in eine stürmische Winternacht. Der Schnee reichte mir fast bis zur Hüfte, und als sich meine Augen an die Dunkelheit gewöhnt hatten, sah ich ein Stück weiter vorn die Umrisse einer einfachen Blockhütte. Die klare Nacht trug das Läuten von Glocken herüber. Ich bewegte mich mühsam auf die Hütte zu und ging durch die Tür in die Halle eines weitläufigen Farmhauses. Von den Ställen her hörte man das Scharren und Blöken des Viehs. In der Küche lag ein Zettel, auf dem eine Mutter ihrem Sohn eine Nachricht hinterlassen hatte. Ich öffnete die Tür, die von der Küche hinaus zum Hof führte, und fand mich wieder in der diffusen Dunkelheit des Saals des Schweigens. An den Wänden befanden sich Schrifttafeln jener fremden Ornamentik, mit denen auch der Rest der Tempelanlage ausgeschmückt war. Diese Zeichen waren nicht nur Symbole für die Wirklichkeit, Ausdruck einer Abstraktion im Geiste, nein, sie waren auch in der Lage, jederzeit eine neue Wirklichkeit zu schaffen. Und mit einem Gedanken eine ganze Welt vergehen zu lassen. Was machte das schon? Gab es doch unendlich viele. Dieser Weg und viele andere würden mir offenstehen. Ich verstand, warum Alexander soviel darangesetzt hatte, dieses Wissen zu erlangen. Er hatte es offensichtlich nicht nutzen können, oder vielleicht doch? Ich wußte noch nicht alles, doch es war Zeit, den Rückweg anzutreten. Ich fand Hachnem Ratschi in jenem ersten Raum, in dem die Treppenflucht des Niedergangs endet. Er zitterte am ganzen Körper, und sein stierer Blick ließ mir wenig Hoffnung, daß er überhaupt noch mitbekam, was um ihn herum vorging. Seine Augen waren seltsam verdreht und gänzlich ohne Weiß. Ich packte ihn und brachte ihn nach oben. Kein Gedanke daran, daß er den Laster fahren könnte. Ich verschloß den Eingang wieder und versuchte mein Glück mit dem altertümlichen Gefährt. Es klappte besser als gedacht. Ich ließ den Wagen einfach am Fuße des Felsplateaus stehen und zog Ratschi dann vom Beifahrersitz. Er starrte mich immer noch mit Augen an, die nicht den Eindruck erweckten, wirklich etwas zu sehen. Ich versuchte, ihn zur Besinnung zu bringen, und schließlich schien er wieder zu begreifen, was um ihn herum passierte. Er schaute mich mit schreckgeweiteten Augen an und folgte mir dann unsäglich langsam den Pfad zu unserem Lager hinauf." Sandra ließ ihre Notizen sinken und schaute Peter auffordernd an. Der zuckte mit den Schultern und erwiderte stumm den Blick.

Das Geräusch der sich öffnenden Bürotür lenkte ihre Aufmerksamkeit ab. Zuerst erschien der Buggy in der Tür. Sandra und Peter hatte keine Zeit, sich darüber zu wundern, daß er von einem mittelgroßen Mann geschoben wurde. Denn sofort folgten zwei weitere Männer, die Gabi hinter sich herzogen. Sandra und Peter waren zu erstaunt, um etwas sagen zu können, bis schließlich noch drei weitere Männer sich in das Büro gedrängt hatten. Zwei von ihnen blieben an der Tür stehen, während der dritte durch den Raum huschte und schließlich mit dem Rücken zum Fenster Position an der der Tür gegenüberliegenden Wand bezog.

Inzwischen hatte Sandra ihre Sprache wiedergefunden. „Was soll das?" Sie versuchte, Autorität in ihre Stimme zu legen, was ihr aber nicht ganz gelang.

Einer der Männer, der Gabi festgehalten hatte, ließ sie los und trat einen Schritt vor. Der andere zückte ein Messer, dessen Klinge mit einem metallischen Klack aus dem Griff sprang, und setzte die nadelscharfe Spitze an Gabis Hals. Der Mann, der Ilona-Maria geschoben hatte, ging hinter dem Buggy in die Hocke und hatte plötzlich ebenfalls ein Messer in der Hand. Peter war wie versteinert. Die anderen Männer hatten ihre Jacken zurückgeschoben, damit man die Pistolen in den Gürtelhalftern deutlich sehen konnte.

„Wir wollen das Buch", erklärte Hachnun und deutete auf das vor Sandra aufgeschlagene Voynich-Manuskript. Sandra stand langsam auf. Sie reichte dem Mann, der gut zwei Meter von ihr entfernt stand, gerade bis zum Kinn.

„Was soll das?" wiederholte sie, ohne auf die Forderung des Mannes einzugehen. Peter schaute gebannt auf die irrwitzige Szene, die sich ihm darbot. Einer der Männer hielt seiner Schwester, Geliebten, Mutter seiner möglichen Tochter ein Messer an die Kehle, ein weiterer bedrohte Ilona-Maria, die scheinbar unbeteiligt in dem Buggy saß, während ein anderer an den Tisch herangetreten war und eine schwarze Sporttasche darauf gestellt hatte, aus der er eine Maschinenpistole zog und durchlud. Die Gesichter der Männer waren ausdruckslos, doch ihre kalte Entschlossenheit war fast körperlich zu spüren.

„Hören Sie, Sandra." Hachnun fixierte die kleine grauhaarige Frau vor ihm mit einem durchdringenden Blick. „Wir haben nicht viel Zeit. Alles was wir wollen, sind das Buch und diese Notizen. Dann wird Ihrer Tochter und dem Kind nichts passieren."

Sandra schüttelte den Kopf. Erpressern sollte man nie nachgeben. „Sie haben keine Chance, hier wieder herauszukommen. Ich werde jetzt den Sicherheitsdienst informieren." Sie drehte sich um und machte einen Schritt auf den Schreibtisch und das Telefon zu. Ein gequälter Aufschrei aus Gabis Kehle ließ sie erstarren. Der Mann, der hinter ihrer Tochter stand, hatte diese an den Haaren gepackt und ihr den Kopf nach hinten gerissen. Das Messer lag an ihrer Kehle.

„Wenn Sie noch einen Schritt weiter machen, dann wird es hier ein Blutbad geben." Kumal, der hinter dem Buggy stand, hatte Ilona-Maria gleichzeitig brutal aus ihrem Sitz gerissen. Sie begann zu schreien.

Die Tür zum Nebenraum flog auf, und Sandras Sekretärin steckte den Kopf herein. Bevor sie noch begriff, was sich im Büro der Bibliotheksleiterin abspielte, wurde sie schon in den Raum gerissen und spürte den Lauf eines großkalibrigen Revolvers an der Stirn. Mit angstgeweiteten Augen war sie keines Wortes fähig. Hachnun gab Answar, der die Frau festhielt, ein kaum wahrnehmbares Zeichen. Er holte kurz mit der Waffe aus, und dann krachte der Lauf gegen den Schädel der Frau. Es gab ein knirschendes Geräusch, das Schlimmes befürchten ließ. Die Frau sackte in sich zusammen und schlug auf den Boden. Ilona-Maria brüllte wie am Spieß.

„Lassen Sie das Kind los", schrie Peter und machte einen Schritt in Richtung Kumal.

Hachnun riß mit einer schnellen Bewegung seine Waffe aus dem Halfter. „Sie bleiben, wo Sie sind. Halten Sie sich ganz raus, sonst sind Sie der erste, der daran glauben muß. Verstanden?" Hachnun war ohne Übergang von einem perfekten Englisch in ein genauso perfektes Deutsch gewechselt. Keine Modulation in der Stimme oder nur der geringste Anflug eines Akzents. Peter mußte sofort an die Stimme auf dem Anrufbeantworter denken.

„Sie Schwein! Lassen Sie das Kind und die Frau in Ruhe!"

„Nun, Sandra", meinte Hachnun, ohne sich weiter um Peter zu kümmern. Lediglich seine Pistole zeigte immer noch in dessen Richtung. „Wollen Sie wirklich das Leben von zwei Menschen opfern? Wir bekämen das Buch sowieso. Also machen Sie keine Dummheiten."

„Was wollen Sie mit dem Manuskript?"

„Wir werden es in Verwahrung nehmen. Es ist nichts für Sie."

„Was steht darin? Welche Sprache ist das?" Trotz der Gefahr konnte Sandra nicht vergessen, daß sie Wissenschaftlerin war und das vielleicht Jahrtausende alte Rätsel, das sie selbst viele Jahre lang beschäftigt hatte, gelöst haben wollte.

„Sagen wir so", meinte Hachnun ungeduldig, „Sie haben damals in der Wüste Lut an etwas gerührt, von dem Sie besser die Finger gelassen hätten. Und wenn wir damals gewußt hätten, daß Sie von Gruhn schwanger waren, hätten wir das Problem schon dort gelöst. Doch wir sind keine Unmenschen, ganz im Gegenteil, aber das werden Sie nie verstehen."

Sandra lief ein eisiger Schauder den Rücken hinunter, als ihr bewußt wurde, wie knapp sie vor dreißig Jahren wohl dem Tod entkommen war. Trotzdem wußte sie immer noch nicht, wer diese Leute waren und was sie eigentlich wollten. Das Manuskript, das war klar, aber warum und wieso? Sie fragte noch einmal.

Hachnun gab Kumal ein Zeichen. Dessen kräftige Hand legte sich über Ilona-Marias Mund, und die Schreie verstummten. Das kleine Kind wand sich in seinen Armen.

„Das Kind wird als erstes sterben. Wir können es uns nicht leisten, entdeckt zu werden", sagte Hachnun, steckte die Pistole weg und griff nach dem Manuskript. Was folgte, war eine instinktive Reaktion von Sandra. Sie holte kurz aus und schlug dem sich vorbeugenden Mann mit voller Wucht gegen die Kehle. Ein Röcheln drang aus seinem Mund, als er in die Knie ging. Sandra riß das Manuskript vom Tisch und machte zwei schnelle Schritte zurück. Etchek, dessen Messer immer noch gegen Gabis Kehle gepreßt war, spannte die Muskeln. Dann krachte der erste Schuß. Die Kugel schlug dicht neben Sandra in den langen Holztisch. Splitter und Papierstücke wirbelten hoch. Ein zweiter Schuß krachte und schlug an der Stelle ein, an der Peter noch Sekundenbruchteile zuvor gestanden hatte. Er stürzte auf Kumal zu, der Ilona-Maria wie ein lebloses Bündel vor der Brust hielt. Die Hand mit dem Messer hob sich. Hachnun kam stöhnend hoch, die Pistole in seiner Hand glänzte matt. Sandra starrte ihn mit angstgeweiteten Augen an. Noch nicht ganz aufgerichtet, krümmte sich sein Finger um den Abzug. Zweimal. Die Kugeln drangen kurz hintereinander in Sandras Augen ein und rissen ihr den halben Kopf weg. Das Manuskript entglitt ihren Händen, doch das spürte sie schon nicht mehr. Etcheks Hand mit dem Messer holte aus, um mit tödlichem Schwung Gabis Kehle aufzuschlitzen. Wieder krachte ein Schuß. Die Kugel verfehlte Peter, der sich nach vorne auf Kumal geworfen hatte und fuhr in die schwarze Tasche, in der sich die Brandsätze befanden. Bevor Peter gegen Kumal prallte, blickte er für einen winzigen, nicht meßbaren Zeitraum in die Augen seiner Tochter. Dunkel, von nicht erfahrbarer Tiefe und einer Schwärze, für die es kein Wort gab, strahlten sie ihm entgegen. Türkisfarbene Einsprengsel glühten weit entfernt in einem unendlichen Raum, der sich dahinter auftat. Es waren Spiegel seiner eigenen Augen. Rings um ihn versank die Welt. Hinter ihm brach das Inferno aus. Eine riesige Stichflamme fuhr in die Höhe, Benzin spritzte durch den Raum. Die Bücherregale brachen zusammen und nährten mit ihrer Last das sich rasend schnell ausbreitende Feuer. Bevor Etchek zu einer verkohlten Masse wurde, sauste noch seine Hand mit dem Messer nach unten und durchschnitt die brennende Luft.

Obwohl die Vorkehrungen für den Fall eines Brandes in Yale als vorbildlich galten, die Sprinkleranlage sofort zu arbeiten begann, innerhalb von einer Viertelstunde ein Riesenaufgebot von Feuerwehren zu Stelle war und die Männer in Rauchschutzanzügen unter Einsatz ihres Lebens alles versuchten, verbrannte doch ein wesentlicher Teil der Beinecke Rare Book and Manuskript Library.

In den Trümmern wurden acht stark verkohlte Leichen gefunden, von denen nur zwei identifiziert werden konnten. Dabei handelte es sich um die Bibliothekarin Dr. phil. Sandra Neubert Swanwick und ihre Sekretärin Pamela Mitchum Rodley.

$\sqrt{-1}$

# Epilog

Der Herbst hatte seine letzten schönen Tage, doch war die weit fortgeschrittene blaue Färbung der Blätter unübersehbar. Einzelne Bäume waren schon vollständig kahl, und unter ihren noch vor ein paar Monaten dicht belaubten Kronen häufte sich jetzt das Laub und glänzte im Morgentau in sämtlichen Schattierungen, die die Kombination von Grün und Blau zuließ. Der hellrote Himmel lag klar und strahlend über dem See, der sich vom Bootssteg unterhalb des Hauses zwischen den sanften Hügeln entlangzog. Über dem gelben Wasser lagen dünne, grüne Nebelschleier, die sich aber im Verlaufe des Tages sicher auflösen würden. Das Wasser wäre um die Mittagszeit bestimmt noch warm genug, daß man Ilona-Maria die Freude eines Bades gewähren könnte. Peter stand in der Küche und hantierte mit mehreren Dingen gleichzeitig. Der Kaffee suchte sich blubbernd seinen Weg durch den Filter, das Wasser für Gabis Tee kochte, und durch ständiges Rühren versuchte er zu verhindern, daß die Milch für den Kakao seiner Tochter anbrannte. Nebenbei räumte er noch das Geschirr aus dem Schrank auf das breite Tablett, mit dem er es auf die Terrasse bringen würde.

„Soll ich dir nicht helfen?" Gabi war, von Peter völlig unbemerkt, die Treppe aus dem oberen Stockwerk heruntergekommen. Erschrocken über die unerwartete Störung, blickte er vom Milchtopf hoch. Gabi hatte ihre langen dunklen Haare zu einem Pferdeschwanz zusammengebunden, und in ihren grünen Augen lag immer noch ein Nachglanz des nur kurze Zeit zurückliegenden Versuchs, die fünfjährige Ilona-Maria nicht als Einzelkind aufwachsen zu lassen. In ihrem Unterleib spürte Gabi noch die erregende Kühle von Peters Samen, der sich langsam zur Befruchtungsfähigkeit erwärmte. Ein deutliches Schaudern der Wollust durchlief ihren Körper. Sie hielt ihren dünnen, aus blauer Seide gefertigten Bademantel mit den verschränkten Armen geschlossen, wobei die Rundungen ihrer Brüste deutlich hervortraten.

Peter schob die Milch von der Herdplatte und schüttete das angerührte Kakaopulver dazu. Die weiße Oberfläche bekam erst dunkle Streifen, und schließlich nahm die so weiß und rein schimmernde Flüssigkeit eine tieflilafarbene Färbung an. Als das erledigt war, warf er einen langen Blick auf Gabi. Dann trat er dicht an sie heran und legte den Arm um seine Frau. Sie erwiderte die Umarmung und küßte ihn zärtlich. Seine Hände glitten ihren Rücken hinunter und verharrten auf den Hüften. Gabi legte den Kopf an seine Brust und schloß die Augen. Sie lauschte auf die vereinzelten Geräusche, die oben aus Ilona-Marias Zimmer zu ihnen herunterdrangen. Ihre Tochter schien einmal mehr wie ein Wirbelwind durchs Zimmer zu toben und sämtliche Kleidungsstücke anzuprobieren, bis sie ein passendes gefunden hätte. Gabi löste sich langsam von Peter, behielt aber seine Hand in der ihren und zog ihn langsam durch das Wohnzimmer hindurch zur Terrasse. Sie liebte den morgendlichen Blick über den See, besonders an einem milden Herbsttag wie heute. Die Nebelschleier wogten in einer sanften Brise, die Oberfläche war leicht gekräuselt und reflektierte das Licht in einer gleißenden Sinfonie von Rottönen. Stumm, den Arm um die Hüfte ihres Mannes gelegt, dessen Beruf ihm viel zu wenig Zeit ließ, die Schönheit ihres Hauses und des Sees zu genießen, schaute sie auf die spiegelnde Wasserfläche hinaus. Sie spürte, wie seine Lippen über ihr Haar glitten und ihren Scheitel küßten. Sie schmiegte sich an ihn und schloß erneut die Augen.

Sollte sie ihm sagen, daß sie heute nacht wieder geträumt hatte? Besser nicht. Er hatte kein Verständnis dafür und tat ihre Träume als das ab, was sie seiner Meinung nach waren, als Träume eben. Doch manchmal war es wie eine Erinnerung an ein gelebtes Leben. Eine Welt mit blauem Himmel, eine riesige Stadt mit unglaublich hohen Gebäuden und grauen Mauern, wohin man sah. In dieser Welt gab es nicht Peter, sondern einen anderen Mann, mit dem sie ihr Leben und ihre Tochter teilte.

Gabi schluckte und räusperte sich dann. „Du!"

Peter rückte ein Stück ab und schaute seiner Frau in die geheimnisvoll grünen Augen.

„Meinst du, es hat heute geklappt?"

Er lächelte sie an. „Bestimmt."

**Bei Fanpro erschienen bzw. erscheinen folgende Titel:**

ISBN 3-89064-

## Classic BattleTech

| | | | |
|---|---|---|---|
| Schrapnell | Hrsg. M. Immig | Anth. | 551-8 |
| Wahnsinn & Methode | Michael Diel | 1. Roman | 592-5 |
| Clangründer: Abkehr | Randall N. Bills | 2. Roman | 596-8 |
| Das Schwert und der Dolch | Ardath Mayhar | 3. Roman | 425-2 |
| Über dem Gesetz | Michael Diel | 4. Roman | 517-8 |
| Clangründer: Traum | Randall N. Bills | 5. Roman | i. V. |
| Die Albatros-Akte | Reinhold H. Mai | 6. Roman | 526-7 |
| Warrior: En Garde | Michael A. Stackpole | 7. Roman | 545-3 |
| Warrior: Riposte | Michael A. Stackpole | 8. Roman | 546-1 |
| Warrior: Coupé | Michael A. Stackpole | 9. Roman | 547-x |
| »MechWarrior«-Bände: | | | |
| Väterchen Frost | Stephen Kenson | 1. Roman | 559-3 |
| Triumphgebrüll | Blaine L. Pardoe | 2. Roman | 560-7 |
| Blutsverrat | Pardoe & Odom | 3. Roman | 561-5 |
| Feuertaufe | Robert N. Charette | 4. Roman | 576-3 |

## Shadowrun

| | | | |
|---|---|---|---|
| Chromscherben | M. A. Stackpole | Anth. | 550-x |
| Shadowrun - die 6. Welt | Hrsg. T. Hamelmann | Reader | 540-2 |
| Wiener Blei | Leo Lukas | 41. Roman | 555-0 |
| Nachtstreife | Björn Lippold | 46. Roman | 558-5 |
| Auf dem Sprung | Harri Aßmann | 49. Roman | 567-7 |
| Töne der Unendlichkeit | Harri Aßmann | 50. Roman | 569-0 |
| Elementares Wissen | Harri Aßmann | 52. Roman | 570-4 |
| Die Anfänger | Ivan Nedic | 54. Roman | 572-0 |
| ASH | Lara Möller | 57. Roman | 574-7 |
| Pesadillas | Maike Hallmann | 58. Roman | 575-5 |
| Vertigo | Maike Hallmann | 59. Roman | 581-x |
| Hand am Hort | Sebastian Schaefer | 60. Roman | 583-6 |
| Flynns Weg | Lara Möller | 61. Roman | 585-2 |
| Shelley | André Wiesler | 62. Roman | 580-1 |
| Matrixfeuer | Hrsg. Beck / Hallmann | 63. Anth. | 587-9 |
| Born to Run | Stephen Kenson | 64. Roman | 564-x |
| Im Namen des Herrn | André Wiesler | 65. Roman | 594-1 |
| Quickshot | Lara Möller | 66. Roman | 595-x |
| Gifrmischer | Stephen Kenson | 67. Roman | 565-8 |
| Wiedergänger | Maike Hallmann | 68. Roman | 593-3 |
| Feuerzauber | André Wiesler | 69. Roman | 519-4 |
| Im Fadenkreuz | Petra Prinz | 70. Roman | 543-7 |
| Kettenhund | Alexander Wichert | 71. Roman | i. V. |

## Hardcover

| | | | |
|---|---|---|---|
| Sturm über Windhaven | Martin & Tuttle | Roman | 531-3 |
| Die Flamme erlischt | George R. R. Martin | Roman | 530-5 |
| Dead Man River | George R. R. Martin | Roman | i. V. |

| | | | |
|---|---|---|---|
| **Die »Eis und Feuer«-Saga:** | | | |
| Eisenthron | George R. R. Martin | 1. Roman | 532-1 |
| Königsfehde | George R. R. Martin | 2. Roman | 533-x |
| Schwertgewitter | George R. R. Martin | 3. Roman | i. V. |

## Das Schwarze Auge

| | | | |
|---|---|---|---|
| Magische Zeiten | Hrsg. Momo Evers | Anth. | 516-x |
| Das Greifenopfer | Thomas Finn | 62. Roman | 544-5 |
| Das Dämonenschiff | Harald Evers | 74. Roman | 568-2 |
| Kompanie der Verdammten | Manuel Krainer | 75. Roman | 562-3 |
| Der Tag des Zorns | Daniela Knor | 76. Roman | 573-9 |
| Der Schandfleck | Andre Helfers | 77. Roman | 582-8 |
| Den Göttern versprochen | Charlotte Engmann | 78. Roman | 579-8 |
| Unsterblicher Traum | Patricia Renau | 79. Roman | 588-7 |
| Blaues Licht | Daniela Knor | 80. Roman | 589-5 |
| Spielsteine der Götter | Heike Wolf | 81. Roman | 591-7 |
| Rabengeflüster | Wichert/Jäcke/Wolf | 82. Roman | 515-1 |
| Thronräuber | Alexander Lohmann | 83. Roman | 512-7 |
| Todeswanderer | Yvonne Gees | 84. Roman | 518-6 |
| Roter Fluss | Daniela Knor | 85. Roman | 514-3 |
| Todgeweiht | Markus Tillmanns | 86. Roman | 523-3 |
| Dunkle Tiefen | Daniela Knor | 87. Roman | 538-0 |
| Maraskengift | Markus Tillmanns | 88. Roman | 457-0 |

## Paläo-Fiction

| | | | |
|---|---|---|---|
| Vor Adam | Jack London | 1. Roman | 524-0 |
| Am Anfang war das Feuer | J. H. Rosny | 2. Roman | 525-9 |
| Die Erben | William Golding | 3. Roman | i. V. |

## Weitere Titel

| | | | |
|---|---|---|---|
| Das Voynich-Rätsel | Florian F. Marzin | Roman | 511-0 |
| Der große Heliumkrieg | M.A. Stackpole u.A. | Anth. | 563-1 |
| Lexikon der Fantasy-Literatur | Hrsg. Alpers u. A. | | 566-6 |

Dies ist eine Bibliographie und kein Verzeichnis lieferbarer Titel. Es ist leider nicht möglich, alle Titel vorrätig zu halten.
Sollten Sie Fragen haben, kontaktieren Sie uns bitte unter

**Fantasy Productions GmbH**
Postfach 1517
40675 Erkrath